HEYNE <

D1694137

Das Buch

›Vision of the future‹, den zweiten Band von Timothy Zahns Mini-Serie ›Die Hand von Thrawn‹, bringt der Wilhelm Heyne Verlag in zwei Teilen. Teil 1: ›Blick in die Zukunft‹ (01/10220) liegt bereits vor, Teil 2 ›Der Zorn des Admirals‹ ist der Abschluss der Serie, die mit ›Schatten der Vergangenheit‹ (01/10219) begann.

Im dritten Teil der Star Wars-Serie »Die Hand von Thrawn« zieht sich die tödliche Schlinge, die Mufti Disra und seine Komplizen ausgelegt haben, um die Neue Republik in einen selbstmörderischen Bürgerkrieg zu ziehen, immer fester zu. Hunderte von Kriegsschiffen, Parteigänger und Gegner der Bothans, haben sich über Bothawui versammelt und warten auf den geringsten Anlass zur offenen Schlacht. Leia und ihre Verbündeten spielen auf Zeit und versuchen das scheinbar Unabänderliche doch noch zu verhindern. Auf dem geheimen Planeten Exocron stellt sich Talon Karrde seinem Erzrivalen Jori Car'das, um in dessen Bibliothek nach einer vollständigen Kopie des Caamas-Dokuments zu suchen, die allein die brenzlige Lage entspannen könnte. Und während General Bel Iblis mit einem requirierten Sternzerstörer den riskanten Angriff auf eine imperiale Allgegenwärtigkeitsbasis wagt, kehren Han und Lando unverrichteter Dinge von Bastion zurück. Doch vielleicht führen Lukes und Maras aufrüttelnde Entdeckungen neuer Geheimnisse und Gefahren auf einem abgelegenen Planeten am Rand der Galaxis zur Rettung in letzter Sekunde. Falls es ihnen gelingt, diese Welt jemals wieder lebend zu verlassen …

Der Autor

Timothy Zahn ist einer der bekanntesten Science Fiction-Autoren der Gegenwart und wurde hierfür bereits mit dem Hugo Award ausgezeichnet. Er schrieb einige der erfolgreichsten Star Wars-Romane, darunter die große Star Wars-Saga. Timothy Zahn lebt in Oregon, USA.

TIMOTHY ZAHN

DER ZORN
DES ADMIRALS

Roman

Aus dem Amerikanischen
von Ralf Schmitz

WILHELM HEYNE VERLAG
MÜNCHEN

HEYNE ALLGEMEINE REIHE
Band-Nr. 01/10221

Die Originalausgabe
STAR WARS: VISION OF THE FUTURE
erschien 1998 bei Bantam Books,
a division of Bantam Doubleday Dell Publishing Group,
Inc.

Umwelthinweis:
Dieses Buch wurde auf
chlor- und säurefreiem Papier gedruckt.

7. Auflage

Redaktion: Rainer-Michael Rahn

Deutsche Erstausgabe 11/2000
Copyright © 1998 by Lucasfilm Ltd. & TM
All rights reserved.
Used under authorization.
www.starwars.com
Copyright © der deutschsprachigen Ausgabe 2000 by
Wilhelm Heyne Verlag GmbH & Co. KG, München
Printed in Germany 2003
Umschlagillustration: Drew Struzan © Lucasfilm Ltd. 1998
Umschlaggestaltung: Nele Schütz Design, München
Satz: Buch-Werkstatt GmbH, Bad Aibling
Druck und Bindung: Elsnerdruck, Berlin

ISBN 3-443-17778-9

http://www.heyne.de

Die Hand von Thrawn

Was bisher geschah ...

Zehn Jahre sind seit dem Tod des Großadmirals Thrawn vergangen; das Imperium, die ehemals grausamste Macht der Galaxis, ist auf wenige Systeme zusammengeschrumpft, die von korrupten Muftis regiert werden. Die Neue Republik indes gewinnt immer neue Verbündete; Coruscant ist zu einem Zentrum der Ordnung und des Friedens geworden. Doch die Ruhe täuscht. Während der Oberkommandierende der Imperialen Flotte, Admiral Pellaeon, einen Friedensvertrag mit der Neuen Republik propagiert, ziehen dunkle Wolken auf. Leia Organa Solo wird ein unvollständiges Dokument zugespielt, das auf eine direkte Beteiligung der Bothans an der Vernichtung der friedlichen Welt Caamas durch Palpatines Truppen vor vielen Jahren hinweist.

Diese Nachricht schlägt ein wie eine Bombe und es bilden sich zwei Lager, deren eines die Bestrafung der unbeliebten Pelzwesen verlangt, während das andere für die Bothans Partei ergreift. Als immer neue Kriegsschiffe der streitenden Fraktionen über der Zentralwelt der Bothans auftauchen, steht die Neue Republik vor dem Bürgerkrieg. Niemand ahnt zu diesem Zeitpunkt, dass diese Entwicklung das Ergebnis einer Intrige ist, deren Fäden der schärfste Gegner Pellaeons zieht: Mufti Disra, der Herrscher über Bastion, die geheime Hauptwelt des Imperiums, der vom erneuten Aufstieg des Imperiums träumt. Gemeinsam mit einem ehemaligen Elitesoldaten Palpatines plant er die Zerrüttung der inneren Ordnung der Neuen Republik. Ein Kommandoteam imperialer Provokateure bereitet inzwischen die Zerstörung des planetaren Schutzschirms über dem Heimatplaneten der Bothans vor, um so das Pulverfass zur Explosion zu bringen. Disras eigentlicher Trumpf jedoch ist der begabte Schwindler Flim, der den Resten des Imperiums als der zurückgekehrte Großadmiral Thrawn präsentiert werden soll.

Während Leia sowie die offiziellen Repräsentanten der Neuen Republik sich verzweifelt bemühen, eine unbeschädigte Kopie des Caamas-Dokuments aufzutreiben, um die Lage zu entschärfen, brechen Han Solo und Lando Calrissian zu einer lebensgefährlichen Mission nach Bastion auf, wo sie die Zentralarchive des Imperiums ausspionieren wollen. Da tauchen im Territorium der Neuen Republik Raumschiffe unbekannter Herkunft auf und Mara Jade, die rechte Hand des Schmugglers Talon Karrde, folgt der Spur der Fremden, die sie auf eine Welt am Rande der Galaxis führt, wo sie ein seltsames geflügeltes Volk und eine geheimnisvolle Festung entdeckt.

Eine Vision, die Mara in Lebensgefahr zeigt, ruft Luke Skywalker auf den Plan, der unverzüglich aufbricht, um seine Weggefährtin zu retten. Luke und Mara stoßen in Begleitung der Flügelwesen auf das Volk der Chiss und erfahren, dass Thrawn vor Jahren in den Unbekannten Regionen auf neue Bedrohungen für den galaktischen Frieden gestoßen ist, gegen die er gemeinsam mit imperialen Kräften die *Hand von Thrawn* erbaut hat – eben jene Festung, in deren Gewölben Mara und Luke zahlreiche Kämpfe bestehen müssen. Talon Karrde macht sich währenddessen gemeinsam mit der abtrünnigen Mistryl Shada D'ukal auf die Suche nach der verborgenen Welt Exocron, wo er den lange verschollenen Schmugglerboss Jori Car'das vermutet, der möglicherweise Informationen über die Zerstörung von Caamas besitzt.

Die Chiss drohen, die *Hand von Thrawn* der Gewalt des Imperiums zu überantworten; und während sich die Neue Republik in einem sinnlosen Bürgerkrieg selbst zu zerfleischen anschickt, formieren sich ihre Feinde, um den zurückgekehrten Großadmiral Thrawn, den gefährlichsten Gegner, dem sich die ehemaligen Rebellen jemals stellen mussten, auf seinem Weg zur Macht zu folgen. Ein Wettlauf gegen die Zeit hat begonnen, dessen Ausgang unausweichlich scheint, ein tödliches Rennen, an dessen Ende möglicherweise der Untergang der Neuen Republik und der Triumph der Mächte des Bösen steht.

1. Kapitel

Während des ersten Navigationsstopps, den die *Wild Karrde* einlegte, nachdem sie Dayark verlassen hatten, lag vor ihnen nur leerer Raum. Leer, bis auf das sich drehende Glühen des Kathol-Spalts und die feurig erstarrten Schleier ionisierter Gase und Miniaturnebel, die aussahen, als habe man sie mit Gewalt aus den Gasresten gerissen. Das wiederholte sich beim zweiten und auch beim dritten Zwischenhalt, und Shada fragte sich allmählich, ob die legendäre Welt Exocron in Wahrheit nur ein Mythos war.

Aber beim fünften Stopp wurden sie fündig.

»Der Planet sieht recht erfreulich aus«, bemerkte 3-PO, der neben Shada stand, ein wenig skeptisch, als sie aus dem Aussichtsfenster der *Wild Karrde* auf die rasch näher kommende kleine Welt blickten. »Ich hoffe nur, dass man uns freundlich empfängt.«

»Darauf würde ich mich nicht verlassen«, warnte Shada ihn, deren Mund sich ungewohnt und unangenehm trocken anfühlte. Falls Jade und Calrissian Recht hatten, wartete irgendwo dort unten Jori Car'das auf sie.

Odonnl drehte sich auf seinem Platz vor der Steuerkonsole um. »Sollten wir nicht lieber die Turbolaser schussbereit machen?«, fragte er Karrde. »Bloß für den Fall, dass die da unten nicht glücklich darüber sind, wenn wir in ihre Privatsphäre eindringen.«

Shada sah Karrde an. Er verbarg seine Nervosität gut, aber es bereitete ihr keinerlei Mühe, sie trotzdem zu erkennen. »Wir sind hier, um zu reden, nicht um zu kämpfen«, erinnerte er Odonnl mit fester Stimme. »Ich möchte nicht, dass irgendjemand da unten einen falschen Eindruck von uns bekommt.«

»Schon, aber nach Dayark ...«

»Wir sind hier, um zu reden«, wiederholte Karrde. Sein Tonfall verbot jeden weiteren Streit. »H'sishi, haben wir irgendwelche Sensorsonden auf dem Schirm?«

[Bisher keine Sonden, Hauptmann], antwortete die Togo-rianerin. Ihr Fell, bemerkte Shada, hatte sich kaum merklich gesträubt. Anscheinend war ihr Karrdes Stimmung auch nicht entgangen.

»Und auch keine Spur von Übertragungen, Capt'n«, fügte Chin hinzu. »Vielleicht haben sie uns nicht kommen sehen.«

»Oh, und ob die uns sehen«, erwiderte Karrde, wobei ein Anflug von Verbissenheit in seiner Stimme mitschwang. »Die Frage ist nur …«

Er verstummte, als das Kom sich piepsend meldete. »Raum-schiff im Anflug, hier spricht Admiral Trey David, Erster Offi-zier des Hochadmirals Horzao Darr von den Vereinten Luft- und Raumstreitkräften des Planeten Exocron«, meldete sich eine höfliche, aber strenge Stimme zu Wort. »Bitte geben Sie sich zu erkennen.«

Chin streckte die Hand nach seiner Konsole aus. »Nein, *ich* mache das«, rief Karrde, der sich sichtlich zusammennahm, als er den Komschalter drückte. »Hier spricht Talon Karrde an Bord des Frachters *Wild Karrde*, Admiral David. Wir verfolgen friedliche Absichten und bitten um Landeerlaubnis.«

Es entstand eine lange Pause. Eine *sehr* lange Pause. Shada rieb sich sanft die Fingerknöchel und stellte sich vor, wie im Büro der Vereinten Flotte von Exocron ein hitziger Streit ent-brannte …

»*Wild Karrde*, Admiral David hier«, kam die Stimme wie-der. »Man sagte mir, Sie sind hier, um mit Jori Car'das zu sprechen. Können Sie das bestätigen?«

Shada ließ Karrde keinen Moment aus den Augen. Doch außer dem kurzen Zucken eines Mundwinkels erfolgte keine sichtbare Reaktion. »Ja, das kann ich«, antwortete er. Seine Stimme klang ein bisschen dumpf, aber beherrscht. »Ich muss dringend mit ihm über eine äußerst wichtige Angelegenheit diskutieren.«

»Ich verstehe.« Wieder gab es eine Pause. Kürzer diesmal. »Erwartet er Sie?«

Erneut zuckte es in Karrdes Gesicht. »Ich bin nicht sicher, ob *erwarten* das richtige Wort ist. Aber ich glaube, er weiß, dass ich komme.«

»So, glauben Sie das?«, murmelte David, dessen Stimme auf einmal ein wenig sonderbar klang. »Nun gut, *Wild Karrde*, Sie erhalten Freigabe für Zirkel 15 auf dem militärischen Landefeld von Rintatta City. Die Koordinaten werden Ihnen umgehend übermittelt.«

»Danke«, entgegnete Karrde.

»Ich habe sie«, meldete Odonnl leise und studierte seine Navigationsanzeigen. »Sieht ziemlich unkompliziert aus.«

»Wir schicken Ihnen eine Eskorte«, fuhr David fort. »Ich muss Ihnen ja wohl nicht sagen, dass Sie kooperieren sollten.«

»Ich verstehe vollkommen«, sagte Karrde. »Werde ich Sie treffen?«

»Das bezweifle ich«, gab David zurück, und dieses Mal verfinsterte sich seine Stimme ohne jeden Zweifel. »Aber vielleicht haben wir ja Glück. Das weiß man nie. David Ende.«

Auf der Brücke blieb es einen Moment lang still. Shada blickte in die Runde und sah verkniffene Gesichter, angespannte Schultern und grimmige Mienen. Wenn sie bisher noch nicht gewusst hatten, worauf sie sich hier einließen, so wussten sie es jetzt ganz sicher.

Und doch erkannte sie kein Anzeichen, dass einer (oder eine) von ihnen auch nur daran dachte, sich zu drücken. Eine echt loyale, eng verbundene Mannschaft, die sich ihrem Boss zutiefst verpflichtet fühlte.

Ziemlich genau so, wie Shada sich einst den Idealen der Mistryl verpflichtet gefühlt hatte. Sogar dann noch, als die Mistryl selbst diese Ideale schon längst vergessen hatten.

Und auch im Angesicht der drohenden Gefahr, schmerzte sie die Erinnerung an ihren Verlust.

»Befehle, Captain?«, fragte Odonnl leise.

Karrde zögerte keinen Augenblick. »Bringen Sie uns runter«, sagte er.

Rintatta City war eine mittelgroße Anhäufung von militärisch anmutenden Gebäuden, zwischen denen ungefähr fünfzig Landeflächen unterschiedlicher Größe verstreut lagen. Auf vielen davon hatten bereits Raumschiffe aufgesetzt. Das Militärgebiet wiederum war von einem Ring aus Häusern ziviler

Bauart sowie Geschäfts- und Gemeinschaftseinrichtungen umgeben. Das Ganze schmiegte sich an den Rand eines kurzen, schroffen Höhenzugs, während die Stadt auf der anderen Seite in einer grasbedeckten Ebene auslief.

Sie wurden hier nicht wie auf Pembric 2 gefilzt, und es gab, während die *Wild Karrde* sich der Planetenoberfläche näherte, auch keinerlei Befragung durch eine Zoll- oder Einreisebehörde. Die beiden betagten Schiffe der Systemüberwachung, die Admiral David ihnen geschickt hatte, eskortierten den Raumfrachter zu seinem vorgesehenen Landezirkel, beobachteten die Landung und stiegen anschließend kommentarlos wieder in den Himmel. Um die übrigen Raumschiffe wimmelten Hunderte Männer und Frauen sowie Dutzende von Fahrzeugen und verfolgten eilig ihre eigenen Angelegenheiten. Sie schenkten dem Außenweltschiff, das sich in ihrer Mitte niedergelassen hatte, absolut keine Beachtung. Allem Anschein nach, so dachte Karrde, während er mit den anderen die Landerampe hinunterging, tat ganz Exocron so, als würden die Besucher gar nicht existieren.

Mit einer bemerkenswerten Ausnahme.

»Guten Tag, Captain Karrde«, dröhnte vom Fuß der Rampe Enzwo Nees Stimme zu ihnen herauf. »Willkommen auf Exocron. Wie ich sehe, ist es Ihnen gelungen, auch ohne meine Hilfe zu uns zu finden. Hallo, Shada; hallo, 3PO.«

»Hallo, Master Enzwo Nee«, erwiderte 3PO, der sich unverkennbar erleichtert anhörte, weil er ein vertrautes Gesicht erblickte. »Ich gestehe, dass ich nicht damit gerechnet hatte, Sie hier zu treffen.«

»Was Sie alle angeht, war das auch eher fraglich«, verkündete Enzwo Nee gut gelaunt. »Als ich Sie zuletzt auf Dayark sah, schienen Sie Ärger mit Piraten zu haben.« Er trat einen Schritt näher an die Rampe heran und warf einen verstohlenen Blick in das Schiff. »Wird Ihre charmante Togorianerin sich uns nicht anschließen?«

»Nein, H'sishi bleibt im Schiff«, erklärte Karrde und betrachtete den kleinen Mann mit einiger Verwirrung. H'sishi war ein Mitglied seiner Crew, das für ihn immer wertvoller geworden war, doch *charmant* war nicht unbedingt das Wort, das einem im Zusammenhang mit ihr automatisch in den Sinn kam.

»Zu schade«, fand Enzwo Nee und richtete den Blick erneut auf Shada und 3PO. »Sind das alle? Wollen Sie sonst niemanden mitnehmen?«

Karrde spürte, wie trotz aller Bemühungen, sich zu entspannen, sich abermals seine Muskeln verkrampften. Natürlich wollte er mehr Leute mitnehmen: die gesamte Besatzung der *Wild Karrde*, dazu noch die Mannschaften der *Starry Ice* und der *Etherway* sowie General Bel Iblis' komplette Eingreiftruppe der Neuen Republik, das Renegaten-Geschwader und ungefähr vier Clans Noghri-Krieger.

Doch selbst wenn er all diese Kräfte zur Verfügung gehabt hätte, wäre deren Beteiligung lediglich einer nutzlosen Geste gleichgekommen. Car'das erwartete ihn; und mehr Leute mitzunehmen, bedeutete bloß, mehr Leute einem hohen Risiko auszusetzen. Und deshalb war er nicht hier. »Ja«, antwortete er Enzwo Nee. »Das sind alle. Gehe ich recht in der Annahme, dass Sie gekommen sind, um uns zu Jori Car'das zu bringen?«

»Wenn Sie ihn sehen wollen«, sagte der kleine Mann und richtete einen nachdenklichen Blick auf Karrdes Gesicht. Und wieder schimmerte der wahre Enzwo Nee durch die sorgfältig aufrechterhaltene Fassade der Harmlosigkeit. »Nun, gehen wir?«

Er führte sie zu einem Landgleiter mit offenem Verdeck am Rand des Landezirkels – ein Gleiter, der trotz der vorgeblichen Überraschung Enzwo Nees angesichts der Größe der Gruppe nur über vier Sitze verfügte. Der kleine Mann schlängelte sich gekonnt durch den lebhaften Verkehr und hielt auf die Berge zu. »Was geht hier vor?«, erkundigte sich Shada und deutete auf die Umgebung, während Enzwo Nee um einen besonders langsam fliegenden Tanklastgleiter kurvte.

»Ich vermute, man bereitet sich auf irgendein Manöver vor«, erwiderte der andere. »Das Militär manövriert ständig in die eine oder andere Richtung.«

»Wie weit ist es, bis zu dem Ort, an dem wir Car'das treffen?«, fragte Karrde, der sich nicht sonderlich dafür interes-

sierte, was an diesem Tag auf dem Plan der Vereinten Luft-
und Raumflotte von Exocron stand.

»Nicht weit«, versicherte Enzwo Nee. »Sehen Sie das hellblaue Gebäude genau vor uns, ein kleines Stück den Berg-
hang hinauf? Da ist er.«

Karrde schirmte die Augen vor dem hellen Sonnenlicht ab.
Aus dieser Entfernung wirkte der Bau nicht sehr eindrucks-
voll. Keine Festung, nicht einmal ein herrschaftliches Haus.

Als Enzwo Nee den militärischen Bereich verließ und den
spärlicher befahrenen zivilen Sektor der Stadt durchfuhr, sah
das hellblaue Gebäude vor ihnen mehr und mehr wie ein
ganz einfaches, bescheidenes Wohnhaus aus.

Shadas Gedanken gingen offenbar in die gleiche Richtung.
»Lebt Car'das dort, oder treffen wir ihn da bloß?«, wollte sie
wissen.

Enzwo Nee schenkte ihr ein kurzes Lächeln. »Sie stellen
immer nur Fragen, nicht wahr? So ein wacher, kritischer Verstand.«

»Fragen stellen gehört zu meinem Job«, konterte Shada.
»Und Sie sind mir noch eine Antwort schuldig.«

»Fragen beantworten gehört nicht zu *meinem* Job«, sagte
Enzwo Nee. »Kommen Sie, es gibt keinen Grund, ungeduldig
zu sein – es ist nur noch ein kurzes Stück. Lehnen Sie sich zurück und genießen Sie die Reise.«

Das blaue Gebäude sah immer kleiner und unscheinbarer
aus, je näher sie kamen. Kleiner, unscheinbarer, älter und um
einiges schäbiger. »Wie Sie sehen können, wurde es direkt an
den Abhang gebaut«, kommentierte Enzwo Nee, während sie
die letzte Häusergruppe vor dem Ziel passierten und dann eine Grasfläche überquerten, durch deren Mitte ein munterer
Bach plätscherte. »Ich glaube, der ursprüngliche Eigentümer
dachte, sich auf diese Weise vor den Winterstürmen schützen
zu können.«

»Was ist denn mit der linken Seite passiert?«, fragte Shada
und deutete darauf. »Wurde einer der Flügel abgerissen?«

»Nein, er wurde niemals gebaut«, klärte Enzwo Nee sie
auf. »Car'das hat zwar mal damit angefangen, das Haus aus-
zubauen, aber … nun, Sie werden ja sehen.«

Ein unbehaglicher Schauer lief Karrde über den Rücken. »Was soll das heißen, wir werden sehen? Was hat ihn aufgehalten?«

Enzwo Nee antwortete nicht. Karrde warf Shada einen Blick zu und fand, dass sie ihn ihrerseits mit einem sonderbaren Gesichtsausdruck ansah.

Eine Minute später waren sie da. Enzwo Nee brachte den Landgleiter vor einer ehemals weißen Tür, deren Farbe infolge des Alters und der Verwahrlosung abgeblättert war, sanft zum Stehen. »Sie gehen vor«, wandte sich Shada an Enzwo Nee und drängte sich dann mit Nachdruck zwischen Karrde und das Haus. »Ich bin hinter Ihnen – und Karrde geht hinter mir.«

»Oh nein, so wird das nicht ablaufen«, widersprach Enzwo Nee. Er schüttelte mit einer knappen, nervös wirkenden Bewegung den Kopf. »Nur Captain Karrde und ich werden dort hineingehen.«

Shadas Augen wurden schmal. »Lassen Sie es mich anders ausdrücken …«

»Nein, ist schon gut, Shada«, sagte Karrde, ging um sie herum und machte einen Schritt auf die Tür zu. Derart getrennt vom Rest der kleinen Gruppe und mit nichts zwischen ihm selbst und den leeren Fensterhöhlen, fühlte er sich schmerzlich bloßgestellt. »Wenn Car'das mich allein sehen will, dann wird das wohl so ablaufen müssen.«

»Vergessen Sie es«, gab Shada kategorisch zurück, ergriff Karrdes Arm und zog ihn zurück. »Enzwo Nee, entweder gehe ich mit ihm, oder er geht überhaupt nicht da hinein.«

»Shada, das bringt doch nichts«, grollte Karrde und starrte sie finster an. Wollte sie, dass sie alle miteinander über den Haufen geschossen wurden, ehe er die Chance bekam, als Bittsteller der Neuen Republik aufzutreten? »Wenn er mich tot sehen wollte, hätte er das auf dem Hinweg schon hundert Mal haben können. Oder er könnte mich auch gleich hier umbringen.«

»Das weiß ich«, schoss Shada zurück. »Aber das spielt keine Rolle. Ich bin als Ihre Leibwächterin mitgekommen, und genau das werde ich auch sein.«

Karrde sah sie unverwandt an, und plötzlich beschlich ihn

ein seltsames Gefühl. Damals, während des Treffens mit Solo, Leia und Calrissian im Orowood Tower hatte Shada sich lediglich dazu bereit erklärt, sie auf dieser Reise zu begleiten, und ihre Hilfe angeboten. Wann während der zurückliegenden zweieinhalb Wochen war aus dieser widerwillig getroffenen Übereinkunft die viel weiter reichende Verpflichtung als Leibwächterin geworden? »Shada, ich weiß Ihre Sorge zu schätzen«, sagte er ebenso ruhig wie entschieden, und legte seine Hand sanft auf die ihre, die sie noch immer seinen Arm umklammert hielt. »Aber Sie müssen sich das ganze Bild ins Gedächtnis rufen: Hier kommt es nicht in erster Linie auf mein Leben an und auf das, was damit geschieht.«

»Ich bin Ihre Leibwächterin«, erwiderte Shada nicht weniger ruhig und entschieden. »Für mich kommt es *nur* darauf an.«

»Bitte«, ergriff Enzwo Nee das Wort. »Bitte. Ich glaube, sie verstehen nicht. Captain Karrde und ich müssen *zuerst* hineingehen, aber sie dürfen selbstverständlich direkt nach uns eintreten. Es ist bloß so, dass … nun, sie werden ja sehen.«

Shada sah immer noch nicht glücklich aus, doch sie nickte widerspenstig. »Also gut, schön«, sagte sie. »Aber denken Sie daran: Falls etwas geschieht, befinden Sie sich unmittelbar in meiner Schusslinie. Sie beide zuerst, dann ich, dann 3PO.«

»Wirklich, Mistress Shada, es ist bestimmt nicht notwendig, dass ich mit Ihnen dort hineingehe«, versicherte der Droide ihr eilfertig und wich einen schlurfenden Schritt zurück. »Vielleicht sollte ich lieber hier warten und den Gleiter bewachen …«

»Er könnte vielleicht ganz nützlich sein«, meinte Enzwo Nee und lächelte ermutigend. »Komm, 3PO. Es ist alles in Ordnung.«

»Ja, Master Enzwo Nee«, entgegnete 3PO resignierend. Er jammerte kaum hörbar vor sich hin und trippelte bis auf einen halben Meter an Shada heran. »Aber ich muss sagen, ich habe ein schlechtes Gefühl …«

»Gut«, rief Enzwo Nee entzückt. Nachdem der ernste Augenblick verstrichen war, strahlte er wieder seine gewöhnliche Harmlosigkeit aus. »Gehen wir?«

Die Tür war nicht verschlossen. Karrde folgte dem kleinen Mann ins Innere des Hauses und fühlte sich verwundbarer denn je, als sie aus dem Sonnenlicht in einen muffigen, düsteren Raum traten.

Ein Raum, der zu seiner Überraschung bereits seit einiger Zeit offenbar nicht mehr benutzt worden war. Die paar Möbelstücke, die darin verteilt waren, sahen alt und verstaubt aus und wiesen die gleichen Anzeichen der Vernachlässigung auf, die sie bereits an der Außenseite des Hauses bemerkt hatten. Die drei Fenster, die von draußen so dunkel und bedrohlich ausgesehen hatten, erwiesen sich von innen nur noch als unvorstellbar dreckig. Dazu kam der leichte Milchglaseffekt, der darauf zurückzuführen war, dass der Wind über lange Jahre Staub oder Sand gegen die Fenster getrieben hatte. In den Streifen aus trübem Sonnenlicht, denen es gelang, den Schmutz zu durchdringen, waren lange Spinnweben zu erkennen, die von einigen der Sitzgelegenheiten bis zur Decke reichten.

»Hier entlang«, sagte Enzwo Nee leise. Seine Stimme wirkte wie ein Eindringling in der unheimlichen Stille, als er sie quer durch den Raum zu einer verschlossenen Tür führte. »Er ist da drin, Captain Karrde. Machen Sie sich bereit.«

Karrde atmete tief durch. Hinter sich vernahm er ein leises Kratzgeräusch, als Shadas Blaster aus dem Holster glitt. »Ich bin bereit«, sagte er. »Bringen wir es hinter uns.«

»Wirklich?«, Enzwo Nee langte an ihm vorbei und berührte die Türkontrolle. Die Tür öffnete sich mit einem verhaltenen Quietschen.

Der Gestank traf Karrde zuerst. Der Geruch des Alters und ferner Erinnerungen und verlorener Hoffnung. Und der Geruch von Krankheit und Erschöpfung.

Der Geruch des Todes.

Der Raum war klein, viel kleiner, als Karrde es erwartet hätte. Auf beiden Seiten bedeckten Einbauregale die Wände, die mit einem seltsamen Sortiment kleiner Kunstgegenstände, nutzlos anmutenden Schnickschnacks sowie mit Arzneifläschchen und medizinischen Gerätschaften voll gestopft waren. Ein riesiges Bett beanspruchte den größten Teil des übrigen Platzes, dessen Fußende bis auf einen Meter an den Eingang heranreichte und das nur gerade so viel Raum ließ, dass zwei Humanoide darin stehen konnten.

Und in diesem Bett lag unter einem Stapel Decken ein alter Mann, der still vor sich hin summte, während er an die Decke starrte.

»Jori?«, rief Enzwo Nee leise, als er durch die Tür trat. Das Summen hörte auf, doch der Blick des Alten wich nicht von der Zimmerdecke. »Jori? Hier ist jemand, der Sie sprechen möchte.«

Karrde trat neben ihm ein und drückte sich in den verbliebenen Zwischenraum. In seinem Kopf wirbelten die Gedanken durcheinander. Nein. Dies konnte unmöglich Jori Car'das sein – der energische, hitzköpfige, ehrgeizige Mann, der beinahe im Alleingang eine der größten Schmuggelorganisationen aller Zeiten aufgebaut hatte. »Jori«, rief er ihn zaghaft an.

Das runzlige Gesicht zeigte einen misstrauischen Ausdruck, und der Alte hob den Kopf. »Mertan?«, fragte eine zitternde Stimme. »Mertan? Bist du das?«

Karrde ließ mit einem kraftlosen Seufzer die angehaltene Luft entweichen. Die Stimme. Und die Augen. Ja, er war es wirklich. »Nein, Jori«, sagte er sanft. »Nicht Mertan. Ich bin es. Karrde. Talon Karrde. Erinnerst du dich?«

Die Augen des alten Mannes blinzelten mehrmals. »Karrde?«, sagte er mit derselben unsicheren Stimme. »Bist du das?«

»Ja, Jori, ich bin es«, versicherte Karrde. »Erinnerst du dich noch an mich?«

Auf dem Gesicht des alten Mannes erschien zögernd ein Lächeln, das sogleich wieder verging, als wären die Muskeln zu alt oder zu erschöpft, um es länger zu halten. »Ja«, antwortete er. »Nein. Wer bist du noch gleich?«

»Talon Karrde«, sagte der Captain noch einmal, der den bitteren Geschmack von Versagen und Enttäuschung und endgültiger Ermüdung im Mund spürte. Sie waren den ganzen Weg hierher gekommen, um Jori Car'das zu begegnen und ihn um Hilfe zu bitten. All die Ängste, die Karrde vor dieser Begegnung ausgestanden hatte – seine Ängste, seine

16

Reue, seine Schuldgefühle –, waren vergebens gewesen. Der Jori Car'das, vor dem er all die Jahre Angst gehabt hatte, existierte schon lange nicht mehr.

An seiner Stelle sah er eine leere Hülle.

Nur entfernt fühlte er durch den finsteren Strudel seiner Gedanken eine Hand, die sich auf seine Schulter legte. »Kommen Sie, Karrde«, sagte Shada leise. »Es gibt hier nichts mehr für Sie zu tun.«

»Das war Karrde, nicht?«, fragte da der alte Mann. Ein dünner Arm kam unter den Decken hervor, und die Hand verlor sich einen Augenblick, bevor es ihr gelang, die Kissen im Rücken des Alten aufzuschütteln. »Tarron Karrde?«

»Er heißt *Talon* Karrde, Jori«, verbesserte Enzwo Nee mit der Stimme eines geduldigen Vaters, der sein kleines Kind zurechtweist. »Kann ich irgendetwas für Sie tun?«

Car'das runzelte die Stirn; er bettete den Kopf auf die Kissen, während sein Blick abermals zu einem unbestimmten Punkt an der Decke abschweifte. »*Shem-mebal ostorran se'mmitas Mertan anial?*«, murmelte er mit fast unhörbarer Stimme. »*Karmida David shumidas kree?*«

»Altes Tarmidianisch«, flüsterte Enzwo Nee. »Die Sprache seiner Kindheit. In letzter Zeit verliert er sich mehr und mehr darin.«

»3PO?«, soufflierte Shada.

»Er fragt, ob Mertan heute schon hier gewesen ist«, übersetzte der Droide; und dieses eine Mal wies er nicht darauf hin, wie viele Kommunikationsformen er fließend beherrschte. »Oder dieser liebenswürdige Admiral David.«

»Nein, keiner von beiden«, sagte Enzwo Nee zu der Gestalt im Bett, während er Karrde bedeutete, den Raum zu verlassen. »Ich komme später wieder, Jori. Versuchen Sie, ein wenig zu schlafen, ja?«

Er folgte Karrde nach draußen und griff nach der Türkontrolle. »Schlafen?«, schnaubte der alte Mann schwach und ließ ein meckerndes Lachen hören. »Ich kann doch jetzt nicht schlafen, Mertan. Es gibt zu viel zu tun. Viel zu viel zu tun ...«

Die Tür schloss sich und schnitt den Rest gnädig ab. »Nun wissen Sie, wie es steht«, sagte Enzwo Nee leise.

Karrde nickte. Er hatte einen Geschmack nach Asche im Mund. So viele Jahre ... »Wie lange geht das schon so?«

»Und vor allem, warum haben Sie sich eigentlich damit abgegeben, uns hierher zu bringen?«, wollte Shada wissen.

»Was soll ich sagen?«, entgegnete Enzwo Nee. »Es ist das Alter – ein sehr hohes Alter –, einschließlich der zahlreichen Gebrechen, die ein so hohes Alter häufig mit sich bringt.« Seine hellen Augen wanderten weiter zu Shada. »Und weshalb ich Sie hergebracht habe? Nun, *Sie* wollten doch unbedingt kommen.«

»Wir wollten Jori Car'das treffen«, gab Shada bissig zurück. »Das Wesen, das da drin liegt, hatten wir dabei eigentlich nicht im Sinn.«

»Schon gut, Shada«, warf Karrde ein. So viele Jahre ... »Es ist mein Fehler, nicht der von Enzwo Nee. Ich hätte schon vor Jahren herkommen sollen.«

Er blinzelte plötzlich aufsteigende Tränen aus den Augen. »Ich schätze, nun bleibt nur noch eine Frage zu stellen. Enzwo Nee, Car'das besaß früher einmal ein riesiges Datenkartenarchiv. Haben Sie eine Ahnung, wo es heute sein könnte?«

Enzwo Nee zuckte die Achseln. »Was immer er damit gemacht hat, geschah, lange bevor ich in seinen Dienst getreten bin.«

Karrde nickte. Damit verging auch ihre letzte Hoffnung, hier eine intakte Kopie des Caamas-Dokuments zu finden. Vergebliche Ängste, und nun auch eine vergebliche Reise. Er fühlte sich mit einem Mal sehr alt. »Danke«, sagte er, zog sein Komlink hervor und aktivierte es. »Dankin?«

»Zur Stelle, Boss«, drang prompt Dankins leicht angespannt klingende Stimme aus dem Gerät. »Wie sieht es aus?«

»Ganz gut, danke«, erwiderte Karrde, indem er den Bereitschaftskode benutzte. »Die Mission ist abgeschlossen. Machen Sie das Schiff startklar; wir starten, sobald wir wieder an Bord sind.«

»Tja, das dürfte wohl ein bisschen knifflig werden«, gab Dankin düster zurück. »Hier draußen tut sich nämlich was, Boss. Etwas Großes. Sämtliche Raumschiffe auf dem Landefeld rüsten sich zum Kampf.«

Karrde zog die Stirn kraus. »Sind Sie sicher?«

»Ganz sicher«, antwortete Dankin. »Die bringen Raketenträger an Bord, Vakuumschutzanzüge für Bordschützen und den ganzen übrigen Kram. Außerdem scheinen sie eine Menge ziviler Raumschiffe zu bewaffnen.«

»Es geht um Rei'Kas und seine Piraten«, ließ sich Enzwo Nee neben Karrde leise vernehmen. »So wie es aussieht, ist Ihnen einer von denen hierher gefolgt.«

Karrde verzog das Gesicht. Ein weiteres Detail des Bildes, das er sich in Gedanken so sorgfältig ausgemalt hatte, wurde soeben ausradiert. Er war sich so sicher gewesen, dass Rei'Kas von Car'das angeworben und hierher gebracht worden war. »Uns kann eigentlich niemand gefolgt sein«, teilte er Enzwo Nee mit. »Wir achten immer sehr genau darauf, was hinter uns passiert.«

Enzwo Nee hob abermals die Schultern. »Ich weiß nicht, wie sie es gemacht haben. Ich weiß bloß, dass sie es getan haben. Laut Admiral David hat ihre gesamte Flotte die geheime Basis verlassen und ist auf dem Weg nach Exocron.«

»Sie wussten schon davon, noch bevor wir gelandet waren?«, wollte Shada wissen. »Warum haben Sie nichts gesagt?«

»Was hätte ich denn sagen sollen?«, konterte Enzwo Nee. »Der Schaden war ja bereits angerichtet. Sie hatten Exocron gefunden.« Er deutete nach oben. »Das war der Grund, weshalb ich Sie selbst von Dayark hierher bringen wollte, Captain Karrde. Mein Schiff hätten sie nicht verfolgen können.«

Karrde verzog das Gesicht. Als würde er an seiner Schuld nicht schon schwer genug tragen. Und jetzt das. »Wie lange noch, bis sie den Planeten erreichen?«

»Verzeihung«, ergriff 3PO das Wort, ehe Enzwo Nee antworten konnte. »Aber sollten wir uns, wenn Piraten auf dem Weg hierher sind, nicht um unsere Abreise kümmern?«

»Er hat Recht«, pflichtete Enzwo Nee ihm bei. »Trotzdem besteht für Sie kein Grund zu besonderer Eile. Sie werden frühestens in acht Stunden hier sein. Möglicherweise später.«

»Was ist mit Ihnen?«, fragte Shada.

Enzwo Nees Lippen bebten. »Ich bin sicher, uns wird

nichts geschehen. Man sagte mir, die Vereinte Luft- und Raumflotte sei recht gut.«

»Vielleicht gegen gewöhnliche Schmuggler oder Wegelagerer«, entgegnete Shada düster. »Aber wir reden hier über Rei'Kas.«

»Das ist unser Problem, nicht Ihres«, gab Enzwo Nee entschlossen zurück. »Sie bereiten sich besser auf den Abflug vor.«

Karrde stellte plötzlich fest, dass sein Komlink noch immer aktiv war. »Dankin?«, rief er. »Haben Sie mitgehört?«

»Alles angekommen, Boss«, bekräftigte Dankin. »Wollen Sie immer noch, dass ich das Schiff startklar mache?«

Karrde blickte an Enzwo Nee vorbei durch die dunklen Fensterhöhlen auf die Stadt. Dort lebten Wesen, die er, ob gewollt oder nicht, durch seine Handlungsweise in tödliche Gefahr gebracht hatte.

Was bedeutete, dass er hier nur eine Entscheidung treffen konnte. »Ja, machen Sie das Schiff bereit«, teilte er Dankin mit. »Bereit zum Gefecht.«

Dann sah er wieder Enzwo-Nee an. »Wir werden bleiben und kämpfen.«

2. Kapitel

Das Chaos an Bord der *Errant Venture*, dachte Booster Terrik, war noch nie so groß gewesen wie jetzt. Und da es um die *Errant Venture* ging, sollte das schon etwas heißen.

Sie waren überall: Ingenieure und Arbeiter und Offizierstypen der Neuen Republik, zu Tausenden schlichen sie um jede Ecke seines Sternzerstörers. Sie reparierten Dinge, fügten Dinge hinzu, bauten Dinge aus, erneuerten Dinge und stellten bei jeder Gelegenheit alles auf den Kopf, bloß weil es ihnen Spaß machte. Seine eigenen Leute waren einfach übertölpelt, zur Seite gestoßen, ersetzt oder schlicht über den Haufen gerannt worden, als dieser übermächtige Rancor, der sich *Umbaumannschaft* nannte, sein Schiff verstopfte.

Und mitten in dem ganzen Durcheinander bewegte sich General Bel Iblis – wie das stille Auge eines Wirbelsturms.

»Letzte Nacht sind fünf weitere Kriegsschiffe im System eingetroffen«, meldete ein abgekämpft wirkender Adjutant, der mit Bel Iblis mitzuhalten versuchte, während der General mit beherzten großen Schritten durch den Gang Steuerbord 16 zu den dort angesiedelten Geschützstellungen marschierte. Booster hatte mit seinen längeren Beinen in dieser Hinsicht weniger Probleme. Gleichwohl besaß Bel Iblis seiner Meinung nach weit mehr Energie als irgendjemand, der so früh am Morgen schon auf den Beinen war. »*Die Furor der Freiheit, Geist von Mindor, Starline Warrior, Stellar Sentinel und die Wellings Rache.*«

»Gut«, erwiderte Bel Iblis und blieb an einer Überwachungskonsole für Turbolaser stehen. »Was ist mit der *Garfin* und der *Beledeen II*?«

»Noch keine Nachricht«, antwortete der Adjutant und blickte prüfend auf seinen Datenblock. »Ich habe Gerüchte gehört, das auch die *Webley* hier sei, aber bis jetzt hat sie sich noch nicht gemeldet.«

»Sie ist hier«, ergriff Booster das Wort. »Captain Winger ist

... nun, ihre mechanischen Finger hinterlassen ziemlich unverkennbare Spuren auf Alebüchsen aus Metall.«

Die Augen des Adjutanten verdunkelten sich. »Alle eintreffenden Raumschiffe sollen unverzüglich Meldung machen ...«

»Schon gut«, beruhigte Bel Iblis ihn. »Keine Sorge, sie wird schon früh genug auftauchen. Alex wollte ihrer Mannschaft bestimmt nur ein wenig Ruhe gönnen, ehe die Befehle rausgingen.«

»Sie sind nicht die Einzigen, die ein wenig Ruhe gut gebrauchen könnten«, murmelte Booster vor sich hin.

Bel Iblis zog darauf ein wenig die Stirn kraus, so als würde er die Gegenwart des großen Mannes jetzt erst bemerken. »Wollten Sie etwas von mir, Terrik?«, fragte er.

»Ich frage mich bloß, wann die Arbeiten an meinem Schiff abgeschlossen sein werden.«

»Wir sind fast fertig«, entgegnete Bel Iblis. »Lieutenant?«

»So wie es aussieht, werden die wichtigsten Reparaturen binnen zwölf Stunden beendet sein«, bekräftigte der jüngere Mann, nachdem er seinen Datenblock zu Rate gezogen hatte. »Womöglich werden ein paar Kleinigkeiten übrig bleiben, aber die können auch noch während der Reise nach Yaga Minor erledigt werden.«

Bel Iblis blickte Booster an. »War das alles?«, erkundigte er sich.

»Nein, keineswegs«, gab Booster zurück. Er blieb stehen und sah den Adjutanten viel sagend an.

Bel Iblis verstand den Hinweis. »Lieutenant, gehen Sie und überprüfen Sie die Traktorstrahlstellung Nummer sieben«, sagte er. »Überzeugen Sie sich davon, dass die Einstellung der Balance richtig ausgeführt wurde.«

»Jawohl, Sir«, nickte der Adjutant. Er warf Booster einen grüblerischen Blick zu, dann ging er mit schnellen Schritten durch den Korridor davon.

Sie traten ein. »Sie haben sich bisher ziemlich bedeckt gehalten, wie Ihre Planung bei diesem kleinen Überfall aussieht«, sagte Booster, nachdem die Tür sich wieder hinter ihnen geschlossen hatte. »Ich denke, es ist Zeit, dass ich ein paar Einzelheiten erfahre.«

»Da gibt es nicht viel zu berichten«, erwiderte Bel Iblis. »Wir werden die *Errant Venture* an ihren Wachtposten vorbei und, so ist zu hoffen, durch ihre Hauptverteidigungslinie bringen. Sobald wir drin sind, wird der Rest der Einsatztruppe hinter uns aus dem Hyperraum kommen und ihre Defensivlinie angreifen. Mit ein wenig Glück werden die Imperialen so beschäftigt sein, dass sie für uns keinen zweiten Blick mehr haben.«

»Das setzt natürlich voraus, dass ihr erster Blick uns nicht an die Wand nagelt«, stellte Booster düster fest. »Und das mal vorausgesetzt … was dann?«

»Yaga Minor hat eine Besonderheit, die, so viel ich weiß, unter allen Einrichtungen des Imperiums einzigartig ist«, erklärte Bel Iblis. »Es gibt dort ein paar externe Computerterminals, die am Ende eines Korridors oder Fußsteigs im Innern einer Röhre installiert wurden, die sich ungefähr hundert Meter von der Allgegenwärtigkeitsstation im Orbit ins All erstreckt.

Booster runzelte die Stirn. »Merkwürdige Bauweise.«

»Die Idee war, hochrangigen zivilen Forschern Zugang zu den Computerarchiven zu gewähren, ohne sie deshalb gleich in die Allgegenwärtigkeitsbasis hineinzulassen«, teilte der General ihm mit. »Großmufti Tarkin hat eine Menge seiner eher persönlichen Aufzeichnungen über Yaga Minor laufen lassen, und er wollte nicht, dass seine politischen Gegner auch nur die geringste Ahnung davon bekamen, was er im Schilde führte.«

»Na gut, damit haben wir eine Fernverbindung zum Hauptcomputer«, sagte Booster. »Ich nehme jedoch nicht an, dass es auch eine passende Durchreiche gibt, durch die wir hineinkommen können.«

»Es gibt Zugangsschotts, aber unglücklicherweise sind sie nicht zu gebrauchen«, entgegnete Bel Iblis, dessen Stimme plötzlich grimmig klang. »Wahrscheinlich müssen wir ein Loch in eine Seite der Zugangsröhre sprengen und unsere Hacker in Vakuumanzügen hineinschicken.«

Booster schnaubte verächtlich. »Klar, wir sprengen einfach ein Loch in die Station. Das merkt bestimmt keiner.«

»Vielleicht wirklich nicht«, sagte Bel Iblis. »Unsere Hauptstreitkräfte werden zur gleichen Zeit mit Protonentorpedos einen Sperrgürtel legen. So werden die Imperialen denken, dass einer der Torpedos durchgekommen ist.«

»Und falls nicht?«

Bel Iblis zuckte die Achseln. »Dann müssen Sie und ich und der Rest der Besatzung der *Errant Venture* uns unseren Lohn auf die harte Tour verdienen. Wir werden sie so lange aufhalten müssen, bis die Hacker eine Kopie des Caamas-Dokuments angefertigt und an die angreifenden Raumschiffe übermittelt haben.«

Booster schnaubte erneut. »Nichts für ungut, General, aber das ist wohl der miserabelste Plan, den ich in meinem ganzen Leben gehört habe. Was geschieht mit uns, wenn wir das Dokument haben?«

Bel Iblis sah ihn unverwandt an. »Was dann mit uns geschieht, spielt keine Rolle«, erwiderte er unverblümt. »Wenn sie unsere Kapitulation annehmen, gut. Wenn nicht … werden sie die *Errant Venture* mit uns an Bord in Schrott verwandeln.«

»Augenblick mal«, rief Booster und legte die Stirn in Falten. Er hatte in dieser atemberaubend lausigen Strategie soeben ein äußerst bedeutsames Wort entdeckt. »Wen meinen Sie denn mit *uns*? Ich dachte, *Sie* wären mit der Hauptstreitmacht da draußen.«

Bel Iblis schüttelte den Kopf. »Dieses Schiff ist der Schlüssel zu der gesamten Operation«, erklärte er seelenruhig. »Dieses Schiff muss lange genug standhalten, um das Caamas-Dokument als erstes zu empfangen und dann durch jedes nur denkbare Störmanöver der Imperialen zu bringen. Hier werde ich am meisten gebraucht. Also werde ich auch hier sein.«

»Nun warten Sie aber mal eine *mradhe*-mistverfluchte Minute«, grollte Booster und richtete sich zu seiner vollen Größe von einem Meter neunzig. »Dies ist *mein* Schiff. Und Sie haben gesagt, dass ich der Captain bleibe.«

»Sie *sind* der Captain«, erklärte Bel Iblis. »Ich bin bloß der Admiral.«

Booster stieß ein langes fauchendes Geräusch aus. Er hätte

wissen müssen, dass Bel Iblis sich auf *gar nichts* eingelassen hatte. Er hätte es *wissen* müssen. »Und wenn ich mich weigere, Ihnen das Kommando zu übergeben?«

Bel Iblis zog ein wenig die Augenbrauen in die Höhe. Booster nickte. Er hatte einen sauren Geschmack im Mund. Da es auf der *Errant Venture* nur so von Bel Iblis' Leuten wimmelte, lohnte es sich nicht mal, die Frage zu beantworten.

»Gut«, sagte er leise. »Ich wusste, ich würde das hier noch bedauern.«

»Sie können hier bleiben, wenn Sie wollen«, bot Bel Iblis ihm an. »Ich bin sicher, Coruscant wird sie entschädigen für …«

»Vergessen Sie's«, spuckte Booster aus. »Dies ist mein Raumschiff, und Sie werden es nicht ohne mich in eine Schlacht lenken. Punkt. Aus. Ende.«

Bel Iblis lächelte vage. »Ich verstehe«, sagte er. »Glauben Sie mir, ich verstehe durchaus. War das jetzt alles?«

»Nein, doch das sollte fürs Erste reichen«, erwiderte Booster niedergeschlagen. »Aber Sie sollten zusehen, ob Sie innerhalb der nächsten drei Tage nicht mit einem besseren Plan aufwarten können.«

»Ich werde es versuchen«, versprach Bel Iblis. Er drehte sich um und wollte zur Tür gehen …

»Sekunde noch«, rief Booster, als ihn ein neuer Gedanke überfiel. »Sie sagten eben, wir sprengen ein Loch in die äußere Computerstation. Was, wenn zu dem Zeitpunkt jemand da drin ist?«

»Ich erwarte nicht, dass jemand dort sein wird«, erklärte General Bel Iblis. »Ich bezweifle, dass diese Station noch häufig benutzt wird. Abgesehen davon sehe ich keine andere Möglichkeit.«

»Aber was, wenn doch jemand dort ist?«, wiederholte Booster beharrlich. »Sie sagten selbst, dass die Computerterminals nur von Zivilisten benutzt wurden. Wenn Sie ein Loch in die Wand sprengen, werden Sie sie töten.«

Ein Schatten schien über Bel Iblis' Züge zu huschen. »Ja«, sagte er leise. »Ich weiß.«

»Tja«, sagte Klif und konsultierte sein Chrono. »Jetzt sind es vier Stunden. Was meinen Sie – noch zwei, bis jemand den Panikknopf drückt?«

Navett hob die Schultern und ging im Kopf rasch die eigenen Berechnungen durch. Er und Klif waren zu dem Zeitpunkt nachweisbar woanders gewesen, falls irgendjemand dies nachprüfen würde, aber laut Pensin war der heimliche Transfer ihrer kleinen organischen Zeitbomben in die Kleidung der Bothan-Techniker so glatt wie gesponnenes Kristallgarn verlaufen. Es war jetzt vier Stunden her, dass eben diese Techniker im Gebäude des Schildgenerators von Drev'starn verschwunden waren. Noch eine Stunde, bis sie sie bemerkten; noch zwei weitere, bis die Bothans die ganze Tragweite ihres Problems erkannten und alle übrigen Möglichkeiten, damit klarzukommen, erschöpft waren … »Ich schätze, noch mindestens drei Stunden«, teilte er Klif mit. »Sie werden es nicht eilig haben, Außenweltler um Hilfe zu bitten.«

»Also, das Zeug ist so weit, wann immer sie es doch tun«, erwiderte Klif mit einem Achselzucken.

Im vorderen Teil des Ladens schlug das lästige heitere Glöckchen an, und die Tür ging auf. Navett setzte die Miene auf, die Klif ihre aufrichtigen, aber dummen Gesichter genannt hatte, hob den Blick …

… und spürte, wie der Ausdruck auf seinem Gesicht gefror. Soeben betraten die beiden Typen vom Militär der Neuen Republik den Laden.

Neben ihm gab Klif ein kaum hörbares Krächzen von sich. »Still«, zischte Navett, fügte seiner Miene noch ein leicht dämliches Lächeln hinzu und bog beflissen um das Ende des Tresens, um ihren Besuchern entgegenzueilen. »Ich wünsche Ihnen einen erfreulichen und Gewinn bringenden Tag, oder wie das heißt«, rief er und stimmte den freundlichen, jedoch ein wenig aufdringlichen Ton eines Händlers an, der ein Geschäft abschließen will. »Kann ich Ihnen helfen?«

»Wir schauen uns nur mal um, danke«, antwortete einer der Männer, während sie an den Käfigreihen entlanggingen. Sie waren zwei Exemplare der gleichen Sorte, bemerkte Navett: beide ein wenig klein geraten, beide mit bereits ergrauendem braunem Haar. Der Sprecher hatte braune Augen, während die seines Begleiters grün waren.

Und aus der Nähe betrachtet, kam ihm vor allem Braunauge irgendwie bekannt vor.

»Sicher, sicher«, sagte Navett und blieb nach Art der Ladenbesitzer immer in ihrer Nähe. »Suchen Sie etwas Bestimmtes?«

»Eigentlich nicht«, fiel Grünauge ein und warf einen Blick in den Käfig mit den Polpians. »Was sind *das* für Tiere? Polpians?«

»Ja, genau«, erwiderte Navett. Beide Männer hatten einen schwachen corellianischen Akzent. »Sie kennen sich aus.«

»Ein wenig«, sagte Grünauge und sah ihn mit einem Glitzern in den Augen an, auf das Navett gut hätte verzichten können. »Ich dachte, Bothans wären allergisch gegen Polpians.«

»Ja, einige schon, nehme ich an«, erwiderte Navett und zuckte mit den Achseln.

»Und Sie haben sie trotzdem nach Bothawui gebracht?«

Navett setzte einen verwirrten Gesichtsausdruck auf. »Ja, sicher«, sagte er und versuchte, ein bisschen verletzt zu klingen. »Dass manche Leute gegen irgendwas allergisch sind, heißt doch noch lange nicht, dass andere es nicht kaufen wollen. Und nicht alle Bothans sind gegen sie allergisch. Außerdem gibt es hier neben den Bothans auch noch eine Menge anderer Leute …«

Er verstummte, als Braunauge nieste. »Da! Sehen Sie?«, rief er und stieß mit dem Finger nach dem anderen, als sei dessen Niesen so etwas wie eine Bestätigung. »Vermutlich ist *er* auch gegen irgendwas hier drin allergisch. Aber Sie beide sind trotzdem hereingekommen, stimmt's? Und ich wette, ich finde etwas, das ein wirklich tolles Haustier für Sie abgeben wird.«

Die Türglocke läutete abermals. Navett drehte sich um und sah eine dürre alte Frau eintreten. Ihre Begleiterin, von der Klif gesprochen hatte? »Hallo, guten Tag«, sagte er und nickte ihr zu. »Ich wünsche Ihnen einen erfreulichen und Gewinn bringenden Tag. Kann ich Ihnen helfen?«

»Das hoffe ich«, antwortete die Frau. »Haben Sie Diestel-ratten?«

Navett spürte, dass ihm der Kragen zu eng wurde. Was, zum Teufel, war eine Diestelratte? »Ich glaube, davon habe ich noch nie gehört«, sagte er vorsichtig. Er war nicht so dumm, ein Wissen vorzutäuschen, das er nicht besaß. »Aber ich kann ja mal die Listen durchgehen, um zu schauen, ob wir sie irgend-wo bestellen können. Um was für Kreaturen handelt es sich?«

»Sie sind wirklich nicht so beliebt«, erklärte die Frau. Ihre Stimme klang ganz beiläufig, doch sie beobachtete ihn ebenso aufmerksam wie Grünauge. »Sie sind klein und lebhaft, ha-ben ein gestreiftes Fell und bewegliche Krallen. In manchen gebirgigen Gegenden werden sie zur Beaufsichtigung des Viehs verwendet.«

»Ah, klar«, rief Klif von der anderen Seite des Tresens. So wie er sich lässig über den Ladentisch lehnte, war von dem Datenblock, den er zweifellos unter der glatten Tischplatte hatte verschwinden lassen, nichts zu sehen. »Sie sprechen von kordulianischen Krissen.«

»Oh, kordulianische *Krissen*«, warf Navett mit einem wis-senden Nicken ein. Davon hatte er allerdings auch noch nie gehört, aber Klifs Wink war nicht zu missdeuten. »Natürlich, ich hatte bloß den anderen Namen noch nie gehört. Klif, kön-nen wir welche bestellen?«

»Ich werde nachsehen«, entgegnete Klif, zog mit großem Getue den Datenblock unter dem Tresen hervor und tat so, als würde er das Gerät einschalten.

»Und was ist das hier?«, rief Braunauge. Er stand über den Tank mit den Mawkrens gebeugt und spähte mit einer ir-gendwie anzüglichen Miene hinein.

»Baby-Mawkrens«, erklärte Navett, trat neben ihn und blickte liebevoll durch den durchsichtigen Plastikdeckel auf die winzigen Eidechsen, die rastlos übereinander krochen. »Erst heute Morgen geschlüpft. Niedlich, nicht?«

»Allerliebst«, bemerkte Braunauge, hörte sich indes nicht so an, als würde er es ehrlich meinen.

»Da haben wir es«, rief Klif. »Kordulianische Krissen. Mal sehen …«

Da meldete sich piepsend Navetts Komlink. »Tschuldigen Sie mich«, sagte er und zog das kleine Gerät hervor, während ihn plötzlich eine Welle von Furcht überkam. Wenn das jetzt der Anruf war, den sie erwarteten … »Hallo?«

»Spreche ich mit Navett, dem Besitzer der Exoticalia-Tierhandlung?«, erkundigte sich die steife, gehetzt klingende Stimme eines Bothans.

»Aber sicher«, antwortete Navett, der sich um aufrichtige, dümmliche Fröhlichkeit in der Stimme bemühte. Es war der Anruf, ja, und bei ihrem Glück kam er natürlich genau in dem Moment, da ein Agentenduo der Neuen Republik vor ihnen stand und zuhörte. »Was kann ich für Sie tun?«

»Wir haben hier ein kleines, gleichwohl ärgerliches Problem mit einer Insekteninvasion«, berichtete der Bothan. »Alle unsere Versuche, die Biester zu eliminieren, waren vergeblich. Wir dachten, dass Sie als Händler exotischer Tierarten vielleicht ein paar Vorschläge haben.«

»Wahrscheinlich«, entgegnete Navett. »Klif und ich haben mal als Kammerjäger gearbeitet, bevor wir in das Geschäft mit den Haustieren eingestiegen sind. Was für Insekten sind es denn?«

»Unsere Experten kennen sie nicht«, sagte der andere. Er klang angewidert. »Wir wissen bloß, dass sie sehr klein sind, auf keine unserer Ausrottungsmethoden reagieren und in unregelmäßigen Abständen allesamt laut zu summen anfangen.«

»Das könnten Skronkies sein«, vermutete Navett skeptisch. »Die veranstalten einen ziemlich unangenehmen Lärm. Oder Aphrens. Oder – warten Sie mal. Ich wette, es handelt sich um Metallmilben. Gibt es bei Ihnen Elektronik oder irgendwelche schweren Maschinen?«

Aus dem Komlink drang eine Art ersticktes Würgen. »Allerdings. Eine ziemliche Menge«, erwiderte der Bothan. »Und was tun diese Metallmilben?«

»Sie beißen sich durch Metall«, erklärte Navett. »Natürlich fressen sie sich nicht wirklich durch das Material. Sie besitzen bestimmte Enzyme, die …«

»Ich brauche keine biologischen Einzelheiten«, fiel ihm der Bothan ins Wort. »Wie können wir sie vernichten?«

»Tja, mal überlegen«, sagte Navett und rieb sich vor den Agenten der Neuen Republik nachdenklich das Kinn. Grünauge hatte wieder dieses Glitzern in den Augen … »Zuerst müssen Sie sprühen. Haben Sie – ich muss nachdenken – CorTrehan im Haus? Das ist Cordiolin Trehansicol, falls Sie den vollständigen Namen benötigen.«

»Ich weiß nicht«, erwiderte der Bothan. »Aber ich bin mir sicher, wir können welches auftreiben.«

»Bevor Sie das tun, überzeugen Sie sich davon, dass Sie jemanden haben, der sich damit auskennt«, warnte Navett ihn. »Es wird Ihnen gar nichts einbringen, wenn Sie das Zeug einfach so verspritzen.«

Es entstand eine kurze Pause. »Was soll das heißen?«

»Das soll heißen, Sie können das Zeug nicht einfach so in der Gegend verspritzen, das ist alles«, antwortete Navett, wobei er ein wenig Ungeduld in seine Stimme einfließen ließ. »Sie müssen alle Stellen erwischen, wo sie zu fressen beginnen, müssen aber auch ein paar Stellen für sie freilassen …« Er seufzte. »Schauen Sie, das ist nichts, womit sich Amateure abgeben sollten. Wir haben hier die Ausrüstung, die zum Sprühen notwendig ist – wir haben damit unsere Käfige und unseren Bestand desinfiziert. Besorgen Sie das CorTrehan, und Klif und ich erledigen das für Sie.«

»Unmöglich«, versetzte der Bothan. »Außenweltler haben keinen Zutritt zu unserer Anlage.«

»Oh, verstehe.« Navett zuckte die Achseln. Er hatte die unwillkürliche Zurückweisung seines ersten Angebots erwartet. »Ich will nur helfen. Sie haben jede Menge Zeit, eine einzige Brut loszuwerden, ehe sie allzu großen Schaden anrichtet …«

Er runzelte Stirn, so als wäre ihm plötzlich etwas eingefallen. »Es ist doch nur eine *einzelne* Brut, oder? Geben sie, wenn sie summen, alle nur einen Ton von sich – oder gibt es verschiedene Höhen und Tiefen?«

Wieder eine kurze Pause. »Es sind verschiedene Tonlagen«, sagte der Bothan. »Fünf, vielleicht sechs.«

Navett ließ ein leises Pfeifen hören. »*Fünf* Tonlagen. Junge, Junge … he, Klif, die haben da schon fünf verschiedene Tonlagen. Na, dann viel Glück. Ich hoffe allerdings, Sie setzen jemanden auf sie an, ehe der Brutkrieg beginnt.«

Er schaltete das Komlink ab. »Fünf«, murmelte er und schüttelte den Kopf. »Wow.«

»Schockierend«, pflichtete Grünauge ihm bei, dessen Augen immer noch glitzerten. »Metallmilben sind allerdings ziemlich exotische Haustiere.«

»Sie werden manchmal auf Raumschiffen eingeschleppt«, erklärte Navett, der sich wünschte, diesen Gesichtsausdruck deuten zu können. Grünauge war misstrauisch, keine Frage. Aber misstraute er ihm, Navett, persönlich, oder bloß der Metallmilbenkrise im Allgemeinen. »Ich habe auch gehört, dass sie sich auf Mynocks niederlassen. Sie leben anscheinend von dem, was diese Biester hinterlassen …«

Wieder piepste das Komlink. »Bitte nochmals um Entschuldigung«, sagte er und griff danach. »Hallo?«

»Hier ist noch einmal Feldkontrolleur Tri'byia«, ließ sich dieselbe angewiderte Bothan-Stimme vernehmen. »Ich habe eben mit Ihnen gesprochen.«

»Ja, klar«, nickte Navett. »Was kann ich für Sie tun?«

»Ich wurde angewiesen, mich zu erkundigen, wie viel Sie für die Beseitigung der Metallmilben verlangen«, sagte Tri'byia.

»Oh, nicht viel«, entgegnete Navett und verkniff sich sorgfältig ein Lächeln. Der Tonfall Tri'byias verriet eindeutig, dass der unvermittelte offizielle Sinneswandel nicht seine Idee gewesen war. »Solange Sie das CorTrehan besorgen … na ja, schauen Sie, der Mann vom Zoll hat gemeint, dass wir eine spezielle Händlerlizenz benötigen, wenn wir unsere Haustiere außerhalb von Drev'starn verkaufen wollen. Wenn Sie uns diese Genehmigung besorgen, machen wir es umsonst.«

»Umsonst?«, wiederholte Tri'byia. Seine Stimme sprang die Tonleiter ein paar Stufen hinauf. »Warum so großzügig?«

»Hören Sie, ich habe gesehen, was Metallmilben anstellen können«, sagte Navett steif. »Wenn Sie glauben, ich wollte ein Geschäft in einer Stadt betreiben, in der sie sich eingenistet haben, denken Sie besser noch einmal nach. Und je schneller wir anfangen, desto einfacher wird es sein, sie loszuwerden. Sie besorgen uns die Händlerlizenz und das Zeug, und wir sind quitt.«

»Ich denke, das wird sich machen lassen«, gab Tri'byia widerstrebend zurück. »Sie und Ihre Ausrüstung werden sich allerdings einem vollständigen Scan unterziehen müssen, bevor wir Sie in die Anlage hineinlassen können.«

»Kein Problem«, versicherte Navett. »Eigentlich dürfte das ganz lustig werden – wie in den alten Zeiten. Wann sollen wir kommen?«

»Ein Gleiter wird Sie in dreißig Minuten abholen«, erwiderte der Bothan. Er klang noch immer nicht glücklich, doch in seiner Stimme lag ein Unterton verhaltener Erleichterung. »Halten Sie sich bereit.«

»Tun wir«, versprach Navett.

Der Bothan unterbrach die Verbindung ohne ein Wort des Abschieds. »Man kann nie wissen«, bemerkte Navett philosophisch und steckte das Komlink ein. »Tut mir Leid, Leute. Wollen Sie, dass wir ein paar von den Krissen für Sie bestellen, Ma'am? Klif, haben Sie in den Listen welche gefunden?«

»Sieht so aus, als könnten wir sie von einem Großhändler auf Eislo bekommen. Sie werden in zwei bis drei Tagen hier sein«, berichtete Klif. »Oder wir lassen sie direkt von Kordu per Schiff hierher transportieren. Das ist wahrscheinlich ein wenig billiger, wird aber länger dauern.«

»Wollen Sie heute bestellen?«, fragte Navett hoffnungsvoll. »Sie müssen lediglich einen Zehner im voraus bezahlen.«

Die alte Frau schüttelte den Kopf. »Ich denke, ich werde zuerst mal schauen, ob ein anderer Händler in der Stadt sie vorrätig hat.«

»Nun, kommen Sie zurück, wenn Sie niemanden finden«, rief Klif, als die drei Besucher zur Tür gingen. »Wir können für einen sehr vernünftigen Preis auch Lieferung per Express anbieten.«

»Wir werden daran denken«, versprach Braunauge. »Danke. Kann gut sein, dass wir wieder kommen.«

Sie marschierten nacheinander aus dem Laden, am Schaufenster vorbei und verließen Navetts Blickfeld, nachdem die

Tür sich hinter ihnen geschlossen hatte. »Darauf würde ich wetten«, sagte er leise zu sich selbst.

Er schüttelte den Kopf und verscheuchte den Gedanken an sie. Diebinnen vom Rand und sogar Agenten der Neuen Republik waren jetzt ohne jede Bedeutung. Von Bedeutung war indes, dass ihre kleinen Metallmilben-Zeitbomben, die sie den Technikern des Schildgenerators unter die Kleidung geschmuggelt hatten, ihre Arbeit getan hatten.

Und jetzt war es an der Zeit, dass Klif und er ihre Arbeit taten.

»Machen wir uns fertig«, sagte er, während er forsch auf das Hinterzimmer zuging. »Wir wollen die Bothans nicht warten lassen.«

»Und hier«, sagte General Hestiv und gab eine Kombination in die Tastatur ein, »werden Sie arbeiten.«

»In Ordnung«, nickte Ghent und warf einen nervösen Blick in die Passage, die hinter ihnen lag. Es war ein weiter Weg zurück zur Hauptbasis, und Hestiv hatte ihm versichert, dass heutzutage kaum noch jemand hierher kam. Doch hinter ihm lag eine ganze imperiale Allgegenwärtigkeitsstation, und er konnte das Gefühl nicht loswerden, dass er von unfreundlichen Augen beobachtet wurde.

Das Schott schwang auf und entließ fauchend einen Schwall abgestandener Luft. »Wir sind da«, erklärte Hestiv und winkte ihn weiter. »Gehen Sie nur hinein.«

Ghent trat durch den Eingang und warf Hestiv im Vorbeigehen einen scheelen Blick zu. Sicher, er wusste, dass Admiral Pellaeon sich für ihn verbürgt hatte. Aber er blieb ein imperialer Offizier, und Ghent gehörte der Neuen Republik an. Und falls dieser Mufti Disra ihn verschwinden lassen wollte, so war dies hier genau der richtige Ort dafür.

Und dann fiel sein Blick zum ersten Mal auf den Raum selbst …

»Dies ist ihr neues zeitweiliges Zuhause«, sagte Hestiv hinter ihm. »Was meinen Sie?«

Ghent hörte ihn kaum. Er wollte, als er sich in dem winzigen Raum umsah, kaum seinen Augen trauen. Hier standen dicht an dicht ein Everest-448-Datensieb, ein Paar Fedukow-ski-D/Quadratchiffren-Dechiffrierer, fünf Wickstrom-K220-Hochleistungs-Peripherieprozessoren, ein numerischer Analyzer des Typs Merilang-1221 für das gesamte Spektrum ...

»Das Equipment entspricht vermutlich nicht ganz dem, an das Sie gewöhnt sind«, bemerkte Hestiv entschuldigend. »Aber ich hoffe, es wird genügen.«

... und da, genau im Zentrum, stand nichts weniger als ein brandneues Rikhous-Masterline-70-OcTerminal. *Ein Masterline-70!* »Nein, nicht ganz«, brachte Ghent heraus und starrte die Reihe glänzender Geräte aus hervorquellenden Augen an. Und sie wollten *ihm* diesen ganzen Raum überlassen? Ihm ganz allein? »Es wird ganz sicher genügen.«

»Gut«, erwiderte Hestiv, durchquerte den Raum vor ihm und schloss eine zweite Tür auf, die Ghent noch gar nicht bemerkt hatte. »Ihr Quartier befindet sich hier drin, sodass Sie diese Sektion überhaupt nicht verlassen müssen. Sie werden sicher den Kode des Türschlosses ändern wollen, sobald ich weg bin, damit nicht einmal ich unangemeldet zu Ihnen hereinkommen kann.«

»Sicher«, entgegnete Ghent, der seine Nervosität bereits vergessen hatte. »Ich kann alles todsicher versiegeln. Einverstanden, wenn ich anfange?«

»Wann immer Sie so weit sind«, gab Hestiv zurück. Ghent war sich vage der Tatsache bewusst, dass der andere ihn mit einem sonderbaren Blick musterte. »Sie wissen ja, wie Sie mich erreichen, falls Sie irgendetwas brauchen. Viel Glück.«

»Sicher«, sagte Ghent noch, als Hestiv wieder in die Passage trat. Es gab einen erneuten Luftstoß, und er war allein.

Er ließ seinen Rucksack auf den Boden fallen und stieß in mit dem Fuß in die ungefähre Richtung seines Quartiers. Imperiale Muftis, lauernde Gefahren, sogar der bevorstehende Bürgerkrieg – all das war vergessen. Er zog sich einen Stuhl vor das Masterline-70 und nahm Platz.

Er würde hier eine Menge Spaß haben.

Es bedurfte einer vollen Stunde intensiver Scans und Untersuchungen durch die wachsamen Augen und unsanften Hände der – so kam es Navett jedenfalls vor – Hälfte aller bothanischen Sicherheitskräfte von Drev'starn. Doch schließlich führte der Feldkontrolleur Tri'byia ihn und Klif mit dem offensichtlichen Widerwillen eines Wesens, das seine Lage herzlich verabscheut, aber keine andere Wahl hat, in die unteren Ebenen des Gebäudes, das den Schildgenerator beherbergte.

Und damit in das Zentrum der Verteidigungsanlage von Drev'starn.

»Eindrucksvolles Zeug hier«, bemerkte Navett gegenüber den finster blickenden Wächtern, als er sich scheinbar gleichgültig umsah. »Jetzt verstehe ich, warum Sie die Biester schnell loswerden wollen.«

Er wuchtete sich den mit CorTrehan gefüllten Kanister ein wenig höher auf die Schulter. »Also gut«, sagte er und schwenkte den schmalen Sprühkopf locker in der Hand. »Zuerst müssen Sie mir mal alle besonders empfindlichen und kritischen Systeme zeigen, in die sie auf keinen Fall eindringen sollen.«

»Sie sollen in *gar nichts* hier eindringen«, schnappte Tri'byia. Sein Fell sträubte sich.

»Ja, schon klar«, besänftigte Navett ihn. »Ich habe bloß gemeint, wir sollten mit den empfindlichsten Geräten anfangen.«

Tri'byias Fell richtete sich abermals auf. »Ich vermute, das ist nur vernünftig«, entgegnete er unglücklich. Das Letzte, was er tun wollte, war ohne Frage, ein paar Menschen die wichtigsten Bestandteile ihres kostbaren Schildgenerators zu zeigen. »Hier entlang.«

Aber das spielte natürlich überhaupt keine Rolle. Navett wusste ganz genau und in allen Einzelheiten, womit er es in dieser Anlage zu tun hatte, und weder er noch Klif waren darauf angewiesen, dass die Bothans ihnen die Schwachstellen zeigten. Aber von einem aufrichtigen, aber dummen Besitzer einer Tierhandlung würde man erwarten, dass er solche Fragen stellte. Abgesehen davon war er neugierig, wie ehrlich die Bothans in einer Krise wie dieser sein würden.

»Sie könnten *dort* beginnen«, sagte Tri'byia, blieb stehen und deutete auf eine völlig nebensächliche Komkonsole.

»In Ordnung«, antwortete Navett. Offenbar waren sie nicht besonders ehrlich.

Sie versprühten bereits seit fünfzehn Minuten das einzige zuverlässig tödliche Mittel gegen Metallmilben, als es endlich interessant wurde. »Das hier als nächstes«, sagte Tri'byia und legte schützend eine Hand auf den Rand einer der Konsolen, die dazu dienten, die Verbindungen zwischen den Energiefrequenzen der verschiedenen Pole des planetaren Schutzschirms aufrechtzuerhalten.

»Gut«, nickte Navett, dessen Herz schneller klopfte, als er an die Konsole trat. Das würde es sein: der erste Dolchstoß ins Herz der Spezies, deren Handlungsweise das Imperium im Lauf der Jahre so unsagbar viel gekostet hatte. Die Bothan-Techniker hatten die Verkleidung bereits entfernt, und als Navett in die Hocke ging, verschob er unmerklich den Griff an dem Sprühkopf, führte die Spitze vorsichtig in das Labyrinth aus Elektronik ein und gab einen dünnen Strahl ab.

Nur dass er diesmal mehr als nur das für Metallmilben tödliche CorTrehan über die Steckkarten verteilte. Die Substanz tropfte von dort langsam auf die Energieversorgung und das Gehäuse der Ventilation darunter. Dieses Mal hatte der schlanke Tank, der in den Griff des Sprühkopfs eingelassen war, der Mischung ein wenig von seinem speziellen Inhalt beigefügt.

Die eine Stunde während Überprüfung ihrer Ausrüstung hatte nach allem gefahndet, was die paranoiden Bothan-Hirne sich auszumalen vermochten: nach Waffen, Spionageausrüstung, Explosivstoffen, Gift, Schlafmitteln, Säuren, Abhörgeräten und fünfzig anderen potenziellen Sicherheitsrisiken.

Doch bei all diesen vielfältigen Vorsichtsmaßnahmen hatte niemand daran gedacht, eine Suche nach Nahrungsmitteln durchzuführen.

Was nicht heißen sollte, dass irgendwer im Generatorgebäude dieses spezielle Gebräu für besonders appetitlich gehalten hätte – nicht einmal die Metallmilben. Aber da dieses verdammte Ungeziefer seinen Zweck erfüllt hatte, war es für die Milben Zeit zu sterben.

Er und Klif verbrachten die nächsten beiden Stunden damit, sich systematisch durch die Anlage zu arbeiten. Sie legten ihre giftigen Pfade und fügten ihnen an ungefähr zwanzig Stellen einen kleinen Spritzer ihres flüssigen Nährstoffs hinzu. Als sie fertig waren, lag der schwere süßsaure Geruch des CorTrehan beinahe wie eine dichte Wand vor ihnen.

»Gut«, sagte Navett freudig, als sie schließlich wieder in den Bereich der Sicherheitsschleuse geführt wurden. »Der erste Schritt ist getan. Jetzt müssen Sie nur noch einen Lautsprecher installieren, aus dem die von Brut zu Brut unterschiedlichen Tonlagen dröhnen. Das hält sie davon ab, innerhalb der einzelnen Gruppen Zwiegespräche zu halten, und das wiederum hält sie davon ab, sich schneller zu vermehren und mit den anderen Gruppen zu kämpfen. Das gibt dem CorTrehan Zeit, seine Wirkung zu entfalten. Verstehen Sie?«

»Ja«, erwiderte Tri'byia, der jetzt, da die Außenweltler nicht länger in direkten Kontakt mit seinen kostbaren Maschinen standen, ein kleines bisschen weniger unglücklich wirkte. »Wie lange wird das nötigenfalls dauern?«

»Oh, eine Woche müsste reichen«, erklärte Navett. »Acht oder neun Tage, um ganz sicher zu sein. Manche Brut ist schwerer zu töten als andere. Aber machen Sie sich keine Sorgen – sie werden während dieser Zeit nichts anfressen. Sie werden bloß sterben.«

»Sehr schön«, stimmte Tri'byia widerstrebend zu. »Ich habe da nur noch eine Frage: Man sagte mir, dass diese Schädlinge ziemlich selten sind. Wie kommt es, dass sie hier eindringen konnten.«

Navett zuckte so unbeeindruckt wie möglich die Achseln. Die Basisarbeit war getan, aber das bedeutete noch lange nicht, dass sie aus der Schlangengrube heraus waren. Falls die Bothans so misstrauisch sein sollten, dass sie in ihre Anlage zurückkehrten und alles säuberten, was er und Klif eben besprüht hatten, wäre der ganze Aufwand vergeblich gewesen. »Wer weiß?«, antwortete er. »Haben Sie in den vergangenen zwei Wochen irgendwelche neuen Geräte hier hereingebracht?«

Das Fell des Bothans sträubte sich unbehaglich. »Vor sieben Tagen wurden zwei neue Maschinen geliefert. Aber sie wurden beide vor der Installation gründlich überprüft.«

»Schon, aber ich wette, Ihre Scanner sind nicht auf Lebensformen programmiert, die so sehr auf Metall angewiesen sind wie diese Biester«, stellte Navett fest. Eine todsichere Wette, denn die Scanner der Bothans hatten ja auch nicht bemerkt, wie die kleinen Quälgeister in den Kleidern ihrer Techniker in die Anlage eingedrungen waren. »Um die Wahrheit zu sagen, ich habe keine Ahnung, ob irgendjemand wirklich weiß, wo sie herkommen oder wie sie sich ausbreiten. Sie tauchen einfach hier und da auf und machen Ärger. Aber wahrscheinlich sind sie mit diesen neuen Maschinen hier hereingekommen. Vielleicht sollten Sie eine Hand voll einfangen, um mit ihrer Hilfe Ihre Scanner neu zu programmieren, damit sie in Zukunft keine Schwierigkeiten mehr verursachen.«

»Danke«, sagte Tri'byia ein wenig übellaunig. Anscheinend waren Bothans seiner Sorte nicht dran gewöhnt, dass man sie auf das Offensichtliche aufmerksam machte.

»Keine Ursache«, erwiderte Navett gut gelaunt. Aufrichtig und dumm, wie er war, gehörte *er* zu der Sorte, die alles wörtlich nahm, ohne Untertöne zu bemerken. »Wir sind froh, dass wir helfen konnten. Und Sie besorgen uns diese Händlerlizenz, ja?«

»Ich werde tun, was ich kann, um Ihnen behilflich zu sein«, gab Tri'byia zurück.

Was, wie Navett registrierte, nicht ganz das war, was er ursprünglich versprochen hatte. Aber das war schon in Ordnung. In sechs Tagen würde Tri'byia, falls alles nach Plan ging, zu existieren aufhören, und mit ihm die Stadt Drev'starn sowie der größte Teil von Bothawui – die am Himmel versteckten Sternzerstörer würden dafür sorgen.

Und an diesem Tag wollte Navett von einem dieser Sternzerstörer aus auf die verheerte Welt blicken und über sie lachen. Doch in diesem Augenblick genügte ein Lächeln. »Fein«, sagte er vergnügt. »Vielen Dank. Und wenn Ihr Jungs mal irgendwas anderes braucht, ruft einfach an.«

Er und Klif sprachen während der Rückfahrt zur Tierhandlung kein Wort miteinander. Sie sprachen auch nicht, als sie dort angekommen waren – zumindest nichts von Bedeutung –, bis sie einander von Kopf bis Fuß mit dem Wanzendetektor überprüft hatten, der im doppelten Boden des Käfigs mit den Doppelfliegen verborgen war.

Aber auch wenn Tri'byia sie nicht gerade gemocht hatte, hatte sich sein Misstrauen ihnen gegenüber offenbar in Grenzen gehalten. Der Wanzentest verlief ergebnislos.

»Schlampig«, kommentierte Klif, als sie den Detektor wieder in seinem Versteck verstauten. »Man sollte meinen, dass sie wenigsten mitbekommen wollen, wie wir uns gegenseitig auf die Schulter klopfen, weil wir so billig an eine Lizenz kommen.«

»Ich bin sicher, sie haben die Aufzeichnungen über uns überprüft, ehe sie uns gerufen haben«, sagte Navett, der angewidert schnaubte, während er sein Hemd abklopfte. Dieses verfluchte CorTrehan klebte einfach an allem. »Haben Sie feststellen können, wo unser Leitungsrohr in die Anlage führt? Ich bin nicht in diesen Teil des Gebäudes gekommen.«

»Ich habe es gesehen«, nickte Klif. »Dort geht ein Verbindungsstück von einer der Energieleitungen ab, wahrscheinlich, um die neuen Maschinen anzuschließen, von denen Tri'byia gesprochen hat.«

»Aber es war kein Loch in der Wand?«

Klif schüttelte den Kopf. »So blöd sind sie auch wieder nicht. Nein, die Wand ist noch völlig intakt.«

»Gut«, erwiderte Navett achselzuckend. Es wäre natürlich praktisch gewesen, wenn ein Teil der meterdicken, verstärkten, vielfach abgestützten, mehrschichtigen undurchdringlichen Mauer für sie aus dem Weg geräumt worden wäre. Aber andererseits war dies nicht wirklich notwendig.

»Ich mache mir nur Sorgen, dass es noch mal sechs Tage dauern könnte, bevor wir die Falle zuschnappen lassen können«, fuhr Klif fort. »Wird das Zeug, das wir dort zurückgelassen haben, bis dahin nicht vergammeln?«

»Das ist kein Problem«, versicherte Navett. »Der knifflige Teil besteht jetzt darin, sich von der Ho'Din-Spelunke aus bis zu der Rohrleitung zu graben und anschließend ein Loch in die Röhre zu schneiden, ohne sämtliche Sensoren von hier bis Odve'starn auszulösen.«

»Glauben Sie, die haben auch die Leitung verkabelt?«

»Wenn *ich* dort das Sagen hätte, würde ich es so machen«, entgegnete Navett. »Horvic und Pensin können uns nach der Sperrstunde in die Bar schmuggeln, aber wir werden in den Nächten nicht viel Zeit zum Arbeiten haben. Wir müssen langsam und stetig vorgehen – sechs Tage müssten da eigentlich ausreichen.«

»Schätzungsweise«, sagte Klif ernüchtert. »Das setzt allerdings voraus, dass uns noch sechs weitere Tage bleiben. Oder haben Sie sich doch noch entschlossen, etwas gegen diese Agenten der Neuen Republik zu unternehmen.« Im nächsten Moment schnippte er mit den Fingern. »Oh, verdammt … jetzt erinnere ich mich an diese Visage. Wedge Antilles.«

»Sie haben Recht«, nickte Navett, der die Miene verzog, als ihm mit reichlicher Verspätung der zu dem Gesicht von Braunauge gehörende Name einfiel. General Wedge Antilles, der Führer des hundertfach verfluchten Renegaten-Geschwaders, einer einzigen, eigentlich unbedeutenden X-Flügler-Staffel, die dem Imperium mehr Schwierigkeiten bereitet hatte als sämtliche Bothans der Galaxis zusammen. »Und das macht die Sache umso schwieriger. Ein dreifacher Mord würde auch dann jede Menge Aufregung verursachen, wenn es sich bei den Opfern nicht um Berühmtheiten der Neuen Republik handelt.«

Er ließ den Blick durch den Laden schweifen und nahm den Anblick der Käfigreihen und die Mischung von Gerüchen und Lauten in sich auf. Antilles würde in dieser harmlosen Tierhandlung bestimmt keine Gefahr sehen.

Doch nein. Sie hatten genau an dieser Stelle gestanden, als der Anruf gekommen war, und wussten daher, dass er und Klif in das Gebäude geholt worden waren, in dem sich der Schildgenerator befand. Nein, sie hatten diese Tierhandlung ganz sicher auf ihre Liste gesetzt. »Aber ich denke trotzdem nicht, dass wir es uns leisten können, sie noch länger hier herumschnüffeln zu lassen«, räumte er ein. »Ich schätze, es ist Zeit, sie aus dem Verkehr zu ziehen.«

»Das klingt schon besser«, erwiderte Klif mit finsterer Zustimmung. »Soll ich mich darum kümmern?«

Navett hob eine Braue.

»Was, Sie ganz alleine?«

»He, das sind doch nur X-Flügler-Nieten«, rief Klif. »Zumindest Antilles. Außerhalb ihrer Kanzeln sind sie nur bewaffnete Kindsköpfe.«

»Vielleicht«, entgegnete Navett. »Aber immerhin haben sie uns gefunden. Und diese alte Frau sieht auch so aus, als wüsste sie, wo es lang geht.«

»Und das heißt?«

Navett ließ ihm ein dünnes Lächeln zukommen. »Das heißt, Sie ziehen die drei keineswegs alleine aus dem Verkehr«, antwortete er. »Wir tun es gemeinsam.«

Moranda nippte an ihrem blaugrünen Likör. »Na, ich weiß nicht«, sagte sie kopfschüttelnd. »Ich kann nicht gerade behaupten, dass mir irgendeiner von denen auf Anhieb ins Auge gesprungen wäre.«

»So könnte man sagen«, bemerkte Wedge säuerlich und massierte sich mit Daumen und Mittelfingern die pochenden Schläfen. Fünfzig verschiedene Läden, Geschäfte, Kundendienststellen und Restaurantbetriebe. Alle waren erst eröffnet worden, nachdem die Kriegsschiffe sich am Himmel über Drev'starn zu versammeln begonnen hatten; und alle hatten er, Corran und Moranda in den vergangenen vier Tagen persönlich aufgesucht. Die Umsatzraten der Geschäfte auf Bothawui mussten astronomisch sein. »Man könnte aber auch sagen, dass wir wieder einmal in einer Sackgasse gelandet sind.«

»Ich bin mir nicht sicher, ob ich *so* weit gehen würde«, warf Corran gemächlich ein, während er selbstvergessen das Getränk in seinem Glas schwenkte. »Es gab ein paar Läden, die definitiv dichter dran waren als andere. Zum Beispiel der meshakianische Juwelenhändler.«

»Ein Hehler«, winkte Moranda mit einer knappen Handbewegung ab. »Und im Übrigen hat er uns auf der Stelle als nicht alltägliche Kundschaft erkannt. Sie müssen wirklich noch lernen, diese steife CorSec-Pose im Zaum zu halten, Corran.«

»Und diese Ho'Din-Bar«, fuhr Corran fort und schenkte ihr keine Beachtung, während er mit dem Finger über seine Liste fuhr. »Die liegt direkt über einer der Röhren für die Energieleitungen zum Generatorgebäude.«

»Und steht da schon seit zehn Jahren«, erinnerte Moranda ihn.

»Bloß dass der Manager erwähnt hat, dass sie erst kürzlich ein paar Menschen für die Reinigung bei Nacht angestellt haben, wissen Sie noch?«, konterte Corran. »Irgend etwas daran gefällt mir nicht.«

Wedge beäugte ihn über den Rand seiner Tasse hinweg. Er wusste, dass Corran nie besonders viel Glück mit den Aspekten der Macht gehabt hatte, bei denen es um Gedankenlesen ging – anders als Luke oder Leia. Aber wenn er auch nicht an die Gedanken anderer Lebewesen herankam, so war er doch dazu fähig, Eindrücke, Hinweise und gewisse Oberflächenstrukturen ans Licht zu bringen. In Kombination mit seiner früheren Ausbildung zum Agenten der Corellianischen Sicherheit bedeutete dies, dass alles, was ihm nicht gefiel, einen zweiten Blick wert war.

»Und da wären natürlich noch unsere Freunde aus der Exoticalia-Tierhandlung.«

Wedge sah Moranda in Erwartung ihres Widerspruchs an. Doch der blieb aus. »Ja, diese beiden«, sagte sie stattdessen und blickte mit gerunzelter Stirn auf den Tisch hinab. »Die gefallen mir auch überhaupt nicht.«

»Ich dachte, Sie hätten gesagt, dass Ihnen *niemand* besonders aufgefallen wäre«, rief Wedge ihr ins Gedächtnis.

»Richtig, und die erst recht nicht«, pflichtete sie ihm bei. »Aber das ist ja der Punkt: Diese Haustiertypen waren einfach perfekt. Aber wie viele Inhaber von Tierhandlungen kennen Sie, die nebenbei auch noch Experten für Schädlingsbekämpfung sind? Und dann auch noch für so seltene wie Metallmilben?«

»Wir müssten sie eigentlich überprüfen und herausfinden können, ob diese Kenntnisse in ihren Dateien auftauchen«, meinte Corran, der indes auch nicht glücklicher aussah als Moranda. »Ich wünschte bloß, wir wüssten, wo genau diese Metallmilbeninvasion stattgefunden hat.«

»Es muss ein Ort mit sehr hohen Sicherheitsanforderungen gewesen sein«, sagte Wedge. »Die Bothans wollten sie zuerst gar nicht hereinlassen.«

»Ja, und zugleich wurde die Entscheidung rasch aufgehoben«, nickte Moranda. »Ein Ort mit extrem hohen Sicherheitsbestimmungen, und doch extrem verwundbar und lebenswichtig.«

Einen Augenblick lang blickten die drei einander wortlos an. Corran brach das Schweigen zuerst. »Es ist das Schildgeneratorgebäude«, stellte er fest. »Es gibt in Drev'starn nichts anderes, auf das diese Beschreibung passt.«

»Einverstanden«, erwiderte Moranda und nippte wieder an ihrem Drink. »Die Frage ist, ob der Metallmilbenbefall schon der Angriff oder bloß der Köder war. Wenn das schon der Angriff war …«

Sie verstummte, als Wedge' Komlink, das tief in einer seiner Jackentaschen vergraben war, ein gedämpftes Piepsen von sich gab. »Wer weiß, dass Sie hier sind?«, wollte sie wissen.

»Unsere Raumfähre«, erklärte Wedge und förderte das kleine Gerät zu Tage. »Wir haben dort ein Relais für alle eingehenden Nachrichten installiert.« Er schaltete ein und reduzierte die Lautstärke. »Sprechen Sie, Rot Zwei«, gab er das Kodewort durch.

Die Nachricht war sehr kurz. »Hier ist Vater«, sprach Bel Iblis' vertraute Stimme. »Alles ist vergeben. Kommt nach Hause.«

Wedge zerquetschte das Komlink fast in der Faust. »Verstanden«, antwortete er. »Schon unterwegs.«

Er deaktivierte das Komlink, blickte auf und sah, dass Corran ihn anstarrte. »Dad?«

Wedge nickte. »Dad«, bestätigte er. »Es ist Zeit, nach Hause zu kommen.«

»Das heißt?«, fragte Moranda.

»Das heißt, dass wir von hier fort müssen«, teilte Wedge ihr mit. »Und zwar sofort.«

»Oh, das passt ja prima«, grollte Moranda und starrte ihn ebenfalls finster an. »Und was ist mit dem Schildgenerator?«

»Die Bothans werden von jetzt an auf sich selbst gestellt sein«, erwiderte Wedge, kippte sein Getränk hinunter und ein paar Münzen auf den Tisch. »Tut mir leid, aber wir waren ohnehin nur leihweise hier.«

Moranda verzog das Gesicht, doch dann nickte sie. »Ich verstehe«, sagte sie. »Nun, zumindest war's lustig.«

»Sie sollten besser die bothanischen Sicherheitsbehörden verständigen«, riet Wedge und stand auf. »Führen Sie sie zu unseren Freunden in der Tierhandlung.«

»Na, was soll's«, entgegnete Moranda und winkte mit der Hand. »Guten Flug.«

»Danke«, sagte Wedge. »Kommen Sie, Corran.«

»Eine Sekunde«, gab Corran zurück. Er saß noch immer auf seinem Stuhl, und als er Moranda ansah, lag ein gewisses Glitzern in seinen Augen. »Ich würde gerne wissen, was Moranda jetzt vorhat.«

»Ah, gehen Sie«, schimpfte sie und machte kleine scheuchende Bewegungen mit den Händen. »Ich komme schon zurecht.«

»Mit anderen Worten, Sie werden an dieser Sache dranbleiben«, erwiderte Corran ohne Umschweife.

Sie wölbte die Augenbrauen. »Das ist wirklich *sehr gut*. Hat CorSec ihnen das beigebracht?«

»Sie haben meine Frage noch nicht beantwortet«, warf Wedge ein und setzte sich wieder hin. »Sie werden doch die Sicherheit rufen, oder?«

»Um denen *was* zu sagen?«, konterte sie. »Wir haben nicht den Fetzen eines Beweises. Schlimmer noch – es ist anzunehmen, dass Navett und sein Kumpel längst einer Sicherheitsüberprüfung unterzogen wurden, und die Bothans haben sie *trotzdem* in ihr Generatorgebäude gelassen.«

»Was also werden Sie tun?«, blieb Wedge beharrlich. »Wollen Sie alleine weitermachen?«

Morandas Lippen wurden zu einem schmalen, harten Strich. »Mir wurde ein Auftrag erteilt, Wedge«, sagte sie rasch. »Ich soll hier bleiben und auf Anschläge der Vergeltung gegen Bothawui achten.«

Corran schüttelte den Kopf. »Das ist keine gute Idee«, bemerkte er. »Falls die Vergeltung von Imperialen gelenkt oder unterstützt wird ...«

»Und was steht Ihnen beiden jetzt bevor?«, erkundigte Moranda sich spöttisch. »Ferien am Strand von Berchest? Ich wette fünfzig zu eins, dass es dort, wo Sie hingehen, viel gefährlicher sein wird als hier – ganz gleich, womit ich es zu tun bekomme.«

»Moranda ...«, setzte Wedge an.

»Davon abgesehen haben Sie keine Zeit, sich mit mir darüber zu streiten«, schnitt sie ihm das Wort ab. »Falls *Dad* der ist, von dem ich glaube, dass er es ist, wird er nicht sehr erfreut sein, wenn Sie zu spät nach Hause kommen. Und jetzt verschwindet, alle beide. Und danke für die Drinks.«

Wedge stand widerwillig abermals von seinem Platz auf. Sie hatte natürlich vollkommen Recht, und sie war ohne Zweifel mehr als alt genug, eine solche Entscheidung selbst zu treffen. Aber das bedeutete nicht, dass es ihm auch noch gefallen musste. »Kommen Sie, Corran. Und Sie, Moranda ... passen Sie auf sich auf, ja?«

»Sie auch«, erwiderte sie und lächelte zu ihm hinauf. »Machen Sie sich um mich keine Sorgen. Ich komme sehr gut zurecht.«

3. Kapitel

Als Mara langsam wieder zu Bewusstsein kam, zupfte gleichsam ein seltsamer, beinahe unwirklicher Duft an ihren Sinnen. Seltsam, aber auch irgendwie angenehm …

»Guten Morgen«, drang Lukes Stimme durch den Nebelschleier. Mara kam blitzartig wieder zu sich …

… und wünschte sich im ersten Augenblick, wieder in Ohnmacht zu fallen. Noch während sie die Augen aufschlug und in die nur schwach erhellte Düsternis blinzelte, die sie umgab, spürte sie unvermittelt Hunderte von Irrlichtern aus Schmerz von den Fersen, die Beine hinauf bis ins Genick durch ihre Muskeln flackern. »Au«, stöhnte sie still für sich.

Lukes Gesicht erschien über ihr, und er betrachtete sie voller Sorge. »Tut deine Schulter noch weh?«, fragte er.

Mara legte die Stirn in Falten und blinzelte noch ein wenig mehr gegen den Nebel an, der ihre Gedanken umwölkte. Ja, richtig … ihre schlimm verbrannte Schulter. Sie bog den Hals und sah mit Augen, die ihren Dienst noch nicht vollständig wieder aufgenommen hatten, nach ihrem verkohlten Overall.

Nach dem verkohlten Overall und der glatten, unversehrten Haut, die durch das Loch darin zu erkennen war.

»Nein«, erwiderte sie ein wenig ungläubig. »Die Schulter fühlt sich einfach gut an. Das ist … ah, ja … deine Heiltrance.«

»Es ist ganz normal, dass man sich zuerst etwas desorientiert fühlt, wenn man daraus erwacht«, versicherte Luke. »Keine Sorge.«

»Ich mache mir keine Sorgen.« Sie bewegte vorsichtig den Arm im Schultergelenk und ignorierte die zusätzliche Welle funkelnden Schmerzes, die die Bewegung durch ihr Rückgrat schickte. Lukes Hand schoss vor, ergriff ihren Arm und half ihr, sich aufzusetzen. »Du sagtest, es ist Morgen?«

»Na ja, eigentlich Nachmittag«, verbesserte Luke sich. »Aber Han hat mir mal gesagt, dass, wann immer man aufwacht, Morgen ist.«

»Das klingt wie eine seiner typischen Einstellungen«, sagte Mara. »Wie lange – in Echtzeit – habe ich hier gelegen?«

»Ungefähr fünf Tage«, verriet Luke ihr. »He, mach langsam.«

»Oh, darauf kannst du wetten«, nickte sie und zuckte zusammen, als Muskeln, die fünf Tage lang nicht beansprucht worden waren, sich fortgesetzt und unüberhörbar über die plötzliche Misshandlung beklagten. »Ich bin beeindruckt. Ich glaube, nicht mal ein Bactatank hätte das so schnell wieder hingekriegt.«

»Du hast eine starke Begabung in der Macht«, sagte Luke, dessen Hand allzeit bereit über ihrem Arm schwebte. »Dadurch wird der Heilungsprozess gewöhnlich unterstützt.«

»Das ist ohne Zweifel etwas, das ich noch lernen muss«, entschied sie und blickte sich um. Der Duft, den sie schon für einen Traum gehalten hatte, war immer noch da …

»Es ist irgendein Geflügelbraten«, erklärte Luke und deutete mit einem Nicken auf den rückwärtigen Teil des Treppenabsatzes. »Eine Morgengabe für dich von den Qom Jha.«

»Wirklich?«, erwiderte Mara, stemmte sich vorsichtig hoch und humpelte auf unsicheren Beinen in die angegebene Richtung. Geflügelbraten, in der Tat, der auf einer Kochstelle briet. »Das ist schrecklich nett von ihnen. Wo hast du den Kocher her?«

»Ich habe Bewahrt Zusagen zu deinem Defender geschickt, um den Rest der Überlebensausrüstung zu holen«, erklärte Luke. »Ich hätte lieber jemanden zu meinem X-Flügler geschickt – in dem Reservepaket, das Karrde zusammengestellt hat, war viel mehr drin. Aber nach unserem Zusammenstoß mit den Peinigern sind die Qom Jha nicht besonders scharf darauf, sich draußen herumzutreiben.«

»Und das von derselben Spezies, die Feuerkriecher roh verspeist?«, versetzte Mara, während sie sich neben der Kochstelle langsam in eine sitzende Position sinken ließ. »Das nenne ich einen ziemlich wählerischen Übermut.«

»Es ist schon ein bisschen verwickelter«, stellte Luke fest, setzte sich auf der anderen Seite der Kochstelle mit übereinander geschlagenen Beinen auf den Boden und deutete auf das

Essen. »Deshalb auch das Geschenk. Sie sind zu dem Schluss gelangt, dass du ihnen hier drin das Leben gerettet hast.«

»Ich habe keine Ahnung, wie sie darauf kommen«, brummte Mara und riss ein Stück Braten ab. »Schließlich ist auf *uns* geschossen worden, nicht auf *sie*.«

Lukes Lippen bebten. »Das ist allerdings die Frage. Spaltet Felsen denkt, dass die Peiniger auf die Qom Jha gefeuert haben, nicht auf uns – zumindest bis zu dem Moment, als du zurückgeschossen hast. Und nachdem ich die Erinnerungen an den Kampf noch mal durchgegangen bin, glaube ich, dass er Recht hat.«

Mara nahm zaghaft einen Bissen. Das Fleisch war für ihren Geschmack ein wenig zu durchgebraten, aber keineswegs schlecht. Außerdem durfte jemand, der – wie ihr vernehmlich knurrender Magen sie erinnerte – seit fünf Tagen nichts gegessen hatte, nicht allzu wählerisch sein. »Interessanter Gedanke«, sagte sie. »Aber ich bin mir nicht sicher, ob uns das irgendwie weiterbringt. Auf wen sie auch geschossen haben mögen … sicher ist doch, dass sie was gegen Fremde haben.«

»Vielleicht«, antwortete Luke in einem merkwürdigen Tonfall. »Vielleicht auch nicht. Hast du dich nicht gefragt, weshalb die Peiniger anfangs nicht in die Höhle gekommen sind und dich gesucht haben, nachdem du dich selbst außer Gefecht gesetzt hattest?«

»Bist du sicher, dass sie *nicht* gekommen sind?«, konterte Mara mit vollem Mund.

»Die Qom Jha erzählen es jedenfalls so«, erklärte Luke. »Sie sind ein paar Mal mit ihren Schiffen vorbeigeflogen, und das war es. So weit Kind der Winde weiß, haben sie nicht mal eine einzige Suchmannschaft ausgesetzt, um das Terrain zu erkunden.«

Mara kaute nachdenklich und widerstand dem Drang, darauf hinzuweisen, dass Kind der Winde nicht gerade die verlässlichste Informationsquelle war. »Also schön«, sagte sie statt dessen. »Nehmen wir an, die Peiniger haben das Interesse an mir verloren. Wo bringt uns *das* hin?«

»Wenn sie einfach nur das Interesse verloren haben, weiß ich das auch nicht«, entgegnete er. »Aber was, wenn sie es gar nicht verloren, sondern nur beschlossen haben, so lange zu warten, bis du den Weg in die Hohe Festung selbst findest?«

Mara nahm einen neuen Bissen. Das war allerdings ein verstörender Gedanke. Vor allem angesichts der Tatsache, dass sie sich ihre genaue Vorgehensweise schon zu Beginn ihrer Gefangenschaft überlegt hatte. »Ich weiß nicht, ob Karrde es dir gegenüber erwähnt hat«, sagte sie bedächtig, »aber wir haben dieses System gefunden, indem wir die Fluchtkurse zweier ihrer Raumschiffe bis zum Schnittpunkt verfolgten. Ich hatte bisher immer angenommen, sie hätten schlicht und ergreifend nicht gewusst, dass wir ihren Kurs noch ein paar Mikrosekunden nach dem Sprung in die Lichtgeschwindigkeit würden rekonstruieren können. Aber da bin ich mir jetzt nicht mehr so sicher.«

»Du meinst, sie wollten, dass du hierher kommst?«

»Das würde dazu passen, dass sie sich nach meiner Landung nicht sehr darum bemüht haben, mich zu finden«, stellte Mara fest. »Wenn wir in dieser Richtung diskutieren, führt uns das allerdings zu der Frage, warum sie dich abzuschießen versucht haben.«

»Möglicherweise haben sie kein Interesse daran, mehr als einen Gast zur selben Zeit zu haben«, schlug Luke vor und richtete den Blick ins Leere. »Oder sie wollen mit niemandem von der Neuen Republik reden, bevor sie mit dir gesprochen haben.«

Mara musterte ihn jetzt genau. Sie hatte da gerade etwas in seinen Gefühlen gespürt … »Kommt dir das gerade zufällig in den Sinn?«, fragte sie. »Oder hat dir die Macht irgendetwas in der Art verraten?«

Er schüttelte den Kopf und starrte weiter ins Nichts. »Ich bin mir nicht sicher«, gab er zu. »Aber ich habe so ein Gefühl … nein, vergiss es.«

»Was soll ich vergessen?«, wollte Mara voller Misstrauen wissen und versuchte druckvoll, in seinen Geist einzudringen. »Komm schon, wir haben keine Zeit für Spielchen.«

In Lukes Wange zuckte ein Muskel. »Ich habe so ein Gefühl, dass du es bist, die sie treffen wollen«, antwortete er. »Ganz speziell *du*.«

Mara hob die Augenbrauen. »Ich fühle mich geschmeichelt. Meine Berühmtheit nimmt unaufhaltsam zu.«

»Vertilgt Feuerkriecher hat gesagt, dass sie gehört haben, wie die Peiniger über dich sprachen«, rief Luke ihr ins Gedächtnis. »Ich wünschte bloß, wir wüssten, in welchem Zusammenhang.«

Aus der Richtung der Treppe war ein Flattern zu hören. Einer der Qom Jha erschien, und eine Beinahe-Stimme sprach …

»Danke dir, Fliegt durch Dornen«, gab Luke zurück. »Würdest du bitte herausfinden, ob Bewahrt Zusagen irgendwelche Neuigkeiten für uns hat?«

Der Qom Jha erwiderte etwas und war schon wieder mit rauschenden Flügeln die Treppe hinunter verschwunden. »Ich habe eine Hand voll Qom Jha die oberen Abschnitte der Treppe überwachen und auf Aktivitäten hinter den Türen lauschen lassen«, erläuterte Luke. »Fliegt durch Dornen hat mir gerade berichtet, dass heute Morgen in den höher gelegenen Teilen der Festung irgendwas los war, doch jetzt scheinen sie sich wieder ruhig zu verhalten.«

»Aha«, sagte Mara und biss mit ein wenig mehr Nachdruck, als eigentlich nötig gewesen wäre, ein weiteres Stück Fleisch ab. Diese verdammten Qom Jha mit ihren verdammten unverständlichen Stimmen …

»Stimmt etwas nicht?«, wollte Luke wissen.

Mara starrte ihn an. »Weißt du, Skywalker, es ist echt schwer, irgendeinen Gedanken für sich zu behalten, wenn du in der Nähe bist.«

Er ließ ihr einen unschuldigen Blick angedeihen, der für ihren Geschmack allerdings viel zu amüsiert wirkte. »Schon komisch, aber ich kann mich an eine Situation erinnern, die noch gar nicht so lange zurückliegt, in der du es gar nicht abwarten konntest, ein paar von deinen erlesenen Gedanken bei mir abzuladen.«

Mara verzog das Gesicht. »Wir sind wohl heute Morgen ein bisschen weniger betrübt über unsere früheren Fehler, wie?«

Luke wurde wieder ernst. »Nein, nicht weniger betrübt«, entgegnete er. »Ich lerne bloß, sie zu akzeptieren, aus ihnen zu lernen, stärker zu werden und dann weiterzumachen. Ich hatte während der vergangenen fünf Tage sehr viel Zeit zum Nachdenken, weißt du?«

»Und bist du zu irgendeinem besonderen Schluss gelangt?«

Er sah sie unverwandt an. »Ich weiß jetzt, weshalb du nicht zur Dunklen Seite übergelaufen bist«, sagte er. »Und warum du immer wieder an die Grenzen dessen gerätst, was du mit der Macht zu tun vermagst.«

Mara nahm mit einer Gleichgültigkeit, die sie in Wahrheit nicht empfand, einen weiteren Bissen und lehnte sich gegen die steinerne Wand in ihrem Rücken. »Ich höre.«

»Die Essenz der Dunklen Seite ist Eigensucht«, erklärte Luke. »Die Erhebung deiner selbst und all deiner Wünsche über alles andere.«

Mara nickte. »So weit, so klar.«

»Der Punkt ist: In der ganzen Zeit, in der du dem Imperator gedient hast, war dein Motiv niemals Eigennutz«, fuhr Luke fort. »Du hast gedient, auch wenn du es für Palpatine und dessen egoistische Zwecke getan hast. Und anderen zu dienen, ist das Wesentliche, wenn du ein Jedi bist.«

Mara ließ sich das durch den Kopf gehen. »Nein«, sagte sie dann und schüttelte den Kopf. »Nein, das gefällt mir nicht. Dem Bösen zu dienen, ist immer noch böse. Du sagst damit, dass es nicht wirklich schlimm ist, etwas Schlimmes zu tun, wenn du es aus guten Gründen tust. Das ist Unsinn.«

»Einverstanden«, nickte Luke. »Aber das habe ich gar nicht gesagt. Einiges von dem, was du getan hast, war ganz sicher falsch. Aber da du es nicht zu deinem Vorteil getan hast, haben die Handlungen selbst dich nicht bereit für die Dunkle Seite gemacht.«

Mara blickte finster auf ihr Essen. »Ich sehe den Unterschied«, sagte sie. »Aber es gefällt mir noch immer nicht.«

»Es unterscheidet sich eigentlich gar nicht so sehr von der Situation mit den Jensaarai, in die Corran und ich auf Susevfi geraten sind«, stellte Luke fest. »Sie wussten nicht, was es bedeutet, ein Jedi zu sein, trotzdem dienten sie, so gut sie eben konnten.«

»Und sind währenddessen so sehr abgedreht, dass du sie jahrelang wieder in die richtige Spur setzen musstest«, erinnerte Mara ihn bissig. »Na jedenfalls hatten sie wenigstens die Erinnerung an ein Vorbild, dem sie folgen konnten, nicht wahr? Wie hieß dieser Jedi noch?«

»Nikkos Tyris«, erwiderte Luke und nickte. »Was mich auf einen noch interessanteren Gedanken bringt. Vielleicht hattest du ja auch ein Vorbild.«

Mara schüttelte den Kopf. »Keine Chance. Es gab im engsten Kreis am Hof nicht eine einzige Person, die auch nur ein Quäntchen von dem besaß, was ich für Tugend oder Moral erachte.«

»Dann vielleicht jemanden, den du kanntest, bevor du nach Coruscant gebracht wurdest«, schlug Luke vor. »Deine Eltern oder ein enger Freund.«

Mara löste das letzte Stück Fleisch vom Knochen und schleuderte die Überreste in eine Ecke. »Dieses Gespräch führt zu nichts«, erklärte sie nachdrücklich, wischte sich die Hände an den Beinen des Overalls ab, wo das Fett und der Dreck irgendwann von allein abblättern würden. »Kümmern wir uns lieber wieder um unseren Job hier. Wo hast du meinen Blaster gelassen?«

Luke rührte sich nicht vom Fleck. »Ich weiß, dass du dich nicht sehr gut an deine Vergangenheit erinnerst«, sagte er leise. »Wenn du mich fragst, weiß ich genau, wie du dich fühlst.«

»Danke«, grollte Mara. »Das ist mir wirklich eine große Hilfe.«

»Möchtest du die Vergangenheit gerne zurückgewinnen?«

Sie sah ihn skeptisch an; plötzlich wallten widerstreitende Gefühle in ihr auf. »Was willst du damit sagen?«, fragte sie wachsam.

»Es gibt Techniken, mit denen Jedi verschüttete Erinnerungen ausgraben können«, erklärte er. »Und *du* könntest eine Jedi sein, Mara. Du könntest eine mächtige Jedi sein.«

»Klar«, erwiderte Mara scharf. »Ich muss bloß noch erklären, dass ich jederzeit bereit bin, der Galaxis zu dienen, nicht wahr?«

Luke legte die Stirn in Falten, und sie empfing eine kurz auflodernde Verwirrung von ihm. »Wieso jagt dir das so große Angst ein?«, fragte er. »Du hast dein ganzes Leben lang anderen gedient und mit anderen gearbeitet: Palpatine, Karrde, Leia, Han und mir … Und wenn du jemandem erst einmal deine Loyalität zugesichert hast, dann gilt dein Wort auch. Du kannst es schaffen – ich weiß, dass du es kannst.«

Mara ballte die Hand zur Faust, halb entschlossen, das Thema zum zweiten Mal zu beenden und diesmal dafür zu sorgen, dass der Deckel auch drauf blieb. Aber tief im Innern war ihr klar, dass er darauf eine Antwort verdiente. »Ich kann mich auf so etwas einfach nicht blind einlassen. Klar kann ich loyal sein, doch nur Leuten gegenüber, gegen die ich mich loyal verhalten *will*. Ich bin nicht bereit, mich jedem zu öffnen, der zufällig des Weges kommt.« Sie verzog das Gesicht. »Außerdem kann ich mich an Geschichten darüber erinnern, dass der letzte Schritt auf dem Weg zum Jedi im Allgemeinen ein paar außerordentliche und ziemlich hässliche persönliche Opfer erfordert. Und *danach* bin ich auch nicht gerade verrückt.«

»Es ist nicht immer so schlimm, wie es scheint«, erwiderte Luke, und Mara konnte sein Unbehagen spüren, als seine eigenen unerfreulichen Erinnerungen an die Oberfläche gespült wurden. »Unmittelbar bevor er starb, hat Meister Yoda mir mitgeteilt, dass ich noch einmal Vader gegenübertreten müsste, ehe ich ein wirklicher Jedi werden könnte. Ich zog den voreiligen Schluss, dies bedeutete, dass ich entweder ihn töten oder zulassen würde, dass er mich tötet. Am Ende geschah weder das eine noch das andere.«

»Aber du musstest den Willen haben, dieses Opfer, falls nötig, zu bringen«, stellte Mara klar. »Danke, aber ich bin nicht interessiert.«

»Dann schränkst du automatisch deine Möglichkeiten ein«, sagte Luke. »Wenn du nicht gewillt bist, eine Verpflichtung einzugehen …«

»Eine Verpflichtung?«, schnaubte Mara. »*Du* erzählst *mir* was von Verpflichtung? Was ist mit Callista oder Gaeriel oder irgendeiner der übrigen Frauen, die dir in den letzten zehn

Jahren über den Weg gelaufen sind? Wo war denn da die Verpflichtung?«

Lukes Wutausbruch kam so plötzlich und unerwartet, dass er sie physisch gegen die Mauer hinter ihr warf. »Erzähl *du* doch mal«, schnappte er. »Was war mit Lando? Hm?«

Für einen langen Moment starrten sie einander bloß an. Mara hielt den Atem an und wappnete sich gegen einen neuen Ausbruch, während ihr Geschichten über unkontrollierten Jedi-Zorn unheilvoll in den Sinn kamen.

Doch stattdessen spürte sie, dass seine Wut verrauchte und Scham und eine tief empfundene Verlegenheit an ihre Stelle traten. »Es tut mir leid«, sagte er, und sein Blick ließ ihr Gesicht los. »Das war nicht nötig.«

»Nein, ich bin diejenige, die sich entschuldigen müsste«, entgegnete Mara, die versuchte, ihre eigenen Schuldgefühle vor ihm zu verbergen, und doch wusste, dass ihr dies nur zur Hälfte gelang. Sie war zu klug, um sich auf einen derartigen Streit einzulassen. »Ich weiß, was du für diese Frauen empfunden hast und was mit ihnen geschehen ist. Es tut mir leid.«

»Schon gut«, murmelte Luke. »Was mit ihnen geschehen ist, war vermutlich zum Teil meine Schuld. Schließlich war ich derjenige, der sich mit der Dunklen Seite eingelassen hat, und nicht sie.«

»Du akzeptierst deine Fehler und lernst daraus«, erinnerte Mara ihn. »Du wirst stärker und machst weiter. Und jetzt ist es Zeit, stärker zu werden und weiterzumachen.«

»Ja, wahrscheinlich.« Er sah sie immer noch nicht an und erhob sich. »Aber du hast Recht, wir sollten zusehen, dass wir weiterkommen. Während du schliefst, habe ich die Qom Jha ein paar Messungen durchführen lassen, und es sieht so aus, als würde die oberste Tür nach draußen und in eines der drei obersten Stockwerke der Festung führen. Versuchen wir es mal mit diesem Weg.«

»Eine Sekunde«, sagte Mara und schaute zu ihm hoch. Sie hatte sich vorgenommen – ziemlich unbekümmert, wie ihr rückblickend klar wurde –, ihm nichts zu sagen, ehe er sie nicht unumwunden danach fragen würde. Doch ihr Schweigen war kindisch, und der Vorwurf, den er ihr vorhin gemacht hatte, war vermutlich direkt genug gewesen. »Du hast eben nach Lando und mir gefragt.«

Sie sah das Zucken seiner Halsmuskeln. »Schon gut«, erwiderte er. »Das geht mich wirklich nichts an.«

»Dann sorge ich dafür, dass es dich was angeht«, sagte Mara und stand auf, um ihm in die Augen blicken zu können. »Zwischen Lando und mir war … absolut nichts.«

Sein Blick huschte misstrauisch zu ihrem Gesicht zurück. »Was willst du damit sagen?«

»Nur das, was ich gerade gesagt habe: Es war absolut nichts«, wiederholte sie. »Karrde wollte damals, dass ich einen sehr wichtigen Auftrag für ihn ausführe, und da die Sache von Lando ausging, hat er sich sozusagen dazu eingeladen. Die … nun, *persönlichen* Aspekte der Geschichte waren lediglich Augenwischerei, damit niemand dahinter kam, was wir wirklich vorhatten.«

Sie spürte, dass Luke ihre Gedanken zu erforschen versuchte. »Das hättest du mir sagen können«, versetzte er ein wenig vorwurfsvoll.

»Du hättest fragen können«, konterte sie. »Aber es schien dich nie besonders zu interessieren.«

Luke verzog das Gesicht und spürte, wie eine neue Welle der Verlegenheit über ihn hinwegging. »So schien es wohl, nicht wahr?«, gab er zu.

»Du lernst und machst weiter«, erinnerte Mara ihn abermals. »Wenn man es genau betrachtet, warst *du* eigentlich derjenige, der die ganze Sache ins Rollen gebracht hat. Erinnerst du dich noch an die Fernbedienung, die du auf Dagobah gefunden und anschließend zu Lando nach Nkllon gebracht hast?«

Luke sah sie scharf an. »Ja. Ich habe sogar vor ein paar Tagen noch daran gedacht. Ich habe mich gewundert, dass sie mir plötzlich wieder einfiel.«

»Ohne Zweifel ein Anstoß der Macht«, erwiderte Mara. Diese Erklärung war so gut wie jede andere. »Es stellte sich jedenfalls heraus, dass diese Fernbedienung jemandem gehörte, den Karrde einmal gekannt, aber vor einigen Jahren aus den Augen verloren hatte. Ein Bursche namens Jori Car'das. Schon mal von ihm gehört?«

Luke schüttelte den Kopf. »Nein.«

»Offenbar haben das nicht sehr viele Leute«, sagte Mara. »Was die Sache zu einer umso größeren Herausforderung machte. Aber mit dieser Fernbedienung besaßen wir wenigstens einen Anhaltspunkt, und Karrde bat mich darum, Car'das nach Möglichkeit aufzuspüren. Wie ich bereits sagte, bestand Lando, der zweifellos den Profit roch, darauf, mich zu begleiten.«

»Das muss eine lange Suche gewesen sein«, bemerkte Luke leise. »Die Geschichten von dir und Lando ...«

»Es dauerte mehrere Jahre«, fuhr Mara fort. »Wobei wir natürlich nicht ständig unterwegs waren.« Sie wölbte die Augenbrauen. »Und wenn du mich fragst, so hat mich der Teil unserer Tarngeschichte, in dem es um unsere vermeintliche Romanze ging, schier irre gemacht. Aber Car'das zu finden, war für Karrde sehr wichtig, also machte ich weiter. Wie du schon sagtest: Loyalität.«

Sie presste angesichts der Erinnerungen zischend die Luft durch die Zähne. »Obwohl die Sache sich manchmal wirklich als peinlich erwies. Es gab da vor allem eine Woche auf M'haeli, in der Lando sich mit Engelszungen abmühte, eine Information aus dem Vizebaron Sukarian herauszuholen, die wir dringend brauchten. Ich spielte dabei die Rolle einer Schwindel erregend hirnlosen Schaufensterpuppe, weil Sukarian diese Sorte Frauen automatisch für unter seiner Würde erachtete und die Rolle mir daher die Bewegungsfreiheit verschaffte, die ich brauchte. Der schlimmste Moment kam, als Solo mich mit einem Komrelais sozusagen *in flagranti* erwischte, als ich glaubte, es wäre Sukarian, der anrief. Ich hatte später nie den Mut, ihn zu fragen, was er damals gedacht hat.«

»Ich glaube nicht, dass es deinem Ruf bei ihm hätte schaden können«, sagte Luke, dessen Stimme eine seltsame Mischung aus Fürsorge, Schmeichelei und andauernder Verlegenheit war. »Wenngleich ich annehme, dass dein Ruf bei Sukarian nicht mehr wiederherzustellen war.«

»Oh, das glaube ich nicht«, beteuerte Mara. »Ich trug meistens eins von Landos Hemden, wenn Sukurian uns spät abends besuchte oder über Kom anrief, und später habe ich dafür gesorgt, dass eins dieser Hemden an der offenen Tür des Safes in seinem Büro hing. Nachdem ich ihn ausgeräumt hatte.«

Luke lächelte. Ein zaghaftes, noch immer irgendwie beschämtes, doch immerhin aufrichtiges Lächeln. Aber in diesem Augenblick genügte es. »Seine Reaktion muss sehr interessant gewesen sein.«

Mara nickte. »Jedenfalls gefällt mir der Gedanke.«

»Ja.« Luke atmete tief durch. Mara konnte spüren, dass er alte Erinnerungen und abwegige Gedanken in den Hintergrund seines Geistes verdrängte. »Aber wie du schon sagtest, wir haben hier etwas zu erledigen«, sagte er forsch. »Und wir haben eine lange Kletterpartie vor uns. Packen wir zusammen und brechen wir auf.«

Es wurde, wie Luke auf Grund der Berechnungen, die die Qom Jha für ihn durchgeführt hatten, bereits vorausgesehen hatte, wahrhaftig eine lange Kletterpartie. Fast so lang wie die vom Fuß der Treppe bis zu jener ersten Tür. Und da Maras Muskeln sich erst noch von fünf Tagen Untätigkeit erholen mussten und Luke sich R2 und den Rest ihrer Ausrüstung daher allein aufbürdete, stand ihnen voraussichtlich eine ziemliche Anstrengung bevor.

Doch zu seiner gelinden Überraschung kam es anders. Und es bedurfte keiner tiefen Jedi-Einsicht, den Grund dafür zu erkennen.

Die Barriere, die er zwischen Mara und sich selbst errichtet hatte, war verschwunden.

Seltsam war bloß, dass er sich zuvor nicht einmal darüber im Klaren gewesen war, dass es eine solche Barriere gab. Ihre Kommunikation – die Fähigkeit, die Gedanken und Gefühle des Gegenübers wahrzunehmen – war so intensiv gewesen, dass er einfach angenommen hatte, ihre Beziehung könnte gar nicht besser sein.

Er hatte sich geirrt. Er hatte sich *gründlich* geirrt.

Das war eine geradezu berauschende, gleichzeitig jedoch

auch irgendwie einschüchternde Erkenntnis. Er hatte zuweilen auch mit anderen in engem geistigen Kontakt gestanden, dabei jedoch niemals die gleiche Ebene erreicht wie jetzt. Maras Gedanken und Gefühle schienen ihn förmlich zu überfluten – ihre Ausdehnung und Intensität waren anscheinend nur noch ihren persönlichen Einschränkungen unterworfen –, während seine Gedanken und Gefühle in umgekehrter Richtung zu ihr zurückflossen. Es entstand eine neue Harmonie zwischen ihnen, die Vertiefung ihrer alten Beziehung, und ihm wurde erst in diesem Augenblick bewusst, wie schmerzlich er diese Beziehung vermisst hatte.

Ehrlichkeit, Verzeihen und Vergessen – Tante Beru hatte ihn immer wieder gern daran erinnert – waren die Mittel, mit denen Freunde Mauern in Brücken verwandelten. Selten war ihm die Wahrheit dieser Worte so anschaulich vor Augen geführt worden.

Da er sich in erster Linie um Maras körperliche Verfassung sorgte und an ihr Durchhaltevermögen dachte, sorgte er dafür, dass ihre Gruppe während des Aufstiegs regelmäßige Ruhepausen einlegte – eine Vorgehensweise, die Mara kaum weniger aufregte als die Qom Jha. Doch er bestand darauf, und das Ergebnis war, dass sie beinahe eine Stunde brauchten, um die Tür zu erreichen, die sie sich zum Ziel gesetzt hatten. Doch als sie schließlich dort ankamen, war Mara zu allem bereit.

»Also schön, hier ist der Plan«, teilte Luke ihr mit und griff mit der Macht hinaus. So weit er es voraussagen konnte, war der gesamte Bereich hinter der Tür sicher. »Wir lassen R2 und die Qom Jha hier zurück und schauen uns ein wenig auf eigene Faust um.«

»Klingt gut.« Mara zog ihren Blaster hervor und überprüfte die Waffe. Luke konnte spüren, dass sie versuchte, ihrer Furcht davor Herr zu werden, noch einmal dort hineinzugehen. Das war natürlich verständlich – schließlich war sie es, die angeschossen worden war. Luke war es bei seiner ersten Rückkehr nach Cloud City auch nicht viel anders gegangen. »Wie wäre es, wenn wir eines unserer Komlinks hier bei ihnen lassen?«

»Gute Idee«, stimmte Luke zu, löste sein Komlink vom Gürtel und schob es in den Greifer von R2s leichtem Manipulatorarm. »Schalte es aber nicht aus Vergesslichkeit ab«, ermahnte er den Droiden.

R2 trillerte beleidigt, dann rollte die Übersetzung über den Datenblock. »Ja, ich weiß«, versicherte Luke. »Das war bloß ein Witz.«

»Was?«, fragte Mara.

»Er hat gesagt, in kritischen Augenblicken Komlinks abzuschalten, sei 3POs Spezialität«, erklärte Luke. »Ein privater Scherz. Bist du fertig?«

Er spürte, wie sie in die Macht hinausgriff, um sich zu beruhigen. »Fertig«, sagte sie dann. »Packen wir's an.«

Die Geheimtür öffnete sich zu ihrer nicht geringen Freude genauso leise wie ihre Vorgängerin. Luke übernahm die Führung, sie traten ein und schlossen die Tür hinter sich.

»Hier«, flüsterte Mara ihm ins Ohr, »ist es *wirklich* wie in der Hijarna-Festung.«

Luke nickte bestätigend und blickte sich um. Sie befanden sich in einer ausgedehnten Kammer; offenbar zufällig über den ganzen Raum verteilte kurze Mauersegmente verbanden den Boden mit der relativ niedrigen Decke. Von dem glänzenden Wandschmuck, den kunstvoll gearbeiteten Fußböden sowie den Wandleuchtern, auf die sie unten gestoßen waren, war hier nichts zu sehen – stattdessen gab es nichts als schmucklosen, eintönigen schwarzen Stein. Trotzdem wirkte der Ort merkwürdig luftig. »Sieht nicht so aus, als würden unsere Freunde von unten diesen Bereich benutzen«, bemerkte Luke. »Ich frage mich, was der Grund dafür sein mag.«

Mara trat ein paar Schritte zur Seite und deutete um die Kante eines jener stützenden Mauersegmente. »Da hast du deine Antwort«, sagte sie. »Komm, sehen wir uns das mal an.«

Sie verschwand hinter der Mauer. Luke ging ihr nach und bemerkte zum ersten Mal einen sanften Luftzug, der aus dieser Richtung kam.

Und der Grund dafür war bald nicht mehr zu übersehen. Jenseits der Mauer war der schwarze Stein durchbrochen und gab den Blick auf den Himmel frei.

»Ich wette, das sind Nebenschäden von der Schlacht, in deren Verlauf der eine Turm zerstört wurde«, sagte Mara, die bereits auf den Riss im Mauerwerk zuhielt.

»Gib Acht«, warnte Luke sie und beeilte sich, zu ihr aufzuschließen.

»Ja, ja«, rief Mara. Sie erreichte den Riss und blickte vorsichtig hinaus. »Ich hatte Recht«, sagte Mara und zeigte auf etwas. »Da ist es. Oder das, was davon noch übrig ist.«

Luke trat neben sie und schaute ebenfalls hinaus. Sie blickten über ein riesiges, rundes Dach, das von ihrem Standpunkt aus in einem steilen Winkel abfiel. Der Stumpf des zerstörten Turms lag in einer Entfernung von etwa achtzig Metern ein wenig links vor ihnen. Die Entfernung sowie das trübe Sonnenlicht erschwerten ein sicheres Urteil, aber Lukes Augen erschien der gezackte Rand ein wenig eingeschmolzen. »Und du meinst, dieser Stein absorbiert Turbolaser-Feuer«, sagte er.

»Wie ein sehr trockener Schwamm«, bekräftigte Mara düster. »Wer die Erbauer dieser Burg auch gewesen sein mögen, sie müssen ziemlich beeindruckende Feinde gehabt haben.«

»Hoffen wir, dass sie zufrieden waren, nachdem sie diesen einen Turm vernichtet hatten, und dann wieder abgezogen sind«, gab Luke zurück und ließ dem Rest des Daches eine rasche, jedoch sorgfältige Musterung angedeihen. Auf der rechten Seite der Dachschräge ragte ein zweiter Turm auf. Dieser war unbeschädigt und hob sich ungefähr neunzig Meter dem Himmel entgegen; an seiner Spitze war er mit einem Ring Unheil verkündender Vorsprünge gespickt, bei denen es sich zweifellos um Waffensysteme handelte. Am anderen Ende des Daches, etwa zweihundert Meter von dem Punkt, an dem er und Mara standen, konnte er ein Paar Ausbuchtungen erkennen, die sich vom Dach aus über diese ganze Seite des Mauerwerks nach unten fortsetzten. Zwillingsgleiche Wachhäuschen – um die es sich vermutlich handelte – flankierten das Haupttor. Jenseits des Daches sah er eine ebene Fläche, die, von der Festung ausgehend, mitten durch die schroffen Bergspitzen verlief und bei der es sich nur um einen Weg zur Burg handeln konnte. In der Mitte dieser Burg befand sich ein dreißig Meter langes Gebäude, dessen Flachdach horizontal aus dem großen Hauptdach hervorsprang, wodurch das Ganze mehr wie ein abgerundeter Keil aussah, der nachträglich aufgesteckt worden war.

»Auf dem Dach dort ist ein Landefeld«, sagte Mara und deutete auf jenes Gebäude. »Man kann die Markierungen noch erkennen.«

Luke nickte. Die Markierungen waren verblasst, aber, wenn man wusste, wonach man suchte, noch gut zu erkennen. »Wahrscheinlich gibt es dort Lichter, die angezündet werden, sobald sich ein Verbündeter nähert.«

»Mit schussbereiten Turbolasern oben auf dem Turm, falls sich dieser Jemand als Feind erweist.« Mara trat vorsichtig durch die Lücke in der Wand ein paar Schritte auf das Dach hinaus und spähte nach dem Landefeld. »Anscheinend ist der Bereich unter dem Landeplatz nach vorne hin offen«, berichtete sie. »Vermutlich ein Hangar. Das könnte ein praktischer Fluchtpunkt für uns sein, falls wir zu weit vom Ausgang erwischt werden.« Sie drehte sich wieder um …

… und ihr Atem stockte; Verblüffung durchflutete sie wie eine Woge. »Wow«, sagte sie, ihr Blick ging nach oben. »Komm und sieh dir *das* mal an.«

Luke schob sich durch den Mauerriss, trat neben sie und drehte sich um. Aus dem Dach des Raums, in dem sie sich eben noch befunden hatten, ragte ein weiterer Turm.

Und er hatte Gefährten. Um den gebogenen Rand des Burgdaches waren in regelmäßigen Abständen wieder drei Türme von gleicher Bauart angeordnet. Selbst aus seiner verzerrter Perspektive konnte Luke feststellen, dass diese vier rückwärtigen Türme sowohl dicker als auch gut zwanzig Meter höher waren als das einzelne Exemplar unter ihnen.

Und ebenso wie der untere war auch jeder dieser Türme mit einem Ring aus Geschützstellungen gekrönt.

»Diese Anlage muss in ihrer Blütezeit wirklich beeindruckend gewesen sein«, kommentierte Mara. Sie sprach mit fester Stimme, aber Luke konnte fühlen, dass sie das gleiche vage Unbehagen empfand wie er. »Genau wie die auf Hijarna. Ich wünschte mir, verdammt noch mal, ich wüsste, zu wessen Schutz sie erbaut wurden.«

»Oder wen oder was sie abwehren sollten«, fügte Luke hinzu und ließ ein letztes Mal den Blick über das Dach wandern: nirgendwo Licht, keine Bewegung, nicht ein Lebenszeichen. »Gehen wir wieder hinein und suchen wir den Weg nach unten.«

Der Weg nach unten fand sich auf der Rückseite eines jener Mauersegmente: eine schlankere Version des Gleitbandes, das sie in dem Wohnbereich weiter unten benutzt hatten. Obwohl sich dieses Band nicht von der Stelle rührte. »Entweder beschädigt oder stillgelegt, weil niemand es benutzt«, meinte Mara und warf vorsichtig einen Blick über den Rand. »Das nächste Stockwerk unter uns sieht auch nicht bewohnt aus.«

»Wahrscheinlich ist dieser ganze Abschnitt außer Betrieb«, sagte Luke, als sie den Abstieg begannen. »So wie das Dach zu dem zerstörten Turm hin abfällt, müsste auf dem Weg nach unten jedes Stockwerk ein bisschen mehr Bodenfläche haben. Vermutlich haben sich die Bewohner auf den weiträumigeren Ebenen eingerichtet.«

»Das ist gut möglich«, stimmte Mara zu. »Steigen wir so weit hinunter, bis wir auf eine Ebene mit einem funktionierenden Gleitband stoßen. Das müsste dann ihr oberstes bewohntes Stockwerk sein oder wenigstens in dessen Nähe liegen.«

Die Stockwerke wurden immer breiter, je tiefer sie kamen, wobei sich das Muster der regellos verteilten Mauersegmente mit jeder Ebene änderte. Doch erst auf der vierten Ebene vernahm Luke das leise Summen aktiver Maschinen. »Ich glaube, wir sind da«, flüsterte er, legte die Hand auf sein Lichtschwert und griff mit der Macht hinaus. Doch noch immer schien sich niemand in ihrer Nähe aufzuhalten.

»Sieht so aus«, stimmte Mara zu und legte lauschend eine Hand ans Ohr. »Das hört sich an wie eines dieser Gleitbänder. Wollen wir nachsehen?«

Luke nickte. »Ich gehe zuerst. Du bleibst hinter mir.«

Er trat auf die Ebene hinaus, durchquerte den verwaisten Raum so leise, wie er nur konnte, und versuchte Maras Verärgerung keine Beachtung zu schenken. Sollte sie es seinetwegen ruhig übertriebene Fürsorge nennen – und ohne Zweifel dachte sie genau so darüber –, doch nachdem er sie fünf Tage lang im Heilschlaf beobachtet hatte, zog er es im Zweifelsfall vor, besonders vorsichtig zu sein. Er kam zu einem der zumindest in diesem Stockwerk seltenen Mauersegmente und spähte behutsam um dessen Kante. Dahinter, an der gegenüberliegenden Wand, sah er das Gleitband, dessen Geräusch sie gehört hatten. »Also gut«, flüsterte Luke über die Schulter. »Ganz langsam jetzt …«

Er fing Maras stummen emotionalen Ruf auf, der indes nicht direkt hinter ihm laut wurde. Er sah sich um und empfand seinerseits einen Anflug von Ärger, als er sie am Rand eines der anderen Mauersegmente zwanzig Meter links von ihm entdeckte. Sie winkte ihm mit einer knappen, ungeduldigen Geste.

Und dann nahm er plötzlich eine deutliche Spur von Furcht in ihren Empfindungen wahr …

… und stand in weniger als zehn Sekunden neben ihr. »Was ist los?«, zischte er.

Sie wies mit einem Nicken auf die Wand. Ihr Blick wirkte ebenso aufgewühlt wie ihr Geist. »Dort«, sagte sie.

Luke schlüpfte mit griffbereitem Lichtschwert um die Ecke des Mauersegments.

Dahinter befand sich ein großer, weitläufiger Raum, der zu einer Art Kommandozentrale ausgebaut worden war, obwohl er gegenwärtig so verlassen war wie alles andere, was sie im Lauf des Tages gesehen hatten. Man hatte zwei Kreise aus Kommandokonsolen gebildet; vor leeren Stühlen blinkten die Statuslichter der Kontrollen und Anzeigen. In der Mitte stand auf einer einen Meter hohen Plattform, von wo aus alle Operationen gut zu überblicken waren, ein größerer und kunstvoller gearbeiteter Sessel, der von einem eigenen Ring aus Statuskonsolen umgeben war.

Und im Zentrum all dessen bot sich Luke ein Anblick, der ihm einen kalten Schauer der Erinnerung über den Rücken jagte: eine holographische Karte der Galaxis, in der die Sektoren der Neuen Republik, des Imperiums sowie die übrigen erschlossenen Regionen durch eine verwirrende Anzahl unterschiedlicher Farben gekennzeichnet waren. Das gesamte buntscheckige Mosaik erstreckte sich etwa über ein Viertel der riesigen Spirale und wich dann dort neutralem Weiß, wo die Säume des Äußeren Randes in die Weiten der Unbekannten Regionen dahinter übergingen.

Ein Duplikat des Galaxis-Holos, das der Imperator in seinem Thronsaal im Mount Tantiss gehabt hatte.

Luke schluckte und riss den Blick von dem Holo los, um das Equipment ringsum genauer in Augenschein zu nehmen. Ja, die Konsolen waren ohne Frage imperialer Herkunft: Status- und Computerterminals aus einem Sternzerstörer oder einem anderen großen Schlachtschiff. Auch die Stühle stammten direkt aus den Mannschaftsschächten auf der Brücke eines Sternzerstörers.

Und der erhöhte Kommandosessel gehörte ebenso wie die Konsolen, vor denen er stand, zu einem imperialen Flottenadmiral. So wie jene, die Großadmiral Thrawn benutzt haben würde.

Luke spürte einen sanften Lufthauch, als Mara dicht hinter ihn trat. »Ich schätze, wir haben unsere Verbindung zum Imperium gefunden«, erklärte er. »Es sieht fast so aus, als hätte hierbei sogar Palpatine seine Hand im Spiel gehabt.«

Ihr Haar wischte über seine Schulter, als sie den Kopf schüttelte. »Du zielst in die falsche Richtung, Luke«, sagte sie leise. »Sieh dir das Holo an. Ich meine, sieh es dir mal *genau* an.«

Luke zog die Stirn kraus und richtete den Blick wieder auf die galaktische Spirale. Auf was, um alles in der Welt, spielte sie an?

Und im nächsten Moment hielt er plötzlich den Atem an. Nein. Nein – das bildete er sich nur ein. Das bildete er sich ganz sicher nur ein.

Aber das tat er nicht. Am Rand der Galaxis, dort wo Palpatines Holo lediglich die weißen Sterne der Unbekannten Regionen gezeigt hatte, war ein komplettes neues Gebiet eingefärbt.

Ein *riesiges* neues Gebiet.

»Komisch, nicht wahr?«, bemerkte Mara, die immer noch von Furcht durchdrungen war. »Er wurde vom imperialen

Hof verbannt, weißt du? Einfach ohne große Umstände verbannt.«

»Wer?«, fragte Luke.

»Großadmiral Thrawn«, antwortete sie. »Er schlug sich in einem der politischen Kämpfe, die dort ständig im Gange waren, auf die falsche Seite und verlor. Alle anderen, die in diese Intrige verwickelt waren, wurden am Ende degradiert, eingekerkert, in eine Garnison am Äußeren Rand versetzt. Nicht so Thrawn. Oh nein. Selbst der Äußere Rand war noch zu gut für diesen undankbaren Nichtmenschen, der von der imperialen Gesellschaft aufgenommen worden war und diese Gefälligkeit mit einem Schlag ins Gesicht vergolten hatte. Nein, für *ihn* musste man sich schon etwas ganz Besonderes ausdenken.«

»Und das war das Exil in den Unbekannten Regionen.«

Mara nickte. »Wenn der Äußere Rand eine Tortur war, dann waren die Unbekannten Regionen eine vollbesetzte Rancor-Grube«, erklärte sie. »Und mit einiger Überredungskunst – und gewiss noch mehr Geschäften zum gegenseitigen Nutzen – brachte man Palpatine dazu, Thrawn in einen Sternzerstörer zu setzen und auf eine Reise ohne Rückfahrkarte über die Grenze des Äußeren Randes zu schicken.«

Sie stieß schnaubend ein höhnisches Lachen aus. »Und um das Ganze noch schlimmer zu machen, brachte man es fertig, diese Reise als kartografische Expedition zu deklarieren. Stell dir das mal vor: Einer der besten Strategen, den das Imperium je hatte, wurde zu einem simplen Kartografen degradiert. Damit ruinierte man mit einem Streich sein Leben und seinen guten Ruf. Ich wette, darüber haben sich seine Gegner noch Jahre später vor Lachen förmlich ausgeschüttet.«

Luke schüttelte den Kopf. »Ich scheine die Pointe nicht recht zu verstehen.«

»Seine Gegner auch nicht«, entgegnete Mara, deren finstere Stimmung sich weiter verdüsterte. »Die Pointe ist nämlich, dass es anscheinend keinem von ihnen jemals in den Sinn gekommen ist, dass Palpatine allen Vorgängen an seinem Hof immer einen Schritt voraus war. Und wenn er *einen* Schritt im Voraus dachte, so war ein Stratege wie Thrawn schon *zwei* Schritte weiter.«

Lukes Mund fühlte sich trocken an. »Willst du damit sagen, dass Thrawn und Palpatine die ganze Sache von Anfang an geplant hatten?«

»Natürlich hatten sie es geplant.« Mara deutete auf das Holo. »Sieh dir doch nur mal die ganzen Gebiete an, die er erschlossen hat. Das konnte er unmöglich allein vollbringen, nur mit einem einzigen Sternzerstörer. Palpatine muss ihn während all der Zeit unauffällig mit Männern und Raumschiffen versorgt haben.«

»Aber das kann nicht alles imperiales Territorium sein«, wandte Luke ein. Ich meine ... das kann einfach nicht sein.«

»Und warum nicht?«, konterte Mara. »Oh, ich stimme dir zu, da draußen gibt es wahrscheinlich nicht mehr als nur eine Hand voll echter Kolonien. Aber du kannst getrost darauf wetten, dass dort überall imperiale Garnisonen verteilt sind, dazu noch Geheimdienstzentren sowie Lauschposten und vermutlich ein paar komplette Schiffswerften. Und so wie ich Thrawn kenne, wahrscheinlich auch noch ein vollständiges Netzwerk von Allianzen mit den dort lebenden Spezies.«

»Aber wenn das alles imperiales Territorium ist, warum hat das Imperium dann keinen Gebrauch davon gemacht?«, widersprach Luke. »Ich habe die Daten gesehen, Mara – die besitzen praktisch nichts mehr.«

»Das liegt doch wohl auf der Hand«, erwiderte sie ruhig. »Sie machen keinen Gebrauch davon, weil sie nicht wissen, dass es da ist.«

Eine lange währende Minute sprach keiner der beiden ein Wort. Luke starrte das Holo an, lauschte dem fernen Summen des spiralförmigen Gleitbandes, während die schrecklichen Auswirkungen der freundlich schimmernden Lichter in seinen Gedanken durcheinander wirbelten. Was er sah, entsprach gut und gerne zweihundertfünfzig Sektoren – fast das Dreißigfache der gegenwärtigen Größe des Imperiums.

Und das Dreißigfache der Kriegsschiffe, Garnisonen und Werften, die das Imperium jetzt besaß? Sehr gut möglich. Wenn Bastion all diese Ressourcen auf einen Schlag zur Verfügung stehen würden ... »Wir benötigen weitere Informationen«, sagte er und ging zu den Ringen aus Konsolen. »Mal sehen, ob es hier eine Computerverbindung gibt, an die R2 sich ankoppeln kann.«

»Riskant«, warnte Mara. »Dies ist eine Befehlszentrale, und Befehlszentralen haben immer Sicherheitsvorkehrungen, die ungebetene Zugriffe verhindern.«

Luke hielt inne und verzog das Gesicht. Unglücklicherweise hatte sie in diesem Punkt Recht. »Also schön«, sagte er und drehte sich wieder zu ihr um. »Wie lautet *dein* Plan?«

»Wir gehen direkt an die Quelle.« Mara atmete tief durch. »Ich gehe die Treppe hinunter und rede mit ihnen.«

Luke spürte, dass er den Mund aufsperrte. »Und du nennst meinen Plan *riskant?*«

»Hast du einen besseren Vorschlag?«

»Darum geht es nicht«, brummte er. »Aber wenn schon jemand dort hinuntergeht, dann sollte *ich* das sein.«

»Keine Chance«, erwiderte Mara entschlossen. »Erstens: Sie haben auf dem Weg hierher auf dich geschossen, auf mich jedoch nicht. Zweitens: Du hast selbst gesagt, du hättest so ein Gefühl, als wollten sie mit mir reden. Drittens: Wenn die Lage sich so sehr verschlechtert, dass eine Rettungsaktion notwendig wird, dann kommst du mit deinen Jedi-Fähigkeiten besser gegen eine ganze Meute an als ich mit meinen. Und viertens …«

Sie löste mit einem dünnen Lächeln ihr Lichtschwert vom Gürtel und trat auf ihn zu. »Viertens kennen sie möglicherweise nicht das Ausmaß meiner Fähigkeiten in der Macht«, fuhr sie fort und reichte ihm die Waffe. »Und wenn es hart auf hart kommt, ist das vielleicht der Vorsprung, den ich brauche.«

Luke nahm ihr Lichtschwert, fühlte die vertraute Kühle in der Hand. Sein erstes Lichtschwert, das Obi-Wan ihm gegeben und das er auf dem Dach des Palastes von Coruscant an sie weitergereicht hatte. Er war damals, als er das Schwert zum ersten Mal in einer gefährlichen Situation benutzt hatte, jünger gewesen als sie jetzt. Jünger, unerfahrener und weit ungestümer. Und doch …

»Und das Letzte, was ich jetzt gebrauchen kann, ist, dass du mich zu bemuttern anfängst«, fügte Mara noch hinzu, wobei nur der Anflug eines warnenden Blicks in ihren Augen lag. »Ich habe all die Jahre problemlos überstanden, und ich kann gut selbst auf mich aufpassen.«

Luke suchte und fand ihren Blick. Merkwürdig, dachte er, aber er hatte tatsächlich vergessen, wie strahlend grün diese Augen waren. Aber vielleicht lag das auch bloß an der Beleuchtung. »Und es besteht keine Chance, dir das auszureden?«, erkundigte er sich in einem letzten Versuch.

»Es sei denn, du schlägst einen besseren Plan vor«, antwortete sie und zog ihr Komlink und ihren Ärmelblaster hervor. »Hier, es hat keinen Zweck, dass ich die Sachen behalte – die werden sie mir sowieso abnehmen. Aber ich behalte den BlasTech; wenn ich völlig unbewaffnet erscheine, werden sie bloß misstrauisch.«

Luke nahm das Komlink und den kleinen Blaster entgegen, wobei seine Hand einen Augenblick lang auf ihrer liegen blieb, ehe sie sie ihm entzog. Es widerstrebte ihm eigenartig, sie loszulassen. »Ich wünschte, wir hätten das andere Komlink nicht bei R2 gelassen«, sagte er. »Dann hättest du das hier behalten und ich hätte mithören können, was vor sich geht.«

»Wenn irgendetwas schief läuft, wirst du womöglich in aller Eile die Qom Jha zusammentrommeln müssen«, erinnerte sie ihn. »Kannst du mir denn nicht mit der Macht folgen?«

»Ich kann deiner Präsenz in der Macht folgen«, erwiderte Luke. »Auf diese Weise kann ich deine Gefühle und vielleicht auch ein paar Eindrücke auffangen. Aber Worte vermag ich so kaum zu verstehen.«

»Wirklich schade, dass du nicht Palpatine bist«, kommentierte Mara, während sie sich damit beschäftigte, das Holster des Ärmelblasters abzuschnallen. »Mit ihm konnte ich mich prima unterhalten.«

Luke fühlte, wie ihn ein Dolch aus Schuldgefühlen und Scham durchbohrte, als ihm schlagartig ihre früheren Vorwürfe wegen seines Umgangs mit der Dunklen Seite wieder einfielen. Sie spürte seine Empfindung, oder bemerkte zumindest den entsprechenden Ausdruck auf seinem Gesicht, und lächelte dünn. »He, das war nur ein Scherz«, versicherte sie und hielt ihm das Ärmelholster hin. »Schau, du folgst mir, so gut du kannst. Ich werde dir alles in sämtlichen Einzelheiten berichten, sobald ich zurück bin.«

»In Ordnung«, nickte Luke. »Sei aber vorsichtig, okay?«

Zu seiner Überraschung nahm sie seine Hand. »Ich komme zurecht«, erklärte sie und drückte kurz seine Hand, bevor sie wieder losließ. »Bis dann.«

Und damit glitt sie aus dem Kommandoraum, bog um die Ecke der Mauer und verschwand in Richtung des Gleitbandes.

Luke trat seufzend an das nächste Mauersegment heran und ließ sich daran mit dem Rücken zur Wand in eine hockende Stellung sinken. Um sich besser konzentrieren zu können, schloss er die Augen und griff in die Macht hinaus.

In der Vergangenheit – auf Dagobah, Tierfon und an anderen Orten – hatte er die Macht dazu einsetzen können, sich Einblicke in zukünftige Ereignisse an Orten zu verschaffen, die er erst noch besuchen würde. Als Mara jetzt das Gleitband nach unten nahm, versuchte er diese Fähigkeit auf die Beobachtung der momentanen Wirklichkeit zu konzentrieren, da er hoffte, so gleichsam sehen zu können, was ihr widerfuhr.

Und es funktionierte – zumindest einigermaßen. Das Bild, das er von Mara und ihrer Umgebung empfing, war trübe und verschleiert, doch trug es die kräftigen Farben ihrer Emotionen und ihrer wechselnden Gemützustände – und es hatte die verwirrende Tendenz, sich zu kräuseln oder seine Gestalt zu verändern. Doch da ihm Maras Geist als Anker diente, gelang es ihm immer wieder, das Bild rasch in etwas zumindest einigermaßen Verständliches zu verwandeln. Das war kaum ideal zu nennen, aber es schien klar zu sein, dass dies alles war, was er bekommen würde.

Das Gleitband, das von dieser Ebene wegführte, hatte anscheinend etwa die gleichen Ausmaße wie jenes, das sie benutzt hatten, um das Dach zu verlassen. Mara sprang auf das innere Band und bewegte sich abwärts. Offenbar unternahm sie keinen Versuch, ihre Annäherung geheim zu halten. Das Ausbleiben unvermittelter Kampfimpulse in ihren Gefühlen, als sie das nächste Stockwerk erreichte, deutete darauf hin, dass sie niemanden sah, obwohl Luke den Eindruck gewann, dass sie noch immer ferne Geräusche vernahm.

Sie machte keine Anstalten, das Band auf dieser Ebene zu verlassen, sondern ließ sich weiter nach unten tragen. Die folgende Ebene glich der davor, und niemand näherte sich dem Gleitband. Luke konnte unverkennbar Ärger spüren, der allmählich in Maras Geist wach wurde. Der Ärger richtete sich sowohl gegen die scheinbare Gleichgültigkeit der Fremden ihr gegenüber als auch gegen deren Unwissenheit in grundlegenden Fragen der inneren Sicherheit. Sie passierte auch diese Ebene und die nächste und glitt langsam auf die darauf folgende zu ...

... und im nächsten Moment zuckte eine Schwindel erregende Erschütterung wie ein Erdbeben durch ihre Empfindungen, begleitet von einem kurzen Auflodern von Schmerz.

Luke erstarrte, riss die Augen auf und kam auf die Beine. Doch noch während er dies tat, empfing er warnend ein beruhigendes Signal von ihr, auf das die Erkenntnis dessen folgte, was soeben geschehen war. Der Teil des Gleitbandes, auf dem sie stand, hatte plötzlich ohne Vorwarnung die Richtung gewechselt, ihr die Füße unter dem Körper weggerissen und sie hart mit der Brust voran auf die Rampe geworfen.

Während der Moment des Schwindels nach dem Sturz verging, entfalteten sich ihre Kampfimpulse zu voller Bereitschaft.

Sie war nicht mehr allein.

Luke ballte hilflos die Hände zu Fäusten, während er sich in dem Versuch, das getrübte Bild zu durchdringen, ihren Gefühlen anvertraute. Um sie herum standen mehrere Gestalten derselben Spezies, mit der sie bereits einmal aneinander geraten waren.

Und so weit er dies durch das unstete Bild erkennen konnte, sprach einer der Fremden Mara mit ihrem Namen an.

Er sprach noch einen Moment weiter zu ihr, und obwohl Luke kein einziges Wort verstehen konnte, gewann er den Eindruck, dass er Mara dazu aufforderte, ihnen tiefer in die Festung hinein zu folgen. Sie erklärte sich damit einverstanden. Mara fügte sich spürbar ins Unvermeidliche, als sie ihr den BlasTech abnahmen; dann kehrte die ganze Gruppe dem Gleitband den Rücken zu und marschierte einen Gang entlang, der so ähnlich wie der Wohnbereich geschmückt zu sein schien, den sie weiter unten gesehen hatten.

Bald – viel zu bald – kamen sie an eine offene Tür. Es folgte ein weiterer Austausch unverständlicher Worte, ein unterdrücktes Aufflackern von Unbehagen seitens Mara, dann trat sie alleine durch die Tür in den Raum dahinter.

Ihre Gedanken verrieten ihm, dass sie im Innern von anderen Fremden erwartet wurde. Einer – möglicherweise auch mehr als nur einer – rief ihr etwas zu, während sie näher kam. Mara antwortete; Wellen und Funken von Empfindungen markierten kleinste Informationseinheiten, die Luke auf Grund der Unbeständigkeit ihrer Verbindung nicht zu erfassen vermochte. Mara ging noch tiefer in den Raum hinein …

… und ohne Vorwarnung riss die Verbindung mit ihrem Geist von einem Schritt zum nächsten abrupt ab und überließ Luke den stummen Lichtern der Befehlszentrale. Sein Herz hämmerte in der Brust; er griff weit in die Macht hinaus und versuchte den Kontakt wiederherzustellen. *Mara? Mara!*

Aber es hatte keinen Sinn.

Er erhielt keine Antwort; der Kontakt kehrte nicht wieder; es gab keine Spur ihrer Präsenz. Überhaupt nichts.

Sie war verschwunden.

4. Kapitel

Mara erfasste den Raum mit einem Blick, als sie durch die Tür trat: Lang gestreckt und schmal, reichte er von der Tür aus vielleicht fünfzig Meter in die Tiefe, war jedoch nicht mehr als fünf Meter breit. Vor der gegenüberliegenden Wand stand, mit dem Rücken zu ihr, ein solide aussehender Sessel; und fünf Meter dahinter, unmittelbar an der Rückwand des Raums, erwarteten sie sechs der blauhäutigen Nichtmenschen. Sie trugen alle die gleiche eng anliegende burgunderfarbene Kleidung im Patchwork-Design wie jene Fremden, die sie vom Gleitband hierher geführt hatten. Und genau wie ihre Begleiter trug jeder dieser Fremden unter einem schwarzen Stehkragen eine imperiale Ordensspange an der Brust.

Doch noch während ihr Blick diese Einzelheiten registrierte, wurde ihre Aufmerksamkeit von dem Mann angezogen, der das Zentrum der Gruppe bildete und der in einem Sessel saß, der das genaue Ebenbild dessen war, der ihm ein paar Meter weiter gegenüberstand. Er hatte graues Haar, die Haut zeigte die Spuren des Alters, die Augen jedoch blickten wachsam und blitzgescheit, der gerade Rücken verriet Stolz.

Und er trug die Uniform und Insignien eines imperialen Admirals.

»Nun sind Sie endlich doch gekommen, Mara Jade«, begann er und winkte sie mit einer knorrigen Hand heran. »Ich muss sagen, Sie haben sich Zeit gelassen.«

»Es tut mir leid, dass ich Sie warten ließ«, entgegnete Mara mit einem Anflug von Sarkasmus, während sie auf den Mann zuging. Im Hintergrund ihrer Gedanken konnte sie Lukes Besorgnis und seine Nervosität spüren und versuchte ihm ein Gefühl der Ermutigung zu übermitteln, das sie nicht wirklich empfand. Diese Leute wussten, wer sie war, und vermutlich auch, *was* sie war; trotzdem standen sie einfach da und ließen sie ungehindert auf sich zukommen. Das alles wirkte viel zu selbstverständlich und gefiel ihr nicht im Geringsten. »Wenn

Ihre Leute den Finger nicht so schnell am Abzug gehabt hätten, wäre ich schon viel früher gekommen.«

Der Admiral neigte kurz den Kopf. »Ich entschuldige mich dafür. Aber sofern es mich betrifft, war das ein Unfall. Bitte, setzen Sie sich.«

Mara ging weiter und versuchte, alles auf einmal im Auge zu behalten. Ihre sämtlichen Sinne waren auf Schwierigkeiten gefasst. Falls sie ihr eine Falle stellten, würde diese zuschnappen, bevor sie ihnen zu nahe kam ...

Und ohne Vorwarnung verschwand Lukes Präsenz von einem Schritt zum nächsten aus ihrem Geist.

Ihre Gedanken gefroren vor Schreck, ihre Füße bewegten sich unwillkürlich weiter. *Luke? Luke! Komm schon, wo bist du?*

Doch sie erhielt keine Antwort; sie empfing keine Emotion, keinen mentalen Eindruck, keinen Gedanken; es gab überhaupt keine Spur seiner Präsenz; es war unglaublich, unmöglich, aber er war verschwunden.

Verschwunden.

»Setzen Sie sich doch«, sagte der Admiral noch einmal. »Ich nehme an, Sie müssen nach allem, was Sie durchgemacht haben, rechtschaffen müde sein.«

»Sie sind zu freundlich«, erwiderte Mara. Die Worte klangen fern und mechanisch durch das Rauschen des Bluts in ihren Ohren, während sie ihre Füße dazu zwang, sie noch tiefer in den Raum zu tragen. Was, in aller Welt, konnte bloß mit ihm geschehen sein?

Darauf gab es nur eine mögliche Antwort. Sie hatten irgendwie seine Jedi-Sinne ausgeschaltet, hatten sich seiner Jedi-Kräfte bemächtigt und einen Überraschungsangriff gestartet, den er weder bemerken, geschweige denn abwehren konnte.

Und der Jedi-Meister Luke Skywalker war bewusstlos.

Oder tot.

Der Gedanke traf sie wie ein Hieb, fuhr in ihr Herz wie eine gezackte Klinge. Nein, das konnte nicht sein. Unmöglich. Nicht jetzt.

Der grauhaarige Mann blickte sie immer noch mit nachdenklicher Miene an. Mara verdrängte den Schmerz mit quälender Anstrengung. Wenn Luke nur bewusstlos war, konnten sie immer noch einen Ausweg aus dieser Lage finden. Falls er jedoch tot war, würde sie ihm höchstwahrscheinlich bald Gesellschaft leisten. So oder so war jetzt nicht der richtige Zeitpunkt, ihr Denken durch Gefühle trüben zu lassen.

Sie legte den Rest des Weges bis zu dem leeren Sessel zurück und ließ sich vorsichtig darin nieder. »Sie müssen kein so besorgtes Gesicht machen«, sagte der Admiral beruhigend. »Wir haben nicht die Absicht, Ihnen weh zu tun.«

»Natürlich nicht«, entgegnete Mara, die die Bitterkeit in ihrer Stimme sehr wohl hörte. »So wie sie auch bei meinem letzten Besuch nicht die Absicht hatten, mir wehzutun?«

Die Lippen des Admirals zitterten kurz. »Wie ich bereits sagte, war das ein bedauerlicher Unfall«, erklärte er. »Meine Leute schossen auf das Ungeziefer, das um Sie herumflatterte – wir hatten in der Vergangenheit einige Probleme mit ihnen, da sie immer wieder hier eindrangen. Ich fürchte, als Sie zu schießen begannen, haben die Männer die falschen Schlüsse gezogen. Es tut mir aufrichtig leid.«

»Da geht es mir gleich viel besser«, grollte Mara. »Und was jetzt?«

Der Admiral schien gelinde überrascht. »Wir reden«, antwortete er. »Warum sonst, denken Sie, haben wir Sie von unserem Aufenthaltsort wissen lassen? Wir wollten, dass Sie herkommen, um sich mit uns zu treffen.«

»Ah«, machte Mara. Sie hatte also richtig geraten: Die beiden Raumschiffe waren wirklich mit Absicht auf Fluchtkursen davongeflogen, die sie unweigerlich an diesen Ort führen würden.

Es sei denn, er log, um die Patzer seiner Piloten zu vertuschen. »Sie hätten mir einfach eine Einladung schicken können«, sagte sie. Als sie mit der Macht nach ihm griff, spürte sie, wie sich ihre Stirn leicht in Falten legte. Komisch, aus irgendeinem Grund schien sie ihn nicht fassen zu können. Ihn nicht, und auch nicht die Nichtmenschen, die ihn flankierten. »Oder wäre das irgendwie zu direkt und zu einfach gewesen?«

Der Admiral lächelte wissend. »Ich bezweifle, dass Sie allein gekommen wären, wenn ich Sie offen dazu eingeladen hätte. Etwas Unbestimmteres schien die geeignetere Lösung zu sein. Ich entschuldige mich, dass Sie nicht von einer Eskorte in Empfang genommen wurden – Ihre Landung kam für uns übrigens ein wenig überraschend.«

»Ebenso wie Ihr früheres Eindringen in die Festung«, fügte der Nichtmensch hinzu, der rechts neben dem Admiral stand. Er hatte eine sanfte, kultivierte Stimme, und die glühenden roten Augen ließen Mara keinen Moment los. »Wenn wir gewusst hätten, dass Sie kommen, wären unsere Leute mit ihren Charrics viel vorsichtiger gewesen. Darf ich fragen, wie es Ihnen gelungen ist, die Festung zu betreten, ohne entdeckt zu werden?«

»Wir haben uns natürlich in Ungeziefer verwandelt und sind einfach hineingeflogen«, teilte Mara ihm mit. »Das ging schneller als zu Fuß.«

»Natürlich«, entgegnete der Admiral lächelnd. »Oder sind Sie vielleicht außen an der Festungsmauer nach oben geklettert und durch einen der Risse eingedrungen?«

Mara schüttelte den Kopf. »Tut mir leid, das ist ein Berufsgeheimnis.«

»Oh«, nickte der Admiral, immer noch lächelnd. »Das ist auch gar nicht wichtig; ich war bloß neugierig. Es kommt allein darauf an, dass Sie jetzt hier sind, Mara – so wie wir es gewollt haben. Darf ich Sie übrigens Mara nennen? Oder würden Sie Captain Jade oder irgendeinen anderen Titel vorziehen?«

»Nennen Sie mich, wie Sie wollen«, versetzte Mara, »Und wie soll ich *Sie* nennen? Oder hat hier niemand einen Namen?«

»Alle denkenden Lebewesen haben einen Namen, Mara«, sagte der Mann. »Meiner ist Admiral Voss Parck. Und es ist mir ein Vergnügen, Sie endlich doch noch kennen zu lernen.«

»Gleichfalls«, erwiderte Mara und starrte ihn an, als ein jähes Erschrecken wie eine Welle über sie hinwegging. Voss Parck: der Captain des Sternzerstörers der *Sieges*-Klasse, der Thrawn auf einer verlassenen Welt gefunden und an den imperialen Hof gebracht hatte. Und der ihm später in die Schande der vermeintlichen Verbannung aus dem Imperium gefolgt war.

Aber der Mann, den sie hier vor sich sah ...

»Ich vermute, ich sehe viel älter aus, als Sie erwartet haben«, sagte Parck. »Vorausgesetzt natürlich, Sie haben überhaupt irgendetwas erwartet. Ich hätte mir übermäßig geschmeichelt, wenn ich davon ausgegangen wäre, dass die Hand des Imperators sich auch nur an meinen Namen erinnern würde, von meinem Gesicht ganz zu schweigen.«

»Ich erinnere mich an beides«, erwiderte Mara. »Sie waren einer der Männer, die jede Fraktion am Hof als Beispiel für das ansah, was man auf keinen Fall tun sollte, wenn man in eine politische Intrige verwickelt war.« Sie warf einen Blick auf die übrigen Nichtmenschen. »Aber andererseits waren das dieselben Leute, die glaubten, Palpatine hätte Thrawn hierher geschickt, um ihn zu bestrafen. Was wussten die also schon?«

»Und *Sie* denken, Mitth'raw'nuruodos Mission war eine andere?«, fragte der Nichtmensch rechts von Parck.

»Ich *weiß* es«, versicherte Mara ihm und musterte ihn von Kopf bis Fuß. »Verraten Sie mir, Admiral, redet Ihre ganze Rasse so wie Thrawn? Oder ist das die Folge einer speziellen kulturellen Konditionierung, der Sie Ihre Truppen für den Fall unterziehen, dass sie zu einem Feiertagsumtrunk eingeladen werden?«

Die Augen des Nichtmenschen wurden schmal. »Beruhigen Sie sich, Stent«, sagte Parck trocken und hob eine Hand. »Sie müssen wissen, dass eine der schärfsten Waffen von Mara Jade stets Ihr Talent war, andere wütend zu machen. Und jemand, der wütend ist, denkt nicht mehr klar, wie sie sehen.«

»Vielleicht kann ich aber auch niemanden von Ihnen besonders gut leiden«, warf Mara ein, die einen Anflug von Ärger über Parcks ebenso rasche wie beiläufige Einsicht verspürte. Ihre Gegner kamen für gewöhnlich nicht so rasch hinter diesen Trick. Die langsameren unter ihnen kamen überhaupt nie dahinter. »Aber genug von mir. Sprechen wir über Ihre grandiose Versetzung in die Unbekannten Regionen. Sie haben dafür vieles aufgegeben: Coruscant, das Prestige und die Kameradschaft der Imperialen Flotte ...« Sie richtete den Blick mit Absicht auf Stent. »... die Zivilisation.«

Stents Augen verengten sich zuverlässig erneut. Parck indes lächelte bloß. »Sie sind Thrawn begegnet«, sagte er. Seine Stimme wurde weich vor Ehrfurcht. »Jeder echte Soldat hätte für die Chance, unter ihm zu dienen, alles aufgegeben.«

»Es sei denn, es handelte sich dabei um Angehörige seiner eigenen Spezies, schätze ich«, konterte Mara. »Oder habe ich eine falsche Geschichte darüber gehört, wie er nach Coruscant gekommen ist?«

»Nein, ich bin mir sicher, dass Sie die richtige gehört haben«, antwortete Parck mit einem Achselzucken. »Aber wie alles andere, das die Leute über Thrawn zu wissen glauben, ist diese spezielle Geschichte nicht ganz vollständig.«

»Ist das so?«, gab Mara zurück, lehnte sich in ihrem Sessel zurück und schlug die Beine übereinander, eine Haltung, deren mutwillige Hilflosigkeit ein misstrauisches Gegenüber beruhigen sollte. Mit derselben Bewegung rückte sie den Sessel ein kleines Stück weiter nach hinten, um versuchsweise dessen Gewicht zu prüfen. Er war leider sehr schwer, was ausschloss, dass sie ihn als plötzliches Wurfgeschoss benutzen konnte. »Ich habe allem Anschein nach ausreichend Zeit. Warum erzählen Sie sie mir nicht von Anfang an?«

Stent legte Parck eine Hand auf die Schulter. »Admiral, ich bin nicht überzeugt ...«

»Das ist schon in Ordnung, Stent«, beruhigte Parck ihn, ohne Mara aus den Augen zu lassen. »Wir können kaum mit ihrer Hilfe rechnen, solange sie nicht sämtliche Fakten kennt, nicht wahr?«

Mara runzelte die Stirn. »Meine Hilfe wobei?«

»Das alles begann vor mehr als einem halben Jahrhundert«, begann Parck, der ihrer Frage keinerlei Beachtung schenkte. »Damals, als das Outbound-Flugprojekt vorbereitet wurde, kurz vor Ausbruch der Klon-Kriege. Das war natürlich vor Ihrer Zeit, und ich weiß nicht, ob Sie überhaupt jemals davon gehört haben.«

»Ich habe über das Outbound-Flugprojekt gelesen«, erklärte Mara. »Eine Gruppe Jedi-Meister entschloss sich, zu einer anderen Galaxie aufzubrechen, um herauszufinden, was sie dort erwartete.«

»Ihr Fernziel war tatsächlich eine andere Galaxis«, nickte Parck. »Aber noch ehe die eigentliche Expedition begann, wurde beschlossen, ihr Raumschiff zunächst auf eine, sagen wir … Erkundungskreuzfahrt zu schicken: in einer großen Kreisbahn durch einen Teil der riesigen Unbekannten Regionen unserer eigenen Galaxis.«

Er deutete mit einer Handbewegung auf Stent und die Wachen. »Eine Route, die sie, wie sich bald herausstellte, durch die Ausläufer eines Gebietes führte, das von den Chiss kontrolliert wurde.«

Chiss? So also nannten sie sich selbst. Mara durchsuchte ihr Gedächtnis nach diesem Namen, prüfte es auf irgendeine Bemerkung, die der Imperator über diese Spezies gemacht haben mochte. Nichts. »Und die Chiss hatten an dem Tag keine Lust, gute Gastgeber zu sein?«

»Die herrschenden Familien der Chiss erhielten nie die Gelegenheit, sich für die eine oder andere Alternative zu entscheiden«, sagte Parck. »Palpatine war damals bereits zu dem Schluss gelangt, dass die Jedi-Ritter eine ernste Bedrohung der Alten Republik darstellten, und hatte daher Angriffsstreitkräfte in die Region entsandt, die sich des Outbound-Flugprojekts annehmen sollten, sobald das Schiff sich zeigte.«

»Und die waren zur Stelle und gerade damit beschäftigt, ihren Hinterhalt zu legen, als Thrawn sie fand.«

Er schüttelte den Kopf. »Sie müssen die Situation verstehen, Mara, um das Folgende wirklich würdigen zu können. Auf der einen Seite handverlesene Einheiten von Palpatines Privatarmee, die mit fünfzehn erstklassigen Schlachtschiffen ausgerüstet waren; auf der anderen Seite Commander Mitth'raw'nuruodo von der Erweiterten Verteidigung der Chiss und vielleicht zwölf kleine und unbedeutende Raumer der Grenzpatrouille.«

»Ich weiß das sehr wohl zu würdigen«, fiel Mara ein, die ein Schaudern unterdrückte. »Wie schlimm hat Thrawn sie niedergemetzelt?«

»Vollständig«, antwortete Parck. Das Gespenst eines Lächelns kräuselte seinen Mundwinkel. »Ich glaube, nur ein einziges von Palpatines Schiffen war danach noch in der Lage zu fliehen. Und das auch nur, weil Thrawn ein paar der Invasoren am Leben lassen wollte, um sie verhören zu können. Zum Glück für dieses eine Schiff, und eines Tages auch für die gesamte Galaxis, denn unter den Überlebenden befand sich der Anführer der Eingreiftruppe, einer von Palpatines Beratern. Ein Mann namens Kinman Doriana.«

Mara schluckte. An *diesen* Namen erinnerte sie sich ganz gewiss. Er war Palpatines rechte Hand gewesen und angeblich einer der führenden Architekten seines Aufstiegs zur Macht. »Ja, davon habe ich gehört«, sagte sie.

»Das dachte ich mir«, erwiderte Parck nickend. »Als Berater blieb er meistens im Hintergrund – nur sehr wenige kannten seinen Namen, ganz zu schweigen von seiner Stellung und seinem Einfluss. Aber unter denen, die Bescheid wussten, wurde bisweilen spekuliert, dass sein früher Tod eine Lücke hinterließ, die Palpatine schließlich mit drei anderen Personen zu füllen versuchte: mit Darth Vader, Großadmiral Thrawn und …« Er lächelte wieder. » … mit Ihnen.«

»Sie sind zu freundlich«, entgegnete Mara gleichmütig, da sich angesichts dieser Feststellung nicht mal ein Hauch von Stolz in ihr regte. Also hatte sie in Palpatines Augen wahrhaftig über eine gewisse Stellung und Autorität verfügt, vielleicht über mehr, als ihr selbst bewusst gewesen war.

Aber das spielte keine Rolle. Dieser Teil ihres Lebens war vor langer Zeit buchstäblich gestorben, und sie hatte nicht darum getrauert. »Sie sind aber auch recht umfassend informiert.«

»Diese Festung war Thrawns persönliche Basis«, sagte Parck und machte eine umfassende Handbewegung. »Und Informationen waren, wie Sie bereits festgestellt haben werden, eine seiner wenigen Leidenschaften. Die Datenarchive im Festungskern unter uns sind wahrscheinlich die größten in der Galaxis.«

»Famos, davon bin ich überzeugt«, entgegnete Mara. »Nur zu dumm, dass all sein Wissen ihn nicht davor bewahren konnte, getötet zu werden.«

Sie hatte gehofft, damit irgendeine Reaktion seitens der Fremden zu provozieren. Doch zu ihrer Überraschung ließ keiner auch nur ein Blinzeln sehen. Parck lächelte sogar. »Man sollte niemals etwas voraussetzen, Mara«, sagte er warnend. »Aber wir greifen der Geschichte vor. Wo waren wir?«

»Bei Doriana und dem Outbound-Flugprojekt«, antwortete Mara.

»Danke«, sagte Parck. »Doriana erläuterte Thrawn jedenfalls die Lage und überzeugte ihn davon, dass Outbound vernichtet werden musste. Und als das Schiff zwei Wochen später den Chiss-Raum erreichte, wurde es bereits von Thrawn erwartet.«

»Auf Wiedersehen, Outbound-Flugprojekt«, warf Mara leise ein.

»Ja«, bekräftigte Parck. »Aber obwohl damit das Ende des Unternehmens gekommen war, fingen die Schwierigkeiten für Thrawn erst an. Wissen Sie, die militärische Philosophie der Chiss sah keine Präventivschläge vor. Was Thrawn getan hatte, kam in den Augen des Militärs einem Mord gleich.«

Mara schnaubte verhalten. »Nichts für ungut, Admiral, aber das hört sich für mich so an, als müsste Ihre Wahrnehmung überprüft werden. Wie könnte ein Massaker an einer Gruppe von Jedi-Meistern, die lediglich ihre eigenen Ziele verfolgen, etwas anderes sein als Mord?«

Parck betrachtete sie mit ernster Miene. »Sie werden begreifen, Mara«, sagte er, und seine Stimme zitterte beinahe. »Bald schon werden sie begreifen.«

Mara zog die Stirn kraus. Der Mann war entweder ein wahnsinnig guter Schauspieler, oder unter alledem war etwas begraben, das ihn einst wirklich an den Rand des Wahnsinns getrieben hatte. Erneut griff sie mit der Macht hinaus, und wieder schien sie ihn nicht fassen zu können.

Parck riss sich mit offensichtlicher Anstrengung zusammen. »Doch ich greife abermals vor. Wie ich schon sagte, waren die herrschenden Chiss-Familien mit Thrawns Handlungsweise nicht einverstanden. Aber es gelang ihm, sich aus der Sache herauszureden und seine Stellung zu behalten. Doch von dieser Zeit an beobachteten sie ihn sehr genau. Und als er sich schließlich mit einigen Feinden der Chiss einließ, trieb er es ein bisschen zu weit. Er wurde angeklagt, aller Ränge enthoben und auf eine unbewohnte Welt am Rand des Imperialen Raums verbannt.«

»Wo prompt ein gewisser Sternzerstörer der *Sieges*-Klasse aufkreuzte«, sagte Mara, »dessen Captain ein Mann war, der bereitwillig das Risiko eingehen wollte, ihn nach Coruscant mitzunehmen.« Sie wölbte die Augenbrauen. »Obwohl das Risiko keineswegs so hoch war, wie alle Welt glaubte, nicht wahr?«

Parck lächelte. »Das war es ganz sicher nicht«, antwortete er. »Ich erfuhr später, dass Palpatine im Lauf der Jahre zwei erfolglose Versuche unternommen hatte, Kontakt mit den Chiss aufzunehmen und Thrawn eine hohe Stellung in seinem zukünftigen Imperium anzutragen. Nein, der Imperator war äußerst erfreut über mein Mitbringsel, wenngleich er seine Freude auf Grund der politischen Realitäten am Hof verbergen musste.«

»Thrawn erhielt also eine private militärische Ausbildung und stieg endlich in den höchsten Rang auf, den Palpatine bieten konnte«, ergänzte Mara.

»Und dann ... was? Arrangierte er, dass er hierher zurückgeschickt wurde, um die herrschenden Familien der Chiss für das, was sie ihm angetan hatten, bezahlen zu lassen?«

Parck machte ein entsetztes Gesicht. »Sicher nicht. Die Chiss sind sein Volk, Mara – er hat kein Interesse daran, ihnen Schaden zuzufügen. Ganz im Gegenteil, er kam zurück, um sie zu schützen.«

»Wovor?«

Stent ließ ein verächtliches Schnauben hören. »Wovor?«, spie er barsch aus. »Sie schwaches, selbstgefälliges Weib. Sie meinen wohl, bloß weil sie es sich hinter einem Ring aus Kriegsschiffen auf ihren friedlichen Welten gut gehen lassen, ist auch der Rest der Galaxis ein sicherer Lebensraum? Es gibt da draußen Hunderte verschiedener Bedrohungen, die Ihnen das Blut in den Adern gefrieren lassen würden, wenn Sie eine Ahnung davon hätten. Die herrschenden Familien können sie nicht aufhalten – auch keine andere Macht in dieser Region vermag das. Wenn unser Volk Schutz braucht, ist das allein unsere Sache.«

»Und wer sind Sie? Ihre Leute insbesondere, meine ich?«

Stent nahm eine strammere Haltung an. »Wir sind Syndic Mitth'raw'nuruodos Prätorianerphalanx«, antwortete er. Es war unmöglich, den Stolz in seiner Stimme zu überhören. »Wir leben nur, um ihm zu dienen – und dadurch den Chiss.«

»Ob die Ihre Hilfe nun wollen oder nicht, nehme ich an«, sagte Mara, der auch nicht entgangen war, dass der Nichtmensch die Gegenwartsform benutzt hatte. Da war sie wieder: die Annahme oder der Glaube, dass Thrawn gar nicht tot war. Konnten sie hier so wenig mitbekommen? »Wissen sie überhaupt, dass Sie hier draußen sind?«

»Sie wissen, dass die Streitkräfte des Imperiums hier sind«, warf Parck ein. »Und während die herrschenden Familien nicht zu wissen vorgeben, dass Stent und seine Einheiten mit uns zusammenarbeiten, weiß der durchschnittliche Chiss durchaus darüber Bescheid. Wir haben einen steten Strom junger Chiss, die zu unseren diversen Stützpunkten und Garnisonen kommen, um sich unserem Kampf anzuschließen.«

Mara verkniff sich eine Grimasse. Die Imperialen besaßen hier draußen also wirklich Stützpunkte. »Palpatine wäre nicht sehr erfreut darüber gewesen, wenn er erlebt hätte, wie sich Nichtmenschen mit den Streitkräften des Imperiums vermischen«, stellte sie fest. »Und ich glaube, dass gegenwärtige Regime auf Bastion sieht das auch nicht anders.«

Parcks Miene verriet Ernüchterung. »So ist es«, erwiderte er. »Was uns zu der problematischen Situation führt, mit der wir zur Zeit konfrontiert sind. Thrawn sagte uns vor vielen Jahren, dass wir, wenn man ihn jemals für tot erklärte, unsere Arbeit hier und in den Unbekannten Regionen fortsetzen und darauf harren sollten, dass er zehn Jahre später wiederkehren würde.«

Mara blinzelte ungläubig. Sie bekamen *wirklich* nichts mit. »Das wird aber eine lange Wartezeit«, sagte sie, wobei sie sich Mühe gab, nicht allzu sarkastisch zu klingen. »Er erhielt einen Dolchstoß in die Brust, durch die Lehne seines Kommandosessels hindurch. Die meisten Leute brauchen sehr lange, um sich von einer solchen Behandlung zu erholen.«

»Thrawn ist nicht wie die meisten Leute«, rief Stent ihr ins Gedächtnis.

»War«, korrigierte sie Mara. »Nicht *ist* – *war*. Er starb bei Bilbringi.«

»Tatsächlich?«, fragte Parck. »Haben Sie jemals eine Leiche gesehen? Oder irgendetwas über seinen Tod gehört, dass nicht aus den Nachrichtenquellen des Imperiums kam?«

Mara öffnete den Mund … und hielt inne. Parck beugte sich ein wenig zu ihr vor; in seinen Augen glänzte eine gewisse Vorfreude. »War das eine rhetorische Frage?«, wollte sie wissen. »Oder erwarten Sie, dass ich Ihnen darauf eine Antwort gebe?«

Parck lächelte und lehnte sich wieder in seinem Sessel zurück. »Ich hatte Ihnen ja gesagt, dass sie ein Hitzkopf ist«, bemerkte er und sah Stent dabei an. »Ja, eigentlich dachten wir schon, dass Sie das würden. Sie haben immerhin uneingeschränkten Zugang zu Talon Karrdes Informationsnetzwerk. Wir dachten, wenn jemand die Wahrheit kennen würde, dann Sie.«

Die Erkenntnis durchzuckte Mara wie ein Blitz. »Sie waren nicht hinter imperialen Verbindungen her, als Sie um die Cavrilhu-Basis und Terriks Sternzerstörer herumschwirrten? Sie waren hinter *mir* her.«

»Wirklich sehr gut«, sagte Parck zustimmend. »Als Dreel Sie in der Nähe dieses Sternzerstörers entdeckte, glaubte er, Sie und Thrawn wären bereits zu einer Übereinkunft gelangt. Daher die Übertragung, mit der er Thrawn bat, Kontakt aufzunehmen.«

Mara schüttelte den Kopf. »Sehen Sie, ich weiß, Sie sind jetzt schon sehr lange hier draußen, und mir ist klar, das muss hart für Sie gewesen sein. Aber es ist Zeit, den Tatsachen ins Auge zu sehen. Ob es Ihnen gefällt oder nicht: Thrawn ist *tot*.«

»Wirklich?«, erwiderte Parck. »Und warum ist das Holo-Netz voller Nachrichten darüber, dass er zurückgekehrt ist und neue Allianzen schmiedet?«

»Und dass er von den Führern zahlreicher Sektoren gesehen wurde?«, warf Stent ein. »Darunter von dem Senator der Diamala auf Coruscant sowie dem ehemaligen General Lando Calrissian.«

Mara starrte ihn an. *Lando*? »Nein«, sagte sie. »Sie irren sich. Oder Sie bluffen.«

»Ich versichere Ihnen …« Parck verstummte, sein Blick wanderte zu einem Punkt hinter Mara, der ein Luftzug im Nacken verriet, dass sich die Tür hinter ihr geöffnet hatte.

Sie drehte sich gespannt um. Doch es war nur ein jugendlich wirkender Mann in mittleren Jahren, der leicht hinkend an der linken Wand des lang gestreckten Raums auf sie zukam. Ungeachtet seines Alters trug er die Uniform eines imperialen TIE-Jäger-Piloten; und zwischen seinem ergrauenden Spitzbart und dem gleichfalls grau werdenden dunklen Haarschopf wies er eine unerhörte Besonderheit auf: eine schwarze Augenklappe über dem rechten Auge. »Ja, General?«, rief Parck ihm zu.

»Eine Übertragung mittlerer Reichweite von Sorn, Admiral«, sagte der Mann. Das eine Auge blieb ohne zu zwinkern auf Mara gerichtet, während er mit großen Schritten an ihr vorüberging. »Seine Reise durch das Bastion-System hat nichts erbracht. Jede Menge Gerüchte und Spekulationen, aber keine handfesten Beweise.« Er machte eine Pause. »Doch die Gerüchte besagen, dass Thrawn sich gegenwärtig dort aufhält.«

»Moment mal«, mischte Mara sich argwöhnisch ein. »Sie wissen, wo Bastion liegt?«

»Oh, ja«, versicherte Parck ihr. »Thrawn hat vorausgesehen, dass der Regierungssitz in periodischen Abständen den Standort wechseln würde, und er wollte, dass wir jederzeit wissen, wo er sich gerade befindet. Daher hat er in einer Scheindatei der Imperialen Zentralbibliothek eine Signalvorrichtung installiert, da er davon ausging, dass die Bibliothek der Regierung bei jedem Ortswechsel folgen würde.«

»Eine Konstruktion der Chiss«, ergänzte Stent mit unmissverständlichem Stolz. »Sie ist vollständig inaktiv, außer im Hyperraum, wo praktisch nie jemand daran denkt, nach solchen Dingen zu suchen. Wir sind Bastions Bewegungen von System zu System mit großem Interesse gefolgt.«

»Allerdings.« Parck sah wieder den Piloten an. »Ist Sorn auf dem Rückweg?«

»Er wird in etwa drei Stunden hier sein.« Der Pilot wies mit einem Nicken auf Mara. »Hat sie ihnen irgendetwas Nützliches geliefert?«

»Eigentlich nicht«, antwortete Parck und blickte Mara an, während er auf den Neuankömmling deutete. »Aber ich vergesse meine Manieren. Mara Jade, das ist General Baron …« Er legte eine dramatische Pause ein. »… Soontir Fel.«

Mara ließ keine Regung ihres Gesichts zu. Baron Soontir Fel. Der einstige legendäre TIE-Jäger-Pilot, der sich später vom Imperium abwandte, um ein Mitglied des Renegaten-Geschwaders zu werden. Er war vor Jahren verschwunden, als ihm die Direktorin des Imperialen Geheimdienstes Isard eine Falle gestellt hatte; danach hatte man nie wieder etwas von ihm gehört und allgemein angenommen, dass Isard ihn kurzerhand wegen Hochverrats hatte hinrichten lassen.

Doch da stand er und flog offenbar wieder für die imperialen Streitkräfte. Und er war sogar zum General aufgestiegen.

»General Fel«, nickte sie bestätigend. »Entnehme ich dem Tonfall des Admirals, dass ich jetzt beeindruckt sein sollte?«

Der junge Fel, so vermutete sie, hätte daran auf der Stelle Anstoß genommen. Die ältere Version jedoch schenkte ihr nur ein vages Lächeln. »Wir haben hier draußen keine Zeit, uns stolz zu geben, Jade«, sagte er ernst. »Wenn Sie sich uns erst angeschlossen haben, werden Sie das verstehen.«

»Da bin ich sicher«, entgegnete Mara, verschränkte die Arme vor der Brust und presste die Fäuste zusammen, während sie mit aller Kraft in die Macht hinausgriff. Die Macht war da – sie konnte fühlen, wie sie von ihr durchdrungen wurde. Doch aus irgendeinem Grund vermochte sie keinen der Anwesenden, Mensch oder Chiss, zu erfassen. Es war beinahe wie bei jenen in Bäumen verwurzelten Geschöpfen auf Myrkr, den Ysalamiri, die die Macht außer Kraft setzen konnten. Aber das konnte es nicht sein, denn sie nahm die Macht immer noch ungehindert wahr. Abgesehen davon befand sich keines dieser Wesen mit ihnen im Raum …

Sie unterdrückte den Drang, das Gesicht zu verziehen, und kam sich wie eine Närrin vor, als sie sich auf Parck und die Chiss konzentrierte, die alle mit dem Rücken zur Wand standen. Natürlich befanden sich keine Ysalamiri im Raum – sie waren nebenan und pressten sich gegen die Wand, von wo aus sie die Männer davor bewahren konnten, dass Mara ihre Gedanken erforschte. Wahrscheinlich hatten sie die kleinen Wesen auch hinter den Seitenwänden platziert, da Fel sich auf seinem Weg durch den Raum so sorgfältig darum bemüht hatte, sich förmlich an die Wand zu schmiegen. Vielleicht waren ein paar von ihnen sogar über die Decke verteilt …

Mara atmete tief durch. Ein Großteil der Anspannung, die ihr die Brust beengt hatte, fiel von ihr ab. Natürlich befanden sich Ysalamiri über der Decke. Deshalb und auf diese Weise war ihre Verbindung mit Luke so abrupt abgebrochen.

Was bedeutete, dass er noch am Leben war.

Sie holte noch einmal tief Luft, da ihr mit einem Mal bewusst wurde, dass Parck und Fel sie anstarrten.»Was für eine großzügige Einladung«, sagte sie dann und versuchte den Gesprächsfaden wieder aufzunehmen, bevor ihr Schweigen zu penetrant wurde. »Es tut mir leid, Sie enttäuschen zu müssen, aber ich habe bereits einen Job.«

Doch es war zu spät.»Wie ich sehe, hat sie es herausgefunden«, bemerkte Fel im Plauderton.

»Ja«, nickte Parck. »Aber ich bin überrascht, dass sie so lange gebraucht hat. Vor allem deshalb, weil sie den Ysalamiri-Effekt in dem Moment bemerkte, als sie in ihren Wirkungsbereich eintrat. Ich konnte sehen, wie sie kurz aus dem Tritt kam.«

»Wenigstens beweist das, dass sie wirklich Jedi-Kräfte besitzt«, sagte Fel. »Es hat also nicht geschadet, dass wir vorbereitet waren.«

»Ich gratuliere Ihnen allen zu Ihrer klugen Voraussicht«, entgegnete Mara und legte einigen Spott in ihre Stimme. »Sie sind ohne Zweifel die legitimen Erben von Thrawns Genie und militärischer Schlagkraft. Aber hören wir auf, um den heißen Brei herumzureden, ja? Was genau wollen Sie von mir?«

»Wie General Fel bereits sagte«, erwiderte Parck, »wollen wir, dass Sie sich uns anschließen.«

Mara spürte, dass sich ihre Augen verengten. »Sie machen Witze.«

»Ganz und gar nicht«, antwortete Parck. »Genau genommen ...«

»Admiral?«, fiel Stent ihm ins Wort. Er hielt den Kopf ein wenig schräg, als würde er auf etwas lauschen. »Gerade hat jemand versucht, sich Zugang zu dem Computer im oberen Kommandoraum zu verschaffen.«

»Skywalker«, stellte Fel mit einem Nicken fest. »Wie nett von ihm, dass er uns die Mühe erspart, ihn aufzuspüren. Weisen Sie die Phalanx an, ihn hierher zu bringen, Stent. Und erinnern sie die Männer daran, dass nur diejenigen sich ihm nähern dürfen, die Ysalamiri bei sich tragen.«

»Jawohl, Sir.« Stent trat an Fel vorbei, lief mit raschen Schritten an der Wand entlang und gab eine schnelle Wortfolge in seiner Muttersprache von sich, während er auf die Tür zuging. Als er Mara passierte, entdeckte diese ein kleines Gerät in seinem Ohr – ohne Zweifel die Chiss-Version eines Komlinks.

»Er wird in ein paar Minuten bei uns sein«, sagte Fel und wandte sich wieder Mara zu. »Sie müssen in den Augen von Coruscant wirklich eine sehr wichtige Persönlichkeit sein, wenn man Luke Skywalker entsendet, um Sie zu retten. Ich hoffe, er wird keinen so großen Widerstand leisten, dass die Chiss sich gezwungen sehen, ihn zu verletzen.«

»Und ich hoffe um der Chiss willen, dass sie sich nicht mehr vorgenommen haben, als sie verkraften können«, konterte Mara in dem Versuch, selbstsicherer zu klingen, als sie sich vorkam. Luke hatte schon früher trotz der Behinderung durch die Ysalamiri funktionieren müssen, aber das war lange her. »Da wir gerade von Verletzungen sprechen, General ... Was ist mit Ihrem Gesicht passiert? Oder tragen Sie diese Augenklappe lediglich, um die Eingeborenen zu beeindrucken?«

»Ich habe das Auge in unserer letzten Schlacht gegen einen der zahlreichen Möchtegern-Kriegsherren hier draußen verloren«, antwortete Fel. Seine Stimme blieb ruhig, verbarg jedoch nicht eine gewisse Schärfe. »Die Möglichkeiten unserer Transplantationsmedizin sind beschränkt, daher entschied ich mich dafür, zu Gunsten einiger meiner Piloten, die eine

Operation dringender brauchten, auf ein neues Auge zu verzichten.« Er lächelte vage, und durch das Alter und die Reife schimmerte eine Spur des jüngeren, frecheren Fel. »Außerdem bin ich auch mit nur einem Auge noch der beste Pilot in weitem Umkreis.«

»Davon bin ich überzeugt«, pflichtete Mara ihm bei. »Aber stellen Sie sich nur mal vor, wie gut Sie wären, wenn Sie noch beide Augen hätten. Und da der Krieg gegen die Neue Republik praktisch nicht mehr stattfindet, nehme ich an, das Imperium verfügt über einen ziemlich großen Überschuss an entbehrlichen Prothesen. Sie müssten sich bloß mal blicken lassen und um eine davon bitten.«

Dann sah sie wieder Parck an. »Aber das würde natürlich bedeuten, Bastion an dem großen Geheimnis teilhaben zu lassen, was Sie ganz offensichtlich nicht vorhaben. Warum eigentlich nicht?«

Parck seufzte. »Weil alles, was wir hier getan haben – was wir hier besitzen –, in Wahrheit allein Thrawn zusteht. Und im Moment wissen wir offen gestanden nicht, auf welche Seite er sich in Ihrem Konflikt schlagen wird.«

Mara blinzelte. »Entschuldigung? Ein Großadmiral des Imperiums, und Sie wissen nicht, für welche Seite er sich entscheidet?«

»Das Imperium wurde auf acht Sektoren reduziert«, erinnerte Fel sie. »Militärisch gesehen ist das keine Macht, mit der man sich noch länger auseinander setzen muss.«

»Und wie Sie ja bereits festgestellt haben, gibt es dort noch immer das Problem nachhaltiger Vorurteile gegen Nichtmenschen«, fügte Parck hinzu. »Auf der anderen Seite hat Coruscant selbst ernste Schwierigkeiten, vor allem auf Grund der Unfähigkeit, die Mitglieder der Neuen Republik davon abzuhalten, gegeneinander zu kämpfen.«

»An der Stelle kommen Sie ins Spiel«, sprach Fel weiter. »Als die Hand des Imperators wissen Sie eine Menge über das Imperium und darüber, wer dort das Sagen hat. Andererseits sind Sie als Freundin von Skywalker und seinen Weggefährten ebenso mit dem Regime der Neuen Republik auf Coruscant vertraut.«

Er ließ ein schmales Lächeln sehen. »Und als Talon Karrdes Zweiter Offizier wissen sie selbstverständlich auch über alles andere gut Bescheid. Sie wären uns eine unschätzbar große Hilfe bei der Beendigung des Konflikts, der Vereinigung dieser Region und den Vorbereitungen auf kommende Herausforderungen.«

»Ihre Erfahrung und Ihr Wissen sind von großer Bedeutung für uns«, fiel Parck ein. »Unsere Aufmerksamkeit war naturgemäß lange nach außen gerichtet, mit dem Ergebnis, dass wir zu den Realitäten in diesem Teil des Weltraums ein wenig den Kontakt verloren haben. Wir brauchen jemanden, der diese Lücke füllen kann.«

»Und da haben Sie natürlich an mich gedacht«, entgegnete Mara boshaft.

»Seien Sie nicht so respektlos«, ermahnte Fel sie.

»Ich bin nicht respektlos, allein mir fehlt der Glaube«, gab sie zurück. »Ich kann mir kaum vorstellen, dass Thrawn damit einverstanden wäre, wenn Sie mich als Ihre Beraterin in lokalen Angelegenheiten engagieren.«

»Ganz im Gegenteil«, sagte Parck. »Thrawn schätzte Sie. Ich weiß mit Sicherheit, dass er Ihnen eine Stellung bei uns anbieten wollte, sobald das Imperium sein Territorium zurück gewonnen haben würde.«

Einer der Chiss neben Parck rührte sich und legte, so wie Stent zuvor, den Kopf schief. »Admiral?«, meldete er sich leise zu Wort, ging neben dem Sessel in die Hocke und flüsterte Parck etwas ins Ohr. Parck antwortete, und sie führten eine Minute lang eine unhörbare Unterhaltung. Mara ließ den Blick über Fel und die fünf Chiss wandern und malte sich in Gedanken aus, wie sie mit ihnen fertig werden sollte, wenn es zum Kampf kam.

Doch der Versuch war kaum mehr als eine mentale Übung, und das wusste sie auch. Sie ließen sie nicht aus den Augen und behielten die Hände in der Nähe ihrer in Holstern steckenden Waffen – daher hatte sie keine Chance, sie alle auszuschalten, bevor sie sich auf sie stürzten. Nicht ohne die Hilfe der Macht.

Die Unterredung endete, der Chiss erhob sich wieder und

marschierte schnellen Schrittes an der Wand entlang. »Bitte, verzeihen Sie die Unterbrechung«, entschuldigte sich Parck, während der Nichtmensch den Raum verließ.

»Kein Problem«, erwiderte Mara. Jetzt waren es nur noch vier Chiss, plus Fel und Parck. Immer noch lausige Chancen. »Gab es Schwierigkeiten, Skywalker festzunageln?«

»Nicht wirklich«, versicherte Parck.

»Ich bin froh, das zu hören«, sagte Mara und wünschte sich mehr als je zuvor, in seinen Gedanken lesen zu können. Der Abgang des Chiss hatte eigentlich so ausgesehen wie der von jemandem, der in Schwierigkeiten steckte. Wenn sie bloß eine Vorstellung davon hätte, was Luke vorhatte … »Thrawn hatte also die Absicht, mir eine Aufgabe zu geben, wie?«

»Das hatte er«, nickte Parck. »Er wusste stets, wer die besten Leute waren, sowohl was ihre Fähigkeiten im Allgemeinen anging, als auch hinsichtlich jener besonderen Art geistiger Widerstandskraft, auf die er angewiesen war.« Er wies auf Fel. »General Fel ist ein gutes Beispiel. Seine Rebellion gegen Isard war für Thrawn ohne jede Bedeutung. Was zählte, waren seine Gefühle für das Volk und die Welten dieser Region. Nachdem Thrawn Isard also veranlasst hatte, ihn gefangen zu nehmen …«

»Moment mal«, unterbrach Mara ihn. »Thrawn war darin verwickelt?«

»Das Ganze war allein sein Plan«, erklärte Fel. »Sie haben doch nicht geglaubt, dass Isard sich etwas so Kluges hätte einfallen lassen können, oder?« Seine Lippen wurden schmal; der Blick des verbliebenen Auges verlor sich nachdenklich in der Ferne. »Er hat mich hierher gebracht«, berichtete er leise. »Zeigte mir, womit wir es zu tun hatten und was wir unternehmen mussten, um es aufzuhalten. Zeigte mir, dass es selbst mit den vereinigten Ressourcen des Imperiums und der Neuen Republik und ihm an der Spitze keine Garantie für den Sieg gab.«

»Andererseits machte er bereits Notfallpläne für eine Niederlage«, fügte Parck nüchtern hinzu. »Vor zehn Jahren hat er Schläferzellen seiner besten Klon-Krieger über das Imperium sowie die Neue Republik verstreut, die in ständiger Bereitschaft leben, den Kern lokaler Widerstandsgruppen zu bilden, falls Bastion und Coruscant fallen sollten. Männer, die ihre Welten liebten und alles für deren Verteidigung geben würden.«

»Ja«, sagte Fel. »Und nachdem ich verstanden hatte – nachdem ich *wahrhaftig* verstanden hatte –, blieb mir nichts anderes übrig, als mich ihm anzuschließen.«

»So wie *Sie* zweifellos auch«, warf Parck ein.

Mara schüttelte den Kopf. »Sorry, aber ich habe andere Pläne.«

»Wir werden sehen«, gab Parck gelassen zurück. »Vielleicht wird Thrawn Sie selbst überzeugen können, wenn er zurückkehrt.«

»Und was, wenn er gar nicht zurückkehrt?«, wollte Mara wissen. »Was, wenn die Gerüchte nichts anderes sind als … Gerüchte?«

»Oh, er *wird* zurückkommen«, entgegnete Parck. »Er hat es gesagt, und er hält immer, was er verspricht. Die Frage ist nur, ob dieses spezielle Gerücht wirklich *er* ist.«

Er blickte zu Fel. »Ich vermute, unter den gegebenen Umständen besteht unsere einzige Möglichkeit, das mit Sicherheit herauszufinden, darin, dass ich endlich eine Reise nach Bastion unternehme. Wenn Thrawn dort tatsächlich sein Hauptquartier aufgeschlagen hat, sollte unsere Frage, von welcher Seite aus er aktiv wird, damit eigentlich beantwortet sein.«

Mara spürte, wie sie die Hände zu Fäusten ballte. »Sie wissen nicht, was Sie da sagen«, rief sie. »Sie können das alles hier nicht einfach den Imperialen überlassen: die Ressourcen, Stützpunkte, Allianzen …«

»Sie werden schon keinen Missbrauch damit treiben«, erwiderte Parck mit düsterer Stimme. »Dafür werden wir Sorge tragen. Die vor uns liegende Aufgabe ist viel zu ernst, um irgendjemanden Zeit mit Belanglosigkeiten wie Politik oder persönlichem Renommee vergeuden zu lassen.«

»Wenn Sie *das* glauben, bekommen Sie hier *wirklich* nichts mit«, schnappte Mara. »Versuchen Sie sich doch nur mal an Palpatines Hof zu erinnern und daran, was der Geschmack der Macht mit diesen Leuten gemacht hat. Persönliches Renommee ist das einzige, woran viele im Imperium noch denken.«

»Dieses Risiko müssen wir eingehen«, antwortete Parck entschlossen. »Wir werden Acht geben, natürlich … Wir werden mit Sorn sprechen, sobald er zurück ist, und die Daten durchsehen, die er während seiner Reise durch das Bastion-System gesammelt hat. Aber wenn es nichts gibt, das die Gerüchte über Thrawns Wiederkehr eindeutig widerlegt, ist es Zeit, Kontakt aufzunehmen.«

Mara holte tief Luft. »Das kann ich nicht zulassen«, sagte sie.

»*Sie* können das nicht zulassen?«, hakte Fel scharf nach.

»Nein«, entgegnete Mara. »Das kann ich unmöglich. Wenn sie das alles hier Bastion übergeben, werden die Imperialen es als erstes gegen Coruscant einsetzen.«

»Keine Sorge«, sagte Parck. »Wir werden Bastion erst dann irgendetwas übergeben, wenn wir sicher sind, dass Thrawn dort ist.«

»Andererseits würden wir gut daran tun, uns über *sie* Sorgen zu machen, Admiral«, stellte Fel fest, der Mara nachdenklich betrachtete. »Jemand, der so sehr dagegen ist, dass wir Verbindung mit Bastion aufnehmen, könnte Ärger bedeuten.«

»Da haben Sie vermutlich Recht«, gab Parck widerstrebend zu. Er stemmte sich aus dem Sessel, worauf einer der Chiss an seine Seite trat und ihm beim Aufstehen hilfreich den Arm bot. »Es tut mir leid, Mara, aber Sie und Skywalker werden eine Weile unsere Gäste sein.«

»Und wenn Thrawn tatsächlich zurück ist, aber nicht kooperieren will«, wollte Mara wissen. »Was dann?«

Parck presste kurz die Lippen aufeinander. »Ich bin überzeugt, dazu wird es nicht kommen«, versicherte er, doch sein Blick wich dem ihren aus, als er es sagte. »Innerhalb von wenigen Tagen werden wir es genau wissen. Länger als höchstens einen Monat wird es bestimmt nicht dauern.«

Mara schnaubte verächtlich. »Das ist nicht Ihr Ernst. Glauben Sie wirklich, ein paar Dutzend Ysalamiri könnten Luke Skywalker und mich so lange aufhalten?«

»Sie hat Recht, Admiral«, stimmte Fel zu. »Es braucht schon etwas mehr, um diese beiden ruhig zu stellen.«

Parck musterte Maras Züge. »Was schlagen Sie vor?«

Fel winkte einen der Chiss heran. »Brosh, Ihren Charric. Einstellung Stufe zwei.«

»Sekunde mal«, fiel Mara eilends ein und sprang auf die Füße, als der Chiss seine Faustwaffe zog. *Du musst Zeit schinden*, schoss es ihr durch den Kopf … »Eine verdammte, im Eis von Hoth gefrorene *Sekunde* mal – ich bin eine unbewaffnete Gefangene.«

Auch die übrigen Chiss zückten jetzt ihre Waffen. »Ich weiß«, erwiderte Fel. Er hörte sich an, als würde es ihm ehrlich leid tun – was auch immer davon zu halten war. »Und ich bedaure zutiefst, dies hier tun zu müssen. Aber ich habe so meine Erfahrungen mit den Jedi, und der einzige Weg, der mir einfällt, sie für ein paar Tage zu einer handsamen Gefangenen zu machen, ist der, Sie zwangsweise in eine Heiltrance zu versetzen.« Er ließ den Blick zu Brosh wandern …

»Warten Sie!«, rief Mara. *Zeit schinden, Zeit schinden, Zeit schinden.* »Sie sagten doch, Sie wollten ein Geschäft mit mir machen, richtig? Nun, ich kann Ihnen rundheraus versprechen, dass die Verhandlungen darüber keinen guten Anfang nehmen, wenn Sie auf mich schießen. Ich würde sogar so weit gehen zu behaupten, dass ich dann überhaupt nicht für Sie arbeiten werde.«

»Dazu wird es nicht kommen«, versicherte Fel ihr dunkel. »Nicht, sobald Sie das ganze Ausmaß der Bedrohung kennen, der wir ausgesetzt sind.«

»Vielleicht, vielleicht auch nicht«, widersprach Mara. »Und vergessen Sie Karrde nicht. Wenn Sie wirklich Informationen wollen, dann ist er derjenige, mit dem Sie Geschäfte machen müssen. Und Karrde nimmt es *absolut* nicht freundlich auf, wenn irgendwer blindlings auf seine Leute feuert. Ich habe ihn ganze Organisationen wegen einer solchen Untat auseinander nehmen sehen. Da gab es zum Beispiel eine bestimmte Hutt-Bande …«

»Ja, davon bin ich überzeugt«, fiel Parck ihr stirnrunzelnd ins Wort. »Wirklich, Mara, Sie machen viel mehr Aufhebens um diese Sache als nötig. Sicher, Charric-Verbrennungen sind ernst, aber daran dürfte jemand mit den Jedi-Fähigkeiten der Schmerzunterdrückung und Selbstheilung wohl kaum einen Gedanken verschwenden. Und General Fel hat ganz Recht: Wir *müssen* sie eine Zeit lang zum Schweigen bringen.«

»Das verstehe ich ja«, erwiderte Mara. »Und es ist auch eine brillante Idee – wirklich. Es gibt da bloß einen Haken: Ich weiß weder etwas über Schmerzunterdrückung, noch kenne ich den Trick mit der Selbstheilung.«

»Kommen Sie«, sagte Parck vorwurfsvoll und deutete auf das schwarz umrandete Loch in ihrem Overall. »Ihre Schulter sagt etwas anderes.«

»Skywalker hat mich in Trance versetzt«, antwortete Mara und entspannte in finsterer Erwartung bewusst die Muskeln. »Und der ist nicht hier. Ich könnte am Schock sterben oder verbluten …«

»Nichts davon wird Ihnen geschehen«, versicherte Fel ihr. »Ich kenne die Stärke und die Grenzen der Chiss-Waffen. Sehen Sie darin einfach einen zusätzlichen Anreiz für Skywalker, sich uns zu ergeben.«

Er suchte Brosh's Blick und nickte. Der Chiss nickte zurück und hob seine Waffe …

… und ein strahlend grüner Blitz schoss daraus hervor.

5. Kapitel

Mara verschwand ohne jede Vorwarnung von einem Moment zum nächsten. *Mara?* Luke schickte verzweifelte Gedanken in ihre Richtung und griff mit der Macht hinaus. *Mara!*

Doch er erhielt keine Antwort. Irgendwie mussten sie ihren Gefahrensinn und ihr kämpferisches Geschick ausgeschaltet und einen überraschenden und überwältigenden Angriff gestartet haben.

Und nun war sie bewusstlos. Oder tot.

»Nein«, flüsterte er vernehmlich, das Blut pulsierte in seinen Ohren. Wieder jemand, der ihm etwas bedeutete …

»Nein!«, quetschte er zwischen zusammengepressten Zähnen hervor. Der Kummer in seinem Herzen verwandelte sich in einen tödlichen, finsteren Strudel, als der Schmerz zu einer rasenden Wut anwuchs. Setzten sie wirklich einfach so auf den Tod? Und wenn es der Tod war, den sie wollten, dann würde er ihnen zeigen, welches Gesicht der Tod trug. Er sah sich vor seinem geistigen Auge mit großen Schritten über das gewundene Gleitband nach unten marschieren und die Nichtmenschen, deren erschlaffte Körper gegen den unnachgiebigen schwarzen Mauerstein prallten und verkrümmt zu Boden sanken, wie Gliederpuppen aus dem Weg räumen. Sein Lichtschwert würde blitzend in ihre Reihen fahren, Waffen und Leiber spalten und mehr Tod hinter sich lassen …

Sein Lichtschwert.

Er blickte auf das Lichtschwert in seiner Hand. Das war nicht die Waffe, die er selbst in der drückenden Hitze von Tatooine gemacht hatte, sondern jene, die sein Vater so viele Jahre zuvor gebaut hatte. Die Waffe, die er Mara gegeben hatte …

Er schöpfte tief Atem, entließ den Zorn und den Hass; ein kalter Schauer überlief ihn, als ihm die Tragweite dessen bewusst wurde, was er beinahe getan hätte. Einmal mehr hatte er kurz davor gestanden, der Dunklen Seite nachzugeben. Um ein Haar hätte er sich dem Hass und der Rachsucht und dem überwältigenden Wunsch ergeben, die Macht für seine selbstsüchtigen Zwecke einzusetzen.

Willst du ehren, wofür sie kämpfen … Meister Yodas Worte hallten geisterhaft in seinen Gedanken wider. »Also schön«, murmelte er hörbar. Er würde also keine Vergeltung üben, was auch immer Mara zugestoßen sein mochte – jedenfalls nicht um der Vergeltung willen. Aber er würde ihr wahres Schicksal in Erfahrung bringen.

Unter Mühen reinigte er seinen Geist von den letzten Resten dunkler Gefühle; Maras Bild von den Vögeln, die in den Erzzerkleinerungsanlagen sangen, kam ihm in diesem Augenblick wieder in den Sinn. Er griff mit der Macht hinaus und richtete seine mentalen Sonden genau auf die Stelle aus, an der Maras Präsenz verschwunden war. Er müsste eigentlich in der Lage sein, ihre Leiche zu orten, es sei denn, sie hatten diese bereits weggeschafft …

Aber er fand nichts. Nicht Mara, und auch nicht die Menschen oder Fremden, auf die sie sich zubewegt haben musste, als sie verschwand.

Genau genommen konnte er innerhalb eines bestimmten Bereichs überhaupt nichts wahrnehmen. Fast so, als würde irgendetwas seinen Zugriff auf die Macht blockieren …

Plötzlich strömte die angehaltene Luft aus ihm heraus; stattdessen erfüllten ihn zu gleichen Teilen Erleichterung und Verdruss. Natürlich – die Nichtmenschen hatten den Raum zwischen ihm und Mara mit Ysalamiri besetzt. Doch selbst angesichts der vier Ebenen, die zwischen ihnen lagen, hätte er ohne Verzug erkennen müssen, was los war. Wieder einmal, so schien es, musste er Yodas Warnung vor Handlungen unter dem Diktat machtvoller Gefühle neu beherzigen.

Aber er hatte keine Zeit für Selbstvorwürfe. Unter dem Einfluss der Ysalamiri waren Maras unausgereifte Jedi-Kräfte nutzlos, und es war an ihm, sie da herauszuholen.

Er griff nach seinem Komlink und aktivierte es. »R2?«, rief er leise. »Ich brauche dich hier unten. Nimm das stillgelegte Gleitband hinter der Wand rechts von der verborgenen Tür nach draußen und begib dich vier Stockwerke weiter nach unten. Spaltet Felsen, lass jemanden im Treppenschacht zurück, der die Tür verschließt, die anderen kommen mit R2. Habt ihr das?«

Der Droide ließ ein Zwitschern hören, die Qom Jha zirpten bestätigend. Luke befestigte das Komlink und bewegte sich langsam quer durch den Raum zu einer der hinteren Ecken des Stockwerks. Währenddessen hielt er die Fühler der Macht nach unten gerichtet. Auf der nächsten Ebene konnte er Lebewesen wahrnehmen, doch keines schien sich in diesem Bereich aufzuhalten.

Der Eindruck konnte ihn, falls er immer noch keine klaren Erkenntnisse von jener Spezies gewann, jedoch auch in die Irre führen. Aber das musste er riskieren. Er zündete Maras Lichtschwert – die Berührung dieser Waffe brachte eine Flut alter Erinnerungen –, umfasste sie mit beiden Händen und grub die blauweiße Klinge in den Boden.

Er hatte befürchtet, dass das schwarze Mauerwerk – wie das Cortosis-Erz in der Höhle – dem Lichtschwert irgendwie widerstehen würde. Aber obwohl es sich so anfühlte, als würde er einen Baumstumpf stromaufwärts durch einen schnell fließenden Fluss ziehen, schnitt die Klinge ohne Probleme durch den Stein. Er beschrieb einen engen Kreis, wobei er die Klinge nach innen gerichtet hielt, damit der steinerne Korken nicht auf die nächste Ebene krachte, und schnitt ein kreisrundes Loch aus, dessen Durchmesser ein wenig größer war als der von R2-D2.

Luke schloss den Kreis, überzeugte sich ein letztes Mal davon, dass sich niemand unter ihm aufhielt. Dann griff er in die Macht hinaus und zog den Steinkorken aus dem Boden.

Der Brocken war schwer – viel schwerer als irgendetwas dieser Größe eigentlich sein konnte. Luke dirigierte ihn zur Seite und setzte ihn so auf dem Boden ab, dass der Rand ein wenig über das Loch im Boden hinausragte. Dann ließ er sich flach auf den Boden sinken und spähte vorsichtig hindurch.

Der Bereich unter ihm war offenbar tatsächlich verwaist. Luke umfasste den Rand des Lochs und ließ sich so weit hinunter, dass er in voller Länge an der Decke der nächsten Ebene hing. Er wappnete sich, gewann zusätzliche Muskelkraft aus der Macht und ließ los.

Bis zum Boden waren es ungefähr vier Meter, ein unbedeutender Sprung für einen Jedi. Er fing den Aufprall auf, ließ die Beine einknicken und den Körper zu einem hoffentlich unauffälligen Bündel zusammensinken, während er bereits seinen Machtsinn ausstreckte, um zu ergründen, ob man ihn gesehen oder gehört hatte. Nichts. Er stand langsam und mit Bedacht auf und blickte sich erneut um …

Master Walker of Sky?

Luke sah nach oben. Bewahrt Zusagen befand sich in dem Raum über seinem Kopf und spähte durch das Loch im Boden. »Still«, ermahnte er den Qom Jha. »Wo steckt der Rest von deinen Leuten?«

Sie nähern sich von der Seite, antwortete Bewahrt Zusagen. *Einige bewachen deine Maschine – sie ist am langsamsten.*

»Lasst es mich wissen, sobald R2 hier ist«, sagte Luke und griff mit der Macht hinaus. Auf der nächsten Ebene, so konnte er feststellen, hielt sich eine größere Zahl der Nichtmenschen auf, aber sie schienen sich nicht in seiner Nähe zu befinden. Erneut zündete er das Lichtschwert und machte sich daran, unmittelbar unter dem ersten ein weiteres Loch in den Fußboden zu schneiden.

Er war damit fertig und hatte sich bereits in das nächste Stockwerk hinuntergelassen, als ein leises Pfeifen über ihm R2s Erscheinen ankündigte. »Großartig«, rief Luke verhalten und blickte zu dem blauen und silbernen Kuppelkopf hoch, der zwei Ebenen höher zaghaft über den Rand spähte, dann zog er sein Komlink hervor und schaltete es ein.

Der Droide wich zurück und war nicht mehr zu sehen; aus dem Komlink drang ein erneutes bestätigendes Pfeifen. »Gut«, erwiderte Luke und warf Blicke um sich. Dieses Mal war er wieder in einem leeren Raum gelandet, durch eine offene Tür konnte er jedoch bewegliche Schatten ausmachen. »Siehst du die Kontrollkonsolen? Ich möchte, dass du eine Anschlussbuchse an einem Computer findest, an die du dich ankoppeln kannst. Versuche, falls möglich, an einen Lageplan der Festung heranzukommen. Wenn das nicht geht schau einfach, was du herausfinden kannst. Wenn ich dich wieder rufe, löst du die Verbindung und kommst so schnell wie möglich zu dem Loch im Boden zurück. Hast du alles verstanden?«

Darauf ertönte ein leicht nervöses Zwitschern, und das Komlink verstummte. Luke umfasste Maras Lichtschwert, versuchte ein Gefühl für die Intelligenzen ringsum und unter ihm zu bekommen und wartete.

Als sich endlich etwas tat, geschah alles auf einmal. Plötzlich veränderten sich, praktisch wie im Chor, die Gedanken sämtlicher Nichtmenschen; ihre unterschiedlichen Stimmen, Interessen und Muster wechselten die Richtung und konzentrierten sich auf ein gemeinsames Ziel. Nicht furchtsam, besorgt oder auch nur überrascht, sondern mit der gefassten, tödlichen Entschlossenheit von Berufssoldaten.

R2 war offenbar über die Sicherheitsvorkehrungen gestolpert, vor denen Mara ihn gewarnt hatte, und die Festung mobilisierte sich für den Ernstfall.

Luke kauerte sich ein wenig tiefer auf den Boden. Er war sich der Tatsache voll bewusst, dass jetzt alles davon abhing, wie sie sich in diesem Ernstfall verhalten würden. Wenn die Fremden sich bloß dort verschanzten, wo sie sich zur Zeit aufhielten, und sich gegen einen möglichen Angriff wappneten, blieb ihm wohl nichts anderes übrig, als sich den Weg zu Mara freizukämpfen. Falls sie sich jedoch auf die Gleitrampen sowie auf das Stockwerk konzentrierten, wo der Infiltrationsversuch stattgefunden hatte …

Genau das taten sie. Noch während er den Atem anhielt, konnte Luke spüren, dass die Fremden sich unter ihm zielstrebig auf das Gleitband zubewegten, das Mara vor einiger Zeit genommen hatte. Wenn er vorsichtig war – und schnell –, mochte der Weg zu ihr jetzt frei vor ihm liegen.

Vor allem musste er schnell sein. Er zündete das Lichtschwert und machte sich an die Arbeit, ein weiteres Loch in den schwarzen Stein zu schneiden. Er hatte die Öffnung fertig gestellt und sich durch sie auf die nächste Ebene fallen lassen, als sein tastender Machtsinn den Anhaltspunkt entdeckte, auf den er sehnlichst gewartet hatte: die unterschwellige Veränderung in den Gedanken der Fremden, als die rasch zusammengestellten Greifkommandos sich fertig machten. »Jetzt, R2«, rief er leise in das Komlink. »Schick die Qom Jha durch das Loch zu mir, dann kommst du selbst hierher.«

Der Droide bestätigte das, und Luke trat abwartend unter das Loch in der Decke. Die Qom Jha vergeudeten keine Zeit; schon fielen sie wie Blätter von einem Baum, legten eng die Flügel an den Körper, während sie eine Öffnung nach der anderen passierten, und entfalteten sie zwischen den Stockwerken, um die Kontrolle über ihren Flug wieder zu erlangen. Inmitten der rasch herabsinkenden Qom Jha entdeckte er R2, der sich abermals vorsichtig über den Rand neigte, und hörte von fern das Echo eines überraschten und aufgeregten Zwitscherns, als der Droide sah, wie weit Luke inzwischen nach unten gekommen war, seit er das letzte Mal nachgesehen hatte.

Das Zwitschern verwandelte sich in ein vernehmliches elektronisches Ächzen, als Luke mit der Macht nach ihm griff, ihn anhob und mit den Rädern voran durch das Loch sinken ließ.

Luke zuckte bei dem Laut zusammen, doch R2 erkannte zum Glück rasch, was los war, und verstummte, ehe das Geräusch eines sich nach unten fortsetzenden elektronischen Kreischens das ganze Unternehmen preisgeben konnte. Luke setzte den Droiden vorsichtig neben sich auf dem Boden ab, dann griff er erneut hinaus, packte den Rand des steinernen Korkens, den er so platziert hatte, dass er über den Rand der ersten Öffnung im Boden lugte. Aus dieser Entfernung mutete er sogar noch schwerer an, aber da vermutlich in diesem Moment nichtmenschliche Soldaten in Richtung des Befehlszentrums ausschwärmten, hatte er Grund genug, sich zu beeilen. Drei Sekunden später befand der Korken sich wieder sicher an seinem Platz.

Fünfzehn Sekunden später hatte Luke – von oben nach unten – auch die übrigen Löcher versiegelt. »Mara befindet sich noch ein Stockwerk unter uns«, teilte er R2 und der zusammengedrängten Gruppe der Qom Jha mit, während er in die Macht hinausgriff. Alle Fremden unterhalb ihres Standorts waren verschwunden, und bisher gab es keine Veränderung ihres allgemeinen Bewusstseinszustands, die darauf hingedeutet hätte, dass sie seinen Trick durchschaut hatten.

Allerdings vermochte er die Greifkommandos selbst sonderbarerweise nicht mehr zu erfassen. Konnten auch sie mit Ysalamiri ausgerüstet sein?

Wahrscheinlich. Aber im Moment waren diese Einheiten ohnehin viel zu weit weg, um ihm Sorgen zu bereiten. »Bleibt dicht bei mir«, sagte er, zündete das Lichtschwert und machte sich an den letzten Schnitt. »Wir versuchen, uns so lange wie möglich leise zu verhalten.«

Aber wenn sie uns entdecken?, fragte Kind der Winde ängstlich.

Luke zog die Stirn kraus und starrte den Kleinen überrascht an. Ihm war gar nicht aufgefallen, dass der junge Qom Qae mit den Qom Jha gekommen war. Eigentlich hatte er die Anweisung erteilen wollen, dass Kind der Winde bei dem Qom Jha bleiben sollte, der die verborgene Tür verschlossen hatte. Doch das war ihm offensichtlich entfallen; und nun war es zu spät, daran noch irgendetwas zu ändern. »Wenn der Alarm losgeht, verteilt ihr euch und stiftet Verwirrung«, wandte sich Luke an die geflügelten Wesen. »Lockt sie so weit wie irgend möglich von mir weg, sucht euch dann selbst einen Weg aus der Festung und fliegt nach Hause.«

Wir werden gehorchen, erwiderte Spaltet Felsen und schlug mit den Flügeln.

»Und versucht möglichst, nichts abzukriegen«, fügte Luke hinzu, schloss den kreisförmigen Schnitt ab und hob die steinerne Scheibe aus dem Boden. »Kind der Winde, du bleibst bei R2 und mir.«

Er beugte sich vor, um den Raum unter ihnen mit einem kurzen Blick zu prüfen. »Also gut«, sagte er dann, schob die Füße durch die Öffnung und wappnete sich für den nächsten Sprung. »Los geht's.«

Dem nebelhaften Eindruck zufolge, den er von diesem Stockwerk gewonnen hatte, ehe der Kontakt zu Mara abgebrochen war, schien diese Ebene recht übersichtlich strukturiert zu sein; es gab Räume und breite Korridore an Stelle der zufällig aufgestellten Mauersegmente, auf die sie weiter oben gestoßen waren. Nicht gerade die ideale Anordnung, um sich leise anzuschleichen.

Doch in den ersten Minuten schien es trotzdem zu funktionieren. Luke führte sie zu dem blinden Fleck, der die Ansammlung von Ysalamiri markierte. Dabei teilte er seine Aufmerksamkeit zwischen dem Gelände ringsum sowie den verschiedenen Einheiten von Soldaten bei den Laufbändern. Nur ein halbes Dutzend Fremde kam ihnen so nahe, dass sie eine potenzielle Bedrohung darstellten, und es gelang ihm, seine kleine Gruppe unbemerkt an ihnen vorbeizuschleusen, indem er von der Macht hervorgerufene Geräusche und andere Ablenkungsmanöver einsetzte. Die Soldaten auf der Ebene der Befehlszentrale gehörten ohne Frage zur methodisch vorgehenden Sorte, und während Luke sich den Ysalamiri näherte, glaubte er noch, sich ohne Vorwarnung auf Maras Bewacher stürzen zu können.

Han hätte vielleicht wirklich so viel Glück gehabt. Luke bedauerlicherweise jedoch nicht. Sie hatten ihr Ziel beinahe erreicht, als diese Illusion mit einem Mal in sich zusammenbrach.

»Sie haben uns entdeckt«, sagte er leise.

Wissen sie, wo wir sind?, fragte Fliegt durch Dornen.

»Ich weiß es nicht«, antwortete Luke, griff in die Macht hinaus, um den plötzlichen Tumult in den Gefühlen der Nichtmenschen, die ihn umgaben, zu entschlüsseln. Aber es ließ sich unmöglich sagen, ob eines der Greifkommandos auf den von ihm geschaffenen Durchlass gestoßen war oder ob die Männer das obere Stockwerk einfach verwaist vorgefunden und daraus den logischen Schluss gezogen hatten.

Was er indes zu sagen vermochte, war, dass sich ihre Bestürzung in Windeseile auf die übrigen Einheiten übertragen hatte – was auch immer sie gefunden haben mochten. Offensichtlich gab es in dieser Festung ein vorzügliches Kommunikationssystem.

Und das hieß, Maras Bewacher wussten mit an Sicherheit grenzender Wahrscheinlichkeit, dass er frei herumlief.

Was wiederum bedeutete, dass ihm keine Zeit mehr blieb.

»Ich gehe rein«, wandte er sich wortkarg an die Qom Jha, während er um die Ecke des Korridors spähte. Rechter Hand, auf der gegenüberliegenden Seite eines Gangs, der ihren Weg kreuzte, konnte er eine nicht gekennzeichnete Tür erkennen. Und auf der anderen Seite des Raums dahinter befanden sich, so weit er dies sagen konnte, die Ysalamiri. »R2, Kind der Winde … kommt mit. Der Rest von euch schwärmt jetzt aus.«

Wir gehorchen, Walker of Sky, erwiderte Baut mit Steinen, und mit vielfachem Flügelschlag waren die Qom Jha verschwunden.

»Bleibt dicht hinter mir«, ermahnte Luke den Droiden und den Qom Qae, und nach einem raschen Blick in den Korridor startete er in Richtung Tür und zündete im vollen Lauf Maras Lichtschwert. Er packte das Schwungrad, drehte daran, stieß mit der gleichen Bewegung die Tür auf und stürzte hindurch.

Doch er fand bloß heraus, dass er sich verrechnet hatte. Der Raum, den er betrat, war lang und nur trübe beleuchtet. Der größte Teil der linken Hälfte war mit Kistenstapeln verstellt. Von Mara keine Spur.

Ein zweiter Blick jedoch zeigte ihm, dass er sich nicht ganz so grob verrechnet hatte, wie er zunächst gedacht hatte. An der hinteren Wand lehnte Seite an Seite in Nährrahmen eine Anzahl Ysalamiri.

R2 trillerte fragend. »Sie ist im nächsten Raum dahinter«, rief Luke über die Schulter, während er auf die Reihe der Rahmen zuraste. In seinem Kopf nahm allmählich ein Plan Gestalt an. Wenn Maras Bewacher nicht selbst machtsensitiv waren, konnten sie unmöglich wissen, ob ihre Schutzmauer noch stand oder nicht. Wenn er genügend Ysalamiri aus dem Weg schaffen konnte, um Mara ihren Zugriff auf die Macht zurückzugeben, musste es ihnen zu zweit eigentlich gelingen, das Blatt gegen Maras Bewacher zu wenden und sie von hier fortzubringen. Luke kam direkt vor einem der Rahmen in der Mitte der Wand schlitternd zum Stehen. Er empfand deutlich das plötzlich hereinbrechende beunruhigende Schweigen in seinem Geist, als er in den einen Meter weit reichenden Wirkungskreis der kleinen Kreaturen trat. Er legte das Lichtschwert auf den Boden und hob den Rahmen an.

Da er jetzt nicht mehr dazu in der Lage war, seine Muskelkraft zu verstärken, konnte er von Glück sagen, dass der Rahmen nicht sehr schwer war. Er trug ihn ein paar Meter von der Wand weg und lehnte ihn gegen die am nächsten stehende Kiste. Er kehrte zu dem zweiten Rahmen in der Reihe zurück, hob ihn hoch und machte sich damit auf den Weg zu dem ersten …

Da seine Jedi-Sinne durch den Ysalamiri-Effekt stumpf geworden waren, erhielt er keine andere Warnung als R2s unvermitteltes Quieken. Er hob den Blick, ließ den Rahmen fallen und sprang zurück. Seine Hand streckte er instinktiv nach hinten aus, um das Lichtschwert aufzunehmen. Einer der blauhäutigen Nichtmenschen kauerte in der Stellung eines Scharfschützen unter der offenen Tür; er hatte sich einen jener Nährrahmen auf den Rücken geschnallt und legte mit seiner Waffe an. Luke wich noch einen Schritt zurück. Die Macht strömte plötzlich von allen Seiten um ihn her zusammen, als er den Einflussbereich der Ysalamiri wieder verließ. Er fühlte, wie die Kraft kribbelnd durch seine Hand floss, als er abermals das Lichtschwert rief und sich fragte, weshalb die Waffe sich nicht längst in seinem Griff befand …

Die Erkenntnis überfiel ihn mit Verspätung wie ein Blitzschlag. Er selbst war frei vom Einfluss der Ysalamiri – das Lichtschwert jedoch nicht.

Die Waffe des Nichtmenschen war jetzt auf ihn gerichtet. »Keine Bewegung«, befahl dieser in Basic mit Akzent; sein Tonfall ließ keinen Zweifel daran, dass er es ernst meinte. R2 rollte vorsichtig auf ihn zu, und die glühenden roten Augen zuckten warnend in seine Richtung …

… und mit einem Kreischen, das zur Hälfte eine Kampfansage war und zur anderen schieren Schrecken ausdrückte, fiel Kind der Winde von der Decke und landete mit ausgestreckten Krallen auf dem Schussarm des Fremden.

Aus der Waffe löste sich ein Schuss, ein gleißend blauer Blitz, der fehlging und an Luke vorbei in einen der Nährrahmen an der Wand fuhr. Luke tauchte rücklings ab und suchte in der Gegenrichtung Schutz hinter den aufgestapelten Kisten, griff nach seinem eigenen Lichtschwert, das noch immer an seinem Gürtel hing, und zerrte es aus der Halterung. Der Schwung des Sprungs ließ ihn indes in einen anderen Rahmen krachen, der darauf polternd zu Boden ging.

Und als er von der Wand abprallte und in Richtung der Kisten stürzte, konnte er einen kurzen Augenblick lang Maras Präsenz spüren.

Die Berührung währte nicht lange; vielleicht eine halbe Sekunde, ehe er wieder in den Wirkungsbereich der beiden

Ysalamiri geriet, die er neben den Kisten abgestellt hatte. Aber das genügte. Er spürte, dass sie wohlauf war, fühlte das kurze Aufflackern von Erleichterung auf ihrer Seite darüber, dass er gleichermaßen unverletzt war, fing die Gegenwart von Menschen und Fremden auf, die an der Wand vor ihr aufgereiht standen. Und er hatte Zeit genug für eine einzige mentale Anweisung – *Zeit schinden!* –, bevor der Kontakt wieder abbrach. Er stemmte die Füße gegen den Boden, zündete sein Lichtschwert und stürmte an den Rahmen vorbei. Dabei fragte er sich, ob er es wohl durch die Ysalamiri-Blase schaffen würde, ehe der Nichtmensch abermals sein Ziel fand.

Es war knapp, und einen qualvollen Herzschlag lang glaubte Luke, die mutige Tat es jungen Qom Qae würde diesen das Leben kosten. Aber anstatt den Versuch zu unternehmen, den geflügelten Angreifer von seinem rechten Arm abzuschütteln, hatte der Fremde Kind der Winde bloß die Linke gegen den Hals geschmettert, um den Qom Qae möglichst zu betäuben. Anschließend hatte er die Waffe mit dieser Hand gepackt. Einen Moment lang schien er die Waffe benutzen zu wollen, um die Last zu töten, die sich mit scharfen Krallen an ihm festklammerte; doch als er sah, dass Luke mit gezücktem Lichtschwert auf ihn zugestürzt kam, legte er lieber auf das bedrohlicher anmutende Ziel an und feuerte.

Aber er kam zu spät. Luke hatte den letzten der Ysalamiri hinter sich gelassen, und da er nun wieder Zugriff auf die Macht hatte, konnte ein einzelner Schütze unmöglich seine Deckung durchdringen. Er sprintete weiter, sah jeden Schuss des Fremden voraus und parierte ihn mit dem Lichtschwert. Der Fremde hörte nicht auf zu feuern, warf sich nach rechts und geriet hinter R2. Luke wechselte die Richtung, um sich dem plötzlichen Ortswechsel anzupassen; er fragte sich, ob der Nichtmensch vorhatte, abzutauchen und den Droiden als Schutzschild zu benutzen.

Falls ja, so kam er gar nicht erst so weit. Aus der Mitte von R2s Körper zuckte ein blitzender Lichtbogen …

… und die Beinmuskeln des Fremden begannen unvermittelt zu zucken; er geriet ins Straucheln, verlor das Gleichgewicht, kippte gemeinsam mit Kind der Winde zur Seite und schlug schwer auf dem Boden auf. Luke sprang über R2 hinweg, landete mit einem Fuß auf der Waffe des Fremden und spürte, als er in die Einflusssphäre des auf den Rücken des Chiss geschnallten Ysalamiri gelangte, erneut jene schlagartige Blendung seiner Machtsinne. Die roten Augen des Fremden starrten mit einem Ausdruck des Unverständnisses zu ihm hinauf, als Luke das Lichtschwert hob und die Klinge nach unten sausen ließ. Er sah den Tod selbst, der im hohen Bogen auf ihn herabstieß ...

Doch dann deaktivierte Luke die blitzende Klinge auf halbem Weg. Anstatt den Fremden zu enthaupten, zog er diesem nur den Griff aus massivem Metall über den Hinterkopf. Der Mann brach geräuschlos und schlaff zusammen. Bewusstlos.

»Bist du in Ordnung?«, fragte Luke Kind der Winde und half dem Qom Qae, die fest zupackenden Krallen aus dem Arm des Fremden zu lösen. Die Stellen, an denen sich die Krallen eingegraben hatten, füllten sich, so bemerkte Luke, mit langsam größer werdenden roten Tropfen.

Ich bin unverletzt, antwortete Kind der Winde wackelig. *Warum hast du sein Leben geschont?*

»Weil es keinen Grund gab, ihn zu töten«, gab Luke zurück und hob den Blick zu R2. Auch der Droide schien ein wenig wackelig, während er seinen Laserschweißer wieder in dem entsprechenden Fach verstaute. »Danke für die Hilfe ... euch beiden. Aber jetzt kommt, Mara braucht uns.«

Er lief zur Wand zurück, packte die Nährrahmen einen nach dem anderen und schleuderte sie hinter sich. Jeder Gedanke an Fingerspitzengefühl war jetzt dem verzweifelten Drang nach Eile gewichen. Der kurze kaleidoskopartige Einblick in Maras Geist hatte auch gezogene Waffen mit eingeschlossen. Er warf drei weitere Rahmen zur Seite, riskierte es und nahm sich die Zeit, auch noch den loszuwerden, der an der Stelle stand, wo immer noch Maras Lichtschwert auf dem Boden lag. Dann trat er an die Wand.

Unter einer Woge düsterer Befürchtungen ging ihm auf, dass er ein wenig zu knapp kalkuliert hatte. Durch den Filter unklarer Emotionen, die in Maras Geist durcheinander wirbelten, konnte er ein undeutliches, unstetes Bild der vier Nichtmenschen erkennen, die ihre Waffen auf sie gerichtet hielten. Er legte die Stirn an die Wand und verstärkte seine Sinne …

»Skywalker hat mich in Trance versetzt«, hörte er ihre Stimme schwach durch die dicke Mauer dringen. »Und der ist nicht hier. Ich könnte am Schock sterben oder verbluten …«

»Nichts davon wird Ihnen geschehen«, sprach eine andere Stimme. »Ich kenne die Stärke und die Grenzen der Chiss-Waffen. Sehen Sie darin einfach einen zusätzlichen Anreiz für Skywalker, sich uns zu ergeben.«

Luke wartete keinen Augenblick länger. Er richtete sich auf, zog erneut sein Lichtschwert und griff mit der Macht hinaus, während er die Spitze der glosenden grünen Klinge gegen die Wand presste, wobei ihm schmerzlich bewusst war, dass er hier nur einen Versuch haben würde. Aber wenn die Macht ihn mit der punktgenauen Präzision zu führen vermochte, die nötig war, um Blasterblitze abzuwehren …

Und dann sprang ihn mit einer Klarheit, die so unerwartet wie erschreckend war, ein Bild an: ein Nichtmensch, der mit dem Rücken zu Luke stand, fast genau vor ihm, und mit einer Waffe auf Mara zielte. Luke biss die Zähne zusammen, stieß das Lichtschwert durch die Wand und trieb die grüne Klinge in den oberen Teil der Waffe des Fremden.

Dann spürte er, wie die sorgfältig inszenierte kleine Szene auf der anderen Seite der Mauer sich in Chaos auflöste.

Luke stieß das Lichtschwert nach unten und schnitt so rasch, wie der hartnäckige schwarze Stein es zuließ, einen Durchlass für sich in die Wand. Das emotionale Durcheinander eines plötzlich ausbrechenden Kampfes überflutete ihn förmlich, als Mara mit einem Schlag in Aktion trat. Alles drehte sich einen Moment um ihn, als sie herumwirbelte, sich hinter ihrem Sessel in die Hocke sinken ließ und mit der Macht nach den Waffen ihrer Gegner griff. Die eine riss sie ihrem Besitzer ohne Umschweife aus den Händen, die andere verdrehte sie so, dass der Schuss daraus in die Decke fuhr; sie zog sich schnell zurück, als ein weiterer Feuerstoß eine Ecke der Sessellehne abriss und winzige Tropfen flüssigen Metalls schmerzhaft ihre Wange streiften.

Im nächsten Moment brach mit dumpfen Poltern ein Teil

der Wand vor Luke in sich zusammen. Er erhaschte Maras Blick, die hinter dem Sessel kauerte, und warf ihr sein Lichtschwert zu – dann griff er mit der Macht hinaus, um ihre Waffe vom Boden hinter ihm zu holen.

Und mit den Erinnerungen an Tatooine, Hoth und Bespin, die ihm durch den Kopf schossen, schritt er mitten in den Kampf hinein; die blau und weiß flammende Klinge ließ das feindliche Feuer in alle Richtungen prasseln und zerschlug dann die Waffen selbst. Einer der Fremden sprang ihn an; ein Messer blitzte in seiner Faust. Luke packte ihn mit der Macht und schleuderte ich rückwärts gegen die beiden anderen, die gerade zu dem gleichen Manöver ansetzen wollten ...

»Halt!«, rief eine Respekt einflößende Stimme.

Die Nichtmenschen erstarrten in ihren Bewegungen, während ihre Augen ohne zu blinzeln auf Luke gerichtet blieben. Luke behielt sie seinerseits mit wachsam gezücktem Lichtschwert im Auge. Aus dem Augenwinkel erhaschte er einen Blick auf den Sprecher: ein grauhaariger Mann in der Uniform eines imperialen Admirals. »Es hat keinen Sinn, dass irgendjemand hier sein Leben vergeudet«, sagte der Admiral streng. »Lasst sie gehen.«

Luke griff mit der Macht nach ihm, um einzuschätzen, ob er aufrichtig war. Doch sowohl er als auch der zweite Imperiale im Raum waren auch weiterhin durch die Ysalamiri hinter der Seitenwand geschützt. »Mara?«, fragte Luke und riskierte es, kurz nach ihr zu sehen.

»Was meinst du denn?«, erwiderte sie schnaubend, als sie an seine Seite trat, wobei sie die grüne Klinge seines Lichtschwerts zwischen sich und die Fremden hielt. »Er versucht bloß, seinen Hals zu retten.«

»Selbstverständlich tue ich das«, gab der Admiral ohne Verlegenheit zu.

»Genauso wie ich versuche, meine Truppen zu schützen. Thrawn hat sich stets vergewissert, dass seine Offiziere *eine* Sache wirklich begriffen, und das war, dass man das Leben seiner Männer niemals grundlos vergeuden soll.« Er lächelte. »Und es ist weithin bekannt, dass der Jedi-Meister Luke Skywalker niemals ohne Not oder kaltblütig jemanden tötet.«

»Außerdem schindet er Zeit«, ergänzte Mara. »Wahrscheinlich stellen sie uns in diesem Augenblick irgendeine Falle.«

»Dann sollten wir lieber zusehen, dass wir weiterkommen.« Luke nickte in die Runde. »Denkst du, wir sollten einen von denen als Geisel mitnehmen?«

Mara stieß ein Zischen zwischen den Zähnen hervor. »Nein«, entgegnete sie. »Parck ist zu alt – er würde uns nur aufhalten –, und ich traue keinen von den Chiss. Die würden mehr Ärger machen, als sie wert sind. Und das gilt doppelt für General Fel.«

Luke blinzelte und richtete seine Aufmerksamkeit zum ersten Mal auf das jüngere imperiale Gesicht. Baron Fel? »Ja, ich bin es, Luke«, bestätigte dieser. »Es ist lange her.«

»Ja, das ist es«, murmelte Luke. Baron Fel arbeitete wieder für das Imperium?

Mara versetzte ihm einen Stoß in die Seite. »Verschieben wir das Wiedersehensfest der Renegaten-Veteranen auf ein andermal, einverstanden? Wir müssen los.«

»Richtig«, sagte Luke und trat wieder auf die Wand zu und die Öffnung, die er hineingeschnitten hatte.

»Denken Sie über unser Angebot nach, Mara«, rief der Admiral ihnen nach. »Ich denke, Sie werden zu dem Schluss gelangen, dass unser Kampf hier draußen die wichtigste Herausforderung ist, der Sie sich jemals gestellt haben.«

»Und *Sie* denken an meine Warnung«, konterte Mara. »Halten Sie sich von Bastion fern.«

Der Admiral schüttelte minutenlang den Kopf. »Wir tun, was wir tun müssen.«

»Das werde ich auch«, drohte Mara. »Und sagen Sie später nicht, ich hätte Sie nicht gewarnt.«

Fel lächelte ihr zu. »Geben Sie Ihr Bestes.«

»Vielleicht wird Ihre Furcht, was das Imperium mit unseren Informationen anfangen könnte, ja eine zusätzliche Motivation sein, sich uns anzuschließen«, fügte Parck hinzu. »Auf jeden Fall bin ich sicher, dass wir uns wieder sehen.«

»Stimmt«, nickte Mara. »Ich freue mich schon darauf.«

6. Kapitel

Luke wartete, bis Mara sich unter der Öffnung in der Mauer hindurch geduckt hatte, bevor er sich selbst aus dem Raum zurückzog. »Ich glaube, das hier gehört dir«, wandte er sich an sie, deaktivierte das Lichtschwert und hielt es ihr hin.

»Danke«, erwiderte sie, während sie ihm seine Waffe zurückgab. »Dein Schwert hat einen interessanten Griff. Ich glaube, der gefällt mir besser als der meine.«

»Du kannst das im Gedächtnis behalten, bis du eines Tages dazu kommst, dir deine eigene Waffe zu bauen«, entgegnete Luke, fischte ihren Ärmelblaster aus seiner Jacke und warf ihn ihr zu. »Hier, dein Blaster. Pass gut auf – ein paar von denen laufen mit Ysalamiri auf dem Rücken herum.«

»Ich weiß«, nickte Mara. Sie war jetzt an der Tür und spähte vorsichtig auf den Korridor hinaus. »Sieht verlassen aus, aber das wird nicht lange so bleiben. Wie gehen wir vor? Zurück zum Treppenschacht?«

»Bedauerlicherweise musste ich die Qom Jha den Schacht absperren lassen«, teilte Luke ihr mit und trat neben sie unter die Tür, während er einen letzten Blick zurück auf den Durchlass warf, den er geschaffen hatte. Er hatte gedacht, dass einer der Fremden – der Chiss, wie Mara sie nannte – vielleicht versuchen könnte, einen letzten Schuss auf sie abzufeuern, aber anscheinend hatten sie beschlossen, sich nicht von der Stelle zu rühren.

Was bedeutete, dass Mara Recht hatte. Sie führten etwas anderes im Schilde.

Er blickte den Gang entlang und griff gleichzeitig mit der Macht hinaus. »Kind der Winde, du bleibst bei R2«, wandte er sich an den Qom Qae. »Ich möchte nicht, dass du uns abhanden kommst ...«

»... oder im Weg bist«, ergänzte Mara. »Und wo gehen wir jetzt hin?«

Ehe Luke darauf antworten konnte, rollte R2 schon auf den

Gang hinaus und wandte sich entschlossen nach links, während Kind der Winde unsicher auf dem Scheitelpunkt seines Kuppelkopfs schwankte. »Ich schätze, wir folgen R2«, entschied Luke und schloss sich den beiden an. »Es muss ihm gelungen sein, den Lageplan herunterzuladen, so wie ich es ihm gesagt hatte.«

»Das, oder er sucht nach einem Ladegerät für seine Batterien«, brummte Mara, als sie neben Luke in Gleichschritt fiel. »Wie gut kannst du einzelne Ysalamiri ausfindig machen?«

»Nicht so gut wie ganze Gruppen von ihnen«, räumte er ein und griff mit der Macht hinaus. Er konnte die grimmige Betriebsamkeit ringsum spüren, als die Chiss sich kampfbereit machten …

Der kleine, leere Zwischenraum zu ihrer Rechten war so winzig, dass sie fast daran vorbeigelaufen wären. »Achtung!«, rief er Mara zu und kam schlitternd zum Stehen. Noch während er sein Lichtschwert hochnahm, sprang eine in die Wand eingelassene verborgene Platte von einem halben Meter Durchmesser auf, und eine Waffe lugte heraus. In dem zwielichtigen Alkoven dahinter erkannte Luke leuchtende rote Augen und darüber das schwache Glitzern eines Nährrahmens.

Hinter Luke blitzte Blasterfeuer auf, das nicht, wie er wohl erwartet hätte, zwischen die roten Augen zielte, sondern ein wenig höher. Dann ertönte plötzlich ein Heulen in seinem Kopf.

Und die Zone des Schweigens, die den Schützen umgab, löste sich mit einem Mal auf.

Ein blauer Blitz erschien, als der Nichtmensch sein Feuer gegen Lukes Brust spuckte. Aber es war zu spät. Jetzt, da die Ysalamiri-Blase gleichsam geplatzt war, wehrte Luke den Schuss mit Leichtigkeit ab. Der Schütze gab noch zwei weitere Feuerstöße ab, die jedoch ebenfalls abgelenkt wurden, ehe die kollabierenden blauen Kringel eines Lähmschusses ihn auf den Boden seiner Wachnische plumpsen ließen.

»Oh, gut«, sagte Mara, umfasste ihren Blaster fester und machte sich an dem Wahlschalter zu schaffen. »Der Betäubungsmodus funktioniert also bei denen.«

»Das könnte sich noch als praktisch erweisen«, bekräftigte

Luke und sah sich mental und mit Blicken um. Aber er konnte keine weiteren Gefahren ausmachen, zumindest nicht in ihrer unmittelbaren Umgebung. »Gibt es irgendeinen besonderen Grund, weshalb du ihn nicht getötet hast?«

»He, du bist derjenige, der will, dass ich anfange, mich wie eine Jedi aufzuführen«, gab Mara spitz zurück und setzte bereits den Weg den Korridor entlang fort. R2 hatte ein paar Meter Vorsprung gewonnen und zwitscherte nervös und ungeduldig, während er den Kuppelkopf drehte, um sich nach ihnen umzusehen. »Das Problem ist bloß, dass die Reichweite des Lähmstrahls bei diesem Ding ungefähr so groß ist wie die eines umgekippten Bantha. Wenn die Chiss schlau genug sind, Abstand zu halten, wirst du ihre Schüsse abblocken müssen, während ich die Ysalamiri abschieße.«

»Genau«, entgegnete Luke. Stirnrunzelnd nahm er wieder Tempo auf. Hinter der schützenden mentalen Barriere, die Mara aufgebaut hatte, wuchs unheilvoll etwas heran: ein dunkler Gedanke oder eine gleichermaßen finstere Absicht. Einen Augenblick lang dachte er daran, sie danach zu fragen, doch die Tatsache, dass sie dieses Etwas vor ihm verbarg, legte den dringenden Schluss nahe, sie damit in Ruhe zu lassen. »Hast du eine Ahnung, was für Pläne die haben?«, fragte er statt dessen, während sie zu R2 aufschlossen.

»Kurzfristig wollten sie uns für ein paar Tage aus dem Verkehr ziehen«, antwortete Mara. »Und sie dachten, wenn sie uns in einen Heilschlaf versetzen würden, wäre das der einfachste Weg, das zu erreichen. Daher die Schüsse.«

»Freundliche Burschen«, murmelte Luke.

»Ja«, pflichtete Mara ihm bei. »Langfristig warten sie darauf, dass Thrawn wiederkehrt.« In ihren Gedanken flackerte für einen Moment etwas auf und vertiefte noch die verborgene Dunkelheit ... »Und da sie meinen, er hätte seine Zelte auf Bastion aufgeschlagen, hat Parck beschlossen, dorthin aufzubrechen und mit ihm zu reden.«

Luke fror plötzlich. »Und diese Region dem Imperium zu überantworten?«

»Diese Region und alles, was darin ist«, antwortete Mara grimmig. »Es mag ja nicht das sein, was sie zu tun *glauben*, aber sobald die Imperialen wissen, dass sie hier sind, werden sie ihre Hand darauf legen. So oder so.«

Vor ihnen trillerte R2 und bog nach rechts in einen kreuzenden Korridor ab. »Wo gehen wir eigentlich wirklich hin?«, wollte Mara wissen, als sie ihm folgten.

»Ich habe keine Ahnung«, erwiderte Luke mit einem Stirnrunzeln. Zwanzig Meter weiter endete der Gang in einer T-Kreuzung, und aus irgendeinem unerfindlichen Grund stieg die Erinnerung an die Asteroidenbasis der Cavrilhu-Piraten und an die T-Kreuzung am Ende der Jedi-Falle in ihm auf, in die diese ihn gelockt hatten. Irgendwo genau vor ihnen konnte er jetzt den blinden Fleck wahrnehmen, den ein Häuflein Ysalamiri erzeugte.

Im nächsten Moment zwitscherte R2 unsicher und hielt, offensichtlich irritiert, vor der Mauer an, die den Gang abschloss …

»R2, zurück!«, schnappte Luke, hob sein Lichtschwert und machte einen langen Schritt, mit dem er vor Mara zu stehen kam. »Das ist eine Falle!« Direkt vor ihm explodierte die Mauer in einem Schauer greller Funken und löste sich auf …

… und hinter den Überresten der falschen Wand wartete Schulter an Schulter ein Dutzend mit Ysalamiri ausgestatteter Chiss und eröffnete das Feuer.

R2 kreischte, wirbelte herum und raste, so schnell er konnte, auf Luke zu, während Kind der Winde verzweifelt versuchte, nicht herunterzufallen. Luke bemerkte sie kaum. Seine gesamte Aufmerksamkeit galt den Chiss vor ihm. Er sammelte sich, um Gelassenheit zu erlangen, ließ die Macht wie in so vielen früheren Kämpfen seine Hand führen und schwang das Lichtschwert bei jedem Schuss in die entsprechende Abwehrstellung.

Doch da der Raum um die Chiss seinem intuitiven Vorwissen verschlossen war, fehlte seiner gewöhnlichen Vorbereitungsphase der kostbare Bruchteil einer Sekunde. Hinter ihm feuerte Maras Blaster ohne Unterlass über seine Schulter hinweg und schoss planvoll einzelne Ysalamiri ab. Wenn er die Verteidigung so lange aufrechterhalten konnte, bis sie ihre Arbeit getan hatte …

Irgendwo am Rand seines Geistes konnte er Kind der Winde etwas kreischen hören, doch er konnte nichts von seiner Aufmerksamkeit für eine Übersetzung abziehen. Durch die breite Front der Chiss vermochte er jetzt etwas zu erkennen, das sich als Bewegung hinter ihnen entpuppte. Im nächsten Augenblick fielen seine Gegner wie ein Mann auf die Knie ...

... und gaben den Blick auf eine zweite Linie frei, die hinter ihnen Stellung bezogen hatte.

Mit einem Mal zuckten doppelt so viele Blitze in seine Richtung. Und langsam, aber sicher büßte er seinen Vorsprung vor dem gegnerischen Feuer ein.

Hinter ihm bellte Mara etwas, und durch den Nebel am Rand seiner Konzentration sah Luke einen der stehenden Fremden zurücktaumeln und zusammenbrechen, als Mara ihre Politik, niemanden zu töten, aufgab.

Luke biss die Zähne zusammen und verstärkte seine Anstrengungen. Ihm war vage bewusst, dass er und Mara am Ende wären, wenn Parck jetzt von hinten eine weitere Einheit ins Gefecht schickte. Erneut kreischte Kind der Winde ...

Da stürzte sich plötzlich von beiden Seiten des kreuzenden Korridors ein Rudel Qom Jha ins Kampfgetümmel.

Die Chiss hatten keine Chance, darauf zu reagieren. Die Qom Jha fegten mit Höchstgeschwindigkeit knapp über die Köpfe der stehenden Soldaten hinweg und packten die oberen Streben der Nährrahmen. Die Attacke riss die Schützen von den Beinen und warf sie hart rücklings auf den Boden.

»Los!«, hörte Luke sich rufen und setzte zu einem wachsamen Vorstoß gegen die verbliebene Reihe kniender Chiss an. Wenn er nahe genug herankam, um sie in die Reichweite von Maras Lähmstrahl zu locken ...

Plötzlich bremsten die Qom Jha ihren aberwitzigen Sturmflug ab, warfen sich mit unvorstellbarer Grazie herum und stürzten sich nunmehr von hinten auf die knienden Schützen. Wieder ergriffen sie im Vorbeiflug die Nährrahmen und zerrten sie mit fort, sodass die an sie gefesselten Chiss auf ihre Gesichter fielen.

Luke stoppte den Schwung seines Lichtschwerts; seine Armmuskeln begannen unter der Einwirkung des Adrenalins und dank der nachlassenden Anspannung sofort zu zittern. Mara war bereits an ihm vorbei. Jetzt bestrich ihr Blaster die Chiss am Boden mit den blauen Kringeln des Lähmstrahls. Als Luke neben sie trat, zuckte soeben der letzte Schütze zusammen und erschlaffte.

»Das hat Spaß gemacht«, quetschte Mara zwischen zusammengepressten Zähnen hervor und warf einen kurzen forschenden Blick in beide Richtungen des Korridors, während sie erneut die Einstellung ihres Blasters änderte. »Ich hoffe, die haben nicht noch mehr von diesen kleinen Fallen aufgestellt.«

»Ich glaube nicht, dass wir noch weit laufen müssen«, sagte Luke und sah R2 an. Der kleine Droide rollte bereits in den Gang zu ihrer Linken auf die große, massiv anmutende Tür zu, die den Korridor nach fünfzehn Metern blockierte. Eine Tür, so bemerkte Luke, die mit der gleichen Kombination aus Schwungrad und Handgriffen versehen war wie jene zu dem verborgenen Treppenschacht weit hinter ihnen. »Spaltet Felsen, sammle deine Leute und folge uns.«

Luke sprintete los, deaktivierte sein Lichtschwert und befestigte es am Gürtel. Er erreichte R2, als der Droide vor der schweren Tür langsam zum Stehen kam. Er drehte das Schwungrad, umfasste die Handgriffe und schob. Die Tür ging schwerfällig auf und entließ einen kühlen Luftstrom …

Blutroter Himmel, murmelte Bewahrt Zusagen erstaunt. *Was ist das?*

»Unser Weg nach draußen«, teilte Luke ihm mit. Er fühlte einen Anflug derselben Ehrfurcht, als er seine Augen über den Anblick wandern ließ, der sich ihnen bot. Wie Truppen bei einer Parade bedeckten vielfache Reihen kleiner Raumschiffe, die den beiden glichen, die ihn auf dem Weg zur Planetenoberfläche attackiert hatten, den schwarzen Steinboden.

Neben ihm gab Mara einen leisen Pfiff von sich. »Von außen sah der Hangar gar nicht *so* groß aus«, stellte sie fest.

»Er muss weiter reichen, als das Dach vermuten lässt«, stimmte Luke ihr zu, der sich fragte, wie eine derart dicht gedrängte Armada von Raumern jemals angemessen gewartet werden konnte. Ein Blick nach oben gab ihm die Antwort: Der gesamte Bereich unter der hohen Decke war mit Wartungs-, Überwachungs- und Tankausrüstung übersät; und alles wurde von Metallrahmen sowie einem Netzwerk von Laufstegen zusammengehalten. »Das müssen mindestens hundert Schiffe sein.«

»Mindestens«, pflichtete Mara ihm bei ... und während sie sprach, konnte Luke spüren, wie die abgeschirmte Dunkelheit in ihr sich vertiefte. Es war an der Zeit, dass er sie danach fragte.

Plötzlich fühlte er hinter sich das Aufflackern einer Präsenz. »Pass auf!«, schnappte Mara, wirbelte herum und gab über seine Schulter zwei Schüsse durch die offene Tür ab.

Luke drehte sich gleichfalls um, packte sein Lichtschwert und zündete es. Eine Hand voll Chiss war an der Kreuzung aufgetaucht, die sie eben erst hinter sich gelassen hatten, und versuchte jetzt, aus Maras Schussfeld zu gelangen. »Hör nicht auf zu schießen«, rief Luke ihr zu und warf einen kurzen Blick nach der Tür. Auf der Hangarseite gab es kein Schwungrad, dafür aber ein kleines Loch, wo offenbar eines entfernt worden war. Er drehte das Rad an der Außenseite versuchsweise ein Stück weiter, und durch das Loch konnte er erkennen, wie sich die Mittelachse der Schließvorrichtung drehte.

Perfekt. Er drehte das Schwungrad wieder in die Position zurück, in der der Riegel vollständig zurückgezogen war, und mit einem beherzten Hieb trennte er es direkt an der Tür ab. Dann duckte er sich unter Maras Feuerschutz und stieß die Tür zu.

Aber sie ist immer noch unverschlossen, protestierte Fliegt durch Dornen. *Sie können sie mit den Griffen leicht wieder öffnen.*

»Nicht mehr lange«, versicherte Luke. Er ging in die Hocke, fixierte durch das Loch die Mittelachse und griff mit der Macht hinaus. Ohne die Hebelkraft des Schwungrads war es viel schwerer, die Achse zu drehen, doch der Gedanke an die Chiss, die vor dem Hangar lauerten, war als Ansporn mehr als ausreichend. Zehn Sekunden später war die Tür fest und sicher verschlossen.

»Das wird sie nicht lange aufhalten«, warnte Mara. »Selbst wenn ihnen sonst nichts einfällt, können sie das Dach immer noch zu Fuß überqueren und von der anderen Seite kommen.«

»Ich weiß«, erwiderte Luke und reckte den Hals, um über die abgestellten Schiffe hinweg schauen zu können. Sie hatte Recht: Wie sie bereits bei ihrem ersten Blick auf das Gelände vermutet hatten, stand die gesamte Vorderseite des Hangars weit offen; es gab lediglich einen kleinen Überhang, der ihn vor Regen oder Angriffen schützen sollte. Die Baumeister der Festung, schloss Luke daraus, hatten wohl nicht damit gerechnet, dass ihr Hangar derart voll gepackt würde. »Aber es müsste sie so lange bremsen, bis wir uns ein Raumschiff geborgt und von hier abgesetzt haben.«

»Dann müssen wir uns bloß noch darum sorgen, was sich in diesen Türmen verbergen könnte«, entgegnete Mara säuerlich, schob sich an ihm vorbei und tauchte zwischen zwei Raumern ab. »Wir müssen einen der vorderen nehmen«, rief sie über die Schulter. »Ich versuche, eines der Schiffe in Gang zu setzen. Du sorgst dafür, dass diese Tür gesichert bleibt, und findest einen Weg zu verhindern, dass der Rest der ersten Schiffsreihe direkt nach uns startet.«

»Alles klar«, antwortete Luke. »R2, nimm Kind der Winde mit und folge Mara – hilf ihr dabei, sich ein Bild von den Flugsystemen zu machen. Spaltet Steine, du und deine Leute, ihr verschwindet lieber, solange ihr noch könnt. Vielen Dank für eure Unterstützung.«

Unser Anteil ist erbracht, Master Walker of Sky, erwiderte der Qom Jha, dessen Tonfall ein wenig unheilschwanger klang. *Jetzt ist es an euch, uns, wie ihr es versprochen habt, von den Peinigern zu erlösen.*

Damit flatterte er gemeinsam mit den anderen über die geparkten Raumschiffe davon. »Wir tun, was wir können«, sagte Luke leise.

Er unterzog die Tür einer genauen Überprüfung und verwendete anschließend einen weiteren Moment darauf, mit der Kraft seiner Gedanken in den Gang hinauszublicken. Er war verwaist. Die Chiss waren offenbar klug genug, ihre Zeit nicht mit dem undurchdringlichen Gemäuer zu vergeuden.

Vor allem nicht, da ihnen eine so offensichtliche Alternative zur Verfügung stand. Indem er dem Geräusch von R2s Rädern auf dem schwarzen Stein folgte, gelangte er zur Vorderseite des Hangars.

R2 und Kind der Winde warteten dort; letzterer klammerte sich abermals an die Kuppel des Droiden, während diese sich hektisch hin und her drehte. Luke blickte an der vordersten Linie der Schiffe entlang und bemerkte ganz in der Nähe eine Lücke, wo offenbar ein Raumer fehlte.

Mara indes war nirgends zu sehen. »R2, wo ist Mara?«

Der Droide trillerte eine abschlägige Antwort und sah sich weiter suchend um. Luke spähte in das fahle Sonnenlicht und griff mit der Macht hinaus …

»Worauf wartest du noch?«, wollte Mara wissen, als sie plötzlich hinter ihm auftauchte. »Wir müssen diese Schiffe untauglich machen.«

»Wir haben nur auf dich gewartet«, erklärte Luke. Das düstere Geheimnis dräute immer noch in ihren Gedanken; seine Struktur hatte sich jedoch leicht verändert. Alle Anzeichen von Unsicherheit oder Zweifel waren verschwunden, und an ihre Stelle hatte sich eine schwere Wolke tiefer, bitterer Traurigkeit geschoben. Etwas höchst Bedeutsames war inzwischen geschehen …

»Nicht doch«, grollte sie und hieb auf eine Kontrolltafel zur Freigabe des am nächsten stehenden Schiffs. Über ihnen tat sich eine Ausstiegsluke auf, und eine Leiter glitt bis zum Boden.

»Eines der Schiffe scheint zu fehlen«, deutete Luke an.

»Ich weiß … Parck erwähnte, dass es auf dem Weg hierher ist«, erwiderte Mara und schwang sich auf die Leiter. »Daran können wir jetzt nichts ändern. Komm schon, mach voran.«

Sie verschwand im Innern des Raumers. »Stimmt«, murmelte Luke und griff mit der Macht hinaus, um R2-D2 nach oben und hinter ihr durch die Luke zu hieven. Dann trat er vor das nächste Schiff und ließ rasch einen prüfenden Blick darüber wandern. Der Jäger war dreimal so groß wie ein X-Flügler; vier TIE-Jäger-Solarpaneele gingen in eine verwirrende Anordnung fließender Linien nichtmenschlichen Designs über.

Und vermutlich gab es an der Unterseite einen Satz Repulsortriebwerke …

Er duckte sich unter den Bug. Ja, da war es: das filigrane, aber unverwechselbare Diamantmuster von Repulsoren, ein Paar auf jeder Seite der Längsachse. Vier kurze Hiebe mit dem Lichtschwert, und sie würden nicht mehr funktionieren. Er bog geduckt um die Landestützen und bewegte sich weiter zum nächsten Schiff.

Er hatte bereits sieben Raumschiffe unbrauchbar gemacht und noch sieben weitere vor sich, als er die erneute Veränderung in Maras Gefühlsstruktur wahrnahm. Langsam und dank einer Pilotin, die mit ihrem Fluggerät noch nicht recht vertraut war, ein wenig unbeholfen hob das Schiff einen halben Meter vom Boden ab und tastete sich dann zaghaft vorwärts. Lukes Komlink piepste. »Wir haben Gesellschaft«, verkündete Maras Stimme knapp. Als Luke sich konzentrierte, konnte er die wachsamen Gedanken der Chiss sowie die blinden Flecke im Umkreis der Ysalamiri spüren, die sich ihnen über das Dach näherten. »Beeile dich! Ich versuche sie zu beschäftigen.«

Und das tat sie auch. Während Luke die letzten Raumer unbrauchbar machte, war das Innere des Hangars vom Flackern des Feuergefechts erfüllt: blassblaue Blitze aus den Faustwaffen der Chiss, ein stechenderes, helleres Blau aus den Bordgeschützen von Maras Raumschiff. *Fertig*, dachte er intensiv in ihre Richtung, spurtete an der Reihe der nutzlosen Raumer vorbei auf das Ende des offenen Hangars zu, von wo die meisten der grelleren blauen Blitze zu kommen schienen. Er erreichte sein Ziel und spähte vorsichtig um die Ecke …

Beeilung!, strömte Maras kernige Bekräftigung in seine Gedanken. Und in einem rasenden Sandsturm aus Rückstoßpartikeln fiel das Schiff über den Rand des Überhangs und setzte direkt vor ihm in einer harten Landung auf.

Luke war so weit. Noch während der Raumer bereits wieder vom Boden abprallte, rannte er um die Rückseite herum auf die andere Seite. Die Einstiegsluke, die Mara vorhin benutzt hatte, stand weit offen. Luke pumpte Jedi-Kräfte in seine Beinmuskulatur und sprang in die Höhe. Er griff nach dem

Rand der Luke, zog sich hinein und landete ausgestreckt auf Deck. »Los!«, schrie er und griff mit der Macht hinaus, um die Luke zu schließen.

Mara bedurfte keiner Ermutigung. Das Schiff machte bereits einen Satz Richtung Himmel. Der Lärm der Repulsoren verschluckte das helle Prasseln der Schüsse aus den Waffen der Chiss, die in die Unterseite und das Heck einschlugen, fast vollständig.

Sind wir in Sicherheit?, fragte Kind der Winde ängstlich. Er hatte sich in den hintersten Sitz verkrochen, die Krallen bohrten sich in das Sicherheitsgeschirr.

»Ich denke schon«, beruhigte Luke ihn und lauschte, während Mara Fahrt aufnahm, auf das allmählich verklingende Knistern des Metalls, das sich in der Hitze des Gefechts ausgedehnt hatte. »Die scheinen da unten bloß Handfeuerwaffen zu haben. Und wenn sie ihr schwereres Gerät nicht schleunigst hier in Stellung bringen …«

»Luke, mach, dass du hier heraufkommst!«, erhob sich Maras angespannte Stimme vom Flugdeck.

Luke rappelte sich auf und griff im Geist nach Mara. Der düstere Gedanke war noch da, lag im Hintergrund auf der Lauer. Doch er war von etwas anderem abgelöst worden, von einem verwirrenden emotionalen Gemenge, das er nicht zu deuten vermochte. Er wich R2 aus, der trübsinnig in einer Droidennische vor sich hin gluckste, und ließ sich neben Mara auf den Platz des Kopiloten sinken. »Was gibt es?«, schnappte er.

»Wirf mal einen Blick auf die Festung«, forderte Mara ihn auf und lenkte das Schiff in eine sanfte Kehre.

»Was? Die Geschütztürme?«, fragte Luke und griff mit der Macht hinaus, während er auf das Gebäude hinuntersah, das sich unter der Kanzel träge ins Blickfeld schob. Er konnte keine Anzeichen dafür erkennen oder spüren, dass sie sich bereitmachten, auf sie zu feuern. Er warf einen Blick auf Maras Konsole und suchte nach den Sensoranzeigen …

»Vergiss mal für einen Augenblick Logistik und Strategie«, versetzte Mara schroff, »und sieh dir die Festung an. *Sieh* sie dir einfach nur an.«

Luke fühlte, wie sich ihm die Stirn krauste, als er abermals aus der Kanzel starrte. Eine Festung. Mauern. Ein flaches, rundes Schrägdach mit einem Hangar in der Mitte. Hinten folgten vier Geschütztürme der Rundung des Dachs. Weiter vorne stand ein weiterer intakter Turm …

»Sieh genau hin«, sagte Mara noch einmal. Sehr leise.

Und mit einem plötzlichen Erschrecken sah er es. »Sterne von Alderaan«, keuchte er.

»Es ist fast zum Lachen, was?«, sagte Mara mit sonderbar klingender Stimme. »Wir haben die Vorstellung, dass es eine Art Superwaffe geben könnte, einfach so abgetan. Thrawn hat niemals Superwaffen eingesetzt, haben wir alle gesagt. Und doch handelt es sich genau darum. Die einzige Superwaffe, die jemand wie Thrawn jemals einsetzen würde. Die einzige, mit der er etwas anfangen kann.«

Luke dachte an das Galaxis-Holo in der Befehlszentrale und an all die Planeten und Ressourcen, die Thrawn unter seiner Herrschaft zusammengefasst hatte. Genug, um das Gleichgewicht der Kräfte in jede Richtung zu verschieben, der seine Erben den Vorzug geben würden. »Informationen«, sagte er, und ein Schauer überlief ihn.

Mara nickte. »Informationen.«

Luke nickte zurück und starrte weiter die Festung an, die rasch zwischen den Hügeln der Umgebung verschwand, als Mara das Schiff wieder hochzog. Die Festung mit dem Flachdach und den vier Türmen im Hintergrund und dem einen weiter vorne, die sich steil in den Himmel reckten. Sie sahen aus wie vier Finger und der Daumen einer Hand, die nach den Sternen griff, um sie vom Himmel zu holen.

Die Hand von Thrawn.

Etwas weniger als einen Kilometer von der Festung entfernt, unter dem Schutz eines zerklüfteten Höhenzugs, grub sich eine tiefe Falte in das Antlitz der Klippen. Mara dirigierte das Schiff vorsichtig unter den Überhang und lenkte es langsam so nahe, wie es ihr möglich war, an die Rückwand. »Das war's«, sagte sie dann und fuhr die Repulsoren herunter. Sie fühlte sich schlaff vor Erschöpfung und nachlassender Anspannung. Wenigstens für den Moment waren sie in Sicherheit.

Für den Moment.

Vom rückwärtigen Sitz ließ sich Kind der Winde vernehmen. Seine Worte waren diesmal fast zu verstehen, doch Mara war viel zu müde, um auch nur einen Versuch zu unternehmen, sie zu entschlüsseln. »Was hat er gesagt?«, erkundigte sie sich daher.

»Er hat gefragt, was wir jetzt machen wollen?«, übersetzte Luke. »Das ist eine gute Frage.«

»Nun, im Augenblick bleiben wir einfach hier sitzen«, sagte Mara und ließ einen kritischen Blick über Lukes Kleidung schweifen. Es gab ein halbes Dutzend frischer Brandlöcher, wo die Schüsse aus den Charrics der Chiss seine Verteidigung durchdrungen hatten, und sie spürte, wie er unwillkürlich und nahezu unbewusst die Schmerzen unterdrückte. »Sieht so aus, als könntest du ein paar Stunden Heilschlaf gut gebrauchen.«

»Das kann warten«, erwiderte Luke und betrachtete durch die Kanzel die Landschaft unter dem Überhang, die in der zunehmenden Dunkelheit des Abends immer schwerer auszumachen war. »Die Beschädigungen, die ich an ihren Repulsoren vorgenommen habe, werden sie nicht lange aufhalten. Wir müssen in die Festung zurück, ehe sie die Gegend nach uns absuchen.«

»Ich glaube eigentlich nicht, dass sie sich damit abgeben werden«, entgegnete Mara und deutete auf ihre Kontrollkonsole. »Die Sensoren in diesem Ding scheinen für Suchaktionen in Bodennähe ziemlich nutzlos zu sein … ich gehe eher davon aus, dass sie Truppen in die Gebiete entsenden, wo sie die Verstecke unserer Schiffe vermuten, und es dabei belassen.«

»Meinst du nicht, sie sind besorgt, wir könnten noch mal in die Festung zurückkehren?«

»Um *was* zu tun?«

Luke legte die Stirn in Falten. »Was willst du damit sagen?«

Mara holte tief Luft. »Ich will damit sagen, dass ich mir

122

nicht sicher bin, ob wir uns wirklich in ihre Angelegenheiten einmischen sollten.«

Kind der Winde gab ein Geräusch von sich, das sich wie der im Keim erstickte Ansatz zu einem Kommentar anhörte. Luke warf dem jungen Qom Qae einen Blick zu und wandte sich dann wieder Mara zu. »Aber sie sind Feinde der Neuen Republik«, sagte er. »Oder nicht?«

Mara schüttelte den Kopf. »Schau, Baron Fel war da drin. Derselbe Baron Fel, der dem Imperium vor Jahren den Rücken gekehrt hat, als ihm endlich klar wurde, wie korrupt und niederträchtig unter Isard und einigen der anderen Nachfolger Palpatines alles geworden war. Und doch ist er hier und trägt wieder eine imperiale Uniform. Gehirnwäsche hat bei einem Mann wie ihm keinen Sinn – damit würde man bloß den erstklassigen Kampfgeist zerstören, der ihn so nützlich macht. Es muss also etwas geschehen sein, das seinen Sinneswandel rechtfertigt.«

»Thrawn?«

»Gewissermaßen«, antwortete Mara. »Fel sagte, Thrawn hätte ihn in die Unbekannten Regionen mitgenommen und ihm alles gezeigt … und zu diesem Zeitpunkt kamen sie überein, sich wieder zusammenzutun.«

Sie konnte spüren, wie Lukes Gefühle sich verfinsterten. »Da draußen ist irgendwas, nicht wahr?«, sagte er leise. »Etwas Schreckliches.«

»Wenn man den Chiss glaubt, gibt es dort draußen Hunderte von Schrecken«, erwiderte Mara. »Aber das ist natürlich nur das Gerede der Chiss. Wahrscheinlich würden sich viele dieser Gefahren für ein Gebilde von der Größe und Schlagkraft der Neuen Republik bald als recht harmlos entpuppen; als Bedrohung, die wir mühelos zurückschlagen könnten, falls sie sich jemals über die Grenzen des Äußeren Rands wagen würde.«

Sie hob unbehaglich die Schultern. »Auf der anderen Seite …«

»Auf der anderen Seite kennt Fel unsere Schlagkraft ebenso gut wie wir selbst«, beendete Luke den Satz für sie. »Trotzdem ist er hier.«

Mara nickte. »Er und Parck sind hier. Und keiner von beiden scheint irgendein Interesse daran zu haben, ihre Ressourcen zu vergeuden, indem sie gegen die Neue Republik vorgehen. Das sagt einiges aus.«

Eine lange Weile herrschte Schweigen im Schiff. Dann rührte sich Luke. »Unglücklicherweise gibt es noch einen weiteren Aspekt, den wir berücksichtigen müssen«, sagte er. »Bastion und das Imperium. Hast du nicht gesagt, Parck will Kontakt mit Bastion aufnehmen?«

»Ja«, bestätigte Mara; der stumme Schmerz in ihrem Innern wuchs. »Und ich traue der gegenwärtigen imperialen Führung nicht zu, die Dinge aus der gleichen langfristigen Perspektive zu betrachten, die Fel sich zu Eigen macht. Gib denen die Hand von Thrawn, und sie marschieren gegen Coruscant.«

Luke starrte wieder aus der Kanzel. »Das können wir unmöglich zulassen«, stellte er leise fest. »Nicht in der Lage, in der sich die Neue Republik zur Zeit befindet.«

»Und vor allem dann nicht, wenn diese Ressourcen gebraucht werden, um einer anderen Gefahr zu begegnen«, pflichtete Mara ihm bei und löste ihre Gurte. »Was leider bedeutet, dass wir in die Festung zurück müssen, um Kopien dieser Daten für uns selbst anzufertigen. Dann haben wir wenigstens eine Chance zu verhindern, dass Bastion sie auf die Seite des Imperiums zieht.«

Sie spürte, wie Luke die Müdigkeit aus seinem Geist verdrängte. »Du hast Recht«, nickte er, während er sich daranmachte, sich aus seinem Geschirr zu befreien. »Wenn wir R2 nicht an eine Computerbuchse anschließen, sodass er alles herunterladen kann …«

»Langsam, langsam«, fiel Mara ein und streckte eine Hand aus, um sie ihm auf den Arm zu legen. »Ich meinte damit nicht in dieser Minute. Wir gehen nirgendwo hin, bevor deine Verbrennungen nicht abgeheilt sind.«

»Das ist nichts«, protestierte Luke und warf einen Blick auf die Brandspuren. »Damit komme ich schon klar.«

»Oh, welch tapfere Rede«, entgegnete Mara. Die Erschöpfung sowie ihre eigenen Schmerzen verliehen ihren Worten einen unbeabsichtigt spöttischen Unterton. »Dann lass es mich mal so sagen: *Ich* werde nirgendwo mit dir hingehen, bevor du geheilt bist. Du warst kaum noch fähig, in dem letzten Kampf den Vorsprung zu halten, und ich möchte nicht, dass du auch nur einen Bruchteil deiner Aufmerksamkeit auf Wunden verwendest, die du mit ein paar Stunden Ruhe leicht loswerden kannst. Alles klar?«

Er starrte sie an. Doch hinter dem Blick bemerkte sie sein widerwilliges Einverständnis. »Also gut, du hast gewonnen«, erklärte er seufzend und ließ sich in seinen Sitz zurücksinken. »Aber wenn irgendetwas geschieht, wirst du mich auf der Stelle wecken. Du wirst mich mit dem Satz *Willkommen zu Hause!*, aus der Trance holen können.«

Mara nickte. »In Ordnung.«

»Und auch wenn nichts passiert, weckst du mich in zwei Stunden«, fügte er hinzu und schloss die Augen. »Sie werden nicht mehr als ein paar Stunden brauchen, um so viele beschädigte Raumschiffe aus dem Weg zu räumen, dass die dahinter ungehindert starten können. Bis dahin müssen wir wieder in der Festung sein, wenn wir Parck daran hindern wollen, das Ganze hier dem Imperium zu übergeben.«

Er atmete, ohne eine Entgegnung abzuwarten, noch einmal tief durch und lehnte sich dann gegen die Kopfstütze. Seine Gedanken und Gefühle klärten sich und vergingen, dann war seine Präsenz verschwunden. »Mach dir wegen Bastion keine Sorgen«, sagte Mara sanft. »Darum werde ich mich kümmern.«

Sie blieb einen Moment lang in der Stille sitzen und betrachtete sein schlafendes Gesicht. Ein Wirrwarr von unterschiedlichen Empfindungen brodelte in der Dunkelheit ihrer persönlichen Qual. Sie kannten einander seit nunmehr zehn Jahren; Jahre die von Kameradschaft und Freundschaft hätten erfüllt sein können; Jahre, die Luke wirkungsvoll mit seinen einsamen und ebenso überheblichen wie kurzsichtigen Streifzügen durch vollkommen sinnlose Leiden und Zweifel vergeudet hatte.

Sie fuhr mit der Spitze eines Fingers sanft über seine Stirn und strich ein paar lose Haarsträhnen zu Seite. Und doch waren sie nach alledem wieder zusammen, und der Mann, dem sie einst so hohen Respekt gezollt und der ihr so viel bedeutet hatte, war endlich auf den richtigen Weg zurückgekehrt.

Vielleicht waren es aber auch sie beide, die *gemeinsam* auf den richtigen Weg zurückgekehrt waren.

Vielleicht.

Hinter ihr ließ sich ein zaghaftes fragendes Trillern vernehmen. »Es ist nur eine Heiltrance«, versicherte Mara dem Droiden, stieß den letzten Halteriemen ihres Sicherheitsgeschirrs von sich und erhob sich aus ihrem Sitz. »Er kommt wieder in Ordnung. Du passt hier drin gut auf, ja?«

Der Droide trillerte erneut. Diesmal hörte er sich misstrauisch an. »Ich gehe nach draußen«, teilte Mara ihm mit und überzeugte sich davon, dass ihr Ärmelblaster und das Lichtschwert gesichert waren. »Keine Sorge, ich komme wieder.«

Sie glitt an ihm vorbei, schenkte dem aufgeregten Ausbruch von Kommentaren und Fragen keine Beachtung und ließ die Ausstiegsluke aufspringen. Kind der Winde sauste über sie hinweg, als die Leiter sich entfaltete, zirpte einige Sekunden lang in rascher Folge und flatterte dann in die zunehmende Dunkelheit hinaus.

Eine Dunkelheit, die gut zu der in ihrem Innern passte.

Einen Moment lang wandte sie den Blick nach Lukes Hinterkopf um, der über dem Rand des Sitzes sichtbar war, und fragte sich, ob er ihren Plan erraten haben mochte. Nein. Sie hatte ihn gut hinter den mentalen Barrieren verschlossen, die aufzubauen Palpatine sie vor so langer Zeit gelehrt hatte.

Der *alte* Luke, der davon besessen gewesen war, jedes Problem im Alleingang lösen zu wollen, hätte diese Barrieren, um die Wahrheit zu erfahren, womöglich mit Gewalt durchbrochen. Doch sie wusste, dass der *neue* Luke so etwas niemals tun würde.

Er würde es später vielleicht bedauern, es nicht getan zu haben. Aber dann würde es längst zu spät sein. Es war eine schlichte Tatsache, dass Parck und die Chiss daran gehindert werden mussten, dem Imperium die Geheimnisse dieses Ortes in die Hand zu geben.

Und es war an ihr, sie davon abzuhalten. Mit welchen Mitteln auch immer. Und um welchen Preis auch immer.

Dem Droiden hatte es mittlerweile die Sprache verschlagen, und er beobachtete sie nur noch. Seine Haltung erinnerte sie irgendwie an ein verängstigtes Kind. »Mach dir keine Sorgen«, beruhigte sie ihn leise. »Es wird alles gut. Pass gut auf ihn auf, in Ordnung?«

Der Droide gab einen verzagt zustimmenden Klagelaut von sich. Mara griff mit der Macht hinaus, wandte sich ab und kletterte die Leiter hinunter.

Mit welchen Mitteln auch immer. Und ganz gleich, was es kostete.

7. Kapitel

Selbst zur Nachtzeit herrschte im Raumhafen von Drev'starn noch das geschäftige Treiben eines Bienenkorbs. Die Fußgänger und Fahrzeuge warfen im hellen Licht der Lampen lange Schatten, während sie eilig ihre Ziele verfolgten. Dieses helle Licht, so dachte Navett, während er mit großen Schritten über das Gelände marschierte, würde den Raumhafen zu einem perfekten Ziel für die Kriegsschiffe machen, die hoch über ihm ihre Kreisbahnen zogen.

Er fragte sich, ob den übrigen hin und her eilenden Passanten der gleiche Gedanke in den Sinn kommen mochte. Vielleicht war dies ja einer der Gründe dafür, dass sie es so eilig hatten.

Er erreichte die Zielzone und gab einen leisen Pfiff von sich, der auf der Stelle aus der Richtung eines Stapels Schiffscontainer zu seiner Rechten beantwortet wurde. Er trat um den Stapel herum und fand Klif, der ihn erwartete. »Bericht«, forderte er leise.

»Alles bereit«, gab Klif flüsternd zurück. »Sie ist vor einer Stunde hineingegangen und hat alle Systeme heruntergefahren. Ich habe an einer der Lampen einen Kurzschluss ausgelöst, damit wir uns anschleichen können.«

Navett warf einen vorsichtigen Blick um die Ecke des Containerstapels. Der Sydon Friedensstifter der alten Frau ruhte flach in seinem Landekreis und hatte lediglich die Positionslichter eingeschaltet. Ein langer Schatten, den ein anderer Kistenstapel warf, führte fast bis an die versiegelte Ausstiegsluke heran. »Sieht gut aus«, bemerkte er. »Was ist mit den Agenten der Neuen Republik?«

»Tja, das ist eine interessante Frage«, entgegnete Klif. »Ich habe mich mal kurz in den Computer des Raumhafens eingeklinkt, und nach den dort abgelegten Aufzeichnungen sind sie weg.«

Navett zog die Stirn kraus. Weg? Jetzt? »Wohin?«

»Keine Ahnung«, antwortete Klif. »Aber ich habe sowohl ihre Registrierung als auch ihre Triebwerks-ID einem weltweiten Check unterzogen. Es gibt keinen Hinweis darauf, dass sie wieder gelandet sind – nicht hier und auch nirgendwo sonst auf Bothawui.«

»Wirklich interessant«, murmelte Navett und strich sich übers Kinn, während er den Friedensstifter ansah. »Entweder haben wir sie komplett an der Nase herumgeführt, oder sie hatten plötzlich etwas von größerer Wichtigkeit zu tun. Das Renegaten-Geschwader untersteht neuerdings Bel Iblis, nicht wahr?«

Klif nickte. »Glauben Sie, Bel Iblis hat irgendwas vor?«

»Diese wandelnde Landplage hat doch ständig irgendwas vor«, brummte Navett. »Wie auch immer, er ist nicht unser Problem. Wir schicken eine Nachricht nach Bastion … sollen *die* ihm auf die Schliche kommen. Aber jetzt …« Er ließ seinen Blaster aus dem geheimen Futteral gleiten. »… müssen wir uns um unsere eigene Landplage kümmern. Kommen Sie.«

Sie schlüpften in den Schatten hinaus, der sie verschluckte, und machten sich, Augen und Ohren auf alle Anzeichen für Schwierigkeiten gefasst, auf den Weg zu dem Friedensstifter. Doch nichts tat sich, und als sie das Raumschiff erreichten, ließen sie sich auf beiden Seiten der Ausstiegsluke in Kampfpositionen fallen. »Aufmachen«, zischte Navett und hielt den Blaster schussbereit, während er versuchte, alles ringsum auf einmal im Auge zu behalten. Es war immerhin vorstellbar, dass Antilles beim Verlassen des Planeten einen anderen Agenten der Neuen Republik in Marsch gesetzt hatte …

Er hörte das gedämpfte Klicken von Klifs Allzweckschlüssel, auf das ein leises Zischen folgte. Dann sank die obere Kante der Luke sanft auf den Permabeton herab; auf der Innenseite war eine Treppe installiert. Navett unterzog das Gelände einer letzten Prüfung, erhob sich aus der kauernden Stellung und eilte in gebückter Haltung die Treppe hinauf ins Schiffsinnere.

Dort herrschte Dunkelheit, lediglich schwache Orientierungsleuchten kennzeichneten den Gang vor ihnen. Er konnte Klif hinter sich leise atmen hören, während sie sich langsam und vorsichtig auf den Wohnbereich zubewegten. Noch immer kein Lebenszeichen; die alte Frau schlief wohl schon. Navett glitt auf die erste Tür zu, öffnete sie vorsichtig …

… und im nächsten Moment flammten überall um sie her Lichter auf.

Navett ging intuitiv in die Hocke, unterdrückte einen Fluch und blinzelte gegen den plötzlichen Lichterglanz an. »Niemand zu sehen«, zischte Klif hinter seinem Rücken.

»Hier auch nicht«, erwiderte Navett und runzelte verwirrt die Stirn, als seine Augen sich endlich auf das Licht eingestellt hatten und er feststellte, dass es sich bei dem, was ihnen so grell vorgekommen war, offenbar bloß um die normale Bordbeleuchtung handelte.

Keine Schützen, keine automatischen Waffen, nicht einmal blendend auflodernde Defensivlampen. Was ging hier vor?

»Guten Abend, meine Herren«, erhob sich eine Stimme in der gespannten Stille.

Die Stimme der alten Frau.

»Klif?«, zischte Navett und blickte sich erneut um. Aber noch immer war niemand auszumachen.

»Nein, ich bin nicht bei Ihnen«, versicherte die Stimme selbstgefällig. »Ich bin bloß eine Aufzeichnung. Ihr würdet doch einer unschuldigen kleinen Aufzeichnung keinen Schaden zufügen, oder?« Sie schnaubte verächtlich. »Wenn man natürlich bedenkt, wer ihr seid, vielleicht doch.«

»Da«, sagte Klif und zeigte auf etwas. Halb verborgen hinter einem Leitungsrohr war ein kleiner Datenblock zu erkennen, aus dem ein Aufnahmestift ragte.

»Ihr zwei glaubt wohl, ihr seid ziemlich heiße Nummern«, fuhr die Frau fort. »Stolziert da draußen vor aller Augen herum, trickst die idiotischen Bothans aus – he, das war echt reizend – und steckt alles und jeden in die Tasche.«

Navett trat an den Datenblock heran. Das Gerät steckte so in dem Spalt zwischen dem Leitungsrohr und der Wand, als hätte es jemand in aller Eile dort hineingestopft.

Andererseits war es so *programmiert* worden, dass es sich zusammen mit dem Licht einschaltete …

»Es tut mir aufrichtig leid, eure Seifenblase so brutal platzen zu lassen«, sagte die Alte. »Aber ihr seid nicht so clever, wie ihr meint. Nicht *annähernd* so clever.«

Navett suchte und fand Klifs Blick und nickte in Richtung der Schlafräume. Klif gab das Nicken zurück und glitt den Gang entlang auf die am weitesten entfernte Tür zu. Navett lehnte sich mit dem Rücken gegen die Wand und richtete seinen Blaster in Richtung Flugdeck. Das hier konnte nichts anderes als ein Ablenkungsmanöver sein.

»Wisst ihr, ich habe heute Nachmittag mit ein paar Freunden geredet«, ging die Aufzeichnung weiter. »Die haben mir erzählt, dass jedes Mal, wenn sie versuchen, an diese große, lärmende Organisation namens Vergeltung, die überall einen solchen Zirkus veranstaltet, heranzukommen, sich diese irgendwie in Luft aufzulösen scheint. Ungefähr so wie die Seifenblase, die ich gerade erwähnt habe. Übrig bleibt nur heiße Luft. Heiße Luft, die – darf ich es sagen? – von einer Hand voll imperialer Agenten aufgewirbelt wird.«

Navett nahm aus den Augenwinkeln eine Bewegung wahr. Er sah genau hin und erkannte Klif, der wieder aus dem Bereich der Schlafräume auftauchte und den Kopf schüttelte. Er wies mit einem Nicken in Richtung des Frachtraums und hob fragend die Augenbrauen.

»Und das bedeutet vermutlich, dass es nur auf mich und euch Burschen hinausläuft«, sagte die alte Frau. »Meine Freunde von der Neuen Republik sind weg – wie ihr höchstwahrscheinlich schon wisst –, und die Riesenorganisation, die ihr zu sein vorgebt, existiert gar nicht. Also. Ihr und ich. Das wird sicher lustig.«

Klif sah Navett mit einem verwirrten Gesichtsausdruck an. »Wovon, zum Henker, redet die eigentlich?«, zischte er. »Fordert sie uns etwa heraus?«

Navett zuckte die Achseln.

»Oh, und bedienen Sie sich ruhig in der Kombüse, wenn Sie wollen«, fügte sie hinzu. »Vor allem der von euch beiden, der es heute den ganzen Tag draußen ausgehalten hat, um mein Schiff zu beobachten. Überwachungen können ganz schön durstig machen. Stellt bloß alles wieder in den Kühlschrank zurück, wenn ihr fertig seid, ja? Gut, bis später dann. Was natürlich nicht heißen soll, dass ihr mich sehen werdet.«

Ein leises Klicken, und die Aufzeichnung war zu Ende. »Diese Frau spinnt doch«, verkündete Klif und blickte sich um. »Hat sie überhaupt eine Ahnung, mit wem sie es zu tun hat?«

»Das weiß ich nicht«, entgegnete Navett, der nachdenklich den Datenblock beäugte. »Sie gibt vor zu wissen, dass wir Imperiale sind, aber unsere Tarnung hier hat sie mit keinem Wort erwähnt. Ob sie weiß, dass sie schon mit uns gesprochen hat?«

Klif knurrte. »Sie fischt im Trüben.«

»Sie fischt im Trüben«, nickte Navett. »Und, um genauer zu sein, sie fischt *allein*. Wenn sie über irgendeinen Beweis oder Verstärkung verfügen würde, hätte sie mehr zu bieten gehabt als Tricklampen und eine Aufzeichnung. Anscheinend plant sie, uns als Nächstes hier herauszulocken.«

»Was also machen wir?«, wollte Klif wissen. »An ihr dranbleiben?«

Navett rieb sich das Kinn. »Nein, ich denke, wir treten den Rückzug an«, antwortete er bedächtig. »Wenn sie uns dann wieder zu nahe kommt, können wird ja noch mal darüber nachdenken. Aber da Antilles und sein Partner verschwunden sind, wir sie uns nicht viel anhaben können.«

Er spähte den Gang Richtung Flugdeck entlang. »Es sei denn, sie steckt noch irgendwo hier, um vielleicht einen Blick auf uns werfen zu können«, verbesserte er sich und hob den Blaster. »In dem Fall ist sie schon so gut wie tot.«

»Schon besser.«

»Aber passen Sie auf«, warnte Navett ihn. »Sie könnte Fallen aufgestellt haben.«

Sie blieben noch eine ganze Stunde, in der sie das Schiff mit dem Haarsieb durchkämmten, bevor sie schließlich aufgaben und den Raumer verließen. Aber nur drei- oder viermal kamen sie nach dem Ende der Aufzeichnung so nah an das in dem Datenblock versteckte Komlink, dass Moranda verstehen konnte, was sie sagten.

Die meisten dieser kurzen Gesprächsfetzen klangen einigermaßen gereizt.

Moranda beobachtete aus einer leeren Kiste, die sie auf einen Stapel gleicher Kisten fünfzig Meter von ihrem Raumschiff entfernt gewuchtet hatte, durch ein kleines Bohrloch, wie die beiden Männer herauskamen und wieder in die hektische Betriebsamkeit des Hafens eintauchten. Sie hatte also Recht gehabt – sie und Corran und Wedge. Die Imperialen waren hier, und sie führten etwas Übles im Schilde.

Und sie waren verunsichert genug, dass sie sogar bereit waren, einen Mord im Zentrum des Raumhafens zu riskieren. Das war allerdings sehr interessant.

Und falls ihr Gehör sie nicht komplett im Stich ließ, so hatte die höchst unprofessionelle Diskussion neben ihrem Datenblock ihr die Identität der beiden verraten: die aufrichtigen, aber dummen Inhaber der Exoticalia Tierhandlung.

Natürlich war es *eine* Sache, dies zu wissen; es auch beweisen zu können, war ein völlig anderer Fall. Und womöglich zum ersten Mal in ihrem Leben kam ihr dieses breite gesetzliche Schlupfloch, durch das sie selbst für gewöhnlich entkam, äußerst ungelegen.

Die Imperialen hatten sich mittlerweile unter die Passanten auf einem der Hauptgehwege gemischt. Haltung und Schritt verrieten eine Mischung aus Lässigkeit und Entschlusskraft – vermutlich Agenten des Imperialen Geheimdienstes oder des Allgegenwärtigkeitszentrums. So oder so handelte es sich eindeutig um Spezialisten, die genau wussten, was sie taten.

Bedauerlicherweise würde sich die Vertretung der Neuen Republik in Drev'starn ohne Beweise für nichts von alledem interessieren. Das Gleiche galt für die Bothans.

Außerdem waren auf Bothawui, wenn sie es recht bedachte, bestimmt noch ein paar Haftbefehle gegen sie ausgestellt. Damit kamen die Bothans ohnehin nicht in Frage.

Die Imperialen waren nicht mehr zu sehen. Sie waren in Richtung des Westportals verschwunden und hatten den Raumhafen vermutlich bereits verlassen. Wenngleich Moranda vor langer Zeit gelernt hatte, dass man mit dem Wörtchen *vermutlich* niemals den Sabacc-Topf gewinnen oder seinen Liebsten herumkriegen konnte. Und ihre neuen Lieblinge mochten mitunter so verärgert darüber sein, dass sie ihnen auf die Schliche gekommen war, dass sie jemanden zurückgelassen hatten, der sie im Auge behielt.

Sie öffnete ihre Taschenflasche, nahm einen großen Schluck von dem stark riechenden blauen Likör und zog ihr Chrono zu Rate. Noch zwei, vielleicht drei Stunden, bis sie sich wieder frei bewegen konnte.

Sie nahm einen weiteren Schluck, verschloss die Flasche und lehnte sich behaglich in einer Ecke ihrer Kiste zurück. Es war lange her, seit sie es mit einem Gegner von diesem Kaliber aufgenommen hatte, und solange sie ohnehin hier drin festsaß, konnte sie sich auch Gedanken über ihren nächsten Zug machen.

»Es ist schön, deine Stimme zu hören, Han«, drang Leias Stimme aus dem Lautsprecher der *Glücksdame*. Die Erleichterung darin war nicht zu überhören. »Ich habe mir solche Sorgen um dich gemacht.«

»He, Süße, das war gar keine große Sache«, versicherte Han ihr, wobei er die Wahrheit nur ein wenig verdrehte. Er würde noch ausreichend Zeit haben, ihr die ganze Geschichte von ihrem kleinen Ausflug nach Bastion zu erzählen, wenn sie sich wieder sahen.

Abgesehen davon war es das Letzte, was er wollte, über das HoloNet – wenn auch verschlüsselt – die Nachricht zu verbreiten, dass Großadmiral Thrawn tatsächlich noch am Leben war. »Es kommt darauf an, dass wir heil hinein- und auch wieder herausgekommen und auf dem Weg nach Hause sind«, fuhr er fort.

»Ich bin froh, dass du in Sicherheit bist«, erwiderte sie. Eine leise Hoffnung schlich sich in ihre Stimme. »Hast du … ich meine …?«

»Wir haben es«, teilte Han ihr mit. »Zumindest *glaube* ich, dass wir es haben.«

Es entstand eine kurze Pause. »Was heißt das?«

»Das heißt, dass wir haben, wofür wir aufgebrochen sind«, antwortete Han. »Und für mich sah alles ganz echt aus. Aber

... na ja, es gab ein paar Komplikationen. Belassen wir es für den Moment dabei, ja?«

»Einverstanden«, gab sie widerwillig zurück. Sie war ohne Zweifel nicht glücklich darüber, es dabei bewenden lassen zu müssen, doch war sie sich der begrenzten Sicherheit des HoloNetzs ebenso bewusst wie er. »Aber fliege nicht nach Coruscant. Ich bin auf dem Weg nach Bothawui.«

»Bothawui?«

»Ja«, entgegnete sie. »Ich war nach Coruscant unterwegs, als ich erfuhr, dass Präsident Gavrisom sich dort aufhält, um in der Frage dieser Kriegsflotte zu vermitteln.«

»Ah«, sagte Han und sah stirnrunzelnd den Lautsprecher an. Wenn man bedachte, dass er sie vor zehn Tagen auf Pakrik Minor verlassen hatte, sollte sie eigentlich längst auf Coruscant *angekommen* sein und nicht bloß auf dem Weg dorthin. Mochte irgendetwas bei jenem Treffen mit Bel Iblis geschehen sein? »Hat dein Besucher sich verspätet oder so etwas?«, fragte er umständlich.

»Der Besucher erschien wie geplant«, erwiderte sie. »Es war bloß nicht der, den ich erwartet hatte, und am Ende musste ich einen kleinen Umweg machen.«

Han fühlte, wie er die Hände zu Fäusten ballte. »Was für ein Umweg?«, wollte er wissen. Wenn jemand es darauf angelegt hatte, ihr einmal mehr wehzutun ... »Geht es dir gut?«

»Ja, ja, ich bin wohlauf«, beeilte sie sich ihm zu versichern. »Die Dinge entwickelten sich bloß anders, als ich gedacht hatte, das ist alles. Es hängt alles damit zusammen, dass ich unverzüglich mit Gavrisom reden muss.«

HoloNet-Sicherheit. »Ja. Also gut, fliegen wir nach Bothawui«, sagte Han. »Es wird aber noch ein paar Tage dauern, bis wir ankommen.«

»Das ist gut«, gab sie zurück. »Ich werde auch nicht vor morgen dort sein.«

Han verzog das Gesicht. Es wäre besser gewesen, wenn er vor ihr dort hätte eintreffen können. Nach allem, was er so hörte, war der Himmel über Bothawui ein Pulverfass, das nur darauf wartete, dass etwas passierte. »Gut, aber du passt auf dich auf, Leia, ja?«

»Das werde ich«, versprach sie. »Ich bin nur froh, dass *du* in Sicherheit bist. Ich werde Gavrisom sofort anrufen und ihm die gute Nachricht von deiner Mission mitteilen.«

»Und sage ihm, dass ich ihm das Ding nicht eher aushändige, bis er dir richtige Ferien versprochen hat, sobald dies hier vorbei ist«, erwiderte Han warnend.

»Und ob«, pflichtete Leia ihm bei.

»Okay. Ich liebe dich, Leia.«

Er konnte ihr Lächeln beinahe hören. »Ich weiß«, wiederholte sie ihren privaten Scherz. »Wir sehen uns bald.«

Han schaltete mit einem Seufzer das Kom ab. Noch zwei Tage bis Bothawui, und Leia würde einen Tag vor ihnen dort ankommen. Vielleicht konnte Lando ja ein bisschen mehr Tempo aus seiner Kiste quetschen. Er wirbelte seinen Sitz herum …

»Und, wie geht's Leia?«, ließ sich Lando von der Tür zur Brücke vernehmen.

»Gut«, versicherte Han und musterte das Gesicht seines Freundes. Irgendetwas sehr Unerfreuliches lauerte in seinen Augen. »Allerdings ist sie nicht auf direktem Weg von Pakrik Minor nach Hause geflogen, und wir müssen den Kurs ändern, um auf Bothawui zu ihr zu stoßen. Was ist?«

»Ärger«, antwortete Lando düster und deutete mit einer Bewegung des Kopfes über die Schulter. »Komm mal eine Minute mit nach hinten.«

Als Lando und Han im Kontrollraum achtern eintraten, saßen Lobot und Moegid am Computertisch einander gegenüber und erwarteten sie. Lobot sah aus wie Lobot, doch Moegids Fühler zuckten auf eine Art und Weise, die Han noch bei keinem Verpinen je zuvor beobachtet hatte.

Und zwischen den beiden auf dem Tisch lag die Datenkarte, die Thrawn ihnen gegeben hatte.

»Sag nichts«, warnte er, als Lando die Karte aufhob und in den Schacht des Lesegeräts schob. »Du hast behauptet, sie wäre sauber.«

»Das glaubten wir auch«, erwiderte Lando und rief auf dem großen grafischen Display das Caamas-Dokument auf. »Aber dann dachte Moegid daran, noch etwas anderes zu versuchen.« Er wies auf die Anzeige. »So wie es aussieht, wurde das Dokument verändert.«

Ein langer Katalog corellianischer Verwünschungen kam Han in den Sinn. Doch keine davon passte zu der gegenwärtigen Situation. »Verändert? Wie?«, gab er zu Protokoll.

»Da fragst du noch?«, knurrte Lando. »Die Liste der bei dem Anschlag beteiligten Bothans wurde abgeändert. Und damit die einzige Sache, die wir unbedingt brauchen.«

Han trat näher heran und beäugte die Anzeige. »Bist du sicher?«, erkundigte er sich. Auch das nur fürs Protokoll.

»Moegid ist sich sicher«, erklärte Lando und blickte auf den Verpinen hinunter. »Es handelt sich um meisterliche Arbeit, aber die Verpinen haben im Laufe der Jahre auch ein paar Tricks gelernt.« Er deutete auf die Anzeige. »Erinnerst du dich, wie überrascht wir waren, als wir das hier zum ersten Mal durchgesehen haben und feststellten, wie viele der wichtigsten Familien auf Bothawui angeblich in die Sache verwickelt sein sollten? Tja, jetzt wissen wir, *weshalb* diese Namen hier auftauchen.«

»Eine kleine Zutat, um das Ganze noch ein bisschen mehr anzuheizen«, sagte Han und verzog das Gesicht. »Und um dafür zu sorgen, dass die Neue Republik der Führung der Bothans noch weniger vertraut, als sie es ohnehin bereits tut.«

»Du hast es erfasst, alter Freund.« Lando zog sich einen der freien Sitze heran und ließ sich darauf nieder. »Was bedeutet, dass wir wieder von vorne anfangen müssen.«

Jetzt nahm sich auch Han einen Sessel. »Wir haben nicht mal *so viel* Glück«, bemerkte er niedergeschlagen. »Ich habe Leia schon gesagt, wir hätten das Dokument.«

»Und du meinst, dass sie diese Information nicht für sich behält?«

»Normalerweise schon«, erwiderte Han bedeutsam. »Aber unglücklicherweise … hat sie gesagt, dass sie die gute Nachricht Gavrisom überbringen will.«

»Und der wird sie auch nicht für sich behalten?«

Han schüttelte den Kopf. »Er ist auf Bothawui, wo er den Ausbruch eines Krieges zu verhindern versucht. Und er ist nicht der Typ, der dabei nicht jedes Mittel einsetzen würde, über das er verfügt.«

»Also mit anderen Worten: Wir werden auf Bothawui aufkreuzen, und jeder dort erwartet, dass wir die Helden des Tages sind.« Lando schüttelte den Kopf. »Wo bleibt eigentlich ein imperialer Hinterhalt, wenn man mal einen braucht?«

»Ich würde darüber an deiner Stelle keine Witze machen«, ermahnte Han ihn. »Jede Wette, dass Thrawn uns das Imperium diesmal vom Hals hält; aber es gibt eine Menge Leute auf *unserer* Seite, denen es gar nicht gefallen wird, wenn die Bothans die Möglichkeit erhalten, vom Haken zu schlüpfen.«

Lando zuckte zusammen. »Daran habe ich noch gar nicht gedacht. Aber wenn ich so darüber nachdenke, dann … nein.«

»Was?«

»Ich habe nur gerade daran gedacht, was Thrawn über den Diebstahl der Xerrol-Scharfschützenblaster durch Fey'lyas Leute gesagt hat«, entgegnete er bedächtig. »Aber wenn er bei dem Caamas-Dokument gelogen hat …«

»… heißt das nicht notwendigerweise, dass er auch in *dieser* Sache gelogen hat«, fuhr Han fort. »Was das angeht, so haben wir nicht mal einen Beweis, dass Thrawn derjenige war, der die Namen geändert hat.«

Lando schnaubte. »Das glaubst du doch jetzt selbst nicht, oder?«

»*Irgendjemand* wird das zur Sprache bringen«, stellte Han klar. »Dafür kann ich garantieren.«

Lando murmelte irgendetwas vor sich hin. »Das alles wird immer undurchsichtiger. Und was machen wir jetzt?«

Han hob die Schultern. »Wir fliegen wie geplant nach Bothawui und tun so, als wäre alles in Ordnung. Vielleicht wissen die Bothans ja wirklich, wer in die Sache verwickelt war. Und falls sie es wissen, können wir sie vielleicht dazu bringen, dass sie mit der Wahrheit herausrücken.«

»Und wenn sie das nicht tun oder sich nicht bluffen lassen?«

Han stand auf. »Wir haben noch zwei Tage, um uns etwas anderes einfallen zu lassen. Komm jetzt, fliegen wir diese Kiste nach Bothawui.«

»Das war's«, rief Tierce mit grimmiger Befriedigung und deutete schwungvoll auf das Display. »Sie sind gekommen.«

»Davon bin ich durchaus nicht überzeugt«, grollte Disra und betrachtete neugierig das vom Computer verstärkte Bild auf dem Display. »Schön, wer auch immer sie sein mögen, sie benutzen TIE-Jäger-Technologie. Aber das beweist gar nichts.«

»Sie sind über Bastion geflogen«, stellte Tierce fest, und haben uns eindeutig observiert. »Und wir haben etwas Derartiges noch niemals zuvor gesehen …«

»Das beweist nicht mal, dass dieses Schiff aus den Unbekannten Regionen gekommen ist«, meinte Disra verschnupft. »Ganz zu schweigen davon, dass es sich um Parck oder die Hand von Thrawn oder sonst wen gehandelt hat.«

»… und auf Bastion soll Thrawn zuletzt gesichtet worden sein«, beendete Tierce seinen Satz mit einem Unterton von Endgültigkeit in der Stimme. »Zweifeln Sie, so viel Sie wollen, Euer Exzellenz, aber ich kann Ihnen schon jetzt versichern, dass der Plan funktioniert hat. Thrawns frühere Verbündete beschnüffeln bereits den Köder.«

»Ich hoffe, Sie haben Recht«, sagte Disra. »Jetzt, da wir den Schlag gegen Bothawui verschoben haben und Pellaeon vielleicht just in diesem Moment Vermel von der Rimcee-Station befreit …«

»Ich hatte Ihnen doch gesagt, Sie sollen sich darüber nicht den Kopf zerbrechen«, versetzte Tierce mit einiger Schärfe. »Er kann uns nicht das Geringste anhaben.«

»Wer kann uns nichts anhaben?«, meldete sich von links Flim zu Wort.

Disra drehte sich um und sah, wie Flim aus der Geheimtür trat. Der Schwindler, so war ihm aufgefallen, hatte sich in jüngster Zeit häufig so verhalten: Er schlich leise umher und belauschte seine beiden Partner. Ganz so, als würde er ihnen nicht über den Weg trauen. »Admiral Pellaeon«, eröffnete Tierce ihm. »Wir haben gerade spekuliert, dass er und Colonel Vermel wahrscheinlich bald mal vorbeikommen, um eine Erklärung zu fordern, weshalb wir sie so unfreundlich behandelt haben.«

»Und haben Sie auch über das fremde Raumschiff nachgedacht, das vor ein paar Tagen Bastion überflogen hat?«, verlangte Flim zu wissen. »Oder wollten Sie abwarten, bis die Hand von Thrawn an das Tor des Palastes klopft, ehe Sie auch nur ein Wort darüber verloren haben?«

»Ich kann Ihnen versichern, dass sie sich *nicht* als Erstes höchstpersönlich hier zeigen werden«, erwiderte Tierce. »Es handelt sich um überaus zurückhaltende Leute, Admiral. Und wenn man bedenkt, welche Karten sie auf der Hand haben, ist das ihr gutes Recht. Nein, der erste Kontakt wird in einer diskreten Botschaft aus dem Tiefraum bestehen, von wo aus sie sich rasch zurückziehen können, wenn es ihnen erforderlich erscheint.«

»Ich vermag nicht zu erkennen, wie uns das weiterbringen soll«, erwiderte Flim eisig. »So oder so werden sie mit Thrawn reden wollen.«

»Selbstverständlich werden sie das«, erklärte Tierce geduldig. »Aber wenn sie sich vom Weltraum aus melden, wird es mir möglich sein, eine Nachricht für Sie entgegenzunehmen und gleichzeitig ganz nebenbei noch ein paar nützliche Informationen aus ihnen herauszuholen. Vertrauen Sie mir, Admiral. Ich habe mich lange auf diesen Augenblick vorbereitet.«

Flim verzog das Gesicht. »Das wird mir ein Trost sein, wenn Parck die Scharade auf Anhieb durchschaut und Bastion in Stücke sprengt.«

Tierce schüttelte den Kopf. »Diese Leute haben sich Thrawn gegenüber stets extrem loyal verhalten, Admiral«, sagte er. »Ganz gleich, wie vorsichtig und skeptisch sie an der Oberfläche auch zu sein scheinen, sie *wollen*, dass Thrawn Bilbringi überlebt hat. Sie sind ein Schwindler; Sie verstehen sicher, welche Wirkung Wunschdenken auf ihre Opfer hat.«

»Oh, es ist sehr nützlich«, brummte Flim. »Es bedeutet aber auch, dass sie doppelt gefährlich sind, wenn man ihnen schließlich den Teppich unter den Füßen fortzieht. Da wir gerade von Gefahren sprechen: Weiß einer von Ihnen eigentlich, dass General Bel Iblis verschwunden ist?«

Tierce und Disra wechselten Blicke. »Was soll das heißen?«, fragte Disra.

»Wir haben vor einigen Stunden eine Nachricht von dem Kommandoteam auf Bothawui erhalten«, berichtete Flim, schlenderte näher und warf eine Datenkarte auf den Schreibtisch. »Navett meldet, dass zwei Piloten des Renegaten-Geschwaders, die dort herumgeschnüffelt hatten, plötzlich abgezogen sind und das System verlassen haben. Er vermutet, das könnte bedeuten, dass Bel Iblis irgendetwas plant.«

»Schon möglich.« Tierce nickte, trat an den Schreibtisch und hob die Datenkarte auf. »Ich werde das erst einmal überprüfen.«

»Das habe ich bereits getan«, warf Flim ein, zog sich einen Stuhl heran und setzte sich. »Die offizielle Geschichte besagt, dass Bel Iblis bei Kothlis im Einsatz ist und eine Streitmacht der Neuen Republik zusammenzieht, um Bothawui zu schützen. Aber wenn man den Daten auf den Grund geht, stößt man auf keinen echten Beweis dafür, dass er sich auch nur in der Nähe des Bothan-Raums aufhält.

»Und wie haben Sie all das herausgefunden?«, unterbrach Disra ihn.

Flim wölbte höflich verblüfft die Brauen. »Ich bin Großadmiral Thrawn, Euer Exzellenz«, rief er ihm ins Gedächtnis. »Ich habe den Geheimdienst kontaktiert und gefragt.«

»Haben Sie einen schriftlichen Bericht erhalten?«, wollte Tierce wissen. Er hatte die Karte unterdessen in seinen Datenblock eingeführt und überflog die Daten.

»Er befindet sich am Ende dieser Aufzeichnung«, teilte Flim ihm mit. »Der Geheimdienst war ziemlich hilfsbereit. Man hat mich sogar gefragt, ob ich wünsche, dass jemand nach Kothlis fliegt, um sich dort mal umzusehen.«

»Zeitverschwendung«, entgegnete Tierce, dessen Stimme allmählich ein wenig sonderbar klang. »Falls Kothlis bloß eine Tarnung ist, hat Bel Iblis die Geschichte so vakuumdicht gemacht, dass ein flüchtiger Rundflug bestimmt nichts zu Tage fördert.«

»Genau das habe ich denen auch gesagt«, gab Flim selbstgefällig zurück. »Ich beginne ein echtes Gespür für Taktik zu entwickeln, wenn ich das mal so sagen darf.«

»Schmeicheln Sie sich nicht selbst«, erwiderte Tierce abwesend, während er auf den Datenblock starrte. »Und in Zukunft werden Sie so freundlich sein, mit niemandem zu kommunizieren, wenn Mufti Disra oder ich nicht dabei sind. Und jetzt halten Sie den Mund und lassen mich nachdenken.«

Disra beobachtete das Gesicht des Gardisten, und ein unerfreulicher Eindruck beschlich ihn. Tierce schien sich in letzter Zeit mehr und mehr auf diese Weise zu gebärden: Er starrte ins Leere wie in einer Art Trance, wenn er über etwas nachdachte. Begannen der Druck und die Anstrengung an ihm zu zehren, oder war er schon immer so gewesen, und Disra hatte es schlicht übersehen?

Plötzlich fuhr Tierce' Kopf in die Höhe. »Admiral, Sie sagten doch, diese Frau, D'ulin, hätte eine der Mistryl-Führerinnen gebeten, hierher zu kommen und mit uns zu sprechen?«

»Ja«, erwiderte Flim. »Zuletzt habe ich gehört, dass sie auf dem Weg ist.«

»Sagen Sie D'ulin, sie soll Kontakt zu ihr aufnehmen und sie zu einer Kursänderung bewegen«, wies Tierce ihn an. »Teilen Sie ihr mit, dass wir sie stattdessen auf Yaga Minor treffen.«

»Yaga Minor?«, wiederholte Disra stirnrunzelnd.

»Ja«, nickte Tierce und lächelte vage. »Ich denke, wir werden Gelegenheit haben, den Mistryl eine anschauliche Demonstration von Thrawns taktischem Genie zu bieten; *und* wir werden dazu beitragen, dass Captain Parck von Thrawns Wiederkehr überzeugt ist; *und* einem der besten und glänzendsten Posten im Angebot von Coruscant einen demütigenden Schlag versetzen.«

»Langsam, langsam«, protestierte Disra. »Da komme ich nicht mehr mit.«

»Ich schätze, er versucht uns weiszumachen, dass Bel Iblis verrückt genug ist, es mit Yaga Minor aufnehmen zu wollen«, sagte Flim und starrte Tierce unverhohlen ungläubig an.

Darauf neigte der Ehrengardist ein wenig den Kopf. »Sehr gut, Admiral. Bloß dass es nicht verrückt ist, sondern ihre allerletzte Chance, einen Bürgerkrieg abzuwenden. Und wer wäre dazu besser geeignet als Bel Iblis?«

»Ich glaube, Flim hat zum ersten Mal recht«, meinte Disra.

»Sie sprechen von dem Caamas-Dokument. Aber sie haben doch jetzt die Kopie, die wir Solo und Calrissian gegeben haben.«

»Davon weiß Bel Iblis nichts.« Tierce tippte auf den Datenblock. »Diesem Bericht zufolge verschwand er zu dem angeblichen Truppenaufmarsch bei Kothlis, acht Tage bevor dieser Verräter Carib Devist die gefälschte Aufzeichnung, mit deren Hilfe Solo Bastion gefunden hat, auf der Allgegenwärtigkeitsstation bei Parshoon ablieferte. Angenommen, Bel Iblis hat seither keine Verbindung mit Coruscant aufgenommen – was wahrscheinlich der Fall ist –, dann hat er keine Ahnung von Solos Ausflug nach Bastion.«

»Und was, wenn er sich vor dem Aufbruch meldet und man ihm sagt, er soll den Angriff abblasen?«, konterte Disra.

»Dann beeindrucken wir die Mistryl einfach mit der Größe und Macht einer imperialen Allgegenwärtigkeitsbasis«, antwortete Tierce. »Die müssen ja nicht wissen, dass wir mit einem Angriff rechnen, ehe dieser tatsächlich stattfindet.«

Er sah Flim an. »Ein klassisches Betrugsmanöver«, ergänzte er. »Wenn das Opfer nicht weiß, was geschehen soll, kann es auch nicht enttäuscht sein, wenn gar nichts passiert.«

»Da hat er Recht«, stimmte Flim zu.

»Also gut«, sagte Disra. »Und was, wenn man es sich auf Coruscant anders überlegt und Bel Iblis in Marsch setzt, um statt dessen Bastion direkt anzugreifen?«

Tierce zuckte die Achseln. »Mit welcher Begründung? Schließlich haben wir ihnen das Caamas-Dokument überlassen ...«

»Verändert.«

»Was dort niemand weiß und unmöglich beweisen kann«, erinnerte Tierce ihn. »Es kommt doch auf Folgendes an: Wenn Bel Iblis so weit geht, seine Nase in dieses System zu stecken, geben sie uns damit eine Propagandawaffe in die Hand, die ihnen auf Jahre hinaus großen Schaden zufügen wird. Geben Sie mir ein paar Holos von einem nicht provozierten Angriff der Neuen Republik auf Bastion, und ich habe tausend Systeme, die sich allein im Monat danach von Coruscant lossagen.«

»Und außerdem, Euer Exzellenz«, warf Flim mit einer

achtlosen Handbewegung ein, »sind wir drei auch dann auf Yaga Minor in Sicherheit, wenn Bel Iblis wirklich einen Schlag gegen Bastion landet. Es sei denn, Sie sind so an Ihre Annehmlichkeiten hier gewöhnt, dass Sie es nicht ertragen könnten, sich von ihnen zu trennen.«

»Ich habe bloß darauf hingewiesen«, sagte Disra steif, »dass es Thrawn nicht gut anstehen würde, wenn er sich bei einem Angriff auf die Zentralwelt des Imperiums an einem anderen Ort aufhält.«

»Machen Sie sich darüber keine Gedanken«, entgegnete Tierce im Tonfall der Entschiedenheit. »Bel Iblis wird Bastion nicht angreifen, aber er wird gewiss gegen Yaga Minor vorgehen. Und wenn wir ihn erst mal besiegt haben, wird das Ansehen des Imperiums beträchtlich zunehmen.«

»Und wir werden Coruscant am Ende doch noch zu einem Großangriff gegen uns provozieren«, warnte Disra.

Tierce schüttelte den Kopf. »Coruscant wird binnen fünf Tagen alle Hände voll mit einem Bürgerkrieg zu tun haben«, erklärte er. »Und lange bevor sie auf uns aufmerksam werden, haben wir Parck und die Hand von Thrawn.«

Seine Augen glitzerten. »Und dieses Mal wird uns nichts aufhalten können. Absolut nichts.«

Der Gang war lang und trist und grau, und er war von gleichermaßen tristen Türen gesäumt. Verschlossenen Türen, natürlich, denn dies war schließlich ein Gefängnis. Wände und Decken bestanden aus massivem Metall, und der Boden war ein eisernes Gitterwerk, von dem bei jedem Schritt ein dumpf tönendes Klirren durch den Gang hallte.

Sie verursachten in diesen Minuten zweifellos eine Menge dieser gedämpften Geräusche, dachte Pellaeon und lauschte auf das Klirren, das von den Wänden widerhallte, während er durch den langen Korridor auf den zweiten Sicherheitsposten zumarschierte, der ihn hinter der nächsten Biegung auf der anderen Seite erwartete. Es hörte sich eigentlich eher an wie eine Truppenparade oder wie ein unvermuteter Platzregen auf einem Dach aus Metall.

Und jene, die vor ihm warteten, hatten bereits Notiz genommen von dem Tumult. Vier Wachen hatten ihre unter schwarzen Helmen steckenden Köpfe um die Ecke gestreckt, um nachzusehen, was das Getöse zu bedeuten hatte. Zwei von ihnen waren noch immer zu sehen, die beiden anderen hatten sich indes zurückgezogen, vermutlich um dem Mann Bericht zu erstatten, dem der Sicherheitsposten unterstand.

Die beiden Wächter tauchten jedoch schon wieder auf, als Pellaeon die Biegung erreichte. Alle vier standen sie nun in steifer soldatischer Haltung vor ihm. Doch Pellaeon schob sich wortlos durch die Versammlung und bog um die Ecke.

Vier weitere Wachen nahmen hinter dem Schreibpult des Sicherheitspostens Haltung an, drei Meter vor einer mit zusätzlichen Sicherungen versehenen Zellentür. Hinter dem Schreibpult saß ein junger Major, der mit einer Mischung aus Unsicherheit und Griesgrämigkeit zu Pellaeon aufblickte. Er öffnete den Mund, um zu sprechen ...

»Ich bin Admiral Pellaeon«, unterband Pellaeon den Versuch. »Oberkommandierender der Imperialen Flotte. Öffnen Sie die Tür.«

In der Wange des Majors zuckte ein Muskel. »Es tut mir leid, Admiral, aber ich habe Befehl, diesen Gefangenen unter strengem Verschluss zu halten.«

Pellaeon starrte ihn ein paar Sekunden lang mit einem Blick an, den er in langen Dekaden als imperialer Befehlshaber entwickelt und geschärft hatte. »Ich bin Admiral Pellaeon«, sagte er endlich, wobei er jedes Wort einzeln herauspresste. Seine Stimme war das Pendant des messerscharfen Blicks. Er hatte weder die Zeit, noch fühlte er die geringste Neigung, sich irgendwelche Albernheiten gefallen zu lassen. »Oberkommandierender der Imperialen Flotte. Öffnen Sie die Tür.«

Der Major schluckte. Sein Blick zuckte von Pellaeon zu dem guten Dutzend Sturmtruppler, das hinter diesem den Gang bevölkerte, während seine Gedanken möglicherweise zu dem weiteren Dutzend eilten, das unterdessen außer Sichtweite hinter der Biegung aufmarschiert war und von dem ihn seine Wachen vermutlich in Kenntnis gesetzt hatten. Schließlich richtete er seine Aufmerksamkeit unwillig wieder auf

Pellaeon. »Ich habe meine Befehle von Mufti Disra höchstpersönlich, Sir«, erklärte er. Es fiel ihm schwer, die Worte freimütig auszusprechen.

Neben Pellaeon kam Bewegung in den Kommandanten der Sturmtruppen. »Mufti Disra ist Zivilist«, erinnerte Pellaeon den Major und gewährte ihm damit eine letzte Chance. »Und ich widerrufe hiermit seine Befehle.«

Der Major holte bedächtig Atem. »Jawohl, Sir«, sagte er dann und kapitulierte schließlich. Er drehte sich halb um und nickte einer seiner Wachen zu.

Der Wächter, der seinerseits die Sturmtruppen misstrauisch beäugt und offensichtlich bereits eins und eins zusammengezählt hatte, zögerte keinen Augenblick. Er trat rasch vor die Zellentür hinter ihm, schloss sie auf und machte einen geschmeidigen Schritt zur Seite.

»Warten Sie hier«, wies Pellaeon den Kommandanten der Sturmtruppen an, ging um das Schreibpult herum und betrat die Zelle. Sein Puls pochte hart in den Schläfen. Wenn es Disra irgendwie gelungen war, die Blockade des Funkverkehrs hierher zu durchbrechen und eine Nachricht abzusetzen, in der er die Beseitigung sämtlicher Zeugen befahl …

Doch Colonel Vermel, der an einem kleinen Tisch saß und einen Satz Sabacc-Karten vor sich ausgelegt hatte, blickte auf und riss überrascht die Augen auf. »Admiral!«, rief er und wollte offensichtlich seinen Augen nicht trauen. »Ich …«

Im nächsten Moment sprang er auf. »Colonel Meizh Vermel, Admiral«, meldete er zackig. »Ich bitte um Erlaubnis, meinen Dienst wieder aufnehmen zu dürfen.«

»Erlaubnis erteilt, Colonel«, gab Pellaeon zurück, der sich keine Mühe gab, seine Erleichterung zu verhehlen. »Gestatten Sie mir, Ihnen mitzuteilen, wie erfreut ich bin, Sie wohlauf zu finden.«

»Vielen Dank, Admiral«, sagte Vermel und entließ nun seinerseits einen erleichterten Seufzer, als er um den Tisch herumkam. »Ich hoffe, Sie sind nicht allein gekommen.«

»Keine Sorge«, versicherte Pellaeon ihm grimmig und winkte Vermel zur Zellentür. »Ich habe die Rimcee-Station zwar nicht direkt übernommen, aber meine Männer sind in der Position, das jederzeit nachzuholen, falls Disras Leute etwas gegen unsere Abreise einzuwenden haben.«

»Ja, Sir«, erwiderte Vermel und warf ihm über die Schulter einen seltsamen Blick zu. »Darf ich trotzdem vorschlagen, dass wir uns beeilen?«

»Ganz meine Meinung«, pflichtete Pellaeon ihm bei und legte die Stirn in Falten. Etwas in diesem Blick ...

Sie passierten kommentarlos den Major und die Wachstation und ließen die Biegung des Gangs hinter sich. Die Sturmtruppler fielen gemäß der zuvor erteilten Befehle Pellaeons zu je zwölf Mann vor und hinter ihnen in einer strikten Geleitschutzformation in Trab. »Sie klangen nicht sonderlich überzeugt, als ich vor einer Minute Disras Leute erwähnte«, bemerkte Pellaeon, während sie durch den langen Gang liefen.

»Es ist möglicherweise nicht Disras Autorität, mit der Sie sich hier herumschlagen müssen, Admiral«, entgegnete Vermel und rückte ein wenig näher an Pellaeon heran, als fürchtete er, heimlich belauscht zu werden. »Als Captain Dorja mich an Bord nahm, nachdem er mein Raumschiff bei Morishim abgefangen hatte, gab er an, den Befehl dazu von Großadmiral Thrawn persönlich erhalten zu haben.«

Pellaeon fühlte, dass ihm der Kragen zu eng wurde. »Thrawn?«

»Ja, Sir«, nickte Vermel. »Ich hatte gehofft, dass es sich dabei lediglich um einen von Disras Tricks handeln würde – ich erinnerte mich, dass Sie gesagt hatten, wie sehr er die Friedensverhandlungen ablehnte. Aber Dorja war sich so *sicher*.«

»Ja«, erwiderte Pellaeon leise. »Ich habe auch einige Gerüchte darüber gehört. Er wurde angeblich sogar von verschiedenen Angehörigen der Neuen Republik gesehen.«

Vermel blieb einen Augenblick lang schweigsam. »Aber Sie haben ihn selbst noch nicht gesehen?«

»Nein.« Pellaeon wappnete sich. »Aber ich denke, es ist an der Zeit dazu«, sagte er. »Falls er wirklich zurückgekehrt ist.«

»Er wird Ihnen Schwierigkeiten bereiten, weil Sie mich befreit haben«, stellte Vermel widerwillig fest und warf einen Blick über die Schulter. »Vielleicht wäre es besser, ich kehre um.«

»Nein«, gab Pellaeon entschlossen zurück. »Thrawn hat seine Offiziere niemals für etwas bestraft, von dessen Richtigkeit sie ehrlich überzeugt waren. Vor allem nicht dann, wenn er ihnen keine entsprechenden Befehle erteilt oder ihnen Informationen zum besseren Verständnis vorenthalten hat.«

Sie kamen ans Ende des Gangs und bogen in den zentralen Überwachungsnexus ein. Die Wachen und Offiziere saßen noch immer ergeben da, wo Pellaeon sie zurückgelassen hatte, und starrten unter den wachsamen Augen eines weiteren Kontingents Sturmtruppen der *Schimäre* düster vor sich hin.

»Nein, wir werden nach Bastion zurückkehren und herausfinden, was Mufti Disra zu alledem zu sagen hat«, fuhr er fort, während sie den Nexus durchquerten und auf die Landebucht zuhielten, wo ihre Fähren festgemacht hatten. »Wenn die Gerüchte falsch sind, dürfte uns Mufti Disra eigentlich keine weiteren Probleme machen. Commander Dreyf und ich haben einen Satz Datenkarten in unseren Besitz gebracht – die immerhin mit Disras persönlichem Kode verschlüsselt sind –, die Informationen über seine vollständigen Unternehmungen enthalten: Namen, Orte, Geschäftsabschlüsse inklusive seiner sämtlichen Verbindungen zu den Cavrilhu-Piraten sowie diversen zwielichtigen Finanziers auf beiden Seiten der Grenze.«

Er spürte, wie sich seine Züge verhärteten. »Und inklusive aller Einzelheiten über seine Bemühungen, innerhalb der Neuen Republik einen Bürgerkrieg anzuzetteln. Das allein dürfte bei allen zukünftigen Verhandlungen mit Coruscant für uns von größtem Wert sein. Und Disra können wir damit für lange Zeit aus dem Verkehr ziehen.«

»Ja, Sir«, erwiderte Vermel leise. »Und wenn die Gerüchte stimmen?«

Pellaeon schluckte. »Wenn die Gerüchte stimmen, befassen wir uns damit, wenn es so weit ist.«

Vermel nickte. »Ja, Sir.«

»In der Zwischenzeit«, fuhr Pellaeon im Plauderton fort, »ist Ihr letzter Bericht längst überfällig. Ich wünsche zu erfahren, was genau sich über Morishim abgespielt hat.«

8. Kapitel

Die Vorbereitungen hatten sechs Stunden gedauert; sechs Stunden hektischer Betriebsamkeit, in denen jedes auf Exocron verfügbare flugtaugliche Raumschiff in aller Eile für die bevorstehende Schlacht ausgerüstet worden war. Es bedurfte einer weiteren Stunde, um das Ganze ins All zu befördern, und noch einer, um die Schiffe so zu gruppieren, dass ihre Formation einer geordneten Schlachtreihe wenigstens ähnelte. Und damit endete ihre schätzungsweise acht Stunden während Gnadenfrist.

Jetzt, da die komplette Piratenbande von Rei'Kas im Anmarsch war, wartete die mitleiderregendste Verteidigungsflotte, die Shada jemals gesehen hatte, in gespannter Bereitschaft darauf, ihre Heimatwelt zu verteidigen oder bei dem Versuch zu sterben.

Höchstwahrscheinlich, um dabei zu sterben.

»Bericht von der Oberfläche, Admiral David«, meldete Chin von der Komstation auf der Brücke der *Wild Karrde* und sah den Steuermann an.

»Der Oberkommandierende Admiral Darr sagt, wir befinden uns in günstigen Stellungen. Außerdem sind die Raumer der Luftflotte bereit, falls die Piraten durchbrechen.«

Admiral David, der fast bedrohlich über Dankin aufragte und die Hände steif auf dem Rücken verschränkt hielt, nickte. »Sehr gut«, erwiderte er. Sein formeller Tonfall deutete nichtsdestotrotz eine Menge unter der Oberfläche brodelnder Energie an. »Signalisieren Sie dem Rest der Flotte, sich bereitzuhalten. Sie können jeden Moment hier eintreffen.«

»Du meine Güte«, klagte 3PO, der neben Shada an der Aufklärungsstation stand. »Ich hasse Weltraumschlachten so sehr.«

»Darüber will ich mich nicht mit dir streiten«, pflichtete Shada ihm bei und ließ den Blick über ihre Statuskonsole wandern. Sie hatte sich zuerst gefragt – voller Misstrauen, um ehrlich zu sein –, warum Admiral David darum gebeten hatte, das Gefecht von der *Wild Karrde* und nicht etwa von einem der Kriegsschiffe Excrons aus zu leiten. Aber ihr späteres Urteil über diese Schiffe und ihre Schlagkraft hatte ihr bedauerlicherweise die Antwort geliefert.

Vor acht Stunden hatte sie gegenüber Enzwo Nee abfällig geäußert, dass die Raumstreitkräfte von Exocron jedem Gegner unterlegen sein würden, der gefährlicher war als ein zufällig des Weges kommender Schmuggler. Und noch nie im Leben hatte einer ihrer lässig hingeworfenen Kommentare so sehr ins Schwarze getroffen.

Sie spürte einen Luftzug an ihrer Seite. »Jetzt beginnt ein Geduldsspiel«, sagte Karrde und ging neben ihrem Sitz in die Knie. »Was meinen Sie?«

»Wir haben keine Chance«, erklärte Shada rundheraus. »Es sei denn, Rei'Kas gibt sich damit zufrieden, nichts Größeres als die Korsare zu entsenden, mit denen er uns vor Dayark angegriffen hat.«

Sie glaubte, so leise gesprochen zu haben, dass niemand außer Karrde sie gehört haben konnte. Doch David verfügte anscheinend über gute Ohren. »Nein, er schickt alles, was er hat«, versicherte der Admiral ihr. »Seine ganze Armada, mit ihm selbst an der Spitze. Er hat es schon seit langem auf Exocrons Wohlstand abgesehen.«

Er lächelte dünn. »Davon abgesehen habe ich von Enzwo Nee erfahren, dass Sie ihm bei Dayark so etwas wie ein blaues Auge verpasst haben. Er würde allein um der Rache willen dafür sorgen, hier dabei zu sein.«

Shada fühlte Karrdes stummen Seufzer als einen warmen Lufthauch über ihre Wange streichen. »Was uns am Ende vielleicht unsere einzige echte Chance beschert«, sagte er. »Wenn wir so tun, als wollten wir die Flucht ergreifen, gelingt es uns vielleicht, so viele von ihren Schiffen abzulenken, dass Sie mit dem Rest fertig werden können.«

»Möglich«, stimmte David zu. »Was natürlich nicht heißt, dass uns selbst das allzu viel einbringen wird.«

»Es ist meine Schuld, dass er hier ist«, rief Karrde ihm ins Gedächtnis. »Es ist noch nicht zu spät für Sie, auf eines der anderen Schiffe zu wechseln ...«

H'sishi an der Sensorstation fauchte plötzlich. [Sie kommen], verkündete sie. [Drei Sienar-Korvetten der *Marauder*-Klasse, zwei Duapherm-Angriffskreuzer der *Discril*-Klasse, vier gefechtsklar modifizierte CSA-Etti-Frachter der leichteren Kategorie sowie achtzehn Angriffsraumer der *Korsar*-Klasse.]

»Bestätigt«, meldete Shada darauf und ließ den Blick über die Konsole der Aufklärungsstation schweifen. In ihrer Magengrube nistete sich ein Gefühl der Resignation ein. Die *Wild Karrde* konnte es mit jedem einzelnen dieser Raumschiffe aufnehmen oder zwei von ihnen einen ansehnlichen Kampf liefern. Aber allen auf einmal?

»Turbolaser bereit«, befahl Karrde und kam neben ihr wieder auf die Beine.

»Turbolaser sind bereit«, bestätigte Shada und übermittelte den drei Geschützstationen die nötigen Zielvorgaben. Dass ihre Bemühungen hoffnungslos waren, hieß noch lange nicht, dass sie nicht ihr Bestes geben würden. »So wie es aussieht bilden die Korsare einen Schutzschirm um die größeren Schiffe.«

»Capt'n!«, rief Chin von der Komstation. »Einer der Marauder ruft uns. Wollen Sie antworten?«

Shada konnte Karrdes Anspannung förmlich mitempfinden. »Ja«, erwiderte er.

Chin aktivierte das Kom … »He, Karrde«, dröhnte eine vertraute schadenfrohe Stimme aus dem Brückenlautsprecher. »Ich sagte Ihnen doch, dass wir uns wieder sehen, ehe Sie sterben, nicht wahr?«

»Ja, Xern, das sagten Sie«, nickte Karrde. Seine Stimme ließ von der Anspannung, die Shada spürte, nicht das Geringste ahnen. »Ich bin allerdings überrascht, dass Sie nach dem Fiasko auf Dayark noch am Leben sind. Rei'Kas muss auf seine alten Tage wohl weich geworden sein.«

Aus dem Hintergrund war ein Hagel rodianischer Beleidigungen zu hören. »Rei'Kas meinte, dass er sich Sie bis ganz zuletzt aufheben wird.«

Auf der anderen Seite der Brücke räusperte sich David. »Rei'Kas, hier spricht Admiral Trey David von den Vereinten Luft- und Raumstreitkräften von Exocron«, sagte er dann.

»Oh, ein Admiral, wie?«, gab Xern sarkastisch zurück. »Finden Sie, dass diese Ansammlung von Schrott einen richtigen Admiral verdient?«

»Sie verletzten den Raum von Exocron«, fuhr David ruhig fort und schenkte der Beleidigung keine Beachtung. »Dies ist Ihre letzte Chance, sich friedlich zurückzuziehen.«

Xern lachte. »Oh, das ist prima. Das ist wirklich hervorragend. Wir müssen uns unbedingt *Sie* bis zuletzt aufheben. Danach weiden wir euch alle aus und werfen euch den Aasfressern vor.«

Wieder war hektisches Rodianisch zu hören. »He, wir müssen los, Karrde. Es ist Zeit, den großen Schrotthaufen in lauter kleine zu verwandeln. Bis später, Admiral.«

Das Kom verstummte. »Auf jeden Fall mangelt es denen nicht an Selbstbewusstsein, oder?«, murmelte Shada.

»Ja«, erwiderte Karrde. Seine Hand fuhr leicht über ihre Schulter, zögerte und kehrte dann fast widerwillig zurück, um sich dort niederzulassen. »Es tut mir leid, Shada«, sagte er. Seine Stimme war gerade so laut, dass sie ihn verstehen konnte. »Ich hätte Sie niemals mit hineinziehen dürfen.«

»Schon gut«, entgegnete Shada. Da war es also: das Ende der langen Reise. Damals im Orowood Tower, als Noghri mit ihren Blastern gegenüberstand, war sie zum Sterben bereit gewesen, hatte im Grunde beinahe gehofft, sie würden überreagieren und sie töten. Sie hatte das damals für den leichtesten Ausweg gehalten.

Doch jetzt, da sie den unaufhaltsam näher kommenden Piraten entgegensah, erkannte sie, dass es keine leichten Auswege gab. Es gab keine Art zu sterben, die nicht mit dem Verzicht auf eine Verpflichtung oder der Unterlassung einer notwendigen Aufgabe zusammenfiel …

Sie schaute kurz zu Karrde hinauf, der aus dem Sichtfenster starrte; sein Gesicht hatte sich zu kantigen Umrissen verhärtet.

… oder damit, gute Freunde zurückzulassen.

Sie fragte sich wie von ferne, wann sie begonnen haben mochte, Karrde als einen Freund zu betrachten.

Sie wusste es nicht. Und es spielte auch keine Rolle. Worauf es jetzt ankam, war ganz allein, dass sie alle ihr Bestes gaben, um das Durcheinander aufzuräumen, dass sie hier angerichtet hatten. Sie richtete ihre Aufmerksamkeit wieder auf die Anzeigen und machte sich daran, primäre und sekundäre Ziele festzulegen. Die führenden Raumschiffe waren bereits fast in Reichweite …

»Signal an alle Schiffe«, rief Admiral David. »Rückzug. Ich wiederhole: Rückzug!«

Shada schoss einen misstrauischen Blick auf ihn ab. »Was?«

»Ich sagte, ziehen Sie sich zurück«, wiederholte David und warf einen irgendwie merkwürdigen Blick zurück. »Welchen Teil haben Sie nicht verstanden?«

Shada setzte zu einer Gemeinheit an, verbiss sie sich jedoch, als Karrde warnend ihre Schulter drückte. »Sie dachte nur gerade an den Umstand, dass die *Wild Karrde* in unmittelbarer Nähe eines Schwerkraftfeldes nicht so wendig ist wie im offenen Weltraum«, teilte er David mit. »Das Gleiche gilt übrigens für die meisten Schiffe Ihrer Flotte.«

»Ich verstehe«, entgegnete David. »Der Befehl bleibt bestehen. Rückzug.«

»Boss?«, fragte Dankin.

Shada blickte abermals auf. Karrde sah David an und maß den Mann mit den Augen. »Leiten Sie den Befehl weiter, Chin«, sagte er dann. Seine Stimme verriet mit einem Mal Besinnung. »Dankin, treten Sie den Rückzug an, aber halten Sie die Formation mit den übrigen Schiffen. Shada, weisen Sie die Kanoniere an, uns Feuerschutz zu geben.«

»Ja.« Shada schaltete ihr Interkom ein. Ihre Augen suchten die Anzeigen ab, während sie herauszufinden versuchte, was vor sich ging. Der taktische Grund für den Rückzug zur Planetenoberfläche war für gewöhnlich der, dass man den Gegner in das Schussfeld von bodengestützten Waffen oder in einen Hinterhalt auf der Oberfläche locken wollte. Doch jedes Raumschiff, das Exocron besaß, operierte bereits hier oben, und H'sishis Sensoren hätten mit Sicherheit jede bodengestützte Waffe erfasst, die genug Feuerkraft besaß, um Ziele so weit draußen im Weltraum zu treffen.

Die Flotte setzte sich in Bewegung und zog sich, wie befohlen, nach Exocron zurück. Einige der bewaffneten zivilen Raumer schossen bereits sinnlos auf die Korsare, die lautlos und pfeilschnell auf sie zurasten, und vergeudeten ihre Energie an Ziele außerhalb ihrer Reichweite. Shada sah David an, aber der hatte entweder gar nicht bemerkt, was sie taten, oder scherte sich nicht darum. Oder waren diese Zivilraumer nichts anderes für ihn als opferbereite Köder? »Weichen Sie weiter zurück«, sagte er statt dessen. »An alle Schiffe …«

Die Korsare waren jetzt fast in Schussweite; die größeren Kriegsschiffe formierten sich hinter ihnen in einer geordneten Linie zum Angriff. Kein Wunder; wenn man bedachte, wie es um den Gegner bestellt war, hatten sie auch keine Veranlassung, irgendetwas Unbedachtes zu versuchen. Sie würden wie mit der Sense durch die Reihen der Raumschiffe vor ihnen fahren, anschließend wahrscheinlich in niedriger Kreisbahn ihre Bomben über den dicht bevölkerten Zentren von Exocron abwerfen und dabei ganz nebenbei die Mitleid erregende Luftflotte des Oberkommandierenden Admirals Darr auslöschen …

»Weichen Sie weiter zurück«, sagte David noch einmal. »Taktische Anzeigen, bitte.«

H'sishi fauchte bestätigend, und die taktische Übersicht erschien. Die Verteidiger befanden sich bereits alle innerhalb des Schwerkraftfeldes von Exocron; damit war es viel zu spät für sie, es sich noch anders zu überlegen und in den Hyperraum zu fliehen. War es das, was David im Sinn hatte? Wollte er sie in eine Position zwingen, aus der heraus sie nichts anderes tun konnten, als bis zum Tode zu kämpfen?

Noch während ihr dieser verstörende Gedanke durch den Kopf schoss, überflog auch noch der letzte Pirat die unsichtbare Grenze. Ab jetzt waren alle Schiffe ausweglos dazu verpflichtet, sich dem Kampf zu stellen. Weder die Angreifer noch die Verteidiger würden Exocron wieder verlassen, ehe nicht eine Seite vernichtend geschlagen sein würde.

»Sie kommen«, sagte David leise.

Shada musterte ihn. Eine bittere Entgegnung lag ihr auf der Zunge. Natürlich kamen sie …

Im nächsten Augenblick ließ H'sisishi ein ungläubiges Knurren hören.

Shada richtete ihre Aufmerksamkeit rasch wieder auf das Sichtfenster. Die Piraten kamen immer näher.

Aber die Piraten hatte David gar nicht gemeint. Hinter ihren Linien war soeben etwas anderes erschienen.

Ein Raumschiff, was sonst? Aber ein Schiff, wie es Shada noch niemals zuvor gesehen hatte. Annähernd oval, um die Hälfte größer als die Marauder, war es mit massiven Hüllenplatten bedeckt, die ihm das Aussehen eines gepanzerten Meerestiers verliehen; konische Vorsprünge, bei denen es sich möglicherweise um Austrittsöffnungen oder Anschubdüsen handelte, ragten ohne jede Symmetrie oder Ordnung, die Shada hätte erkennen können, aus dem Rumpf. Auf einem ihrer Displays erschien ein vergrößertes Abbild und offenbarte eine komplizierte Reihe von Symbolen und nichtmenschlichen Hieroglyphen, die sich über die Schiffshülle zogen. Aus der Nähe sah die Hülle selbst auf beunruhigende Weise lebendig aus ...

Jemand auf der Brücke stieß sehr leise eine Verwünschung aus. Shada blickte erneut aus dem Sichtfenster und sah drei weitere Raumschiffe der gleichen Art aus dem Nichts auftauchen. Sie *sprangen* nicht mit dem charakteristischen Aufflackern von Pseudobewegung aus dem Hyperraum, sondern materialisierten einfach im Normalraum.

Und dann hängte sich das erste nichtmenschliche Raumschiff fast beiläufig an einen von Rei'kas' Maraudern und zerlegte diesen mit einem funkelnden, dünnen Vorhang einer blau-grünen Energieentladung in zwei Hälften.

H'sishi fauchte. [Wer sind denn die?] wollte sie wissen.

»Man nennt sie die Aing-Tii-Mönche«, antwortete David. Sein Tonfall verriet eine sonderbare Mischung aus Befriedigung und Scheu. »Fremde Wesen, die den Großteil ihres Lebens am Rande des Kathol-Spalts verbringen. Viel wissen wir nicht über sie.«

»Und doch kommen sie und helfen Ihnen«, stellte Karrde fest. »Und was noch bedeutsamer ist: Sie *wussten*, dass sie kommen würden.«

»Sie hassen Sklaventreiber«, erklärte David. »Und Rei'Kas ist ein Sklaventreiber. Es ist ganz einfach.«

Ein zweiter Marauder explodierte, als eines der anderen Aing-Tii-Schiffe den nächsten Blütenschauer aus Energie über seine Flanke goss. Vor den zerstörten Raumern brach die allzu selbstsichere Schlachtlinie zusammen, als die verbliebenen Angreifer wendeten, um sich der neuen Bedrohung entgegenzuwerfen, die hinter ihnen so unerwartet aus dem Nichts aufgetaucht war. Aber es hatte keinen Zweck. Die Aing-Tii-Schiffe schüttelten das verzweifelte Feuer aus den Turbolasern ohne Mühe ab, während sie systematisch durch die Reihen der Angreifer rasten, die kapitaleren Schiffe in der Mitte zerschmetterten und die kleineren einfach an ihren Hüllen zerschellen ließen.

»Ich fürchte, ganz so einfach ist es nicht, Admiral«, wandte sich Karrde an David. »Laut Bombaasa hat sich Rei'Kas seit einem Jahr in dieser Gegend festgesetzt. Warum haben Ihre Aing-Tii dann so lange gewartet, bis sie etwas gegen ihn unternahmen?«

»Wie ich schon sagte, ziehen sie es vor, in der Nähe des Spalts zu bleiben«, erwiderte David. »Es bedarf besonderer Gründe, um sie zu einem Ausflug nach Exocron zu bewegen.«

»Mit anderen Worten«, sagte Karrde ruhig. »Sie brauchten jemanden, um Rei'Kas' in ihr Territorium zu locken. Und das waren wir.«

David rührte sich nicht, aber Shada konnte eine neue unterschwellige Anspannung in seinen Zügen und seiner Haltung erkennen. Vielleicht fragte er sich, was ihm wohl geschehen würde, wenn eine Schiffsbrücke voller abgebrühter Schmuggler sich dafür entschied, beleidigt darauf zu reagieren, dass er sie als Köder missbraucht hatte. »Es war Ihre Handlungsweise, die wir uns zu Nutze gemacht haben, Captain Karrde«, sagte er. »Ihr Entschluss, nach Exocron zu kommen, sowie ihre Unfähigkeit, Rei'Kas Bande davon abzuhalten, Ihnen zu folgen. Wir haben nicht *Sie persönlich* benutzt.«

Sein Blick wanderte schnell über die Brücke. »Niemanden von Ihnen.«

Lange Zeit herrschte Schweigen auf der Brücke. Shada blickte wieder aus dem Aussichtsfenster und sah, dass die Vernichtung der Piraten beinahe abgeschlossen war. Im Moment waren nur noch drei der Aing-Tii-Raumer auszumachen, und vor ihren Augen drehte das nächste Schiff ab und verschwand so geheimnisvoll, wie es zuvor erschienen war. Die beiden letzten Schiffe der Fremden blieben gerade lange genug zurück, um ihre Aufgabe zu erledigen, ehe auch sie in der Finsternis untertauchten.

»Sie sagen *wir*«, bemerkte Karrde. »Handelt es sich dabei nur um Sie und den Rest des Militärs von Exocron?«

»Das ist eine merkwürdige Frage«, erwiderte David ausweichend. »Wer könnte denn noch beteiligt sein?«

»Wer wohl?«, murmelte Karrde. »Chin, öffnen Sie einen Kanal zur Planetenoberfläche. 3PO, ich möchte, dass du für mich eine Nachricht in altes Tarmidianisch übersetzt.«

Shada hob den Blick zu ihm. Karrdes Gesicht wirkte wie aus Stein gemeißelt; seine Miene war undurchdringlich. »Altes Tarmidianisch?«, fragte sie und zog die Stirn kraus. »Car'das' Muttersprache?«

Er nickte. »Folgender Wortlaut: Hier ist Karrde. Ich bitte um Landeerlaubnis, um dich noch einmal zu besuchen.«

»Selbstverständlich, Captain Karrde«, entgegnete C-3PO und bewegte sich auf wackligen Beinen zur Komstation. Chin nickte, und der Droide beugte sich über seine Schulter. »*Merirao Karrde tuliak*«, sprach er. »*Mu parril'an se'tuffriad moa sug po'porai?*«

Dann drehte er sich zu Karrde um und sah ihn an. »Sie verstehen natürlich, dass es bis zu einer Antwort womöglich eine Weile dauert ...«

»*Se'po brus tai*«, dröhnte eine Stimme aus dem Lautsprecher und ließ den Droiden zurückfahren.

Eine kräftige, dynamische Stimme, die kein Anzeichen von Schwäche erkennen ließ. Shada blickte einmal mehr zu Karrde auf und sah, dass sein bereits versteinerter Gesichtsausdruck sich noch weiter verhärtet hatte. »Übersetzung!«, forderte er.

3PO schien sich zu wappnen. »Er hat gesagt, Sir ... dass Sie kommen sollen.«

Enzwo Nee erwartete sie bereits, als die Wild Karrde zum zweiten Mal im Zirkel 15 des Landefelds von Rintatta City aufsetzte. Sein unbefangenes Gebaren, das gut gelaunte Geplapper und der Flug im Landgleiter zu dem blassblauen Haus vor den Bergrücken – in Begleitung von Shada und 3PO – wirkten wie eine gespenstische Neuauflage von Karrdes erster Reise durch dieses Gebiet vor einigen Stunden.

Aber es gab einen großen Unterschied. Beim ersten Mal waren die Gefühle, die seine Gemütslage bestimmten, Furcht und Schrecken und die morbiden Betrachtungen über den eigenen drohenden Tod gewesen. Doch jetzt ...

Jetzt war er sich seiner Gemütslage nicht einmal mehr sicher. Verwirrung, Unsicherheit vielleicht, vermischt mit einem Anflug von Ärger darüber, dass man mit ihm gespielt hatte wie mit einer Marionette.

Und über alledem breitete sich ein neuer Schleier aus Furcht aus. Car'das, so konnte er nicht umhin sich zu erinnern, hatte stets geradezu liebevoll von Raubtieren gesprochen, die mit ihrer Beute spielten, ehe sie diese schließlich umbrachten.

Das blaue Haus stand unverändert, ebenso alt und verkommen und staubig wie beim ersten Besuch. Doch als Enzwo Nee zur Tür des Schlafzimmers vorging, bemerkte Karrde, dass der Geruch von Alter und Krankheit verschwunden war.

Und dieses Mal öffnete sich die Tür, als sie näher kamen, von alleine. Er wappnete sich und bemerkte nur am Rande, dass Shada gewandt eine Schulter vor ihn geschoben hatte; dann traten sie gemeinsam durch die Tür. Die Einbauschränke mit ihrem nutzlosen Schnickschnack und den exotischen medizinischen Hilfsmitteln waren nicht mehr da; auch das Krankenbett mit dem Deckenstapel war verschwunden.

Und an der Stelle, an der das Bett gestanden hatte, wartete, noch immer alt, aber ebenso vital, wie er zuvor hinfällig gewesen war, Jori Car'das.

»Hallo, Karrde«, grüßte er. Als er lächelte, verzog sich das ausgedehnte Netzwerk der Falten und Runzeln in seinem Gesicht. »Es ist schön, dich wieder zu sehen.«

»Es ist allerdings nicht allzu lange her«, erwiderte Karrde steif. »Ich gratuliere dir zu deiner erstaunlichen Genesung.«

Das Lächeln blieb bestehen. »Du bist wütend auf mich, klar«, sagte Car'das gelassen. »Das verstehe ich. Aber du wirst schon bald alles begreifen. In der Zwischenzeit …«

Er drehte sich halb um und deutete mit einem Wink auf die rückwärtige Wand – und im nächsten Augenblick war diese Wand nicht mehr da. An ihrer Stelle tat sich ein langer Tunnel auf, der mit vier Führungsschienen ausgestattet war, die sich in der Ferne verloren. Unmittelbar hinter der verschwundenen Wand, wartete ein geschlossener Schienenwagen. »Lass mich euch zu meinem *wirklichen* Zuhause bringen«, fuhr Car'das fort. »Dort ist es viel komfortabler als hier.«

Er winkte in Richtung des Schienenwagens, an dessen Seite sich darauf einladend eine Tür öffnete. »Bitte, nach euch.«

Karrde sah die offene Tür an, und das Herz wurde ihm seltsam eng in der Brust. Raubtiere, die mit ihrer Beute spielten … »Warum gehen nicht nur wir beide?«, schlug er stattdessen vor. »Shada und 3PO können doch zur *Wild Karrde* zurückkehren …«

»Nein«, fiel Shada ihm entschlossen ins Wort. »Wenn Sie jemanden herumführen wollen, Car'das, dann nehmen Sie *mich* mit. Und falls – *falls* – ich dann zu dem Schluss komme, dass es sicher ist, denke ich darüber nach, ob ich zulasse, dass Karrde sich uns anschließt.«

»Wirklich?«, entgegnete Car'das und betrachtete sie mit derart offensichtlicher Belustigung, dass Karrde sich dabei ertappte, wie er den Kopf einzog. Sich über jemanden wie Shada zu belustigen, förderte nicht unbedingt die Gesundheit. »Du inspirierst deine Leute zu einer so hitzigen, ungestümen Loyalität, Karrde.«

»Sie gehört nicht zu meinen Leuten«, klärte Karrde ihn rasch auf. »Sie wurde von der Hohen Rätin der Neuen Republik Leia Organa Solo gebeten, uns zu begleiten. Sie hatte vorher noch nie etwas mit mir zu schaffen, oder mit irgendetwas, dass ich vielleicht in der Vergangenheit getan habe …«

»Bitte«, unterbrach Car'das ihn und hob eine Hand. »Ich gebe zu, dass es äußerst unterhaltsam ist, dieser Aufführung zuzuschauen. Aber ganz im Ernst, ihr macht euch beide Sorgen wegen nichts.«

Er sah Karrde unverwandt in die Augen. »Ich bin nicht mehr der Mann, den du einst gekannt hast, Talon«, erklärte er mit leiser Stimme. »Gib mir bitte die Chance, es zu beweisen.«

Karrde löste den Blick von den unbewegt starrenden Augen. Raubtiere, die mit ihrer Beute spielten …

Aber falls Car'das sie wirklich tot sehen wollte, spielte es keine Rolle, ob sie jetzt mitspielten oder nicht. »Also gut«, sagte er daher. »Kommen Sie, Shada.«

»Ich bitte um Verzeihung, Sir«, ergriff C-3PO schüchtern das Wort. »Ich nehme an, Sie brauchen mich nicht länger?«

»Nein, nein, bitte«, rief Car'das und winkte den Droiden weiter. »Ich würde später gerne mit dir ein wenig plaudern. Es ist schon so lange her, dass ich jemanden hatte, mit dem ich mich in Alt-Tarmidianisch unterhalten konnte.« Darauf ließ er Enzwo Nee ein Lächeln zukommen. »Enzwo Nee gibt sich alle Mühe, aber es ist nicht das Gleiche.«

»Nein, nicht ganz«, räumte dieser bedauernd ein.

»Begleite uns also bitte«, fügte Car'das an 3PO gewandt hinzu. »Übrigens, beherrschst du zufällig auch den Dialekt der Cincher?«

3PO schien zu strahlen. »Selbstverständlich, Sir«, antwortete er voller Stolz und vergaß vorübergehend seine Nervosität. »Ich beherrsche fließend über sechs Millionen …«

»Ausgezeichnet«, sagte Car'das. »Dann lasst uns aufbrechen.«

Eine Minute später saßen sie alle in dem Schienenwagen und sausten wie auf sanften Polstern durch den Tunnel. »Ich lebe heute die meiste Zeit sehr zurückgezogen«, bemerkte Car'das, »aber gelegentlich muss ich mich doch noch mit offiziellen Vertretern von Exocron herumschlagen. Das Haus benutze ich nur für solche Begegnungen. Es ist bequem und verhindert, dass mein wahres Zuhause meinen Besuchern allzu viel Respekt einflößt.«

»Wissen die, wer Sie sind?«, fragte Shada. Ihr Ton war fast der einer offenen Herausforderung. »Ich meine, wer Sie *wirklich* sind?«

Car'das zuckte die Achseln. »Sie kennen ein paar Bruchstücke und Einzelheiten aus meiner Vergangenheit«, erwiderte er. »Aber wie Sie in Kürze sehen werden, ist vieles aus meiner Geschichte nicht mehr von Bedeutung.«

»Nun, ehe wir uns der Geschichte zuwenden, sollten wir es zunächst mit ein paar gegenwärtigen Ereignissen versuchen«, gab Shada zurück. »Fangen wir doch mal mit Ihren Aing-Tii-Mönchen an. David kann, so viel er will, von deren Abneigung gegen die Sklaverei fabulieren, aber wir wissen doch alle, dass mehr dahinter steckt. Sie waren es, der sie herbeigerufen hat, nicht wahr?«

»Die Aing-Tii und ich haben die eine oder andere Abmachung zu unserem gegenseitigen Nutzen getroffen«, bestätigte Car'das ungerührt. Sein faltiges Gesicht wirkte nachdenklich. Doch dann lächelte er unvermittelt. »Aber auch das ist wiederum Geschichte, nicht? Alles zu seiner Zeit.«

»Schön«, sagte Shada. »Versuchen wir es noch mal. David behauptet, Sie hätten uns nicht benutzt, um Rei'Kas hierher zu locken. Ich sage, das haben Sie sehr wohl.«

Car'das sah Karrde an. »Sie gefällt mir, Talon«, erklärte er. »Sie besitzt den rechten Geist.« Dann richtete er den Blick wieder auf Shada. »Ich nehme nicht an, dass Sie Interesse an einer neuen Anstellung haben, wie?«

»Ich habe ein Dutzend Jahre mit einer Schmugglerbande vergeudet, Car'das«, brummte Shada. »Ich habe kein Interesse, mich einer neuen anzuschließen.«

»Ah«, entgegnete er. »Vergeben Sie mir. Wir sind da.«

Der Tunnel mündete in einen kleinen, hell erleuchteten Raum. Während der Schienenwagen sanft zum Stehen kam, öffnete Car'das die Tür und sprang heraus.

»Kommt nur, kommt«, drängte er die anderen. »Du wirst diesen Ort lieben, Talon, ganz bestimmt. Sind alle so weit? Gehen wir.«

Er hüpfte fast vor kindlicher Vorfreude, als er sie zu einer von einem Bogen überwölbten Tür führte. Er winkte, und ebenso wie die Wand in dem blauen Haus löste sich auch diese Tür einfach in nichts auf. Und jenseits des Eingangs breitete sich vor ihnen eine Traumwelt aus.

Karrde trat ein, und sein erster Eindruck war, dass sie in einen akkurat gepflegten Garten unter freiem Himmel hinausgetreten waren: Unmittelbar vor ihnen öffnete sich ein weites Areal von Blumen, kleinen Pflanzen und Hecken in sorgfältiger künstlerischer Anordnung, das sich etwa hundert Meter vor ihren Augen ausbreitete. Ein gewundener Pfad führte durch den Garten, an dessen Rand hier und da steinerne Bänke standen. Dahinter ging die Anlage in einen Wald aus hoch gewachsenen Bäumen unterschiedlicher Arten über, deren Blätter ein Farbspektrum von Dunkelblau bis zu einem leuchtenden Rot umfassten. Aus dem Wald drang das Murmeln von Wasser an ihr Ohr, das durch ein felsiges Bachbett plätscherte, doch von ihrem Standort aus konnte Karrde unmöglich bestimmen, woher das Geräusch kam.

Erst als sein Blick den höchsten Bäumen bis zu den Wipfel folgte, entdeckte er die himmelblaue Kuppel, die das Ganze überspannte; eine Kuppel, deren Wände in fließender Neigung unauffällig hinter dem Baumbestand verschwanden …

»Ja, das alles befindet sich unter einem Dach«, bekräftige Car'das. »Sogar unter einem äußerst undurchlässigen Dach. Wir befinden uns hier unter einem der Berge im Osten von Rintatta City. Wunderschön, nicht wahr?«

»Hältst du die Anlage eigenhändig instand«, erkundigte sich Karrde.

»Ich erledige den größten Teil der Arbeit selbst«, antwortete Car'das und schritt auf den Pfad hinaus. »Aber es gibt auch noch ein paar andere fleißige Hände. Hier entlang.«

Er führte sie durch den Garten bis zu einer Geheimtür auf der anderen Seite zwischen zwei Bäumen mit roten Stämmen. »Das muss eine Heidenarbeit gewesen sein, das alles hier zu gestalten«, kommentierte Shada, als auch diese Tür auf einen Wink von Car'das einfach verschwand. »Haben Ihre Aing-Tii-Freunde Ihnen dabei geholfen?«

»Indirekt, ja«, entgegnete Car'das. »Dies ist mein Besprechungsraum. Auf seine Weise ist er ebenso schön wie der Garten.«

»Ja«, pflichtete Karrde ihm bei und sah sich um. Der Besprechungsraum war mehr oder minder im klassischen alten Stil von Alderaan gehalten; umgeben von dunklen Bäumen und ineinander verschlungenen Pflanzen, erweckte er den gleichen Eindruck von Kostspieligkeit wie der Garten. »Und was soll *indirekt* heißen?«

»Es ist beinahe eine Ironie«, sagte Car'das, durchquerte den Besprechungsraum und näherte sich einer weiteren Tür zu ihrer Rechten. »Als ich auf Exocron ankam, begann ich ausschließlich aus defensiven Gründen mit dem Bau meines Heims unter diesen Bergen. Doch jetzt, da Verteidigung kein Thema mehr für mich ist, stelle ich fest, dass ich diesen Ort wegen seiner Einsamkeit schätze.«

Karrde warf Shada einen Blick zu. Verteidigung war kein Thema mehr? »War Rei'Kas eine solche Bedrohung?«

Cardas runzelte die Stirn. »Rei'Kas? Oh nein, Talon, du missverstehst mich. Sicher war Rei'Kas eine Bedrohung, aber nur für den Rest von Exocron. Ich habe geholfen ihn loszuwerden, um meine Nachbarn zu schützen. Ich selbst schwebte niemals in Gefahr. Komm weiter, *das hier* wird dich besonders interessieren.«

Er ließ die Tür mit einer Geste verschwinden und bedeutete ihnen weiterzugehen. Karrde trat zuerst ein …

… und hielt erstaunt inne. Er stand am äußersten Rand eines kreisförmigen Raums, der offenbar noch größer und weiträumiger war als der Garten, den sie eben verlassen hatten. Der Boden des Raums fiel nach Art eines Amphitheaters zu einem Mittelpunkt hin ab, wo er etwas erkennen konnte, das ein Computerterminal zu sein schien. Um den Computertisch waren in konzentrischen Kreisen Reihen um Reihen zwei Meter hoher Datenspeicher angeordnet, die nur durch schmale Durchgänge voneinander getrennt waren.

Und die Regale auf jedem dieser Datenspeicher waren sämtlich mit Datenkarten bestückt. Mit Abertausenden von Datenkarten.

»Wissen, Talon«, ließ sich Car'das leise neben ihm vernehmen. »Informationen. Einst waren sie meine Leidenschaft, jetzt sind sie meine Waffe, meine Verteidigung und mein Trost.« Er schüttelte den Kopf. »Es ist schon erstaunlich, was wir manchmal für die wichtigsten Dinge im Leben halten, nicht wahr?«

»Ja«, murmelte Karrde. Die Bibliothek von Car'das ... das Caamas-Dokument.

»Enzwo Nee hat uns also belogen«, meldete sich Shada zu Wort. Die Schärfe in ihrer Stimme fuhr wie eine Klinge in Karrdes staunende Bewunderung. »Er sagte, er hätte keine Ahnung, was mit Ihrer Bibliothek geschehen ist.«

»Enzwo Nee?«, rief Car'das. »Haben Sie gelogen?«

»Aber ganz und gar nicht, Jori«, erhob sich Enzwo Nees ferne Stimme protestierend hinter ihnen. Karrde drehte sich um und entdeckte den kleinen Mann auf der anderen Seite des Besprechungsraums, wo er sich mit dem Zubereiten von Getränken beschäftigte. »Ich habe bloß gesagt, dass, was auch immer Sie damit getan haben, geschehen ist, *bevor* ich in Ihre Dienste trat.«

»Was absolut der Wahrheit entspricht«, pflichtete Car'das ihm bei und bedeutete seinem Besucher, die Bibliothek wieder zu verlassen. »Aber kommt und setzt euch. Ich weiß, ihr habt zahllose Fragen.«

»Lass mich gleich mit der wichtigsten beginnen«, sagte Karrde, ohne sich von der Stelle zu rühren. »Wir sind hergekommen, weil wir ein historisches Dokument von immenser Bedeutung suchen. Es enthält ...«

»Ja, ich weiß«, warf Car'das seufzend ein. »Das Caamas-Dokument.«

»Sie wissen davon?«, fragte Shada.

»Ich bin nicht der gebrechliche, bettlägerige alte Mann, den Sie vor einigen Stunden gesehen haben«, rief Car'das ihr milde ins Gedächtnis. »Ich verfüge immer noch über eine Hand voll Informationsquellen, und ich versuche, was die Ereignisse in der alten Heimat angeht, stets auf dem Laufenden zu bleiben.« Er schüttelte den Kopf. »Aber bedauerlicherweise kann ich euch nicht helfen. Sobald die Caamas-Sache publik wurde, habe ich unverzüglich meine sämtlichen Dateien nach einer Kopie durchsucht. Doch ich fürchte, ich besitze keine.«

Karrde fühlte, wie ihm das Herz sank. »Bist du dir da absolut sicher?«

Car'das nickte. »Ja. Es tut mir leid.«

Karrde erwiderte das Nicken. Nach all den Mühen und Gefahren, denen sie sich auf der Reise hierher unterzogen hatten, sollte das jetzt alles sein. Das Ende der Straße ... und an ihrem Ausgang eine leere Hand.

Shada indes war nicht bereit, so schnell aufzugeben. »Und was, wenn Sie eine Kopie gefunden hätten?«, wollte sie wissen. »Sie können so viel davon reden, wie Sie möchten, dass Sie auf dem Laufenden bleiben wollen, Tatsache ist jedoch, dass Sie sich hier in den vergangenen zwanzig Jahren ausgeruht und den anderen die Dreckarbeit überlassen haben.«

Car'das wölbte die Augenbrauen. »Misstrauisch und nachtragend«, stellte er fest. »Das ist traurig. Gibt es denn nichts und niemanden, dem Sie trauen?«

»Ich bin eine professionelle Leibwächterin«, antwortete Shada bissig. »Vertrauen gehört nicht zu meinem Job. Und versuchen Sie nicht, das Thema zu wechseln. Sie haben hier draußen die gesamte Rebellion ausgesessen, ganz zu schweigen von Thrawns erstem Griff nach der Macht. Weshalb?«

Eine unmöglich zu deutende Regung flackerte über Car'das Gesichtszüge. »Thrawn«, sagte er leise, während sein Blick langsam durch die Bibliothek wanderte. »Eine ausgesprochen interessante Persönlichkeit, das muss man sagen. Ich habe hier den größten Teil seines Werdegangs im Imperium gespeichert ... Erst kürzlich habe ich die Aufzeichnungen abgerufen und durchgelesen. An seiner Geschichte ist mehr, als der erste Blick vermuten lässt – davon bin ich überzeugt. Viel mehr.«

»Sie haben meine Frage immer noch nicht beantwortet«, sagte Shada.

Car'das hob abermals die Brauen. »Mir war nicht bewusst, dass Sie eine Frage gestellt hatten«, gab er zurück. »Alles, was ich gehört habe, waren Anschuldigungen, ich hätte die anderen die Dreckarbeit erledigen lassen. Aber falls das als Frage gemeint war ...« Er lächelte. »... so vermute ich, dass Sie damit in gewisser Weise Recht haben. Aber nur in gewisser Weise. Ich habe die anderen bloß ihre Arbeit verrichten lassen, während ich mit der meinen vollauf beschäftigt war. Doch kommt, Enzwo Nees *rusc'te* wird sonst kalt.«

Er führte sie durch den Besprechungsraum bis zu der kreisförmigen Senke in der Mitte, wo Enzwo Nee sie bereits geduldig erwartete und sein voll beladenes Tablett auf einem säulenartigen Tisch abgestellt hatte. »Was hast du der Lady über mich erzählt, Talon?«, erkundigte sich Car'das, während er den beiden Besuchern bedeutete, am Rand des Kreises Platz zu nehmen. »Bloß um zu vermeiden, dass ich Dinge wiederhole.«

»Ich habe ihr nur das Wesentliche erzählt«, erwiderte Karrde und setzte sich vorsichtig hin. Ungeachtet der zur Schau getragenen Liebenswürdigkeit und oberflächlichen Freundlichkeit wurde er das Gefühl nicht los, dass sich unter dieser Oberfläche noch etwas anderes abspielte. »Wie du deine Organisation ins Leben gerufen hast und vor zwanzig Jahren plötzlich verschwunden bist.«

»Hast du ihr auch von meiner Entführung durch den Dunklen Jedi von Bpfassh berichtet?«, fragte Car'das. Seine Stimme hatte mit einem Mal einen sonderbaren Unterton. »Damit hat nämlich alles erst richtig angefangen.«

Karrde warf Shada einen kurzen Blick zu. »Ich habe es erwähnt, ja.«

Car'das seufzte. Er sah nicht zu Enzwo Nee auf, als dieser ihm eine dampfende Tasse in die Hand drückte. »Das war eine schreckliche Erfahrung«, sagte er leise und starrte in die Tasse. »Womöglich das erste Mal in meinem Leben, dass ich mich ehrlich und wahrhaftig vor etwas gefürchtet habe. Er war halb wahnsinnig vor Zorn – vielleicht mehr als nur halb –, und er besaß die gleiche Machtfülle wie Darth Vader, aber nicht dessen Selbstbeherrschung. Ein Mitglied meiner Mannschaft hat er buchstäblich in Stücke gerissen. Die übrigen drei hat er mental übernommen, ihren Geist durch die Mangel gedreht und verbrannt und sie in wenig mehr als lebende Erweiterungen seiner selbst verwandelt. Und mich …«

Er nahm behutsam einen Schluck von seinem Getränk. »Mich hat er meistens in Ruhe gelassen«, fuhr er dann fort. »Ich weiß immer noch nicht genau, wieso eigentlich, es sei denn, er glaubte, auf meine Kenntnisse über Häfen und Weltraumrouten angewiesen zu sein, um entkommen zu können.

Vielleicht wollte er aber auch nur einen intakten Geist an Bord haben, der seine Macht und Größe erkannte und sich entsprechend davor fürchtete.«

Er nahm einen weiteren Schluck. »Wir kreuzten die Weltraumrouten und wichen so den Streitkräften aus, die gegen ihn zusammengezogen wurden. Ich verwarf einen Plan nach dem anderen, ihn während der Reise irgendwie zu besiegen, doch kein einziger gedieh jemals über das Planungsstadium hinaus. Aus dem simplen Grund, dass er beinahe früher als ich über jedes meiner Vorhaben Bescheid wusste. Ich gewann allmählich den Eindruck, dass meine bedauernswerten Anstrengungen ihn köstlich amüsierten.

Schließlich flogen wir aus Gründen, die ich immer noch nicht ganz verstehe, in ein kleines rückständiges System, das so unbedeutend war, dass es nur auf den wenigsten Sternkarten verzeichnet war. Wir landeten auf einem Planeten, auf dem es nichts als Sümpfe und regenfeuchte Wälder und erstarrten Matsch gab.

Der Planet hieß Dagobah.«

Neben Karrde stieg plötzlich ein exotischer würziger Duft auf; er blickte hoch und sah, dass Enzwo Nee ihm eine Tasse hinhielt. Die gewöhnlich heitere Miene des kleinen Mannes war verschwunden und einem tiefen Ernst gewichen, den Karrde bisher noch nicht bei ihm gesehen hatte.

»Ich habe keine Ahnung, ob dieser Dunkle Jedi damit gerechnet hatte, da unten ganz allein zu sein«, fuhr Car'das fort. »Aber wenn es so war, wurde er prompt enttäuscht. Wir hatten das Schiff kaum verlassen, als wir auch schon ein komisch aussehendes kleines Geschöpf mit langen, spitzen Ohren entdeckten, das am Rand der Lichtung wartete, auf der wir aufgesetzt hatten. Er war ein Jedi-Meister namens Yoda. Ich weiß nicht, ob er dort zu Hause war oder ob er eigens zu diesem Anlass dorthin gekommen war. Aber was ich weiß, ist, dass er ohne Zweifel auf uns gewartet hat.«

Ein merkwürdiger Schauer ließ Car'das hageren Leib erbeben. »Ich werde gar nicht erst versuchen, den Verlauf ihres Kampfes zu schildern«, sprach er mit gesenkter Stimme weiter. »Selbst heute, nach fünfundvierzig Jahren des Nachdenkens darüber, bin ich nicht sicher, ob ich es überhaupt könnte. Fast anderthalb Tage lang stand der Sumpf in Flammen und wurde von Blitz und Donner und Dingen, die ich nicht verstehe, in seinen Grundfesten erschüttert. Und am Ende war der Dunkle Jedi tot; er hatte sich in einer letzten gewaltigen Detonation aus blauem Feuer aufgelöst.«

Er schöpfte erschauernd Atem. »Aus meiner Crew hat niemand die Schlacht überlebt. Was nicht heißen soll, dass vorher noch besonders viel von ihr übrig gewesen wäre. Ich rechnete auch nicht damit, das zu überleben. Doch zu meiner Überraschung nahm Yoda es auf sich, mich zu pflegen und ins Leben zurückzuholen.«

Karrde nickte. »Ich habe nur einen kleinen Teil dessen gesehen, was Luke Skywalker mit einer Heiltrance erreichen kann«, sagte er. »In machen Fällen ist die Trance wirkungsvoller als Bacta.«

Car'das schnaubte. »In meinem Fall wäre Bacta vollkommen nutzlos gewesen«, erwiderte er kraftlos. »So wie die Dinge lagen, brauchte sogar Yoda einige Zeit, um mich wieder gesund zu pflegen. Danach war ich dazu in der Lage, das Schiff wieder einigermaßen zusammenzuflicken, damit es weltraumtauglich war und mich, wenn auch schwankend, nach Hause tragen konnte.

Aber erst nachdem ich zu meiner Organisation zurückgekehrt war, ging mir langsam auf, dass während dieser ganzen Prozedur ein Teil von mir eine Veränderung durchgemacht hatte.«

Er sah Karrde an. »Ich bin sicher, du kannst dich noch erinnern, Talon. Ich schien die Fähigkeit erworben zu haben, meinen Gegnern in Gedanken immer einen Schritt voraus zu sein – ihre Strategie und ihre Pläne zu erraten und stets zu wissen, wann einer von ihnen etwas gegen mich im Schilde führte. Fähigkeiten, die ich, so nahm ich jedenfalls an, während des Heilungsprozesses irgendwie von Yoda absorbiert hatte.«

Er hob den Blick zur Decke; ein neues Feuer brannte in seinen Augen und seiner Stimme. »Und plötzlich gab es bei allem, was ich tat, keine Grenze mehr. Überhaupt keine. Ich machte mich daran, die Organisation zu vergrößern, schluckte jede Gruppe, die mir potenziell nützlich erschien, und eliminierte alle übrigen. Triumph um Triumph, wohin ich auch ging, ich kam als Eroberer. Ich stieß auf die kriminellen Kartelle der Hutts und plante, wie ich sie am besten unterwerfen könnte; ich sah die Zusammenballung von Macht um Palpatine voraus und überlegte, wie ich mich am besten zu meinem eigenen Vorteil in den kommenden Streit einmischen könnte. Es gab buchstäblich nichts, was mich aufhalten konnte, und das Universum wusste dies ebenso gut wie ich.«

Auf einmal erlosch das Feuer. »Und dann«, sagte er leise, »war plötzlich alles ohne Vorwarnung zu Ende.«

Er nahm einen tiefen Schluck aus der Tasse. »Was war geschehen?«, fragte Shada in das Schweigen hinein.

Karrde blickte sie verstohlen an. Die eindringliche Konzentration in ihren Zügen überraschte ihn ein wenig. Ungeachtet ihres erklärten Misstrauens gegen Car'das war sie von seiner Geschichte offenkundig gefesselt.

»Meine Gesundheit brach zusammen«, antwortete Car'das. »Während eines Zeitraums von nur wenigen Wochen schienen die Jugend und die Energie, die Yodas Heilkräfte in meinen Körper übertragen hatten, einfach zu verfliegen.« Er sah Shada an. »Ich starb ganz einfach.«

Karrde nickte. Das letzte Rätsel um die Fernbedienung, die im Sumpf von Dagobah gelegen hatte, war auf einen Schlag gelöst. »Also bist du zu Yoda zurückgekehrt und hast ihn um Hilfe gebeten.«

»Gebeten?« Car'das ließ ein kurzes, missbilligendes Lachen hören. »Ich habe nicht *gebeten*, Talon. Ich habe *gefordert*.«

Die Erinnerung ließ ihn den Kopf schütteln. »Ich muss wirklich eine ziemlich absurde Figur abgegeben haben. Da stand ich nun, ragte mit dem Blaster in der einen und meiner Fernbedienung in der anderen Hand wie ein Turm über ihm auf und drohte, mein Raumschiff mit all seinen Furcht einflößenden Waffen auf diese kleine, verschrumpelte Gestalt loszulassen, die sich vor mir auf einen Stock stützte. Klar, ich hatte mit nur einer Hand die größte Schmugglerorganisation aller Zeiten erschaffen, und er war nichts weiter als ein schlichter kleiner Jedi-Meister.« Wieder schüttelte er den Kopf.

»Ich bin überrascht, dass er Sie nicht auf der Stelle getötet hat«, sagte Shada.

»Damals wünschte ich mir fast, er hätte es getan«, gab Car'das reumütig zurück. »Das wäre weit weniger demütigend gewesen. Doch stattdessen nahm er mir einfach die Fernbedienung und den Blaster ab und beförderte beides im hohen Bogen in den Sumpf. Dann hielt er mich ein paar Zentimeter über dem Boden fest und ließ mich nach Herzenslust brüllen und mit den Armen rudern. Und als schließlich meine Kräfte versagten und mir die Luft wegblieb, sagte er mir, ich würde sterben.«

Enzwo Nee trat an seine Seite und goss schweigend mehr von dem würzigen Getränk in seine Tasse. »Ich dachte, der erste Teil wäre demütigend gewesen«, fuhr Car'das fort. »Doch was dann kam, war noch schlimmer. Als ich dort japsend auf einem Stein saß und Sumpfwasser in meine Stiefel schwappte, setzte er mir in erlesen qualvollen Einzelheiten auseinander, auf welch schlimme Weise ich das Geschenk des Lebens vergeudet hatte, das er mir ein Vierteljahrhundert zuvor gegeben hatte. Wie meine selbstsüchtige Jagd nach persönlicher Macht und Herrlichkeit meinen Geist geleert und mich jedes Sinns beraubt hatte.«

Er richtete den Blick auf Karrde. »Als er fertig war, wusste ich, dass ich niemals würde zurückkehren können; dass ich keinem von euch jemals wieder würde gegenübertreten können.«

Karrde schaute in seine Tasse und wurde sich plötzlich bewusst, dass er diese fest umklammert hielt. »Dann hast du also nicht … ich meine, dann warst du also gar nicht …«

»Wütend auf dich?«, Car'das lächelte ihn an. »Ganz im Gegenteil, alter Freund: Du warst der einzige Lichtblick in der ganzen schmerzlichen Konfusion. Zum ersten Mal, seit ich Dagobah verlasse hatte, dachte ich wieder an meine Leute in der Organisation. Leute, die ich sich selbst und der Brutalität des mörderischen Krieges überlassen hatte, den meine Lieutenants, die meistenteils ebenso selbstsüchtig waren wie ich, um ihren Anteil an dem fetten Bruallki austrugen, das ich geschaffen hatte.«

Er schüttelte erneut den Kopf. Die alten Augen blickten beinahe verschwommen.

»Ich habe dich nicht dafür gehasst, dass du alles übernommen hast, Talon. Weit gefehlt. Du hast die Organisation zusammengehalten und meine Leute mit der Würde und dem Respekt behandelt, die ihnen zustanden. Die Würde und der Respekt, die ihnen zu zollen *ich* mich nie herabgelassen hatte. Du hast meine egoistischen Ambitionen in etwas verwandelt, auf das man stolz sein konnte ... und seit zwanzig Jahren schon wollte ich dir dafür danken.«

Und zu Karrdes Verblüffung erhob er sich und durchschritt den Kreis. »Danke«, sagte er einfach und streckte die Hand aus.

Karrde stand ebenfalls auf. Eine schreckliche Last war ihm von den Schultern genommen. »Gern geschehen«, entgegnete er leise und ergriff die ausgestreckte Hand. »Ich wünschte bloß, ich hätte schon früher Bescheid gewusst.«

»Ich weiß«, nickte Karrde, gab die Hand frei und kehrte an seinen Platz zurück. »Aber wie ich schon sagte, habe ich mich in den ersten Jahren viel zu sehr geschämt, um dir auch nur unter die Augen treten zu können. Und später, als deine Mara Jade mit Lando Calrissian kam und hier herumschnüffelte, dachte ich mir bereits, dass du bald selbst hier auftauchen würdest.«

»Das hätte ich tun sollen«, räumte Karrde ein. »Aber ich war nicht besonders erpicht darauf.«

»Das verstehe ich«, erwiderte Car'das. »Es ist ebenso sehr mein Fehler wie deiner.« Er machte eine Handbewegung. »Aber wie sich nun herausgestellt hat, war deine Ankunft genau das, was wir jetzt brauchten, um die Bedrohung durch Rei'Kas und seine Piraten zu eliminieren.« Er deutete auf die hohe Decke. »Das gehört zu den vielen Dingen, die ich von den Aing-Tii gelernt habe: Wenn auch nicht alles vorherbestimmt ist, so gibt es doch stets eine leitende Kraft. Ich verstehe das zwar immer noch nicht so ganz, aber ich arbeite daran.«

»Hört sich wie etwas an, das ein Jedi sagen könnte«, meinte Karrde.

»Es ist ähnlich, aber nicht dasselbe«, stimmte Car'das zu.

»Die Aing-Tii verstehen sich auf die Macht, aber auf eine andere Weise als die Jedi. Vielleicht geht es auch nur um einen anderen Aspekt der Macht, mit dem sie in Verbindung stehen. Ich bin mir da wirklich nicht sicher.

Yoda konnte mich nicht noch einmal heilen. Oder besser, er hatte nicht die Zeit, die diese Aufgabe erforderte. Er erklärte mir, dass er sich auf den, wie er sagte, möglicherweise bedeutendsten Auftrag vorbereiten müsste, den er seit hundert Jahren erhalten hatte.«

Karrde nickte. Ein weiterer Teil des Puzzles fügte sich in die passende Lücke. »Luke Skywalker.«

»Um ihn ging es also?«, fragte Car'das. »Das habe ich mir die ganze Zeit gedacht, konnte aber nie eine Bestätigung dafür finden, dass er tatsächlich auf Dagobah trainierte. Yoda teilte mir jedenfalls mit, dass der einzige Weg, meinen Tod aufzuschieben, darin bestünde, die Aing-Tii-Mönche vom Kathol-Spalt aufzusuchen, die sich vielleicht – *vielleicht* – bereit erklären würden, mir zu helfen.«

Karrde deutete auf sein Gegenüber. »Offenbar haben sie es getan.«

»Oh ja, das haben sie wirklich«, erwiderte Car'das, dessen Mundwinkel sarkastisch zuckten. »Aber zu welchem Preis.«

Karrde runzelte die Stirn. Ein kalter Schauer lief ihm über den Rücken. »Um welchen Preis?«

Car'das lächelte. »Um nichts weniger als mein Leben, Talon«, antwortete er. »Um den Preis, mein Leben darauf zu verwenden, ihren Weg zur Macht zu beschreiten.«

Er hob eine Hand. »Versteh mich bitte nicht falsch. Sie haben das nicht von mir verlangt, sondern ich habe mich frei entscheiden können. Schau, mein ganzes Leben lang fand ich Gefallen an Herausforderungen – je größer, desto besser. Und als ich erst mal einen Vorgeschmack von dem erhalten hatte, was sie hier draußen entdeckt haben …« Er vollführte eine Geste, die den ganzen Raum einschloss. »Hier fand ich die größte Herausforderung, der ich mich jemals gestellt habe. Wie konnte ich mir das entgehen lassen?«

»Ich dachte, man benötigt eine gewisse angeborene Begabung, um ein Jedi werden zu können«, merkte Shada an.

»Vielleicht um ein Jedi zu werden«, nickte Car'das. »Aber wie ich schon sagte, verfügen die Aing-Tii über ein anderes Verständnis der Macht. Sie denken nicht in den Begriffen von Jedi und Dunklen Jedi – von Weiß und Schwarz, wenn man so will –, sondern auf eine Weise, die ich mir immer als das Farbspektrum eines Regenbogens vorstelle. Ich zeige es euch. Würden Sie bitte mal Ihr Tablett da wegnehmen, Enzwo Nee?«

Der kleine Mann nahm das Tablett von dem säulenartigen Tisch, während Car'das seine Tasse vor sich auf dem Boden abstellte. »Jetzt passt gut auf«, sagte er und rieb die Handflächen aneinander. »Mal sehen, ob ich das schaffe.« Er straffte die Schultern und fasste den Tisch fest ins Auge.

Und im nächsten Moment erschien mit einem leisen *Plop!* verdrängter Luft wie aus dem Nichts eine kleine Kristallkaraffe.

Karrde zuckte heftig zusammen, das Getränk in seiner Tasse schwappte über den Rand auf seine Finger. *So etwas* hatte er in der ganzen Zeit, in der er Skywalker und Mara jetzt kannte, noch niemals gesehen.

»Es ist alles in Ordnung«, sagte Car'das rasch. »Es tut mir leid. Ich wollte dich nicht erschrecken.«

»Sie haben das *gemacht?*«, fragte Shada. Ihre Stimme klang wie betäubt.

»Nein, nein, selbstverständlich nicht«, versicherte Car'das. »Ich habe die Karaffe lediglich aus der Küche hierher versetzt. Das ist einer der kleinen Tricks, die mir die Aing-Tii beigebracht haben. Es kommt dabei darauf an, dass man den Raum *sieht* und sich dann *vorstellt*, die Karaffe wäre bereits hier …«

Er verstummte, nahm seine Tasse und stand auf. »Es tut mir leid. Ich könnte den ganzen Tag weiter über die Aing-Tii und die Macht sprechen, aber ihr seid beide müde, und ich vernachlässige meine Pflichten als Gastgeber. Lasst mich euch eure Zimmer zeigen, wo ihr euch ausruhen könnt, während ich mich um das Essen kümmere.«

»Das ist sehr freundlich von dir«, entgegnete Karrde, stand seinerseits auf und schüttelte sich die Tropfen des würzigen Getränks von den Fingern. »Aber ich fürchte, wir müssen los.

Wenn du uns das Caamas-Dokument nicht geben kannst, müssen wir auf der Stelle in den Raum der Neuen Republik zurückkehren.«

»Ich habe durchaus Verständnis für deine Verbindlichkeiten und Pflichten, Talon«, gab Car'das zurück. »Aber ihr könnt euch doch bestimmt eine Nacht Ruhe erlauben.«

»Ich wünschte, es wäre so«, sagte Karrde und versuchte, nicht allzu enttäuscht zu klingen. »Das tue ich wirklich, aber …«

»Außerdem, wenn ihr jetzt schon aufbrecht, werdet ihr in Wirklichkeit sehr viel länger nach Hause unterwegs sein«, fügte Car'das hinzu. »Ich habe nämlich mit den Aing-Tii gesprochen, und sie haben sich damit einverstanden erklärt, morgen ein Raumschiff zu schicken, um die *Wild Karrde* an jeden gewünschten Ort zu bringen.«

»Und was gewinnen wir dabei?«, wollte Shada wissen.

»Ihr gewinnt Zeit dabei, weil ihr Antriebssystem im Weltraum sich von unseren beträchtlich unterscheidet«, teilte Car'das ihr mit. »Das werdet ihr vermutlich schon während der Schlacht gemerkt haben. Anstatt den üblichen Weg durch den Hyperraum zu nehmen, sind ihre Schiffe dazu in der Lage, augenblicklich einen Sprung an jeden Ort auszuführen, den sie aufsuchen wollen.«

Karrde blickte Shada an. »Sie waren an der Aufklärungsstation«, sagte er. »War es das, was sie taten?«

Sie zuckte die Achseln. »Diese Erklärung ist so gut wie jede andere«, räumte sie ein. »Aber ich weiß, dass H'sishi die Daten durchgesehen hat, und sie konnte sich keinen Reim darauf machen, was wirklich passiert war.« Sie beäugte Car'das voller Misstrauen. »Und weshalb können sie das nicht *jetzt* für uns tun?«

»Weil ich ihnen gesagt habe, dass ihr das Schiff nicht vor morgen Früh brauchen würdet«, antwortete Car'das lächelnd. »Kommt und übt Nachsicht mit dem Wunsch eines alten Mannes nach Gesellschaft, ja? Ich bin sicher, deine Leute, Talon, können eine Nacht Schlaf auch gut gebrauchen, nach allem, was sie auf dieser Reise durchgemacht haben.«

Karrde gab sich geschlagen und schüttelte den Kopf.

»Noch immer ein meisterhafter Manipulator, nicht wahr, Jori?«

Das Lächeln wurde breiter. »Noch mehr kann ein Mann sich nicht verändern«, stellte er freundlich fest. »Und während die beiden sich frisch machen«, ergänzte er und sah 3PO an, »kannst du mir beim Kochen helfen, während wir unsere Unterhaltung nachholen.«

»Selbstredend, Sir«, erwiderte 3PO hocherfreut. »Wissen Sie, ich habe mich nämlich während meiner Dienste im Hause von Prinzessin Leia und ihrer Familie zu einem recht guten Koch entwickelt.«

»Wunderbar«, nickte Car'das. »Vielleicht kannst du mir ein paar deiner kulinarischen Spezialitäten beibringen. Warum rufst du nicht dein Schiff, Talon, und sagst deiner Crew, sie soll sich bis morgen ausruhen? Dann zeige ich dir und der Lady eure Zimmer.«

9. Kapitel

Die Sternlinien kollabierten zu Sternen, und Leia, die aus der Kanzel des *Falken* blickte, sog scharf die Luft ein.

»Rätin?«, fragte Elegos und sah sie vom Platz des Kopiloten aus stirnrunzelnd an.

Leia deutete auf den Planeten Bothawui direkt vor ihnen. Auf den Planeten und die riesige Armada von Kriegsschiffen, die ihn umschwärmte. »Es ist schlimmer, als ich dachte«, sagte sie mit gesenkter Stimme. »Sehen Sie sich nur all die Schiffe an.«

»Ja«, entgegnete Elegos leise. »Es ist eine Ironie, nicht wahr? All diese mächtigen Raumschiffe des Krieges, die sich darauf vorbereiten zu kämpfen, zu töten und zu sterben. Ein alles umfassendes Blutbad, das aus ihrem tiefen Respekt vor den Überlebenden der Caamasi entsteht.«

Leia blickte ihn an. In seiner Miene spiegelte sich eine tiefe Traurigkeit, während er die Schiffe betrachtete; eine Traurigkeit, in die sich die beinahe bittere Hinnahme des Unvermeidlichen mischte. »Sie haben versucht, mit ihnen zu reden«, erinnerte sie ihn. »Sie und die anderen Treuhänder. Ich fürchte, sie sind keiner Vernunft mehr zugänglich.«

»Vernunft und die Ruhe des Gemüts sind stets die ersten Opfer derartiger Konfrontationen.« Elegos deutete auf die Versammlung der Kriegsschiffe. »Und was bleibt, ist der Durst nach Rache und die Wiedergutmachung vermeintlichen Unrechts. Ob dieses Unrecht nun überhaupt existiert und ob das Objekt der Rache wirklich dafür verantwortlich ist oder nicht.«

Er reckte den Hals. »Sagen Sie, können wir den Kometen von hier aus sehen?«

»Den Kometen?«, fragte Leia und warf einen Blick auf das Mittelstrecken-Display. Dort draußen befand sich tatsächlich ein Komet; er wurde vom Rumpf des *Falken* verdeckt. Sie neigte das Schiff ein paar Grad, und schon rückte er nach oben und in ihr Blickfeld.

»Ja, da ist er«, rief Elegos. »Prachtvoll, nicht wahr?«

»Ja«, stimmte Leia zu. Er war nicht so groß wie manch andere Kometen, die Leia gesehen hatte, und auch der Schweif erreichte nur eine mittlere Länge. Aber seine Nähe zu dem Planeten machte den nur mäßigen Umfang mehr als wett. Auf seiner fortgesetzt enger werdenden Kreisbahn um die Sonne hatte er offenbar erst jüngst die Umlaufbahn von Bothawui geschnitten.

»Wir haben auf Caamas nur sehr selten Kometen gesehen«, sagte Elegos. Seine Stimme klang fern. »Es gab in unserem Sternsystem nur wenige, und keiner kam unserer Welt jemals so nahe wie diese Planetentrümmer. Wie viele sind es in diesem Verband? Zwanzig?«

»So ungefähr«, antwortete Leia. »Ich erinnere mich, mal gehört zu haben, dass sich viele Themen der bothanischen Folklore mit diesen Kometen beschäftigen.«

»Die meisten sehen in ihnen ohne Zweifel Vorboten bedeutender oder schrecklicher Ereignisse«, bemerkte Elegos.

»Wenn einem solche Feuerbälle in einer Entfernung von kaum einer halben Million Kilometer über den Kopf sausen, kann man sich schon mal Sorgen machen«, stimmte Leia zu. »Vor allem, wenn sie einem ein- oder zweimal im Jahr einen Besuch abstatten.« Sie schnitt eine Grimasse. »Aber bei der allenthalben praktizierten Dolchstoßpolitik der Bothans haben die bedeutsamen und schrecklichen Ereignisse wahrscheinlich alle Mühe, mit den Kometen Schritt zu halten.«

»Das kann ich mir vorstellen«, erwiderte Elegos. »Ich habe Mitleid mit ihnen, Rätin. Das habe ich wirklich. Bei all der Tatkraft und geistigen Regsamkeit, die ihre politischen Methoden, wie sie wenigstens behaupten, ihrem Volk bescheren, sehe ich in ihnen doch nur eine zutiefst unglückliche Spezies. Ihre ganze Sicht auf das Leben ruft bloß Misstrauen hervor; und ohne Vertrauen gibt es keinen wahren Frieden. In der Politik ebenso wenig wie in der stillen Zurückgezogenheit des Herzens und des Geistes.«

»Ich glaube, von der Seite habe ich es noch nie betrachtet«, entgegnete Leia. Sie lenkte den *Falken* wieder in seine ursprüngliche Fluglage und entzog den Kometen so ihrem

Blick. »Hat Ihr Volk jemals versucht, sie über all das aufzuklären?«

»Ich bin sicher, dass einige von uns es versucht haben«, erklärte Elegos. »Aber ich denke nicht, dass ein Ressentiment der Bothans gegen uns der Grund dafür war, dass sie damals unsere Schutzschilde sabotiert haben – falls Sie *daran* gedacht haben.«

Leia spürte, wie sie rot wurde. »Wissen Sie genau, dass Sie nicht doch ein wenig machtsensitiv sind?«

Er lächelte. »Das bin ich ganz und gar nicht«, versicherte er. »Aber die Überlebenden der Caamasi haben seit der Zerstörung unserer Welt lange und intensiv über diese Frage nachgedacht.«

Sein ganzer Körper erschauerte in dem Caamasi-Äquivalent eines Schulterzuckens. »Ich selbst glaube, dass es, da die Saboteure vermutlich von Palpatine oder seinen Agenten zu dieser Aktion erpresst wurden, um etwas Persönliches gegangen sein muss. Um irgendein dunkles Geheimnis, das jene speziellen Bothans hüteten und von dem sie fürchteten, die Caamasi wüssten davon und könnten es eines Tages lüften.«

»Aber Sie wissen nicht, was für ein Geheimnis dies sein könnte?«

Elegos schüttelte den Kopf. »Nein. Andere Überlebende haben vielleicht von dieser Erinnerung erfahren, sind sich aber nicht über die wahre Bedeutung im Klaren.«

Leia zog die Stirn kraus. »Von der Erinnerung erfahren?«

»Das Erinnerungsvermögen der Caamasi verfügt über bestimmte einzigartige Eigenschaften«, erklärte er. »Eines Tages werde ich Ihnen vielleicht davon berichten.«

»Rätin?«, fuhr Sakhisakhs Stimme über das Interkom scharf dazwischen. »Es gibt Schwierigkeiten: zwölf Grad, Strich vier.«

Leia spähte in die angegebene Richtung. Ein Schlachtkreuzer der Ishori am ihnen zugewandten Rand des Schwarms aus Raumschiffen schien sich langsam auf ein Paar viel kleinerer Skiffs der Sif'krie zuzubewegen. »Anscheinend versuchen die Ishori eine niedrigere Umlaufbahn einzuschlagen«, sagte Leia.

»Bedauerlicherweise ist dieser Platz aber bereits besetzt«, stellte Elegos fest.

»Ja«, nickte Leia und runzelte die Stirn. Seltsam; ungeachtet ihrer hoffnungslosen Unterlegenheit hinsichtlich der Größe und Feuerkraft hielten die Skiffs trotzdem die Stellung ...

Im nächsten Moment erkannte sie den Grund dafür. Von der anderen Seite näherten sich ihnen zwei Blockadeträger der Diamala.

Elegos hatte sie auch entdeckt. »Ich glaube«, sagte er, »da hat jemand beschlossen, die Entscheidung zu erzwingen.«

Leia ließ den Blick über den Rest der versammelten Schiffe wandern. Andere machten sich offenbar bereit, auf die drohende Auseinandersetzung zu reagieren, verließen ihre Positionen im Orbit, öffneten die Tore ihrer Jäger-Hangars oder wendeten, um ihren jeweiligen Gegner besser ins Visier nehmen zu können.

Die Sif'krie-Skiffs wurden jetzt schwankend. Offensichtlich legten sie es nicht darauf an, im Zentrum eines heftigen Feuergefechts zu enden. Die Ishori, die ihr Zögern bemerkten, flogen mit erhöhter Geschwindigkeit auf sie zu. Als Antwort nahmen auch die beiden Diamala Tempo auf und lösten ihre Formation auf, um ihre Gegner von beiden Seiten ins Kreuzfeuer zu nehmen.

»Die werden die Sif'krie einfach überrollen«, sagte Elegos leise. »Oder die Diamala werden stattdessen das Feuer auf die Ishori eröffnen, um das zu verhindern. So oder so werden beide Seiten darauf beharren, der jeweils andere hätte angefangen.«

»Und so oder so fängt die Schießerei jetzt an«, warf Leia mit gepresster Stimme ein, während ihre Finger über die Daten der Sensoren huschten. Schiffe der Neuen Republik ... da draußen mussten doch irgendwo Raumschiffe der Neuen Republik sein. Wenn nur eines nahe genug war, um eingreifen zu können oder sich sogar zwischen die Ishori und die Diamala zu setzen ...

Doch es gab lediglich drei corellianische Korvetten mit IDs der Neuen Republik, und alle drei befanden sich weit hinter dem Rudel aus Raumschiffen. Es war vollkommen ausgeschlossen, dass sie rechtzeitig am Ort der Konfrontation eintreffen würden.

Was bedeutete, dass es allein auf sie ankam.

»Alle gut fest halten!«, rief sie in das Interkom. Ohne auf eine Entgegnung der beiden Noghri zu warten, drehte sie die Nase des *Falken* in Richtung der Ishori-Kreuzer und gab volle Energie auf den Sublichtantrieb.

Die Maschinen erwachten brüllend zum Leben, die Beschleunigung presste Leia einen Moment lang in ihren Sitz, bevor die Kompensatoren den Ausgleich herbeiführten. »Ich hoffe, Sie haben einen Plan«, erhob sich Elegos' Stimme gelassen über den Lärm. »Denken Sie aber bitte daran, dass die Autorität einer Hohen Rätin wahrscheinlich nicht ausreicht, um sie aufzuhalten.«

»Ich hatte nicht mal vor, das zu erwähnen«, erwiderte Leia, warf einen Blick auf das Navdisplay und zog den Steuerknüppel ein kleines Stück zurück. Der *Falke* flog jetzt auf Kollisionskurs zu dem Heck des Schlachtkreuzers. »Übernehmen Sie«, fügte sie hinzu, legte die Gurte ab und hakte ihr Lichtschwert fest, während sie von ihrem Platz aufsprang. »Halten Sie uns auf diesem Kurs.«

»Verstanden«, drang Elegos' Stimme aus der Ferne an ihr Ohr, als sie bereits über den Laufgang sprintete und an der Ausstiegsluke vorbei zu dem Schott des achtern gelegenen Frachtraums schlitterte. Sie streckte sich beim näher Kommen mit Hilfe der Macht nach dem Kontrollschalter und ließ das Schott sich zischend öffnen …

»Rätin?«, ließ sich Barkhimkhs besorgte Stimme von den oberen Vierlingslasern vernehmen.

»Bleiben Sie da«, rief Leia ihm zu und duckte sich unter dem Schott hindurch in den Frachtraum, den sie darauf in Richtung Steuerbordseite des Schiffs durchquerte. Noch eine weitere Tür, und sie kam zu den Zugangsgittern, die Energiekonverter und Ionenflussstabilisatoren bargen.

Han würde sie umbringen, aber hier lag ihre einzige Chance. Sie zündete das Lichtschwert, biss die Zähne zusammen, stieß die glühende Klinge in einen der Energiekonverter und trieb sie von dort bis in den Stabilisator.

Sie griff nach einem Halt, als der *Falke* sich wie ein angestochener Tauntaun aufbäumte. Das Schiff bockte noch einmal, und im nächsten Moment verwandelte sich das Dröhnen der Triebwerke in ein Unheil verkündendes Winseln.

Zwanzig Sekunden später befand sie sich wieder in der Kanzel. »Bericht?«, fragte sie, während sie sich in ihren Sitz gleiten ließ.

»Wir haben die Steuerdüsen an Steuerbord verloren«, antwortete Elegos. »Die Maschinen scheinen in eine Rückkopplungsinstabilität fallen zu wollen.« Er warf ihr einen Blick zu. »Ich hoffe wirklich, das ist Teil Ihres Plans.«

»Vertrauen Sie mir«, ermutigte Leia ihn und versuchte, als sie das Kom einschaltete, sich so sicher zu fühlen, wie sie sich anhörte. »Ishori-Kreuzer, hier ist der Frachter *Millennium Falke*. Wir stecken in ernsten Schwierigkeiten und ersuchen Sie dringend um Beistand.«

Keine Antwort. »Ishori-Kreuzer ...«

»Hier ist der Ishori-Schlachtkreuzer *Predominance*«, schnarrte eine wütend klingende Ishori-Stimme aus dem Lautsprecher. »Identifizieren Sie sich.«

»Hier spricht Leia Organa Solo, Hohe Rätin der Neuen Republik, an Bord des Frachters *Millennium Falke*«, erwiderte Leia. »Wir haben die Kontrolle über die Steuerung und Energie der Steuerbordtriebwerke verloren. Unser gegenwärtiger Kurs führt uns zu dicht an ihrem Rumpf vorbei. Ich muss Sie bitten, sich unverzüglich aus unserer Flugbahn zu entfernen, während wir versuchen, die Kontrolle über unser Schiff zurückzugewinnen.«

Es entstand eine neuerliche lange Pause. Leia sah zu, wie das Kriegsschiff sich immer mächtiger vor ihnen auftürmte; sie war sich der unerfreulichen Tatsache bewusst, dass, falls der Kommandant der Ishori die entsprechende Wahl traf, er die Situation durchaus zu seinem Vorteil wenden konnte. Dazu musste er ihre Bitte bloß als Entschuldigung dafür benutzen, mit erhöhter Geschwindigkeit auf die Sif'krie-Skiffs zuzurasen ...

»Ich bitte Sie, sich zu beeilen«, sagte Leia jetzt. Ein Gedanke schoss ihr durch den Kopf, und sie langte nach der Komeinheit, um die Feinabstimmung ein wenig zu verstellen. Gerade so weit, dass einige der anderen Raumer jenseits der Ishori die Übertragung mit anhören konnten ... »Mein Passagier, Treuhänder Elegos A'kla, versucht den Schaden zu beheben, aber ich fürchte, die Ausrüstung an Bord entspricht nicht den herkömmlichen technischen Fähigkeiten der Caamasi.«

Elegos löste wortlos seine Gurte, stand auf und verschwand durch die Tür der Kanzel. »Ishori-Kreuzer *Predominance*, sind Sie noch dran?«, fuhr Leia fort. »Ich wiederhole ...«

»Das ist nicht nötig«, kam die schnarrende Stimme wieder. Leia fühlte, wie sich auf seinen Tonfall hin automatisch Ärger in ihr regte, und rief sich energisch ins Gedächtnis, dass die Untertöne in der Stimme des Ishori lediglich bedeuteten, dass er ernsthaft überlegte. Sie richtete den Blick wieder auf den Kreuzer und hielt den Atem an ...

Doch plötzlich geriet der Vormarsch der Ishori auf die Skiffs ins Stocken. Stattdessen drehte sich das Heck des Kreuzers aus der Flugbahn des *Falken*. »Wir sind bereit, Ihnen und Treuhänder A'kla zu helfen«, verkündete der Ishori scharf, obwohl seine Stimme sich bereits ruhiger anhörte. Die Überlegungen waren abgeschlossen, und es war an der Zeit, etwas zu unternehmen. »Senken Sie Ihre Schilde und machen Sie sich bereit für die bevorstehende Erschütterung«, fuhr er fort. »Wir versuchen, einen Traktorstrahl auf Sie auszurichten, um Ihren Sturzflug zu bremsen.«

»Vielen Dank«, entgegnete Leia und fuhr die Schutzschilde herunter. Diese wirkten sich zwar nicht nennenswert auf Traktorstrahlen aus, aber es hatte keinen Sinn, ein tückisches Auffangmanöver bei Höchstgeschwindigkeit noch schwerer zu machen, als es ohnehin bereits war. »Sobald wir an Ihrem Strahl hängen, versuchen wir einen kalten Abbruch. Mal sehen, ob wir das hier nicht unter Kontrolle bringen können.«

»Wir halten uns bereit, Ihnen jede Hilfe zu gewähren, die Sie oder Treuhänder A'kla wünschen«, sagte der Ishori. »Fertig ...«

Der *Falke* machte einen Satz, als er von dem Traktorstrahl erfasst wurde, geriet einen Augenblick ins Wanken, dann beruhigte er sich, und die Verbindung war hergestellt. Leia streckte die Hand nach den Triebwerkskontrollen aus und legte die Hebel für den Abbruch um.

Das Winseln des Antriebs durchlief die Tonleiter abwärts und verstummte schließlich ganz. Die Anzeigen an der Kontrollkonsole wechselten zu Rot. Alle Lichter rings um Leia flackerten einmal kurz auf, als die Energieversorgung auf Batterie umschaltete. »Erfolgreicher Abbruch wird angezeigt«, meldete der Ishori. »Wenn Sie es wünschen, holen wir Sie an Bord unseres Schiffs, um Sie bei den Reparaturen zu unterstützen.«

Leia fühlte sich einen Moment lang in Versuchung geführt. Einen Caamasi an Bord eines Raumers der aggressivsten Spezies in diesem Streit konnte dabei helfen, den Frieden hier draußen zu verlängern. Andererseits konnte dies jedoch auch als Elegos' stillschweigende Billigung der gegen die Bothans gerichteten Einstellung der Ishori missverstanden werden. »Ich danke Ihnen nochmals«, wandte sie sich an den Nichtmenschen. »Aber wir haben eine dringende Verabredung mit Präsident Gavrisom, die wir unmöglich verschieben können. Wenn Sie uns bis zu den Schiffen der Neuen Republik eskortieren könnten, wären wir Ihnen sehr verbunden.«

»Selbstverständlich«, antwortete der Ishori, ohne im geringsten zu zögern. Die Diamala hatten unterdessen die Skiffs der Sif'krie erreicht, und die vier Raumer bildeten gemeinsam eine Front gegen jeden weiteren Versuch, etwas gegen sie zu unternehmen. Die Chance war damit vertan, und die Ishori wussten es.

Ebenso wie der Rest der Armada. Leia sah, wie die übrigen Schiffe ringsum wieder in gespannter Erwartung und Aufmerksamkeit ihre alten Stellungen einnahmen.

Die Gefahr war glücklich abgewendet. Oder wenigstens diese eine Gefahr.

Sie schaltete die Komeinheit ab. »Du hast wirklich Prügel bezogen auf dieser Reise, was?«, murmelte sie und klopfte voller Mitgefühl auf die Kontrollkonsole des *Falken*. »Es tut mir leid.«

Hinter ihr glitt die Kanzeltür auf. »Wie ich sehe, hat es funktioniert«, sagte Elegos und ließ sich wieder auf dem Platz des Kopiloten nieder. »Sie besitzen das schöne und einzigartige Geschenk diplomatischen Geschicks, Rätin.«

»Und manchmal habe ich einfach Glück«, gab Leia zurück.

Elegos hob die Augenbrauen. »Ich dachte immer, die Jedi glauben nicht an das Glück.«

»Das kommt daher, dass ich mich so häufig mit Han auf diesem Schiff aufhalte«, erwiderte Leia trocken. »Wo waren Sie eigentlich? Haben Sie nach dem Stabilisator gesehen?«

Der Caamasi nickte. »Ich hatte nicht erwartet, irgendetwas ausrichten zu können; vor allem nicht, nachdem *Sie* damit fertig waren. Aber Sie deuteten an, ich würde den Schaden zu reparieren versuchen, und ich wollte ein wenig Wahrheit in Ihre Worten legen.«

»Wahrheit«, seufzte Leia. »Das ist es, was wir hier brauchen, Elegos. Was wir verzweifelt nötig haben: Wahrheit.«

»Captain Solo wird morgen mit der Wahrheit hier eintreffen«, rief Elegos ihr leise ins Gedächtnis. »Sie und Präsident Gavrisom müssen hier bloß bis dahin alles zusammenzuhalten.«

Leia griff mit der Macht hinaus und versuchte ein Gespür für die Zukunft zu bekommen. »Das glaube ich nicht«, sagte sie dann. »Irgend etwas sagt mir, dass es nicht ganz so leicht sein wird. Nicht annähernd so leicht.«

Navett und Klif hatten sich bereits während ihrer ersten Nachtschicht durch den Boden des Vorratskellers der Ho'Din-Bar gegraben; ein Unterfangen, das mit dem Fusionsbrenner, den Pensin von irgendjemandem geschnorrt hatte, nur zehn Minuten in Anspruch nahm. Doch danach war ihr Job irgendwie immer Zeit raubender, anstrengender und um einiges langweiliger geworden.

»Und das geht jetzt noch vier Tage so weiter, wie?«, grunzte Klif und wuchtete die nächste Schaufel mit verseuchtem bothanischen Dreck aus dem bis zur Brust reichenden Loch auf die große Stoffplane, die sie für den Aushub ausgelegt hatten.

»Na ja, wenn wir uns krumm legen, schaffen wir es vielleicht auch in drei Tagen«, stellte Navett fest, der den Dreck wiederum von der Stoffplane schaufelte und in ihrem Valkrex-Fusionsdesintegrator ablud. Er hatte Verständnis für Klifs Frustration, aber es gab nicht viel, was einer von ihnen daran hätte ändern können. Die durch ihre Grabung ausgelösten Erschütterungen waren schon fragwürdig genug, aber wenn sie versuchen würden, in Reichweite der Sensoren der Energieleitung mit schwerem Gerät zu operieren, würden sie die bothanischen Sicherheitskräfte in Windeseile auf sich aufmerksam machen.

»Na, vielen Dank«, erwiderte Klif trocken und lud die nächste Schaufel Dreck ab. »Sie wissen, dass ich nichts dagegen habe, für das Imperium zu sterben, aber soll Vader dieses Vorgeplänkel holen.«

»Achten Sie auf Ihre Worte«, warnte Navett ihn und warf einen Blick auf die Tür am Kopfende der Treppe. Pensin sollte die Tür zum Tiefkeller im Auge behalten, aber in der Bar hielten sich auch um diese Zeit noch eine Hand voll Angestellte und Nachtwächter auf; und wenn einer von denen ein falsches Wort belauschte, konnte das alles verderben. Er hob abermals die volle Schaufel …

An der Tür wurde ein kratzendes Geräusch hörbar. Navett legte die Schaufel lautlos auf der Stoffbahn ab, ließ sich auf ein Knie fallen und zückte mit der gleichen geschmeidigen Bewegung seinen Blaster. Er richtete die Waffe auf die Tür und hob bei dem leisen Klopfen – zweimal, einmal, zweimal – den Lauf. Die Tür ging auf, und Horvic streckte den Kopf durch den Spalt. »Packt alles zusammen«, zischte er. »Die Nachtwächter glauben, einen Eindringling entdeckt zu haben. Es kann sein, dass sie hier herunterkommen, um nachzusehen.«

Klif war bereits aus dem Loch geklettert und schob den quadratischen Brocken Durabeton, den sie aus dem Boden gebrannt hatten, wieder an seinen Platz. »Haben die wirklich was gesehen?«, fragte Navett, schob den Blaster ins Holster und ging Klif zur Hand.

»Ich weiß es nicht«, erwiderte Horvic grimmig. »Aber ich persönlich setzte auf diese alte Frau. Als Pensin und ich zur Arbeit kamen, habe ich jemanden, auf den Ihre Beschreibung von ihr passte, in der Bar etwas abseits in einer Ecknische sitzen sehen.«

»Großartig«, brummte Navett in sich hinein und überließ es Klif, die Ränder ihrer Falltür zu tarnen, während er den Desintegrator abschaltete und ihn wieder in das Versteck hinter einem Stapel Vodokren-Kästen trug. »Stehen Sie nicht einfach da herum, gehen Sie und helfen Sie denen, sie zu finden.«

»In Ordnung«, nickte Horvic. »Was ist mit Ihnen?«

»Wir gehen raus«, erwiderte er. »Vielleicht erwischen wir sie ja auf dem Weg nach draußen.

»Glückliche Jagd«, wünschte Horvic und verschwand.

Sie brauchten dreißig Sekunden, um die Stoffplane zusammenzufalten und zu verstecken, und eine weitere Minute, um vorsichtig nach oben in den Hauptkeller und bis zu der Hintertür mit dem manipulierten Schloss zu gelangen. Die Straßen von Drev'starn waren zu dieser späten Stunde weitgehend verwaist; die hoch über den Wegen angebrachten Leuchtpaneele gaben nur noch ein sehr gedämpftes Licht ab. »Ich nehme die Rückseite«, flüsterte Navett Klif zu. »Sie gehen vorne herum. Aber passen Sie auf, dass niemand Sie sieht.«

»Keine Sorge.« Klif bewegte sich wie ein Schatten durch die Seitengasse und verschwand dann um die Ecke des Gebäudes. Navett warf prüfende Blicke in beide Richtungen, überquerte die Gasse und lief zu einem Müllcontainer, der ein paar Meter weiter stand. Er versank in den Schatten dahinter, balancierte seinen Blaster über dem Knie und wartete.

Und wartete. Gelegentlich sah er dunkle Gestalten an den erleuchteten Fenstern der Bar vorbeihuschen, und einige Male streckten der Ho'din-Besitzer oder einer seiner Nachtwächter den Kopf aus der Hintertür, überprüften sorgfältig das Schloss und gingen wieder hinein. Aber niemand kam heraus und blieb draußen. Weder die alte Frau noch sonst jemand.

Es dauerte eine volle Stunde, bis die Aufregung sich endgültig zu legen schien. Navett wartete noch einmal dreißig Minuten und zählte dabei gereizt die Anzahl voller Schaufeln, die sie wegen dieser Aktion hinter ihrem Zeitplan lagen. Schließlich zückte er sein Komlink. »Klif?«

»Nichts«, kam dessen Stimme zurück. Er klang ebenfalls verärgert. »Hört sich an, als hätten sie aufgegeben.«

»Muss ein falscher Alarm gewesen sein«, erwiderte Navett. »Kommen Sie zurück, dann machen wir uns wieder an die Arbeit.«

Wenige Minuten später befanden sie sich wieder in dem Tiefkeller. Klif schleppte die Stoffplane heran, während Navett um den Stapel Vodokren-Kästen trat, um den Desintegrator zu holen …

… und dort wie angewurzelt stehen blieb. Auf dem Desintegrator lag ein Komlink. »Klif?«, rief er leise. »Kommen Sie mal her.«

Der andere stand im nächsten Moment neben ihm. »Das glaube ich einfach nicht«, sagte er wie betäubt. »Wie, um alles in der Welt, hat sie *das* wieder hingekriegt?«

»Warum fragen wir sie nicht einfach?«, meinte Navett und hob vorsichtig das Komlink auf. Er bemerkte, dass es sich um eine Modell mit binärer Verbindung handelte; die Sorte, die vor allem auf kleinen Raumschiffen verwendet wurde und nur mit einem einzigen speziellen Komlink verbunden war. Er untersuchte das Gerät oberflächlich nach versteckten Sprengsätzen und schaltete es dann ein. »Sie sind sehr einfallsreich«, sagte er. »Das muss ich Ihnen lassen.«

»Oh, vielen Dank«, gab die Stimme der alten Frau prompt zurück. »Das ist überaus schmeichelhaft. Vor allem aus dem Munde eines Spezialisten des Imperiums für schmutzige Tricks.«

Navett warf Klif einen kurzen Blick zu. »Das ist jetzt schon das zweite Mal, dass Sie uns beschuldigen, Imperiale zu sein, wissen Sie?«, erinnerte er sie. »Sie raten natürlich nur.«

»Oh, wohl kaum«, erwiderte die Alte spöttisch. »Wer sonst sollte es darauf abgesehen haben, den planetaren Schutzschirm der Bothans zu zerstören?«

»Auch das ist nur geraten«, sagte Navett und spitzte die Ohren, um auf irgendwelche verräterischen Geräusche im Hintergrund zu lauschen. Dabei wünschte er sich sehnlichst, über die nötige Ausrüstung zu verfügen, um die Übertragung zurückverfolgen zu können. »Wenn Sie sich sicher wären, hätten sie die bothanischen Sicherheitskräfte verständigt, anstatt immer noch selbst hier herumzuschleichen.«

»Wer sagt denn, dass ich sie nicht verständigt habe?«, fragte sie. »Oder vielleicht gefällt es mir, hier herumzuschleichen. Könnte doch sein, dass ich so etwas früher ständig mit den Hutts und anderem Abschaum gemacht habe. Vielleicht suche ich ja eine neue Herausforderung.«

»Oder vielleicht suchen sie einen frühen, gewaltsamen Tod«, konterte Navett. »Wie haben Sie uns eigentlich gefunden?«

»Ach, kommen Sie schon«, schimpfte sie. »Sie glauben doch nicht ernsthaft, dass ihre Tarnung *so* toll ist, oder? Meine Freunde von der Neuen Republik und ich haben Sie auf Anhieb herausgepickt. Also, worum ging es eigentlich genau bei dieser Sache mit den Metallmilben und dem Schildgenerator?«

Navett lächelte dünn. »Ah, jetzt fischen Sie im Trüben, wie? Ich muss schon sehr bitten.«

»Kann man nie wissen«, entgegnete die Frau. »Übrigens, wer von euch beiden sich auch an dem Schloss der Hintertür zu schaffen gemacht hat, muss sich beim nächsten Mal ein bisschen mehr Mühe geben – der Trick war so offensichtlich, da hättet ihr auch gleich ein Schild anbringen können. Aber das kam mir ganz gelegen.«

»Das kann ich mir vorstellen«, sagte Navett. »Sie befinden sich noch im Gebäude, nicht wahr?«

»Jetzt werfen *Sie* Ihre Angel aus«, konterte sie. »Aber, nein, ich bin schon vor einiger Zeit raus. Es gibt unter der Decke einen Kriechgang, der praktischerweise zu einem Oberlicht führt. Da passt keiner auf.«

»Danke«, erwiderte Navett durch zusammengebissene Zähne. Was glaubte diese Niete vom Rand eigentlich, mit wem sie hier redete? »Ich habe für Sie auch einen guten Rat im Gegenzug. Kehren Sie zu Ihrem Schiff zurück und verlassen Sie Bothawui. Wenn nicht, werden Sie auf dieser Dreckkugel verrecken. Das garantiere ich Ihnen persönlich.«

»Bei allem schuldigen Respekt, Lieutenant – oder sollte ich Major sagen? Oder Colonel? Aber heute, da das Imperium ein einziges Chaos ist, spielt der Rang schätzungsweise keine Rolle mehr. Bei allem schuldigen Respekt also, *Imperialer*, ich wurde schon von weit beeindruckenderen Typen als euch beiden bedroht. Wenn ihr also herauskommen und euch mir von Angesicht zu Angesicht stellen wollt, stehe ich euch jederzeit zur Verfügung.«

»Oh, wir werden schon noch zusammentreffen«, versprach Navett und drängte den Zorn zurück. Denn Zorn und die Verwirrung seiner Gedanken, die damit einherging, waren genau das, worauf sie es abgesehen hatte. »Machen Sie sich darum keine Sorgen. Aber wenn es so weit ist, werde *ich* die Zeit und den Ort bestimmen, und nicht Sie.«

»Ganz wie Sie wünschen«, erwiderte sie. »Bei Nacht wäre es am besten – da können Sie den größten Vorteil aus Ihrem Xerrol-Nightstinger-Gewehr ziehen. Sie haben die Waffe nach den Unruhen vor ein paar Wochen doch nicht einfach weggeworfen, oder? Die Unruhen, bei denen Sie Solo angehängt haben, blind in die Menge gefeuert zu haben.«

Navett starrte das Komlink düster an. Abgesehen davon, dass diese Frau ganz im Allgemeinen eine echte Plage war, war sie auch noch viel zu gut informiert. Für wen, in der Galaxis, mochte sie arbeiten? »Sie fischen wieder«, sagte er.

»Nicht wirklich«, antwortete sie ohne weiteres. »Ich zähle bloß zwei und zwei zusammen.«

»Diese Art Mathematik geht manchmal nicht so auf, wie man denkt«, warnte Navett. »Und wenn die Rechnerin sich an Orte begibt, an denen sie nicht willkommen ist, lebt sie manchmal nicht lange genug, um ihre Kalkulationen zu Ende zu bringen.«

Die Frau gluckste. »Sie fangen an, sich zu wiederholen, Imperialer. Wenn ich Sie wäre, würde ich mir ein paar unverbrauchte Drohungen einfallen lassen. Aber wie auch immer, ich bin längst über meine Bettzeit hinaus, und ich weiß, dass ihr zwei noch zu arbeiten habt – ich lasse euch also jetzt allein. Es sei denn, Sie wollen Ihren Xerrol-Blaster holen und auf eine Partie herauskommen. Ich warte.«

»Danke«, erwiderte Navett. »Ich passe für dieses Mal.«

»Das liegt ganz bei Ihnen«, gab sie zurück. »Behalten Sie

das Komlink – ich hab noch jede Menge in Reserve. Gute Nacht, und viel Spaß beim Graben.«

Die Übertragung endete. »Und *dir* ruhelose und unerfreuliche Träume«, grummelte Navett und ließ das Komlink in den Desintegrator fallen.

Er wandte sich Klif zu. »Das«, sagte er düster, »hat uns gerade noch gefehlt.«

»Und ob«, knirschte Klif. »Und was machen wir jetzt mit ihr?«

»Erst mal nichts«, antwortete Navett, hob den Desintergrator an und schleppte ihn zu der Stoffplane. »So wie sie im Trüben fischt und Anschuldigungen erhebt, weiß sie nicht wirklich etwas.«

»Zum Teufel damit«, gab Klif zurück. »Sie weiß, dass wir über einer der Energieleitungen des Generatorgebäudes die Erde aufgraben. Was muss sie denn sonst noch wissen?«

»Das ist ja genau mein Argument«, sagte Navett. »Sie hat herausgefunden, dass wir hier graben, und uns trotzdem nicht die Sicherheitskräfte auf den Hals gehetzt.« Er hockte sich hin und schob vorsichtig die Schaufel unter die Kante ihrer Falltür. »Und weshalb nicht?«

»Woher soll ich das wissen?«, grollte Klif und stemmte seine Schaufel auf der anderen Seite unter den Rand der Platte. »Vielleicht denkt sie, sie könnte eine Belohnung einsacken, wenn sie uns als gut verschnürtes Paket abliefert.«

»Schon möglich«, entgegnete Navett und drückte behutsam den Stiel seines Werkzeugs nach unten. Die Platte hob sich, und er schob die Finger unter den Rand. »Ich schätze, es ist eher so, dass sie selbst Schwierigkeiten mit den Bothans hat, was bedeutet, dass sie deshalb nicht zu ihnen gehen und irgendwelche Beschuldigungen erheben kann.«

»Das würde sie aber nicht davon abhalten, ihnen einen anonymen Tipp zu geben«, grunzte Klif, während sie vorsichtig die Falltür aus dem Loch hoben. »Bei der Stimmung, die hier zur Zeit herrscht, würden sich die Bothans doch vermutlich auf jeden brechenden Zweig stürzen.«

»Nein«, sagte Navett und starrte in das Loch. »Nein, sie ist nicht der Typ für anonyme Hinweise. Ich nehme an, dass sie, aus welchem Grund auch immer, beschlossen hat, diese ganze Angelegenheit persönlich zu nehmen. Professioneller Stolz vielleicht … ich habe keine Ahnung. Jedenfalls hat sie das hier in ein privates Duell zwischen sich und uns verwandelt.«

Klif grunzte. »Ganz schön dumm.«

»Dumm für sie«, bekräftigte Navett. »Nützlich für uns.«

»Kann sein«, sagte Klif. »Und was jetzt?«

»Wir machen uns wieder an die Arbeit«, erklärte Navett und ließ sich in das Loch im Boden fallen. »Und wenn wir hier fertig sind«, ergänzte er und bohrte die Schaufel in den festen Untergrund zu seinen Füßen, »gehe ich und hole das Xerrol-Gewehr. Vielleicht nehmen wir dann morgen Abend ihre Einladung an und gehen auf eine Partie nach draußen.«

Gavrisom hob den Blick von Leias Datenblock, die Greifspitzen seiner Flügel fuhren rastlos über den Arbeitstisch an seiner Seite. »Und Sie glauben wirklich, dass er es ehrlich meint?«, fragte er.

»Absolut ehrlich«, antwortete Leia, die spürte, wie sich ihre Stirn krauste. Sie hatte mit einer um einiges positiveren Reaktion auf Pellaeons Friedensangebot gerechnet. »Außerdem habe ich die Zeugnisse geprüft, die er von den imperialen Muftis mitgebracht hat. Es war alles in bester Ordnung.«

»Oder *schien* in Ordnung zu sein«, entgegnete Gavrisom und schüttelte seine Mähne. »Es schien in Ordnung zu sein.«

Er blickte wieder auf den Datenblock und berührte die Steuerung, um das Dokument zum Anfang zurückscrollen zu lassen. Leia beobachtete ihn und versuchte den sonderbaren und unerwarteten emotionalen Konflikt zu begreifen, den sie in ihm wahrnahm. Das Ende des langen Krieges schien endlich in Sicht zu sein. Das war doch zweifellos eine Neuigkeit, die wenigstens verhaltenen Optimismus verdiente.

Weshalb also war er nicht verhalten optimistisch?

Gavrisom sah wieder zu ihr auf. »Thrawn wird hier mit keinem Wort erwähnt«, stellte er fest. »Haben Sie sich bei Pellaeon danach erkundigt?«

»Wir haben kurz darüber gesprochen«, erwiderte Leia. »Er hatte bis zu dem Zeitpunkt noch keine Nachricht von Bastion erhalten, dass Thrawn das Oberkommando übernommen hat. Und er hatte keinerlei Anhaltspunkte dafür, dass die Muftis ihm das Mandat, Friedensverhandlungen zu beginnen, wieder entzogen haben könnten.«

»Was beides nicht das Geringste bedeutet«, sagte Gavrisom. Sein Tonfall war mit einem Mal ungewöhnlich barsch. »Wenn Thrawn wieder aufgetaucht ist, sei es offiziell oder sonst wie, hat nichts hiervon irgendeine Bedeutung.« Er schlug mit einer Flügelspitze gegen den Datenblock.

»Ich verstehe Ihre Besorgnis«, entgegnete Leia, wobei sie ihre Worte mit Bedacht wählte. »Aber wenn dies keine Finte ist, könnte es sich um unsere letzte Chance handeln, diesen endlosen Krieg zu beenden.«

»Es ist mit höchster Wahrscheinlichkeit eine Finte, Rätin«, presste Gavrisom hervor. »Dessen können wir uns alle sicher sein. Die Frage ist bloß, welchen Vorteil Thrawn sich davon erhofft.«

Leia ließ sich in ihren Sitz sinken. Dieses Aufflackern einer heftigen Empfindung vorhin … »Sie wollen gar nicht, dass Pellaeons Angebot ehrlich gemeint ist, nicht wahr?«, fragte sie. »Sie *wollen*, dass es lediglich eine Finte ist.«

Gavrisom wandte den Blick von ihr ab und ließ ein leises schnaubendes Seufzen hören. »Schauen Sie sich doch nur mal hier um, Leia«, sagte er ruhig und bog den Kopf, um aus dem Aussichtsfenster der Privatkabine zu blicken. »Sehen Sie sie doch an. Fast zweihundert Kriegsschiffe, Dutzende von Völkern, und jedes einzelne ist bereit, wegen seiner je eigenen Vorstellung, wie Gerechtigkeit für Caamas herzustellen ist, einen Bürgerkrieg vom Zaun zu brechen. Die Neue Republik taumelt am Rande der Selbstzerstörung … und ich kann nichts unternehmen, um das zu verhindern.«

»Han hat eine Kopie des Caamas-Dokuments«, erinnerte Leia ihn. »Er wird damit morgen hier eintreffen. Dann dürfte sich die Lage beträchtlich entspannen.«

»Ich bin sicher, dass es so kommen wird«, pflichtete Gavrisom ihr bei. »Aber so wie die Dinge mittlerweile liegen, bin ich nicht gewillt, mich darauf zu verlassen, dass der Konflikt allein dadurch noch aufzuhalten ist. Sie und ich wissen doch, dass Caamas für viele der potenziellen Kriegsparteien da draußen lediglich eine willkommene Entschuldigung dafür darstellt, ihre alten Fehden mit den alten Feinden wieder aufflammen zu lassen.«

»Ich bin mir dessen durchaus bewusst«, erwiderte Leia. »Aber wenn ihnen diese Entschuldigung erst einmal genommen ist, müssen sie zwangsläufig klein beigeben.«

»Oder sich eine neue Entschuldigung ausdenken«, gab Gavrisom bitter zurück. »Tatsache ist, Leia, dass die Neue Republik vor der Gefahr steht, zerschlagen und auf Grund der beachtlichen Verschiedenheit ihrer Mitglieder in alle Winde zerstreut zu werden. Wir brauchen Zeit, um diesen Fliehkräften etwas entgegenzusetzen; Zeit für Gespräche, Zeit, um all diese unterschiedlichen Völker unter einer gemeinsamen Ordnung zu einen.«

Er deutete mit einem Flügel auf das Aussichtsfenster. »Aber diese Zeit haben wir nicht mehr – die Krise hat sie uns geraubt. Wir müssen sie uns zurückholen.«

»Das Caamas-Dokument wird uns Zeit verschaffen«, sagte Leia beharrlich. »Da bin ich mir ganz sicher.«

»Vielleicht«, erwiderte Gavrisom. »Aber als Präsident kann ich es mir nicht leisten, alle Hoffnungen allein darauf zu setzen. Ich muss darauf vorbereitet sein, an den letzten noch verfügbaren Gemeinsinn innerhalb der Neuen Republik zu appellieren. An jeden Gemeinsinn, jede gemeinschaftliche Zielsetzung sowie an das allen gemeinsame kulturelle Ethos.«

Er berührte abermals den Datenblock – dieses Mal jedoch sanft. »Und, falls nötig, muss ich mir auch jede gemeinsame Feindschaft zunutze machen.«

»Aber die Imperialen sind kein wirklicher Feind mehr«, entgegnete Leia, die sich darum bemühte, die Gelassenheit in ihrer Stimme zu bewahren. »Sie sind viel zu wenige und zu schwach, um noch eine Bedrohung darzustellen.«

»Vielleicht«, erwiderte Gavrisom. »Aber so lange sie noch da draußen sind, haben wir jemanden, gegen den wir uns zusammenschließen können.« Er zögerte. »Oder gegen den wir, wenn es denn notwendig sein sollte, kämpfen können.«

»Das meinen Sie nicht ernst«, sagte Leia und starrte ihn unverwandt an. »Wenn wir in dieser Situation etwas gegen das Imperium unternehmen würden, käme das einem Blutbad gleich.«

»Das weiß ich.« Er schüttelte den Kopf. »Mir gefällt das auch keinen Deut besser als Ihnen, Leia. Ich gebe sogar zu, dass ich mich schämen würde, die Völker des Imperiums auf diese Weise zu instrumentalisieren. Aber ob mein Name und mein Gedächtnis von der Geschichte in den Schmutz gezogen werden, ist nicht von Bedeutung. Es ist meine Aufgabe, die Neue Republik zusammenzuhalten, und ich werde tun, was auch immer erforderlich ist, um diese Aufgabe zu erfüllen.«

»Möglicherweise setze ich mehr Vertrauen in unsere Völker als Sie«, erwiderte Leia leise.

»Möglicherweise«, sagte Gavrisom nickend. »Und ich hoffe aufrichtig, dass Sie Recht haben.«

Einen Moment lang saßen sie schweigend beieinander. »Ich gehe davon aus, dass Sie die Nachricht von Pellaeons Friedensangebot nicht veröffentlichen werden«, nahm Leia den Faden schließlich wieder auf. »Mit Ihrer Erlaubnis würde ich gerne trotzdem damit beginnen, eine Liste der Delegierten zusammenzustellen, die an den Friedensverhandlungen teilnehmen sollen. Nur für den Fall, dass Sie sich doch noch entschließen, damit weiterzumachen.«

Gavrisom zögerte, doch dann nickte er. »Ich bewundere Ihr Vertrauen, Rätin«, sagte er dann. »Ich wünschte nur, ich könnte es teilen. Ja, stellen Sie bitte Ihre Liste zusammen.«

»Danke.«

Sie erhob sich von ihrem Platz und nahm den Datenblock wieder an sich. »Ich werde Ihnen die fertige Aufstellung morgen vorlegen.« Sie wandte sich der Tür der Privatkabine zu …

»Es steht Ihnen natürlich auch noch eine weitere Option offen«, rief Gavrisom ihr nach. »Sie haben das Präsidentenamt nur vorübergehend niedergelegt. Vorausgesetzt, der Senat bestätigt den entsprechenden Beschluss, könnten Sie dieses Amt auf der Stelle wieder übernehmen.«

»Ich weiß«, entgegnete Leia. »Doch dies ist nicht der richtige Zeitpunkt dafür. Ihre Stimme hat, seit das Caamas-Dokument ans Licht kam, für Coruscant gesprochen. Es wäre nicht gut, wenn diese Stimme plötzlich durch eine andere ersetzt würde.«

»Vielleicht«, sagte Gavrisom. »Aber es gibt viele in der Neuen Republik, die meinen, dass Calibops gut mit Worten umgehen können, sonst aber auch nichts. Vielleicht ist die Zeit für schöne Worte vorbei und stattdessen die Zeit für entschlossenes Handeln angebrochen.«

Leia griff kurz in die Macht hinaus. »Möglicherweise ist die Zeit wirklich reif für entschlossenes Handeln«, stimmte sie zu. »Das heißt aber noch lange nicht, dass die Zeit für Worte abgelaufen ist. Wir werden immer beides brauchen.«

Gavrisom wieherte leise. »Dann werde ich mich weiter an Worte halten«, sagte er. »Und Ihnen werde ich das Handeln überlassen. Möge die Macht mit uns sein.«

»Möge die Macht mit uns allen sein«, erwiderte Leia leise. »Gute Nacht, Präsident Gavrisom.«

10. Kapitel

Sie wartete noch eine Stunde, nachdem die Hintergrundgeräusche im Hause verstummt waren. Dann erhob sich Shada von ihrem Bett und verließ ihr Zimmer in dem riesigen unterirdischen Komplex, der Jori Car'das' Zuhause war, und schlich über den verdunkelten Flur.

Die Tür zur Bibliothek war geschlossen, und der Aing-Tii-Trick, einfach mit der Hand zu winken, mit dem Car'das sich Zugang verschafft hatte, funktionierte bei ihr offensichtlich nicht. Aber ehe er ihr und Karrde eine gute Nacht wünschte, hatte Car'das ihnen die konventionelle Methode gezeigt, mit der sie die Türen ihrer Zimmer öffnen konnten, und sie setzte jetzt darauf, dass die Bibliothek über die gleichen Einrichtungen verfügte. Sie tastete mit den Fingern die Steine ab, die den Eingang einrahmten, und fand rasch den, der sich ein wenig kühler anfühlte als die übrigen. Dann legte sie mit einigem Druck ihre Handfläche darauf.

Etwa zwanzig Sekunden lang geschah gar nichts. Shada behielt den Druck auf den Stein bei und achtete wachsam auf Anzeichen für Aktivität in ihrer Umgebung, wobei sie sich zum wiederholten Male über diese lächerliche Prozedur wunderte. Auf der Basis der Lebensgeschichte, die er ihnen aufgetischt hatte, konnte sie sich Jori Car'das nicht als einen Mann vorstellen, der kurz nach seiner Ankunft auf Exocron ein übertrieben geduldiges Wesen an den Tag gelegt hatte. Mit Sicherheit war er nicht der Typ, der in seinem neuen Heim Türen installierte, die eine halbe Minute brauchten, bis sie sich öffneten. Sie vermochte sich allenfalls vorzustellen, dass er zu jener Zeit gedacht hatte, Eindringlinge, die auf Diebstahl oder einen gewaltsamen Anschlag aus waren, müssten gleichermaßen ungeduldig sein.

Heute spielte das alles angesichts seiner Aing-Tii-Tricks keine Rolle mehr.

Der steinerne Türöffner unter ihrer Hand ruckte leicht.

Shada ließ nicht los; und einige Sekunden später schob sich die Tür schwerfällig zur Seite.

Sie hatte erwartet, dass die Bibliothek ebenso wie der Rest des Hauses in tiefer Dunkelheit liegen und lediglich eine Hand voll gedämpfter Leuchtpaneele ihr den Weg weisen würde. Doch zu ihrer unangenehmen Überraschung war der Raum wesentlich heller erleuchtet. Zwar nicht so hell wie vor einiger Zeit, als Car'das ihnen die Bibliothek gezeigt hatte, aber heller, als man es bei einem unbewohnten Raum mit Recht erwarten durfte. Sie schlüpfte dennoch hinein und lief geduckt nach links aus dem Eingangsbereich. Und im selben Moment entdeckte sie aus den Augenwinkeln einen Schatten, der sich in dem zentralen Kreis in der Nähe des Computerterminals bewegte.

Car'das? Sie unterdrückte einen Fluch. Karrde hatte bereits festgelegt, dass die *Wild Karrde* am Morgen in aller Frühe starten sollte, um sich mit dem Aing-Tii-Schiff zu treffen. Dies war also ihre einzige Chance, die Datenkarte, die sie unbedingt finden musste, in ihren Besitz zu bringen.

Doch dann hörte sie aus der Richtung des Computerterminals eine gedämpfte, aber überaus vertraute Stimme: unverwechselbar, irgendwie maniertiert und ziemlich mechanisch klingend. Sie löste sich lautlos von der Wand und machte sich durch einen der engen Durchgänge zwischen den Datenspeichern auf den Weg nach unten und in das Zentrum der kreisförmigen Anlage.

Dort stellte sie fest, dass ihre Ohren ihr wahrhaftig keinen Streich gespielt hatten. »Hallo, Mistress Shada«, sagte 3PO frohgemut und richtete sich aus seiner gebeugten Haltung über dem Computerterminal auf. »Ich dachte, Sie und die anderen hätten sich zur Nacht zurückgezogen.«

»Das Gleiche hatte ich von dir angenommen«, gab Shada zurück und warf einen Blick auf den nächsten Datenspeicher, während sie zu ihm ging. Auf jedem stapelten sich Datenkarten, und jeder Stapel war acht Karten breit und zehn tief. Eine unglaubliche Ansammlung von Wissen. »Oder was auch immer Droiden nachts so machen.«

»Oh, für gewöhnlich schalte ich mich eine Weile ab«, verriet 3PO ihr. »Aber während meines Gesprächs mit Master Car'das vorhin meinte er, dass ich mich vielleicht gerne mal mit seinem Hauptcomputer unterhalten würde. Was natürlich nicht heißen soll, dass der Computer an Bord der *Wild Karrde* keine angenehme Gesellschaft ist«, fügte er eilfertig hinzu. »Aber ich muss zugeben, dass ich zuweilen R2 und andere meiner Art vermisse.«

»Das kann ich verstehen«, versicherte Shada, in deren Hals sich ein Kloß bildete. »Man kann sich sehr einsam fühlen, wenn man an einem Ort ist, an den man nicht gehört.«

»Ja«, erwiderte 3PO interessiert. »Ich habe wahrscheinlich immer angenommen, dass menschliche Wesen sich an jede Umgebung und alle Umstände anpassen.«

»Sich an etwas anzupassen, bedeutet nicht unbedingt, dass es einem auch gefällt«, stellte Shada fest. »Ich bin in mancher Hinsicht an Bord der *Wild Karrde* genauso am falschen Ort wie du.«

Der Droide legte den Kopf schief. »Es tut mir sehr leid, Mistress Shada«, sagte er gequält. »Ich hatte ja keine Ahnung, dass Sie so fühlen. Kann ich irgendetwas zu Ihrer Unterstützung tun?«

»Vielleicht indem du mir hilfst, dorthin zurückzukehren, wo ich hingehöre.« Shada deutete auf das Computerterminal. »Hast du den Computer gut genug kennen gelernt, um Car'das Bibliothek durchstöbern zu können?«

»Selbstverständlich«, antwortete 3PO, doch seine Stimme klang mit einem Mal wachsam. »Aber dieses Equipment gehört Master Car'das. Ich bin nicht sicher, ob …«

»Das geht schon in Ordnung«, beruhigte Shada ihn. »Ich habe ja nicht vor, irgendetwas zu stehlen. Ich will nur eine kleine Information.«

»Ich nehme an, das ist in Ordnung«, erwiderte 3PO, hörte sich jedoch noch immer unsicher an. »Wir sind schließlich seine Gäste, und Gäste übernehmen häufig stillschweigend den Haushalt …«

Er verstummte, als Shada eine Hand hob. »Kannst du die Recherche durchführen?«, fragte sie noch einmal.

»Ja, Mistress Shada«, entgegnete er mit merkwürdig gedämpfter Stimme. »Was ist es denn, wonach Sie suchen?«

Shada holte tief Luft …

»Emberlene«, ließ sich hinter ihr leise eine Stimme vernehmen. »Der Planet Emberlene.«

»Du meine Güte!«, japste C-3PO. Shada wirbelte herum und ging ein Stück weit in die Knie, während ihre Hand unter ihrer Tunika verschwand und nach dem Griff des Blasters fasste …

»Vergeben Sie mir«, sagte Car'das, der hinter dem inneren Kreis aus Datenspeichern ins Blickfeld trat. »Es war nicht meine Absicht, Sie dergestalt zu erschrecken.«

»Das will ich auch nicht hoffen«, gab Shada zurück, die ihre Hand am Blaster behielt und deren Muskeln und Reflexe sich auf einen Kampf vorbereiteten. Falls Car'das Anstoß daran nahm, dass sie hier war … »Ich habe Sie nicht hereinkommen hören.«

»Ich wollte auch nicht, dass Sie mich hören«, erwiderte er lächelnd. »Sie haben doch nicht vor, diesen Blaster zu benutzen, oder?«

So viel also zum Raffinement der Mistryl. »Nein, natürlich nicht«, sagte sie und zog die Hand leer zurück. »Ich wollte bloß …«

Sie verstummte und legte die Stirn in Falten, als die Worte, die er Augenblicke zuvor ausgesprochen hatte, in ihr Bewusstsein eindrangen. »Was sagten Sie eben, als Sie hereinkamen?«

»Ich erklärte 3PO, dass Sie nach dem Planeten Emberlene suchen wollten«, erwiderte Car'das und ließ sie nicht aus den Augen. »Das ist es doch, wonach Sie suchen, nicht wahr, meine junge Mistryl-Schattenwächterin?«

Ihr erster Impuls war, es einfach abzustreiten. Aber als sie in seine steten Augen blickte, wusste sie, dass sie sich umsonst anstrengen würde. »Wie lange wissen Sie es schon?«, fragte sie stattdessen.

»Oh, noch gar nicht lange«, antwortete er und machte eine Geste, mit der er sich auf seltsame Weise selbst rügte. »Ich hegte einen Verdacht, ja, aber ich wusste nicht wirklich Bescheid, bis Sie die vier Flitzer vor Bombaasas Kaschemme niedermachten.«

Shada verzog das Gesicht. »Karrde hatte also recht«, sagte

sie. »Er war der Meinung, wenn er Bombaasa seinen Namen verriet, würde ihn das am Ende zu Ihnen führen.«

Car'das schüttelte den Kopf. »Das sehen Sie falsch, Bombaasa arbeitet nicht für mich – und ich nicht für ihn. Genau genommen arbeitet außer Enzwo Nee und den paar anderen in meinem Haushalt niemand für mich.«

»Richtig, Sie leben ja im Ruhestand«, brummte Shada. »Hatte ich vergessen.«

»Sagen Sie lieber, Sie glauben mir nicht wirklich«, konterte Car'das. »Was ist es, das sie für Emberlene anstreben?«

»Was alle wollen«, schoss sie zurück. »Mindestens das Gleiche, was alle für große, wichtige Welten wie Caamas verlangen. Ich will Gerechtigkeit für mein Volk.«

Car'das schüttelte den Kopf. »Ihresgleichen will gar keine Gerechtigkeit, Shada«, sagte er. In seiner Stimme lag eine grenzenlose Traurigkeit. »Das war noch nie der Fall.«

»Was wollen Sie damit sagen?«, konterte Shada. Sie spürte, dass sie errötete. »Wie können Sie es wagen, ein Urteil über uns zu fällen? Wie können Sie es wagen, über *irgendjemanden* ein Urteil zu sprechen? Sie sitzen hier draußen auf dem hohen Ross und lassen sich niemals dazu herab, sich die Hände schmutzig zu machen, während alle anderen kämpfen, bluten und sterben …«

Sie verstummte. Die rasch wachsende Wut über seine Einstellung rang mit der tief in ihr verwurzelten Furcht, die Kontrolle zu verlieren. »Sie haben ja keine Ahnung, wie es auf Emberlene zugeht«, versetzte sie scharf. »Sie haben das Leid und die erbärmlichen Lebensbedingungen nie gesehen. Es steht Ihnen nicht zu zu behaupten, wir hätten aufgegeben.«

Car'das wölbte die Augenbrauen. »Ich habe mit keinem Wort gesagt, dass Sie aufgegeben hätten«, verbesserte er sie sanft. »Ich sagte lediglich, dass Sie nicht wirklich Gerechtigkeit wollen.«

»Und was wollen wir *dann?*«, knurrte Shada. »Wohltätigkeit? Mitleid?«

»Nein.« Car'das schüttelte den Kopf. »Rache.«

Shada bemerkte, wie ihre Augen sich verengten. »Wovon reden Sie jetzt wieder?«

»Wissen Sie, weshalb Emberlene unterging, Shada?«, fragte Car'das. »Nicht *wie* der Planet unterging – ich meine nicht den Feuersturm und die massiven Angriffe aus der Luft und aus dem Weltraum, die ihn schließlich zerstörten –, sondern *weshalb?*«

Sie starrte ihn an. Ein finsteres, unbehagliches Vorgefühl begann sich in der Lohe ihrer Wut und Enttäuschung zu regen. Hinter seinen Augen verbarg sich etwas, das ihr ganz und gar nicht gefiel. »Jemand fürchtete unsere zunehmende Macht und unser Ansehen und beschloss, ein Exempel an uns zu statuieren«, sagte sie vorsichtig. »Manche glauben, dieser Jemand war Palpatine selbst; und das ist der Grund, warum wir niemals für sein Imperium gearbeitet haben.«

Wieder hob er die Augenbrauen. »Niemals?«

Shada musste den Blick von seinen steten Augen abwenden. »Wir hatten Millionen von Flüchtlingen, die wir ernähren und kleiden mussten«, erwiderte sie. Ihre Stimme tönte hohl und defensiv in ihren Ohren. »Ja, manchmal haben wir sogar für das Imperium gearbeitet.«

Einen Moment lag ein quälendes Schweigen in dem Raum. »So ist es häufig mit Prinzipien, nicht wahr?«, sagte Car'das endlich. »Sie sind so ... schlüpfrig. Es ist so schwer, an ihnen fest zu halten.«

Shada sah ihn jetzt wieder an und versuchte sich eine angemessen ätzende Entgegnung einfallen zu lassen. Doch nichts kam ihr in den Sinn. Im Fall von Emberlene – im Fall der Mistryl – entsprach diese zynische Sichtweise nur zu sehr der Wahrheit.

»Jedenfalls hatte dieses spezielle Prinzip keinen wirklichen Wert«, fuhr Car'das fort. »Wie es der Zufall will, hatte Palpatine nichts mit der Zerstörung von Emberlene zu tun.«

Er ging um sie herum und trat neben den Datenspeicher hinter 3PO. »Ich habe die wahre Geschichte Ihrer Heimatwelt hier drin«, erklärte er und deutete auf die oberste Reihe Datenkarten. »Als ich erfuhr, dass Sie mit Karrde herkommen würden, habe ich alle verfügbaren Informationen zusammengestellt. Würden Sie sie gerne sehen?«

Shada machte intuitiv einen Schritt in seine Richtung ...

und hielt inne. »Was meinen Sie mit *wahre Geschichte*?«, fragte sie. »Was ist gemeint, wenn man von *wahr* spricht? Wir wissen doch beide, dass die Geschichte von den Siegern geschrieben wird.«

»Die Geschichte wird ebenso von unbeteiligten Zeugen geschrieben«, gab Car'das zurück; seine Hand schwebte immer noch über den Datenkarten. »Von den Caamasi, den Alderaanern, den Jedi – von Völkern, die keinen Anteil und keinen Nutzen an dem hatten, was sich zutrug. Wollen Sie sie *alle* der Lüge bezichtigen?«

Shada schluckte; Furcht und ein schreckliches Gefühl des Unvermeidlichen schnürten ihr die Kehle zu. »Und was sagen all diese desinteressierten Parteien?«, fragte sie.

Car'das ließ langsam die Hand sinken. »Sie sagen«, erwiderte er sanft, »dass die Herrscher von Emberlene drei Jahre vor der Zerstörung des Planeten einen brutalen Eroberungsfeldzug begonnen hatten. Und dass sie in den ersten zweieinhalb Jahren dieses Zeitraums jede einzelne der Welten in ihrer Reichweite, ein Dutzend an der Zahl, verheerten, eroberten und ausplünderten.«

»Nein«, hörte Shada sich flüstern. »Nein. Das kann nicht wahr sein. Wir würden niemals ... zu so etwas wären wir niemals fähig gewesen.«

»Den Durchschnittsbürgern wurde die wahre Geschichte natürlich niemals erzählt«, sagte Car'das. »Wenngleich ich mir einbilde, dass die meisten durchaus zwischen den Zeilen hätten lesen können, wenn es sie wirklich interessiert hätte, was ihre Führer taten. Aber sie hatten den Triumph und die Beute, den Stolz und den Ruhm. Warum sollten sie sich da mit der nackten Wahrheit abgeben?«

Shada musste abermals den Blick von diesen Augen abwenden. *Aber es war nicht meine Schuld*, wollte sie protestieren. *Ich war nicht dabei. Ich habe es nicht getan.*

Doch das waren leere Worte, und das wusste sie. Nein, sie hatte wirklich nicht zu jenen gehört, die auf die Eroberungen Emberlenes angestoßen und voller Gier auf weitere gewartet hatten. Aber als sie ihr Leben den Mistryl verschrieb, hatte sie auf ihre Weise dazu beigetragen, die Lüge zu verewigen.

Und das alles, weil sie etwas Besonderes sein wollte.

»Sie sollten nichts hiervon persönlich nehmen, Shada«, drang Car'das' freundliches Entgegenkommen leise in ihre Gedanken. »Sie wussten nichts. Und die Sehnsucht danach, etwas Besonderes zu sein, ist etwas, das tief in uns allen schlummert.«

Shada sah ihn schneidend an. »Bleiben Sie aus meinem Kopf!«, schnappte sie. »Meine Gedanken gehen Sie nichts an.«

Er deutete eine Verbeugung an. »Es tut mir leid«, sagte er. »Ich wollte nicht in Sie dringen. Aber wenn jemand schreit, ist es für gewöhnlich schwer, nicht zuzuhören.«

»Na, dann geben Sie sich mehr Mühe.« Shada holte tief Luft. »Und was geschah dann? Was hat uns schließlich aufgehalten?«

»Ihre Opfer und die potenziellen zukünftigen Unglücklichen waren zu schwach, um sich selbst zur Wehr zu setzen«, berichtete Car'das. »Also legten sie zusammen und heuerten eine Söldnerarmee an. Diese Armee war … womöglich übertrieben gründlich.«

Übertrieben gründlich. Wieder suchte Shada nach einer zündenden Erwiderung. Doch wieder konnte sie nichts dagegen vorbringen. »Und jedermann im Sektor frohlockte«, murmelte sie.

»Ja«, entgegnete Car'das leise. »Weil eine gefährliche Kriegsmaschinerie gestoppt worden war. Jedoch nicht, weil Unschuldige darunter zu leiden hatten.«

»Nein, die Unschuldigen kommen nie an erster Stelle, nicht wahr?«, sagte Shada. Sie konnte die Verbitterung in ihrer Stimme hören. »Sagt Ihre wahre Geschichte auch, wer diese Söldner waren, die uns vernichtet haben? Oder wer ihre Geldgeber waren?«

Seine Züge schienen sich kaum merkbar zu entspannen. »Wieso wollen Sie das wissen?«

Shada hob die Schulter. Es war das unbehagliche Zucken plötzlich beladener, erschöpfter Schultern. »Mein Volk hat niemals erfahren, wer sie waren.«

»Und was werden Sie damit anfangen, wenn ich Ihnen diese Information gebe?«, fragte Car'das. »Werden sich die Rachegelüste der Mistryl nach all den Jahren gegen die Angreifer richten? Werden Sie neues Leid unter noch mehr Unschuldige tragen?«

Die Worte bohrten sich ihr unvermittelt ins Herz. »Ich weiß nicht, was die Schattenwächterinnen damit tun werden«, erklärte Shada. Ein Schleier, der sich ihr plötzlich über die Augen legte, verzerrte ihr die Sicht. »Ich weiß nur, dass es das Einzige ist, das ich mit zurücknehmen kann, und das vielleicht …« Sie verstummte und fuhr sich mit der Hand über die Augen.

»Sie wollen gar nicht zu ihnen zurück, Shada«, sagte Car'das. »Sie leben eine Lüge, ob sie es nun wissen oder nicht. Das ist nichts für Sie.«

»Ich muss aber«, erwiderte Shada kläglich. »Verstehen Sie das nicht? Ich muss für etwas wirken, das größer ist als ich selbst. Das habe ich schon immer gebraucht. Ich muss etwas haben, an das ich mich halten und dem ich dienen kann und an das ich glaube.«

»Was ist mit der Neuen Republik?«, erkundigte sich Car'das. »Oder mit Karrde?«

»Die Neue Republik will mich nicht«, gab sie ätzend zurück. »Und Karrde …« Sie schüttelte den Kopf. In ihrem Hals brannte eine Säure. »Karrde ist ein Schmuggler, Car'das, so wie sie früher einer waren. Was für ein Sinn liegt *darin*, an den ich glauben könnte?«

»Oh, das weiß ich nicht«, erwiderte Car'das nachdenklich. »Karrde hat die Organisation seit den Tagen, als ich dabei war, beträchtlich umgekrempelt.«

»Sie gehört immer noch zum Rand«, sagte Shada. »Sie ist immer noch illegal und heimtückisch. Ich will etwas Ehrenvolles, etwas Nobles. Ist das denn zu viel verlangt?«

»Nein, selbstverständlich nicht«, antwortete Car'das. »Trotzdem ist Karrde heute viel mehr ein Informationsmakler als ein Schmuggler. Ist das nicht wenigstens ein bisschen besser?«

»Nein«, stellte Shada fest. »Es ist sogar noch schlimmer. Mit Informationen zu handeln, bedeutet nichts anderes, als den Privatbesitz von Leuten an jene zu verkaufen, die es nicht verdienen, darüber zu verfügen.«

»Ein interessanter Standpunkt«, murmelte Car'das. Sein Blick richtete sich auf einen Punkt rechts von Shada. »Hast *du* es schon mal von der Seite betrachtet?«

»Nein, bis jetzt noch nicht«, erwiderte Karrdes Stimme.

Shada drehte sich rasch um und schüttelte so die letzten hartnäckigen Tränen aus den Augenwinkeln. Zu ihrer Rechten stand Karrde in einer Art Nachtgewand und Schiffspantoffeln am Rand des inneren Kreises und betrachtete sie mit einem seltsamen Gesichtsausdruck. »Vielleicht muss ich mein Denken neu sortieren,« ergänzte er.

»Was tun Sie hier?«, wollte Shada wissen.

»Car'das hat mich gerufen«, antwortete Karrde. Er blickte zu Car'das mit gerunzelter Stirn. »Zumindest *glaube* ich, dass er mich gerufen hat.«

»Oh, ja, das habe ich ganz bestimmt«, versicherte Car'das. »Ich dachte, du solltest diesem Teil der Unterhaltung beiwohnen.« Er senkte den Kopf vor Shada. »Vergeben Sie mir noch einmal, Shada, wenn ich Sie erschreckt habe.«

Shada verhinderte, dass sie das Gesicht verzog. »Er steckt voller Überraschungen, wie?«, kommentierte sie.

»So war er schon immer«, pflichtete Karrde ihr bei und trat neben sie. »Also schön, Car'das, deine beiden Marionetten sind vollzählig angetreten und erwarten deine Befehle. Was willst du von uns?«

Car'das Augen weiteten sich zu einem unschuldigen Blick. »Ich?«, protestierte er. »Ich will gar nichts von euch, meine Freunde. Im Gegenteil, ich möchte euch ein Geschenk überreichen.«

Shada warf Karrde einen Blick zu und ertappte ihn dabei, wie er ihr einen gleichermaßen misstrauischen Blick zukommen ließ. »Ach ja?«, gab Karrde trocken zurück. »Und was für ein Geschenk soll das sein?«

Car'das lächelte. »Du hast Überraschungen noch nie leiden können, nicht wahr, Karrde?«, sagte er dann. »Nicht zimperlich, wenn es darum geht, anderen welche zu bereiten, wohlgemerkt, aber extrem schwach, welche zu akzeptieren. Aber ich schätze, diese wird dir gefallen.«

Er wandte sich dem Datenspeicher zu, der neben ihm

stand, und wählte aus dem Regal darauf zwei Datenkarten aus. »Dies ist das Geschenk, dass ich euch anbiete«, sagte er und drehte sich wieder zu ihnen um. In jeder Hand hielt er eine Datenkarte. »Dies …« Er hob die rechte Hand. »… ist die Geschichte von Emberlene, über die ich eben mit Shada gesprochen habe. Etwas, das sie unbedingt haben will – oder wenigstens in der Vergangenheit haben wollte. Und das hier …« Er hob die linke Hand. »… ist eine Datenkarte, die ich speziell für euch zusammengestellt habe. Eine Datenkarte, die, wie ich persönlich glaube, auf lange Sicht für jedermann von noch größerem Nutzen sein wird.«

»Und was ist drauf?«, fragte Karrde.

»Nützliche Informationen.« Car'das legte die Datenkarten nebeneinander auf den Computertisch. »Du kannst eine davon haben. Bitte … wähle.«

Shada spürte förmlich, wie Karrde neben ihr die Luft einsog. »Das ist *Ihre* Entscheidung, Shada«, sagte er leise. »Nehmen Sie eine. Egal welche.«

Shada starrte auf die beiden Datenkarten hinab und wartete auf das Gefühlschaos, das unweigerlich in ihr toben würde. Ihre einzige Hoffnung, zu den Mistryl zurückkehren zu können – vielleicht sogar ihre einzige Hoffnung, trotz des Todesurteils, das sie über sie verhängt hatten, am Leben zu bleiben –, lag dort, auf der linken Seite. Rechts befand sich eine unbekannte Größe: Daten, die von einem alten Mann zusammengestellt worden waren, der halb verrückt sein konnte, und die angeblich einem zweiten Mann nutzten, dessen Lebensinhalt das genaue Gegenteil dessen war, wonach sie sich ihr ganzes Leben gesehnt hatte.

Doch zu ihrer matten Überraschung blieb das Gefühlschaos aus. Hatten Car'das' frühere Offenbarungen sie ausgebrannt, fragte sie sich wie von ferne, sodass sie nun keine Kraft mehr besaß, Gefühle wie Wut oder Unsicherheit aufzubringen?

Doch nein. Das Chaos blieb aus, weil hier im Grunde keine echte Entscheidung zu treffen war. Car'das hatte recht: Sie konnte unmöglich noch länger für die Mistryl arbeiten, die dafür dienten, töteten und starben, dass Emberlene sich eines

Tages wieder erheben konnte. Jetzt nicht mehr, da sie wusste, was Emberlene einst gewesen war.

Und gewiss jetzt nicht mehr, da sie sich vorzustellen vermochte, was die Elf mit dem Wissen tun würden, das auf dieser Datenkarte gespeichert war.

Der Gerechtigkeit, von der sie früher gedacht hatte, sie würde sie suchen, war längst Genüge getan worden. Alles, was diese Datenkarte noch wecken konnte, waren neue Rachegefühle.

Sie langte über den Tisch, wobei sie sich vage der Tatsache bewusst war, dass sie hiermit die letzte Brücke zu ihrer Vergangenheit abbrach, und nahm die Datenkarte auf der rechten Seite.

»Ich bin zufrieden mit dir, Shada D'ukal, Kind der Mistryl«, sagte Car'das mit einer Wärme, die sie bisher in seiner Stimme nicht vernommen hatte. »Ich verspreche euch, ihr werdet nicht enttäuscht sein.«

Shada blickte Karrde an und wappnete sich gegen dessen Reaktion auf die neueste Enthüllung von Car'das. Doch er lächelte bloß. »Schon gut«, sagte er. »Ich weiß schon lange, wer Sie wirklich sind.«

Sie richtete den Blick wieder auf Car'das. »Wer ich *war*«, verbesserte sie Karrde ruhig. »Was ich *jetzt* bin … weiß ich nicht.«

»Sie werden Ihren Weg finden«, versicherte Car'das ihr. Plötzlich streckte er sich und rieb sich die Hände. »Aber jetzt ist es Zeit zu gehen.«

Shada blinzelte. »Jetzt schon? Ich dachte, wir hätten noch Zeit bis morgen Früh.«

»Nun, es *ist* Morgen da draußen«, erwiderte Car'das, kam um das Computerterminal herum und legte Shada und Karrde je eine Hand auf den Arm. »Zumindest dauert es nicht mehr lange. Kommt, kommt, ihr habt noch so viel zu erledigen. Du auch, C-3PO … komm mit.«

»Und was ist hiermit?«, fragte Shada und wedelte mit der Datenkarte, während Car'das sie eilig durch den Mittelgang nach oben und zum Ausgang führte.

»Das könnt ihr auf dem Weg zum Treffpunkt lesen«, teilte

Car'das ihr bündig mit. »Nur ihr beide … sonst niemand. Danach werdet ihr, denke ich, wissen, was zu tun ist.«

Sie erreichten die Tür, und Car'das öffnete sie mit einem Wink. »Und was ist mit dir?«, fragte Karrde, während der alte Mann sie über den Korridor, der jetzt voll erleuchtet war, zurück zu ihren Zimmern dirigierte.

»Meine Tür steht euch jederzeit offen«, sagte Car'das. »Euch *beiden*, natürlich. Besucht mich, wann immer ihr wollt. Doch jetzt müsst ihr euch beeilen.«

Eine Stunde später hob die *Wild Karrde* von Exocron ab und flog in den Weltraum hinaus. Eine weitere Stunde später führte Karrde, nachdem er sich davon überzeugt hatte, dass sie sich auf dem richtigen Weg zu dem Treffen mit dem wartenden Aing-Tii-Schiff befanden, Shada in seinen Arbeitsraum.

Dann saßen sie nebeneinander vor dem Display seines Schreibtischs und lasen die Datenkarte.

Shada war die erste, die anschließend das Schweigen brach. »Er hatte Recht, nicht?«, sagte sie leise. »Das ist unglaublich. Wenn es wahr ist, heißt das.«

»Oh, es *ist* wahr«, erwiderte Karrde, der auf das Display starrte, während seine Gedanken sich wild im Kreis drehten. Shada hatte maßlos untertrieben: *unglaublich* traf es nicht einmal im Ansatz. »Wenn er auch sonst nichts im Leben war, *zuverlässig* war Car'das immer.«

»Das kann ich mir vorstellen.« Shada schüttelte den Kopf. »Und wenn ich es richtig verstehe, werden uns die Aing-Tii *hiermit* direkt bis nach Coruscant bringen?«

Karrde zögerte. Coruscant wahr offenkundig die erste Wahl.

Aber in diesem Fall gab es eine ganze Palette von Möglichkeiten. Darunter einige sehr interessante Möglichkeiten.

»Karrde?«, unterbrach Shada seine Gedanken. Ihre Stimme hörte sich plötzlich misstrauisch an. »Wir bringen das hier doch nach Coruscant, oder?«

Er lächelte sie an. »Eigentlich nicht«, gab er zurück. »Ich denke, wir können etwas Besseres damit anfangen.«

Er blickte wieder auf das Display und spürte, wie sein Lächeln sich zu einem grimmigen Gesichtsausdruck verzerrte. »Etwas viel, viel Besseres.«

Captain Nalgol stand breitbeinig auf der Kommandogalerie des imperialen Sternzerstörers *Tyrannic* und starrte in die Schwärze jenseits der Aussichtsfenster hinaus.

Da draußen war natürlich noch immer nichts zu sehen, es sei denn, eines ihrer Erkundungsschiffe überquerte den Rand des Tarnfelds; ansonsten konnte er sich nur in die Betrachtung der schmutzigen Schründe des Kometen vertiefen. Aber es war Tradition, dass der Captain eines Raumschiffs von seiner Brücke aus das Universum anstarrte, und Nalgol war heute sehr auf Traditionspflege bedacht.

Vier Tage. Noch vier Tage, und diese langweilige, lähmende Untätigkeit würde endlich vorbei sein. Nur vier Tage noch, vorausgesetzt, das Kommandoteam auf Bothawui hielt den Zeitplan ein.

Vier Tage.

Von der anderen Seite der Kommandogalerie hörte er die leicht gedämpften Schritte des Ersten Aufklärungsoffiziers Oissan näher kommen. Fast zehn Minuten zu spät, registrierte er missbilligend, als er einen Blick auf sein Chrono warf.

»Captain«, sagte Oissan, der ein wenig schnaufte, als er neben Nalgol trat. »Ich habe den Bericht des jüngsten Erkundungsfluges für Sie.«

Nalgol wandte sich ihm zu und bemerkte die Röte in Oissans Gesicht. »Sie sind zu spät«, sagte er.

»Es waren weitergehende Analysen erforderlich als sonst«, entgegnete Oissan steif und streckte ihm einen Datenblock hin. »Die Raumschiffe über Bothawui hätten den Krieg allem Anschein nach fast ein paar Tage zu früh begonnen.«

Nalgol spürte, wie seine Augen schmal wurden, als er den Datenblock nahm. »Wovon reden Sie da?«, wollte er wissen und rief die entsprechende Datei auf.

»Eines der Kriegsschiffe der Ishori entschloss sich, auf die Diamala loszugehen«, berichtete Oissan. »Sie hätten damit um Haaresbreite einen offenen Kampf vom Zaun gebrochen.«

Nalgol stieß kaum hörbar eine Verwünschung aus, als er

den Bericht überflog. Wenn diese hitzköpfigen nichtmenschlichen Narren mit den Feindseligkeiten begannen, bevor das Kommandoteam so weit war …»Was hat sie daran gehindert?«, fragte er.»Ah, schon gut, ich habe es«, ergänzte er und ging den Absatz durch.»Interessant. Hat irgendjemand die ID dieses Frachters?«

»Keines der Erkundungsschiffe war nahe genug dran für eine eindeutige Identifizierung«, erwiderte Oissan.»Doch dem darauf folgenden Funkverkehr zufolge handelte es sich um die Hohe Rätin Organa Solo. Das ist allerdings unbestätigt.«

»Aber sehr wahrscheinlich«, brummte Nalgol.»Sie ist zweifellos hier, um Gavrisom dabei zu helfen, die Lage zu beruhigen.«

»Zweifellos.« Oissan zog die Augenbrauen hoch.»Die Gerüchte besagen außerdem, dass sie einen Caamasi-Treuhänder mitgebracht hat.«

»Besagen sie das, ja?«, gab Nalgol zurück, der fühlte, wie ein Lächeln langsam seine Mundwinkel nach oben bog.»Besagen sie das wirklich?«

»Wir müssten binnen ein oder zwei Tagen genau Bescheid wissen«, kam Oissans Hinweis.»Wenn Gavrisom wahrhaftig einen echten Caamasi unter seinen Friedensvermittlern hat, wird er ihn mit Sicherheit so bald wie möglich überall herumreichen und vorführen.«

»Wohl wahr«, murmelte Nalgol.»Wenn er noch vier Tage bleibt, um an den Friedensgesprächen teilzunehmen, werden wir später sagen können, dass ein Caamasi bei der Zerstörung von Bothawui zugegen war. Und aus seiner Gegenwart ergibt sich zwangsläufig, dass er vollkommen einverstanden damit war.« Er schüttelte verwundert den Kopf.»Erstaunlich. Ich frage mich, wie Thrawn *das* wieder arrangiert hat.«

»Ja, es ist erstaunlich«, pflichtete Oissan ihm bei. Er hörte sich allerdings nicht annähernd so begeistert an.»Ich hoffe nur, dass er sich nicht irgendwo verrechnet hat. Hunderteinundneunzig Kriegsschiffe wären sonst wohl zu viele Gegner für drei Sternzerstörer.«

»Sie machen sich zu viele Sorgen«, entgegnete Nalgol tadelnd und gab ihm den Datenblock zurück. »Ich habe Thrawn bei der Arbeit gesehen; er hat sich noch nie bei irgendwas verrechnet. Das Kommandoteam wird seinen Auftrag erfüllen, und dann werden Ihre hunderteinundneunzig Kriegsschiffe damit beginnen, sich gegenseitig in Stücke zu reißen. Wir müssen anschließend nur noch die Überlebenden eliminieren und zerstören, was dann noch von dem Planeten übrig ist.«

»Zumindest in der Theorie«, erwiderte Oissan säuerlich. »Darf ich die Empfehlung aussprechen, Captain, dass Sie für die *Tyrannic* und die beiden anderen Schiffe wenigstens Alarmbereitschaft befehlen, solange wir uns noch hier aufhalten? Auf diese Weise können wir schnell reagieren, wenn es hier früher losgeht als erwartet.«

»Das würde aber auch vier weitere Tage ermüdender Kampfbereitschaft bedeuten«, erinnerte Nalgol ihn. »Ich glaube kaum, dass uns das etwas bringt.«

»Aber wenn die Schlacht zu früh beginnt …«

»Das wird sie nicht«, fiel Nalgol ihm brüsk ins Wort. »Wenn Thrawn sagt, es dauert noch vier Tage, dann dauert es noch vier Tage. Punkt.«

Oissan holte tief Luft. »Ja, Sir«, sagte er leise.

Nalgol beäugte den anderen, und eine Mischung aus Verachtung und Mitleid flackerte in ihm auf. Oissan war Thrawn schließlich nie begegnet – und er hatte auch noch nie die Selbstsicherheit und die Autorität in der Stimme des Großadmirals gehört. Wie konnte er da irgendetwas verstehen? »Also gut, schließen wir einen Kompromiss«, sagte er. »Ich befehle vorläufige Kampfbereitschaft für diesen Nachmittag, und einen Tag vor dem vorgesehenen Crash gehen wir auf Alarmbereitschaft. Werden Sie sich dann besser fühlen?«

»Ja, Sir.« Oissans Mundwinkel zuckten. »Danke, Sir.«

»Und *Ihre* vorläufige Kampfbereitschaft beginnt ab sofort«, fuhr Nalgol fort und deutete auf den Datenblock. »Ich möchte, dass Sie über jedes Raumschiff da draußen eine Prioritäts/Gefährlichkeits-Studie erstellen. Berücksichtigen Sie dabei alles: Schlagkraft, Verteidigungseinrichtungen und Schwachstellen – und fügen Sie, wenn möglich, Einzelheiten über die Spezies der Captains und Besatzungen hinzu.«

Er lächelte vage. »Wenn wir endlich aus diesem verfluchten Tarnfeld herauskommen, will ich in der Lage sein, alle verbliebenen Reste zu zerschlagen, ohne auch nur einen Turbolaser oder Preybird zu verlieren. Verstanden?«

»Verstanden, Captain«, gab Oissan zurück. »Ich werde bis morgen alles für Sie vorbereiten.«

»Sehr schön«, nickte Nalgol. »Wegtreten.«

Oissan drehte sich geschmeidig um und marschierte rasch über die Kommandogalerie davon. Nalgol sah ihm einen Moment nach und wandte sich dann wieder dem Ausblick ins Nichts zu.

Vier Tage. Vier Tage, und sie würden endlich die Chance erhalten, den rebellischen Abschaum abzuschlachten.

Er lächelte in die Finsternis hinaus. Ja, er war heute sehr auf die Einhaltung von Traditionen bedacht.

11. Kapitel

Luke schreckte aus dem Heilschlaf auf.

Einen Augenblick lang verharrte er reglos und kämpfte gegen das vertraute, durch die Trance hervorgerufene Schwindelgefühl an, während er sich einen raschen Überblick über die Lage verschaffte. Er saß, so stellte er fest, in einem etwas unbequemen Sitz; vor ihm befand sich eine unbekannte Kontrollkonsole und davor wiederum eine gewölbte Kanzel. Hinter ihm glühte eine Hand voll gedämpfter Nachtlichter; und vor ihm, außerhalb der Kanzel, war es vollkommen dunkel ...

Er blinzelte und war mit einem Mal hellwach. *Vollkommen dunkel?* Er zerrte an den Gurten und warf währenddessen einen Blick auf sein Chrono.

Er hielt inne und sah noch einmal hin. Er hatte beinah fünf Stunden in der Heiltrance zugebracht.

Fünf Stunden?

»Mara, ich hatte doch gesagt, du sollst mich nach *zwei* Stunden wecken«, rief er über die Schulter in den hinteren Teil des Schiffs. Endlich konnte er sich aus dem Sicherheitsgeschirr befreien und kam strauchelnd auf die Beine. »Was ist passiert? Bis du da hinten etwa auch eingeschlafen?«

Aber er erhielt keine Antwort außer dem plötzlich verzweifelten Zwitschern von R2.

Und Mara war auch nicht da.

»Oh nein«, ächzte Luke und griff mit der Macht hinaus, um in jeden Winkel des Schiffs zu spähen. Mara konnte er jedoch nirgendwo entdecken. »R2, wo steckt sie?«, schnappte er, ließ sich auf ein Knie sinken und hob den Datenblock an, der noch immer an dem Droiden festgemacht war. Worte rollten darüber hinweg ... »Was soll das heißen, sie ist fortgegangen?«, wollte er wissen. »Wann? Weshalb?«

R2 jammerte kläglich. Luke starrte die Worte an, die über den Datenblock rollten, und das Herz sank ihm in der Brust. Mara war vor fünf Stunden verschwunden, sofort nachdem er in Trance gefallen war. Und R2 hatte keine Ahnung, wohin sie gegangen war – oder warum sie fort war.

Aber Luke konnte es sich denken.

»Es ist schon gut«, seufzte er und tätschelte den Droiden ermutigend, als er sich wieder erhob. »Ich weiß, dass du sie unmöglich hättest aufhalten können.«

Er ging durch die Kanzel zur Ausstiegsluke. Der Geschmack entsetzlicher Furcht vermischte sich mit dem bitteren Wissen, dass es, mit welchem Ziel sie auch losgezogen sein mochte, mittlerweile viel zu spät für ihn war, sie noch aufhalten zu können. »Behalte das Schiff im Auge«, wies er den kleinen Droiden an und ließ die Luke aufspringen. »Ich komme zurück, so schnell ich kann.«

Er trat ins Freie, hielt sich nicht mit der Leiter auf, sondern ließ sich einfach auf den Boden fallen. Direkt über ihm, zwischen den Felsspitzen ringsum, funkelten Schwärme von Sternen hell durch die Lücken in den schnell dahinziehenden Wolken. Ansonsten umgab ihn tiefe Dunkelheit. *Mara*, rief er, schrie den Namen laut und verzweifelt in die stille Nacht hinaus.

Es war, als hätte er damit sozusagen eine in einen Mantel samt Kapuze gehüllte Gestalt aufgeschreckt. Irgendwo in der Nähe schien sich im Verborgenen eine dunkle Präsenz zu bewegen. Da öffnete sich gleichsam ein Spalt zwischen Kragen und Kapuze … *Hier oben*, kam ihr Gedanke zu ihm zurück.

Luke spähte zu dem unmittelbar über ihm aufragenden Felsen hoch. Er fühlte sich gefangen zwischen der plötzlichen Erleichterung, dass sie noch am Leben war, und dem ernüchternden Gefühl, dass immer noch irgendetwas Furchtbares bevorstand. Die kurze Wahrnehmung verging, als Mara ihren mentalen Mantel wieder um sich raffte …

Wo bist du? Luke schickte den Gedanken ins Ungewisse und kämpfte gegen die Versuchung an, den Kokon zu durchbrechen, in den sie sich unvermittelt und auf unerklärliche Weise zurückgezogen hatte.

Er spürte ihr Zögern und ihr beinahe resignierendes Seufzen. Dann blitzte in seinem Kopf, wie flüchtige Blicke in einem flackernden Licht, eine Reihe von Bildern der Felswand vor ihm auf, die offenbar die Route markierten, der sie nach oben gefolgt war. Er schickte bestätigende und ermutigende Gedanken in ihre Richtung, trat vor die Felswand und machte sich an den Aufstieg.

Der Weg nach oben war nicht annähernd so schwierig, wie er gedacht hatte; und dank der verstärkten Kraft seiner Muskeln brauchte er weniger als zehn Minuten. Er fand Mara, die auf einem rauen Vorsprung knapp unterhalb des Gipfels saß und sich seitlich an dem unzureichenden Schutz einer Ausbuchtung im Felsboden abstützte. »Hallo«, rief sie ihm verhalten zu, als er den letzten Grat erklomm. »Wie geht es dir?«

»Ich bin wieder ganz in Ordnung«, erwiderte er und sah sie stirnrunzelnd an, während er sich über den Grat stemmte und neben ihr niederließ. Ihre Stimme hatte ruhig und beherrscht geklungen; aber unter dem dunklen Mantel ihrer mentalen Barriere konnte er den Anflug einer unglaublichen Traurigkeit fühlen. »Was geht hier vor?«

Er sah im fahlen Licht der Sterne, wie sie die rechte Hand hob und nach oben zeigte. »Die Hand von Thrawn ist dort drüben«, sagte sie. »Wenn das Licht günstig ist, kann man die vier rückwärtigen Türme gegen die Wolken gut erkennen.«

Luke starrte in die Richtung und benutzte die Jedi-Techniken zur Verstärkung seiner Sinne. Die Türme und die hintere Mauer der Festung waren tatsächlich von hier auszumachen; und außerdem die vagen Umrisse von etwas zwischen den Türmen zur Linken, bei dem es sich wahrscheinlich um das flache Dach des Hangars handelte, aus dem sie sich vor einigen Stunden den Weg frei gekämpft hatten. »Was haben sie in der Zwischenzeit gemacht?«

»Nicht viel«, erwiderte Mara. »Das Schiff, das gestartet war … du erinnerst dich an die Lücke in der Reihe der abgestellten Raumer? Es kam vor drei Stunden zurück.«

Luke verzog das Gesicht. Ein funktionierendes Raumschiff, unmittelbar vor jenen, die er sabotiert hatte; bereit, jeden Moment nach Bastion aufzubrechen. »Ist es nicht erneut gestartet?«

Er spürte, dass sie den Kopf schüttelte. »Nein, das hätte ich gemerkt. Aber Parck sagte, er wollte sich von dem Piloten informieren lassen, bevor er eine endgültige Entscheidung treffen würde.«

»Ich verstehe«, murmelte Luke. Dabei handelte es sich, so wie die Dinge lagen, um eine Befragung, die Parck und Fel ohne Zweifel so schnell wie möglich hinter sich bringen würden. Eine schnelle Entscheidung, ein schneller Start in den Himmel, und das Imperium wäre bald im Besitz der Hand von Thrawn und ihrer sämtlichen Geheimnisse.

Trotzdem saßen er und Mara hier und warteten.

Aber worauf?

»Es ist schon komisch, weißt du?«, sagte Mara neben ihm leise. »Und wirklich eine Ironie. Hier sind wir: Die Frau, die zehn Jahre lang versucht hat, sich ein neues Leben aufzubauen; und der Mann, der ebenso viele Jahre damit zugebracht hat, wie angestochen herumzulaufen und nach Möglichkeit die Galaxis aus jeder Gefahr zu retten, die irgendwo ihr hässliches Haupt erhob.«

»So sind wir nun mal«, gab Luke zurück und betrachtete sie voller Unbehagen. Die verwirrende Dunkelheit in ihrem Innern wuchs und wurde stärker … »Ich bin mir allerdings nicht sicher, ob ich die Ironie darin erkenne.«

»Die Ironie besteht darin, dass du in dem Moment, da die Neue Republik kurz davor steht, sich selbst in Stücke zu reißen, hierher eilst, um mich zu retten«, erklärte Mara. »Dass du deine dir selbst auferlegten Pflichten ignorierst, um diese eine Frau und dieses eine Leben zu retten.«

Er merkte, dass sie tief Atem holte. »Und diese eine Frau«, fügte sie so leise hinzu, dass sie kaum mehr zu verstehen war, »muss das neue Leben, das sie sich so gewünscht hat, jetzt opfern, um die Neue Republik zu retten.«

Im nächsten Augenblick erhellte ein ferner blassgrüner Blitz ihr Gesicht; ein Gesicht, das wie aus Stein gemeißelt schien; ein Gesicht, aus dem die Augen unter furchtbaren Qualen und voller Einsamkeit in die Nacht blickten. »Sieht so aus, als wärst du gerade rechtzeitig hier aufgetaucht«, sagte sie, als in der Ferne leiser Donner grollte.

Ein zweiter grüner Blitz zuckte. Luke riss den Blick gewaltsam von dem gequälten Gesicht los und sah hin.

Die Türme feuerten. Noch während er den Blick darauf fokussierte, schossen zwei weitere grüne Turbolaser-Blitze wie Lanzen aus der Spitze eines der Türme quer über den Himmel, unmittelbar gefolgt von zwei Entladungen aus einem der übrigen Geschütztürme. Sie feuerten über die Landschaft hinweg in die Richtung, die der Stelle, an der er und Mara saßen, entgegengesetzt war. »Wahrscheinlich Zielübungen«, meinte Mara. Ihre Stimme besaß die trügerische Ruhe einer übermäßig gespannten Feder. »Sie versuchen, die Entfernung abzuschätzen. Es wird jetzt nicht mehr lange dauern.«

Luke wandte sich ihr wieder zu. Der Schmerz in ihrem Innern wuchs und drückte gleichsam von innen gegen die mentale Barriere, wie Flutwasser gegen einen Damm. »Mara, was geht hier vor?«

»Es war alles deine Idee, weißt du?«, fuhr sie fort, als hätte er kein Wort gesagt. »Du warst derjenige, der unbedingt wollte, dass ich eine Jedi werde.« Sie schniefte laut. Es war das Geräusch, das jemand macht, der gegen Tränen ankämpft. »Weißt du noch?«

Und dann brach aus der Richtung der Festung plötzlich ein Hagelschauer von Turbolaser-Feuer los; zu dem grünen Feuer kam nun noch das kontrastierende Blau aus den Waffen der Chiss. Alle vier Türme feuerten jetzt, ungestüm und anhaltend, und alle zielten auf denselben Punkt. Luke reckte den Hals und versuchte etwas zu erkennen. Er fragte sich, worauf, um alles in der Welt, sie schießen mochten. Hatte Karrde ihnen schließlich doch noch Verstärkung geschickt? Hatte die Neue Republik sie gefunden – oder doch das Imperium? Oder gar eine jener tausend schrecklichen Gefahren, von denen Parck gesprochen hatte? Er sah Mara an …

Und nach einem einzigen, furchtbaren Herzschlag wusste er Bescheid.

»Mara«, stöhnte er. »Nein, oh nein.«

»Ich musste es tun«, sagte sie mit zitternder Stimme. Im Widerschein des feindlichen Feuers konnte Luke sehen, dass sie nicht länger versuchte, die Tränen zurückzuhalten. »Es war der einzige Weg, sie daran zu hindern, all das hier Bastion zu übergeben. Der einzige Weg.«

Luke richtete den Blick wieder auf die Festung. Die scharfe Klinge von Maras Gram grub sich in sein Herz. Ein Wirbel aus sich überschlagenden Gedanken tobte durch seinen Kopf. Wenn er früher aufgewacht wäre, wenn er ihre mentale Barriere schon in der Festung gewaltsam durchbrochen und so von ihren geheimen Plänen erfahren hätte, selbst wenn er jetzt mit aller Kraft in die Macht hinausgreifen würde …

»Tu das nicht«, sagte Mara leise mit unendlich müder Stimme. »Bitte, tu das nicht. Dies ist mein Opfer, verstehst du das nicht? Der Weg des letzten Opfers, den jeder Jedi beschreiten muss.«

Luke sog scharf die Luft ein. Die kühle Nachtluft stach wie das Eis auf Hoth in seine Lunge; Hand, Kopf und Herz quälte gleichermaßen das überwältigende Verlangen, etwas zu unternehmen, *irgendwas* zu tun.

Aber sie hatte Recht. Er konnte es hassen, er konnte sich erbittert dagegen wehren, aber tief im Innern wusste er, dass sie Recht hatte. Das Schicksal des Universums fiel nicht in seine Verantwortung. Und auch die Entscheidungen, die andere trafen – ihre Handlungen, die Konsequenzen, die sie trugen, nicht einmal die Opfer, die sie brachten – fielen nicht in seine Verantwortung.

Und Mara hatte sich entschieden und die Konsequenzen ihrer Wahl akzeptiert. Es war weder seine Pflicht, noch besaß er das Recht, ihr das abzusprechen.

Daher konnte er nur noch eines tun. Er rückte auf dem Felsvorsprung näher an sie heran und legte ihr den Arm um die Schulter.

Einen Augenblick lang wehrte sie sich noch dagegen. Alte Ängste und Gewohnheiten vermischten sich mit ihrer Verlassenheit und dem Schmerz und ließen ihre Muskeln förmlich vor ihm zurückzucken. Aber nur einen Moment lang. Dann ließ sie sich, als sei auch dieser Teil ihres Lebens jetzt vergessen, gegen ihn sinken; die so sorgfältig errichtete Barriere wurde weggefegt, als sie den Kummer und den Schmerz über erlittenen Verlust herausließ, die sie so tief in ihrem Innern verborgen hatte.

Luke schlang den Arm noch fester um sie und flüsterte bedeutungslose Worte, während er sich gemeinsam mit ihr durch den Sturm aus Seelenqual und Jammer kämpfte, so viel davon in sich aufnahm und dafür so viel Trost und Wärme spendete, wie er konnte. In der Ferne nahm das Feuer aus den Türmen indes weiter zu …

Und dann sah er es über dem Rand der Klippen auftauchen: Es setzte im Tiefflug über einen fernen Hügel – der Effekt der Schutzschilde, die innerhalb der Atmosphäre hochgefahren worden waren, ließ die Hülle glänzen – und drehte und wand sich wie ein Lebewesen, während es dem vernichtenden Feuersturm, der ringsum die Luft aufwühlte, in alle Richtungen auswich oder ihn einfach hinnahm und dabei ohne Unterlass, jedoch vergeblich auf die undurchdringlichen schwarzen Mauern schoss, die vor ihm aufragten. Wie ein Mynock von einer Energieleitung wurde es von der Fernsteuerung angezogen, die Mara in das Komsystem eines der fremden Raumschiffe eingeschmuggelt hatte, und raste zielstrebig durch das offene Hangartor, den einzigen Schwachpunkt der gesamte Festungsanlage. Maras Schiff, ihr einziger wirklicher Besitz im Universum.

Die *Jades Feuer*.

Die Tränen waren unterdessen versiegt, doch Maras Schulter straffte sich unter Lukes Arm, als sie sich gespannt vorbeugte, um zuzusehen. Die *Feuer* hatte die Hand von Thrawn jetzt beinahe erreicht, und Luke konnte durch das Schimmern der Hülle hindurch erkennen, dass diese an einem Dutzend Stellen aufgerissen war. Aus mehreren Lecks flatterten gelbe lodernde Flammen wie Fahnen hinter dem Raumer her. Die Türme verstärken den Beschuss noch, aber die Zeit war bereits abgelaufen. Die *Feuer* sackte noch einmal ab und verschwand aus ihrem Blickfeld …

… und erreichte in einem grellen gelb-orangefarbenen Feuerball, der vor den fernen Bergrücken explodierte und die Landschaft ringsum in gleißende Helligkeit tauchte, ihr Ziel.

Das Krachen der Detonation eine Sekunde später klang seltsam gedämpft, so als würde der Hijarna-Stein die Explosion unbeeindruckt hinnehmen. Ein paar Sekunden später rollte eine zweite, noch verhaltenere Druckwelle über sie hinweg, deren Echo von den Bergen zurückgeworfen wurde. Die Türme schienen beinahe widerstrebend das Feuer einzustellen.

Dann senkte sich endlich wieder das Schweigen der Nacht über sie.

Sie saßen lange Zeit reglos in der Stille und klammerten sich aneinander, während sie in die flackernde gelbe Glut starrten, die der Scheiterhaufen der *Feuer* war. Und während das Feuer im Hangar niederbrannte, fühlte Luke, dass auch Maras Schmerz allmählich auf ähnliche Weise verging.

Doch zu seiner Verblüffung war es nicht hoffnungslose Bitterkeit oder auch nur einfach Erschöpfung, die in ihr wuchs, um an die Stelle des Schmerzes zu treten. Sie hatte ihren Verlust betrauert und ihren Kummer verbraucht, und jetzt war es an der Zeit, ihre Empfindungen zur Seite zu drängen und sich wieder auf die Aufgaben zu konzentrieren, die vor ihnen lagen.

Und tatsächlich, schon eine Minute später regte sie sich in seinem Arm. »Wir verschwinden besser von hier«, sagte sie. Die Nachwirkungen der Tränen ließen ihre Stimme noch ein wenig rau klingen, doch davon abgesehen war sie gefasst und kraftvoll. »Sie werden eine Zeit lang mit dem Löschen des Feuers beschäftigt sein. Das ist vermutlich unsere beste Chance, uns noch mal in die Festung zu schleichen.«

»Dem Umfang der Explosion nach zu urteilen, haben wir schätzungsweise alles in dem Hangar in die Luft gejagt«, bemerkte Mara, während sie sich auf den Rückweg zu ihrem Schiff machten. »Zumindest was die Flugfähigkeit ihrer Raumschiffe angeht. Möglicherweise sind weit hinten noch ein paar Schiffe übrig, die sie bergen können, aber es wird sie einige Mühe kosten, die überhaupt da herauszubekommen.«

Sie plapperte einfach nur so vor sich hin, und sie wusste es; die Worte bahnten sich nach dem erschöpfenden emotionalen Hagelsturm, dem sie ausgesetzt gewesen war, ihren Weg und sprudelten aus ihr heraus. Sie hatte Plappermäuler nie ausstehen können, und der Gedanke, selbst eines geworden zu sein, wenn auch nur vorübergehend, verursachte ihr einigen Ärger.

Aber seltsamerweise fühlte sie keinerlei Verlegenheit. Aber

auch das war im Grunde kein Mysterium. Sie hatte sich dort oben kräftig bei Luke ausgeweint, und wenn das seine Meinung über sie noch nicht ruiniert hatte, so würde das dem bisschen Geplapper wohl auch nicht gelingen.

Und es hatte seine Meinung *nicht* ruiniert. Das war vermutlich die größte Überraschung bei alledem. Wirklich und wahrhaftig nicht. Während sie sich über den Abhang nach unten vorarbeitete, vermochte sie noch immer dieselbe Wärme und Akzeptanz ihr gegenüber zu spüren, die von ihm ausgegangen war, als er sie dort oben so fest in die Arme geschlossen hatte.

Es gab jedoch auch ein größeres Maß an Sorge und übertriebenem Beschützerinstinkt in dieser Kombination, als ihr angenehm war. Aber das war in Ordnung so. Das war eben Luke, und damit verstand sie gewiss umzugehen.

»Ich habe immer noch keine Ahnung, wie wir das anstellen sollen«, sagte Luke jetzt und geriet hinter ihr durch ein paar lockere Steine kurz ins Straucheln, ehe er sich wieder fing. »Es würde viel zu lange dauern, noch einmal durch die Höhle einzudringen.«

»Ich weiß«, stimmte Mara zu. »Parck erwähnte Lücken im Mauerwerk. Ich denke, wir werden querfeldein marschieren und dann irgendwie an der Seite hochklettern und durch eine dieser Lücken kriechen müssen.«

»Das wird aber sehr schwierig sein«, warnte Luke. »Die werden uns nicht annähernd so freundlich begegnen wie beim ersten Mal.«

Mara schnaubte. »Das macht nichts«, erwiderte sie grimmig. »Ich werde ihnen gewiss auch nicht so freundlich begegnen wie bisher.«

Zu ihren Füßen konnte sie jetzt direkt hinter einer letzten engen Felsspalte, kaum sichtbar im fahlen Sternenlicht, ihr geborgtes Raumschiff ausmachen. Sie fasste sich und sprang über die Lücke auf einen flachen Geröllhaufen …

… und verharrte dann abrupt an Ort und Stelle. Sie kämpfte mit rudernden Armen um ihr Gleichgewicht, als der Schock ihre Muskeln erstarren ließ. Plötzlich und unvermittelt war ihr ein seltsamer Gedanke oder Laut durch den Kopf geschossen.

Jedi Sky Walker? Bist du da?

Sie verlor den Kampf um das Gleichgewicht und ließ sich ziemlich ungeschickt auf den Boden fallen. Doch sie achtete kaum darauf. Beim Schiff, fest gekrallt an den Solarpaneelen im Stil der TIE-Jäger, sah sie ein Dutzend hektisch flatternder Schatten. Im selben Moment, als Luke neben ihr auf dem Boden landete, löste sich einer der Schatten von dem Schiff und ließ sich auf dem Geröll nieder, das sie soeben hinter sich gelassen hatten. *Ja, du bist es wirklich*, hallte der Gedanke in ihrem Kopf wider. Die Worte waren von Erregung und Erleichterung eingerahmt. *Ich sah das große Feuer und fürchtete, du und Mara wärt darin umgekommen.*

Es war Kind der Winde.

Und sie konnte seine Worte verstehen.

Sie blickte Luke an und fand die eigene Verblüffung in seinem Gesicht und seinen Gedanken reflektiert. »Du hast wirklich etwas für dramatische Veränderungen übrig, wie?«, brachte sie heraus und wies nickend auf den jungen Qom Qae. »Netter Einfall. Wirklich.«

Luke hob die Hände, die Handflächen nach außen gekehrt. »He, sieh nicht mich an«, protestierte er. »Ich hatte nichts damit zu tun.«

Hört mir zu, bitte, fiel Kind der Winde ihnen ungeduldig ins Wort. *Ihr müsst den Qom Jha helfen. Die Peiniger sind in ihr Heim eingedrungen.*

»Du meinst die Höhle?«, fragte Luke zweifelnd.

»Bis tief hinein?«, ergänzte Mara. »Oder sind sie nur vorne beim Eingang?«

Darauf erhob sich ein hektisches Zwiegespräch zwischen dem jungen Qom Qae und den anderen Flügelwesen, die noch von dem Raumschiff herabhingen. *Das wissen wir nicht*, antwortete Kind der Winde. *Meine Freunde aus diesem Nest der Qom Qae haben beobachtet, wie sie die Höhle mit langen Zweigen und Maschinen betreten haben.*

Mara sah Luke an. »Lange Zweige?«

»Schwere Waffen, nehme ich an«, gab er zurück. »Wie lang waren diese Zweige?«

Manche waren zweimal so lang wie ein Qom Qae, erklärte Kind der Winde und spreizte der Anschaulichkeit halber die Flügel.

»Ein bisschen groß, um eine Höhle zu säubern«, bemerkte Mara. »Das hört sich an, als wären sie dahinter gekommen, dass wir auf diesem Weg eingedrungen sind.«

»Und sie bereiten sich für den Fall vor, dass wir wieder kommen«, nickte Luke grimmig. »Na ja, uns war ja ohnehin klar, dass wir so nicht noch mal hineingelangen können. Ich hoffe bloß, den Qom Jha ist es gelungen, ihnen aus dem Weg zu gehen.«

»Im Augenblick können wir gar nichts tun«, sagte Mara. »Und wenn wir weiter unentschlossen hier herumsitzen, geben wir ihnen nur noch mehr Zeit, sich für unser Kommen zu rüsten.«

»Du hast Recht«, entgegnete Luke widerstrebend. »Lass mich nur noch R2 holen, dann machen wir uns auf den Weg.«

Werdet ihr den Qom Jha denn nicht helfen?, fragte Kind der Winde voller Sorge, als Luke an ihm vorbeikam.

»Wir können nichts tun«, erklärte Mara noch einmal. »Wir müssen unverzüglich in den Hohen Turm zurückkehren.«

Er starrte sie von unten herauf an. *Aber ihr habt es versprochen.*

»Wir haben lediglich versprochen zu tun, was wir können«, rief Mara ihm ins Gedächtnis. »Und in diesem Fall erweist es sich eben, dass wir nicht allzu viel unternehmen können.« Sie seufzte. »Schau, wenn du mich fragst, sehen die Peiniger in euch sowieso nichts anderes als großes, lästiges Ungeziefer. Wenn ihr euch also von jetzt an von ihren Schiffen und dem Hohen Turm fern haltet, werden sie euch höchstwahrscheinlich nicht mehr zur Last fallen.«

Ich verstehe, sagte Kind der Winde. Die Enttäuschung schwang immer noch in seiner Stimme mit. *Ich werde diese Botschaft weitergeben.*

»Es tut mir leid, dass wir nicht mehr für euch tun können«, gab Mara zurück. »Aber das Universum ist nicht vollkommen, und niemand bekommt jemals alles, was er sich wünscht oder sich zu wünschen glaubt. Es gehört zum Erwachsenwerden, sich dieser Erkenntnis zu stellen, sich damit abzufinden und trotzdem weiterzumachen.«

Der junge Qom Qae richtete sich zu seiner vollen Größe auf. *Und was wünschst du dir, Mara Jade?*

Mara sah sich nach dem Schiff und nach der offenen Bodenluke um, in der Luke soeben verschwunden war. Wie die Dinge lagen, war das eine Frage, die sie in jüngster Zeit sehr häufig in ihrem Kopf hin und her wälzte. Eine Frage, die einander widerstrebende Empfindungen und widersprüchliche Gedanken aufwirbelte, in die sich vorsichtige Hoffnungen und zaghafte Befürchtungen mischten.

Und schließlich eine Frage, die sie ganz gewiss nicht mit einem seltsamen jungen Nichtmenschen diskutieren wollte. »Alles, was ich mir im Augenblick wünsche, ist, einen neuen Weg in den Hohen Turm zu finden«, erwiderte sie daher und wählte ein nahe liegendes Ziel. »Unterhalten wir uns zuerst mal darüber, ja?«

Kind der Winde schien zu erschauern. *Einen neuen Weg in den Hohen Turm? Aber weshalb?*

Luke war inzwischen wieder aufgetaucht und setzte die Macht ein, um den kleinen Droiden auf den Boden herunterzulassen. »Es würde zu lange dauern, wenn ich das erklären wollte«, antwortete sie. »Aber es ist äußerst wichtig. Vertraue mir einfach.«

Das tue ich, gab Kind der Winde mit unerwarteter Leidenschaft zurück. *Ich traue dir und Jedi Sky Walker gleichermaßen.* Das Junge zögerte. *Und ich kann euch einen Weg zeigen.*

Mara legte die Stirn in Falten. »Kannst du? Wohin müssen wir gehen?«

Dort entlang, erwiderte der Qom Qae und wies mit dem Kopf in eine Richtung, unmittelbar rechts von der, die sie zur Hand von Thrawn führen würde. *Meine Freunde sagen, dass es in dem Felsen neben dem See der kleinen Fische ein Loch gibt, durch das man in die Kammer gelangt, in deren Nähe wir die Hohe Festung zuerst betreten haben.*

Mara blickte sich abermals nach Luke um. Eine seltsame Einflüsterung, eine Idee, nahm in ihrem Kopf allmählich Gestalt an. Vielleicht war es ja gar nicht notwendig, dass sie sich den Hohen Turm selbst vornahmen. »Ist das Loch groß genug für uns?«

Ich weiß es nicht. Kind der Winde zögerte. *Aber mir wurde gesagt, dass es der Weg ist, den die Feuerkriecher nehmen, wenn sie sich unter die Erde begeben.*

Mara spürte angesichts dieser Erinnerung ein Kribbeln in den Fingern. Die Vorstellung, hinter einem Schwarm Feuerkriecher durch ein Loch zu rutschen, verursachte ihr eine Gänsehaut. Aber wenn dies der einzige Weg war, dann war es eben der einzige Weg. »Ich will mich darüber mit Luke besprechen.«

Sie machte sich zu der Stelle auf, an der er mit dem Droiden stand, und gab ihm eine kurze Zusammenfassung. »Das klingt, als könnte sich ein Versuch lohnen«, stimmte er zu. »Wie weit ist es bis zu diesem See?«

Es wird nicht lange dauern, versicherte Kind der Winde. *Im Flug ist es sehr nah.*

»Das Schiff können wir aber nicht benutzen«, teilte Luke ihm mit. »Die Peiniger würden uns schnell entdecken.«

Ich rede nicht von der fliegenden Maschine. Der Qom Qae schien sich plötzlich abermals aufzurichten. *Meine Freunde und ich werden euch dorthin tragen. Und man wird uns nicht entdecken.*

Mara und Luke wechselten Blicke. »Bis du sicher?«, wollte Luke wissen und ließ den Blick über die Versammlung wandern. »Ihr seid nicht sehr viele, und wir sind nicht so leicht gewichtig, wie wir aussehen. Außerdem müssen wir R2 mitnehmen.«

Meine Freunde und ich werden euch tragen, sagte Kind der Winde noch einmal. *Nicht, weil wir dadurch etwas zu gewinnen hoffen*, fügte er eilig hinzu, *sondern weil ihr bereits sehr viel für die Qom Qae riskiert habt und wir euch dafür noch nichts gegeben haben. Es ist richtig für uns, das zu tun.*

Luke sah Mara an. »Noch einmal unter die Erde zu gehen, bedeutet auch, ein zweites Mal die verborgene Treppe hinaufzusteigen, weißt du?«, sagte er warnend. »Bist du sicher, dass du das schaffst?«

Mara spürte, wie ihre Mundwinkel zuckten. »Eigentlich denke ich, dass wir den Hohen Turm überhaupt nicht mehr betreten müssen.«

Luke zog die Stirn kraus. »Wie?«

»Ich habe vor einer Minute über diese große Energiequelle nachgedacht, die R2 entdeckt hat, als wir in den Raum unter der Planetenoberfläche kamen«, erklärte sie. »Die Energiequelle, die in der Richtung lag, von der Bewahrt Zusagen behauptete, sie hätte sich für die Qom Jha, die diesen Weg wählten, jedes Mal als verhängnisvoll erwiesen.«

Sie betrachtete den Hohen Turm. »Und da«, so fügte sie leise hinzu, »habe ich mich gefragt, was es mit Thrawns Anweisung an Parcks Leute auf sich haben mag. Dass sie nämlich, falls er jemals für tot erklärt werden sollte, zehn Jahre später seine Rückkehr erwarten sollten.«

Sie nahm Lukes momentane Verwirrung und, als er plötzlich verstand, die darauf folgende emotionale Anspannung wahr. »Du hast Recht«, sagte er mit tiefer, düsterer Stimme. »Das würde zu ihm passen, nicht wahr? Es würde genau zu ihm passen.«

»Ich meine, es ist auf alle Fälle einen Versuch wert«, entgegnete Mara.

»Absolut«, pflichtete Luke ihr bei. Seine Stimme und seine Gedanken waren plötzlich gleichermaßen von neuem Schwung erfüllt. »Also gut, Kind der Winde, jetzt bist du dran. Trommle deine Freunde zusammen und lass uns aufbrechen.«

Der Major, der mit düsterer Miene auf dem Komdisplay der Achterbrücke der *Schimäre* erschienen war, stand in den mittleren Jahren, hatte Übergewicht und war beinahe peinigend unkultiviert. Und aus seinen Antworten ging eindeutig hervor, dass er außerdem auch noch fantasielos und nicht sonderlich intelligent war.

Doch darüber hinaus verhielt er sich seinem Vorgesetzten gegenüber vollkommen und unerschütterlich loyal. Genau der Typ Mann, dachte Pellaeon säuerlich, den Mufti Disra aussuchen würde, um ihm in die Parade zu fahren.

»Es tut mir leid, Admiral Pellaeon«, sagte der Major noch einmal, »aber seine Exzellenz hat keine Instruktionen hinterlassen, auf welchem Weg er derzeit zu erreichen ist. Wenn Sie jedoch mit seinem Stabschef sprechen möchten, kann ich nachsehen, ob er zur Verfügung steht …«

»Ich habe mit Mufti Disra persönlich zu reden«, fiel Pellaeon ihm ins Wort. Er hatte diese Spiele gründlich satt. »Und ich darf doch wohl annehmen, dass Sie sich erinnern, mit wem Sie es zu tun haben. Dem Oberkommandierenden der imperialen Streitkräfte steht von Gesetz wegen jederzeit angemessener Zugang zu allen hochrangigen zivilen Führungspersönlichkeiten zu.«

Der Major riss sich zusammen und nahm halbherzig Haltung an. »Ja, Sir, das weiß ich«, entgegnete er. »Aber so weit ich unterrichtet bin, hält sich Seine Exzellenz gegenwärtig bei dem Oberkommandierenden auf.«

Pellaeon spürte, wie sich sein Gesicht verfinsterte. »Wovon reden Sie da?«, verlangte er zu wissen. »*Ich* bin der Oberkommandierende.«

»Vielleicht sollten Sie Mufti Disra darüber befragen«, sagte der Major, den die Drohung in Pellaeons Miene und Stimme ganz offensichtlich nicht aus der Fassung brachte. »Oder Großadmiral …«

Er verstummte; in den phlegmatischen Gesichtszügen zuckte es, als wäre ihm mit Verspätung aufgegangen, dass er soeben etwas äußern wollte, das er eigentlich nicht sagen sollte. »Aber ich selbst verfüge in dieser Frage über keinerlei offizielle Informationen«, schloss er ein wenig lahm. »Ich erwarte Seine Exzellenz in wenigen Tagen zurück. Sie können ja dann noch einmal zurückrufen.«

»Aber natürlich«, sagte Pellaeon sanft. »Vielen Dank, Major, dass Sie sich die Zeit genommen haben.«

Er schaltete das Kom ab und richtete sich auf; erst dann erlaubte er der grenzenlosen Müdigkeit, sich in ihm auszubreiten.

Links von ihm, unter dem Bogengang, der zur Hauptbrücke der *Schimäre* führte, rührte sich Colonel Vermel. »Es sieht übel aus, nicht wahr, Sir?«, fragte er.

»Reichlich übel«, räumte Pellaeon ein und deutete auf das leere Display. »Mit derart offenkundiger Insubordination von Mufti Disra selbst hätte ich gerechnet, aber dergleichen von einem relativ bedeutungslosen Lakaien hinnehmen zu müssen, lässt auf eine maßlose Selbstgewissheit in Disras Palast schließen, die weit über alles hinausgeht, was ihm zusteht.«

Er trat unter den Bogengang neben Vermel. »Und für dieses Ausmaß an Selbstgewissheit kann ich mir nur *einen* möglichen Grund vorstellen.«

Vermel gab ein irgendwie krächzendes Geräusch von sich. »Großadmiral Thrawn.«

Pellaeon nickte. »Es wäre dem Major um ein Haar herausgerutscht ... Ich bin sicher, das ist Ihnen nicht entgangen. Und falls Thrawn wieder da ist und an Disras Seite steht ...«

Er verstummte. Die vielen Jahre schienen mit einem Mal noch schwerer auf seinen Schultern zu lasten. Nach all der Zeit, nach all der unermüdlichen Arbeit und den Opfern für das Imperium so leichtfertig beiseite gestoßen zu werden ... Und das zu Gunsten von jemandem wie Disra. »Wenn er an Disras Seite steht«, fuhr er leise fort, »dann ist *das* zum Besten des Imperiums. Und wir werden es akzeptieren.«

Sie standen eine Minute schweigend nebeneinander; außer den gedämpften Hintergrundgeräuschen der Aktivitäten auf der Brücke der *Schimäre* war kein Laut zu hören. Pellaeon ließ den Blick langsam über die Brücke seines Schiffes schweifen und sehnte sich danach zu wissen, was er als Nächstes tun sollte. Falls Thrawn zurück war, musste er natürlich gar nichts tun: Der Großadmiral würde zur rechten Zeit seine Wünsche kundtun und Befehle erteilen.

Aber falls er *nicht* zurück sein sollte ...

Er trat vor und winkte seinem Dienst habenden Aufklärungsoffizier im Mannschaftsschacht auf der Backbordseite. »Wir haben während der vergangenen zwei Wochen diverse Gerüchte über die angebliche Wiederkehr von Großadmiral Thrawn abgefangen«, sagte er. »Hat irgendeine dieser Meldungen ihn mit einem anderen Sternzerstörer als der *Relentless* in Zusammenhang gebracht?«

»Ich werde das überprüfen, Admiral«, gab der Offizier zurück und begann an seiner Konsole zu arbeiten. »Nein, Sir. In sämtlichen Gerüchten war ausschließlich von der *Relentless* oder Captain Dorja oder beiden die Rede.«

»Gut«, entgegnete Pellaeon. »Ich wünsche, dass sie unverzüglich die Aufzeichnungen der Militärkontrolle von Bastion durchgehen. Dieser Auftrag hat höchste Priorität. Finden Sie heraus, welches Ziel die *Relentless* angesteuert hat.«

»Jawohl, Sir.«

Der Offizier machte sich emsig an seiner Konsole zu schaffen. »Sie glauben doch nicht, dass Dorja gegen Thrawns Befehl seinen Flugplan aktenkundig machen würde, oder?«, warf Vermel leise ein.

»Nein«, gab Pellaeon zurück. »Aber ich bin nicht davon überzeugt, dass diese hohe Geheimhaltung auf Thrawn zurückgeht. Und wenn es Disras Idee war, dann hat er vielleicht nicht daran gedacht, Dorja gegenüber zu erwähnen, dass er sich vor mir versteckt hält.«

»Ja, aber …«

»Ich habe es, Sir«, ergriff der Aufklärungsoffizier das Wort. »Die *Relentless* hat Bastion unter dem Kommando von Captain Dorja vor zwanzig Stunden verlassen und Kurs auf Yaga Minor gesetzt. Geschätzte Transitdauer beträgt zwölf Stunden. Die Passagierliste verzeichnet Mufti Disra …« Er blickte auf, und Pellaeon konnte sehen, dass er schluckte. »… und Großadmiral Thrawn.«

Pellaeon nickte. »Danke«, sagte er. »Captain Ardiff?«

»Sir?«, rief Ardiff und sah von seiner Unterredung mit dem Offizier an der Systemüberwachung auf.

»Setzen Sie Kurs auf Yaga Minor«, befahl Pellaeon. »Wir brechen auf, sobald das Schiff bereit ist.«

»Ja, Sir«, bestätigte Ardiff, drehte sich um und hob die Hand, um die Navstation auf sich aufmerksam zu machen. »Navigator?«

»Ich hoffe, Sie wissen, was Sie vorhaben, Sir«, sagte Vermel unbehaglich. »Wenn Thrawn und Disra zusammenarbeiten, dürfte es für Ihre Karriere kein besonders weiser Schritt sein, in seiner Gegenwart eine Konfrontation mit Disra zu erzwingen.«

Pellaeon lächelte freudlos. »Alle Überlegungen über meine Karriere habe ich schon lange aufgegeben«, erwiderte er. »Es geht vielmehr darum, ob Thrawn tatsächlich irgendwie nichts von den schlimmen Verfehlungen Disras gegen das Imperium weiß. Und wenn dem so sein sollte, ist es meine Eidespflicht als imperialer Offizier, sie seiner Aufmerksamkeit zu empfehlen ...«

»Admiral« meldete sich scharf eine Stimme von der Sensorstation. »Ein Raumschiff nähert sich ... fünfundfünfzig Grad, Strich vierzig. Unbekannte Konfiguration.«

»Verteidigungsbereitschaft«, entgegnete Pellaeon ruhig. Sein Blick prüfte die angegebene Richtung, während er über die Kommandogalerie auf das Aussichtsfenster zuging. Unbekannte Raumschiffe waren nach seiner Erfahrung fast immer auf einen falschen Alarm zurückzuführen: einen ungewöhnlichen Anflugwinkel, irgendeine Modifikation oder auch eine irgendwie obskure Bauart, die dem jeweiligen Sensoroffizier noch niemals untergekommen war. Er erhaschte durch die seitliche Luke einen ersten Blick auf das Raumfahrzeug ...

... und blieb auf der Stelle stehen. Er starrte ungläubig nach draußen. *Was, im Namen des Imperiums ...?*

»Admiral?«, rief der Kommunikationsoffizier mit unnatürlich hoher Stimme. »Sir, sie rufen uns. Oder besser – sie rufen *Sie*.«

Pellaeon zog die Stirn kraus. »Mich persönlich?«

»Ja, Sir. Er hat sich speziell nach Admiral Ardiff erkundigt ...«

»Dann hätten sie den Funkspruch doch wohl besser an den Admiral weitergeleitet, oder?«, unterbrach Pellaeon ihn brüsk.

»Jawohl, Sir«, schluckte der Junge. »Übertragung kommt jetzt rein, Sir.«

»Hallo, Admiral Pellaeon«, dröhnte eine Stimme aus dem Lautsprecher der Brücke. Eine männliche Stimme, die Basic sprach, ohne einen Akzent oder besonderen Tonfall, wie er bei nichtmenschlichen Spezies die Regel war.

Und eine Stimme, die auf sonderbare Weise vertraut anmutete, stellte Pellaeon plötzlich erschauernd fest. Sogar beunruhigend vertraut. Wie ein Echo aus ferner Vergangenheit ...

»Ich bin sicher, Sie werden sich meiner nicht mehr erinnern«, fuhr die Stimme fort. »Aber ich glaube, wir sind uns ein- oder zweimal begegnet.«

»Wenn Sie es sagen«, erwiderte Pellaeon mit fester Stimme. »Und welchem Anlass verdanke ich das Vergnügen Ihres Besuchs?«

»Ich bin hier, weil ich Ihnen ein Angebot unterbreiten will«, antwortete die Stimme. »Weil ich Ihnen etwas geben möchte, dass Sie sich sehr wünschen.«

»Wirklich?« Pellaeon sah Ardiff an, der jetzt in gespannter Erwartung hinter der Kommandostation des Steuerbord-Turbolasers stand. »Ich wusste gar nicht, dass ich derart unerfüllte Wünsche mit mir herumschleppe.«

»Oh, Sie wissen auch noch gar nicht, dass sie dies hier haben wollen«, versicherte die Stimme ihm. »Aber das wollen Sie. Glauben Sie mir.«

»Ich muss zugeben, Sie machen mich neugierig«, sagte Pellaeon. »Wie, schlagen Sie vor, geht es jetzt weiter?«

»Ich würde gerne an Bord kommen und mich mit Ihnen persönlich treffen. Ich denke, sobald Sie sehen, was ich für Sie habe, werden Sie die Notwendigkeit einer gewissen Heimlichkeit verstehen.«

»Das gefällt mir nicht«, flüsterte Vermel neben ihm. »Es könnte irgendein Trick sein.«

Pellaeon schüttelte den Kopf. »Mit einem unbekannten fremden Raumschiff als Köder?«, widersprach er und wies auf den Raumer, der bewegungslos an Steuerbord vor dem mit Sternen übersäten Hintergrund hing. »Wenn das ein Trick ist, dann ist es ein ausgesprochen guter.«

Er räusperte sich. »Captain Ardiff?«, rief er. »Treffen Sie alle Vorbereitungen, unseren Gast an Bord zu holen.«

12. Kapitel

Obwohl Han halb damit gerechnet hatte, gab es auf dem letzten Abschnitt ihrer Reise keine Angriffe auf die *Glücksdame*. Und keines der nahezu zweihundert Kriegsschiffe, die einander über Bothawui argwöhnisch beäugten, schien sich allzu sehr für die Yacht zu interessieren, die sich vorsichtig einen Weg durch den Aufmarsch bahnte, dorthin, wo die drei Korvetten der Neuen Republik ihre Kreise zogen. Die Schiffe flogen dicht beieinander, so als fürchteten sie die Ehrfurcht gebietende Feuerkraft, die sich am Himmel ringsum versammelt hatte.

Was, wie Han säuerlich dachte, vermutlich tatsächlich der Fall war. Gavrisom – und Calibops im Allgemeinen – verstanden sich wesentlich besser auf Worte als auf Aktionen.

Der Dienst habende Offizier an Bord von Gavrisoms Raumschiff hatte anfänglich wenig Neigung gezeigt, ihrer Bitte zu entsprechen, an Bord kommen zu dürfen, aber ein paar Minuten heftiger Auseinandersetzungen – sowie wahrscheinlich ein oder zwei Wortwechsel hinter den Kulissen – hatten seine Meinung schließlich geändert.

Und als er und Lando durch die Andockluke der *Glücksdame* an Bord gingen und die wartende Leia in Hans Arme sank, schien sich der ganze ärgerliche Aufwand schließlich doch gelohnt zu haben.

»Ich bin so froh, dass du zurück bist«, sagte Leia leise. Ihre Stimme klang gedämpft, als sie sich an seine Brust schmiegte. »Ich habe mir solche Sorgen um dich gemacht.«

»He, Süße, du kennst mich doch«, erwiderte Han, der sich um einen lässigen Tonfall bemühte, aber sie ebenso fest in den Armen hielt wie sie ihn. Jetzt, da alles vorbei war, schien es plötzlich so, als wäre er endlich fähig, sich selbst einzugestehen, was ihr Ausflug nach Bastion sie unter Umständen hätte kosten können. Was er hätte verlieren können …

»Ja, ich kenne dich«, antwortete Leia, sah zu ihm hoch und

versuchte ein Lächeln, mit dem sie ihn keine Sekunde lang an der Nase herumführen konnte. Vielleicht erkannte auch sie in diesem Moment, was sie beinahe verloren hätte. »Und ich weiß sehr gut, dass du noch nie im Leben dazu in der Lage gewesen bist, dich aus Ärger herauszuhalten. Ich bin bloß froh, dass du heil aus dieser Sache herausgekommen bist.«

»Ich auch«, erwiderte Han aufrichtig und sah sie genau an. »Du siehst müde aus.«

»Ich bin nur ein bisschen zu früh auf den Beinen«, erklärte sie. »Gavrisom hat uns die Zeit von Drev'starn vorgegeben, und da unten ist es gerade mal kurz nach Tagesanbruch.«

»Oh«, sagte Han. Es war ihm gar nicht in den Sinn gekommen, den Dienst habenden Offizier nach der Schiffszeit zu fragen. »Tut mir leid.«

»Kein Problem«, versicherte sie. »Glaube mir, dafür hat sich das frühe Aufstehen gelohnt.« Sie zögerte kaum merklich. »Hast du es mitgebracht?«

Han warf Lando über ihren Scheitel hinweg einen Blick zu. »Ja, schon«, sagte er. »Können wir uns irgendwo unterhalten?«

Er fühlte, wie ihre Muskeln sich verhärteten. »Sicher«, antwortete sie. Ihre Stimme verriet nichts von ihrer plötzlichen Besorgnis. »Am Ende dieses Gangs gibt es einen Konferenzraum.«

Wenige Minuten darauf saßen sie in tiefen, bequemen Sesseln hinter einer fest verschlossenen Tür. »Dieser Raum wird nicht überwacht«, sagte Leia. »Ich habe das bereits überprüft. Was stimmt nicht?«

Han wappnete sich. »Wie ich dir schon gesagt hatte, haben wir das Caamas-Dokument«, begann er. »Was ich zu dem Zeitpunkt allerdings noch nicht wusste … tja, lass mich dir die ganze Geschichte erzählen.«

Er gab ihr eine Zusammenfassung ihrer Reise nach Bastion, die mit Moegids Entdeckung endete, dass das Dokument verändert worden war. »Ich hätte mir vermutlich denken sollen, dass er uns über den Tisch zieht«, grollte er und starrte auf die Datenkarte auf dem niedrigen Tisch in der Mitte zwischen ihnen. Als er die Ereignisse Revue passieren ließ, waren seine Verlegenheit und sein Zorn darüber, auf den ganzen dummen Schwindel von Beginn an hereingefallen zu sein, neu entfacht worden. »Ich hätte abwarten und dir erst dann ein Wort sagen sollen, nachdem Lando und Moegid das Ding für unbedenklich erklärt hätten.«

Leia drückte ihm ermutigend die Hand. »Schon gut«, sagte sie, aber die Linie ihres Mundes ließ keinen Zweifel daran, dass es ganz und gar nicht gut war. »Es war ebenso sehr mein Fehler wie deiner. Ich wusste schließlich auch, dass Thrawn wieder aufgetaucht ist. Mir hätte klar sein müssen, dass es so zu leicht war.«

»Schön, aber du hattest keine Ahnung, dass er derjenige war, der uns die Datenkarte gegeben hat«, widersprach Han, der auf unbestimmte Weise entschlossen war, ihr keinen Teil der Schuld an dieser Pleite zu überlassen. »Du wusstest nur …«

Lando, der ihm gegenübersaß, räusperte sich vernehmlich. »Wenn ihr beide damit fertig seid, euch darüber zu verständigen, wessen Fehler es war«, warf er trocken ein, »können wir uns vielleicht der Frage zuwenden, was wir weiter unternehmen.«

Han blickte Leia an und sah, wie ihre Lippen sich zu einem dünnen ironischen Lächeln entspannten. »Das saß«, erwiderte sie und passte sich Landos Ton an. »Und möglicherweise stehen die Dinge gar nicht mal so schlecht, wie es scheint. Es besteht immer noch die Chance, dass es uns gelingt, aus anderer Quelle eine Kopie des Dokuments in die Hand zu bekommen.«

»Du meinst Karrde?«, fragte Han.

»Nein, es gibt noch eine weitere Möglichkeit.« Leia hielt kurz inne. »Ich sollte zu diesem Zeitpunkt wirklich nicht mehr darüber sagen, außer vielleicht: Wenn es klappt, wird es bis dahin wahrscheinlich noch ein paar Tage dauern.«

»Es kommt also nach wie vor darauf an, dass wir alle Parteien noch eine Zeit lang hinhalten«, stellte Lando munter fest. »Nun, Han und ich hatten ein paar Tage Zeit, die ganze Angelegenheit von allen Seiten zu bedenken, und wir glauben, dass wir vielleicht einen Weg gefunden haben, ein wenig Zeit für uns herauszuschinden.«

»Stimmt«, nickte Han, der froh war, das Thema wechseln

zu können. »Zuerst gehe ich mal zu Gavrisom und teile ihm mit, dass er das Caamas-Dokument noch nicht haben kann.«

Leia machte große Augen. »Wie, um alles in der Welt, willst du das rechtfertigen?«

»Mit der Begründung, dass die Lage über Bothawui für meinen Geschmack zu brenzlig ist«, antwortete Han hochmütig. »Ich werde fordern, dass alle ihre Aktionen abbrechen und nach Hause fliegen, bevor ich das Dokument *irgendjemandem* übergebe.«

Leias Miene glich einer Studie in sprachlosem Erstaunen. »Han, damit kommst du unmöglich durch.«

»Warum nicht?«, konterte Han und hob die Schultern. »So *bin* ich, erinnerst du dich? Jeder erwartet doch von mir, dass ich verrückte Dinge tue.«

»Ja, nur …« Leia schluckte ihre Einwände mit sichtlicher Anstrengung hinunter. »Also schön, nehmen wir mal an, du kommst bei Gavrisom damit durch. Was dann?«

Han warf Lando einen Blick zu. »Genaugenommen haben wir uns über den Teil noch nicht allzu viele Gedanken gemacht«, gab er zu. »Moegid meint, es bestünde eine vage Möglichkeit, die Daten wiederherzustellen – das hängt davon ab, wie gut der Knabe war, der die Manipulation vorgenommen hat. Und jetzt, da wir im Besitz des Dokuments sind, können wir die Bothans vielleicht mit einem Bluff dazu bringen, uns zu sagen, was sie wissen.«

»Vorausgesetzt, sie wissen überhaupt etwas«, stellte Leia klar. »Falls nicht, sind wir auch nicht besser dran als zuvor. Schlimmer noch, weil sich *dann* bestimmt jemand findet, der die Neue Republik beschuldigt, mit ihnen ausgehandelt zu haben, dass sie mit dem Namen hinter den Berg halten.«

»Ich weiß«, entgegnete Han und versuchte, sie die Enttäuschung nicht spüren zu lassen, die ihn mit einem Mal überkam. »Aber wenn wir bloß da hinausgehen und ihnen sagen, dass wir *gar nichts* haben, werden sie doch das Gleiche behaupten, oder?«

Leia drückte abermals seine Hand. »Wahrscheinlich«, nickte sie. Ihre Augen nahmen den abwesenden Ausdruck an, der stets bedeutete, dass sie angestrengt über etwas nachdachte.

»Na gut«, sagte sie dann. »Die beiden schlimmsten Aufrührer da draußen sind die Diamala und die Ishori. Wenn wir *sie* dazu bewegen können, sich zurückzuziehen, und sei es auch nur vorübergehend, werden es ihnen viele der anderen Fraktionen sicher gleichtun. Aus diesem Grund ist Gavrisom hergekommen … weil er versuchen wollte, mit ihnen zu reden.«

Han verzog das Gesicht, als er sich seines eigenen erfolglosen Versuchs erinnerte, die beiden Spezies zu einer Übereinkunft zu bewegen. Und dabei war es nur um Detailfragen des Schiffsverkehrs gegangen. »Steckt sie bloß nicht in dasselbe Zimmer«, warnte er.

»Genau«, erwiderte Leia und warf Lando einen Blick zu. »Lando, stehen Sie eigentlich immer noch auf gutem Fuß mit Senator Miatamia?«

Lando sah sie misstrauisch an. »Ich weiß eigentlich nicht, ob wir jemals auf gutem Fuß standen«, antwortete er zurückhaltend. »Vor allem nicht, seit der Flug, zu dem ich ihn eingeladen hatte, mit einem festlichen Umtrunk an Bord von Thrawns Sternzerstörer endete. Was genau haben Sie denn im Sinn?«

»Miatamia ist gestern Abend hier eingetroffen, um sich ein Bild von der Lage zu machen«, erläuterte Leia. »Er weilt auf einem der großen Kriegsschiffe der Diamala, der *Industrious Thoughts*. Ich möchte, dass Sie an Bord gehen und mit ihm reden.«

Lando klappte der Kiefer herunter. »Ich? Leia …«

»Sie werden es tun müssen«, gab Leia entschieden zurück. »Die Diamala verfügen über einen ausgeprägten Sinn für persönlichen Stolz, und Miatamia schuldet Ihnen noch etwas dafür, dass Sie ihn mitgenommen haben. Davon können Sie Gebrauch machen.«

»Schauen Sie, ich habe keinen Schimmer, ob Sie wissen, was meine Gastfreundschaft auf dem freien Markt wert ist«, protestierte Lando. »Aber …« Er sah ihr noch einmal ins Gesicht und seufzte. »Also schön, ich versuche es.«

»Danke«, sagte Leia. »Gavrisom und ich hatten bereits geplant, uns heute Morgen an Bord der *Predominance* mit den Führern der Ishori zu treffen. Vielleicht können wir gemeinsam etwas erreichen.«

Mit einem Piepsen meldete sich das Tischkom. »Rätin Organa Solo?«, ertönte die Stimme des Dienst habenden Offiziers.

Leia streckte die Hand aus und berührte den Schalter. »Ja?«

»Hier ist ein Diplomat, der Sie zu sprechen wünscht, Rätin. Sind Sie abkömmlich?«

Han empfand einen Anflug von Verärgerung. Konnten die sie eigentlich *niemals* in Ruhe lassen? »Hier spricht Solo«, rief er in Richtung der Komeinheit. »Die Rätin ist anderweitig beschäftigt …«

Er verstummte, als Leia unversehens seinen Arm drückte. Da war etwas in ihrem Gesicht … »Ja, ich will ihn sehen«, sagte Leia. »Schicken Sie ihn her.«

Sie deaktivierte das Kom. »Leia …«, setzte Han an.

»Nein, es ist gut«, erwiderte sie. Ihre Miene zeigte immer noch diesen sonderbaren Ausdruck. »Ich habe so ein komisches Gefühl …«

Sie sprach nicht weiter, als die Tür zur Seite glitt. Han stand auf und ließ intuitiv die Hand zum Blaster sinken.

»Rätin Organa Solo«, begrüßte Carib Devist sie ernst, als er eintrat. Seine Augen wanderten zu Han. »Und Solo«, ergänzte er, ging auf ihn zu und streckte die Hand aus. »Ich bin froh zu sehen, dass Sie Bastion heil überstanden haben.«

»Das haben wir keineswegs«, entgegnete Han kurz angebunden und machte keine Anstalten, die Hand des anderen zu ergreifen. »Wir wurden geschnappt.«

Carib erstarrte und hielt weiter die Hand ausgestreckt. Als würde er ihn erst jetzt bemerken, zuckte sein Blick zu Lando, der noch immer saß, dann ließ er langsam die Hand sinken. »Was ist passiert?«, fragte er mit angespannten Gesichtszügen.

»Wie ich schon sagte, wurden wir geschnappt«, erklärte Han ihm. »Sie haben uns eine Zeit lang in der Stadt herumgehetzt, und als wir schließlich zum Schiff kamen, warteten sie bereits auf uns.« Er hob die Augenbrauen. »Anscheinend stehen wir dort sehr hoch im Kurs. Thrawn selbst kam, um uns zu treffen.«

Er hatte gedacht, Carib würde darauf keine Miene verziehen. Aber er täuschte sich. »Thrawn war dort?«, wiederholte der andere. Seine Stimme war kaum mehr als ein Flüstern. »Und er war es wirklich?«

»Auf jeden Fall war es kein Holo«, gab Han scharf zurück. »Klar war er es. Wir haben nett miteinander geplaudert, und dann hat er uns das Caamas-Dokument gegeben.« Er stieß mit den Finger nach der Datenkarte auf den Tisch. »Da ist es.«

Carib richtete den Blick auf die Datenkarte. »Und?«, fragte er zaghaft.

»Es wurde verändert«, fiel Leia ein. Ihre Stimme klang beinahe sanft.

Han warf ihr einen gereizten Blick zu. Warum war sie freundlich zu diesem Mann? »Ich nehme stark an, Sie haben keine Ahnung, wie sie uns auf die Schliche gekommen sind oder so«, knurrte er und wandte seinen düsteren Blick wieder Carib zu.

Der andere hielt ohne mit der Wimper zu zucken stand. »Nein«, antwortete er. »Aber mal angenommen, Sie wurden nicht von derselben Sekunde an, da Sie ihr Schiff verließen, überwacht, so hat man Sie schätzungsweise einfach entdeckt. Und darf ich außerdem darauf hinweisen«, fügte er mit einer gewissen Schärfe in der Stimme hinzu«, dass sie zugleich mit Ihnen auch auf mich aufmerksam geworden sind. Was wiederum bedeutet, dass unseren Familien auf Pakrik Minor jetzt Repressalien durch das Imperium drohen. Wie wenig Ihnen das auch bedeuten mag.«

Han verzog das Gesicht. »Ja«, sagte er kleinlaut. »Es ... tut mir leid.«

»Vergessen Sie's«, entgegnete Carib, dessen Wut anhielt. »Wir wussten, worauf wir uns eingelassen haben.«

Er wandte sich mit Bedacht wieder Leia zu. »Aus diesem Grund sind wir auch hier. Wir haben beschlossen ...«

»Moment mal«, mischte sich Lando ein. »Der Dienst habende Offizier sagte, Sie wären ein Diplomat. Wie haben sie sich denn mit *der* Geschichte durchgeschwindelt?«

»Das hat mit Schwindel nichts zu tun«, sagte Carib. »Das Direktorat wollte, dass sich jemand aufmacht, um Präsident Gavrisom und der Neuen Republik in der Caamas-Affäre unsere Unterstützung anzubieten. Wir meldeten uns freiwillig. So einfach ist das.«

»Und sind Sie beim ersten Versuch bis zu Gavrisom durchgedrungen?«

Carib zuckte die Achseln. »Wir haben ein paar Fäden gezogen. Aber allzu viele mussten es gar nicht sein.« Er lächelte traurig. »Ich habe den Eindruck, dass in diesen Tagen nicht eben viele Leute herbeiströmen, um Gavrisom ihre bedingungslose Unterstützung anzutragen. Da sind wir vermutlich eine gern gesehene Abwechslung.«

Er sah wieder Leia an. »Der Punkt ist, wir haben untereinander darüber gestritten und sind zu dem Schluss gekommen, dass wir uns nicht einfach zurücklehnen und zuschauen wollen, wie diese Partie ausgeht.«

Er nahm, vermutlich unbewusst, Haltung an. »Also sind wir gekommen, um Ihnen unsere Hilfe anzubieten.«

Han warf Lando einen scheelen Blick zu. Eine Bande imperialer Klone, die sich freiwillig meldete, um sich in den Streit um Caamas einzumischen. Das hatte ihnen gerade noch gefehlt. »Und wie beabsichtigen sie das anzustellen?«, fragte er.

»Auf jede nur erdenkliche Weise«, erwiderte Carib. »Und vielleicht auf die eine oder andere Weise, an die Sie nicht mal im Traum denken würden. Sind Sie sich zum Beispiel darüber im Klaren, dass sich unter all den Raumschiffen, die Sie da draußen haben, mindestens drei Imperiale befinden?«

Han spürte, wie sich seine Augen verengten. »Wovon reden Sie da?«

»Ich rede von drei imperialen Raumschiffen«, wiederholte Carib. »Kleine Schiffe, kaum größer als Sternjäger, wahrscheinlich nicht mehr als drei, vier Mann Besatzung an Bord. Aber es sind eindeutig Imperiale.«

»Sind Sie sich da ganz sicher?«, hakte Leia nach.

Han blickte stirnrunzelnd auf sie hinunter. Hinter ihren Augen lag ein seltsamer Ausdruck, ihre Stimme verriet eine unerwartete Anspannung.

»Absolut sicher«, erklärte Carib. »Wir haben auf dem Weg hierher Fetzen eines Funkspruchs aufgefangen, der nach den jüngsten Kodes von Bastion verschlüsselt war.«

Leias Mundwinkel zuckten. »Ich verstehe.«

»Ich nehme an, Sie haben ihre IDs«, sagte Lando.

»Von denen, die wir entdeckt haben, ja«, antwortete Carib, grub eine Datenkarte aus und reichte sie Han. »Aber natürlich könnten noch mehr da draußen sein und sich ruhig verhalten.«

»Natürlich«, sagte Lando.

Carib schoss einen finsteren Blick auf ihn ab und wandte sich dann wieder Han zu. Er hielt Hans Blick einen Moment lang stand und musterte sein Gesicht. »Schauen Sie, Solo«, sagte er ruhig. »Ich weiß, dass Sie mir nicht wirklich trauen. Ich schätze, an Ihrer Stelle würde ich mir unter diesen Umständen wahrscheinlich auch nicht über den Weg trauen. Aber ob Sie es glauben oder nicht, wir sind auf Ihrer Seite.«

»Das ist keine Frage von Misstrauen, Carib«, ergriff Leia das Wort. »Es geht um die Frage, was in dieser Sache real ist und was nicht. Wenn Thrawn im Hintergrund die Fäden zieht, können wir nicht mal mehr unseren eigenen Augen trauen, ganz zu schweigen von Ihrem Urteil.«

»Und das ist möglicherweise seine stärkste Waffe«, konterte Carib ungeduldig. »Die Tatsache, dass niemand mehr bereit ist, seinen Verbündeten, den Umständen oder sogar sich selbst zu trauen. So können Sie nicht leben, Rätin, und sie können ganz gewiss nicht auf diese Weise kämpfen.«

Leia schüttelte den Kopf. »Sie missverstehen mich. Ich habe nicht angedeutet, dass wir vor der Ungewissheit kapitulieren, ich erläutere Ihnen lediglich unser Zögern. Wir haben im Gegenteil einen Plan und werden versuchen, ihn in die Tat umzusetzen.«

»Gut«, nickte Carib, und Han glaubte, einen Anklang von Erleichterung in seiner Stimme zu vernehmen. »Was sollen *wir* tun?«

»Ich möchte, dass Sie auf ihr Schiff zurückkehren und sich ganz entspannt ein wenig in der Gegend umsehen«, teilte Leia ihm mit, schob eine Datenkarte in ihr Lesegerät und drückte ein paar Tasten. »Versuchen Sie jedes imperiale Raumschiff da draußen aufzustöbern und zu identifizieren.«

»Was, wenn sie keine Übertragungen mehr senden?«, erkundigte sich Lando.

»Das spielt keine Rolle«, versicherte Carib. »Es gibt bestimmte Dinge, die nur imperiale Piloten machen und die sie aus der Menge herausragen lassen. Wenn da draußen noch mehr von denen sind, werden wir sie finden.«

»Schön«, sagte Leia, ließ die Datenkarte aus dem Schacht gleiten und gab sie Carib. »Sorgen Sie aber dafür, dass Sie mit Han, Lando oder mir in Kontakt bleiben – hier haben Sie unsere persönlichen Komlink- und Schiffsfrequenzen. Halten Sie sich darüber hinaus einfach bereit.«

»Das werden wir«, versprach Carib. »Danke, Rätin. Wir werden Sie nicht enttäuschen.

»Ich weiß«, erwiderte Leia ernst. »Wir reden später weiter.«

Carib nickte kurz, drehte sich um und schritt aus dem Raum. »Ich hoffe, du weißt, was du tust, Leia«, grummelte Han und starrte die geschlossene Tür finster an. »Ich bin mir noch immer nicht sicher, ob ich ihm traue.«

»Nur die Geschichte wird seine heutige Handlungsweise angemessen beurteilen können«, gab Leia müde zurück. »Oder die von uns allen.« Sie holte tief Atem und schien ihre Müdigkeit dann abzuschütteln. »Wir können nur tun, was in unserer Macht steht. Ich muss zu Gavrisom, um mit ihm über unsere Begegnung mit den Ishori zu sprechen. Und Sie, Lando, müssen sich jetzt mit Senator Miatamia in Verbindung setzen und zusehen, dass Sie sich mit ihm treffen können.«

»Richtig«, nickte Lando und rappelte sich mit offensichtlichem Widerwillen aus der Bequemlichkeit seines Sessels auf. »Bis später dann.«

Er ging. »Und was ist mit mir?«, wollte Han wissen. »Was mache ich?«

»Du nimmst mich noch mal in den Arm«, antwortete Leia und trat vor ihn. »Nein, im Ernst, du hältst dich am besten vollkommen aus allem raus«, fügte sie nüchtern hinzu. »Du bist derjenige, der das Caamas-Dokument hat, derjenige der moralisch über den Dingen steht. Da kannst du dich unmöglich bei Verhandlungen mit einer der beiden Seiten sehen lassen.«

»Ja«, sagte Han und schnitt ein Gesicht. »Ich stehe immer gerne über den Dingen – man gibt da oben so ein gutes Ziel ab. Komm schon, Leia, ich kann nicht einfach hier herumsitzen und *gar nichts* tun.«

Er fühlte, wie ihr Körper, den sie an ihn schmiegte, sich ein wenig versteifte.. »Also, ehrlich gesagt … am *Falken* muss ein bisschen was gemacht werden«, erklärte sie vorsichtig. »Wir haben beim Einflug in das System die Energiekonverter an Steuerbord und die Ionenflussstabilisatoren eingebüßt.«

»Ist nicht schlimm, ich habe Ersatzteile für beides«, erwiderte Han. »Hast du eine Ahnung, was passiert ist?«

Er spürte, wie sie fast zusammenzuckte. »Sie hatten einen Zusammenstoß mit einem Lichtschwert.«

Er neigte den Kopf, um ihr auf den Scheitel blicken zu können. »Oh«, sagte er. »Tatsächlich?«

»Aber aus gutem Grund«, beeilte sie sich zu ergänzen. »Wirklich.«

Han lächelte und streichelte ihr über das Haar. »Ich glaube dir ja, Süße«, versicherte er. »Also gut. Ich mache mich gleich an die Arbeit. Du hast drüben auf der anderen Seite angedockt, richtig?«

»Ja.« Leia zog sich ein Stück von ihm zurück. »Eine Sache noch. Wir haben einen Passagier an Bord, den wir gegenwärtig auch aus der hiesigen Lokalpolitik heraushalten müssen. Elegos A'kla, einen Treuhänder der Überlebenden der Caamasi.«

Han hob die Augenbrauen, dann schüttelte er den Kopf. »Ich kann dich nicht eine Minute allein lassen, wie?«, fragte er. »Da startet man von Pakrik Minor zu einer kleinen Reise, und das Nächste, was man mitbekommt, ist, dass du mit hoch gestellten Caamasi verkehrst.«

Leia lächelte zu ihm hinauf. Doch in dem Lächeln lag eine verstörende Bitterkeit. »Du weißt nicht einmal die Hälfte«, sagte sie, streckte die Hand aus und liebkoste seine Wange.

»Dann sag es mir.«

Leia schüttelte widerstrebend den Kopf. »Dazu haben wir jetzt keine Zeit. Vielleicht kann ich dir die ganze Geschichte erzählen, wenn Gavrisom und ich von der *Predominance* zurück sind.«

»Na gut«, sagte Han. »Alles klar, dann mache ich mich jetzt an die Arbeit am *Falken*, einverstanden?«

»Einverstanden.« Leia schloss ihn noch einmal in die Arme und gab ihm einen flüchtigen Kuss. »Wir sehen uns später.«

»Ja«, nickte Han und legte die Stirn in Falten. Ihm war gerade etwas eingefallen … »Leia?«

Sie verharrte an der Tür. »Ja?«

»Du sagtest vor einer Minute, die Geschichte würde Caribs heutige Handlungsweise beurteilen«, erinnerte er sie. »Wieso *heutige?*«

»Das habe ich gesagt, nicht wahr?«, gab Leia leise zurück. Ihre Augen waren auf nichts Bestimmtes gerichtet. »Ich weiß es nicht.«

Han fühlte, wie ihm etwas Kaltes über den Rücken kroch. »Irgend so eine Jedi-Sache?«

Leia holte vorsichtig Atem. »Könnte sein«, erwiderte sie leise. »Könnte sogar sehr gut sein.«

Sie sahen einander ein paar Herzschläge lang an. »Na schön«, sagte Han und legte eine beiläufige Unbekümmertheit in seine Stimme. »Wie auch immer. Bis später dann, ja?«

»Ja«, murmelte Leia. Sie schien noch immer beunruhigt. »Bis später.«

Sie drehte sich um und ging aus dem Raum. Han blieb noch einen Moment stehen und ließ sich die Konsequenzen dessen durch den Kopf gehen, was gerade geschehen war. Es gab deren viele. Alle waren sie undurchsichtig wie Sumpfwasser, und an keiner fand er besonderen Gefallen.

Eines jedoch stand fest, ebenso fest wie die Tatsache, dass seine Frau eine Jedi war: Dies würde auf die eine oder andere Weise ein ausgesprochen arbeitsreicher Tag werden.

Er hob die Datenkarte mit dem Caamas-Dokument vom Tisch auf und schob sie tief in die Tasche. Und wenn dies schon ein arbeitsreicher Tag zu werden versprach, ergänzte er entschlossen für sich selbst, so war es ausgeschlossen, dass er keinen Anteil daran haben sollte. Vollkommen ausgeschlossen.

Er trat auf den Gang hinaus und wandte sich der Andockbucht zu, in der der *Falke* festgemacht hatte. Wo auch immer der Rekord im Auswechseln eines Flussstabilisators zur Zeit stehen mochte, er würde ihn heute brechen.

Der Besprechungsraum der *Errant Venture* war, als Wedge und Corran dort ankamen, gut gefüllt. Bel Iblis stand hinter dem Holotisch; seine Augen richteten sich kurz auf jeden Captain oder Geschwaderkommandanten, der eintrat, und maßen ihn mit diesem einen Blick. Für jeden anderen, dachte Wedge, sah er vermutlich vollkommen gelassen aus.

Aber in Anbetracht der langen Erfahrungen, die er und das Renegaten-Geschwader mit dem Mann gesammelt hatten, wusste Wedge es besser.

Booster Terrik erschien erwartungsgemäß als letzter. Er schenkte den wenigen unbesetzt gebliebenen Plätzen keine Beachtung und blieb lieber neben der ersten Reihe, direkt vor Bel Iblis, stehen und kreuzte erwartungsvoll die Arme vor der Brust.

»Dies wird die letzte Einweisung vor Erreichung unseres Ziels sein«, begann Bel Iblis ohne lange Vorrede. »Unser Ziel ist – für alle, die noch nicht von selbst darauf gekommen sind – die Allgegenwärtigkeitsbasis bei Yaga Minor.«

Die Überraschung, die wie eine Welle durch die Reihen lief, verriet Wedge, dass sehr viele der Anwesenden tatsächlich nicht richtig geraten hatten. »Bevor Sie jetzt unsere Schiffe zu zählen beginnen und sie gegen die Verteidigungsanlagen von Yaga aufrechnen«, fuhr Bel Iblis fort, »erlauben Sie mir, dass ich Sie zuerst ein wenig ermutige. Wir haben nicht vor, die Basis auszuschalten oder auch nur teilweise zu schwächen. Genau genommen bleiben die meisten von Ihnen, abgesehen von der *Errant Venture* selbst, zur Ablenkung im Hintergrund.«

Er drückte eine Taste, und über dem Holotisch erschien ein Abbild der Allgegenwärtigkeitsbasis. »Die *Errant Venture* wird an diesem Punkt allein aus dem Hyperraum kommen.« Ein leuchtender blauer Lichtpunkt erschien unmittelbar vor dem äußeren Verteidigungsring »Wir werden ein Notsignal senden, dem zufolge wir uns auf der Flucht vor einer großen Angriffsstreitmacht der Neuen Republik befinden – das sind Sie – und Schutz benötigen. Wenn wir Glück haben – und vorausgesetzt, sie fallen auf die gefälschte ID herein –, wird man uns gestatten, den äußeren Verteidigungsring an dieser Stelle zu passieren.«

Booster schnaubte so laut, dass der ganze Raum es hören konnte. »Das soll wohl ein Scherz sein«, kollerte er. »Ein imperialer Sternzerstörer, der vor einem kunterbunten Haufen Schrott wie dem hier flieht? Das glauben die nie im Leben.«

»Und warum nicht?«, fragte Bel Iblis milde.

»*Warum nicht?*« Booster machte eine ausholende Handbewegung, die den ganzen Raum umfasste. »Sehen Sie sich doch nur mal um. Sie haben dieses Schiff unter volle Bewaffnung und Verteidigungsbereitschaft gesetzt, die Mannschaft praktisch komplett aufgestockt und alles auf Hochglanz poliert. So was hat es hier nicht mehr gegeben, seit Palpatine ein Frischling war. Wie sollte da jemand glauben, dass wir in ernsthaften Schwierigkeiten stecken?«

Bel Iblis räusperte sich. »Ich schließe aus Ihren Worten, dass Sie in jüngster Zeit keinen Blick auf die Außenhülle geworfen haben.«

Boosters Arm erstarrte mitten in einer Bewegung. »Was?«, fragte er nachdrücklich mit tödlich tiefer Stimme.

»Sie haben völlig Recht, wenn Sie darauf bestehen, dass ein Teil des Schiffs so aussehen muss, als wären wir in Not.« Bel Iblis nickte. »Ich glaube, sie werden feststellen, dass wir dem entsprochen haben.«

Die beiden Männer starrten einander einen langen Moment an. Boosters Gesichtsausdruck erinnerte Wedge an ein heraufziehendes Gewitter. »Dafür werden Sie bezahlen, Bel Iblis«, sagte Booster schließlich mit bedrohlich gesenkter Stimme. »Sie werden persönlich dafür bezahlen.«

»Wir setzen das auf die Rechnung«, versprach der General. »Keine Sorge, wir bauen nachher alles wieder zusammen.«

»Das möchte ich Ihnen auch raten«, drohte Booster. »Es wird alles repariert. Und einen neuen Anstrich will ich auch.« Er überlegte. »Aber was anderes als Sternzerstörerweiß.«

Bel Iblis lächelte vage. »Ich will sehen, was sich machen lässt.«

Er ließ abermals den Blick durch den Raum wandern und bediente seine Kontrollen. Der blaue Lichtpunkt auf dem Holodisplay passierte den äußeren Ring, und im gleichen Augenblick erschien weiter draußen eine Anzahl gelber Lichter.

»Im selben Moment wird der Rest von Ihnen den Hyperraum verlassen und sich zu einer Angriffslinie formieren«, fuhr er fort. »Sie werden den Verteidigungsring *nicht wirklich* bedrohen, sondern nur so weit vorstoßen, dass die Aufmerksamkeit des Gegners auf Sie gerichtet bleibt. Sie feuern außerdem eine volle Breitseite Protonentorpedos ab und achten darauf, dass ein paar davon den Ring durchdringen und bis vor die Basis selbst gelangen.«

Der blaue Lichtpunkt kam neben einem schlanken Sparren zum Stehen, der aus der Hauptbasis ragte. »Die *Errant Venture* wird unterdessen hier anhalten, wo wir ein Angriffsboot aussetzen, das sich der externen Computerstation nähert und versucht, ein Hackerteam dort einzuschleusen. Wenn die Macht mit uns ist, gelingt es uns so möglicherweise, eine Kopie des Caamas-Dokuments zu finden und herunterzuladen.«

»Und wie kommen Sie dann wieder heraus?,« fragte einer der anderen Captains. »Ich nehme an, Sie gehen davon aus, *irgendwann* entdeckt zu werden.«

Bel Iblis hob andeutungsweise die Schultern. »Wir sind ein imperialer Sternzerstörer«, erinnerte er den Mann. »Ich denke, wir sollten uns ohne allzu große Probleme auf Rancorart aus der Affäre ziehen können.«

Wedge sah Corran an, sah, wie der andere den Mund verzog. Nein, Bel Iblis unterlag in dieser Hinsicht einem tödlichen Irrtum. Lässige Selbstsicherheit hin oder her, Sternzerstörer hin oder her … sobald die Imperialen dahinter kamen, was los war, würde der alte General sich dem Kampf seines Lebens stellen müssen.

Es sei denn …

Wedge richtete den Blick wieder auf Bel Iblis. In seiner Magengrube machte sich ein seltsames Gefühl breit. Es sei denn, er wusste genau, dass er niemals wieder da herauskommen würde; wusste, dass er nur darauf hoffen durfte, rechtzeitig eine Kopie des Caamas-Dokuments aufzutreiben und an den Rest der Flotte weiterleiten zu können.

Wusste, dass Yaga Minor der Ort war, an dem er sterben würde.

Und wenn er das alles wirklich wusste …

Wedge konzentrierte sich auf Booster, der wieder mit gekreuzten Armen dastand. Dann würde Boosters Schiff unweigerlich seiner Vernichtung entgegenfliegen.

Mit Booster an Bord? Vermutlich. Höchstwahrscheinlich sogar.

Neben sich hörte er Corran seufzen. »Er ist nicht wegen uns so nobel und zur Aufopferung bereit, Wedge«, flüsterte der andere. »Er denkt an Mirax und Valin.«

»Sicher«, gab Wedge leise zurück. Boosters Tochter – Corrans Frau – und Boosters sechs Jahre alter Enkelsohn. Ja, das ergab durchaus einen Sinn. Der große, polternde, egozentrische alte Pirat Booster Terrik sorgte sich aufrichtig um seine Familie, ob er dies nun zugab oder nicht.

Und wenn es ihn das Leben kostete, etwas dagegen zu unternehmen, dass sein Enkel inmitten eines Bürgerkriegs aufwachsen würde …

»Ich schätze, wir müssen es eben zu einer Angelegenheit des Renegaten-Geschwaders machen, dass er da wieder herauskommt«, sprach Corran weiter.

Wedge nickte. »Wir sind dabei«, versprach er.

»Wie sieht es mit Jägern aus?«, erkundigte sich der A-Flügler-Commander C'taunmar von der anderen Seite des Raums. »Ich nehme an, Sie wollen mein Geschwader für die Abschirmung.«

Doch Bel Iblis schüttelte den Kopf. »Nein. Wenn wir eine Hand voll imperialer Jäger hätten – TIEs oder Preybirds –, würde ich die zweifellos mitnehmen. Aber diese Operation hängt davon ab, den Bluff so lange wie möglich aufrechtzuerhalten; und eine Abschirmung durch A-Flügler und X-Flügel-Jäger würde die Täuschung ziemlich schnell verderben. Nein, alle Jäger bleiben bei der äußeren Angriffsstaffel.«

Seine Augen trafen Wedge' Blick. »Das gilt auch für die Renegaten.«

Er hielt Wedge' Blick so lange fest, bis er sicher sein konnte, dass es darüber zu keinem Streit kommen würde, dann sah er sich wieder im Raum um. »Ihre individuellen Aufgaben und Positionen innerhalb der Schlachtordnung werden Ihnen beim Verlassen dieser Besprechung ausgehändigt. Gibt es noch irgendwelche Fragen von allgemeinem Interesse?«

»Ja, Sir«, rief jemand, »Sie sagten vorhin, Sie hätten die *Errant Venture* mit einer falschen ID ausgestattet. Handelt es sich dabei um einen echten Namen oder um eine Erfindung?«

»Oh, es muss schon ein echter Name sein«, antwortete Bel Iblis. »Vor zwanzig Jahren gab es noch so viele Sternzerstörer, dass kein einzelner Imperialer dazu in der Lage war, den Überblick zu behalten, und womöglich angenommen hätte, sein Datenmaterial wäre nicht auf dem neusten Stand. Aber das ist längst vorbei.

Zum Glück hat der Geheimdienst drei Schiffe ausgemacht, von denen man schon seit mehreren Wochen nichts mehr gehört hat. Vermutlich sind sie in irgendeiner Sondermission unterwegs; dessen ungeachtet besteht nur eine geringe Chance, dass eines von ihnen vor Yaga Minor auftaucht. Tja, und aus diesem Grund fliegen wir unter dem Namen und mit der ID des imperialen Sternzerstörers *Tyrannic* und …« Er deutete auf Booster. »… unter dem Kommando von Captain Nalgol.«

Fünf Minuten später waren Wedge und Corran auf dem Rückweg zu dem Hangar, in dem der Rest des Renegaten-Geschwaders wartete. »Wir werden uns etwas einfallen lassen müssen, wenn wir sie von außerhalb des Verteidigungsrings beschützen wollen«, bemerkte Wedge düster.

»Weiß ich«, erwiderte Corran mit seltsam abwesend klingender Stimme. »Wir müssen eben einfach kreativ sein.«

Wedge blickte ihn skeptisch an. »Gibt es ein Problem?«

Corran schüttelte den Kopf. »Die *Tyrannic*«, sagte er. »Irgend etwas gefällt mir nicht daran, dass Bel Iblis ausgerechnet *diesen* Namen verwendet. Aber ich weiß nicht, was es ist.«

Eine Jedi-Ahnung? »Nun, dann kommen Sie besser rasch dahinter«, entgegnete Wedge warnend. »Wir haben nur noch eine Stunde bis zum Sprungpunkt.«

»Ich weiß.« Corran holte tief Luft. »Ich werde mir Mühe geben.«

13. Kapitel

»Navett, aufwachen!«

Navett fuhr augenblicklich aus dem Schlaf hoch, seine Rechte schloss sich unwillkürlich um den Griff des Blasters, der unter seinem Kissen verborgen war. Er öffnete die Augen und nahm die ihn umgebende Szene mit einem Blick in sich auf: Klif, der in der Tür des Schlafzimmers stand, einen Blaster in der Hand hielt und einen wutentbrannten Blick aufgesetzt hatte; er war im fahlen Schein der Morgendämmerung von Drev'starn, der durch das Fenster fiel, kaum zu erkennen.

»Was?«, bellte er.

»Jemand ist im Geschäft gewesen«, schnarrte Klif. »Schmeißen Sie sich in Ihre Klamotten und kommen Sie mit.«

Es war also jemand im Geschäft gewesen, alles klar. Navett ging wie betäubt durch den Laden, zermalmte Datenkarten und zufällig verstreute Gegenstände unter den Sohlen und starrte ungläubig auf das Chaos, das über ihre hübsche kleine Tierhandlung gekommen war.

»Das glaube ich nicht«, murmelte Klif wohl zum fünften Mal. »Ich *glaube* es einfach nicht. Wie, um alles in der Welt, ist sie hier hereingekommen, ohne die Alarme auszulösen?«

»Ich weiß es nicht«, sagte Navett und warf einen Blick auf eine der Käfigreihen. »Wenigsten hat sie die Mawkrens nicht mitgenommen.«

»So weit ich das sehen kann, hat sie überhaupt nichts mitgenommen«, grollte Klif, während er sich umsah. »Sie hat bloß still und leise alles auseinander genommen und neu zusammengesetzt.«

Navett nickte. Doch ungeachtet all ihrer Energie und Begeisterung sah es so aus, als wäre ihr die eigentliche Beute durch die Lappen gegangen. Der Teil der Rückwand neben dem Kasten mit der Energiekupplung, wo er und Klif ihr Geheimfach hatten, schien unberührt. »Nun, abgesehen von dem Riesendurcheinander hat sie eigentlich gar nichts angerichtet«, sagte er und ging um den Verkaufstresen herum. Der Computer war eingeschaltet; sie musste sich Zugang verschafft und in ihren Aufzeichnungen herumgeschnüffelt haben. Auch das reine Zeitverschwendung ihrerseits.

»Navett?«

Er blickte auf. Klif stand vor dem Prompous-Käfig und starrte das Regal daneben an. »Was ist?«, fragte Navett, kam wieder um den Tresen herum und gesellte sich zu ihm.

Auf dem Regal lagen in eng gestaffelter Reihe die winzigen Zylinder, die unter dem doppelten Boden des Mawkren-Tanks versteckt gewesen waren.

Und gleich daneben lag ein weiteres binäres Komlink.

»Werden Sie mit ihr sprechen?«, soufflierte Klif.

»Und dann?«, gab Navett zurück. »Soll ich mir weiter ihre hämischen Bemerkungen anhören?«

»Vielleicht bringen Sie sie dazu, uns zu verraten, was sie als nächstes vorhat.« Klif wies auf die Zylinder. »Einer fehlt.«

Navett schluckte einen Fluch hinunter. Er griff nach dem Komlink und schaltete das Gerät ein. »Sie waren ein fleißiges kleines Mädchen, wie?«, presste er zwischen den Zähnen hervor.

»Guten Morgen«, kam die Stimme der alten Frau zurück. Schlief sie denn nie? »Sie sind früh auf.«

»Sie sind spät dran«, konterte Navett. »Und Sie sollten besser auf sich aufpassen. Ungewohnte Bewegung könnte für jemanden Ihres Alters fatale Folgen haben.«

»Ach, Blödsinn«, höhnte sie. »Ein wenig Bewegung hält das alte Herz in Schwung.«

»Bis Sie damit gegen einen spitzen Gegenstand laufen«, rief Navett ihr düster ins Gedächtnis. »Es gibt auf Bothawui Gesetze gegen Vandalismus, wissen Sie?«

»Aber nur, wenn man weiß, gegen wen man Anzeige erstatten soll«, erwiderte sie zwanglos. »Und Sie wissen das nicht, oder?«

Navett biss die Zähne aufeinander. Sie hatte Recht; ihre sämtlichen Bemühungen, die ID ihres Raumschiffs zu überprüfen, waren ins Leere gegangen. »Dann müssen wir wohl selbst mit Ihnen fertig werden«, sagte er.

Es gab ein glucksendes Geräusch. »Das hatte ich Ihnen vergangene Nacht vorgeschlagen. Ich wünschte wirklich, Sie könnten sich entscheiden. Haben Sie übrigens Ihr Xerrol-Nightstinger geholt?«

Navett lächelte dünn. Und ob er das Gewehr geholt hatte. Es lag gleich da drüben, in dem Geheimfach, und wartete darauf, dass er es mitnahm. »Was genau haben Sie hier eigentlich zu finden erwartet?«

»Oh, das weiß man vorher nie«, entgegnete sie. »Ich habe Tiere schon immer gemocht, wissen Sie? Wozu sind eigentlich diese kleinen Zylinder gut?«

»Sie sind hier die Expertin in allen Belangen. Sie werden schon noch dahinter kommen.«

»Du meine Güte, Sie sind aber ein Morgenmuffel«, schimpfte sie. »Geben Sie mir nicht mal einen kleinen Wink?«

»Wir können ja tauschen«, bot Navett an. »Warum erzählen Sie mir nicht zuerst, was Sie als nächstes vorhaben.«

»Ich?«, fragte sie, ganz die Unschuld mit großen Augen. »Nun, nichts mehr. Von nun an liegt es an den Bothans.«

Navett warf Klif einen kurzen Blick zu. »Aber natürlich«, sagte er dann. »Kommen Sie, wir wissen beide, dass Sie die Sicherheitskräfte in dieser Sache nicht verständigen können. Hier heißt es: nur Sie und wir.«

»Glauben Sie das nur weiter«, antwortete die alte Frau aufmunternd. »Tja, ich bin ein wenig müde, und Sie bekommen bald Gesellschaft. Wir reden später.«

Die Übertragung endete mit einem Klicken. »Ja, dir auch einen schönen Tag«, murmelte Navett düster, deaktivierte das Komlink und legte es wieder auf das Regal. Er zog sein Messer und trieb es mitten durch das kleine Gerät.

»Was sollte denn das mit der *Gesellschaft?*«, fragte Klif misstrauisch, während Navett die Einzelteile des Komlinks in den Müllsammler kehrte. »Sie nehmen doch nicht an, dass sie die Sicherheit verständigt hat, oder?«

»Keinesfalls«, erwiderte Navett. »Kommen Sie, wir müssen den Laden noch vor der Öffnungszeit aufräumen …«

Er verstummte, als es an der Tür klopfte. Er zog die Stirn kraus und durchquerte das Geschäft. Dabei ließ er Messer und Blaster wieder in ihrem Versteck unter der Hemdbluse verschwinden. Er schloss die Tür auf, öffnete …

… und sah sich einer Gruppe von vier Bothans gegenüber, die die breiten grüngelben Schärpen der lokalen Polizei über der Schulter trugen. »Sind Sie Navett, der Eigentümer der Exoticalia Tierhandlung?«, fragte der zuvorderst stehende Mann.

»Ja«, bestätigte Navett. »Die Geschäftszeiten …«

»Ich bin Ermittler Proy'skyn von der Verbrechensbekämpfung des Departements Drev'starn«, fiel ihm der Bothan energisch ins Wort und hielt eine schimmernde Erkennungsmarke in die Höhe. »Uns wurde gesagt, dass es hier einen Einbruch gegeben hat.«

Sein Blick ging kurz über Navetts Schulter hinweg. »Die Meldung war offensichtlich gerechtfertigt. Dürfen wir hereinkommen?«

»Selbstverständlich«, nickte Navett und trat zurück, um sie eintreten zu lassen. Er gab sich alle Mühe, seine Stimme ruhig zu halten. Nein, die alte Frau hatte natürlich nichts so nahe Liegendes getan, wie die Sicherheitskräfte zu rufen. Nein, nicht *sie*. »Ich hatte gerade vor, Sie zu verständigen«, fügte er hinzu, während die Bothans bereits im Laden ausschwärmten. »Wir haben es selbst eben erst bemerkt.«

»Haben Sie eine Liste des Inventars und Ihrer Bestände?«, rief Proy'skyn über die Schulter.

»Ich werde eine für Sie anfertigen«, erklärte Klif sich bereit und machte sich zum Computer auf.

Einer der Bothans war neben dem Prompous-Käfig stehen geblieben. »Eigentümer?«, rief er. »Was sind das hier für Zylinder?« Er langte nach unten.

»Bitte, seien Sie vorsichtig damit«, sagte Navett rasch und eilte zu ihm, während er in seinen Gedanken wie wild nach einer vernünftig klingenden Erklärung suchte. »Das sind Hormoninfusionen für unsere kleinen Mawkrens.«

»Und um welche Hormone handelt es sich?«, wollte der Bothan wissen.

»Neugeborene Mawkrens benötigen eine bestimmte Kombination von Sonnenlicht und klimatischen Bedingungen sowie eine spezielle Diät«, warf Klif ein, indem er Navetts Fingerzeig aufgriff und in einer Weise ausschmückte, die nur er beherrschte. »Außerhalb ihrer Heimatwelt ist es nahezu unmöglich, die richtige Mischung zu finden, deshalb benutzt man Hormoninfusionen.«

»Mawkrens, das sind die da drüben«, ergänzte Navett und deutete auf den Tank mit den kleinen Eidechsen. »Wir befestigen die Zylinder mit speziell angefertigten Geschirren auf ihren Rücken.«

»Ich verstehe«, sagte der Bothan und betrachtete die Tiere. »Wann wird das nötig sein?«

»Heute morgen«, erwiderte Klif. »Entschuldigen Sie, aber wenn es Ihnen nichts ausmacht, werden Sie sich eine Weile alleine hier umsehen müssen, Ermittler Proy'skyn.«

»Sicher, sicher«, nickte Proy'skyn. »Bitte, lassen Sie sich nicht aufhalten.«

Navett trat an einen der umgeworfenen Tische und verbarg ein grimmig zufriedenes Lächeln, als er ihn wieder aufrichtete. So viel also zu dem Versuch der alten Dame, raffiniert zu sein – er und Klif konnten sie darin ohne Zweifel an jedem beliebigen Wochentag schlagen. Sie hatten jetzt nicht bloß einen guten Grund, langen offiziellen Fragen erst einmal aus dem Weg zu gehen, hatten nicht bloß jeden möglichen Verdacht zerstreut, indem sie die Ermittler bereitwillig aufforderten, das Geschäft zu durchsuchen, sondern sie würden die letzte Phase ihres Plans sogar unter den Augen der bothanischen Behörden einleiten.

Natürlich hatten sie eigentlich vorgehabt, mit dieser speziellen Phase erst in ein paar Tagen zu beginnen. Aber man konnte nicht alles haben.

Sie schenkten den Bothans, die still und emsig im Laden umherwanderten, keine weitere Beachtung, stellten das Spanngitter auf und machten sich an die Arbeit.

Sie hatten bereits neunzig Mawkrens mit Geschirren und Zylindern ausgestattet – zwanzig weitere lagen noch vor ihnen –, als Navett zum ersten Mal auf einen Geruch aufmerksam wurde, der sich im Laden ausbreitete.

Er blickte zu Klif, der völlig von der Aufgabe in Anspruch genommen war, einen jener Zylinder auf dem Rücken einer winzigen Eidechse festzuschnallen, die in starrer Reglosigkeit an dem Spanngitter klebte, dann ließ er den Blick durch den Laden schweifen. Die ersten vier Bothan-Ermittler waren längst verschwunden und durch drei Techniker ersetzt worden, die fleißig Handabdrücke und chemische Proben von den diversen Tresen und Käfigen nahmen. Keiner von ihnen schien den Geruch bemerkt zu haben.

Klif blickte auf und sah den Ausdruck in Navetts Gesicht. »Ärger?«, flüsterte er.

Navett zog die Nase kraus. Klif runzelte die Stirn und prüfte schnüffelnd die Luft …

… und plötzlich weiteten sich seine Augen. »Rauch.«

Navett nickte kaum merklich; erneut schossen seine Augen wie Pfeile durch den Raum. Doch es war nichts zu sehen, keine Flammen, kein Qualm, doch der Geruch wurde eindeutig immer stärker. »Das würde sie nicht wagen«, zischte Klif. »Oder doch?«

»Davon gehen wir besser mal aus«, erwiderte Navett. »Nehmen Sie die Mawkrens, mit denen wir fertig sind, und bringen Sie sie zur Ho'Din-Bar.«

»Jetzt?« Klif warf einen Blick durch das Fenster in das helle Sonnenlicht draußen. »Navett, da arbeitet zur Zeit eine komplette Belegschaft.«

»Dann lassen Sie sich lieber eine richtig gute Ablenkung einfallen, um sie sich vom Hals zu schaffen«, schoss Navett zurück. Wenn sie die Mawkrens verloren, wäre der ganze Aufwand umsonst gewesen. »Wecken Sie Pensin und Horvic. Wir haben hier einen echten Notfall.«

Klif nickte grimmig. »Alles klar«, sagte er. Er legte sein Werkzeug beiseite und machte sich daran, die letzten verbliebenen Mawkrens wieder in den Tank zurückzulegen …

Plötzlich gab einer der Bothans einen schrillen Schrei von sich. »Feuer!«, blökte er. »Das Gebäude steht in Flammen! Morv'vyal, rufen Sie die Feuerwehr. Machen Sie schon!«

»Feuer?«, fragte Navett und blickte sich in vorgetäuschter Konfusion um. »Wo denn? Ich sehe nirgendwo Feuer.«

»Einfältiger Mensch«, schnappte der Bothan. »Riechen Sie denn den Rauch nicht? Schnell, lassen Sie alles stehen und liegen und laufen Sie nach draußen.«

Navett warf Klif einen kurzen Blick zu. Das also war der Plan der alten Frau. Sie hatte nicht herausfinden können, was aus dem Laden sie benötigten, um ihr Vorhaben umzusetzen, also zwang sie sie dazu, das Geschäft mit leeren Händen zu verlassen. »Aber meine Bestände sind überaus wertvoll«, protestierte er.

»So wertvoll wie Ihr Leben?« Der Bothan, der den eigenen Rat missachtete, bewegte sich rasch durch den Laden und fuhr dabei mit den Händen über die Wände. »Gehen Sie … raus hier!«

»Was machen Sie da?«, fragte Klif.

»Sie haben Recht, es gibt noch keine Flammen«, erklärte der Bothan. »Das Feuer muss deshalb irgendwo hinter den Wänden sitzen.«

»Die Feuerwehr ist unterwegs«, meldete einer der übrigen Bothans besorgt und wedelte mit seinem Komlink. »Aber sie wird erst in ein paar Minuten hier sein.«

»Verstanden«, entgegnete der erste Bothan und blieb vor dem Kasten mit den Energiekupplungen stehen. Da legte er plötzlich das Fell an und zog ein Messer aus dem Gürtel. »Vielleicht können wir schon mal den Weg frei machen.«

»Einen Moment«, bellte Navett und machte einen Satz. Der Bothan hatte sein Messer bereits zwischen zwei Wandelemente unmittelbar über ihrem Geheimfach getrieben. »Was, zur Hölle, machen Sie da?«

»Das Feuer riecht nach Kabelbrand«, gab der Bothan atemlos zurück. »Es brennt höchstwahrscheinlich hier bei den Energiekupplungen. Wenn wir es freilegen und Brandverhüter …«

Er verstummte und geriet ins Straucheln, als die bohrende Klinge unvermutet die verhältnismäßig dünne Front des Geheimfachs zerfetzte. Er gewann das Gleichgewicht zurück und starrte mit weit offenem Mund das Nightstinger-Scharfschützengewehr an, das im Innern des Fachs sichtbar geworden war. »Eigentümer Navett!«, rief er aus. »Was ist das für eine Waffe …?«

Als Navett ihm in den Rücken schoss, stürzte er zu Boden, ohne jemals eine Antwort auf seine Frage zu erhalten.

Der zweite Bothan konnte nur noch einen schrillen Schrei ausstoßen, bevor Navetts zweiter Schuss ihn niederstreckte. Der dritte tastete verzweifelt gleichzeitig nach seinem Komlink und seinem Blaster, als Klifs Schuss auch ihn ausschaltete. »Tja, das war's dann wohl«, knurrte Klif und starrte Navett an. »Was, im Namen des Imperiums …?«

»Sie erwartet von uns, dass wir uns in dieser Sache angemessen professionell verhalten«, presste Navett zwischen den Zähnen hervor. »Und Profis schießen erst, wenn es absolut unvermeidlich ist. Aber wir haben uns gerade wie Stümper benommen. Das müsste sie eigentlich überraschen.«

»Oh, großartig«, entgegnete Klif. »Eine brillante unorthodoxe Strategie. Und was machen wir *jetzt*?«

»Wir ziehen das durch, das machen wir«, knurrte Navett zurück, schob den Blaster wieder unter seine Hemdbluse. Dann trat er über die Leiche und nahm das Nightstinger-Gewehr aus seinem Versteck. »Rütteln Sie Pensin und Horvic wach und schaffen Sie Ihren Hintern zum Schiff und ins All hinaus. Sie haben zwei Stunden, vielleicht weniger, um an Bord der *Predominance* zu gehen und Ihre Position einzunehmen.«

Er drehte sich mit dem Nightstinger-Gewehr in der Hand um und sah den fassungslosen Ausdruck in Klifs Gesicht. »Navett, das können wir unmöglich jetzt tun«, protestierte er. »Die Angriffsflotte wird erst in drei Tagen so weit sein.«

»Wollen sie etwa so lange mit unserer Freundin Katz und Maus spielen?«, gab Navett scharf zurück, ließ das Nightstinger-Gewehr auf die Ladentheke fallen und machte sich daran, die restlichen Mawkrens in ihren Tank zu schaufeln. »Ihr Plan ist offensichtlich: Sie will, dass die Polizei, die Feuerwehr oder sonst jemand in einer Uniform, an ihrer Stelle unsere Pläne durchkreuzt. Wir müssen *jetzt* zuschlagen, denn damit rechnet sie nicht.«

»Aber die Angriffsflotte …«

»Hören Sie auf, sich wegen der Angriffsflotte Sorgen zu machen«, schnitt Navett ihm das Wort ab. »Sie werden bereit sein, klar? Oder werden es verdammt schnell nachholen. Sie haben Ihre Befehle.«

»Gut«, nickte Klif und steckte ebenfalls seine Waffe weg. »Ich lasse Ihnen den Landgleiter hier. Ich kann für uns drei einen neuen stehlen. Brauchen Sie sonst noch was?«

»Nichts, das ich mir nicht selbst besorgen könnte«, teilte Navett ihm kurz und bündig mit. »Gehen Sie, die Zeit läuft.«

»Ja, Viel Glück.«

Er ging. Navett beförderte die allerletzten Mawkrens in ihren Tank zurück, dann sammelte er die restlichen Zylinder ein und schob sie unter den doppelten Boden des Tanks. Ja, die alte Frau hatte ihn gezwungen, die Karten auf den Tisch zu legen, und die plötzliche Änderung ihrer Pläne würde sie teuer zu stehen kommen.

Aber falls sie glaubte, sie hätte bereits gewonnen, täuschte sie sich. Er wünschte bloß, dabei sein zu können, wenn ihr diese Tatsache bewusst wurde.

»Ich bin sicher, Sie werden verstehen, Admiral«, sagte Paloma D'asima, die ihre Worte offenbar sehr sorgfältig wählte, »wie beispiellos dieser Schritt für unser Volk sein würde. Wir haben noch nie zuvor Beziehungen zum Imperium unterhalten, die man als eng hätte bezeichnen können.«

Disra, der ein Viertel des Tischrunds von ihr entfernt saß, unterdrückte ein zynisches Grinsen. D'asima, eine der stolzen und hochrangigen Elf der Mistryl, mochte sich ruhig für raffiniert, sogar für klug halten, wenn es um Politik oder um politische Auseinandersetzungen ging. Doch für ihn war sie so durchschaubar, wie nur ein blutiger Anfänger es sein konnte. Wenn die Mistryl nicht mehr als das hier vermochten, würde sie ihm, noch bevor der Tag sich neigte, aus der Hand fressen.

Oder besser: Sie würde Großadmiral Thrawn aus der Hand fressen. »Ich weiß um den Konflikt, der in der Vergangenheit zwischen uns bestand«, sagte Thrawn ernst. »Aber wie ich Ihnen – und zuvor Karoly D'ulin – schon deutlich gemacht habe«, fügte er hinzu und nickte der jüngeren Frau neben D'asima höflich zu, »wird das Imperium unter meiner Führung nur noch wenig Ähnlichkeit mit dem des verstorbenen Imperators Palpatine besitzen.«

»Ich verstehe das«, sagte die ältere Frau. Ihre Miene verriet keinerlei Regung, ihre Hände jedoch machten das mehr als wett. »Ich erwähne das nur, um Sie daran zu erinnern, dass wir als Garantie mehr brauchen als nur Ihr Wort.«

»Stellen Sie das Wort von Großadmiral Thrawn in Frage?«, wollte Disra wissen und ließ nur einen Anflug von Schärfe in seiner Stimme zu.

Der Schachzug führte zum Erfolg. D'asima sah sich augenblicklich in der Defensive. »Ganz und gar nicht«, versicherte sie eilfertig. »Es ist bloß so, dass …«

Ein Signal des Interkoms im Konferenzraum erlöste sie. »Admiral Thrawn, hier spricht Captain Dorja«, ließ sich die vertraute Stimme vernehmen.

Tierce, der neben Thrawn saß, berührte den Schalter. »Major Tierce hier, Captain«, meldete er sich. »Der Admiral hört mit.«

»Vergeben Sie mir die Unterbrechung, Sir«, sagte Dorja. »Aber Sie hatten mich gebeten, Sie unverzüglich zu informieren, sobald sich nicht planmäßige Schiffe der Basis nähern. Dort ging soeben ein Funkspruch von dem imperialen Sternzerstörer *Tyrannic* ein, der um Hilfe bittet.«

Disra warf Tierce einen bestürzten Blick zu. Die *Tyrannic* war eines der drei Raumschiffe, die in ihre Tarnfelder gehüllt über Bothawui lauerten. Oder zumindest sollte es sich gegenwärtig dort aufhalten. »Haben Sie die Art des Notfalls spezifiziert?«, fragte Thrawn.

»Die Meldung kommt gerade herein, Sir … sie sagen, sie wären von beachtlichen Einsatzkräften der Neuen Republik angegriffen worden und hätten bereits ernste Schäden davongetragen. Sie sagen, dass diese Einsatzkräfte ihnen auf den Fersen sind und sie Schutz benötigen. General Hestiv bittet um Instruktionen.«

Disra spürte, wie ein dünnes Lächeln seine Lippen kräuselte. Das war natürlich nicht die echte *Tyrannic* da draußen. Tierce' Ahnung erwies sich als berechtigt: Coruscant unternahm wahrhaftig den wahnwitzigen Versuch, eine Kopie des Caamas-Dokuments zu stehlen.

Und ihre Falle war nicht nur aufgestellt und bereit, sie hatten sogar eine der Mistryl-Elf, die bezeugen würde, wie dieses Mitleid erregende Unterfangen sich in eine demütigende Niederlage verwandelte. Der echte Thrawn hätte die Umstände nicht besser arrangieren können.

»Weisen Sie General Hestiv an, das sich nähernde Raumschiff den äußeren Ring passieren zu lassen«, wandte sich Thrawn an Dorja. »Anschließend soll er volle Kampfbereitschaft für alle Verteidigungsanlagen befehlen und sich auf einen feindlichen Angriff vorbereiten.«

»Ja, Sir.«

»Und dann«, fügte Thrawn hinzu, »werden Sie auch die *Relentless* klar zum Gefecht machen. Verfolgen Sie die Annäherung des Sternzerstörers und berechnen Sie seinen Kurs; dann bringen Sie uns genau zwischen das Schiff und die Basis. Wenn es so weit ist, befehlen Sie General Hestiv, sämtliche inneren Verteidigungsanlagen auf den Eindringling auszurichten.«

»Jawohl, Sir«, bestätigte Dorja, der sich ein wenig irritiert anhörte, jedoch keine Fragen stellte. »Werden Sie selbst auf die Brücke kommen?«

»Selbstverständlich, Captain.« Thrawn erhob sich und winkte D'asima mit einem schwachen Lächeln zur Tür des Konferenzraums. »Ich denke, wir kommen alle.«

Der plötzliche Lärm ließ Ghent aus seinem Schlummer hochfahren und sich kerzengerade in seinem Sessel aufrichten. Er sah sich hektisch an seinem Arbeitsplatz um und erkannte, dass er immer noch allein war. Erst da registrierte sein vom Schlaf vernebeltes Gehirn, dass es sich bei dem Getöse um eine Art Alarm handelte.

Er sah sich noch einmal in dem Raum um, suchte nach der Ursache des Problems. Doch er vermochte nichts zu erkennen. Der Grund für den Alarm lag also ganz offensichtlich in einem anderen Teil der Station. Es bedurfte nur einer kurzen Untersuchung des Bereichs der Konsole, wo die Atmosphäre reguliert wurde, und schon fand er den AUS-Schalter.

Der Lärm ebbte ab und hinterließ nur ein unerfreuliches

Klingeln in den Ohren. Ghent sah die Konsole noch einen Moment lang an und fragte sich, ob es sich lohnen würde, das Hauptkomsystem abzuhören, um herauszufinden, was los war. Wahrscheinlich nicht; was immer geschehen sein mochte, hatte vermutlich nichts mit ihm zu tun.

Plötzlich runzelte er die Stirn. Die Konsole vor ihm schien zu flackern. Zu flackern?

Das Stirnrunzeln wich erleichtertem Verstehen. Natürlich, er nahm bloß die Widerspiegelung von Licht wahr, das durch die Aussichtsluke im Wohnbereich hinter ihm fiel. Er stand auf und zuckte zusammen, als seine Knie ihn informierten, dass er wieder einmal zu lange auf demselben Fleck gesessen hatte. Dann humpelte er durch die offene Tür und spähte aus der Sichtluke ins All.

Die Quelle des flackernden Lichts offenbarte sich augenblicklich: ein Furcht einflößendes Panorama zahlreicher Turbolaser-Blitze und detonierender Protonentorpedos in weiter Ferne nahe des äußeren Verteidigungsrings der Basis.

Und im Zentrum dieses Rahmens aus leuchtender Feuerkraft befand sich der Schiffskörper eines imperialen Sternzerstörers, der unaufhaltsam auf ihn zuhielt.

Ghent hielt den Atem an und starrte auf das immer näher kommende Schiff. Mit einem Mal schoben sich Pellaeons und Hestivs Gespräche über drohende Gefahren, die er in den vergangenen Tagen in den hintersten Winkel seiner Gedanken verbannt hatte, mit Nachdruck wieder in den Vordergrund. Dieser Sternzerstörer war wegen *ihm* hier – da war er sich völlig sicher.

Lauf! Der Gedanke zuckte wie ein Blitz durch sein Hirn. Lauf weg von hier, durch die lange Röhre in die Hauptbasis. Er musste General Hestiv oder diesen TIE-Piloten finden, der ihn von der *Schimäre* hierher gebracht hatte. Oder einfach nur einen sicheren Ort, an dem er sich verstecken konnte.

Aber nein. Hestiv hatte ihn vor Spionen in der Hauptbasis gewarnt. Wenn er jetzt dorthin ging, würde ihn einer von denen sicher erwischen.

Und außerdem, so erinnerte er sich plötzlich, konnte er nirgendwo hingehen. Er hatte das einzige Zugangsschott dreifach versiegelt und es mit mehreren passwortabhängigen Computerschlüsseln kodiert, die jeden Feind Stunden kosten würden, um zu ihm vorzudringen. Selbst er, der diese Barrieren eigenhändig errichtet hatte, würde wahrscheinlich eine halbe Stunde brauchen, um sie unwirksam zu machen.

Und in einer halben Stunde würde es zu spät sein. Viel zu spät.

Er beobachtete das sich nähernde Raumschiff noch eine weitere Minute und fragte sich wie von fern, was sie ihm wohl antun mochten. Dann wandte er sich seufzend ab. Er saß in der Falle, sie kamen wegen ihm, und es gab nichts, das er dagegen tun konnte.

Er kehrte in den Arbeitsbereich zurück, schloss dieses Mal die Tür hinter sich und ging wieder an seinen Platz. Der Wickstrom-K220 hatte die Komplexanalyse abgeschlossen, für die Ghent die Anlage programmiert hatte, ehe all das geschehen war. Er übertrug die Resultate auf das Masterline-70-Terminal, verdrängte die gegenwärtigen Ereignisse draußen noch einmal mit Gewalt aus seinen Gedanken und machte sich an die Arbeit.

Navett benötigte eine halbe Stunde, um den unter Druck stehenden Tank mit leicht entflammbarer Flüssigkeit, den er brauchte, ausfindig zu machen und zu erwerben, und fünfzehn weitere Minuten, um ihn mit einem Schlauch samt Sprühkopf auszurüsten. Das machte fünfundvierzig Minuten, in denen der Alarm auf Grund der toten Bothans in der Tierhandlung vermutlich bis in den hintersten Winkel der Stadt gedrungen war.

Aber das war in Ordnung so. Die hässlichen Pelzwesen konnten ihn jetzt nicht mehr aufhalten; und je länger es dauerte, bis er hier auf der Planetenoberfläche so weit war, desto mehr Zeit hatten Klif, Pensin und Horvic, sich an Bord des Ishori-Raumers am Himmel über Bothawui zu schwindeln.

Sie würden dort ohne Frage sterben. Und sie wussten es. Aber auch er würde hier unten sehr bald den Tod finden. Worauf es ankam, war allein, dass sie vor ihrem Ableben ihren Auftrag vollständig ausführten.

Die Straßen in der Umgebung der Ho'Din-Bar, die in der vergangenen Nacht so still und verlassen gewesen waren, brummten in den frühen Nachmittagsstunden vor Geschäftigkeit. Navett steuerte den Gleiter langsam durch die verwaisten Gassen an der Flanke und Rückseite der Bar; den Flüssigkeitstank hatte er zwischen das Dach und den Beifahrersitz gequetscht. Systematisch sprühte er eine dicke Schicht des Inhalts auf den unteren Abschnitt des Mauerwerks und den Boden ringsum. Die Front der Bar, die an einer belebter Straße lag, war zu sehr den Augen der Öffentlichkeit ausgesetzt, sodass er dort nicht das Gleiche tun konnte, ohne auf der Stelle Verdacht zu erregen. Aber für dieses Areal hatte er ohnehin andere Pläne. Er kehrte in die Seitengasse zurück, überzeugte sich noch einmal davon, dass ihn niemand beobachtete; dann feuerte er, während er an der Bar vorbeisauste, einen Blasterblitz in die flüssige Substanz.

Er nahm sich Zeit bei der zweiten Runde durch die Gassen, ehe er schließlich wieder auf die Hauptstraße kam; mit dem Resultat, dass das Feuer, das er gelegt hatte, sich bereits wütend seinen Weg um die Außenmauern bahnte, als er den Landgleiter gegenüber der Bar zum Stillstand brachte. Passanten rannten außer sich hin und her, gestikulierten und schrien, während sie entweder vor den Flammen flohen oder sich in sicherer Entfernungen versammelten und gafften. Als Navett das Nightstinger-Gewehr vom Rücksitz nahm, schwang die Doppeltür der Bar auf und eine Traube hysterischer Gäste und Angehöriger der Belegschaft strömte durch den Rauch auf die Straße. Er prüfte den Indikator des Nightstinger-Gewehrs, überzeugte sich davon, dass ihm noch drei Schüsse blieben, und lehnte sich anschließend abwartend zurück.

Er musste nicht sehr lange warten. Der Strom der Flüchtenden aus der Bar war kaum dünner geworden, als ein weißer schwerer Gleiter der Feuerwehr dröhnend um die Ecke bog und an einem Ende des Gebäudes abrupt zum Stehen kam. Durch das Seitenfenster konnte Navett den Fahrer erkennen, der wild gestikulierte, während sein Kollege aus dem Fahrzeug sprang und sich daranmachte, über die Leiter an der Außenseite zu der Pumpe auf dem Dach zu klettern.

Er kam nie dort an. Navett legte den Lauf des Nightstinger-Gewehrs auf die Rückenlehne, um die Waffe zu stabilisieren, und schoss ihn nieder. Der zweite unsichtbare Blasterblitz streckte den Fahrer nieder, und der dritte und letzte Schuss traf den Tank des schweren Gleiters, sodass das Löschmittel darin sich über die Straße ergoss und in einiger Entfernung von den Flammen nutzlos verrann.

Er legte das leer geschossene Gewehr auf den Boden zwischen den Sitzen und warf einen kurzen Blick auf den Auflauf ringsum. Doch niemand schenkte dem Menschen, der allein in einem Landgleiter saß, die geringste Beachtung. Alle Augen richteten sich auf das brennende Gebäude, und nur gelegentlich wunderte sich jemand über die beiden Bothan-Feuerwehrmänner, die so plötzlich und auf unerklärliche Weise zusammengebrochen waren.

Der Strom der Gäste aus der Bar war unterdessen vollends versiegt. Navett wartete noch dreißig Sekunden, um sicherzugehen, dass alle draußen waren. Dann zückte er seinen Blaster, legte ihn schussbereit neben sich auf den Sitz und startete den Landgleiter. Er manövrierte vorsichtig durch die Menge und hielt auf die Vordertür der Bar zu.

Er hatte den größten Teil der Schaulustigen bereits hinter sich gelassen, bevor überhaupt irgendjemand mitbekam, was er tat. Jemand schrie, und ein Bothan, der die grüngelbe Schärpe der Polizei trug, sprang vor ihm auf die Straße und wedelte ungestüm mit den Armen. Navett riss den Blaster hoch, erschoss ihn, lenkte den Gleiter um die Leiche herum und stieg hart auf das Pedal, um sein Fahrzeug zu beschleunigen. Jetzt kreischte jemand hinter ihm, doch Navett konzentrierte sich und wurde noch schneller ...

Er prallte mit markerschütternder Wucht gegen die Tür der Bar; diese zerbrach zu tausend Scherben, während der Gleiter inmitten des Zerstörungswerks knirschend zum Stehen kam. Navett war draußen, noch ehe die letzten Splitter vom Dach des Fahrzeugs abgeprallt waren. Er zerrte den Behälter mit den Mawkrens vom Rücksitz und rannte durch Rauch und Hitze auf die Tür zu, die zu dem Kellergeschoss und dem Tiefkeller darunter führte.

Er hatte die Hälfte des ersten Treppenabsatzes hinter sich gebracht, da hörte er hinter sich die Explosion, als die Hitze die verbliebene Flüssigkeit in dem unter Druck stehenden Tank entzündete, den er im Gleiter zurückgelassen hatte.

Die Front der Bar war damit ebenso von den Flammen eingeschlossen wie der Rest des Gebäudes, und er war nun wirklich und unwiderruflich von der Außenwelt abgeschnitten.

Niemand im Universum konnte ihn jetzt noch aufhalten.

In dem Tiefkeller gab es nur wenig Rauch. Ihr Equipment war da, wo sie es zurückgelassen hatten, trotzdem nahm er sich eine Minute Zeit für eine rasche Überprüfung des Fusionsdesintegrators.

Es war gut, dass er daran gedacht hatte. Die alte Frau war wieder hier gewesen und hatte das Gerät so manipuliert, dass beim ersten Versuch die Hauptkontrollspule ausbrennen würde. Navett grinste humorlos in sich hinein und reparierte den Schaden. Dann verwendete er einige weitere kostbare Minuten darauf, den Fokus zu rekonfigurieren, um den Desintegratorstrahl an der Mündung des Kanisters um ein paar Zentimeter zu verbreitern.

Endlich war er so weit. Er schnallte sich den Behälter mit den Mawkrens unbeholfen auf den Rücken, ließ sich in das Loch hinab, das er und Klif gegraben hatten, und schaltete den Desintegrator ein.

Der Strahl fraß sich durch den Boden zu seinen Füßen wie ein Blasterblitz durch Schnee und ließ eine Salve mikroskopisch kleiner Staubpartikel an seinem Gesicht vorbeischießen. Er wünschte sich flüchtig, er hätte daran gedacht, eine Filtermaske mitzubringen. Aber dazu war es zu spät. Er blinzelte gegen den Sturm an, der ihm in den Augen brannte, und arbeitete weiter. Er fragte sich, was die Bothans wohl gegen die Myriaden von Alarmen unternehmen mochten, die er zweifellos ausgelöst hatte. Sie rannten zweifellos nutzlos herum, vor allem, wenn sie herausfanden, dass sich die Ursache des Zwischenfalls ihrem Einfluss vollständig entzog.

Vielleicht lehnten sie sich auch entspannt zurück, da sie sich in der selbstgefälligen Sicherheit wiegten, dass der Verlust der Energieleitung, der er sich grabend näherte, ihrem kostbaren Schutzschirm nicht im Mindesten schaden konnte. Wahrscheinlich lachten sie sogar herzlich über den dämlichen imperialen Agenten, der ernsthaft glaubte, sie so einfach außer Gefecht setzen zu können, oder vielleicht sogar annahm, durch ein Leitungsrohr von gerade mal zehn Zentimetern Durchmesser kriechen zu können.

Aber sie würden nicht mehr lange lachen.

Er brauchte nur ein paar Minuten, um den Rest des Weges bis zu der Energieleitung aufzugraben. Das Rohr war schwer gepanzert, und es dauerte fast noch einmal zehn Minuten, bis sich der Desintegratorstrahl durchgefressen hatte. Die Leitungen blitzten beinahe im gleichen Moment auf, da dies geschehen war – schließlich handelte es sich nur um normale Energieleitungen, die nicht so beschaffen waren, dass sie einer hartnäckigeren Kraft als hochenergetischem elektrischen Strom standhalten konnten. Er hielt den Strahl auf die Rohrleitung, bis er ein Loch von ansehnlicher Größe in die äußere Schicht gebrannt hatte, dann deaktivierte er den Desintegrator und schaltete stattdessen die Kühleinheit ein, die am Boden des Kanisters befestigt war. Es bedurfte nur weniger Minuten systematischen Sprühens, und der erhitzte Bereich der Rohrleitung hatte sich so weit abgekühlt, dass er ihn berühren konnte.

Er schaltete die Kühleinheit ab und ließ sich vor der Öffnung nieder … da vernahm er in der plötzlichen Stille ein neues Geräusch.

Das Piepsen eines Komlinks, das aus dem Desintegrator kam.

Er zog die Stirn kraus und musterte das Gerät. Da war es: in die Öffnung geklemmt, durch die man die Kühleinheit nachfüllte. Er lächelte dünn, zog das Komlink aus seinem Versteck und schaltete es ein. »Hallo«, sagte er. »Läuft alles zu Ihrer Zufriedenheit?«

»Was, im Namen des Staubs von Alderaan, tun Sie da?«, wollte die Stimme der alten Frau wissen.

Sein Lächeln wurde breiter. Er schob das Komlink unter seinen Kragen und öffnete den doppelten Boden des Mawkren-Behälters. »Was haben Sie denn?«, fragte er und griff nach einer kleinen Tube Nahrungspaste. »Ich habe Sie doch wohl nicht überrascht. Oder etwa doch? Der Trick mit dem Rauch in der Tierhandlung war übrigens wirklich hübsch. Ich nehme an, Sie hatten das bereits vorbereitet, bevor Sie heute Morgen verschwanden?«

»Ja«, entgegnete sie. »Ich dachte mir, dass Sie Ihre guten Sachen alle oben bei sich aufbewahrten – oder eben hinter Wänden oder Decken versteckt.«

»Also haben sie uns eine Rauchbombe mit Zeitzünder untergejubelt, damit die Feuerwehr anrücken und die Wand für sie aufstemmen würde«, sagte Navett, öffnete den Behälter und entnahm ihm eine der winzigen Eidechsen. »Sehr schlau.«

»Hören Sie, Sie haben keine Zeit zum Plaudern«, grollte sie. »Nur für den Fall, dass Sie es noch nicht mitgekriegt haben: Das Gebäude über Ihnen brennt wie eine Fackel.«

»Oh, ich weiß«, gab Navett zurück. Er hielt die Eidechse in einer Hand, tupfte ein wenig von der Nahrungspaste auf die Nase des Tiers und setzte es dann in das Loch, das er in das Leitungsrohr geschnitten hatte. Dann drehte er die Echse in die Richtung des Generatorgebäudes. Eine Berührung des einen Endes der zylindrischen Bombe genügte, um diese scharf zu machen; sie war so eingestellt, dass sie in dem Augenblick hochgehen würde, da das Tier die Barriere erreichte, wo die Rohrleitung die verstärkte Mauer passierte und sich dahinter in ein Dutzend einzelner Energiekabel verzweigte. Er ließ los, die Mawkren-Echse huschte durch den engen Zwischenraum zwischen den Energieleitungen und der Wand des Rohrs und folgte dem Geruch, da sie zu dumm war zu begreifen, dass der von ihrer eigenen Nase ausging.

»Was soll das heißen, das wissen Sie?«, fragte die alte Frau. »Wenn Sie nicht sehr schnell etwas sehr Schlaues unternehmen, werden Sie da drin sterben. Wissen Sie *das* auch?«

»Wir müssen alle irgendwann sterben«, rief Navett ihr ins Gedächtnis, betupfte die Nase der nächsten Mawkren und schickte sie der ersten Eidechse hinterher. Sie war kaum in der Rohrleitung verschwunden, als der ferne Laut einer kleinen Detonation durch die Röhre hallte.

Die alte Frau hatte offenbar keine Probleme mit dem Gehör. »Was war das?«, fragte sie.

»Der Tod von Bothawui«, teilte Navett ihr mit, betupfte eine weitere Mawkren und ließ sie los, als eine zweite Explosion ertönte. Jetzt, da die Dämpfe desintegrierten Erdreichs verflogen waren, konnte er feststellen, dass der Geruch von Qualm immer stärker wurde. »Wir haben nie herausgefunden, wie Sie heißen«, fügte er hinzu, nahm noch eine Mawkren und wunderte sich beklommen, wie schnell sich das Feuer über ihm ausbreitete. Wenn der Qualm oder die Flammen zu ihm vordrangen, ehe es den Mawkrens und ihren winzigen Bomben gelang, ein Loch in das Bündel ungeschützter Energieleitungen im Innern des Generatorgebäudes zu sprengen, konnte er immer noch verlieren. »Also, wie ist er?«

»Was? Mein Name?«, fragte sie. »Sagen Sie mir, wie *Sie* heißen, und ich nenne Ihnen *meinen* Namen.«

»Bedaure«, antwortete er und gab die Mawkren frei. »Mein Name nutzt vielleicht noch jemandem, der nach mir kommt, auch wenn ich dann nicht mehr bin.« Es gab eine weitere Explosion …

Im nächsten Moment wehte zu seiner Erleichterung und immensen Befriedigung ein Schwall kühler Luft in sein Gesicht. Die Energiekabel im Innern der Mauer waren zerfetzt worden, und das Generatorgebäude stand ihm offen.

»Schauen Sie, Imperialer …«

»Die Unterhaltung ist beendet«, schnitt Navett ihr das Wort ab. »Genießen Sie das Feuer.

Er deaktivierte das Komlink und schleuderte es von sich. Dann drehte er den Mawkren-Behälter auf den Kopf und erlaubte den restlichen Eidechsen, ungehindert in alle Richtungen auszuschwärmen. Einen Moment lang wuselten sie in seinem Schoß und um seine Füße, fanden das Gleichgewicht und prüften schnüffelnd die Luft. Im nächsten Augenblick unternahmen sie einen plötzlichen gemeinsamen Vorstoß und verschwanden in der Rohrleitung. Sie wurden nicht länger von Nahrungspaste auf ihren winzigen Nasen angelockt, sondern von den mikroskopischen Spritzern flüssiger Nährlösung, die Klif und er vor drei Tagen so sorgfältig verteilt hatten, während sie Gift gegen Metallmilben versprühten.

Jetzt musste er nur noch eine letzte Aufgabe erfüllen. Er

streckte die Hand nach dem Boden des Behälters aus und nahm den einzig verbliebenen Gegenstand heraus: den Fernzünder, der den Rest der Zylinder scharf machen würde, die in diesem Moment zu ihrem Rendezvous mit dem Schicksal getragen wurden. Nur noch wenige Sekunden, und seine autark gesteuerten Sprengsätze würden sich zwischen den Füßen entsetzter Bothans hindurch über das ganze Generatorgebäude verteilen, über den glatt polierten Fußboden schlittern und unaufhaltsam zu den Schlüsselpunkten der Anlage vordringen.

Durch die Rohrleitung hörte er von Ferne die Explosionen, als die Mawkrens ihre jeweiligen Zielpunkte erreichten und die Annäherungszünder der Zylinder einer nach dem anderen aktiv wurden. Noch ein paar Sekunden – höchstens eine Minute –, und das Segment des planetaren Schirms, das Drev'starn beschützte, würde kollabieren.

Der Untergang von Bothawui hatte seinen Anfang genommen. Und damit auch der Untergang der Neuen Republik.

Er bedauerte lediglich, dass er nicht dabei sein würde, um die Ereignisse mit eigenen Augen zu beobachten.

Über ihm war jetzt deutlich das Prasseln der Flammen zu vernehmen; das laute Knistern vermischte sich mit den leiseren Explosionen der Sprengsätze, die immer noch in der Ferne detonierten. Navett betrachtete lächelnd die Decke, lehnte sich gegen die schmutzige Wand – und erwartete das Ende.

Die Diskussion an Bord der *Predominance* ging soeben in die vierte Runde, als das Deck unter ihren Füßen von einer plötzlichen grollenden Erschütterung erfasst wurde; ein Geräusch und eine Empfindung, die Leia im Laufe der Jahre allzu vertraut geworden waren.

Irgendwo in den Tiefen des Ishori-Raumers hatte gerade eine Turbolaser-Batterie gefeuert.

Der Captain war am Interkom, noch ehe die Erschütterung verebbt war. »Was soll die Schießerei?«, knurrte er.

Die Antwort kam prompt und in der Sprache der Ishori, so schnell, dass Leia unmöglich folgen konnte. »Was geht da vor?«, wollte Gavrisom wissen. »Sie hatten zugesagt, dass es keine Feindseligkeiten geben würde, solange …«

»Das sind nicht wir«, brummte der Captain und stürzte zur Tür. »Eindringlinge haben eine unsere Batterien in ihre Gewalt gebracht und schießen auf die Planetenoberfläche.«

»Was?«, fragte Gavrisom und blinzelte. »Aber wie …?«

Doch der Captain war bereits fort und hatte die Wachen mitgenommen. »Rätin Organa Solo …«, begann Gavrisom und brach ab, als eine neue Erschütterung durch das Schiff dröhnte. »Rätin, was ist da los?«

Leia schüttelte den Kopf. »Ich weiß …«

Im nächsten Augenblick zuckte sie auf ihrem Platz zusammen, sog scharf die Luft ein, als eine Woge aus Furcht, Schmerz und Todesahnung sie überflutete. Auf dem Planeten unter ihnen schrien plötzlich Stimmen in panischer Angst auf …

Und nach diesem einen schrecklichen Moment wusste sie plötzlich, was geschehen war.

»Der planetare Schutzschirm ist zusammengebrochen«, ächzte sie, sprang von ihrem Platz auf und lief zum Aussichtsfenster. Sie erreichte es gerade rechtzeitig, um zu beobachten, wie ein dritter gewaltiger Feuerstoß aus den Turbolasern sich von der Unterseite des Schiffs seinen Weg zur Oberfläche brannte. Ein weißer Blitz flackerte auf, als die Energie knisternd durch die Atmosphäre des Planeten fuhr. Dann klärte sich die Aussicht und gab den Blick auf ein bösartiges, schwarz umrandetes rotes Glühen frei.

Drev'starn, die Hauptstadt der Bothans, stand in Flammen.

Leia drehte sich wieder um und rannte zur Tür. »Ja, er ist zusammengebrochen«, rief sie Gavrisom zu, als sie an ihm vorbeilief. »Zumindest über Drev'starn.«

»Wo gehen Sie hin?«, schrie Gavrisom hinter ihr her.

»Ich will versuchen, den Beschuss zu beenden«, gab sie zurück.

Draußen stürmte ein Dutzend in Rüstungen steckender Ishori mit schussbereiten Blasterkarabinern den Gang entlang. Ihre beiden Noghri-Leibwächter standen gegen die Wand gepresst, versuchten, nicht im Weg zu stehen, und sahen zu ihr auf. »Rätin …?«

»Kommen Sie mit«, befahl Leia. Sie hakte ihr Lichtschwert

vom Gürtel, griff in der Hoffnung auf Kraft und Weisheit in die Macht hinaus und schloss sich dem Strom an.

Han stürzte in vollem Lauf in die Kanzel des *Falken* und kam erst knapp vor der Kontrollkonsole schlitternd zum Stehen. »Wo?«, bellte er und ließ sich in den Pilotensitz fallen.

»Hier«, antwortete Elegos kurz und deutete durch das Kanzelfenster auf das düstere Raumschiff, das kaum zwei Kilometer vor ihnen im Weltraum hing. »Ich weiß nicht, wessen Schiff das ist, aber …«

Er verstummte, als der nächste rote Feuerstoß die Schwärze des Alls teilte und auf den Planeten unter ihnen zuschoss. »Da. Haben Sie das gesehen?«

»Und ob ich das gesehen habe«, knurrte Han. Ein schmerzhafter Stich bohrte sich ihm angstvoll unterhalb des Herzens in die Brust, als er auf die Schalter für den Notfallstart hieb. Elegos mochte den Überblick darüber verloren haben, welches Schiff da draußen zu wem gehörte, er jedoch nicht. Den Schuss hatte das Flaggschiff der Ishori-Einsatzflotte abgegeben, der Schlachtkreuzer *Predominance*.

Das Schiff, auf dem Leia sich gegenwärtig aufhielt.

Es gab einen neuen Feuerstoß, der wie der vorherige auf die Oberfläche von Bothawui zielte. »Wissen Sie, wie man eine Andockklammer löst?«, rief er Elegos zu, während seine Hände wie Pfeile über die Kontrollen flogen.

»Ja, ich denke schon …«

»Tun Sie es«, fiel Han ihm ins Wort. »Jetzt.«

»Ja, Sir.« Der Caamasi sprang aus seinem Sitz und rannte nach achtern.

Die Triebwerke liefen jetzt allmählich warm. Han aktivierte das Kom und nahm einen Scan sämtlicher Frequenzen vor. Hierfür würde jemand einen verdammt hohen Preis bezahlen, ganz gleich, weshalb die Ishori dies taten. Auf dem Display erschienen die Ziffern, die die synchrone Abstimmung des Stabilisators anzeigten, den er gerade erst eingebaut hatte; er schien gleichmäßig zu arbeiten …

»An alle Raumschiffe, hier spricht der Präsident der Neuen Republik Gavrisom«, dröhnte Gavrisoms angespannte Stimme aus dem Lautsprecher der Kanzel. »Halten Sie Ihre Positionen und schießen Sie nicht. Ich wiederhole: Halten Sie sich bitte zurück und schießen Sie nicht. Der gegenwärtige Zwischenfall ist nicht …«

Er konnte seine flehentliche Bitte nicht zu Ende bringen. Plötzlich überdeckte das Kreischen von Störgeräuschen die Frequenz und brachte ihn zum Schweigen …

»Angriff!«, rief scharf eine neue Stimme. »Alle corellianischen Einheiten … greifen Sie nach eigenem Ermessen an.«

Han glotzte den Lautsprecher an. Was, zum Teufel, tat dieser Corellianer da?

Im nächsten Augenblick rastete der Sucher auf einer anderen Frequenz ein. »Attacke!«, kollerte die gutturale Stimme eines Mon Calamari. »Alle Mon-Cal-Schiffe zum Angriff!«

[Attacke!], rief auf einer anderen Frequenz eine gelassene diamalanische Stimme in ihrer eigenen Sprache.

[Zum Angriff!], ließ sich die schnarrende Antwort der Ishori auf dem nächsten Kanal vernehmen.

Han blickte zu den zahlreichen Raumschiffen hinaus, das Herz schlug ihm bis zum Hals. Nein. Nein, das war doch Irrsinn. Das würden sie niemals wagen.

Aber sie wagten es doch. Überall ringsum setzten sich die unterschiedlichen Kriegsschiffe träge in Bewegung und strebten, um besser manövrieren zu können, dem offenen Himmel zu oder richteten ihre Waffen ohne Umschweife auf den nächsten Gegner.

Und noch während er die Szenerie beobachtete, begann blitzend das Turbolaser-Feuer.

Hinter ihm kam Elegos wieder in die Pilotenkanzel gestürmt. »Die Klammer ist gelöst«, verkündete er und nahm schwer atmend seinen Platz ein. »Wir können aufbrechen …«

Er verstummte und starrte ungläubig auf die Geschehnisse draußen im Weltraum. »Was ist passiert?«, ächzte er. »Han … was ist da los?«

»Nur das, wonach es aussieht«, erwiderte Han grimmig. »Die Neue Republik befindet sich im Krieg.«

14. Kapitel

Mit den Qom Qae war es eine Reise von vielleicht fünfzehn Minuten bis zur anderen Seite der Hand von Thrawn und dem See, von dem das Kind der Winde gesprochen hatte. Luke hatte der Idee zuerst skeptisch gegenübergestanden, da er sich sorgte, ob die jungen Nichtmenschen mit dem Gewicht ihrer Passagiere klarkommen würden; ganz zu schweigen davon, ob es ihnen gelingen würde, nicht gesehen zu werden und sich außerhalb der Waffenreichweite der Wesen in der Festung zu halten, die ihnen jetzt sicherlich mit offener Feindseligkeit begegnen würden.

Doch die Qom Qae überraschten ihn in beiderlei Hinsicht. Während sie geschickt die Deckung von Baumkronen, Felsen und schmalen Rinnen im Gebirge nutzten, empfand er beinahe Gelassenheit über diese Phase des Unternehmens. Auch Mara, so spürte er, richtete ihre Gedanken bereits auf das, was sie am Ende des kurzen Fluges finden würden.

Von R2 konnte man das indes leider nicht behaupten. Der Droide, der in der Mitte des Geflechts, das sie aus ihrem letzten Vorrat Synthseil geknüpft hatten, fest gezurrt war, jammerte und gluckste kläglich während des ganzen Weges.

Der Einschnitt im Fels war nicht weiter als zehn Meter vom Rand des Sees entfernt und fiel, halb überdacht von einem Überhang aus Grassoden, in einem einigermaßen steilen Winkel ab. »Wenigstens ist das Felsgestein nicht zu schroff«, stellte Mara fest und fuhr versuchsweise mit der Hand über den Untergrund. »Wahrscheinlich in vielen Jahren von den kleinen Füßen der Feuerkriecher abgenutzt und glatt poliert.«

R2 schien zu erschauern und trillerte unbehaglich. »Ich bezweifle, dass wir ihnen noch einmal über den Weg laufen«, beruhigte Luke ihn, während er das Synthseil losband und wieder in dem Fach im Korpus des Droiden verstaute. »Schwärme dieser Größe können sich nicht so kurz nacheinander auf den Weg machen – das Futter würde nicht für alle reichen.«

»Hoffen wir, dass sie klug genug sind, das auch zu wissen«, ergänzte Mara.

Ihr hattet Glück, zum rechten Zeitpunkt gekommen zu sein, sagte Kind der Winde. *In den beiden vergangenen Perioden hat es viel geregnet, und der See der kleinen Fische ist immer weiter angeschwollen.*

»Und sind die kleinen Fische auch immer größer geworden?«, fragte Mara.

Kind der Winde schlug mit den Flügeln. *Ich weiß es nicht. Ist das wichtig?*

Mara schüttelte den Kopf. »Das war ein Witz. Vergiss es.«

Oh. Kind der Winde sah nun wieder Luke an. *Ich wollte damit nur sagen, dass dieser Eingang vielleicht schon bald von Wasser bedeckt sein wird.*

»Ich verstehe«, nickte Luke. »Aber noch ist es nicht so weit, und du hast uns sicher hierher gebracht.«

Es war uns eine große Ehre, erwiderte Kind der Winde. *Was wünschst du, das wir als nächstes für dich tun?*

»Ihr habt bereits mehr als genug getan«, versicherte Luke. »Danke. Danke euch allen.«

Sollen wir auf euch warten?, fragte der Qom Qae beharrlich. *Es wäre uns eine Ehre, auf euch zu warten und zu eurer Flugmaschine zurückzubringen.*

Luke zögerte. Zum Schiff zurückgetragen zu werden, mochte sich allerdings als sehr nützlich erweisen. Unglücklicherweise … »Das Problem ist, dass ich keine Ahnung habe, wo wir herauskommen werden«, erklärte er.

Dann werden wir aufpassen, entgegnete Kind der Winde entschieden. *Und andere werden das Gleiche tun.*

»Ja, gut«, stimmte Luke zu, der darauf brannte, die Diskussion zu beenden und sich auf den Weg zu machen. »Danke.«

»Und wie sieht die Marschordnung aus?«, fragte Mara.

»Ich gehe vor«, antwortete Luke, setzte sich auf die Kante des Abhangs und schob die Beine in die Öffnung. »R2 kommt als nächster, du bildest die Nachhut. Ich achte auf Engpässe und versuche sie zu erweitern, während ich sie passiere. Wenn ich einen verpasse, musst du dich selbst darum kümmern.«

»In Ordnung«, nickte Mara und nahm ihr Lichtschwert vom Gürtel. »Gute Landung. Und versuch dir unterwegs nicht versehentlich die Füße abzutrennen.«

»Danke.« Luke zündete sein Lichtschwert, hielt die Klinge über die ausgestreckten Beine, schob sich vorsichtig über die Kante hinaus und sauste im nächsten Moment steil abwärts.

Die Rutschpartie erwies sich als nicht annähernd so schwierig, wie er befürchtet hatte. Der Jahre währende Durchmarsch der Feuerkriecher hatte den Felsen vielleicht wirklich geglättet; von größerer Bedeutung jedoch war, dass die Insekten auch die meisten Hindernisse beseitigt hatten, die es einst hier gegeben haben mochte. Nur an zwei Stellen musste er, während er schwungvoll nach unten glitt, vorstehende Steine aus dem Weg schneiden. Und in einem Fall wäre dies wahrscheinlich nicht einmal nötig gewesen. Er konnte das wesentlich lautere metallische Klappern von R2 hören, der hinter ihm den Abhang herunterrutschte und dabei sein für gewöhnlich unausgesetztes Zwitschern beinahe völlig eingestellt hatte.

Der Abhang mündete in einen jener Gänge, in denen sie in den vergangenen Wochen schon viel zu viel Zeit zugebracht hatten. Luke fing R2 auf, als dieser aus der Öffnung stürzte, und schob ihn aus dem Weg, um Mara rechtzeitig einen freien Landeplatz zu verschaffen. »Tja, da sind wir wieder«, sagte sie und ließ ihren Glühstab umherschweifen. »Kommt mir nicht besonders bekannt vor. Hast du irgendeine Ahnung, wie es weitergeht?«

»Wenn man vom Standort der Festung ausgeht, würde ich sagen … da lang«, antwortete Luke und deutete nach links.

»Okay«, sagte Mara. »Gehen wir.«

Die Qom Qae hatten – ob absichtlich oder aus purem Zufall – den Eingang gut gewählt. Sie waren nicht mehr als hundert Meter durch den Tunnel gegangen, als Luke um eine Ecke bog und nicht weit vor ihnen einen nur allzu vertrauten Bogengang aus Naturstein entdeckte. »Wir sind da«, flüsterte er Mara zu. »Sei auf der Hut. Wenn sie über die Treppe Bescheid wissen, werden wir im Innern vermutlich von Wachen erwartet.«

Doch es gab keine Wachen. Fünfzehn Minuten später standen sie, nachdem sie sich durch den schmalen Spalt in dem von Cortosis-Erz durchsetzen Fels gequetscht hatten, abermals in dem großen unterirdischen Raum.

»Ich schätze, sie wissen doch nichts von der Treppe«, bemerkte Mara und ließ das Licht des Glühstabs über die Öffnung tanzen, die sie vor einiger Zeit in die gelbe Innenwand gebrannt hatten.

»Oder sie haben keine Möglichkeit, dort hineinzugelangen«, rief Luke ihr ins Gedächtnis. »Selbst der Schließmechanismus an den Türen schien aus Hijarna-Stein zu bestehen.«

»Verstehe mich nicht falsch, ich bin bloß froh, ihnen diesmal nicht begegnen zu müssen«, beeilte sich Mara zu versichern. »Ich frage mich, wie viele von diesen Energieleitungen momentan in Betrieb sind.«

»Vermutlich mehr als bei unserem letzten Durchgang«, meinte Luke und schwenkte seinen Glühstab in die andere Richtung. Wie beim ersten Mal blieb die andere Seite des Raums in der Schwärze jenseits des Lichtstrahls. »*Ich* frage mich, wie lang dieser Raum ist.«

»Sehr lang kann er eigentlich nicht sein«, stellte Mara fest. »Irgendwo in der Richtung liegt ein See, weißt du noch?«

»Stimmt«, pflichtete Luke ihr bei. »Hast du noch irgendeinen weisen Rat, bevor wir aufbrechen?«

»Bloß dass wir vorsichtig sein sollten«, erwiderte Mara und schloss sich ihm an. »Lass uns nebeneinander gehen, solange es möglich ist; der Droide bleibt hinter uns, und wir halten die Lichtschwerter und unsere Sinne in Alarmbereitschaft.«

»Kurz, bündig und praktisch«, entgegnete Luke und griff mit der Macht nach dem vor ihnen liegenden Weg. Doch noch vermochte er keine Gefahr zu erfassen. »Komm, R2.«

Maras Vermutung über die Größe des Raums erwies sich bald als richtig. Sie hatten erst wenige Schritte zurückgelegt, als die rückwärtige Wand im Licht ihrer Glühstäbe sichtbar wurde. In der Mitte gab es einen offenen Bogengang, der tiefer in den Fels führte.

Dabei handelte es sich allerdings nicht um den rauen natürlichen Felsen der Höhlen. Wände und Boden dieser Passage waren glatt und blitzsauber.

»Interessant«, sagte Mara und ließ den Glühstab umherwandern, während sie unmittelbar vor dem Bogengang verharrten. »Fällt dir an der Decke was Besonderes auf?«

»Sie wurde nicht geglättet wie die Wände«, antwortete Luke und betrachtete die Felsen, die aus der gewölbten Decke ragten.

»Ich frage mich …«, murmelte Mara. »R2, erkennen deine Sensoren irgendetwas?«

R2 ließ trillernd eine ziemlich besorgt klingende Verneinung hören, und Luke beugte sich vor, um die Übersetzung auf dem Datenblock zu studieren. »Er sagt, der Energieausstoß des Generators überdeckt so ziemlich alles Übrige«, teilte er Mara mit. »Das ist vermutlich auch die Quelle des Summens. Glaubst du, da oben ist noch etwas anderes?«

»Bewahrt Zusagen hat behauptet, dieser Bereich wäre für die Qom Jha tödlich«, erinnerte Mara ihn. »Und wir wissen ja, wie gerne die Qom Jha von irgendwelchen Decken baumeln.«

»Und wir haben die Höhle mit den Biestern gesehen, die fliegende Lebewesen wie die Qom Jha fressen.« Luke nickte. »Und eine Bande Chiss oben in der Festung, die sie für Ungeziefer hält.«

»Ganz zu schweigen von der Schicht aus Cortosis-Erz da hinten«, sagte Mara. »Ich glaube immer noch nicht, dass das Zeug auf natürlichem Weg dorthin gekommen ist. Dieser Ort verfügt über sechs Mal so viele Verteidigungsringe wie Coruscant.«

»Wenn Thrawn dafür verantwortlich ist, darf man auch nichts anderes erwarten«, entgegnete Luke. »Es ist allerdings fraglich, ob wir wegen dieser Decke etwas unternehmen oder einfach davon ausgehen, dass wir es mit etwas zu tun haben, das uns nichts anhaben kann.«

»Es ist nie gut, eine Gefahr im Rücken zu dulden«, erklärte Mara und trat einen Schritt weit unter den Bogengang. »Und los geht's.« Sie zündete ihr Lichtschwert und schleuderte die scharfe Klinge gekonnt gegen die felsige Decke.

Ein greller Blitz, das Knistern und der Gestank von hochenergetischem Strom …

… und dann schien die ganze Decke zusammenbrechen zu wollen.

Mara sprang augenblicklich aus dem Gewölbe, noch während Luke sein Lichtschwert zündete und zu ihrem Schutz dorthin stieß, wo sich gerade noch ihr Kopf befunden hatte. Die Decke stürzte über dem Schwert zusammen und verharrte eine Sekunde über der hellgrünen Klinge, ehe sie durchtrennt wurde und vollends zu Boden krachte.

»Wie nett«, sagte Mara und spähte über die Schulter. »Das ist so eine Art aus dem Fels gemeißeltes Connernetz. Ein Qom Jha lässt sich da oben nieder und wird von einer Hochenergieentladung gegrillt; dann bricht das ganze Ding zusammen und begräbt seine sämtlichen Freunde, die zufällig gerade bei ihm sind.«

»Das ist allerdings nett«, bemerkte Luke leise und bohrte die Spitze des Lichtschwerts in das Geflecht. »Die Frage ist nur, ob wir die Passage jetzt sicher durchqueren können.«

»Wahrscheinlich schon«, erwiderte Mara. »Connernetze sind meistens Spielereien, die sich nur einmal entladen, und es bringt nichts, sie weiter aktiv zu halten, wenn sie erst mal heruntergekommen sind.«

»Das macht Sinn«, sagte Luke und griff mit der Macht hinaus, während er behutsam einen Fuß über das Netz setzte. Kein Hinweis auf Gefahr … und sein Fuß berührte sicher das Netz, ohne dass es auch nur einen Funken von Restenergie gab. »Alles klar«, sagte er.

»Warte!«, zischte Mara, machte einen großen Schritt nach vorne und legte ihm den Griff ihres Lichtschwerts quer über die Brust, um ihn aufzuhalten. In der anderen Hand hielt sie jetzt ihren kleinen Ärmelblaster. »Da nähert sich etwas.«

Luke blieb stehen und lauschte auf das leise Klicken von kleinen Füßen auf Stein. So wie es sich anhörte, kam da mehr als nur *ein* Etwas auf sie zu. Er richtete den Strahl des Glühstabs in die Passage und versuchte zu erkennen, was es war …

Und plötzlich huschte aus einer Reihe schmaler Öffnungen an den Seiten, die er bisher nicht bemerkt hatte, ein Schwarm faustgroßer, insektenartiger Kreaturen in ihrer Richtung flink über die Wände.

»Pass auf!«, schnappte Mara und legte den Blaster an.

»Nein, warte«, gab Luke zurück und stieß ihren Arm zur Seite. Er hatte das Schimmern von Metall gesehen … »Beeilen wir uns lieber. R2, komm. Schnell.«

Er konnte Maras nachdrückliche Missbilligung spüren, doch sie folgte seiner Anordnung ohne Widerrede. Die kriechenden Geschöpfe hasteten an ihnen vorbei, ohne langsamer zu werden. Offenbar schenkten sie ihnen keine besondere Aufmerksamkeit. Luke erreichte das andere Ende des eingestürzten Connernetzes und trat auf den steinernen Boden; während Mara und R2 es ihm gleichtaten, sah er sich um.

Die Geschöpfe hatten sich unterdessen um das vordere Ende des kollabierten Netzes gruppiert. Dann machten sie sich vorsichtig an den neuerlichen Aufstieg und zogen den Rand des Netzes mit sich in die Höhe.

Neben ihm gab Mara ein sanftes Schnauben von sich. »Aber natürlich«, sagte sie und klang dabei milde angewidert von sich selbst. »Wartungsdroiden, um die Falle wieder an Ort und Stelle zu befestigen. Entschuldige, ich schätze, ich habe ein bisschen übertrieben reagiert.«

»Wenn man bedenkt, dass wir es hier mit Thrawn zu tun haben, ist es in den meisten Fällen wahrscheinlich nicht verkehrt, übertrieben zu reagieren«, erwiderte Luke.

»Danke, aber du musst nicht versuchen, meine Gefühle zu schonen«, erklärte Mara, steckte die Ärmelwaffe weg und ließ das Lichtschwert wieder in die andere Hand wandern. »Ich habe meine Lektion gelernt. Gehen wir jetzt?«

»Wovon, im Namen des Imperiums reden Sie überhaupt?«, verlangte Captain Nalgol zu wissen, blinzelte sich den Schlaf aus den Augen, während er nach seiner Uniform griff und sie anzulegen begann. »Weshalb schießen sie denn aufeinander? Der Crash soll doch erst in drei Tagen erfolgen.«

»Ich weiß es nicht, Sir«, gab der Dienst habende Offizier der *Tyrannic* mit angespannter Stimme zurück. »Ich weiß bloß, unsere Erkundungsschiffe melden, dass die Schlacht begonnen hat und dass das Schildsegment über der Hauptstadt der Bothans zusammengebrochen ist. Es ist aus dieser Entfernung schwer zu bestimmen, aber sie behaupten, dass die Hauptstadt anscheinend an mehreren Stellen in Flammen steht.«

Nalgol stieß verhalten eine gemeine Verwünschung aus. Irgendwer hatte seinen Einsatz verpatzt – und zwar gründlich. Entweder das Kommandoteam des Geheimdienstes …

… oder Thrawn selbst.

Das war ein schockierender Gedanke. Ein geradezu niederschmetternder Gedanke. Wenn Thrawn sich in seinem Zeitplan derartig irren konnte …

Er schüttelte seine Befürchtungen und Zweifel ab. Was geschehen war, war geschehen; und welche Fehler oder Fehlkalkulationen auch gemacht worden waren, Nalgol war fest entschlossen, dass er und die *Tyrannic* ihnen keine weiteren hinzufügen würden. »Wurden die *Obliterator* und die *Eisenfaust* informiert?«, fragte er, wobei er das letzte Wort wie ein Grunzen ausstieß, indem er sich vorbeugte, um sich seine Stiefel anzuziehen.

»Jawohl, Sir. Die Erkundungsschiffe melden, dass sie soeben sämtliche Kampfstationen besetzen.«

»Sorgen Sie dafür, dass wir vor ihnen bereit sind«, forderte Nalgol den anderen scharf auf.

»Jawohl, Sir«, sagte der Offizier noch einmal. »Wir sind schätzungsweise in fünf Minuten klar zum Gefecht. Die Erkundungsschiffe liefern fortgesetzt ihre Berichte ab.«

»Gut«, erwiderte Nalgol leise. Jetzt, da der Schock nachließ, den die Neuigkeit ausgelöst hatte, ging ihm auf, dass es nicht gar so schlimm stand, wie es zunächst den Anschein gehabt hatte. Schön, die Schlacht hatte also zu früh angefangen. Doch die drei Sternzerstörer waren bereit, oder würden es sein, ehe ihre Anwesenheit erforderlich wurde, um die Überlebenden des Kampfes auszuschalten, der dort draußen tobte.

Und da die Tarnfelder sie blendeten, benötigten sie die Berichte der Erkundungsschiffe zweifellos im Minutentakt. Wenn die Raumer jedoch mit solcher Regelmäßigkeit das Feld verließen und wieder zurückkehrten, bestand die Gefahr, dass jemand bemerkte, welch seltsame Dinge sich am Kopf des Kometen abspielten, und herkam, um der Sache auf den Grund zu gehen.

Aber es gab einen Weg, dieses Risiko so gering wie möglich zu halten. »Befehlen Sie Alarmbereitschaft für alle Traktorstrahloperateure«, instruierte er den Dienst habenden Offizier. »Wenn irgendein anderes Schiff außer unseren Erkundungsraumern – und das gilt für *jedes* Raumschiff – seine Nase in unser Tarnfeld steckt, will ich, dass es eingefangen und im Kommunikationsloch fest gehalten wird. Überzeugen Sie sich davon, dass diese Nachricht an die anderen Schiffe weitergeleitet wird. *Niemand* wird hier über uns stolpern und ungeschoren davonkommen, um aller Welt von uns zu erzählen. Verstanden?«

»Verstanden, Sir«, bestätigte der Offizier.

»Ich werde in zwei Minuten auf der Brücke sein«, sagte Nalgol und griff nach Hemd und Gürtel. »Ich will, dass mein Schiff klar zum Gefecht ist, wenn ich dort eintreffe.«

»Wir werden bereit sein, Sir.«

Nalgol schaltete das Interkom ab und lief zur Tür seiner Unterkunft. Schön, die Nichtmenschen und ihre Freunde konnten ihren selbstzerstörerischen Hass offenbar nicht so lange zügeln, wie Thrawn angenommen hatte. Das hieß aber bloß, dass die lange aufgestaute Langeweile und die Frustration seiner Mannschaft ein etwas früheres Ende fanden.

Er lächelte grimmig und marschierte mit sorgfältig abgemessenen Schritten den Korridor entlang auf den Turbolift zu.

Ein Turbolaser blitzte, und der tödliche rote Strahl knisterte auf seiner Bahn zu der Eskortfregatte mit den Kennzeichen der Prosslee gefährlich nahe an der Steuerbordseite des Falken vorbei. Han lenkte das Schiff in einer scharfen Kehre aus der Schusslinie eines möglichen zweiten Feuerstoßes und wich gerade noch rechtzeitig aus, um zwei Zollschiffen der Bagmim zu entgehen, die mit feuernden Laserkanonen auf die Prosslee zurasten.

Das Universum hatte offenbar komplett den Verstand verloren. Und er steckte mittendrin.

»Was ist bei euch passiert?«, rief er in Richtung der Komeinheit und schlängelte sich zwischen zwei Kanonenbooten der Opquis hindurch.

»Wenn man den Ishori glauben will, kamen vor drei Stunden drei Menschen an Bord«, antwortete Leias Stimme; im Hintergrund lärmte irgendein Alarm. »Sie hatten die IDs von Technikern der Neuen Republik und einen Brief des Hohen Konflux der Ishori, demzufolge sie autorisiert waren, die Energiekupplungen der *Predominance* auf Oxidationsschäden zu untersuchen.«

»Was natürlich alles Quatsch war«, grollte Han, dirigierte den *Falken* in einen verhältnismäßig freien Winkel des Weltraums und sah sich um. Das da draußen sah aus wie eine Neuauflage von Endor.

Abgesehen davon, dass diesmal vom Imperium nichts zu sehen war. Hier kämpften Rebellen gegen Rebellen.

»Das wissen wir jetzt auch«, pflichtete Leia ihm bei. »Sie waren kaum an Bord, als sie auch schon ihre Ishori-Begleiter umbrachten und eine der Turbolaser-Batterien übernahmen. Und als dann der Schutzschirm über Drev'starn zusammenbrach … Han, sie haben acht Schüsse auf die Oberfläche abgefeuert, bevor es uns gelang, die Energiequelle ihrer Batterie zu kappen. Die Ishori haben es noch immer nicht geschafft, den Raum, in dem sie sich aufhalten, zu stürmen und bis zu ihnen vorzudringen. Und das, obwohl Barkhimkh und Sakhisakh sie unterstützen.«

Neben Han flüsterte Elegos etwas in der Sprache der Caamasi. »Wie schlimm wurde Drev'starn getroffen?«, fragte Han. »Vergiss es … das spielt im Augenblick keine Rolle. Was geschieht jetzt mit dir und dem Schiff?«

»Wir werden angegriffen«, antwortete Leia mit angespannter Stimme. »Drei Raumschiffe der Diamala haben sich gegen uns verbündet; eines liegt genau zwischen uns und dem Planeten, für den Fall, dass wir noch einmal auf Drev'starn zu feuern versuchen. Ich glaube, bisher hat es auf beiden Seiten noch keine ernsthaften Schäden gegeben. Aber das wird nicht mehr lange so bleiben.«

»Hast du denen nicht gesagt, was passiert ist«, wollte Han wissen.

»Ich habe es ihnen erklärt, der Captain der *Predominance* hat es ihnen gesagt, Gavrisom ebenfalls«, entgegnete Leia. »Sie hören nicht zu.«

»Oder es ist ihnen egal«, sagte Han und presste die Zähne so fest aufeinander, dass es wehtat. Leia, gefangen an Bord eines Raumschiffs, das unter schwerem Beschuss stand ... »Hör zu, ich werde versuchen, zu dir durchzukommen«, teilte er ihr mit. »Vielleicht kann ich wenigstens dich und Gavrisom an Bord nehmen.«

»Nein, bleibe weg von hier«, gab Leia scharf zurück. »Bitte. Du würdest es niemals schaffen.«

Han starrte voller Bitterkeit auf die voll entbrannte Schlacht. Sie hatte natürlich Recht; von seinem neuen Beobachtungspunkt aus konnte er die *Predominance* sowie den Orkan aus Turbolaser-Feuer, der das Schiff durchschüttelte, gut erkennen, und er wusste ganz genau, dass die Schilde des *Falken* diesem Ansturm auf keinen Fall standhalten würden. Aber er konnte auch nicht einfach hier draußen sitzen und gar nichts tun. »Ich habe es auch schon mit Sternzerstörern aufgenommen«, sagte er.

»Du hast sie *ausmanövriert*«, verbesserte Leia ihn. »Das ist ein großer Unterschied. Bitte, Han, versuch bloß nicht ...«

Ein Kreischen war zu hören, dann brach die Verbindung ab. »Leia!«, rief Han. Die Brust wurde ihm eng, als er sich nach dem Schlachtkreuzer der Ishori umsah. Das Schiff schien unversehrt, aber ein einziger glücklich platzierter Schuss in die Brückensektion würde genügen ...

»Es geht ihr gut«, sagte Elegos und deutete auf das Komdisplay. »Der Funkverkehr wird bloß wieder gestört.«

Han stieß die Luft aus, ohne überhaupt bemerkt zu haben, dass er den Atem angehalten hatte. »Wir müssen etwas unternehmen«, gab er zurück und suchte den Himmel nach einem rettenden Einfall ab. »Wir müssen sie von diesem Schiff herunterholen ...«

Das Kom erwachte knisternd zu neuem Leben. »Leia?«, rief Han und beugte sich hoffnungsvoll über den Lautsprecher.«

»Solo?«, meldete sich eine männliche Stimme. »Carib Devist hier.«

Han verzog angewidert das Gesicht. »Was wollen Sie? Wir sind hier draußen ziemlich beschäftigt?«

»Im Ernst?«, schnappte Carib. »Und wessen Schuld, glauben Sie, ist das?«

»Das wissen wir bereits«, grollte Han. »Irgendwelche Unruhestifter sind an Bord der *Predominance* gekommen und haben zu schießen angefangen. Vermutlich Imperiale.«

»Definitiv Imperiale«, gab Carib zurück. »Und es waren andere Imperiale, die den Rest der Bande dazu aufgestachelt haben, sich ebenso zu verhalten. Oder haben Sie nicht die aufgezeichneten Angriffsbefehle gehört, die sie in einem halben Dutzend Sprachen gesendet haben?«

Han warf Elegos einen düsteren Blick zu. Er empfand einen Anflug von Ärger darüber, dass ihm diese Tatsache vollkommen entgangen war. Das also war die einleuchtende Erklärung dafür, warum jene kleinen imperialen Schiffe, die Carib entdeckt hatte, sich in der Nähe von Bothawui herumtrieben.

Oder es wäre zumindest die einleuchtende Erklärung gewesen, wenn irgendjemand da draußen sich mal die Mühe gemacht hätte, gründlich darüber nachzudenken. Doch das hatte niemand getan.

»Aber das kann warten«, fuhr Carib fort. »Ich möchte Sie warnen. Ich glaube, dass bei diesem Kometen irgendetwas im Gange ist.«

»Ja? Was denn genau?«, fragte Han, dessen Aufmerksamkeit sich jetzt wieder der *Predominance* und der Frage zuwandte, wie, um alles in der Welt, er Leia da herausholen konnte.

»Das weiß ich nicht«, erwiderte Carib. »Aber in dem Gebiet schwirren ein Dutzend Minenschlepper herum, die allesamt von imperialen Piloten gesteuert werden.«

Han sah stirnrunzelnd den Komlautsprecher an. »Was soll das heißen? Was könnten Imperiale auf Erzeimern wollen?«

»Ich sage Ihnen, es sind imperiale Piloten«, antwortete Carib beharrlich. »Die Art, wie sie fliegen, posaunt das förmlich in die Welt hinaus.«

»Schön und gut«, sagte Han, der wenig Lust verspürte, einen Streit über diesen Punkt vom Zaun zu brechen. »Und was soll ich Ihrer Ansicht nach tun?«

Aus dem Lautsprecher drang ein Zischen. »Wir werden der Sache auf den Grund gehen«, erklärte der andere. Er klang genervt. »So wie die Dinge liegen, dachte ich, Sie wären vielleicht geneigt, sich das selbst mal anzusehen. Tut mir leid, dass ich Sie belästigt habe.«

Das Kom wurde abgeschaltet. »Mir tut es auch leid«, murmelte Han. Er warf Elegos einen Blick zu …

… hielt inne und blickte ihn abermals an. »Was?«, knurrte er.

Der Caamasi hob abwehrend die Hände. »Ich habe nichts gesagt.«

»Denken Sie etwa, ich sollte einfach von hier verschwinden und mit ihm da raus fliegen?«, wollte er wissen. »Leia einfach allein lassen und blindlings Phantome jagen?«

»Können Sie ihr denn im Moment helfen?«, konterte Elegos sanft. »Können Sie sie befreien, die angreifenden Raumschiffe besiegen oder die Schlacht beenden?«

»Das ist nicht der entscheidende Punkt«, schoss Han scharf zurück. »Ich wette zehn zu eins, dass es sich bloß um ein paar Bergleute handelt, die früher mal für das Imperium geflogen sind. Von der Sorte gibt es in der Neuen Republik Tausende – das hat gar nichts zu sagen.«

»Vielleicht«, sagte Elegos. »Das müssen Sie gegen den Rest abwägen.«

»Gegen welchen Rest?«

»Gegen den ganzen Rest«, erwiderte Elegos. »Gegen alles, was Sie über Carib Devist und sein Observationstalent wissen; gegen ihren Glauben – oder Ihren Zweifel – daran, dass er sie nicht verraten hat, während Sie auf Bastion waren; gegen ihre eigenen Erfahrungen mit den Verfahrensweisen und dem Stil des Imperiums und dagegen, ob Sie glauben, dass jemand mit Caribs Fähigkeiten diese erkennen würde; gegen Ihr Vertrauen in Ihre Frau und ihr Urteil über diesen Mann.«

Er hob ein wenig die Augenbrauen. »Und am meisten gegen Ihren angeborenen Sinn für das, was gut und richtig ist. Ob Sie wirklich allein losziehen sollten, wenn da draußen *wirklich* irgendeine Gefahr lauert.«

»Er ist ja nicht wirklich allein«, grummelte Han. »Eine ganze Bande anderer Klone ist bei ihm.«

Elegos entgegnete darauf nichts. Han seufzte und suchte rasch den Himmel ab. Er fand Caribs ramponierten Action-II-Frachter, der soeben das Schlachtgetümmel hinter sich ließ und auf den flammenden Kometen im Hintergrund zuflog. Ganz allein. »Ihr Caamasi könnt eine echte Zumutung sein, wenn ihr euch ein bisschen Mühe gebt, wissen Sie das?«, teilte Han Elegos mit, wendete den *Falken* und folgte Devist. Dann stellte er das Kom auf Landos Komlink-Frequenz ein. »Lando? He, Lando, gib mir ein Lebenszeichen.«

»Ja. Was liegt an, Han?«, kam Landos gequetschte Stimme zurück.

»Bist du schon wieder auf der *Glücksdame?*«

»Ich wünschte, es wäre so«, entgegnete der andere leidenschaftlich. »Ich sitze mit Senator Miatamia auf der *Industriaus Thoughts* fest.«

Han schnitt ein Gesicht. »Ist das nicht eins von den Schiffen, die Leia angreifen?«

»Falls Leia auf der *Predominance* ist, ja«, antwortete Lando. Seine Stimme klang angewidert und mehr als nur eine Spur nervös. »Han, wir müssen sie aufhalten, und zwar schnell.«

»Da bin ich ganz deiner Meinung, Kumpel«, sagte Han und brachte sich vor zwei Patrouillenbooten der Froffli in Sicherheit, die sich mit einer Sternbarke der D'farina angelegt hatten. »Gavrisom ist bei Leia. Wenn du Miatamia dazu bringst, dass die Diamals ihre Störsender abschalten, kann er ihnen die Schießerei vielleicht ausreden.«

»Das habe ich schon versucht«, seufzte Lando. »Aber ich bin die letzte Person an Bord, der irgendjemand zuhören will.«

»Das Gefühl kenne ich«, erwiderte Han. »Hör zu, du musst mir einen Gefallen tun. Ich fliege mit Carib zu dem Kometen. Behalte mich mit einem Nahsichtgerät im Auge – für den Fall, dass wir auf Schwierigkeiten stoßen.«

Es entstand eine kurze Pause. »Klar, kein Problem. Mit was für einer Sorte Schwierigkeiten rechnest du denn genau?«

»Wahrscheinlich ist es nichts«, sagte Han. »Carib meint

anscheinend, dass da draußen Imperiale in Erzeimern umherfliegen. Behalte uns einfach im Auge, ja?«

»Mach' ich«, versprach Lando. »Viel Glück.«

Han deaktivierte das Kom und beschrieb einen Bogen um die letzte Hand voll Raumschiffe zwischen dem *Falken* und dem Kometen. »Festhalten«, wies er Elegos an, als er vollen Schub auf den Sublichtantrieb gab. »Es geht los.«

»Langsam jetzt«, sagte Bel Iblis warnend an Boosters Seite. »Gehen Sie es hübsch langsam und gelassen an. Wir sind hier alle Freunde, und der äußere Verteidigungsring zwischen uns und der niederträchtigen Angriffsflotte der Rebellen schützt uns. Wir sind in Sicherheit, und es besteht kein Grund, den Eindruck zu erwecken, wir hätten es eilig.«

»Nein, *den* Eindruck möchten wir keinesfalls erwecken«, brummte Booster und starrte voller Missvergnügen die gewaltige Masse der Allgegenwärtigkeitsbasis an, die unmittelbar vor ihnen aufragte. Seine geliebte *Errant Venture* nahm sich mit einem Mal gar nicht mehr so groß und mächtig aus wie sonst.

»Ruhig, Terrik«, sagte Bel Iblis, dessen Stimme, zu Boosters gründlicher Verärgerung, beherrscht und eiskalt war. »Die große Vorstellung findet *hinter uns* statt, wissen Sie noch? Das Letzte, was wir wollen, ist, ihre Augen auf uns zu lenken.«

Booster nickte und warf einen Blick auf das Achterdisplay. Hinter ihnen war wahrhaftig eine Vorstellung im Gange, bei der die Raumer der Neuen Republik echte Schläge von Seiten des Verteidigungsrings um Yaga Minor einstecken mussten.

Oder zumindest sollte die Show den Anschein erwecken. Wenn die Schiffe ihre Befehle befolgten, blieben sie in Wirklichkeit so weit zurück, dass sie ernste Schäden durch den schweren Turbolaser-Beschuss vermieden. Und es stand zu hoffen, dass die Imperialen dies in all dem Durcheinander nicht bemerkten. »Ich weiß nicht«, sagte er. »Das gefällt mir nicht, Bel Iblis. Wir sind viel zu leicht durchgekommen.«

»General, da tut sich was«, rief der Offizier an der Sensorstation. »Ein imperialer Sternzerstörer nähert sich uns von Steuerbord.«

Booster trat auf der Kommandogalerie ein paar Schritte weiter vor und spähte aus dem Panoramafenster. In seinen Eingeweiden machte sich eine schlimme Vorahnung breit. Der Sternzerstörer war plötzlich an der Steuerbordseite der Basis aufgetaucht und kreuzte nun den Kurs der *Errant Venture*.

Und während er das Schiff beobachtete, stoppte es zwischen ihnen und der Basis und hing nun im All, als würde es nur darauf warten, dass sie an ihm vorbeizufliegen versuchten …

»Die ID weist das Schiff als die *Relentless* aus«, meldete jemand anders. »Unter dem Befehl von Captain Dorja.«

Boosters schlimmes Vorgefühl wurde unversehens stärker. Die *Relentless*. War das nicht das Raumschiff, das immer wieder in den Gerüchten um Großadmiral Thrawn auftauchte?

Bel Iblis hatte erneut neben Booster Stellung bezogen. »General …?«, flüsterte Booster.

»Ich weiß«, nickte Bel Iblis, dessen Gelassenheit ein wenig ins Wanken geriet. »Aber wenn wir jetzt die Flucht ergreifen, sehen wir erst recht schuldig aus. Wir können das Spiel bloß weiter fortsetzen.«

»Eine Übertragung von der *Relentless*, General«, rief der Kommunikationsoffizier. »Sie bitten darum, mit Captain Nalgol sprechen zu können.«

Booster blickte Bel Iblis an. »Wir können das Spiel bloß weiter fortsetzen«, wiederholte Bel Iblis. »Machen Sie schon, versuchen Sie es.«

»Sicher.« Booster atmete tief durch, suchte den Blick des Komoffiziers und nickte ihm zu. Der Mann betätigte einen Schalter und nickte zurück.

»Hier spricht Kommandant Raymeuz, der provisorische Befehlshaber des imperialen Sternzerstörers *Tyrannic*«, rief er in der bestmöglichen Imitation der übertrieben steifen Sprechweise eines typischen Imperialen. »Captain Nalgol wurde während des jüngsten Angriffs schwer verletzt und unterzieht sich gegenwärtig einer Notfallbehandlung.«

Aus den Brückenlautsprechern drang ein tiefes Lachen. »Tatsächlich?«, sagte eine ruhige Stimme. Eine gleichmäßig gelassene Stimme, eine kultivierte Stimme, eine Stimme, die Booster bis in die Stiefelspitzen Angst einjagte. »Ich bin Groß-admiral Thrawn. Sie enttäuschen mich, General Bel Iblis.«

Booster sah Bel Iblis an. Der General starrte immer noch aus dem Aussichtsfenster, seine Miene verriet nicht die An-deutung einer Emotion.

»Es hat wirklich keinen Sinn, diese Scharade noch weiter fortzusetzen«, sagte Thrawn. »Aber möglicherweise bedürfen Sie ja einer überzeugenderen Demonstration.«

Es war, als hätte irgendjemand, der hinter ihm stand, Boos-ter plötzlich den Boden unter den Füßen weggezogen. Er tor-kelte nach vorne und ruderte wild mit den Armen, als er das Gleichgewicht wieder zu erlangen versuchte. Um ihn herum drangen Laute der Bestürzung vom Rest der Brückenbesat-zung an sein Ohr; und von irgendwoher ertönte das unheil-volle Geräusch knarrenden Metalls.

»Nur eine kleine Demonstration, wie ich schon sagte«, fuhr Thrawn in fast neckischem Tonfall fort. »Ihr Sternzerstörer ist jetzt vollkommen hilflos und wird von annähernd fünfzig un-serer starken Traktorstrahlen an Ort und Stelle gehalten.«

Booster schluckte einen Fluch hinunter, der sich ihm ge-waltsam entringen wollte. Was hatte *dieses* Schiff eigentlich mit Traktorstrahlen zu schaffen?

Er schrak zusammen, als Bel Iblis ihm auf den Arm tippte. Der General starrte ihn finster an und bedeutete ihm, an die Komstation zurückzukehren. Booster starrte zurück und hol-te tief Luft. »Admiral Thrawn, Sir, was tun Sie?«, rief er und versuchte eine Mischung aus Respekt und ängstlicher Verwir-rung in seine Stimme zu legen. Letzteres bedurfte keiner Schauspielkunst. »Sir, wir haben verwundete Offiziere und Mannschaftsmitglieder an Bord …«

»Das reicht jetzt«, fiel Thrawn ihm kalt ins Wort. Der Ver-such, sich zwanglos zu geben, hatte den rotäugigen Bastard offenbar überfordert – und nun kehrte er zu seiner üblichen Anmaßung zurück. »Ich respektiere Ihren Mut, dieses Unter-fangen zu wagen, aber das Spiel ist aus. Muss ich den Turbo-laser-Batterien befehlen, mit der Zerstörung Ihres Schiffes zu beginnen?«

Bel Iblis stieß leise die Luft aus. »Das ist nicht notwendig, Admiral«, rief er. »Hier ist General Bel Iblis.«

»Ah, General«, sagte Thrawn. Abermals änderte er den Tonfall, stellte Booster fest; diesmal wechselte er von kalter Einschüchterung zu der fast herzlichen unausgesprochenen Kameraderie zwischen gleichgestellten Profis. Der Mann war alles, bloß nicht einseitig. »Ich gratuliere Ihnen zu Ihrem Unternehmen, Sir, mag es auch vergebens gewesen sein.«

»Vielen Dank, Admiral«, entgegnete Bel Iblis. »Wenngleich ich darauf hinweise, dass der Erfolg oder das Versagen unserer Operation sich erst noch erweisen muss.«

»Tatsächlich?«, gab Thrawn zurück. »Nun gut, dann lassen Sie uns die Sache besiegeln. Ich fordere Sie hiermit auf, Ihr Ablenkungsmanöver einzustellen und mir Ihr Schiff zu übergeben.«

Bel Iblis warf Booster einen Blick zu. »Und wenn ich mich weigere?«

»Wie ich bereits vorhin festgestellt habe, General, sind Sie handlungsunfähig«, erklärte Thrawn. »Auf meinen Befehl wird Ihr Schiff systematisch zerstört.«

Für einen langen Moment herrschte Schweigen auf der Brücke. Booster beobachtete Bel Iblis, und Bel Iblis blickte im Gegenzug zu dem Sternzerstörer hinaus, der ihnen den Weg versperrte. »Ich muss das zuerst mit meinen Führungsoffizieren besprechen.«

»Selbstverständlich«, erwiderte Thrawn leichthin. »Lassen Sie sich ruhig Zeit. Ich schlage allerdings vor, dass Sie sich nicht *zu viel* Zeit lassen. Ihre Ablenkungsverbände kämpfen tapfer, wenn auch wirkungslos, aber meine Geduld mit ihnen währt nicht ewig. Abfangkreuzer beziehen bereits jetzt Stellung, um sie hier in die Falle gehen zu lassen, und die zahlreichen Befehlshaber der Jägerstaffeln flehen mich an, dass ich ihnen erlaube, ihre TIEs und Preybirds auszusetzen.«

»Verstanden«, antwortete Bel Iblis. »Ich übermittle Ihnen meine Antwort so bald wie möglich.«

Er bedeutete dem Komoffizier, die Übertragung abzubrechen. »Und was wollen Sie jetzt tun?«, verlangte Booster zu wissen. Der Gedanke, dass die *Errant Venture* schließlich doch wieder in imperialer Hand endete …

»Ich werde ihm wie versprochen meine Antwort übermitteln«, erwiderte Bel Iblis kühl. »Tanneris, Bodwae, von wo gehen diese Traktorstrahlen aus? Von der Basis oder von dem Verteidigungsring?«

»Ich orte achtunddreißig Stellungen im Verteidigungsring«, meldete Bel Iblis' Sensoroffizier.

»Fünf-zehn weitere gehen von der Bas-sis ss-selbst aus«, ergänzte Bodwae. »Ich habe ihre St-standorte markiert.«

»Danke«, sagte Bel Iblis. »Simons, haben wir noch einen Rest Bewegungsfreiheit?«

»Nicht wirklich, Sir«, erwiderte der Steuermann. »Wir sitzen hier fest.«

»Wie sieht es mit einer Drehbewegung aus? Können wir irgendwie um die Längsachse rotieren.«

»Äh … ja, Sir, ich denke, das könnte gehen«, sagte der andere, während er skeptisch seine Anzeigen studierte. »Allerdings reicht es wahrscheinlich höchstens für eine Vierteldrehung.«

»Das ist nicht annähernd genug, um zu wenden und mit fliegenden Fahnen von hier zu verschwinden«, bemerkte Booster leise.

»Es ist nicht mein Ziel, von hier zu verschwinden«, rief Bel Iblis ihm ins Gedächtnis. »Simons, kippen Sie uns um neunzig Grad nach backbord – oder so weit, wie Sie es schaffen. Backbord-Turbolaser und Protonentorpedorohre bereithalten, um auf mein Kommando auf den Verteidigungsring zu feuern; zielen Sie auf die Traktorstrahlstellungen, die uns hier fest halten. Das Gleiche gilt für alle Waffen an Steuerbord, die indes die Stellungen in der Basis aufs Korn nehmen.«

Ein Chor bestätigender Stimmen wurde laut. Booster blickte zu der Basis und dem Sternzerstörer hinaus, der kampfbereit davor schwebte; und während er noch schaute, bewegten beide sich langsam nach rechts – langsam und schwerfällig zwar, doch sie bewegten sich.

Er trat einen Schritt näher an Bel Iblis heran. »Es ist Ihnen sicher klar, dass Sie mit diesem Manöver niemanden an der

Nase herumführen werden«, sagte er warnend. »Und am wenigstens jemanden wie Thrawn. Er wird sofort erkennen, dass wir die Traktorstrahlen anvisieren, und damit beginnen, das Schiff unter unseren Füßen in Stücke zu schneiden.«

Bel Iblis schüttelte den Kopf. »Das glaube ich nicht. Zumindest noch nicht. Alle Hinweise deuten darauf hin, dass er versucht, das Imperium neu erstehen zu lassen, und ein Haufen Schrott wird ihm dabei wenig nützen. Was er wirklich von uns will, sind ein paar hochrangige Gefangene aus den Reihen der Neuen Republik, die er als potenzielle Überläufer vorführen kann.«

»Ganz zu schweigen davon, dass er so einen zusätzlichen Sternzerstörer in die Hand bekommt, den er gegen jeden einsetzen kann, der nicht so leicht zu bekehren ist?«

»Das auch, ja«, räumte Bel Iblis ein. »Das heißt unter dem Strich, dass er erst zu feuern anfangen wird, wenn wir fast freigekommen sein werden. Vielleicht nicht einmal dann.«

Booster verzog das Gesicht. Nein, Thrawn würde keine Eile haben. Jedenfalls nicht, solange die *Errant Venture* sich auf der falschen Seite der geballten Feuerkraft des Verteidigungsrings befand. »Und wie wollen Sie uns nun hier herausbringen?«

Bel Iblis schüttelte den Kopf. »Ich habe gar nicht vor, uns herauszubringen. Das habe ich Ihnen doch bereits gesagt. Wir haben hier eine Aufgabe zu erledigen, und diese Aufgabe wartet *da drin* auf uns.« Er wies mit einem Nicken zum Aussichtsfenster und der Allgegenwärtigkeitsbasis dahinter.

»Obwohl Thrawn mit seinem Sternzerstörer zwischen uns und der Basis liegt?«, schnaubte Booster. »Nehmen Sie das bitte nicht persönlich, General. Ich bin sicher, Sie sind ein kluger militärischer Kopf und das alles – aber wenn Sie es mit Thrawn aufnehmen wollen, enden wir alle als gebratener Taurücken.«

»Ich weiß«, gab Bel Iblis zurück. Seine Stimme hatte plötzlich einen todernsten Unterton. »Aus diesem Grund werden wir ihn auch nicht angreifen. Zumindest nicht auf die Weise, die er von uns erwartet.«

Booster beäugte ihn wachsam. Da war etwas in dem Gesicht des anderen, das ihm langsam, aber sicher kalte Schauer über den Rücken jagte. »Wovon reden Sie überhaupt?«

»Wir müssen an der *Relentless* vorbei, Terrik«, erwiderte Bel Iblis leise, während er weiter aus dem Aussichtsfenster blickte. »Und wir müssen das Schiff dabei so schwer beschädigen, dass es nicht mehr dazu in der Lage ist, unsere Hacker vom Himmel zu holen, ehe sie zu der externen Computerstation vorgedrungen sind und sich einen Weg ins Innere gebrannt haben.«

»Und was ist mit den Waffen der Basis?«

»Wir müssen das alles schnell genug bewerkstelligen, damit die Waffen der Basis erst gar keine Zeit finden, sich auf uns einzuschießen«, bekräftigte Bel Iblis. »Wenn Sie alles zusammenzählen, gibt es am Ende nur einen möglichen Weg, wie wir es schaffen können.«

Er starrte immer noch aus dem Aussichtsfenster und schien sich gegen etwas zu wappnen. »Sobald wir uns von den Traktorstrahlen losgerissen haben, wenden wir uns so schnell wir können der *Relentless* zu – und rammen sie.«

Bosster spürte, wie ihm die Luft wegblieb. »Das ist nicht Ihr Ernst«, keuchte er.

Bel Iblis drehte sich zu ihm um und sah ihm unverwandt in die Augen. »Es tut mir leid, Booster. Es tut mir leid um Ihr Raumschiff, und vor allem tut es mir leid, dass ich Sie und Ihre Crew mit an Bord genommen habe.«

»General?«, rief der Steuermann. »Wir haben jetzt einen Neigungswinkel von neunundsiebzig Grad erreicht. Mehr werden wir nicht erreichen.«

Bel Iblis hielt Boosters düsterem Blick noch einen Moment stand. Dann wandte er die Augen ab und trat an ihm vorbei. »Das wird reichen«, sagte er. »Alle Waffen eröffnen das Feuer auf die Traktorstrahlstände.«

Im nächsten Augenblick brach vor dem Panoramafenster ein Feuersturm aus Turbolaser-Schüssen los, der von dem schräg gelegten Schiffsrumpf aus in beide Richtungen Feuerlanzen ins All schleuderte. »Steuerung und Sublichtantrieb«, fügte der General kalt hinzu, »für volle Notfallbeschleunigung bereithalten.«

»Da ist er«, verkündete Elegos und streckte die Hand aus. »Da drüben, genau an Steuerbord.«

»Ich sehe ihn«, antwortete Han. Für eine Minute hatte er Caribs Frachter ihm wirbelnden Leuchten des Kometenschweifs verloren. »Sehen Sie schon irgendeinen der Minenschlepper, von denen er gesprochen hat?«

»Noch nicht«, entgegnete Elegos. »Vielleicht hat er sich doch geirrt.«

»Nicht sehr wahrscheinlich«, brummte Han. Die feinen Haare in seinem Nacken richteten sich auf. Er mochte zwar nicht zugeben, dass Carib Imperiale allein an ihrem Flugstil erkennen konnte, aber er zweifelte bestimmt nicht daran, dass der Bursche den Unterschied zwischen Erzraumern und leerem Raum kannte. »Ich frage mich bloß, wohin sie verschwunden sein könnten.«

»Vielleicht verbirgt sie der Schweif«, schlug Elegos vor. »Vielleicht arbeiten sie auf der anderen Seite der Oberfläche des Kometen.«

»Bergleute arbeiten nie auf der Rückseite«, erwiderte Han und schüttelte den Kopf. »Der Staub und das Eis versauen Alluvialdämpfer total.«

»Aber wo stecken sie dann?«

»Ich habe keinen Schimmer«, gab Han grimmig zurück. »Aber mich beschleicht in dieser Sache allmählich ein echt böses Gefühl. Stellen Sie mir mal eine Verbindung zu Caribs Frachter her, ja?«

Elegos schaltete das Kom ein. »Fertig.«

»Carib?«, rief Han. »Sehen Sie irgendwas?«

»Nichts«, ließ sich die Stimme des anderen vernehmen. »Aber sie waren da, Solo.«

»Ich glaube Ihnen ja«, erwiderte Han und warf einen kurzen Blick auf die Waffenkontrollen des *Falken*. Die Vierlingslaser waren schussbereit und die Steuerung auf seine Konsole hier unten gelegt. »Ich schätze, es wird Zeit, dass wir uns die Oberfläche aus nächster Nähe ansehen. Mal schauen, was da versteckt ist und sich unseren Blicken entzieht.«

»Einverstanden«, antwortete Carib. »Wollen Sie, dass wir die Führung übernehmen?«

»Ist Ihr Frachter bewaffnet?«

Es entstand eine kaum merkliche Verzögerung. »Nein, nicht wirklich.«

»Dann übernehme ich besser die Spitze«, sagte Han und gab mehr Energie in den Sublichtantrieb. »Drosseln Sie Ihr Tempo und lassen Sie mich vorbei.«

»Was immer Sie sagen.«

»Wollen Sie, dass ich in einen der Geschützstände gehe?«, fragte Elegos ruhig.

Han warf ihm einen kurzen Blick zu. »Ich dachte, die Caamasi hassen das Töten.«

»Das tun wir auch«, gab Elegos schlicht zurück. »Aber wir akzeptieren auch die Tatsache, dass es in manchen Zeiten erforderlich ist, wenige für einen höheren Zweck zu töten. Und dies ist wohl eine solche Zeit.«

»Vielleicht«, brummte Han und ging mit der Geschwindigkeit weit herunter, als der *Falke* an dem Action-II-Frachter vorbeischoss. Sie näherten sich jetzt rapide dem Rand des Kometen, und er wollte nicht mit einem losen Felsbrocken zusammenstoßen, der sich kurzfristig entschließen mochte, sich zu lösen und ihren Kurs zu kreuzen. »Keine Sorge, was auch immer die da unten verstecken, ich müsste eigentlich ganz gut alleine damit klarkommen. Es ist ja nicht so, dass man sonderlich viel Feuerkraft in so einen Eimer stopfen könnte …«

Mitten im Satz, genau vor seinen Augen, lösten sich der Komet und die Sterne dahinter plötzlich in nichts auf. Und an ihrer Stelle erschien die dunkle Silhouette eines imperialen Sternzerstörers, dessen Lichter in der völligen Finsternis, die ihn umgab, böse funkelten.

»Han!«, keuchte Elegos. »Was …?

»Ein getarnter Sternzerstörer!«, gab Han knapp zurück und riss brutal den Steuerknüppel herum. Mit einem Schlag wurde ihm der ganze Plan klar: die Schlacht über Bothawui – all die Raumschiffe, die einander in Stücke schossen –, der Sternzerstörer, der sich hier verbarg und abwartete, um sie alle fertig zu machen und bei der Gelegenheit vielleicht auch Bothawui in Schutt und Asche zu legen. Keine Überlebenden, keine Zeugen, lediglich eine verheerende Schlacht, für den jeder in der Neuen Republik jeden beliebigen anderen verantwortlich machen konnte.

Und der Bürgerkrieg, den diese eine Schlacht auslösen würde, mochte niemals enden.

»Halten Sie sich am Kom bereit«, wies Han Elegos an, während er den *Falken* hart herumwarf und wieder auf den Rand des unsichtbaren Tarnfeldes zusteuerte. »In derselben Sekunde, in der wir hier herauskommen …«

Der Befehl wurde abgewürgt, als er plötzlich brutal in die Gurte katapultiert wurde. Wie ein verwundetes Tier machte der *Falke* unter ihm einen Satz zur Seite; das Dröhnen des Sublichtantriebs vermischte sich mit dem Knarren überforderter Nähte und Stützelemente. »Was war das?«, stieß Elegos atemlos hervor.

Han schluckte hart; seine Hände schlossen sich sinnlos fester um den Steuerknüppel. »Ein Traktorstrahl«, erklärte er und warf einen verzweifelten Blick auf die Sensoranzeigen. Wenn sie ihn, nur am Rand erwischt und keinen festen Halt gefunden hatten, konnte er den Strahl vielleicht noch abschütteln.

Doch nein. Sie hatten ihn am Haken. Hielten ihn fest.

Als er aus dem Augenwinkel eine Bewegung wahrnahm, hob er den Blick. Caribs Frachter, der inzwischen ebenfalls in das Tarnfeld eingedrungen war, wand sich wie er selbst in dem unsichtbaren Griff. »Sie haben uns, Elegos«, seufzte er und spürte den bitteren Geschmack der Niederlage im Mund.

»Sie haben uns beide.«

15. Kapitel

Sie stießen auf ihrem Weg noch auf zwei weitere versteckte Connernetze; und beide Male bestand Mara darauf, die Fallen auszulösen und unschädlich zu machen. Luke war nicht davon überzeugt, dass dies wirklich notwendig war, vermochte andererseits jedoch auch nicht zu erkennen, welchen Schaden sie damit anrichten konnte. Wenn das erste Netz keinen Alarm ausgelöst hatte – und dafür gab es keinerlei Anzeichen –, würde es vermutlich auch nichts ausmachen, die anderen beiden auszuschalten. Und schließlich hatten die insektenartigen Servicedroiden dann etwas zu tun und kamen ihnen nicht in die Quere.

Das stete Brummen im Hintergrund hatte weiter zugenommen, während sie durch den Tunnel vorankamen. Bald konnte Luke mit Bestimmtheit sagen, dass es von oben kam. Es handelte sich ohne Zweifel um den riesigen Energiegenerator der Festung, der jenseits ihrer Reichweite hinter massivem Felsgestein verborgen war.

Und schließlich endete der Tunnel nach vielleicht hundert Metern in einem großen, hell erleuchteten Raum.

»Ich hatte also Recht«, flüsterte Mara neben Luke, als sie zusammen unter dem gewölbten Eingang standen. »Ich wusste, dass er noch einen Ort *in petto* haben würde. Sogar in seiner eigenen Festung und versteckt vor den eigenen Leuten. Ich *wusste* es einfach.«

Luke nickte schweigend und starrte in die Kammer. Der ganz aus dem natürlichen Felsen gehauene Raum war annähernd kreisförmig und von einer Kuppel gekrönt; sein Durchmesser betrug an der Basis sechzig Meter, die Höhe maß in der Mitte gut zehn Meter. Ein drei Meter breiter Ring gekachelten Fußbodens lief in Höhe des Zugangstunnels um den Rand der Kammer und fiel dann einen Meter zu der eigentlichen Bodenebene hin ab, die gleichfalls mit Kacheln ausgelegt war. Fünf Meter über dem Boden umkränzte hinter einem schützenden Geländer eine tief in den Fels geschlagene Galerie, deren Innenseite von elektronischem Equipment gesäumt war, etwa zwei Drittel der Kammer.

Weit rechts von ihnen befand sich auf der Hauptebene eine moderatere Version der Befehlszentrale, auf die sie in dem höher gelegenen Stockwerk der Hand von Thrawn gestoßen waren. Hier gab es nur *einen* Ring aus Konsolen, in dessen Zentrum diesmal kein Galaxis-Holo prangte. Dort stand der breite, flache Zylinder einer Archiv- und Computer-Informationsstation hoher Speicherkapazität. Doch auch hier zeigte, genau wie oben in der Festung, eine Hand voll leuchtender Lämpchen an, dass die Anlage im STANDBY-Modus geduldig ihrer Benutzung harrte. Der Rest der Hauptebene war leer, bis auf einige Einrichtungsgegenstände, die entlang einer Seite der erhöhten Galerie unter einer Plastikplane aufgereiht standen.

Aber bei alledem handelte es lediglich um den Hintergrund, um Dinge, die man nur am Rande wahrnahm und zur späteren näheren Betrachtung im Gedächtnis ablegte. Vom ersten Moment an, da er und Mara diesen Raum betraten, war Lukes Aufmerksamkeit vollständig von der tiefen Nische in Anspruch genommen, die sich links von ihnen in der Wand der Hauptebene auftat. Fest verschlossen hinter einer massiven Wand aus Transparistahl stand dort eine komplette Kloning-Anlage: ein Spaarti-Zylinder in einem Kordon aus Röhren für die Nährlösung und Kabeln für die Kurzausbildung, umgeben von unterstützender Ausrüstung und mit einem summenden Fusionsgenerator verbunden.

Und im Zentrum des Zylinders schwamm sanft, in tiefem Schlaf versunken oder vielleicht nicht einmal wirklich lebendig, ein ausgewachsener Humanoide mit blauer Haut. Ein Humanoide mit einem vertrauten Gesicht.

Großadmiral Thrawn.

»Zehn Jahre«, sagte Luke leise. »Wie du gesagt hast. Wie du es dir gedacht hast. Er hat ihnen gesagt, er würde nach zehn Jahren wiederkehren.«

»Der alte Betrüger«, sagte Mara leise. Die Worte standen in scharfem Kontrast zu dem widerstrebenden Respekt, den Luke unterschwellig wahrnahm. Er konnte sie gut verstehen; die Nische und ihr Bewohner wirkten einschüchternd in ihrer stillen Größe – und in ihrer gleichermaßen stummen Bedrohung. »Wahrscheinlich hat er den Zyklus auf eine Zeitdauer von zehn Jahren eingestellt und jedes Mal auf Null zurückgesetzt, wenn er hier hereinschaute.«

»Wahrscheinlich«, pflichtete Luke ihr bei und riss die Augen von dem beinahe hypnotischen Anblick des schwimmenden Klons los. Dann musterte er den Ring aus Kontrollkonsolen auf der anderen Seite der Kammer. »R2, du rollst da rüber und suchst dir einen Computeranschluss, an den du dich ankoppeln kannst. Mach dich daran, alles über das von Thrawn erschlossene Gebiet der Unbekannten Regionen herunterzuladen, was du finden kannst.«

Der kleine Droide zwitscherte bestätigend und rollte an ihm vorbei zu einer der sechs Rampen, die von dem äußeren Ring zur Hauptebene hinunterführten. Er schaffte es, die Rampe hinter sich zu bringen, ohne nach vorne zu kippen, und hielt auf den Konsolenring zu. Seine Räder klapperten rhythmisch über die winzigen Spalten zwischen den Kacheln. Er hielt neben einer der Konsolen an, ließ zur Bekräftigung ein Pfeifen hören, fuhr den Compstecker aus und stellte eine Verbindung her.

»Er ist drin«, sagte Luke und wandte sich wieder dem Kloning-Tank zu. »Komm, ich will mir das mal aus der Nähe ansehen.«

Gemeinsam umrundeten er und Mara den Raum bis zu der Wand aus Transparistahl. »Fass das nicht an«, rief Mara warnend, als er sich weit vorbeugte. »Die Wand ist womöglich mit einer Alarmanlage verkabelt.«

»Das hatte ich auch nicht vor«, versicherte Luke und spähte durch den Transparistahl. Aus diesem Blickwinkel konnte er etwas erkennen, das von dem Bogengang aus nicht zu sehen gewesen war. »Siehst du, was er noch bei sich da drin hat?«

»Ein paar Ysalamiri.« Mara nickte. »Nur für den Fall, dass zufällig ein Jedi auf Wanderschaft hier vorbeikommt.«

»Thrawn war schon immer der Typ, der an alles denkt.«

»Und ob er das war«, stimmte Mara zu. »Abgesehen von dem See da draußen vielleicht.«

Luke zog die Stirn kraus. »Was willst du damit sagen?«

»Da drüben«, erwiderte Mara, drehte sich halb um und deutete auf die andere Seite der Kammer.

Luke blickte sich um. Da war die Felswand, die Möbel unter der Plastikplane sowie die Galerie mit dem Equipment, die um die Kuppel lief. »Was genau sehe ich mir da an?«, fragte er.

»Den Wasserschaden«, antwortete sie und streckte abermals die Hand aus. »An der Wand gegenüber dem Tunneleingang. Siehst du das?«

»Jetzt ja«, sagte Luke und nickte. Die Wand hatte sich an dieser Stelle kaum merklich und dennoch zweifelsfrei verfärbt; sie war da, wo das Wasser durch den Fels eingedrungen und nach unten gesickert war, von zahlreichen vertikalen Streifen gezeichnet. Und jetzt, da er genau hinsah, konnte er sogar sehen, wie an einem Dutzend Stellen langsam Wasser durch das Felsgestein rann. »Kind der Winde hat gesagt, der See hätte sich ausgedehnt«, bemerkte er. »So wie es aussieht, hat er sich einen Weg durch die Höhlen gebahnt.«

Er drehte sich wieder um. »Ich würde sagen, die Zehnjahresfrist unseres Klons hier ist gerade rechtzeitig abgelaufen.«

»Was glaubst du, wie er sein wird?«, erkundigte sich Mara mit irgendwie seltsam klingender Stimme. »Ich meine, wie sehr wird er dem Original gleichen?«

Luke schüttelte den Kopf. »Das ist ein Streit, der schon seit Dekaden geführt wird«, entgegnete er. »Bei gleicher genetischer Struktur plus einer Kurzausbildung, deren Muster unmittelbar der Vorlage entnommen werden, müsste ein Klon mit der ursprünglichen Person eigentlich vollkommen identisch sein. Doch dessen ungeachtet sind sie nie *völlig* identisch. Möglicherweise gehen einige der mentalen Feinheiten verloren; vielleicht gibt es aber auch irgendetwas Einzigartiges in uns, das bei der Kurzausbildung nicht übertragen werden kann.«

Er wies mit einem Nicken auf den Klon. »Er verfügt vermutlich über Thrawns sämtliche Erinnerungen. Aber wird er auch sein Genie besitzen, seine Führungsqualitäten oder seine beharrliche Zielstrebigkeit? Ich weiß es nicht.«

Er sah Mara an. »Was uns, wie ich annehme, zu der Frage führt, was wir mit ihm machen.«

»Komisch, dass wir uns das heute fragen«, gab Mara nachdenklich zurück. »Vor zehn Jahren hätte ich noch geradeheraus gesagt, wir schießen uns den Weg zu ihm frei und machen Schluss mit ihm. Vielleicht auch noch vor fünf Jahren. Aber heute … Es ist nicht mehr so einfach.«

Luke betrachtete prüfend ihr Profil und versuchte, aus den gemischten Gefühlen klug zu werden, die ihr Innerstes durcheinander wirbelten. »Das Gerede über ferne Gefahren hat dir einen gewaltigen Schrecken eingejagt, wie?«

Zu seiner gelinden Überraschung nahm sie daran keinen Anstoß. »Fel und Parck machen sich große Sorgen darum«, erinnerte sie ihn statt dessen. »Bist du bereit, darauf zu setzen, dass sie *beide* falsch liegen?«

»Im Grunde, nein«, räumte Luke ein und betrachtete wieder den Klon. »Ich versuche mir bloß gerade vorzustellen, was in der Neuen Republik los wäre, wenn Thrawn plötzlich wieder auftauchen würde. Ich würde auf allgemeine Panik tippen; und auf Coruscant würde alles übereinander stolpern, um genug Raumschiffe für einen Präventivschlag gegen die Überreste des Imperiums aufzutreiben.«

»Meinst du nicht, dass sie sich erst einmal anhören würden, was er zu sagen hat?«

»Bei der Brandschneise, die Thrawn beim letzten Mal quer durch die Neue Republik geschlagen hat?« Luke schüttelte den Kopf. »Sie würden ihm nicht eine Minute trauen.«

»Du hast wahrscheinlich Recht«, sagte Mara. »Parck berichtete mir von Gerüchten, er sei bereits zurückgekehrt, obwohl ich nicht weiß, wo ein derartiges Gerücht seinen Ursprung haben könnte. Aber von den Reaktionen darauf hat er nicht gesprochen.«

»Gerüchte sind eine Sache; aber wenn er leibhaftig zur Tür hereinkäme, sähe es anders aus«, stellte Luke klar.

Sie standen eine Minute schweigend da. Dann atmete Luke tief durch. »Aber ich nehme an, das ist, wenn man es recht bedenkt, eigentlich nur ein akademischer Streit«, sagte er. »Was auch immer der Original-Thrawn angefangen hätte, dieses Lebewesen hier hat nichts Falsches getan. Ganz sicher nichts, was seine Hinrichtung im Schnellverfahren rechtfertigen würde.«

»Das ist wahr«, stimmte Mara zu. »Obwohl ich mir vorstellen kann, dass einige Leute davon nur schwer zu überzeugen wären. Also, dann die nächste Frage: Lassen wir ihn hier, wo er ganz normal aufwachen und sich unseren Freunden da oben anschließen kann? Wobei wir bedenken sollten, dass sie im Moment weder auf uns noch auf die Neue Republik besonders gut zu sprechen sind. Oder sollen wir lieber zusehen, dass wir den Prozess des Wachstums beschleunigen und ihn mit nach Coruscant nehmen?«

Luke pfiff fast unhörbar durch die Zähne. »Du weißt, wie man schwere Fragen stellt, nicht wahr?«

»Ich musste im Leben noch nie lange nach schweren Fragen suchen«, konterte sie säuerlich. »Sie haben mich stets zuerst gefunden.«

Luke lächelte. »Das Gefühl kenne ich gut.«

»Mir wäre es lieber, du würdest die Antwort kennen«, entgegnete sie. »Also, würde Coruscant damit fertig werden?«

Von der anderen Seite der Kammer war plötzlich ein Hagel aus Trillern zu vernehmen. Luke wandte sich um und sah R2-D2, der aufgeregt auf seinen kurzen Beinen vor und zurück wippte. »Was gibt es?«, rief er. »Hast du die Daten über die Unbekannten Regionen gefunden?«

Der Droide zwitscherte ungeduldig. »Okay, okay, ich komme ja schon«, beruhigte Luke ihn, eilte auf die nächste Rampe, die zur Hauptebene führte. Dabei kam er an den mit der Plastikplane verhüllten Möbeln vorbei …

… blieb stehen und betrachtete die Kollektion. Es gab unter der Plane ein halbes Dutzend Sessel unterschiedlicher Bauart, ein Bett, einen Tisch und ein paar Stücke, die wie niedrige Schränke aussahen. »Was meinst *du*, was das ganze Zeug hier soll?«, rief er Mara zu.

»Sieht aus, wie all die Sachen, die er brauchen wird, um diesen Ort in eine gemütliche kleine Wohnung zu verwandeln, sobald er den Tank verlassen hat«, vermutete Mara, sprang auf die Hauptebene hinunter und trat neben ihn. »Er wird sich sicher ein wenig Zeit nehmen wollen, um zu sich zu kommen und zu erfahren, was draußen in den zurückliegenden zehn Jahren so passiert ist. Ich wette zehn zu eins, dass dieser Ring aus Konsolen direkt mit sämtlichen Nachrichten- und Datenlinks gekoppelt ist, die die Chiss oben haben.«

»Ja, aber weshalb ist alles hier aufgestapelt, anstatt für ihn bereitzustehen?«, wollte Luke wissen. »Es ist ja nicht so, dass Thrawn nicht genau gewusst hat, welches Arrangement seinem Klon gefallen würde.«

»Interessanter Punkt«, nickte Mara, deren Stimme unversehens Unbehagen verriet.

Luke warf ihr einen Blick zu. »Was hast du?«

»Ich weiß nicht«, erwiderte sie bedächtig und blickte sich um. »Irgend etwas hat sich auf einmal falsch angefühlt.«

Luke sah sich jetzt gleichfalls suchend in der Kammer um. Nichts kam ihm bedrohlich vor … doch im nächsten Augenblick spürte er es auch. »Vielleicht sollten wir uns besser R2 schnappen und von hier verschwinden«, schlug er leise vor. »Mitnehmen, was er hat, und nichts wie weg.«

»Sehen wir erst mal, was er hat«, wandte Mara ein. Sie drehte sich zu dem Droiden um und machte einen Schritt …

»Wer wagt es, den Schlaf von Syndic Mitth'raw'nuruodo zu stören?«, donnerte von oben eine Stimme.

Luke ging blitzartig halb in die Hocke und hielt in einem Reflex schützend sein Lichtschwert über sich. Dann sah er nach oben …

… und wurde eines außergewöhnlichen Anblicks gewahr. Hoch über dem Schutzgeländer und der Galerie mit dem Equipment bewegte sich sanft eine ovale Sektion der steinernen Decke wie eine Art flüssiger Fels und formte sich unter seinen Augen zu einem riesigen Gesicht, das auf sie herabsah. »Wer wagt es, den Schlaf von Syndic Mitth'raw'nuruodo zu stören?«, wiederholte die Stimme.

»*Das* ist ja ein hübscher Trick« flüsterte Mara. »Na los, antworte ihm.«

Luke holte Atem. »Wir kommen als Freunde«, rief Luke. »Wir wollen Syndic Mitth'raw'nuruodo nichts tun.«

Die flüssigen Augen schienen sich auf ihn zu richten. »Wer wagt es, den Schlaf von Syndic Mitth'raw'nuruodo zu stören?«

Luke blickte Mara an. »Eine Aufzeichnung?«

»Hört sich ganz so an«, stimmte sie ihm gepresst zu. »Aber welchen Nutzen könnte eine Aufzeichnung ... Pass auf!«

Doch Luke wirbelte, als sein eigener Gefahrensinn warnend aufflackerte, bereits um die eigene Achse und hielt das Lichtschwert blitzend zu seiner Verteidigung vor sich ausgestreckt.

Zu zweit standen sie auf der erhöhten Ebene am Rand: ein Paar großer, gepanzerter Wachdroiden auf Laufflächen, die schwere Blaster in ihrer Rechten hielten.

»Komm hinter mich!«, rief Luke Mara zu und trat mit einem raschen Schritt vor sie.

Gerade noch rechtzeitig. Während er mit der Macht hinausgriff, eröffneten die beiden Droiden das Feuer.

»Dumm, dumm, dumm«, hörte er Mara in seinem Rücken knurren. »Eine dicke, fette Ablenkung – der älteste Trick auf der Liste. Und ich falle darauf herein wie so ein hergelaufener Bauerntölpel.«

»Pass auf, was du sagst«, rief Luke zur Warnung. Die Wächter waren gut. Sie feuerten nach einem breit gefächerten, systematischen Muster, das die meisten Gegner rasch ausgeschaltet hätte. Doch bisher hatte Luke keine Schwierigkeiten, ihnen stets um eine Nasenlänge voraus zu sein. »Kannst du irgendetwas gegen sie ausrichten?«

Ihre Antwort bestand in prasselndem Blasterfeuer, das über seine Schulter zuckte und auf die Gelenke und die glühenden Augen der Wächter gerichtet war. Doch sie bewirkte damit nichts. »Nicht gut. Ihre Panzerung ist zu dick für meinen Blaster«, sagte sie. »Ich versuche mal ...«

»Gib acht ... er bewegt sich«, fiel Luke ihr ins Wort. Der Wächter auf der linken Seite war plötzlich losgerollt und bewegte sich jetzt auf seinen Laufflächen über die Galerie auf die andere Seite der Kammer zu, während sein Blaster unablässig feuerte. Luke presste die Zähne zusammen und griff weiter in die Macht hinaus. Dabei spürte er, wie ihm der

Schweiß auf der Stirn ausbrach. Jetzt, da die Blasterblitze von zwei Seiten ausgingen und der Abstand zwischen ihnen immer größer wurde, fiel es ihm immer schwerer, die Klinge des Lichtschwerts schnell genug hin und her zu schwingen, um die Schüsse abzuwehren. Als Mara ihr eigenes Lichtschwert zündete, hörte er hinter sich das vertraute Klicken und Zischen …

… und in der nächsten Sekunde folgten ein Schrei und ein dumpfer Schlag.

»Was ist passiert?«, schnappte Luke, der es nicht wagte, Aufmerksamkeit von den Wachdroiden abzuziehen.

»Rühre dich bloß nicht von der Stelle«, warnte Mara. Ihre Stimme drang rätselhafterweise von unten zu ihm herauf. »Thrawn hat noch eine weitere Überraschung für ungebetene Gäste hinterlassen.«

Luke runzelte Stirn. »Was soll das heißen?«

Er sah aus dem Augenwinkel, wie die weißblaue Klinge ihres Lichtschwerts einen der Schüsse des weiter entfernten Wächters abwehrte, der sich jetzt bereits auf der anderen Seite der Kammer befand. »Alles klar, den habe ich«, sagte sie. »Wenn du eine Sekunde erübrigen kannst, sieh dir mal den Fußboden an.«

Luke ließ die Macht die Führung seiner Hände übernehmen und riskierte einen kurzen Blick nach unten.

Und mehr als einen Blick brauchte er auch nicht. Aus dem Boden wuchsen Schlingen aus dunkelgrünen, fast schwarzen Stricken, die rings um ihre Füße ein wirres Geflecht bildeten. »Sie dringen anscheinend durch die Spalten zwischen den Kacheln«, fuhr Mara fort. »Beim ersten Schritt, den ich machte, wollte sich mein Fuß sofort in einer der Schlingen verfangen.«

»Klever«, nickte Luke knapp. »Ich schätze, damit scheidet jede Chance zur Flucht aus.«

»Wenigstens wissen wir jetzt, warum die Möbel am Rand aufgestapelt sind«, ergänzte Mara. »Niemand stellt seine tödliche Falle gerne mit allem möglichen Zeug voll, hinter dem seine Opfer in Deckung gehen können. Luke, der zweite Wächter kommt immer näher.«

Luke riskierte einen Blick. Der Wächter Nummer zwei hatte unterdessen die Kammer umrundet und kam nun auf der anderen Seite auf sie zu.

Und in ungefähr zehn Sekunden würde er eine Position unmittelbar gegenüber Mara erreichen.

»Schnell, bevor er noch näher kommt«, rief er und rückte vorsichtig ein Stück nach links, sodass er sich wieder gegen beide Wächter verteidigen konnte.

»Ja«, entgegnete Mara. Durch den Schleier der Konzentration fühlte Luke die schmerzliche Empfindung, die sie bei der Erinnerung an ihre nicht ganz vollkommene Handhabung der Waffe in der unterirdischen Kammer beschlich, in der sie gemeinsam die Stalaktiten und Stalagmiten aus dem Weg geräumt hatten.

Doch der Moment verging; und während er sich mit aller Kraft der Aufgabe widmete, den Hagel aus Schüssen abzublocken, sah er, wie Maras Lichtschwert blitzenden Windmühlenflügeln gleich quer durch den Raum auf den Wächter zuwirbelte und sich messerscharf in den Zwischenraum zwischen Kopf und Korpus grub …

Doch im nächsten Augenblick erlosch die weißblaue Klinge.

»Was ist passiert?«, wollte Luke wissen.

»Verdammt!«, fauchte Mara. Luke beobachtete aus dem Augenwinkel, wie die Klinge wieder auftauchte, sich abermals in den Leib des Wächters bohrte und wieder erlosch. »Er hat eine Schicht Cortosis-Erz unter dem Körperpanzer.«

»Dann benutze deinen Blaster«, riet Luke.

»Ja.«

Die weißblaue Klinge kam knisternd wieder zum Vorschein – das Knirschen von berstendem Metall und Plastik war zu hören –, und mit einem Mal verschwand dieser Gefahrenherd aus Lukes Geist. »Gute Arbeit«, rief er Mara zu und richtete seine ganze Aufmerksamkeit auf den Wächter vor ihm. »Dreh dich um und mach das Gleiche mit dem hier.«

Er wirbelte wieder herum und riss die Klinge seines Lichtschwerts gerade noch rechtzeitig herum. Der Wächter auf Maras Seite hatte plötzlich wieder zu schießen angefangen …

»Pass auf«, bellte Mara eine verspätete Warnung. »Er hatte noch einen zweiten Blaster für die linke Hand im Holster … oh, *shavit!*«

»Was? Schon gut«, brummte Luke. Um Maras Angriff zu parieren, hatte der Luke zugewandte Wächter soeben mit der Linken ebenfalls einen zweiten Blaster aus seinem Versteck gezogen.

»Meiner hat auch noch einen Reserveblaster für die rechte Hand …«

»Ich weiß, ich weiß«, fiel Luke ihr ins Wort und konzentrierte sich noch stärker auf seine Verteidigung. Sie hatten jetzt, da die doppelte Anzahl Blasterblitze von beiden Wächtern auf sie niederprasselte, einen noch schlechteren Stand als zuvor. Ein Feuerstoß zischte schmerzhaft dicht über Lukes linke Schulter hinweg …

»Tut mir leid«, sagte Mara, die den Rücken gegen den seinen presste; ihr Lichtschwert summte wie ein wütendes Insekt hinter ihm. »Was machen wir jetzt?«

Luke verzog das Gesicht. Die mit Ysalamiri ausgestatteten Chiss, denen er oben in der Festung gegenübergestanden hatte, waren schon schlimm genug gewesen; doch dort hatten sie wenigstens die Option gehabt, ihre Gegner zu erschießen, falls sich die Verteidigung als zu schwierig erwies. Hier jedoch saßen sie in der Mitte eines offenen Raums in der Falle, gefangen im Kreuzfeuer von zwei unermüdlichen Droiden, die sie unmöglich töten konnten, und um ihre Füße verhedderten sich Stricke, die eine rasche Flucht vereitelten …

»Luke?«, erhob sich Maras Stimme wieder über den Lärm und die Raserei. »Kannst du mich hören?«

»Ich höre dich. Ich höre dich«, bellte er zurück.

»Was machen wir jetzt?«

Luke schluckte hart. »Ich habe keine Ahnung.«

Der große Rumpf der *Predominance* schüttelte sich abermals unter Leias Füßen, als ein neuer Protonentorpedo die Schilde der Ishori durchbrach. Die gewaltige Explosion fetzte ein weiteres Stück aus der Schiffshülle. Außerhalb der Kanzel der Hauptbrücke hatte sich der Himmel in ein Netz aus Turbolaser-Feuer verwandelt, das von Schutzschilden abprallte oder diese von Zeit zu Zeit durchdrang und Schichten aus Metall und Transparistahl vaporisierte.

Aber in diesem einen herzzerreißenden Augenblick spielte all das keine Rolle: weder die Schlacht, noch ihr eigenes Leben, nicht einmal die schreckliche Drohung eines bevorstehenden Bürgerkrieges. Das plötzliche Aufflackern einer fernen Empfindung und die unvermittelte Erschütterung der Macht hatten genügt, um einen einzigen Gedanken in den Mittelpunkt ihrer Aufmerksamkeit zu rücken.

Han befand sich irgendwo da draußen in tödlicher Gefahr.

»Captain Av'muru!«, rief sie über das Getöse auf der Brücke hinweg und lief rasch zur Kommandokonsole. Zwei Wachen hoben warnend ihre Blaster, doch Leia griff ohne nachzudenken in die Macht hinaus und stieß die Waffen im Vorbeigehen achtlos zur Seite. »Captain, ich muss auf der Stelle mit Ihnen reden.«

»Ich habe zu tun, Rätin«, knurrte der Ishori-Captain. Er hielt sich nicht einmal damit auf, zu ihr aufzublicken.

»Sie werden mehr zu tun haben, als Ihnen lieb sein kann, wenn Sie mir nicht zuhören«, schnappte Leia und strengte sich mit aller Kraft an, die fragile, undeutliche Wahrnehmung voll zu erfassen, die Han repräsentierte. Seine Gefühle schäumten noch immer über von Gefahr, Bedrohung und ohnmächtiger Wut, doch so sehr sie es auch versuchte, es gelang ihr nicht, hinter seine Gefühle zu blicken und zu den darunter liegenden Gedanken vorzudringen.

Eines jedoch war absolut klar. »Da draußen gibt es eine neue Bedrohung«, teilte sie Av'muru mit. »Eine, von der Sie nicht die geringste Ahnung haben.«

»Andere Gefahren sind bedeutungslos!«, schrie Av'muru beinahe. »Wir können uns jetzt um nichts anderes kümmern als um die diamalanischen Angreifer.«

»Captain …«

Sie verstummte, als etwas federleicht ihren Arm berührte. »Es hat keinen Zweck, Rätin«, sagte Gavrisom, dessen langes Gesicht verkniffen und fast verbittert wirkte. »Er kann und wird nicht so weit vorausdenken. Nicht, solange sein Schiff unmittelbar unter Beschuss steht. Können Sie mir sagen, um was für eine Bedrohung es sich handelt?«

Leia blickte aus dem Kanzelfenster und versuchte, die Schwindel erregende tödliche Light-Show mit ihren Augen zu durchdringen. »Han ist in Gefahr«, sagte sie.

»Wo? Inwiefern?«

»Ich weiß es nicht«, antwortete sie. Angesichts der eigenen Ohnmacht wollte sich ihr der Magen umdrehen. »Ich kann seine Gedanken nicht deutlich genug empfangen.«

»Wer sonst könnte es wissen?«, fragte Gavrisom.

Leia holte tief Luft und zwang ihren Geist zur Ruhe. Gavrisom hatte Recht: Es war jetzt nötig, dass sie ihre Gefühle verdrängte und klare Gedanken fasste. »Elegos war bei ihm auf dem *Falken*«, erwiderte sie und griff erneut in die Macht hinaus. Doch sie fand nichts. »Ich kann ihn nicht einmal mehr spüren.«

»Wer könnte es noch wissen?«, fragte Gavrisom beharrlich. »Jemand in unserer Nähe?«

Leia blickte wieder zu der tobenden Schlacht hinaus, als sich plötzlich ein zaghafter Hoffnungsschimmer in ihr regte. »Lando. Vielleicht hat Han Lando irgendwas erzählt.«

»Dann müssen wir mit ihm reden«, erwiderte Gavrisom entschieden. »Ich werde zunächst mal mit dem Captain über die Beseitigung des diamalanischen Störsenders sprechen. Gibt es in der Zwischenzeit irgendetwas, das Sie mit Ihren Jedi-Fähigkeiten ausrichten können?«

Leia atmete tief durch. »Ich weiß es nicht«, sagte sie. »Aber ich werde es versuchen.«

»Ich versichere Ihnen, das kann nicht warten«, insistierte Lando und legte alles an Dringlichkeit und Einschüchterung in seine Stimme, was er aufzubringen vermochte. »Ich muss auf der Stelle mit der Hohen Rätin Organa Solo sprechen. Möglicherweise hängt in diesem Moment das Schicksal der gesamten Neuen Republik am seidenen Faden. Von Ihrem Leben und dem Ihrer Leute gar nicht zu reden.«

»Tatsächlich?«, erwiderte Senator Miatamia. Seine Stimme verriet eisige Gelassenheit. Die Diamala, das wusste Lando, waren dafür berüchtigt, dass man ihnen nur schwer in die Karten schauen konnte, aber es war nicht zu übersehen, dass der Senator nicht beeindruckt war. »Und von welcher Natur ist diese Bedrohung?«

»Mein Freund Han ist aufgebrochen, um sich den Kometen da draußen aus der Nähe anzusehen«, erklärte Lando. »Ich habe ihn mit einem Nahsichtgerät beobachtet ... und er ist einfach so verschwunden.«

Miatamias Wangen kräuselten sich. »Sie meinen, er hatte einen Unfall?«

»Ich meine, er *verschwand* einfach«, wiederholte Lando zäh. »Einfach so im offenen Raum.«

»Aber wie offen ist der Raum um einen Kometen in Wahrheit?«, wandte der Diamala ein. Eines seiner Ohren zuckte. »Er könnte in die Gase des Schweifs hineingeraten sein, oder sie haben ihn im hellen Widerschein des Sonnenlichts kurz aus den Augen verloren.«

Lando schnitt ein Gesicht. Miatamia war nicht nur nicht überzeugt, er war nicht einmal bereit, ihm ernsthaft zuzuhören.

Aber Lando wusste, was er gesehen hatte. »Also gut«, presste er zwischen zusammengebissenen Zähnen hervor. »In dem Fall fordere ich die Gefälligkeit, die Sie mir schulden.«

Diesmal zuckten beide Ohren. »Was für ein Gefallen soll das sein?«

»Ich habe sie von Coruscant nach Cilpar mitgenommen, erinnern Sie sich?«, rief Lando ihm ins Gedächtnis. »Dafür sind Sie mir bis jetzt etwas schuldig geblieben.«

»Sie gaben damals an, dafür keine andere Entschädigung als unsere Unterhaltung zu erwarten.«

»Ich habe gelogen«, gab Lando gleichmütig zu. »Und ich will meine Entschädigung *jetzt*.«

Miatamia beäugte ihn finster. »Wir stecken mitten in Kampfhandlungen.«

»Die werden dadurch nicht beeinträchtigt.« Lando deutete auf die Brücke, die jenseits der aus Transparistahl bestehenden Wand des Beobachtungsdecks lag, auf dem er und Miatamia standen. »Ich verlange lediglich, das der Funkverkehr mit der *Predominance* nicht länger gestört wird, und das auch nur, so weit es die persönliche Komfrequenz der Hohen Rätin Organa Solo betrifft. Bloß diese eine Frequenz, das ist alles.«

Der Diamala schüttelte den Kopf. »Ich kann unmöglich das Risiko eingehen, das ein derartiges Vorgehen womöglich für diamalanisches Leben und Eigentum mit sich bringt.«

Er wandte sich wieder der Schlacht zu. Lando schluckte eine Verwünschung hinunter, sah an ihm und dem unter Beschuss stehenden Ishori-Raumer vorbei nach dem Kometen, der jenseits des Kampfgetümmels mit trügerischer Ruhe unbeeindruckt weiter seiner Bahn folgte. Han hatte ihn um seine Hilfe gebeten. Han vertraute auf ihn.

Und er wusste, was er gesehen hatte.

»Also schön«, sagte er und baute sich wieder vor Miatamia auf. Es war höchste Zeit, dass er den Einsatz erhöhte. »Ein Risiko eingehen, sagen Sie? Gut … gehen wir eins ein und spielen wir.«

Er deutete durch die Aussichtsluke auf das Raumschiff der Ishori. »Hier ist der Einsatz: Sie lassen mich auf der Stelle mit Leia reden, und wenn die Bedrohung sich als nicht so ernst erweist, wie ich behaupte, bekommen Sie und die Diamala meine Mine und das Kasino auf Varn.«

Wieder zuckten die Ohren des Senators. »Ist das Ihr Ernst?«

»Mein tödlicher Ernst«, entgegnete Lando. »Mein Freund ist in Gefahr, und ich bin der einzige, der ihm helfen kann.«

Der Diamala starrte ihn einen langen Moment an. »Sehr gut«, sagte er schließlich. »Aber nur die persönliche Komlinkfrequenz der Hohen Rätin Organa Solo. Und nicht länger als zwei Minuten.«

»Abgemacht.« Lando nickte. »Wie schnell können Sie das arrangieren?«

Miatamia wandte sich dem Interkom auf dem Beobachtungsdeck zu und gab schnell einige Anweisungen in der Sprache der Diamala. »Alles erledigt«, erklärte er, als er sich wieder Lando zuwandte. »Ihre zwei Minuten beginnen jetzt.«

Doch Lando hatte bereits nach seinem Komlink gegriffen und es aktiviert. »Leia?«

»Lando!«, meldete sich unverzüglich ihre erleichterte Stimme. »Ich hatte so gehofft, zu Ihnen durchzukommen. Han steckt in Schwierigkeiten.«

»Ich weiß«, antwortete Lando. »Er ist mit Carib aufgebrochen, um den Kometen zu checken, und mich hat er gebeten, ihn mit einem Nahsichtgerät im Auge zu behalten. Sie sind dicht an die Oberfläche herangeflogen und dann einfach verschwunden.«

»Was meinen Sie mit *verschwunden?*«, erkundigte sich Leia besorgt. »So, als hätten sie eine Bruchlandung gemacht?«

»Nein«, entgegnete Lando grimmig. »So, als wären sie in ein Tarnfeld eingedrungen.«

Er hörte sie scharf Luft holen. »Lando, wir müssen sofort dorthin. Wenn sich da draußen ein imperiales Schiff versteckt …«

»He, ich widerspreche Ihnen doch gar nicht«, rief Lando. »Aber ich habe schon allen Kredit aufgebraucht, um mit Ihnen sprechen zu können.«

»In Ordnung«, erwiderte Leia. Ihre Stimme klang mit einem Mal finster. »Dann liegt es an mir.«

»Was wollen Sie tun?«, fragte Lando.

»Ich werde Han helfen«, antwortete sie. Jetzt war ihre Stimme so kalt, wie er sie noch nie zuvor bei ihr gehört hatte. »Halten Sie sich da heraus … Sie wollen da bestimmt nicht mit hineingezogen werden.«

Die Übertragung endete mit einem Klicken. »Dazu ist es zu spät, Leia«, sprach er leise in das tote Komlink. »Viele, viele Jahre zu spät.«

Eine weitere Salve Sperrfeuer aus Turbolasern schoss aus der Golan-Verteidigungsplattform fächerförmig auf die Formation Sternjäger zu, die ihrer Flanke zusetzten.

Wedge dirigierte seinen X-Flügler sicher zwischen den Schussbahnen hindurch und prüfte rasch den Rest seines Geschwaders. Weder durch die letzte Salve noch durch die vier oder fünf vorherigen hatte einer der Jäger irgendwelchen Schaden genommen.

Das Gleiche galt, so weit er das zu erkennen vermochte, für

die gesamte Angriffsflotte. Bel Iblis' Befehl, stets am Rande des tödlichen Einflussbereichs der Golan-Plattformen zu bleiben, hatte sich bislang bezahlt gemacht.

Doch diese Strategie sollte sich nun ändern.

»An alle Jäger-Staffeln, hier spricht Perris«, drang die Stimme des Gefechtskommandanten des *Wanderfalken* aus seinem Headset. »Captain Tre-na hat bestätigt, dass General Bel Iblis da drin definitiv in großen Schwierigkeiten steckt.«

Wedge verzog das Gesicht und fragte sich, was an der neuen Lage noch irgendeiner besonderen Bestätigung bedurft hätte. Bel Iblis hing Nase an Nase mit einem zweiten imperialen Sternzerstörer im All und wurde von vermutlich jedem starken Traktorstrahl fest gehalten, den die Allgegenwärtigkeitsbasis aufbieten konnte …

»Seht mal, sie feuern«, schnappte Renegat Fünf. »So wie es aussieht, mit allem, was sie haben.«

»Ich sehe es«, sagte Wedge und starrte über die trennende Distanz hinweg auf das Gewitter aus Turbolaser-Feuer, das jetzt von der *Errant Venture* ausging; seine letzte vage Hoffnung, dass Bel Iblis sich noch aus dieser Situation würde herausreden können, zerstob wie Frühdunst bei Sonnenaufgang. Wenn er das Feuer auf die Basis eröffnete, hieß das, dass der Bluff misslungen war.

Es hieß außerdem, dass ihm die Zeit davonlief. Dieser zweite Sternzerstörer – von dem Kommandanten der Allgegenwärtigkeitsbasis gar nicht zu reden – würde nicht einfach tatenlos zuschauen, wie Bel Iblis die Traktorstrahlstände zerstörte und sich anschließend aus dem Staub machte.

Tre-na und die übrigen Flottenkommandeure an Bord des *Wanderfalken* waren offenbar zu demselben Schluss gelangt. »Also gut, Jäger-Staffeln«, rief Perris. »Die Flotte greift ein, und zwar mit allen zur Verfügung stehenden Kräften. Ihre Aufgabe ist es, das Feuer von den großen Schiffen abzulenken und, wo immer sie können, dabei zu helfen, den Verteidigungsring zu durchlöchern. Und halten Sie sich bereit, uns abzuschirmen, wenn die Imperialen ihre eigenen Jäger aussetzen. Alle Staffeln, bestätigen Sie klar zum Gefecht.«

»Renegaten-Führer, verstanden«, sagte Wedge und schaltete auf die interne Frequenz des Geschwaders um. »Na schön, Renegaten, ihr habt ja alle schon einen Blick auf den Verteidigungsring geworfen. Irgendwelche Ideen, wo die Schwachstellen sind?«

»Kann sein«, meldete sich Renegat Zwölf. »Kommt mir so vor, als würde der Turbolaser an der Steuerbordseite der zweiten Golan-Plattform ein wenig flattern.«

»Sind Sie sicher?«, fragte Renegat Drei. »Ich habe nichts bemerkt.«

»Es ist nicht viel, aber da ist was«, erwiderte Renegat Zwölf. »Vielleicht gerade genug, um eine kleine Lücke zwischen …«

»General Antilles?«, mischte sich eine neue Stimme ein.

Wedge legte die Stirn in Falten. Es war eine vertraute Stimme, die jedoch nicht zu seinem Geschwader gehörte. »Antilles hier«, bestätigte er vorsichtig.

»Hier ist Talon Karrde. Wie läuft es denn so?«

Wedge brauchte eine Sekunde, um die Stimme wieder zu finden. »Karrde, was, zur Hölle, machen Sie denn hier?«, wollte er wissen.

»Um absolut ehrlich zu sein, ich versuche bloß, an Ihren Verbänden vorbeizukommen«, antwortete Karrde. »Ist Commander Horn bei Ihnen?«

»Ich bin hier«, meldete sich Renegat Neun. »Was wollen Sie?«

»Ich will eine Gefälligkeit einfordern, die Sie mir schulden«, sagte Karrde. »Die, über die wir gesprochen haben, als wir zuletzt an Bord der *Errant Venture* zusammentrafen, wissen Sie noch?«

In Wedge' Headset wurde ein aufgebrachtes Schnauben laut. »Karrde, haben Sie den Verstand verloren? Wir stecken hier mitten in einer Schlacht.«

»Was der Grund dafür ist, warum ich Ihre Gefälligkeit *jetzt* benötige«, gab Karrde zurück. »Ich brauche Sie, damit Sie mich durch die Linien der Neuen Republik eskortieren.«

»Wohin?«, konterte Renegat Neun. »Nur für den Fall, dass Sie es noch nicht mitgekriegt haben: Auf der anderen Seite unserer Linien befindet sich eine imperiale Allgegenwärtigkeitsbasis.«

»Die passenderweise zufällig mein Ziel ist«, teilte Karrde ihm mit.

Wedge schnaubte sanft. »Die *Wild Karrde* muss wesentlich besser bewaffnet sein, als ich dachte.«

»Die Imperialen werden mir keine Schwierigkeiten machen«, erwiderte Karrde. »Ich verfüge über einen Kode höchster Priorität, um ihre Linien zu passieren. Mein Problem sind *Ihre* Linien.«

»Schauen Sie, Karrde, ich habe keine Ahnung, was Sie vorhaben«, sagte Renegat Neun. »Und ganz ehrlich, im Moment ist es mir auch völlig gleichgültig. Wir haben hier einen Job zu erledigen.«

»Vielleicht kann ich dafür sorgen, dass ihr Job sich erledigt«, erwiderte Karrde, dessen Stimme plötzlich eine gewisse Schärfe verriet. »Wenn Sie mich durchlassen, gelingt es mir möglicherweise, diese Schlacht zu beenden.«

»Ach, wirklich?«, warf Renegat Zwei ein. Die Stimme klang misstrauisch. »Darf ich fragen, wie genau Sie das zu bewerkstelligen gedenken?«

Darauf entstand eine kurze Pause, und Wedge konnte sich vorstellen, wie Karrde gerade das geheimnisvolle Lächeln aufsetzte, von dem er selbst so angetan war. »Sagen wir einfach, ich bin im Besitz des ultimativen Verhandlungsangebots«, erklärte er nachsichtig.

»Und das wäre?«

»An alle Staffeln, Perris hier«, ließ sich die Stimme des Jäger-Kommandanten vernehmen. »Formation bilden. Wir gehen rein.«

Wedge atmete tief durch. Damit hatten sie den offiziellen Befehl erhalten und ihnen blieb kein Raum mehr für Ausweichmanöver, Zeitgewinn oder sonst irgendetwas.

Doch andererseits ging es hier um das Leben von General Bel Iblis …

»Karrde, hier spricht Antilles«, sagte er. »Wo sind Sie?«

»Ich nähere mich dem *Wanderfalken* von achtern und oben«, teilte Karrde ihm mit. »Beginnen Sie einen Angriff?«

»So was in der Art«, antwortete Wedge und überprüfte seinen rückwärtigen Scanner. Ja, da war die *Wild Karrde* und hielt sich in respektvollem Abstand hinter der Schlachtordnung der Neuen Republik. »Rühren Sie sich nicht vom Fleck. Wir sind gleich bei Ihnen.«

Er lenkte den X-Flügler in eine enge Kehre und hielt auf ihre Nachhut zu. Er hörte ein Klicken in seinem Headset, als jemand sich auf seiner persönlichen Frequenz meldete. »Wedge, was machen Sie da?«, wollte Renegat Neun wissen. »Wir haben einen Befehl. Hören Sie, wenn es dabei um den so genannten Gefallen geht, den ich ihm schulde …«

»Mir geht es im Moment nicht um irgendwelche Gefälligkeiten, Corran«, versicherte Wedge ihm. »Aber Sie haben gehört, was Karrde gesagt hat. Er verfügt über einen imperialen Kode für die Passage durch den Verteidigungsring.«

»Ja, ich erinnere mich. Aber wenn *er* einen Zugangskode besitzt, nützt *uns* das gar nichts.«

»Normalerweise nicht«, pflichtete Wedge ihm bei und lächelte vage. »Aber erinnern Sie sich auch mal an das, was Renegat Zwölf über den flatternden Turbolaser gesagt hat. Wenn wir Karrde unter dieser Batterie hindurch eskortieren, und wenn wir uns dann dicht gedrängt hinter ihm halten …«

Renegat Neun pfiff nachdenklich. »Das könnte hinhauen.«

»Es ist auf jeden Fall einen Versuch wert«, sagte Wedge. Denn wenn sie hinter den Verteidigungsring gelangen konnten, würden sie ein weitaus besseres Schussfeld haben, um die Traktorstrahlstellungen auszuschalten, die die *Errant Venture* gefangen hielten.

Und je früher sie diese Stellungen ausschalteten, desto eher würde es Bel Iblis gelingen, sein Schiff zu wenden und das Weite zu suchen.

»Wedge?«, rief Renegat Neun mit irgendwie merkwürdig klingender Stimme. »Sie meinen doch nicht wirklich, dass Karrde die Schlacht verhindern kann, oder?«

Wedge wollte den Kopf schütteln, hielt jedoch inne. Es war immerhin Corran Horn, der Jedi, der diese Frage stellte. »Nicht wirklich«, antwortete er vorsichtig. »Die Imperialen wollen Bel Iblis, so viel ist sicher. Ich kann mir nur einen einzigen Grund vorstellen, aus dem sie ihn ziehen lassen würden: Wenn sie etwas bekommen, das sie sogar noch mehr wollen.«

»Daran habe ich auch gerade gedacht«, entgegnete Renegat Neun. Seine Stimme hatte immer noch einen seltsamen Klang. »Also, warum denke ich bloß immer noch, dass Karrde es wahrhaftig darauf ankommen lassen wird?«

Wedge fühlte, wie ihm ein Schauer über den Nacken rieselte. »Ich weiß es nicht«, erwiderte er düster. »Ich weiß bloß, dass er unsere einzige Chance ist, Bel Iblis und Booster lebend da herauszubekommen. Und im Augenblick ist das meine einzige Sorge.«

Sie hatten sich unterdessen der *Wild Karrde* genähert; Wedge riss seinen Jäger scharf herum und nahm eine Geleitposition längsseits des Schiffs ein. »Also gut, Karrde, hier sind wir«, sagte er und überzeugte sich davon, dass der Rest des Geschwaders in Position war. »Bleiben Sie längsseits und folgen Sie mir.«

16. Kapitel

Die Wachdroiden setzten ihre Attacke fort und schickten ihre glühenden Todesblitze systematisch in Maras Richtung. Ihr Lichtschwert sprang von einer Seite zur anderen, um sie abzuwehren; Maras Hände rissen die Waffe hoch und wieder runter, wirbelten sie herum und stießen sie vor – alles unter der Führung der Macht.

Sie wusste ebenso, dass ihre Hände sich bewegten, wie ihr bewusst war, dass sie die Zähne zusammenbiss und Schweißperlen über ihr Gesicht rannen. Doch sie spürte sie nicht. Spürte nichts davon. Ihr Geist war so sehr auf ein Ziel gerichtet, so auf den furchtbaren Kampf um ihr Leben konzentriert, dass anscheinend nichts sonst im Universum in ihre Bewusstsein zu dringen vermochte. Nicht der Rest der Kammer, nicht der Wächter, der hinter dem blendenden Leuchten der Blasterblitze nur vage zu erkennen war, nicht einmal ihr eigener Körper. Nichts als die Blaster und ihr Lichtschwert.

Und Luke.

Es war eine seltsame Empfindung, dass dieser kleine Teil ihres Geistes nach wie vor die Freiheit besaß, sich über solche Dinge zu wundern. Wie sie da Rücken an Rücken standen und gemeinsam so tief in die Macht hinausgriffen, war es, als wären sie buchstäblich zu einer Einheit verschmolzen. Sie konnte seine mentale und physische Anstrengung spüren, während er seine Stellung behauptete; spürte sein Vertrauen in die Macht, seine verzweifelte Suche nach einem Plan, der sie aus dieser Lage befreien würde, sowie seine tief empfundene Sorge um die Frau, die hier mit ihm standhielt.

In gewisser Weise war dies nur die logische Erweiterung der kurzen intensiven emotionalen Kontakte, die sie im Verlauf dieser Reise erlebt hatte. Andererseits war es jedoch etwas vollkommen Neues und glich nichts, das sie irgendwann zuvor erfahren hatte.

Denn in der Tiefe dieser mentalen Harmonie erkannte und

verstand sie Luke schlagartig und vollkommen. Plötzlich wusste sie alles über ihn, kannte seine Hoffnungen und Ängste, seine Erfolge und seine Fehler, seine Stärken und Schwächen; seine größte Freude sowie seinen tiefsten und persönlichsten Kummer. Sie blickte in den Kern seines Geistes, in die Tiefen seines Herzens und in sein innerstes Wesen.

Und sie erkannte, dass in demselben Moment, da er sich vor ihrem inneren Auge öffnete, auch ihr Herz und ihr Geist sich ihm offenbarten.

Und doch war diese Erfahrung nicht so Furcht einflößend und demütigend, wie sie vielleicht gedacht hatte. Wie sie *tatsächlich* gedacht hatte. Sie war im Gegenteil äußerst berauschend. Niemals zuvor war ihr eine derart tiefe Empfindung für und große Nähe zu einer anderen Person zuteil geworden, die sie so innig verstand wie diese. Zu keiner Zeit hatte sie gewusst, dass es eine solche Beziehung überhaupt gab.

Und niemals zuvor war ihr zu Bewusstsein gekommen, wie sehr es sie nach einer solchen Beziehung verlangte.

Und das war auf seltsame Weise die größte Überraschung: dass ihr nach all den Jahren mit einem Mal klar wurde, wie sehr ihre Entschlossenheit, sich von anderen abzukapseln, ihr selbst am Ende wehgetan und ihre Entfaltung und ihr Leben ebenso gehemmt und behindert hatte, wie die störrische Weigerung, die Verantwortung für ihre Jedi-Kräfte zu akzeptieren.

Das war eine erstaunliche Einsicht, vor allem, da sie diese inmitten des Feuers und der Hitze eines Gefechts überkam. Ihr blieb nur das Bedauern darüber, dass diese Erkenntnis sie nicht schon früher ereilt hatte und nicht erst jetzt.

Jetzt, da sie sterben musste.

Denn ihr Tod stand ihr so oder so kurz bevor. Sie konnte bereits spüren, wie ihre Muskeln unter dem Ansturm der Wächter ermüdeten, und sie wusste, dass sie ihre Verteidigung nur noch wenige Minuten würde aufrechterhalten können. Sie musste *jetzt* etwas unternehmen, solange sie noch die Kraft dazu besaß – oder Luke würde mit ihr sterben.

Obwohl der Plan, den sie gefasst hatte, die Bedrohung durch den Wächter vor ihr vielleicht – *vielleicht* – eliminieren würde, sah sie keinen Weg, seine beiden Blaster schnell genug auszuschalten, um zu verhindern, dass zuvor noch ein tödlicher Schuss sie traf. Flüchtig dachte sie an Corran Horn und seine Fähigkeit, Energie zu absorbieren und zu zerstreuen; doch diese Gabe hatte sie niemals besessen, und sie hatte gewiss nicht mehr so viel Zeit, diese Technik jetzt noch zu erlernen. Nein, sie würde ihr Lichtschwert einfach auf ihr Ziel schleudern, der Wächter würde sie erschießen, und sie würde sterben. Sie konnte bloß hoffen, dass sie noch lange genug am Leben blieb, um zu Ende zu bringen, was getan werden musste.

Nein, Mara. Nein! Waren das ihre Gedanken? Oder kamen sie von Luke?

Ich muss es tun, Luke. Das *waren* ihre Gedanken. Sie konnte durch ihre eigenen Ängste und ihr Bedauern die plötzliche Woge aus Verzweiflung spüren, während er einen Weg zu finden versuchte, der ihren Tod verhindern könnte.

Aber es gab keinen. Mara hatte bereits jede Möglichkeit durchdacht, und es bestand einfach nicht die geringste Aussicht darauf, dass Luke allein vier Blaster abwehren konnte, wenn zwei davon von hinten auf ihn schossen. Aber wenn sie lange genug lebte, um ihr Vorhaben durchzuführen und ihren Körper als Schutzschild einzusetzen, bis der Wächter, der sich ihr zuwandte, vernichtet werden konnte …

Solange ich noch ausreichend Kraft besitze, rief sie sich ins Gedächtnis. Und es war höchste Zeit. Sie holte tief Luft …

Nein! Die heftige Emotion durchbrach ihre finstere Entschlossenheit. *Warte. Schau her*.

Sie konnte kein bisschen Aufmerksamkeit entbehren, um irgendetwas anderes anzuschauen als die Wächter und ihre Blaster. Aber das musste sie auch nicht. Luke hatte die Situation erfasst, und jetzt floss das Bild durch die Macht in ihren Geist.

Rechts von ihr rollte R2, der seinen kleinen elektrischen Laserschweißarm wie eine Waffe vor sich ausgestreckt hielt, entschlossen über den Boden des äußeren Rings auf ihren Angreifer zu.

Ihr erster Gedanke galt der Frage, was, zur Hölle, den kleinen Droiden davon abgehalten hatte, seinen Hintern aus Metall schon früher in Bewegung zu setzen, um zu helfen. Doch dann ging ihr auf, wie wenig Zeit seit Beginn der Schlacht verstrichen war. Mit ihrem zweiten, ein wenig respektlosen Gedanken registrierte sie, dass R2 *ihren* Wächter als Objekt seiner Angriffslust ausgewählt hatte und nicht den auf Lukes Seite. Dann fragte sie sich, ob die Skywalker-Neigung zu überzogener Fürsorglichkeit auf ihn abgefärbt haben mochte.

Ihr dritter Gedanke überzeugte sie jedoch davon, dass Luke recht hatte. Diese Aktion konnte die Atempause bedeuten, die sie brauchte und die ihr die Möglichkeit eröffnete, ihren Plan erfolgreich in die Tat umzusetzen, ohne dabei ihr Leben lassen zu müssen.

Vielleicht.

R2 hatte den Wächter fast erreicht; ein bläulicher Funke schlug einen Bogen über dem Kontakt des Laserschweißers. Der Wächter war sich der Gegenwart des anderen Droiden natürlich vollkommen bewusst; die Frage war bloß, was er gegen ihn unternehmen wollte …

Im nächsten Moment blitzte in Maras Geist ein Bild auf. Ein Bild von ihr und Luke, wie sie inmitten des Geflechts aus Stolperschlingen auf dem Boden lagen.

Sie merkte, dass sie keuchend nach Luft schnappte. War das eine Vision der Zukunft? Eine Vision, die sie beide tot nebeneinander liegend zeigte? War ihr Plan zum Scheitern verurteilt?

Siehst du es? Lukes Emotion durchbrach ihre plötzliche Furcht. *Verstehst du es?*

Und dann klärte sich das Bild, und sie begriff, was er meinte. Dies war keine Vision des Todes, sondern ihre Hoffnung auf Leben. Lukes in letzter Sekunde eingehender Beitrag zu ihrem Plan. *Ich verstehe*, übermittelte sie ihm ihre Einsicht.

Mach dich bereit …

Sie spürte, dass sie die Zähne noch fester zusammenbiss, wehrte mit dem Lichtschwert weiter die Attacken des Wächters ab und traf ihre Vorbereitungen. R2 stand fast vor dem Wächter, der Laserschweißer sprühte Funken …

… da schwang der Wächter mit gleichgültiger und verächtlicher Leichtigkeit seinen linken Arm herum, drückte, den Lauf des Blasters in der Linken, seitlich gegen R2s Kuppelkopf und stieß den kleinen Droiden, achtlos von sich.

Und während dieser halben Sekunde feuerte nur einer der beiden Blaster.

Jetzt!

Mara reagierte augenblicklich, ließ ihr linkes Bein unter dem Körper einknicken, sodass sie auf die rechte Seite kippte. Luke fiel mit ihr zu Boden, wobei sein Rücken während des Sturzes die ganze Zeit gegen den ihren gepresst blieb. Sie prallten auf den Boden – höchstwahrscheinlich fuhr ein scharfer Schmerz wie ein Blitz durch ihre Schulter, aber Mara war sich dessen nicht bewusst –, und Luke drehte sich schnell auf den Rücken, um den Blick nach oben auf die Decke richten zu können.

Und mit dieser einen Bewegung gab es plötzlich keine Attacken mehr, die von zwei gegenüberliegenden Seiten gegen Sie geführt wurden. Jetzt kamen die Attacken nur noch von zwei weit auseinander stehenden Gegnern, die sich beide praktischerweise vor ihm befanden.

Und *das* war etwas, mit dem er umgehen *konnte*.

Los! erscholl sein Kommando, als die grünweiße Klinge seines Lichtschwerts über Maras Kopf zuckte und einen Schuss abwehrte, der genau auf ihr Gesicht zielte. Mara bedurfte der Vorgabe jedoch nicht; ihr Lichtschwert wirbelte bereits auf den einen Wächter zu. Ein kurzer Hieb, und der Blaster in seiner Rechten war zerschmettert. Die andere Klaue schwang jetzt wieder in ihre Richtung, doch das Lichtschwert änderte den Kurs und landete den zweiten Treffer, womit auch der zweite Blaster des Wachdroiden ausgeschaltet war.

Der große Droide gab ein kurzes grollendes Brüllen von sich – offenbar verfügte er über genug Intelligenz und Bewusstsein, um darüber verärgert zu sein, dass er auf diese Weise ausgetrickst worden war. Doch er war außerdem klug genug, um zu wissen, dass dieser Nachteil nur von kurzer Dauer sein würde und dass Maras Lichtschwert ihm keinen unmittelbaren Schaden zufügen konnte, zumindest nicht schnell genug, um ihr Nutzen zu bringen.

Und seine Erbauer hatten ihn auf eine solche Eventualität gut vorbereitet. An seiner Unterseite hatten sich zwei Fächer aufgetan, und die Klauen des Wächters gruben bereits darin nach einem Paar Ersatzwaffen.

Aber vielleicht würde er keine Chance erhalten, sie zu benutzen. Mara hatte ihr Lichtschwert längst um den Wächter herum bewegt und so ausgerichtet, dass die Spitze der Klinge auf den großen Droiden wies. Jetzt trieb sie die Waffe, vor Anstrengung ächzend, nach vorne.

Aber nicht in den Leib des Wächters und die Hülle aus Cortosis-Erz, sondern geradewegs daran vorbei und in die von Wasserflecken übersäte Wand dahinter.

Auf der Stelle brach ein gewaltiger Wasserstrom aus der Wand; ein Teil der Gischt spritzte dreißig Meter weit bis zu der Stelle, an der sie und Luke flach auf dem Boden lagen. Mara empfand angesichts des gewaltigen Stroms plötzlich einen Anflug von Unbehagen, doch es war zu spät, die Flut noch aufzuhalten. Sie hielt die Waffe an Ort und Stelle und trieb sie in einem Kreis von zehn Zentimetern Durchmesser durch die Wand. Das Heft entzog sich hinter dem breiter werdenden Strahl, der durch das Loch schoss, das sie schuf, mehr als einmal ihrem Blick. Der Wächter drehte den Kopf, um zu sehen, was geschehen war, und richtete seinen Blaster auf das Lichtschwert …

… und mit letzter Kraft beendete Mara den kreisförmigen Schnitt.

Der steinerne Korken explodierte förmlich mit der Wucht eines Protonentorpedos aus der Wand, krachte mit panzerbrechender Gewalt in den massiven Torso des Wächters und beförderte den Droiden hilflos vom äußeren Rand der Kammer auf die Hauptebene herab. Mara erhaschte einen Blick auf zerschmettertes Metall, sah, dass der Strom, der den steinernen Korken aus der Wand katapultiert hatte, nun die Kammer überschwemmte und über ihren Kopf hinweg schoss …

… und im nächsten Moment schlug auch schon aus der anderen Richtung eine schaumgekrönte Woge gegen ihren Leib und begrub sie unter sich.

Der Tunnelblick der Jedi-Verteidigungsbereitschaft beherrschte nach wie vor ihre Gedanken, sodass die Woge sie vollkommen schutzlos traf. Sie fühlte, wie sie angehoben und von der stürmischen Brandung mitgerissen wurde, als ihre Füße irgendwie aus dem Gewirr aus Fallstricken befreit wurden, und tastete wild nach irgendeinem Halt. Ihre linke Hand bekam ein anderes Knäuel aus Schlingen zu fassen, und sie klammerte sich erbittert daran fest, während sie sich zu orientieren versuchte. Eine neue Welle spülte über sie hinweg und löste brutal ihren Griff, sodass sie abermals von den Turbulenzen fortgerissen wurde. Sie arbeitete sich zur Oberfläche vor, schöpfte Atem, der je zur Hälfte aus Luft und Schaum zu bestehen schien, schüttelte sich das Wasser aus den Augen und sah die nächste Woge auf sich zukommen …

Doch dann ergriffen sie zwei Hände unter den Armen, sie wurde mit solcher Kraft, dass sie in zwei Hälften gerissen zu werden glaubte, im hohen Bogen durch die Luft gezerrt. Ein scharfer Schmerz durchzuckte sie, als ihr Rücken hart gegen etwas prallte, und eine der Hände ließ sie los, während die andere ihren Griff festigte …

»Hier. Halt dich fest«, brüllte ihr Luke ins Ohr.

Sie drehte sich im Griff seiner einen Hand halb um, erkannte neben sich das Geländer der Galerie und streckte die Arme danach aus. »Ich habe es.«

»Halt dich fest. Ich suche R2.« Luke ließ das Geländer los und fiel ins Wasser zurück.

Mara zog sich mit einiger Mühe an dem Geländer nach oben und darüber hinweg auf den Boden der Galerie. Von dort sah sie, dass die Kammer unter ihr in einer schäumenden, tosenden Flut versunken war.

Und die Wassermassen stiegen mit rasender Geschwindigkeit. Viel schneller, als sie erwartet hatte, erkannte Mara voller Unbehagen.

Im nächsten Moment erkannte sie auch den Grund. Das saubere, kleine Loch, das sie in die Wand der Kammer geschnitten hatte, war nicht länger klein und sauber ausgeschnitten. Vier oder fünf Quadratmeter Fläche der fleckigen Wand ringsum hatten dem Druck nachgegeben, und jetzt ergoss sich mit Macht der See der kleinen Fischen durch die Öffnung. Das Wasser reichte bereits bis halb an das Gesims heran, auf dem sie saß …

Eine Bewegung auf der anderen Seite erregte ihre Aufmerksamkeit: Luke, der an einem aus der Mauer ragenden Vorsprung hing und ihr winkte. »Hier bin ich«, schrie sie über die tosenden Fluten hinweg. »Was brauchst du?«

Die Antwort war R2s Kuppelkopf, der sich wenige Zentimeter über die aufgewühlte Wasseroberfläche erhob. Mara wappnete sich, griff in die Macht hinaus und hob den Droiden in ihre Richtung.

Das Unterfangen erwies sich als schwerer, als sie erwartet hatte. Viel schwerer noch, als es eigentlich hätte sein sollen. Der Droide stieg nur mit qualvoller Langsamkeit über die Wellen empor, und zweimal während der Prozedur verlor sie um ein Haar den Halt. Der Kampf mit den Wachdroiden hatte ihr zweifellos weit mehr abgefordert, als ihr bisher zu Bewusstsein gekommen war.

Aber schließlich schaffte sie es doch, und der Droide setzte mit einem niedergeschlagenen Glucksen neben ihr auf. Er war von den Wassermassen brutal hin und her geworfen worden und hatte den Datenblock verloren, den sie als Dolmetscher an ihm befestigt hatten. Doch davon abgesehen schien er unversehrt zu sein. Mara blickte wieder nach unten und sah sich nach Luke um …

… da schloss sich klatschend eine Hand um die oberste Strebe des Geländers. »Hast du R2 hier heraufgeholt?«, keuchte Luke und zog sich mühsam über das Geländer.

»Er ist hier«, bestätigte Mara und streckte die Hände über das Geländer, um ihm zu helfen. »Bist du okay?«

»Mir geht es gut«, japste er atemlos, als er über das Geländer geklettert war und auf dem Boden der Galerie zu ihren Füßen zusammensackte. »Lektion Nummer eins«, fügte er zwischen zwei Atemstößen hinzu. »Ein Jedi braucht Luft, um funktionieren zu können.«

»Ich werde es mir merken«, erwiderte Mara und spähte erneut durch die Streben des Geländers. »Was ist mit dem zweiten Wächter?«

»Um den habe ich mich gekümmert«, erklärte Luke. Er atmete bereits wieder leichter. »Hier ist dein Lichtschwert«, fügte er hinzu, zog beide Waffen unter seiner Hemdbluse hervor und reichte ihr die ihre. »Das mit der Wand war übrigens gute Arbeit.«

»Oh, ja klar … gute Arbeit«, gab Mara zurück. »Nichts ist so gut wie ein Plan, der am Ende um ein Haar darauf hinausläuft, dich zu ertränken. Da wir gerade davon sprechen: Sollten wir nicht besser von hier verschwinden, bevor das Wasser noch weiter steigt?«

Es entstand eine kurze Pause. »Nun, genau genommen …«

Sie sah ihn an, und ein unvermittelter Anflug von Furcht griff nach ihrem Herzen. »Was ist los?«

Er nahm ihre Hand. »Es tut mir leid Mara«, sagte er, »aber das Wasser ist längst über die Ebene des Zugangstunnels hinaus gestiegen und strömt bereits in den großen unterirdischen Raum.«

Mara starrte ihn an. Sie hatte ja keine Ahnung gehabt, dass das Wasser *so* schnell hereinströmen würde. »Schön«, entgegnete sie und zwang ihre Stimme, ruhig zu bleiben. Zwang auch ihre Gedanken zur Ruhe. »Also schön. Der Raum wird überflutet. Wenn wir es trotzdem bis zur Treppe schaffen, könnten wir doch wenigsten in die Festung hinaufsteigen, oder?«

In Lukes Wange zuckte ein Muskel. »Du verstehst nicht, Mara«, sagte er. »Das Wasser ist über die Tunnelebene hinaus vorgedrungen. Das heißt, wir müssten die ganzen hundert Meter ohne Atemluft zurücklegen und wahrscheinlich auch noch den kompletten Weg durch den unterirdischen Raum.«

»Was ist mit einer Winterschlaftrance«, schlug Mara vor. »So wie damals, als du mit einem kalten Sprung von der Piratenbasis zur *Starry Ice* gewechselt bist?«

Luke schüttelte den Kopf. »Da der unterirdische Raum sich mit Wasser füllt oder vielleicht sogar schon ganz überflutet ist, würde das Wasser nicht schnell genug fließen, um uns rechtzeitig durch den Tunnel zu tragen.«

Und in Trance konnten sie unmöglich schwimmen. Mara wischte sich eine Locke nasser Haare aus dem Gesicht und versuchte nachzudenken.

Da gab R2 neben Luke plötzlich ein aufgeregtes Kreischen von sich. »Ich sehe es«, teilte Luke ihm sofort mit.

»Was siehst du?«, wollte Mara wissen.

»Die Wasserlinie steigt wieder«, antwortete er widerwillig. »Das bedeutet, dass der unterirdische Raum jetzt völlig überflutet sein muss. Jetzt gibt es keinen anderen Abfluss mehr als die beiden Öffnungen, die wir in den Fels gebrannt haben: die im Bereich der Treppe und die andere in den Höhlen.«

Mara schluckte. »Kleine Öffnungen.«

»Viel zu klein, um mit diesem Ansturm fertig zu werden«, pflichtete Luke ihr nüchtern bei. »Ich fürchte …«

Er verstummte. Mara starrte in die wirbelnden Wassermassen, die jetzt so weit angestiegen waren, dass sie die Öffnung verbargen, die sie in die Wand der Kammer geschnitten hatte. Doch das Wasser drang unablässig weiter ein, der stete Strudel an der Oberfläche genügte, um das zu bezeugen. »Am Anfang, als du gerade hier eingetroffen warst«, begann sie, »sagte ich dir, du könntest nach Coruscant zurückkehren und es mir und den Qom Jha überlassen, die Festung einzunehmen. Doch du hast geantwortet, du *müsstest* hier sein, aber ich sollte dich nicht nach dem Grund fragen.«

Luke holte tief Luft. »Ich habe dich auf Tierfon in einer Vision gesehen«, erwiderte er leise. »Noch bevor ich überhaupt von deinem Verschwinden wusste. Ich habe dich im Wasser liegen sehen, umgeben von schroffen Felsen.« Er zögerte. »Und du sahst aus wie …«

»Tot?«

Er seufzte. »Ja.«

Sie saßen lange schweigend nebeneinander. Das Rauschen des Wassers war der einzige Laut. »Nun, ich schätze, das war es dann«, meinte Mara schließlich. »Wenigstens habe ich so die unmaßgebliche Genugtuung zu wissen, dass ich mir das hier selbst zuzuschreiben habe.«

»Gib noch nicht auf«, gab Luke zurück. Aber in seiner Stimme vermochte sie keine bestimmte Hoffnung auszumachen. »Es muss einfach noch einen Ausweg geben.«

»Wirklich schade«, sagte Mara. Sie sah ihn an und folgte mit den Augen den Konturen seiner Gesichtszüge. »Du hast es nicht mitbekommen, aber nach dieser Sache mit den Piraten sagte Faughn zu mir, wir beide hätten ein gutes Team abgegeben. Sie hatte Recht. Das haben wir wirklich.«

»Das tun wir immer noch«, korrigierte Luke sie und blickte ihr fast ein wenig nervös in die Augen. »Weißt du, als wir gegen die Wächter kämpften, ist etwas mit mir geschehen. Mit uns. Wir waren uns in der Macht so nahe … es war, als würden wir zu einer einzigen Person verschmelzen. Es war … etwas ganz Besonderes.«

Sie wölbte eine Braue. Ein Anflug von Amüsement untergrub wie ein Wurm den tödlichen Ernst ihrer Lage. In seinem Gesichtsausdruck lag eine so merkwürdige verlegene Ernsthaftigkeit. »Wirklich?«, entgegnete sie. »Wie besonders denn?«

Er verzog das Gesicht. »Du hast nicht vor, es mir leicht zu machen, wie?«, brummte er.

»Oh, komm schon«, sagte sie in einem vorgeblich anklagenden Ton. »Wann hätte ich dir *jemals* etwas leicht gemacht?«

»Nicht sehr oft«, räumte er ein. Er riss sich sichtlich zusammen und ergriff erneut ihre Hände. »Mara … willst du mich heiraten?«

»Du meinst, falls wir lebend hier herauskommen?«

Luke schüttelte den Kopf. »Ich meine auf *jeden* Fall.«

Unter anderen Umständen, so war ihr klar, hätte sie sich vermutlich dadurch geehrt gefühlt, dass sie ihn ins Schwitzen brachte, wenigstens ein bisschen. Aber jetzt, da das Wasser unter ihnen immer weiter stieg, kamen ihr solche Spielereien ziemlich sinnlos vor. Abgesehen davon gab es keinen Grund, alte Abwehrstrategien zum Einsatz zu bringen. Jetzt nicht mehr. Und nicht bei ihm. »Ja«, sagte sie daher einfach. »Ja, ich will.«

17. Kapitel

Ein Feuerstoß aus einem Turbolaser zuckte vorbei und fraß eine Brandnarbe in die Brückenkanzel der *Predominance*. Der Schuss glich einem Omen, dachte Leia düster, als sie an dem äußeren Monitorring vorbei auf die zentrale Reihe der Kontrollkonsolen zuging. Ein Omen ihres eigenen bevorstehenden Untergangs. Was sie sich nun zu tun anschickte, würde ihrer politischen Karriere höchstwahrscheinlich ein Ende setzen. Möglicherweise würde sie dafür in eine Strafkolonie verbannt. Oder es kostete sie sogar das Leben.

Doch Hans Leben hing am seidenen Faden. Und gemessen daran hatte nichts anderes Bedeutung.

Sie blieb in einigem Abstand hinter dem Ishori an der Steuerstation stehen und spähte über seine Schulter hinweg auf die Kontrollkonsole vor ihm. Die Anzeigen und Kontrollen waren natürlich in der Sprache der Ishori beschriftet, die Konsole selbst entsprach jedoch in jeder Hinsicht der Bauart der Kuat-Werften, daher war ihr die Anordnung vertraut. Sie atmete tief durch, griff in die Macht hinaus und bewegte den Hebel für den Sublichtantrieb.

Der Steuermann selbst war der erste, dem auffiel, dass etwas nicht stimmte. Er grummelte irgendetwas vor sich hin und zog den Hebel wieder in die Ausgangsposition zurück. Leia drückte ihn sogleich wieder nach vorne, wobei sie dieses Mal auch noch einen neuen Kurs setzte, der das Schiff zu dem in großer Ferne glühenden Kometen führen würde. Der Steuermann brummte noch etwas, lauter diesmal, und griff erneut nach dem Hebel.

Bloß dass dieser sich nun nicht mehr von der Stelle rührte. Leia hielt ihn entschlossen fest; und als er kurz innehielt, packte sie die Gelegenheit beim Schopf und stieß den Hebel noch weiter nach vorne. Der Steuermann drehte sich auf seinem Platz nach Captain Av'muru um ... und aus dem Augenwinkel entdeckte er Leia, die hinter ihm stand.

»Was machen Sie denn hier?«, rief er, drehte sich noch weiter herum und starrte sie an. »Wachen!«

Leia wandte sich um. Zwei Wachen, die ihre Blaster gezogen hatten, kamen mit Riesenschritten auf sie zu. Sie griff erneut in die Macht hinaus, pflückte die Blaster aus ihren Händen und schleuderte die Waffen mit zerstörerischer Kraft auf das Deck.

»Rätin!«, rief Av'muru und sprang aus seinem Sitz. »Was tun Sie da?«

Leia antwortete nicht, sondern griff abermals nach der Geschwindigkeitskontrolle. »Nein!«, schrie der Steuermann, sprang ebenfalls von seinem Platz auf und langte nach ihrer Kehle. Leia packte ihn mit der Macht, änderte die Richtung seines Sprungs mitten in der Luft und beförderte ihn im hohen Bogen über den Monitorring hinweg, wo er als verdrehtes Bündel an der Rückwand der Brücke landete.

»Wachen!«, rief Av'muru. »Alle Mann!«

Leia wandte sich wieder der Steuerkonsole zu und erhöhte die Geschwindigkeit des Schiffs weiter. Ihre sämtlichen Sinne erbebten unter einer Warnung, und sie packte genau in dem Moment ihr Lichtschwert, als zwei neue Wachen auf der anderen Seite der Brücke ihre Blaster zückten. Sie feuerten, aber ihre Lähmstrahlen prallten wirkungslos von der Klinge ab. Wieder entriss sie ihnen die Waffen, aber dieses Mal ließ sie sie quer über die Brücke in ihre Richtung segeln und schlug sie mit dem Lichtschwert fast entzwei.

»Sie werden auf der Stelle damit aufhören«, knurrte Av'muru und ging mit gleichmäßigen Schritten auf sie zu. »Sonst werde ich den Kriegszustand zwischen der Ishori-Konföderation und der Neuen Republik ausrufen.«

»Dieses gesamte System schwebt ihn tödlicher Gefahr«, gab Leia mit lauter Stimme zurück. »Sie haben sich geweigert, entsprechende Schritte gegen diese Bedrohung einzuleiten, deshalb habe ich an Ihrer Stelle gehandelt.«

»Sie riskieren einen Krieg zwischen Isht und Coruscant«, schrie Av'muru, der weiter auf sie zukam. »Sie werden diese Aktion sofort einstellen, und dieses Raumschiff wieder meiner Befehlsgewalt übergeben.«

Leia sah aus dem Augenwinkel, wie Gavrisom sich im Trab Av'murus Seite näherte; sie konnte jetzt nur noch eine einzige Karte ausspielen. »Es besteht kein zwingender Grund, die Neue Republik da hineinzuziehen«, teilte sie dem Ishori mit. »Ich lege hiermit alle meine Ämter im Rat und Senat nieder und trete von meinem Anspruch auf die Präsidentschaft zurück. Ich bin von nun an nichts weiter als eine Privatperson.«

»Dann verzichten Sie auch auf sämtliche diplomatische Privilegien«, schnappte Av'muru. Gavrisom hatte den Ishori inzwischen erreicht, und nun hielten beide weiter auf Leia zu. Gavrisoms Gangart verriet Leia, dass dieser sie zuerst zu erreichen versuchte. Vermutlich hoffte er darauf, sie selbst aufhalten zu können, um den politischen Schaden für die Neue Republik, den sie soeben verursachte, so gering wie möglich zu halten.

Aber dafür war es längst zu spät, und das wusste Gavrisom sicher auch. »Sie befinden sich an Bord eines Kriegsschiffs der Ishori«, fuhr Av'muru fort. »Und Meuterei auf einem solchen Schiff wird mit dem Tode bestraft.«

Leia fühlte, wie sich ihr die Kehle zuschnürte. Und das, so wurde ihr trostlos klar, war es dann wohl. Der Captain hatte das Wort *Meuterei* ausgesprochen und damit automatisch die höchste Ebene des Ishori-Kriegsrechts beschworen. Wenn sie jetzt nicht aufgab, hätte er gar keine andere Wahl mehr, als die geballte Macht seines Kriegsschiffs gegen sie ins Feld zu führen.

Aber konnten die Ishori sie stoppen? Wahrscheinlich nicht. Ganz sicher nicht, bevor sie den Kometen erreichten.

Doch wie hoch wäre der Preis? Auch wenn sie sie aufhalten konnte, so würde ihr dies mit an Sicherheit grenzender Wahrscheinlichkeit nicht gelingen, ohne am Ende Blut zu vergießen. Wenn ihre Aktion Tote forderte – auch wenn es sich dabei nur um Tote infolge von Querschlägern aus ihren eigenen Waffen handelte –, wäre ihr Schicksal ein für alle Mal besiegelt. Der strenge Kodex des Ishori-Kriegsrechts würde umgehend ihren Tod verlangen.

Sie würde um der Einheit der Neuen Republik willen aufgeben müssen. Av'muru und Gavrisom waren jetzt fast bei ihr …

... doch dann wandte sich Gavrisom zu Leias großem Erstaunen seitwärts und blieb abrupt stehen. Sein lang gestreckter Körper versperrte den Durchgang zwischen zwei Konsolen und damit Av'murus Weg. »Das glaube ich nicht, Captain«, sagte er ruhig. »Ich unterstelle dieses Kriegsschiff hiermit dem direkten Kommando der Neuen Republik.«

»Also übt jetzt auch die Präsidentschaft der Neuen Republik Verrat?«, schrie Av'muru aufgebracht und versuchte Gavrisom gewaltsam aus dem Weg zu stoßen. »Gehen Sie zur Seite oder sterben Sie mit ihr.«

»Von Verrat kann hier keine Rede sein«, erwiderte Gavrisom. Seine Stimme war noch immer völlig ruhig, aber er hatte sich keinen Millimeter von der Stelle gerührt. »Es sei denn, Sie wollen eine Anklage in diesem Sinne gegen sich selbst heraufbeschwören, indem Sie sich einer offiziellen Notfall-Beschlagnahme ihres Schiffs durch die Neue Republik nach Artikel 45 Strich zwei der Verträge zur Einhaltung gegenseitiger Treuepflichten verweigern.«

Av'muru stellte seine Bemühungen, Gavrisom wegzuschieben, abrupt ein. »Sie reden Unsinn«, schrie er jetzt so laut, dass ihm fast die Luft wegblieb. »Es hat überhaupt keine offizielle Beschlagnahme stattgefunden.«

»In diesen Verträgen ist nicht eindeutig festgelegt, auf welche Weise eine derartige Beschlagnahme durchgeführt werden muss«, entgegnete Gavrisom unterkühlt. »Mit Bedacht, denn ein Notfall erfordert naturgemäß eine gewisse Flexibilität.«

Er wies mit einem Flügelschlag auf Leia. »In diesem Fall begann die Beschlagnahme, als die Hohe Rätin Organa Solo ...«

»Sie ist ihrer eigenen Aussage zufolge keine Hohe Rätin mehr.«

»... als die Hohe Rätin Organa Solo«, wiederholte Gavrisom, wobei er jedes einzelne Wort betonte, »dieses Raumschiff in Richtung einer soeben erkannten Gefahrenquelle lenkte.«

Av'muru starrte Gavrisom finster an; sein Blick wanderte zu Leia und schwenkte dann wieder zurück zu Gavrisom. »Sie können nicht allen Ernstes erwarten, dass die Konföderation eine solchermaßen absurde Behauptung akzeptiert«, belferte er.

»Was die Konföderation akzeptiert oder auch nicht, ist Gegenstand zukünftiger Diskussionen«, stellte Gavrisom klar. »Bedauerlicherweise scheidet infolge der Störung des Funkverkehrs durch die Diamala jede Möglichkeit für Sie aus, sich mit Ihrer Regierung zu besprechen und deren Rat einzuholen.«

Er warf die Mähne zurück. »Es ist Ihre Entscheidung, Captain. Sie müssen sie auf die Erfordernisse der Gesetze, meine Position als Präsident der Neuen Republik sowie das Wort einer Jedi stützen, nach dem ihr Schiff in tödlicher Gefahr schwebt.«

Av'muru erbebte unter seinen widerstreitenden Gefühlen, sein Blick flog zwischen Gavrisom, Leia und der Aussicht hin und her, die sich ihm durch das Kanzelfenster bot. Leia warf ihrerseits einen verstohlenen Blick ins All und überzeugte sich davon, dass die *Predominance* sich auch wirklich auf den Kometen zubewegte.

»Steuermann!«, brüllte Av'muru.

»Hier, Captain«, entgegnete der andere und trat zaghaft vor.

»Nehmen Sie Ihren Posten wieder ein«, befahl Av'muru. Seine Stimme beruhigte sich allmählich wieder. »Halten Sie den Kurs, auf den die Jedi Organa Solo uns gebracht hat.« Er hielt kurz inne. »Und erhöhen sie auf volle Fahrt.«

»Jawohl, Captain«, antwortete der Steuermann und schob sich behutsam an Gavrisom vorbei, als der Calibop Platz machte. Auch Leia trat zur Seite, und er setzte sich vorsichtig wieder auf seinen Platz. »Kurs und Geschwindigkeit wie befohlen, Captain.«

»Kommen Sie, Rätin«, sagte Gavrisom und winkte Leia mit der Spitze eines Flügels. »Räumen wir das Feld.«

Gemeinsam zogen sie sich wieder hinter den Monitorring zurück. »Danke«, sagte Leia leise.

»Ich habe bloß meine Arbeit getan«, gab Gavrisom zurück. »Ich habe schon oft gehört, dass Calibops viele Worte machen und wenig tun.« Er schüttelte die Mähne. »Doch bisweilen gebührt den Worten der Vorrang.«

»Ja«, murmelte Leia und starrte aus der Kanzel hinaus auf den Kometen. Ihr blieb nur die Hoffnung, dass die Taten, die folgen sollten, noch rechtzeitig kamen.

»Wir haben sie alle beide, Captain«, rief der Traktorstrahl-Offizier an Steuerbord zur Kommandogalerie hinauf. »Zwei Raumfrachter: ein YT-1300 und ein corellianischer Action-II.«

»Sehr gut«, erwiderte Nalgol, der noch immer vor Wut über die unerwartete und unangemeldete Änderung ihres so sorgfältig und präzise ausgearbeiteten Plans schäumte. Das Kommandoteam auf der Planetenoberfläche, so dachte er grimmig, schuldete ihm einige ernsthafte Erklärungen, sobald das hier ausgestanden war.

Aber in der Zwischenzeit hielt sich die *Tyrannic* bereit, alles zu tun, was getan werden musste. Und die erste Aufgabe auf dieser Liste würde darin bestehen, sich der Spione da draußen anzunehmen. »Holen Sie sie näher heran, Lieutenant«, rief er. »Und passen Sie auf, dass sie sich nicht losreißen.«

»Das werden sie nicht«, versicherte der Traktorstrahl-Offizier.

Nalgol spürte eine Bewegung neben sich. »Sie haben nach mir geschickt, Captain?«, erkundigte sich Oissan.

»Diese Prioritäts/Gefährlichkeits-Studie, um die ich Sie gebeten hatte«, erwiderte Nalgol kurz angebunden. »Wo ist sie?«

»Die vorläufige Liste ist bereits abgespeichert«, erklärte Oissan. Er klang ein wenig gereizt. »Wir hatten mit mehr Zeit für die Komplettierung gerechnet.«

»Aha, haben Sie das, wie?«, gab Nalgol scharf zurück. Er war gründlich angewidert. Erst das Kommandoteam, und jetzt Oissan. »Gehen Sie wieder zurück an Ihre Arbeit. Wir haben noch ein oder zwei Stunden, bis die Schlacht da draußen so weit erlahmt, dass es Zeit für uns wird, unseren Beitrag zu leisten.«

»Jawohl, Sir«, sagte Oissan steif. »Werden Sie meine Leute brauchen, um die Gefangenen zu verhören?«

»Welche Gefangenen?«

»Nun …« stammelte Oissan. »Die Besatzungen der beiden Frachter.«

Nalgol schüttelte den Kopf. »Es wird keine Gefangenen geben.«

»Aber Sie sagten doch …«

»Ich habe gesagt, sie sollen näher herangeholt werden – das war alles«, fiel Nalgol ihm schroff ins Wort. »Ich möchte bloß nicht, dass irgendwelche Trümmer vor dem Tarnfeld umherschwirren, wo sie jemand bemerken könnte.«

Er blickte wieder aus dem Aussichtsfenster. Der YT-1300 schüttelte sich wie wild im Griff des Traktorstrahls und versuchte immer noch zu entkommen, während der größere Action-II-Frachter sich ruhig verhielt. »Noch ein oder zwei Minuten«, fügte Nalgol hinzu, »und wir werden uns um sie kümmern. Ein für alle Mal.«

»Da!«, rief Lando plötzlich und deutete aus dem Sichtfenster der *Industrious Thoughts*. »Habe ich es Ihnen nicht gesagt? Die Ishori haben die Gefahr erkannt und brechen auf, um sich die Sache aus der Nähe anzusehen.«

»Die fliehen bloß, weil sie ihre Haut retten wollen«, widersprach Senator Miatamia. »Oder sie sind der Meinung, dass die erhöhte Wendigkeit, die man im Tiefraum erreichen kann, ihrer Verteidigung dienlicher ist.«

»Fein«, sagte Lando. »So oder so können Sie sie nicht einfach davonkommen lassen.«

»Die Diamala streben nicht nach Rache. An niemandem«, gab der Senator zurück. »Wir haben ihren unprovozierten Überfall auf Bothawui vereitelt. Das genügt für den Moment.«

»Aber was ist mit der Bedrohung, vor der ich Sie gewarnt habe?«, wollte Lando wissen. »Wir haben darum gewettet, wissen Sie noch?«

»Wenn eine derartige Bedrohung existiert, und wenn die Ishori tatsächlich danach suchen, werden sie bestimmt auch alleine darauf stoßen«, antwortete Miatamia gleichmütig. »Es besteht kein Grund für irgendein diamalanisches Schiff, sich in Gefahr zu begeben.«

Lando starrte durch das Aussichtsfenster dem abfliegenden Raumschiff nach. Wie sie es auch angestellt haben mochte, Leia hatte die *Predominance* jedenfalls dazu gebracht, den Kometen und die Überraschung anzusteuern, welche die Imperialen dort versteckt haben mochten.

Da Thrawn hier die Fäden in der Hand hielt, würde es sich dabei sehr wahrscheinlich um eine denkwürdige Überraschung handeln, die zudem mit an Sicherheit grenzender Wahrscheinlichkeit zu groß sein würde, um von einem einzelnen Schlachtkreuzer der Ishori bewältigt werden zu können … »Ich verstehe«, sagte er und gab sich alle Mühe, seine Stimme gleichgültig klingen zu lassen und den Ton einer desinteressierten Partei zu treffen, die so oder so nichts zu gewinnen hat. »Ich bin sicher, dass die Ishori nicht weniger glücklich darüber sind, von *Ihnen* wegzukommen.«

»Was spielt es für eine Rolle, wie die Ishori die Dinge sehen?«, entgegnete Miatamia.

»Oh, überhaupt keine«, erwiderte Lando mit einem Achselzucken. »Ich habe bloß gerade gedacht, dass sie, falls sie es auf einen echten Kampf ankommen lassen wollen, wohl zuerst Verstärkung anfordern müssten. Und sobald sie außer Reichweite Ihres Störsenders sind, können sie das natürlich ohne weiteres tun.«

Miatamias Ohren schlugen förmlich Wellen. »So etwas würden sie bestimmt nicht tun.«

»Und warum nicht?«, fragte Lando. »Denken Sie daran, dass sie die gesamte Bothan-Spezies für deren Beteiligung an der Zerstörung von Caamas bezahlen lassen wollen. Wenn ich sie wäre, würde ich glauben, dass der Raum über Bothawui genau der richtige Ort wäre, um ihre Differenzen mit den Diamala auszuräumen.«

Er wies mit einem Nicken auf den Planeten unter ihnen. »Vor allem, wenn ein Teil des planetaren Schutzschirms so wie jetzt zusammengebrochen ist. Alle Trümmer der Schlacht, die durch diese Lücke abstürzen, wären aus ihrer Sicht ein zusätzlicher Bonus.«

Miatamia war bereits am Interkom und sprach mit Nachdruck hinein. Lando starrte weiter aus dem Aussichtsfenster und hielt den Atem an …

Und dann sah er an Steuerbord und Backbord, dass die

beiden anderen Raumschiffe der Diamala schwerfällig in Richtung des Ishori-Schlachtkreuzers schwenkten und die Verfolgung aufnahmen. Einen Augenblick später fühlte er den leichten Ruck der Beschleunigung, als auch die *Industrious Thoughts* sich ihnen anschloss.

»Wir werden sie weiter zum Schweigen verurteilen, bis der Schildgenerator von Drev'starn repariert ist«, erklärte Miatamia, als er sich wieder zu Lando gesellte. »Aber sobald das getan ist, können sie sich entfernen, wenn sie es wollen.«

»Das genügt«, nickte Lando. »Sie setzen nur diese drei Schiffe ein?«

Miatamia blickte aus dem Sichtfenster. »Ich habe dem Captain vorgeschlagen, dass sämtliche diamalanischen Schiffe an unserer Seite zusammengezogen werden.«

»Nur für den Fall, dass ich doch Recht habe?«

Die Ohren des Senators zuckten. »Wie ich Ihnen schon zuvor gesagt habe, ereignet sich bisweilen das Unerwartete«, erwiderte er unbeeindruckt. »Und die Diamala halten es für besser, auf eine solche Eventualität vorbereitet zu sein.«

»Festhalten«, quetschte Han durch zusammengebissene Zähne und warf den *Falken* zuerst hart nach steuerbord und dann nach backbord. Vergebens. Der Traktorstrahl hatte sie immer noch fest im Griff. Er langte nach der Waffenkonsole und richtete den oberen Vierlingslaser neu aus, der ohne Unterbrechung auf den Sternzerstörer feuerte. Aber ebenso wie die Drehbewegung erzielte auch die geballte Feuerkraft keinerlei Wirkung.

»Der Backbordstabilisator flimmert schon wieder«, verkündete Elegos und starrte auf die Überwachungsdisplays »Sie werden ihn noch ernsthaft beschädigen, wenn Sie so weitermachen.«

Han würgte einen Fluch hinunter. Ja, er würde die Stabilisatoren womöglich in die Luft jagen. Möglicherweise würde auch eine komplette Sektion des Sublichtantriebs durchbrennen, oder er brachte die Vierlingslaser zum Schmelzen und den Schiffsrumpf zum Bersten.

Aber es blieb ihm keine andere Wahl, als alles zu tun, was

notwendig war, um freizukommen, selbst wenn er dem *Falken*, um es zu schaffen, auch noch das letzte bisschen Leben entreißen musste. Ein getarnter Sternzerstörer bedeutete einen Hinterhalt ... und das Letzte, was ein Imperialer, der einen Hinterhalt gelegt hatte, sich wünschte, war, Zeugen davonkommen zu lassen.

Elegos war das allerdings noch nicht eingefallen. »Vielleicht sollten wir uns zu ergeben versuchen«, schlug der Caamasi vor.

»Ach ja?«, grunzte Han. »Weshalb?«

»Natürlich um unsere Vernichtung zu verhindern«, antwortete Elegos. »Übrigens, Carib und seine Leute scheinen es bereits getan zu haben.«

»Was wollen Sie damit sagen?«, fragte Han und suchte mit krauser Stirn den Himmel ab. Voll und ganz mit *seiner* Rolle im Kampf beschäftigt, hatte er den Action-II völlig aus den Augen verloren.

»Dass sie sich überhaupt nicht gegen den Traktorstrahl zur Wehr setzen« erklärte Elegos und deutete aus der Kanzel.

Er hatte Recht. Er fand Caribs Frachter an Steuerbord und um einiges näher an dem dunklen Schiffsrumpf als der *Falke*. Er unternahm keinerlei Anstrengungen zur Flucht.

Aber das ergab doch keinen Sinn. Bestimmt wusste Carib noch besser als er, dass es hier keine Kapitulation geben würde. Waren er und die anderen bereits getötet worden?

Oder war ihr jüngst geleisteter Treueschwur für Leia und die Neue Republik doch nichts anderes gewesen als ein Trick?

»Solo?«, drang knisternd eine Stimme aus dem Lautsprecher. »Hier ist Carib. Halten Sie sich bereit.«

»Bereit, wofür?«

»Was glauben Sie denn?«, gab Carib zurück. »Und hören Sie, wenn wir es nicht packen, müssen Sie dafür sorgen, dass man sich um unsere Familien kümmert. Abgemacht?«

Han warf Elegos einen skeptischen Blick zu. »Was, um alles im Universum ...?«

»Abgemacht«, rief Elegos in das Kom. Er sah ebenso verwirrt aus, wie Han sich fühlte, war jedoch anscheinend gewillt, erst mal mitzuspielen. »Keine Sorge.«

»Also gut. Es war nett, sie kennen gelernt zu haben.« Das Kom verstummte klickend. Han blickte zu dem Frachter hinaus. Eine plötzliche Vorahnung ließ ihn erschauern ...

Und dann explodierte der Action-II-Frachter mit einem Mal.

Er hörte Elegos neben sich nach Luft schnappen. »Was ...?«

»Sehen Sie hin«, fiel Han ihm ins Wort und griff nach dem Steuerknüppel. »Und wie der Mann schon sagte: Halten Sie sich bereit.« Die Flammen und der Staub der Explosion verzogen sich, wurden von der entweichenden Atemluft aus dem Schiff weggefegt oder von dem Traktorstrahl in Fetzen gerissen ...

... und dann brach ein Dutzend TIE-Abfangjäger durch die Trümmerwolke.

Die Imperialen brauchten nicht mehr als fünf Sekunden, um sich auf die neue und vollkommen unerwartete Gefahr einzustellen. Aber in diesem Fall waren selbst fünf Sekunden viel zu lang. Die TIEs schossen breit gefächert in großer Nähe über den gewaltigen Schiffsrumpf hinweg, wichen mit Leichtigkeit dem hitzigen Turbolaser-Feuer aus und beschossen systematisch die Traktorstrahlstände des Sternzerstörers.

Han sah fasziniert zu. Erinnerungen an Baron Fels legendäre Fähigkeiten als Pilot stiegen auf. Bloß dass es diesmal ein Dutzend Fels waren, die zu seinen Gunsten eingriffen.

Und mit einem Ruck, bei dem es ihm die Zähne aufeinander schlug, war der *Falke* wieder frei.

»Festhalten!«, bellte er, warf das Schiff in einer engen Kreisbahn herum und leitete Energie in den Sublichtantrieb. Die Turbolaser des Sternzerstörers eröffneten nun, da die Imperialen bemerkten, dass ihre Beute die Flucht antrat, das Feuer hinter ihm. Er zwang den *Falken* in ein Korkenziehermanöver und hielt mit hoher Geschwindigkeit auf den Rand des Tarnfeldes zu. »Haben Sie das Kom immer noch für eine Verbindung mit diesen Idioten über Bothawui geöffnet?«, ergänzte er und behielt gespannt die Anzeige des hinteren Deflektorschilds im Auge. Wenn die Schilde zusammenbrachen, ehe sie von hier entkommen waren, konnten die Imperialen immer noch gewinnen.

»Ich bin so weit«, rief Elegos. »Sobald Sie ...«

Er verstummte keuchend. Hans Kopf fuhr herum, als längsseits plötzlich die vertrauten Formen eines TIE-Abfangjägers sichtbar wurden. Intuitiv langte er nach der Waffenkonsole …

… und entspannte sich gerade rechtzeitig wieder. Auf den Solarpaneelen des TIE-Jägers prangten die Insignien der Neuen Republik. Und jenseits der Maschine bildete der Rest von Caribs Einheit eine flankierende Formation.

Im nächsten Moment löste sich die Finsternis ringsum auf, und sie waren wieder von Sternen umgeben. »Das war es«, sagte er. »An die Arbeit mit dem Kom!«

Elegos räusperte sich vernehmlich. »Ich glaube«, sagte er, »das wird nicht notwendig sein.«

Han wandte irritiert den Blick.

Und hielt den Atem an. Aus der Richtung, in der Bothawui lag, raste entschlossen ein Dutzend schwerer Kriegsschiffe auf sie zu.

Das Kom knisterte. »Han?«, ertönte Landos Stimme.

»Ja, Lando«, rief Han zurück. »Pass gut auf, in dem Tarnfeld steckt ein imperialer Sternzerstörer.«

»Verstanden«, gab Lando zurück. »Gehören diese TIE-Abfangjäger zu dir?«

Han lächelte grimmig. »Darauf kannst du wetten. Kannst du noch mehr Unterstützung zusammentrommeln?«

»Captain Solo, hier spricht Senator Miatamia«, meldete sich eine neue Stimme zu Wort. »Wir übermitteln Ihre Warnung an alle mit den Diamala verbündeten Raumschiffe und bitten um ihre Hilfe.«

»Großartig«, erwiderte Han. »Ich schlage allerdings vor, dass Sie auch die Ishori auf diese Party einladen. Wir können jede Hilfe gebrauchen, die wir kriegen können.«

»Han?«, warf Leias Stimme ein, die sich atemlos, erleichtert und angespannt anhörte. Alles zur gleichen Zeit. »Han, bis du in Ordnung?«

»Mir geht es prima, Süße«, versicherte er ihr. »Bist du noch bei den Ishori?«

»Ja«, antwortete sie. »Aber der Captain ist immer noch nicht überzeugt …

Sie verstummte abrupt. »Leia?«, bellte Han.

»Schon gut«, sagte sie, und mit einem Mal besaß ihre Stimme einen grimmigen Unterton. »Ich glaube nicht, dass er jetzt noch irgendwelche Zweifel hegt.«

Han legte die Stirn in Falten, wendete den *Falken* in einer engen Kehre und blickte zurück. Der Sternzerstörer, dessen Hinterhalt vereitelt war, hatte das Tarnfeld deaktiviert.

Bloß dass es nicht nur ein Sternzerstörer war, der sich von dem Kometen löste und jetzt auf die näher kommende Armada zukam. Es waren deren drei.

Han holte tief Luft. »Na schön«, sagte er. »Jetzt haben wir unseren Kampf.«

18. Kapitel

»Bericht des Basis-Kommandos, Admiral«, rief der Komoffizier aus dem Mannschaftsschacht an Backbord. »Der feindliche Sternzerstörer hat zwei weitere Traktorstrahlstände zusammengeschossen.«

»Lassen Sie unverzüglich Reparaturen an diesen Ständen durchführen, Lieutenant«, erwiderte Thrawn kühl. »Und befehlen Sie dem Basis-Kommando noch drei Traktorstrahlen am Zielobjekt festzumachen.«

Paloma D'asima, die ein Stück links von Disra und hinter der Kommandogalerie stand, flüsterte Karoly D'ulin kaum hörbar etwas zu. »Eine Frage?«, erkundigte sich Disra und trat einen Schritt auf die beiden Mistryl zu.

Die ältere Frau deutete mit einem Nicken auf Thrawn. »Ich habe gerade zu Karoly gesagt, dass mir das alles nicht gefällt«, erwiderte sie angewidert. »Er spielt mit ihnen. Warum jagt er sie nicht einfach in die Luft und fertig?«

»Großadmiral Thrawn ist ein überaus feinsinniger Mann«, gab Disra zurück. Er hoffte, der hochmütige Tonfall seiner Entgegnung würde sie davon abhalten, ihm Fragen zu stellen, die er nicht beantworten konnte. Denn im Grunde verstand er nicht, was Tierce mit dieser Handlungsweise beabsichtigte. Doch der Major stand gerade und hoch aufgerichtet neben Thrawn, ganz so, wie es einem guten Adjutanten anstand, daher war anzunehmen, dass immer noch alles nach Plan verlief.

Thrawn musste den Kommentar überhört haben. Er sagte leise etwas zu Tierce und erntete ein zustimmendes Nicken; dann wandte sich der Major ab und kehrte zu der Stelle zurück, an der Disra und die Mistryl warteten. »Admiral Thrawn hat Ihre Frage gehört und mich gebeten, zu ihnen zu gehen und Ihnen seine Beweggründe zu erläutern«, sagte er und trat an D'asimas Seite, von wo aus er mit ihr sprechen und gleichzeitig Bel Iblis' Anstrengungen, sich aus der Falle zu befreien, im Auge behalten konnte. »Schauen Sie, er hat kein Interesse daran, General Bel Iblis zu vernichten. Ganz im Gegenteil, er will, dass der General ihm sein Schiff samt Besatzung intakt übergibt.«

Er wies auf die zahllosen Turbolaser-Blitze. »Aber wie Sie ebenfalls sehen können, ist Bel Iblis ein stolzer und starrköpfiger Mann. Er muss erst noch davon überzeugt werden, dass er gegen die Ressourcen dieser Basis keine Chance hat. Admiral Thrawn gewährt ihm deshalb die Möglichkeit, seine besten Mittel gegen uns einzusetzen.«

»Und demonstriert ihm so die Zwecklosigkeit des Widerstands«, sagte D'asima. Sie hörte sich immer noch nicht vollends zufrieden an, aber wenigstens war der unüberhörbare Ekel aus ihrer Stimme gewichen. »Außerdem reibt er Salz in die Wunden, indem er jedes Mal, wenn Bel Iblis einen Traktorstrahl ausschaltet, deren Anzahl erhöht.«

»Genau«, erwiderte Tierce strahlend. »Admiral Thrawn war stets jemand, der auch seinen Feinden mit Respekt begegnet.«

»Wenngleich er seine Verbündeten naturgemäß weitaus besser behandelt«, warf Disra ein. Es konnte nichts schaden, wenn er D'alima daran erinnerte, aus welchem Grund sie in erster Linie hier war.

»Admiral?«, rief der Komoffizier wieder. »Wir empfangen eine direkte Übertragung von dem Koordinator des Verteidigungsrings. Er ersucht Sie dringend um Ihre Unterstützung hinsichtlich der X-Flügel-Sternjäger, die seine Linie durchbrochen haben.«

Disra warf Tierce hinter D'alimas Rücken einen alarmierten Blick zu. »X-Flügler?«, erkundigte er sich.

»Keine Ahnung«, entgegnete Tierce mit angespannter Stimme. Er wollte sich schon beeilen, wieder an Thrawns Seite zurückzukehren, riss sich aber angesichts eines kurzen warnenden Blicks von Disra gerade noch rechtzeitig zusammen. Es würde nichts bringen, so hatte der Mufti sie beide schon zuvor gewarnt, wenn Tierce den Eindruck erweckte, als wäre er für diese Operation von größter Wichtigkeit. Der Schwindler da oben wusste, wie er ihn zurückholen konnte, wenn er ihn brauchte. Aber zumindest im Augenblick schien ihr Großadmiral alles unter Kontrolle zu haben. »Was sind das für X-Flügler, Lieutenant?«, fragte er. Seine Stimme war ruhig und verriet kaum eine Spur von Anspannung.

»Er sagt, er habe General Hestiv ihren Durchbruch bereits vor über zehn Minuten gemeldet«, antwortete der Komoffizier, der sich verwirrt anhörte. »Sie haben sich anscheinend im Schlepptau eines unserer Frachter angeschlichen.«

»*Unserer* Frachter?«, fragte Thrawn.

»Ein imperialer Frachtraumer, Sir«, korrigierte der Offizier sich hastig. »Wahrscheinlich ein Versorgungsflug. Der Koordinator meldet, dass er sämtliche erforderlichen Zugangskodes besaß.«

»Davon bin ich überzeugt«, sagte Thrawn. Seine glühenden Augen funkelten. »Und General Hestiv hat zufällig vergessen, diese Information an uns weiterzuleiten, wie?«

Sein Blick fiel auf Tierce. »Major Tierce?«

»Ja, Sir«, antwortete Tierce und setzte sich auf dieses Stichwort hin energisch in Bewegung. »Soll ich den Frachter für Sie lokalisieren?«

»Bitte«, entgegnete Thrawn gemessen und griff seinerseits das Stichwort auf.

Und dann weiteten sich die glühenden Augen, die immer noch in ihre Richtung blickten. Disra runzelte die Stirn ...

»Machen Sie sich keine Umstände, Major«, ließ sich hinter Disra eine vertraute Stimme vernehmen. »Der fragliche Raumfrachter liegt gegenwärtig bereits in ihrem Hangar Nummer sieben.«

Langsam, ungläubig, drehte Disra sich um. Das war unmöglich. Schlicht *unmöglich*.

Aber das war es keineswegs. Da stand er, in der Mitte unter dem Bogengang, der zur Achterbrücke führte.

Admiral Pellaeon.

Das Überraschungsmoment war vertan, die mörderische Schlacht unter Brüdern über Bothawui endete vor dem Zeitpunkt, auf den die Imperialen, so stand zu vermuten, gehofft hatten. Leia sah die letzten vereinzelten Schüsse in diesem Konflikt verglühen.

Doch ungeachtet ihrer Kürze hatte die Schlacht ihren Tribut gefordert, stellte sie fest, als sie die taktischen Anzeigen der *Predominance* studierte. Von den fast zweihundert Raumschiffen, die darin verwickelt gewesen waren, formierten sich jetzt nur noch weniger als einhundertundzehn zu einer Schlachtreihe gegen die drei Sternzerstörer, die auf sie zukamen.

»Sie sind uns überlegen, nicht wahr?«, bemerkte Gavrisom leise an ihrer Seite.

»Ich fürchte, das sind sie«, gab Leia zu. »Sogar die Schiffe, die noch gefechtsbereit sind, haben Schäden erlitten. Und diese Sternzerstörer sind gut ausgerüstet.«

»Außerdem werden wohl auch nicht alle unsere Schiffe bei uns bleiben, wenn sie erst einmal ihre Chancen berechnet haben«, sagte Gavrisom und schlug leicht mit den Flügeln. »Selbst unter den Bedingungen meiner Generalmobilmachung nach Artikel 45 Strich zwei bleibt die Tatsache bestehen, dass wir sie immer noch darum *bitten*, für die Verteidigung von Bothawui und des bothanischen Volkes einzutreten.«

Leia nickte grimmig. »Etwas, das zu tun, mindestens die Hälfte von ihnen nicht sonderlich interessiert.«

»Leia?«

Sie hob ihr Komlink. »Ich bin hier, Han«, sagte sie. »Geht es dir gut?«

»Oh, klar«, antwortete er und schenkte der drohenden Gefahr keine Beachtung. »Die haben schon lange aufgehört, auf uns zu schießen. Hör mal, Elegos hat die Schiffe gezählt, die du da hast, und keiner von uns ist sehr glücklich über das Ergebnis, das dabei herausgekommen ist.«

»Das ist von uns auch niemand«, gab Leia zurück. »Gavrisom hat sich an alle verfügbaren Kräfte der Neuen Republik in der Nähe gewandt, bisher jedoch noch keine Antwort erhalten.

»Nun, vielleicht fällt mir ja noch irgendwas ein«, sagte Han mit bemüht lässiger Stimme. »Weißt du, ob Fey'lya im Moment auf Bothawui weilt?«

Leia zog die Stirn kraus. »Ich denke schon. Wieso?«

»Weißt du, wie du ihn erreichen kannst?«

»Seine private Komlinkfrequenz findest du unter seinem Namen im Computer des *Falken*«, erklärte Leia. »Wieso?«

»Ich werde es mal mit ein wenig Diplomatie versuchen«, teilte er ihr mit. »Sieh zu, ob du die Sternzerstörer noch eine Weile hinhalten kannst.«

Er schaltete ab. »Sicher«, sagte Leia leise zu sich selbst. »Die Sternzerstörer hinhalten.«

Neben ihr schüttelte Gavrisom die Mähne. »Es gibt noch eine weitere Angelegenheit, um die wir uns ohne Verzug kümmern müssen«, sagte er. »Die Flotte besteht aus Wesen, die sich im Großen und Ganzen untereinander nicht ausstehen können. Daher brauchen wir jemanden an der Spitze, dem sie alle vertrauen oder den sie wenigstens tolerieren.«

»Dieses Problem kann ich vielleicht lösen«, entgegnete Leia und aktivierte abermals ihr Komlink. »Lando?«

»Ja, Leia?«

»Lando, auf Bitten des Präsidenten möchte ich, dass Sie die vorübergehende Wiederaufnahme in die Streitkräfte der Neuen Republik akzeptieren«, sagte sie. »Wir benötigen Sie als den Befehlshaber dieser Verteidigungsflotte.«

Es entstand eine kurze Pause. »Sie machen Witze«, versetzte er.

»Ganz und gar nicht, General«, versicherte Gavrisom ihm. »Als Held von Taanab und Endor sind sie genau der, den wir brauchen.«

Ein kaum hörbares Seufzen. »Wenn ich der Meinung wäre, das würde irgendwas bringen, würde ich mich mit Ihnen streiten«, gab Lando widerstrebend zurück. »Also gut, ich mache es. Es wäre allerdings nett, wenn Sie mir eine größere Flotte geben könnten, mit der man auch etwas anfangen kann.«

»He, kein Problem, Kumpel«, mischte sich Hans Stimme ein. »Es ist für alles gesorgt. Sieh dich mal um.«

Leia blickte auf das Achterdisplay der Kommandobrücke und bemerkte, dass sie vor Staunen den Mund aufsperrte. Von der Oberfläche Bothawuis stiegen soeben mit hohem Tempo über hundert Schiffe auf: alles von Z-95-Kopfjägern bis zu Skipray-Kanonenbooten, sogar ein paar kleinere Groß-kampfschiffe. Und weitere Raumer drangen bereits durch die Atmosphäre. »Han!«, japste sie. »Was, um alles in der Welt, hast du *gemacht?*«

»Wie ich schon sagte … ein wenig Diplomatie«, erwiderte er. »Mir ist eingefallen, dass Thrawn Lando und mir gegen-über erwähnt hat, Fey'lya hätte eine kleine Privatarmee in der Hinterhand. Das machte Sinn für mich, also rief ich das kleine Pelzknäuel an und bedeutete ihm, dass jeder Bothan, der da-bei hilft, Bothawui zu retten, daraus Kapital schlagen könnte, wenn alles vorbei ist.

»Und darauf hat Fey'lya *all das* losgeschickt?«, fragte Leia immer noch ungläubig.

»Nicht ganz«, erwiderte Han selbstgefällig. »Wie es sich er-gab, war mein Funkspruch ziemlich lückenhaft. Wahrschein-lich Kampfschäden. Ich kann mir vorstellen, dass der halbe Planet mitbekommen hat, was ich zu ihm gesagt habe.«

Und schließlich verstand Leia. »Und natürlich wollte nie-mand dort, dass Fey'lya den ganzen Ruhm allein einheimst«, sagte sie mit einem dünnen Lächeln. »Habe ich dir in letzter Zeit eigentlich mal gesagt, dass du brillant bist?«

»Nein«, entgegnete er. »Aber das ist okay – du warst be-schäftigt. Sind wir so weit?«

»Sind wir«, nickte Leia. »General Calrissian, die Flotte er-wartet Ihre Befehle.«

Eine Minute lang schienen alle auf der Brücke reglos in Raum und Zeit zu verharren. Mufti Disra stand stocksteif am selben Fleck, ein paar Schritte von den beiden Zivilistinnen entfernt; seine Züge waren von Zweifel und Hass und vielleicht sogar von einem Hauch Angst verzerrt. Auch Major Tierce war auf halber Strecke auf der Kommandogalerie stehen geblieben und wandte sich mit einem undurchschaubaren Gesichtsaus-druck Pellaeon zu. Captain Dorja und die Offiziere an den seitlichen Konsolen starrten ihn an, und sogar die Männer un-ten in den Mannschaftsschächten hatten irgendwie gespürt, dass etwas nicht in Ordnung war und ihre Stimmen zu einem Tuscheln gesenkt.

»Admiral Pellaeon«, durchbrach Thrawns geschmeidig modulierte Stimme das Schweigen. Pellaeon hatte beinahe erwartet, dass *er* als erster die Sprache wieder finden würde. »Willkommen an Bord der *Relentless*. Ich fürchte ihre Ankunft ist uns entgangen.«

»So wie mir die Nachricht über Ihre Rückkehr«, konterte Pellaeon. Wie bei Tierce, so war auch der Ausdruck hinter den glühenden roten Augen unmöglich zu deuten. »Ich bin sicher, ein unbeabsichtigtes Versehen.«

»Stellen Sie die Entscheidungen des Großadmirals in Frage?«, knurrte Disra.

»Im Gegenteil«, versicherte Pellaeon ihm. »Ich hatte stets den höchsten Respekt vor Großadmiral Thrawn.«

»Und warum schleichen Sie sich dann auf diese Weise an Bord?«, wollte Tierce wissen, kam über die Galerie zurück und blieb neben der jüngeren der beiden Frauen stehen. »Haben Sie etwas zu verbergen? Oder irgendeinen finsteren verräterischen Auftrag zu erledigen?«

Pellaeon ließ den Blick mit Bedacht von dem Major zu den Frauen wandern, die neben ihm standen. »Ich fürchte, man hat uns einander noch nicht angemessen vorgestellt«, sagte er und beugte grüßend den Kopf. »Ich bin Admiral Pellaeon, der Oberkommandierende der Streitkräfte des Imperiums.«

»Das sind Sie allerdings nicht mehr«, grollte Disra. »Jetzt hat Großadmiral Thrawn den Oberbefehl.«

»Wirklich?«, entgegnete Pellaeon und betrachtete ihn kalt. »Ich wurde von keinem Wechsel des Kommandos informiert. Ein weiteres unbeabsichtigtes Versehen?«

»Geben Sie Acht, Admiral«, warnte Tierce leise. »Sie bewegen sich hier auf sehr glattem Boden.«

Pellaeon schüttelte den Kopf. »Sie irren, Major«, erwiderte er. »Was auch immer hier an glattem Boden zu finden ist, liegt unter *Ihren* Füßen.« Er sah Disra an. »Und unter Ihren, Euer Exzellenz.«

Dann ließ er den Blick zu dem Mann in der weißen Uniform des Großadmirals wandern. »Und Ihren ... Flim.«

Disras Kopf fuhr herum, als hätte er gerade ein Stromkabel unter Hochspannung angefasst. »Wovon reden Sie da?«, verlangte er zu wissen. Doch in der Stimme des Mufti lag eine gewisse Unsicherheit, und seine Augen waren die eines Mannes, der unversehens seine unausweichliche Vernichtung auf sich zukommen sah.

»Ich rede von einem begabten Schwindler«, antwortete Pellaeon, wobei er die Stimme hob, damit die gesamte Brücke ihn hören konnte. »Ich habe seine ziemlich farbenfrohe Lebensgeschichte hier bei mir«, fügte er hinzu, zog eine Datenkarte aus seiner Hemdbluse und hielt sie in die Höhe. »Einschließlich detaillierter Holos und des vollständigen genetischen Profils.«

Er sah zu Flim hinüber. »Hätten Sie etwas dagegen, mich zur nächsten medizinischen Station zu begleiten, um eine entsprechende Untersuchung vorzunehmen?«

»Aber wir haben sein genetisches Profil überprüft, Sir«, erhob Captain Dorja Einspruch und löste sich von der seitlichen Konsole, vor der er bisher gestanden hatte. »Captain Nalgol hat eine Probe seiner Haut genommen und sie mit Thrawns offiziellen Daten abgeglichen.«

»Dateien kann man verändern, Captain«, erinnerte Pellaeon ihn. »Sogar offizielle Aufzeichnungen, sofern man sich den Zugangskode verschafft hat. Sobald wir nach Bastion zurückkehren, können Sie die dortigen genetischen Aufzeichnungen mit denen auf dieser Datenkarte vergleichen.«

»Auf Datenkarten können Lügen sogar noch leichter in die Welt gesetzt werden«, warf Tierce ein. Seine Stimme war ganz ruhig, doch im Hintergrund verbarg sich ein bösartiger Unterton. »Dies ist nichts weiter als der letzte, Mitleid erregende Versuch, die Autorität des Großadmirals zu unterminieren, der von Pellaeons eifersüchtiger Furcht beflügelt wird, seine Position und sein Prestige einzubüßen.«

Er drehte sich halb um. »Das sehen Sie doch, Captain Dorja, oder?«, rief er. »Thrawn kam zu Ihnen statt zu Pellaeon – das kann er nicht verkraften. Er kam zu Ihnen und Nalgol und zu den anderen, aber nicht zu ihm.«

Dorjas Blick traf den Pellaeons; Verwirrung zeichnete sich auf seinem Gesicht ab. »Admiral, ich habe stets Ihrem Wort und Ihrem Urteil vertraut«, sagte er. »Aber in diesem Fall ...«

»Auf dieser Datenkarte befindet sich noch eine weitere aufschlussreiche Aufzeichnung«, erklärte Pellaeon und sah erneut Tierce an. »Und die Quelle ist dieselbe. Es handelt sich um die Daten und die Geschichte eines gewissen Majors des Imperiums mit Namen Grodin Tierce.«

Tierce drehte sich langsam wieder zu ihm um. Und dieses Mal konnte es keinen Zweifel an der Mordlust in seinen Augen geben. »Und was sagt diese Aufzeichnung?«, erkundigte er sich leise.

»Sie sagt, dass Major Tierce einer der besten Sturmtruppler war, die dem Imperium jemals gedient haben«, teilte Pellaeon ihm mit. »Dass seine Erfolge ihm wesentlich schneller hohe Führungspositionen eintrugen, als es sonst selbst bei den Sturmtruppen üblich ist; dass er im Alter von nur vierundzwanzig Jahren dazu ausersehen wurde, dem Imperator in der Elitetruppe der Imperialen Ehrengarde zu dienen; dass seine grimmige Loyalität gegenüber der Neuen Ordnung Palpatines nicht ihresgleichen fand.«

Pellaeon hob leicht die Augenbrauen. »Und dass er als Angehöriger einer Sturmtruppeneinheit, die an Thrawns Kampagne gegen Generis teilnahm, im Kampf gefallen ist. Vor zehn Jahren.«

Und wieder senkte sich Stille über die Brücke. Doch diesmal war es nicht die Stille, die sich nach einer Überraschung einstellt. Sondern die Stille nach einem vollkommenen Schock.

»Sie sind ein Klon.« Die Worte kamen von Disra, die Stimme war jedoch so verzerrt, dass sie kaum mehr zu erkennen war. »Sie sind bloß ein *Klon*.«

Tierce wandte seinen giftigen Blick von Pellaeon ab und Disra zu. Und dann stieß er plötzlich ein kurzes bellendes, gequält klingendes Lachen aus. »Bloß ein Klon«, wiederholte er spöttisch. »Bloß ein Klon. Ist es das, was Sie gerade gesagt haben, Disra? *Nur* ein Klon? Sie haben ja keine Ahnung.«

Er blickte sich wild auf der Brücke um. »Keiner von Ihnen hat eine Ahnung. Ich war nicht nur ein Klon. Ich war etwas ganz Besonderes. Etwas Besonderes und Glorreiches.«

»Wieso erzählen Sie uns nicht, was das war?«, forderte Pellaeon ihn sacht auf.

Tierce wirbelte herum, um ihm das Gesicht zuzuwenden. »Ich war der erste einer neuen Rasse«, zischte er böse. »Der Erste einer Klasse von Kriegsherren, wie die Galaxis sie noch nie zuvor gesehen hatte. Kriegsherren, in denen sich die Kampfkraft und Treue der Sturmtruppler mit Thrawns taktischem Genie verbanden. Wir wären Führer gewesen und Eroberer, und niemand hätte uns standhalten können.«

Er drehte sich um. Seine Bewegungen wurden in seiner Aufregung beinahe hektisch. »Verstehen Sie es denn nicht?«, rief er. Seine Augen schossen nacheinander zu jedem Offizier und Mannschaftsmitglied, die ihn fasziniert oder angewidert anstarrten. »Thrawn nahm Tierce und klonte ihn, doch er hat dem Prozess etwas von sich selbst hinzugefügt. Er ergänzte die übliche Kurzausbildung um einen Teil seines taktischen Genies und kombinierte es mit Tierce' Verstand.«

Er fuhr erneut herum, um Disra anzusehen. »Sie haben es gesehen, Disra. Ob sie es wussten oder nicht, Sie haben es gesehen. Ich habe Sie von Anfang an manipuliert. Haben sie das denn nicht bemerkt? Das war alles ich, von dem Augenblick an, da ich mich als Ihr Adjutant ins Spiel brachte. Die Piratenüberfälle – der Handel mit den Preybirds – das war alles *ich*. Nur ich. Sie haben es nicht bemerkt – Sie haben es nicht einmal geahnt –, aber ich war derjenige, der Sie mit den richtigen Informationen in der richtigen Reihenfolge fütterte, um Sie dazu zu bringen, dass Sie stets taten, was ich wollte.

Und ihr anderen, ihr habt es auch gesehen«, rief er und wirbelte einmal mehr herum. »Ich habe hier die Taktik bestimmt. Nicht Flim – nicht diese rotäugige Galionsfigur. *Ich*. Es war immer nur ich. Und ich bin *gut* darin – Thrawn hat mich dazu gemacht. Ich kann das.«

Seine Augen hielten jetzt wieder Disra fest. »Sie sprechen von der Hand von Thrawn, seiner letzten, ultimativen Waffe«, fuhr er mit fast flehender Stimme fort. »Ich kann diese Hand von Thrawn *sein*. Ich kann Thrawn selbst sein. Ich kann die Neue Republik schlagen – ich *weiß* es.«

»Nein, Major«, sagte Pellaeon. »Der Krieg ist aus.«

Tierce drehte sich schnell wieder zu ihm um. »Nein«,

knurrte er. »Er ist nicht vorbei. Noch nicht. Nicht, solange wir Coruscant noch nicht zerschmettert haben. Nicht, solange wir uns noch nicht an den Rebellen gerächt haben.«

Pellaeon starrte ihn an. Mitleid und Abscheu wirbelten in seinem Innern durcheinander. »Sie verstehen absolut nicht«, entgegnete er traurig. »Thrawn war niemals an Rache interessiert. Sein Ziel war Ordnung und Stabilität und die Stärke, die aus der Einheit und dem Gemeinsinn erwächst.«

»Und woher wollen *Sie* wissen, woran Thrawn interessiert war?«, höhnte Tierce. »Tragen *Sie* einen Teil seines Geistes in Ihrem Innern? Nun?«

Pellaeon seufzte. »Sie sagten, dass Sie der erste jener neuen Kriegsherrn waren. Wissen Sie, weshalb es keine weiteren gegeben hat?«

Tierce' Blick schien sich nach innen zu kehren. »Ihm blieb keine Zeit mehr«, erklärte er. »Er starb bei Bilbringi. *Sie* haben ihn bei Bilbringi sterben lassen.«

»Nein.« Pellaeon hob die Datenkarte ein wenig höher. »Sie wurden zwei Monate vor seinem Tod erschaffen – er hätte also genug Zeit gehabt, noch andere Ihrer Art zu machen. Tatsache ist jedoch, dass es keine anderen gab, weil das Experiment ein Fehlschlag war.«

»Unmöglich«, ächzte Tierce atemlos. »Ich war kein Fehlschlag. Sehen Sie mich an ... *sehen* Sie mich an! Ich bin exakt das, was er gewollt hat.«

Pellaeon schüttelte den Kopf. »Was er wollte, war ein taktisch brillanter Führer«, erwiderte er sanft. »Was er bekam, war ein taktisch brillanter Sturmtruppler. Sie sind kein Führer, Major. Ihren eigenen Worten zufolge sind Sie nichts weiter als ein Manipulator. Sie verfügen über keine Vision, sondern lediglich über Ihren Rachedurst.«

Tierce' Augen flogen jetzt wie Pfeile über die Brücke, als würde er sich nach Beistand umsehen. »Darauf kommt es nicht an«, knirschte er. »Worauf es allein ankommt, ist, dass ich der Aufgabe gewachsen bin. Ich kann die Rebellen schlagen. Geben Sie mir nur ein wenig mehr Zeit.«

»Die Zeit ist abgelaufen«, antwortete Pellaeon mit ruhiger Entschiedenheit. »Der Krieg ist aus.« Er lenkte den Blick zu

Ardiff. »Captain Ardiff, bitte rufen Sie einen Sicherheitstrupp auf die Brücke.« Er wollte sich abwenden …

… und in diesem Augenblick explodierte Tierce und handelte.

Die junge Frau, die neben ihm stand, war das erste Opfer. Sie klappte unter Schmerzen zusammen, als Tierce ihr mit der Faust kraftvoll in den Magen schlug. Sofort entwand er ihr den Blaster, der plötzlich in ihrer Hand erschienen war. Dann fuhr er blitzartig herum und gab einen Schuss auf die andere Frau ab, während die jüngere noch auf das Deck sackte. Er fuhr wieder herum und richtete den Blaster auf Pellaeon. Da entstand hinter Pellaeon eine kurze, kaum merkliche Bewegung …

Tierce zuckte zurück und kreischte vor Wut und Qual, als seine Schusshand zur Seite gerissen wurde, sodass der Schuss weit danebenging. Der Blaster löste sich wirkungslos aus seinem Griff und schlitterte klappernd über das Deck und in den Mannschaftsschacht an Steuerbord.

Dann trat mit lautlosen, geschmeidigen Schritten Shada D'ukal aus ihrem Versteck unter dem Bogengang hinter Pellaeon hervor.

Tierce hielt sich nicht einmal damit auf, die lackierte Zenjinadel aus seinem Fleisch zu ziehen, die wie ein blutiges Fähnchen auf dem Rücken seiner Schusshand schwankte. Er schrie unzusammenhängend, krümmte die Finger zu den Klauen eines Raubtiers und stürmte los.

Pellaeon wich intuitiv einen Schritt zurück. Aber das erwies sich als unnötig. Shada war bereits zur Stelle und trat Tierce auf halber Strecke entgegen.

Und nach einem wilden verschwommenen Getümmel aus Händen und Armen war bald alles vorbei.

»Captain Dorja, rufen Sie ein Mediteam auf die Brücke«, befahl Pellaeon, als Shada über Tierce' zerschmetterten Leib stieg und eilends neben der verletzten Frau in die Knie ging. »Und weisen Sie anschließend alle imperialen Kräfte an, ohne Verzug das Feuer einzustellen.«

»Jawohl, Sir«, sagte Dorja zögerlich. »Nur …«

Flim hob eine blauhäutige Hand. »Was er in Worte zu kleiden versucht, Admiral, ist, dass sie einen derartigen Befehl nur von Großadmiral Thrawn entgegennehmen«, sagte er. Seine Stimme hatte sich auf subtile Weise, aber merklich verändert, und als Pellaeon den Blick über die Brücke schweifen ließ, sah er, dass jeder hier endlich die Wahrheit erkannt hatte. »Wenn Sie also gestatten?«

Pellaeon machte eine Geste. »Nur zu.«

Flim wandte sich dem Komoffizier zu und nickte. »Hier spricht Großadmiral Thrawn«, rief er jetzt wieder mit jener perfekten Stimme. »An alle Einheiten: Feuer einstellen. Ich wiederhole: Feuer einstellen. General Bel Iblis, fordern Sie Ihre Streitkräfte bitte auf, das Gleiche zu tun, und halten Sie sich für eine Botschaft von Admiral Pellaeon bereit.«

Er holte tief Luft und stieß sie wieder aus. Und während er dies tat, fiel die Aura von Führerschaft und Befehlsgewalt allmählich von ihm ab. Dann war er wieder nur ein einfacher Mann; ein Mann mit blauer Schminke und in einer weißen Uniform.

Und Großadmiral Thrawn gehörte einmal mehr der Vergangenheit an.

»Und darf ich Ihnen sagen, Admiral«, fügte er hinzu, während er über die Kommandogalerie zurückkehrte, »wie erleichtert ich bin, dass Sie hier sind. Diese ganze Sache war ein Albtraum für mich. Ein absoluter Albtraum.«

»Natürlich«, erwiderte Pellaeon ernst. »Wir werden später Zeit finden, damit Sie mir Ihre Leidensgeschichte erzählen können.«

Flim verbeugte sich halb. »Ich freue mich schon darauf, Sir.«

»Ja«, sagte Pellaeon und sah Disra an. »Ich auch.«

19. Kapitel

Das laute Tosen war mittlerweile zu einem steten Plätschern geworden, während das Wasser langsam, aber unaufhaltsam weiter an den Flanken der Kammer emporkletterte. Das Plätschern wurde in regelmäßigen Abständen von dem klatschenden Geräusch herabstürzender Felsbrocken unterbrochen, als Lukes Lichtschwert eine stetig tiefer werdende konische Mulde in die höchste Stelle der Kuppel grub.

»Ich finde, das ist Zeitverschwendung«, sagte Mara, als das Klatschen eines besonders großen Felsstücks durch den Raum hallte. »Da oben ist nichts als solides Felsgestein.«

»Da hast vermutlich Recht«, räumte Luke ein, änderte die Haltung seines Arms, den er ihr um die Schulter gelegt hatte, und versuchte sie noch ein wenig näher zu sich heranzuziehen. Sie waren beide nass bis auf die Knochen und froren in der kalten, feuchten Luft. »Ich hatte gehofft, wir könnten uns bis zu dem Hauptenergiegenerator durchschlagen. Aber ich schätze, wenn wir bisher noch nicht darauf gestoßen sind, dann ist er auch nicht da oben.«

»Er liegt wahrscheinlich eher zwanzig Meter hinter uns«, gab sie zurück. Ihre Zähne klapperten leise. »Wir würden niemals rechtzeitig durchbrechen können. Tun dir die Ohren noch nicht weh?«

»Ein bisschen«, antwortete Luke, deaktivierte widerwillig das Lichtschwert und ließ es in seine Hand zurücksinken. Die Decke zu durchbohren, war sein letzter und bester Einfall gewesen. »Der Luftdruck hier drin hat sich erhöht. Der zusätzliche Druck müsste eigentlich dafür sorgen, dass das Wasser ein bisschen langsamer einströmt.«

»Und dafür, dass uns die Augen aus dem Kopf springen.« Mara wies nickend auf die gegenüberliegende Wand. »Besteht nach deiner Meinung die geringste Chance, dass die Kammer über dem Wasserspiegel des Sees liegt? Wenn ja, könnten wir vielleicht einen Weg nach draußen graben.«

»Und wenn nicht, ertränken wir uns nur umso früher«, stellte Luke klar. »Aber egal, ich glaube sowieso nicht, dass wir hier hoch genug sind.«

»Ich eigentlich auch nicht«, pflichtete Mara ihm bedauernd bei und beugte sich vor, um an Luke vorbei nach R2 zu sehen. »Zu dumm, dass wir den Datenblock verloren haben. Wir hätten R2 sonst bitten können, ein paar Sensormessungen vorzunehmen. Das könnten wir natürlich immer noch, bloß würden wir seine Antwort nicht verstehen.«

»Warte mal«, rief Luke, als ihm plötzlich eine neue Idee kam. »Was ist mit der Passage, durch die wir zuerst hereingekommen sind? Wir könnten R2 mit meinem Lichtschwert dorthin schicken, um sie zu vergrößern.«

»Nicht gut.« Mara schüttelte den Kopf. Die Bewegung ließ nasse Haarsträhnen sanft gegen Lukes Wange schlagen. »Dort besteht alles ringsum aus massivem Cortosis-Erz. Ich habe das bei unserem ersten Durchgang überprüft.«

Luke verzog das Gesicht. »Ich dachte mir schon, dass dies zu leicht wäre.«

»So ist es doch immer«, sagte Mara. Ihr matter Sarkasmus klang bei klappernden Zähnen etwas seltsam. »Zu dumm, dass wir keinen Dunklen Jedi zur Hand haben, den wir töten könnten. Erinnerst du dich noch an den großen Knall, als C'baoth starb?«

»Ja«, erwiderte Luke mechanisch und starrte ins Leere. Der irrsinnige Jedi-Klon Joruus C'baoth, den Großadmiral Thrawn im Kampf gegen die Neue Republik eingesetzt hatte.

Thrawn. Klon …

»Mara, du hast mir doch erzählt, dass die Struktur von Cortosis-Erz nicht besonders stabil ist. Wie weich ist es genau?«

»Als wir durch die Passage gingen, blätterte es unter unseren Stiefeln ab,« entgegnete sie und warf ihm einen verwirrten Blick zu. »Abgesehen davon habe ich nicht die geringste Ahnung. Warum?«

Luke wies mit einem Nicken auf den großen Tümpel zu ihren Füßen. »Wir haben hier jede Menge Wasser, und Wasser verdichtet sich nicht in gleicher Weise wie Luft. Wenn wir hier in dieser Kammer eine ausreichend starke Schockwelle auslösen könnten, würde der Druck sich durch den Tunnel bis in die Passage hinein fortsetzen. Und wenn der Druck machtvoll genug wäre, könnten wir so vielleicht den gesamten Bereich zum Einsturz bringen.«

»Das hört sich großartig an«, stimmte Mara zu. »Es gibt da nur ein Problem: Wie lösen wir eine mächtige Schockwelle aus?«

Luke wappnete sich. »Wir schneiden uns durch die Barriere aus Transparistahl und fluten die Nische mit dem Klon.«

»Oh, bei allen Sternen«, flüsterte Mara. Und sogar durch seine mentale Erschöpfung hindurch vermochte Luke das kurze Aufflackern sprachloser Fassungslosigkeit in ihrem Innern zu spüren. »Luke, das ist ein Braxxon-Fipps-590 Fusionsgenerator da drin. Wenn du den mit Wasser in Berührung bringst, hast du eine größere Schockwelle, als du gebrauchen kannst.«

»Ich weiß, es ist riskant«, gab Luke zurück. »Aber ich schätze, das ist unsere einzige Chance.« Er löste den Arm von ihr und stand auf. »Warte hier. Ich bin gleich wieder da.«

Sie seufzte. »Nein«, sagte sie, erhob sich neben ihm und ergriff seinen Arm. »*Ich* werde es tun.«

»Den Teufel wirst du«, grollte Luke. »Das ist *meine* verrückte Idee. Und ich werde es machen.«

»Gut«, antwortete sie und verschränkte die Arme vor der Brust. »Dann sag mir mal, wie du einen Paparak-Kreuzschnitt ausführst.«

Er blinzelte. »Einen *was?*«

»Einen Paparak-Kreuzschnitt«, wiederholte sie. »Eine Technik, um eine unter Druck stehende Mauer so zu bearbeiten, dass sie erst eine Minute, nachdem du dich in Sicherheit gebracht hast, zusammenbricht. Das war Bestandteil des Sabotagetrainings, das ich unter Palpatine erhalten habe.«

»Also gut«, sagte Luke. »Dann bitte ich um einen Schnellkurs.«

»Du meinst so etwas wie eine Ausbildung zum Jedi im Schnellverfahren?«, konterte sie spöttisch. »So einfach ist das nicht.«

»Mara …«

»Außerdem«, fügte sie leise hinzu. »Sobald derjenige von uns, der da runtergeht, auftaucht, muss der andere ihn wieder hier heraufholen, um ihn vor der Explosion in Sicherheit zu bringen. Und ich glaube nicht, dass ich dich so schnell so weit tragen kann.« Sie presste kurz die Lippen aufeinander. »Und, ehrlich gesagt, ich möchte nicht hier sitzen und zusehen, wie meine Kräfte schwinden.«

Luke starrte sie an. Aber sie hatte Recht, und das wussten sie beide. »Das ist Erpressung, weißt du das?«

»Das ist gesunder Menschenverstand«, verbesserte sie ihn. »Jeder, wie er kann, erinnerst du dich?« Sie lächelte vage. »Oder brauchst du noch eine Lektion zu diesem Thema?«

»Erspare mir das«, entgegnete er mit einem Seufzen und strich mit den Fingerspitzen über ihre Wange. »Okay, ich trage dich dort hinüber. Aber sei vorsichtig, ja?«

»Keine Sorge«, antwortete Mara, holte tief Luft und hakte ihr Lichtschwert vom Gürtel. »Fertig.«

Luke griff in die Macht hinaus und hob sie über das Geländer und die Kammer hinweg bis vor die Wand aus Transparistahl. Ihr Geist berührte den seinen, ihre Gedanken sagten ihm, dass sie bereit war. Er ließ sie ins Wasser hinab. Sie nahm noch ein paar tiefe Atemzüge, dann knickte sie in den Hüften ein und tauchte den Kopf unter die Oberfläche. Ein einziger Schlag mit den Beinen genügte, und sie war verschwunden.

Auf der anderen Seite der Galerie gab R2 einen nervösen Klagelaut von sich. »Ihr wird nichts geschehen«, versicherte Luke dem kleinen Droiden. Er umklammerte die oberste Strebe des Geländers und spähte ängstlich in das bewegte Wasser. Er konnte Maras Gedanken empfangen, während sie an der Wand auf und ab schwamm und wohl überlegte kurze Schnitte mit dem Lichtschwert ausführte. Er griff weiter hinaus und spürte den Wechsel der Strömung, als das Wasser durch die Spalten einzusickern begann.

Wenn das Wasser in der Nische so schnell anstieg, dass es den Generator erreichte, ehe sie fertig war …

»Komm schon, Mara. Komm schon«, murmelte er vor sich hin. »Das reicht so. Nichts wie weg.«

Er empfing ihren abschlägigen Gedanken. Sie glaubte, die Wand sei noch nicht ausreichend bearbeitet. Luke unterdrückte Ungeduld und Furcht; die Gesichter von Callista und

Gaeriel schwebten vor ihm. Erst vor einer Woche hatte er sich eingeredet, dass er Mara niemals würde lieben dürfen und dass eine derartige Annäherung seinerseits sie unweigerlich großen Gefahren aussetzen würde.

Doch er war diesem Entschluss untreu geworden. Und schon hatte das, was er tat oder auch nicht tat, sie in Gefahr gebracht. Er spürte etwas in ihrem Innern aufflackern, das sich mit der Furcht und dem Gefühl der Bedrohung vermischte, die in ihm wuchsen und ihn zu ersticken drohten …

… und dann durchbrach ihr Kopf die Wasseroberfläche. »Geschafft«, keuchte sie.

Er trug sie bereits davon, ehe sie das Wort noch vollständig ausgesprochen hatte. Er hob sie über das Geländer, ließ sie bäuchlings flach auf dem Gesims nieder und streckte sich, als sie den Boden berührte, schützend über ihr aus. »Wie lange noch?«, fragte er und griff in die Macht hinaus, da er einen schwachen Schild erzeugen wollte, der ihnen wenigstens als ein geringer Schutz gegen die bevorstehende Explosion dienen sollte.

»Es könnte jeden Moment so weit sein«, antwortete Mara. Ihre Stimme wurde von der Felswand, der sie sich zuwandte, gedämpft. »Ach, und übrigens, nur zur späteren Erinnerung: Vielleicht könntest du dir *einmal* keine Sorgen um mich machen, bloß weil du Angst hast, mir könnte was geschehen. Hast du das kapiert?«

Luke verzog vor Verlegenheit das Gesicht. »Das solltest du eigentlich gar nicht mitbekommen.« Er vernahm hinter sich ein Splittern und das Gurgeln von Wasser, als die Wand aus Transparistahl zusammenbrach …

Und selbst durch die fest zusammengepressten Augenlider konnte er sehen, wie der Generator mit einem grellen Blitz in die Luft flog.

Das Geräusch der Detonation war halb erstickt, doch das Tosen der Flutwelle, die sie überrollte, machte dies mehr als wieder wett. Das Wasser wogte und wirbelte rings um sie, hob sie mühelos empor und warf sie ungestüm zwischen der Felswand, dem Gesims und dem Geländer hin und her. Luke hielt Mara wild entschlossen fest und wünschte sich, er hätte R2 irgendwo angebunden.

Und dann sanken die tobenden Wassermassen ebenso schnell, wie sie über sie gekommen waren, und gaben sie, übersät mit blauen Flecken und klatschnass, aber unversehrt, wieder frei. Luke schüttelte sich das Wasser aus den Augen und blickte in die Kammer hinaus.

Er hielt den Atem an. Nur eines der Leuchtpaneele in dem Raum hatte die Explosion heil überstanden, doch auch in dem schwachen Licht konnte Luke erkennen, dass der Wasserspiegel jetzt rapide sank. »Mara, sieh nur, es hat funktioniert.«

»Hol mich die Kessel-Route«, gab sie zurück und spuckte Wasser. »Und jetzt? Springen wir rein und folgen der Strömung?«

Luke beugte sich über das Geländer und versuchte den Tunnel nach draußen zu erkennen. Wenn er nicht mehr bis zur Decke überflutet war …

Doch das war er. »Ganz so einfach ist es leider nicht«, wandte er sich an Mara. »Die Strömung müsste uns zurück in die Höhlen tragen, aber das Problem ist immer noch, wie wir durch den Tunnel und den unterirdischen Raum gelangen.«

»Warum warten wir nicht einfach ab, bis der Wasserspiegel weit genug sinkt?«

»Das können wir nicht«, erwiderte Luke. »Warum, weiß ich nicht.«

»Eine Jedi-Ahnung«, sagte Mara. »Damit wären wir wieder bei der Winterschlaftrance. Wie schnell kannst du mich in Trance versetzen?«

»Ziemlich schnell«, erklärte er. »Atme einfach einige Male tief ein und aus, und dann sagst du mir, mit welchem Satz ich dich wieder zurückholen solle.«

»Ein Satz, gut«, entgegnete sie und holte tief Luft, als eine seltsam verhaltene Stimmung über sie kam. »Gut. Mal sehen, ob du den hier aussprechen kannst …«

Sie sagte es ihm, und er lächelte. »Verstanden«, antwortete er und griff in die Macht hinaus.

Eine Minute später war sie bereits in seinen Armen eingeschlafen. »Du gehst zuerst, R2«, wandte sich Luke an den Droiden, hob ihn mit Hilfe der Macht hoch und dirigierte ihn behutsam über das Geländer. »Wir sind direkt hinter dir.«

Der Droide zwitscherte. Im nächsten Moment landete er im Wasser; der Kuppelkopf hüpfte wie ein Korken auf der Oberfläche, während er in Richtung Tunnel trieb. Luke schlang schützend die Arme um Mara und sprang nach ihm hinein. Die Strömung ergriff sie und trug sie hinter dem im Wasser tanzenden Droiden her, während Luke versuchte, ihrer beider Köpfe über Wasser zu halten. Die Mauer und die Wölbung des Tunnels ragten bedrohlich vor ihnen auf; und kurz bevor sie den Tunnel erreichten, schöpfte Luke Atem und zog sie beide unter die Wasseroberfläche.

Der Rest der Reise wurde zu einem undeutlichen Wirbel aus Schwindel erregendem Tempo, pausenlosem Ringen gegen die Fluten, Beinahekollisionen mit glatten Wänden und schroffen Felsen, schmerzenden Augen und Lungen. Luke bekam durch die halbe Trance nur entfernt mit, wo sie den Tunnel hinter sich ließen und in den unterirdischen Raum kamen; wo sie hart durch die jüngst erweiterte Lücke in der Mauer und der schützenden Schicht aus Cortosis-Erz schossen, registrierte er schon deutlicher, als die Turbulenzen sie links und rechts gegen die Felsen warfen. Der reißende Sturzbach riss sie mit sich fort, wirbelte sie ungestüm durch die Höhlen und Gänge, durch die sie sich erst vor einigen Tagen gemeinsam mit Kind der Winde und den Qom Jha so mühevoll ihren Weg gebahnt hatten. Luke gelangte durch den Nebel der verlangsamten Atmung zu dem trüben Schluss, dass sie gut daran getan hatten, so viele Stalaktiten und Stalagmiten zu beseitigen, die ihnen jetzt sonst den Weg versperrt hätten …

Im nächsten Moment wurde er schlagartig wach und fand sich halb unter Wasser, während Kopf und Brust auf einem glitschigen Felsen einen unsicheren Halt gefunden hatten. R2s dringliches Trillern und Zwitschern gellte ihm in den Ohren. »Ja, alles klar«, brachte er hervor und schüttelte sich, um einen klaren Kopf zu bekommen.

Dann erstarrte er. Mara war verschwunden.

Er schüttelte erneut den Kopf und grub mit tauben, halb erfrorenen Fingern den Glühstab aus, während er mit den Füßen gleichzeitig verzweifelt nach festem Grund tastete. Er fand bald Halt, da das Wasser ihm an dieser Stelle nur bis zur

Hüfte reichte. Schließlich bekam er den Glühstab frei und schaltete ihn ein.

Er stand in einem Tümpel am Rande des letzten der unterirdischen Flüsse, die er und Mara im Verlauf ihres Marschs durch die Höhlen überquert hatten. Fünf Meter links von ihm war der breite Strom, der sie hierher getragen hatte, zu einem Fluss geschrumpft, der ruhig plätschernd seinem Bett folgte.

Und zwei Meter zur Rechten schaukelte Mara sanft im Wasser des Tümpels und glitt langsam an den schroffen Felsen vorüber. Ihre Augen waren geschlossen, die Arme und Beine erschlafft. Wie im Tod.

Es war das genaue Abbild der Jedi-Vision, in der sie ihm auf Tierfon erschienen war.

Einen Augenblick später war er an ihrer Seite, hob ihren Kopf aus dem Wasser und starrte in jäher Furcht in ihr Gesicht. Wenn die Trance sie nicht am Leben gehalten hatte – wenn sie, nachdem er sie losgelassen hatte, mit etwas Hartem zusammengeprallt war, das sie auf der Stelle umgebracht hatte …

Hinter ihm ließ R2 ein ungeduldiges Pfeifen hören. »Richtig«, sagte Luke und unterdrückte die plötzlich aufsteigende Panik. Um sie aufzuwecken, musste er lediglich den Schlüsselsatz sagen, den sie sich ausgesucht hatte, den Satz, bei dem sie sich laut gefragt hatte, ob er ihn wohl würde aussprechen können. Gerade so, als hätte sie befürchtet, er könnte es nicht …

Er holte tief Luft. »Ich liebe dich, Mara.«

Ihre Augen öffneten sich blinzelnd, blinzelten noch einmal, als sie das Wasser aus ihnen verdrängte. »Hi«, sagte sie und atmete schwer, als sie seinen Arm ergriff und sich umständlich daran hochzog. »Wie ich sehe, haben wir es geschafft.«

»Ja«, erwiderte Luke, schloss sie in die Arme und hielt sie fest, während die Anspannung und die Furcht sich zu einem feinen Dunst aus absoluter Ruhe und Erleichterung verflüchtigten. Die Vision war Wirklichkeit geworden, und Mara lebte noch.

Und sie waren wieder zusammen. Für immer.

»Ja«, flüsterte Mara. »Für immer.«

Sie lösten sich ein kleines Stück voneinander … und standen gemeinsam im kalten Wasser. Ihre Lippen trafen sich zu einem Kuss.

Es schien viel Zeit vergangen zu sein, als Mara sich sanft aus der Umarmung löste. »Nicht, dass ich dies hier irgendwie abwürgen wollte«, sagte sie, »aber wir schlottern beide vor Kälte, und bis nach Hause ist es noch weit. Wo sind wir hier übrigens?«

»Wieder an unserem unterirdischen Fluss«, teilte Luke ihr mit und richtete seine Gedanken widerstrebend auf die Erfordernisse der Praxis.

»Ah.« Sie sah sich um und suchte den rauschenden Strom. »Was ist aus unserer persönlichen Sintflut geworden?«

»Die scheint zu Ende zu sein«, antwortete Luke. »Entweder haben wir den See komplett entleert …«

»Was allerdings *wirklich* unwahrscheinlich ist.«

»Stimmt«, nickte Luke. »Oder er hat sich wieder irgendwo gestaut.«

»Vermutlich sind in der Kammer noch weitere Teile der Mauer eingestürzt«, meinte Mara und streckte eine Hand aus, um ein paar Haarsträhnen zurückzustreichen, die an ihrer Wange klebten. »Oder das Wasser ist von den Überresten der Kloning-Anlage aufgehalten worden.«

Luke nickte und half ihr, auch die übrigen Haare aus dem Gesicht zu streichen. »Wie gut, dass wir nicht noch länger damit gewartet haben, uns einen Ausweg zu suchen.«

»Eins ist sicher«, pflichtete Mara ihm bei. »Diese Jedi-Ahnungen sind wirklich praktisch. Du musst mir unbedingt beibringen, wie das geht.«

»Wir werden daran arbeiten«, versprach Luke und watete auf den Rand des Tümpels zu. »Ich meine, die Qom Jha hätten erzählt, dass dieser Fluss in einen kleinen Wasserfall mündet.

»Klingt gut«, sagte Mara. »Finden wir ihn.«

Eine neue Welle Skipray-Kanonenboote schoss vorbei und bombardierte die *Tyrannic* mit Laserfeuer. Hinter ihnen waren zwei Schlachtkreuzer der Ishori auf die tödliche Reichweite ihrer Waffen herangekommen und belegten die Rumpflinie des Sternzerstörers mit einem blendenden Muster immer neuer zerstörerischer Feuerstöße aus ihren Turbolasern. »Zwei weitere Steuerbord-Turbolaser sind ausgefallen«, rief der Offizier an der Feuerleitstelle mit angespannter Stimme. »Rumpflinie ist am Bug aufgerissen. Die Crews versiegeln das Leck bereits.«

»Verstanden«, bestätigte Nalgol. Er hörte, das seine Stimme vor enttäuschter und vollkommen ohnmächtiger Wut zitterte. Es war undenkbar – *undenkbar* –, dass eine Armada aus drei imperialen Sternzerstörern sich in einem Kampf um das nackte Leben gegen ein derart Mitleid erregendes Sammelsurium aus Nichtmenschen und ihren verräterischen Freunden wieder fand.

Doch das war genau das, was hier geschah. Es waren einfach zu viele, um den Überblick zu behalten. Zu viele, um sie bekämpfen zu können.

Und ungeachtet des Stolzes, den er für sein Schiff, seine Mannschaft und das Imperium empfand, war Nalgol doch Realist genug, um zu wissen, wann ein Kampf hoffnungslos geworden war.

»Setzen Sie ein Signal an die *Obliterator* und die *Eisenfaust* ab«, befahl er zwischen zusammengebissenen Zähnen hindurch. »Drehen sie ab und ziehen Sie sich zurück. Ich wiederhole: Drehen Sie ab und ziehen Sie sich zurück.«

»Verstanden, Captain«, gab der Komoffizier zurück.

»Welcher Kurs, Sir?«, rief der Steuermann.

»Ein kurzer Sprung in eine beliebige Richtung.« Nalgol starrte aus dem Aussichtsfenster. »Setzen Sie anschließend direkten Kurs auf Bastion. Großadmiral Thrawn muss das hier umgehend erfahren.«

Und er würde es erfahren, versprach sich Nalgol stumm. Ja, das würde er. Er würde jede Einzelheit erfahren.

Der Wasserfall erwies sich als erheblich weniger gemütlich, als Luke erwartet hatte; der Ausgang war womöglich von der Flut vergrößert worden, die sich hier mit Macht ihren Weg gebahnt hatte. Direkt an der Mündung gab es keine Möglichkeit, Fuß zu fassen, doch Mara entdeckte im fahlen Sternenlicht einen geeigneten Vorsprung ungefähr fünf Meter links von ihnen. Luke benutzte die Macht, um zuerst Mara und dann R2-D2 über den Abgrund zu hieven. Anschließend holte Mara ihn ein wenig zaghafter auf ihre Seite.

»Hast du irgendeine Vorstellung, auf welcher Seite der Festung wir uns hier befinden?«, fragte sie und ließ den Blick über die dunkle Landschaft schweifen. »Und wie lange es noch bis zur Morgendämmerung dauert?«

»Nein, was beide Fragen betrifft«, erwiderte Luke und griff mit der Macht hinaus. Er konnte in ihrer Nähe keinerlei Gefahren ausmachen. »Vermutlich auf der Rückseite – und vermutlich nicht mehr als ein, zwei Stunden.«

»Wir nutzen die Zeit lieber, um in Deckung zu gehen«, schlug sie vor und spähte zu der Klippe hinauf, die über ihnen aufragte. »Wir sollten uns bestimmt nicht im Freien aufhalten, wenn Parck seine Suchmannschaften in Marsch setzt.«

»Ich hoffe bloß, er findet nicht das Schiff, das wir uns geborgt haben«, sagte Luke. »Abgesehen davon, dass er damit ein Transportmittel nach Bastion in die Hand bekäme, würden wir auch noch unsere einzige Möglichkeit einbüßen, gemeinsam von hier zu verschwinden.«

»Na ja, wenn er das Schiff findet, musst du doch nur zusammen mit R2 den X-Flügler nehmen und Hilfe holen«, bemerkte Mara.

»Du meinst wohl, dass *du* dann mit R2 Hilfe holst«, erwiderte Luke entschieden. »Das ist mein Ernst, Mara. Diesmal keinen Streit …«

Jedi Sky Walker?

Luke blickte auf. Ein Dutzend dunkler Schemen landete flügelschlagend auf einem Felsblock über ihren Köpfen.

Und der Tonfall sowie die Gedanken eines jener Schemen kam ihnen sehr bekannt vor. »Ja«, antwortete Luke. »Bist du das, Jäger der Winde?«

Ich bin es, bestätigte der Qom Qae. *Mein Sohn, Kind der Winde hat heute Nacht alle Nester in der Nähe über deine Taten unterrichtet. Wir haben auf eure Rückkehr gewartet.*

»Danke«, erwiderte Luke. »Wir wissen eure Anstrengungen sehr zu schätzen. Könnt ihr uns ein schützendes Versteck in der Nähe zeigen? Wir müssen uns vor denen aus dem Hohen Turm verbergen, bis wir uns auf den Rückweg zu unserem Raumschiff machen können.«

Jäger der Winde plusterte die Flügel auf. *Schutz ist nicht notwendig, Jedi Sky Walker,* sagte er. *Wir tragen euch zu eurer Flugmaschine, so wie mein Sohn und seine Gefährten es bereits früher in dieser Nacht getan haben.*

Luke runzelte die Stirn. Nachdem Jäger der Winde ihn und seine Mission kurz nach seiner Landung mit R2 so rasch und unbekümmert abgewiesen hatte, kam ihm diese Großmut verdächtig vor. »Das ist sehr freundlich«, erwiderte er vorsichtig. »Darf ich fragen, warum du solche Risiken für uns eingehen willst?«

Jäger der Winde schlug abermals mit den Flügeln. *Ich habe mit dem Verhandlungsführer eines Nestes der Qom Jha gesprochen,* erklärte er. *Und Vertilgt Feuerkriecher hat sich bereit erklärt, euch von dem Versprechen, uns gegen die Peiniger zu helfen, zu entbinden, unter der Voraussetzung, dass ihr unsere Welt unverzüglich verlasst.*

Luke spürte, dass er rot wurde. »Mit anderen Worten, unsere Anwesenheit hier ist euch lästig geworden?«

Kind der Winde hat gesagt, dass die Peiniger uns nichts tun werden, solange wir sie in Ruhe lassen, antwortete Jäger der Winde schroff. *Aus diesem Grund wünschen wir, dass ihr geht.*

»Also keine Spur von Dankbarkeit, wie?«, murmelte Mara.

»Schon gut«, sagte Luke und berührte besänftigend ihre Hand und ihren Geist. Er erinnerte sie daran, dass dies – die Verlegenheit und sogar die heimliche Kränkung mal beiseite gelassen – im Grunde genau das Ergebnis war, das sie gewollt hatten. Parck und die Chiss würden fortan allein gelassen, ohne noch länger von den Qom Jha und Qom Qae belästigt zu werden, und erhielten damit freie Hand, sich voll und ganz auf ihre Aufgaben in den Unbekannten Regionen zu konzentrieren.

»Schön«, sagte sie, und Luke konnte ihr widerwilliges Einverständnis fühlen. »Aber der Kleine ist jetzt nicht mehr das Kind der Winde. Nach allem, was er durchgemacht hat, verdient er es, einen eigenen Namen zu tragen.«

Wirklich? erwiderte Jäger der Winde und sah sie lange nachdenklich an. *Und welchen Namen für ihn schlägst du vor?*

»Den Namen, den er sich verdient hat«, antwortete Mara sanft. »Freund der Jedi.«

Jäger der Winde schlug einmal mehr mit den Flügeln. *Ich*

werde es mir überlegen. Aber jetzt brechen wir auf. Die Nacht neigt sich dem Ende zu, und ihr wollt sicher bis Sonnenaufgang verschwunden sein.

»Ich freue mich schon darauf, Sir«, sagte Flim soeben, als Karrde unter dem Bogengang hindurch auf die Kommandobrücke der Relentless kam.

»Ja«, erwiderte Pellaeon. »Ich auch.«

Der Admiral drehte sich um, als Karrde neben ihn trat. »Sie sind spät dran«, bemerkte Pellaeon nachsichtig.

»Ich habe den Turbolift im Auge behalten«, erklärte Karrde. »Ich dachte, Flim und seine Geschäftspartner würden vielleicht versuchen, zur Unterstützung ihres Standpunkts ein Sturmtruppenkommando hierher zu beordern.«

»Das hätte gut sein können«, entgegnete Pellaeon. »Danke.«

»Keine Ursache«, versicherte Karrde und sah sich auf der Brücke um. Der Major-Tierce-Klon lag reglos auf Deck, Shada befand sich auf der anderen Seite bei den beiden anderen Mistryl, der Schwindler wartete mit einstudierter Sorglosigkeit im Hintergrund der Kommandogalerie, und Mufti Disra stand ein wenig abseits und gab sich so reserviert, kalt und würdevoll, wie es ein Mann vermochte, der seinem Untergang entgegensah. »Hier sieht es übrigens gar nicht so aus, als wäre meine Anwesenheit erforderlich gewesen.«

»Nicht in diesem Akt, nein«, stimmte Pellaeon zu. »Ihre Freundin Shada ist ziemlich beeindruckend. Ich nehme an, sie hat kein Interesse an einem neuen Job.«

»Na ja, sie sucht nach einer höheren Aufgabe, in deren Dienst sie sich stellen kann«, teilte Karrde ihm mit. »Aber um ganz offen zu sein, ich glaube nicht, dass das Imperium sich dazu eignet.«

Pellaeon nickte. »Möglicherweise können wir das ändern.«

»Admiral Pellaeon?«, rief eine Stimme aus den Mannschaftsschächten. »Ich habe jetzt General Bel Iblis für sie.«

»Danke.« Pellaeon sah Karrde an. »Laufen Sie nicht weg. Ich möchte später noch mit Ihnen reden.«

»Klar.«

Der Admiral marschierte über die Kommandogalerie davon und passierte Flim, ohne ihn noch einmal zu beachten. Karrde warf Disra einen letzten Blick zu und durchquerte den Raum bis zu der Stelle, wo Shada und die andere junge Mistryl gerade der älteren Frau in eine sitzende Position aufhalfen. »Wie geht es ihr?«, erkundigte er sich.

»Es ist nicht so schlimm, wie wir dachten«, antwortete Shada, während sie beherzt die zerrissene Tunika erforschte. »Sie konnte sich fast ganz aus der Schusslinie drehen.«

»Gut trainierte Reflexe«, nickte Karrde. »Einmal Mistryl, immer Mistryl, schätze ich.«

Die ältere Frau betrachtete ihn finster. »Sie sind sehr gut unterrichtet«, grollte sie.

»Über sehr viele Dinge, ja«, stimmte Karrde ihr in aller Ruhe zu. »Unter anderem auch darüber, dass Shada sich irgendwie Ihr Missfallen zugezogen hat.«

»Und was? Glauben Sie, das wäre hiermit erledigt?«, schnappte die Frau geringschätzig.

»Ist es das etwa nicht?«, konterte Karrde. »Wenn sie Tierce nicht aufgehalten hätte, wären Sie beide direkt nach Pellaeon an die Reihe gekommen. Sie waren die größte Bedrohung für ihn.«

Sie schnaubte. »Ich bin eine Mistryl, Talon Karrde. Ich opfere bereitwillig mein Leben im Dienst für mein Volk.«

»Tatsächlich?« Karrde sah die jüngere Frau an. »Finden Sie auch, dass Ihr Leben nicht ein wenig Dankbarkeit wert ist?«

»Lassen Sie Karoly aus dem Spiel«, warf die ältere Frau scharf ein. »Sie hat in dieser Sache nichts zu sagen.«

»Ah«, erwiderte Karrde. »Soldatinnen ohne Stimme oder eigene Meinung. Das hat eine bemerkenswerte Ähnlichkeit mit der Philosophie der imperialen Sturmtruppen.«

»Karoly hat schon einmal zugelassen, dass Shada entkommen konnte«, sagte die Frau und blickte Shada düster an. »Sie hat Glück, dafür nicht bestraft worden zu sein.«

»Oh, klar«, murmelte Karrde. »Was hat sie doch für ein Glück gehabt.«

Die Augen der Frau funkelten. »Wenn Sie jetzt fertig sind …«

»Nein, das bin ich nicht«, gab Karrde zurück. »Es ist nicht zu übersehen, dass Sie das Leben der Mistryl für wertlos halten. Aber was ist mit dem Ruf der Mistryl?«

Sie kniff die Augen zusammen. »Was soll das heißen?«

Karrde deutete über die Schulter auf Flim. »Sie standen kurz davor, mit diesen Leuten eine Allianz zu bilden. Sie waren drauf und dran, sich von nichts weiter als raffinierten Worten einwickeln zu lassen, von heißer Luft und einem Schwindler aus den Niederungen des Rands. Und versuchen Sie gar nicht erst, es zu leugnen ... ein Mitglied der Elf verlässt Emberlene nicht einfach so zum Spaß.«

Die Augen der Frau hielten seinem strengen Blick nicht länger stand. »Diese Angelegenheit war längst noch nicht entschieden«, sagte sie leise.

»Ich bin froh, das zu hören«, entgegnete Karrde. »Denn bedenken Sie nur, wenn nicht einmal ihr Ruf Ihnen etwas bedeutete, welche Art Verbindung ein rachsüchtiger Mann wie Mufti Disra dann mit Ihnen wohl eingegangen wäre. Was meinen Sie, wie lange es gedauert hätte, bis Sie zu seinem privaten Todeskommando geworden wären?«

»Das wäre niemals geschehen«, mischte sich Karoly mit Nachdruck ein. »Wir wären niemals so tief gesunken. Nicht einmal unter den Bedingungen eines Vertrages.«

Darauf regte sich Shada. »Wovon wolltest du mich damals auf dem Dach des Resinem-Komplexes eigentlich abhalten?«, fragte sie leise.

»Das war etwas anderes«, protestierte Karoly.

Shada schüttelte den Kopf. »Nein. Mord zu dulden und davon zu profitieren, ist nichts anderes, als selbst einen Mord zu begehen.«

»Sie hat Recht«, sagte Karrde. »Und wenn Sie diesen Weg erst einmal eingeschlagen hätten, wäre das Ende der Mistryl besiegelt gewesen. Sie hätten sämtliche Brücken zu jedem anderen möglichen Auftraggeber hinter sich abgebrochen; und wenn Flims Seifenblase früher oder später unweigerlich zerplatzt wäre, hätten sie am Ende vor dem Nichts gestanden. Und mit dem Ende der Mistryl wäre auch das Ende von Emberlene gekommen.«

Er verschränkte die Arme vor der Brust und wartete ... und ein paar Sekunden später verzog die ältere Frau das Gesicht. »Was verlangen Sie?«

»Ich will, dass die Mistryl-Jägerinnen von Shada abgezogen werden«, antwortete er. »Was auch immer sie sich gegen Sie zu Schulden kommen ließ, soll vergeben sein, und das Todesurteil muss aufgehoben werden.«

Die Lippen der Frau zuckten. »Sie verlangen viel.«

»Wir haben auch viel gegeben«, erinnerte Karrde sie. »Sind wir handelseinig?«

Sie zögerte noch, doch dann nickte sie widerwillig. »Also gut. Aber sie wird von den Mistryl nicht wieder aufgenommen. Weder jetzt noch sonst irgendwann. Und auf Emberlene wird sie auf ewig unerwünscht bleiben.«

Sie richtete ihre brennenden Augen auf Shada. »Von nun an ist sie eine Frau ohne Heimat.«

Karrde blickte Shada an. Ihr Gesicht war verschlossen, und sie hatte die Lippen fest zusammengepresst. Doch sie erwiderte seinen Blick gefasst und nickte. »Gut«, sagte er. »Dann müssen wir also nur noch eine neue Heimat für sie finden.«

»Bei Ihnen?«, schnaubte die Frau. »Bei einem Schmuggler und Informationshändler? Sagen Sie mir noch einmal, wie tief eine Mistryl sinken kann.«

Darauf gab es keine Antwort, aber zum Glück musste Karrde auch mit keiner Entgegnung aufwarten. Er wurde mit sanfter Gewalt von dem Mediteam zur Seite geschoben, dessen Angehörige sich um die verletzte Frau verteilten. Er trat zurück, um ihnen Platz zu machen, und richtete seine Aufmerksamkeit auf den Sicherheitstrupp, der zur selben Zeit eingetroffen war. Die Männer überprüften Flim und Disra mit professioneller Effizienz auf versteckte Waffen, legten ihnen Fesseln an und führten sie nach hinten zum Turbolift der Achterbrücke.

Eine zweite Gruppe, die ihnen folgte, trug Tierce' Leichnam.

»Karrde?«

Er drehte sich um und sah Pellaeon, der über die Kommandogalerie wieder auf ihn zukam. »Ich muss auf die *Errant Venture* wechseln und mit General Bel Iblis sprechen«, sagte der Admiral, als er ihn erreicht hatte. »Aber bevor ich gehe, möchte ich mit Ihnen den Preis für die Information über Flim und Tierce erörtern, die Sie mir gegeben haben.«

Karrde zuckte die Achseln. »Ich bin mir zum ersten Mal im Leben nicht sicher, was ich sagen soll, Admiral«, gab er zu. »Die Datenkarte war ein Geschenk an mich. Es kommt mir ein bisschen unehrenhaft vor, sie Ihnen anschließend in Rechnung zu stellen.«

»Ah.« Pellaeon betrachtete ihn grüblerisch. »Ein Geschenk von den Fremden, deren Schiffe meine Sensoroffiziere auf Bastion das Fürchten gelehrt haben?«

»Von einem ihrer Partner«, entgegnete Karrde. »Es steht mir allerdings nicht zu, die Einzelheiten zu diskutieren.«

»Ich verstehe«, sagte Pellaeon. »Trotzdem, ungeachtet Ihrer ethischen Bedenken – die ich übrigens lobenswert finde –, möchte ich einen Weg finden, Ihnen mit etwas Konkreterem als nur mit Worten zu danken.«

»Ich will sehen, was mir einfällt.« Karrde deutete auf den Sternzerstörer, der vor dem Aussichtsfenster zu sehen war. »Darf ich Sie einstweilen fragen, worüber Sie dort drüben mit General Bel Iblis sprechen wollen?«

Pellaeons Augen wurden ein wenig schmaler. Doch dann hob er die Schultern. »Es ist natürlich immer noch höchst geheim«, sagte er, »aber so wie ich Sie kenne, werden Sie vermutlich ohnehin früh genug Bescheid wissen. Ich schlage einen Friedensvertrag zwischen dem Imperium und der Neuen Republik vor. Es ist Zeit, dass dieser lange Krieg endlich ein Ende findet.«

Karrde schüttelte den Kopf. »Das sind so die Dinge, die passieren, wenn ich mich irgendwo weit vom Schuss am Rand des bekannten Weltraums aufhalte«, bemerkte er philosophisch. »Was mich angeht, Admiral, so stimme ich aus vollem Herzen mit Ihrem Ziel überein. Und ich wünsche Ihnen Glück.«

»Danke«, sagte Pellaeon. »Verlassen Sie uns, wann immer Sie wollen, oder gestatten Sie Ihren Leuten, alle Einrichtungen der *Relentless* zu nutzen, wenn sie dies möchten. Und noch einmal vielen Dank.«

Er wandte sich ab und ging auf den Turbolift zu. Karrde blickte ihm nach, dann drehte er sich wieder zu Shada um. Das Mediteam hatte die vorläufige Behandlung abgeschlossen, und die Sanitäter legten die verwundete Frau auf eine Trage. Shada beobachtete sie dabei aus einer Entfernung von wenigen Schritten; ihr Gesicht zeigte den Ausdruck tiefen persönlichen Schmerzes. Als würde sie dem letzten Mitglied ihrer Familie beim Verlassen seines Zuhauses zusehen.

In dem Moment kam Karrde ungefragt eine Idee. Etwas, das größer sein sollte als sie selbst, hatte sie zu Car'das gesagt. Etwas, an dem sie fest halten, dem sie dienen und an das sie glauben konnte. Etwas, das ehrenvoller und nobler war als das Leben eines Schmugglers …

… und ihr wirklich etwas bedeutete.

»Admiral Pellaeon«, rief er und eilte auf die Achterbrücke zurück. »Admiral?«

Pellaeon war in der offenen Tür des Turbolifts stehen geblieben. »Ja?«

»Darf ich Sie auf die *Errant Venture* begleiten?«, fragte Karrde und trat neben ihn. »Ich habe einen bescheidenen Vorschlag, den ich Ihnen gerne unterbreiten würde.«

Luke fürchtete zuletzt nur noch, dass die Geschütztürme der Hand von Thrawn sie entdecken könnten, sobald sie ihr geborgtes Raumschiff in seinem Versteck starteten, um auch noch ihre Abreise von der Oberfläche Nirauans zu einem irren Wettrennen um Leben und Tod zu machen. Doch die Chiss waren anscheinend immer noch mit den Folgen der Zerstörung ihres Hangars beschäftigt und hatten keine Augen für das, was um sie herum geschah.

Und so stiegen sie ungehindert in den Weltraum, und als Mara den Hebel für den Hyperantrieb betätigte, wurden die Sterne zu Linien, die sich in dem gesprenkelten Himmel des Hyperraums auflösten.

Endlich waren sie auf dem Weg nach Hause.

»Nächster Halt: Coruscant«, verkündete Luke seufzend und lehnte sich müde im Sitz des Kopiloten zurück.

»Nächster Halt: eine Basis der Neuen Republik oder einer von Karrdes Außenposten«, widersprach Mara. »Ich weiß nicht, wie es dir geht, aber ich wünsche mir eine Dusche, saubere Kleidung und etwas anderes als Rationsriegel zu essen.«

»Verstehe«, sagte Luke. »Du hattest schon immer einen Sinn für das Praktische, nicht wahr?«

»Und du warst immer der Idealist von uns beiden«, gab sie zurück. »Das muss der Grund dafür sein, weshalb wir so gut zusammenarbeiten. Da wir gerade vom Sinn für das Praktische sprechen ... erinnerst du dich daran, wie R2 in der Kloning-Kammer plötzlich laut zu kreischen anfing?«

»Du meinst, kurz bevor die Wachdroiden auftauchten?«

»Genau. Wir sind nie dahinter gekommen, was ihn so in helle Aufregung versetzt hat.«

»Nun, dann lass es uns *jetzt* herausfinden«, sagte Luke, wuchtete sich aus dem Sitz und machte sich auf den Weg zur Droidennische, wo sie R2-D2 mit dem Schiffscomputer gekoppelt hatten. »Okay, R2, du hast die Dame gehört. Was war es, was dich an den Daten über die Unbekannten Regionen so aufgeregt hat?«

R2 trillerte, und die Worte erschienen auf dem Computerdisplay. »Er sagt, das hatte mit den Unbekannten Regionen gar nichts zu tun«, berichtete Luke. »Von denen er, wie er sagt, übrigens nicht mehr als einen allgemeinen Überblick erhalten hat.«

»Ich hatte auch nicht angenommen, dass er allzu viel in Erfahrung bringen würde«, sagte Mara bedauernd. »Er war kaum lange genug an den Computer angeschlossen, um *alles* herunterzuladen.«

»Na ja, wir werden bestimmt nicht umkehren, um den Rest zu besorgen«, stellte Luke fest und überflog die Worte, die über den Bildschirm rollten. »Aber er ist in einer anderen Datei über etwas gestolpert ...«

Mara musste sein plötzliches Erschrecken gespürt haben. »Was ist?«, fragte sie jäh.

»Das glaube ich nicht«, flüsterte er und las weiter. »Mara, er hat sie gefunden. Er hat sie *gefunden*.«

»Wunderbar. *Was* gefunden?«

»Was wohl?« Luke hob den Blick zu ihr. »Thrawns Kopie des Caamas-Dokuments.«

20. Kapitel

Fünfzehn Tage später war das Friedensabkommen zwischen dem Imperium und der Neuen Republik im zweiten Kommandoraum des imperialen Sternzerstörers *Schimäre* unterzeichnet worden.

»Und ich behaupte immer noch, dass du dort drüben stehen müsstest«, nörgelte Han, während Leia und er aus dem Hintergrund zusahen, wie Pellaeon und Gavrisom inmitten der versammelten Würdenträger die feierliche Zeremonie durchführten. »Du hast weit mehr dazu beigetragen als er.«

»Es ist gut, Han«, erwiderte Leia und wischte sich heimlich eine Träne aus dem Augenwinkel. Frieden. Nach all den Jahren, nach all den Opfern, der Zerstörung und dem Sterben. Endlich Frieden.

»Ach ja?«, konterte Han misstrauisch. »Und wieso weinst du dann?«

Sie lächelte ihm zu. »Erinnerungen«, sagte sie. »Bloß Erinnerungen.«

Er fand ihre Hand und drückte sie tröstend. »Alderaan?«, fragte er leise.

»Alderaan, die Todessterne …« Sie drückte seine Hand. »Du.«

»Schön zu wissen, dass ich immerhin Platz drei erreiche«, gab er zurück und blickte sich um. »Da wir gerade von Erinnerungen sprechen … Wo ist eigentlich Lando? Ich dachte, er würde auch hier sein.«

»Er hat es sich anders überlegt«, erklärte Leia. »Ich vermute, Tendra war nicht besonders glücklich darüber, dass er mit dir nach Bastion geflogen ist und ihr noch nicht einmal was davon gesagt hat. Er hat sie zum Kunsteinkauf nach Celanon ausgeführt, um seine Scharte bei ihr auszuwetzen.«

Han schüttelte den Kopf. »Starke Frauen«, sagte er in vorgeblicher Betrübnis. »Sie kriegen dich jedes Mal dran.«

»Pass bloß auf«, warnte Leia ihn und bohrte ihm den Ellbo-

gen in die Flanke. »Du hast starke Frauen immer gemocht.
Gib es zu.«

»Nun ja, *immer* nicht«, antwortete Han. »Autsch … ist ja
gut. Ich liebe starke Frauen.«

»Was höre ich da über starke Frauen?«, ließ sich Karrdes
Stimme fragend von Hans anderer Seite vernehmen.

»Nur ein freundlicher kleiner Familiendisput«, versicherte
Han. »Schön, Sie wieder zu sehen, Karrde. Wie kommt es,
dass Sie nicht da drüben bei all den anderen wichtigen Figu-
ren sind?«

»Wahrscheinlich aus dem gleichen Grund wie Sie«, entgegnete Karrde. »Ich passe irgendwie nicht so recht zu solchen
Leuten.«

»Das wird sich bald ändern«, versprach Leia. »Vor allem
jetzt, da Sie respektabel geworden sind und all das. Wie, um
alles in der Welt, haben Sie Gavrisom und Bel Iblis bloß zu
dieser Sache mit den vereinigten Geheimdiensten überre-
det?«

»Auf die gleiche Weise, wie ich Pellaeon davon überzeugt
habe«, antwortete Karrde. »Ich habe lediglich darauf hingewiesen, dass der Schlüssel zu einem stabilen und stetigen
Frieden das Wissen jeder Seite darum ist, dass der jeweils andere nichts Böses im Schilde führt. Bastion hat kein Vertrauen
in Ihr nachrichtendienstliches Netz, und Coruscant traut ganz
gewiss nicht dem imperialen Geheimdienst.«

Er zuckte die Achseln. »Da kommt eine dritte Partei ins
Spiel – nämlich *wir* –, die zwischen beiden Regimen steht und
bereits bestens ausgerüstet ist, Informationen zu sammeln
und zusammenzufassen. Bloß dass wir sie jetzt an Ihre beiden
Regierungen verkaufen anstatt an private Interessenten.«

»Ich vermute, das könnte funktionieren«, stimmte Han
vorsichtig zu. »Das Büro für Schiff-Fahrt und Streitkräfte hat
jahrelang unabhängig operiert, ohne in politische Untiefen zu
geraten, weder auf imperialer Seite noch auf jener der Neuen
Republik. Sie könnten es also schaffen.«

»Mir gefällt die Tatsache, dass wir dann dieselben Informationen bekommen wie Bastion«, sagte Leia. »Das wird die Daten erhärten, die uns die Observatoren übermitteln, und uns

dabei helfen, über alles auf dem Laufenden zu bleiben, was die Regierungen der verschiedenen Systeme und Sektoren im Sinn haben. Das sollte dazu beitragen, dass wir in Zukunft Probleme schon erkennen, bevor sie zu groß geworden sind, als dass man noch etwas dagegen unternehmen könnte.«

»Ja«, warf Han düster ein. »Nur weil das Caamas-Dokument, das Luke und Mara mitgebracht haben, das Buschfeuer eingedämmt hat, werden sie noch lange nicht aufgeben und womöglich von vorne anfangen.«

»Trotzdem nehme ich an, dass sie ein wenig wachsamer geworden sind, nachdem sie gesehen haben, mit welcher Leichtigkeit Disra und Flim ihre alten Rivalitäten dazu benutzt haben, sie zu manipulieren«, machte Leia deutlich. »Ich weiß von mindestens acht Konflikten, deren Parteien sich um Vermittlung an Coruscant gewandt haben.«

»Die weitere Entwicklung hängt zum Teil auch davon ab, wie der Prozess verläuft«, bemerkte Karrde. »Ich war ein bisschen überrascht, dass so viele der Angeklagten noch am Leben sind.«

»Bothans leben für gewöhnlich sehr lange«, erwiderte Leia. »Ich bin sicher, die betroffene Clique bedauert diesen Umstand.«

Leia sah, dass Bel Iblis und Ghent auf der anderen Seite des Kommandoraums mit Pellaeon sprachen. Ghent wirkte, als würde er sich in einer derart – wie er fand – hochrangigen Gesellschaft extrem unwohl fühlen. Ein Stück hinter ihnen hütete Chewbacca geduldig Jacen, Jaina und Anakin, während die Kinder Barkhimkh und zwei weiterer Noghri aufgeregt plappernd von ihren Abenteuern anlässlich ihres jüngsten Besuchs auf Kashyyyk berichteten. »Hat Luke Ihnen übrigens erzählt, wo er diese Kopie des Dokuments gefunden hat?«, erkundigte sich Karrde. »Aus Mara konnte ich nichts herausholen.«

»Nein, er und Mara haben sich beide darüber ausgeschwiegen«, antwortete Leia. »Luke meinte, sie müssten erst noch gründlich darüber nachdenken, ehe sie uns irgendwelche Einzelheiten mitteilen. Aber höchstwahrscheinlich hat es irgendetwas mit diesem seltsamen Raumschiff zu tun, mit dem sie zurückgekommen sind.«

»Ich kann mir vorstellen, dass sich hinter alledem eine interessante Geschichte verbirgt«, vermutete Karrde.

Leia nickte. »Ich bin sicher, wir werden sie am Ende doch hören.«

Han räusperte sich. »Da wir gerade von Luke sprechen«, sagte er. »Und von starken Frauen«, fügte er noch hinzu und ließ Leia ein Grinsen zukommen. »Wie wird Ihre Organisation eigentlich ohne Mara auskommen?«

»Wir werden einige Schwierigkeiten bekommen«, räumte Karrde ein. »Sie hat schließlich einen beträchtlichen Teil der Organisation am Laufen gehalten. Aber wir regeln das.«

»Außerdem hat er eine andere Frau gefunden, die ihren Platz einnehmen wird«, konnte Leia sich hinzuzufügen nicht enthalten. »Shada ist offiziell bei ihm eingestiegen. Hast du das gehört?«

»Ja, habe ich«, nickte Han und warf Karrde einen äußerst nachdenklichen Blick zu. »Wissen Sie noch, ich habe Sie mal gefragt, was nötig sein würde, damit Sie sich der Neuen Republik anschließen? Erinnern Sie sich daran? Sie haben mich damals gefragt, was *mich* zu diesem Schritt bewogen hat …«

»Ja, ich erinnere mich«, schnitt Karrde ihm das Wort ab. In seiner Stimme schwang ein ungewöhnlich verlegener Unterton mit. »Vergessen Sie freundlicherweise nicht, dass ich mich *keineswegs* der Neuen Republik angeschlossen habe. Und meine Beziehung zu Shada hat damit gar nichts zu tun.«

»Das war in meinem Fall ähnlich«, gab Han selbstzufrieden zurück und legte einen Arm um Leia. »Aber das ist schon okay. Das braucht Zeit.«

»Das wird nicht geschehen«, beharrte Karrde.

»Ja, klar«, erwiderte Han. »Ich weiß.«

Auf dem Lageplan des Schiffs war der Raum als Visuelle Zielerfassung ausgewiesen, der benutzt wurde, um Waffen von Hand auszurichten, wenn es einem Feind gelungen war, die Hauptsensorphalanx auszuschalten.

Doch wenigstens heute Abend war daraus eine private Beobachtungsgalerie geworden.

Mara lehnte sich gegen die Sichtluke aus kühlem Transparistahl, blickte zu den Sternen hinaus und dachte darüber nach, welche unerwartete Wendung ihr Leben in jüngster Zeit genommen hatte.

»Dir ist natürlich klar«, bemerkte Luke, als er mit ihren Drinks von hinten an sie herantrat, »dass sich wahrscheinlich alle fragen, wo wir stecken.«

»Sollen sie sich fragen«, erwiderte Mara und sog würdigend den Duft ein, der aus dem Becher aufstieg, den er ihr reichte. Die Höflinge an Palpatines Hof hatten heiße Schokolade stets offen missbilligt, da sie dieses Getränk einer Elite, der sie selbst angehörten, für unwürdig erachteten. Karrde und seine Leute hatten als die guten Schmuggler, die sie waren, ihre Nase abfällig über sämtliche nichtalkoholischen Getränke gerümpft. Aber die Schokolade passte perfekt zu Lukes Vergangenheit als Farmerjunge. Sie vermittelte ihr ein Gefühl der Wärme und weckte ihren Sinn für Behaglichkeit, Dauer und Sicherheit – die einfachen Dinge, die sie während der meisten Zeit ihres Lebens so schmerzlich vermisst hatte.

Sie nahm einen Schluck. Und abgesehen von alledem schmeckte das Zeug einfach wunderbar.

»Hat Leia mit dir über die Hochzeit gesprochen?«, fragte Luke, nippte an seinem eigenen Becher, während er sich gegen die Sichtluke lehnte und ihr zuwandte.

»Noch nicht«, antwortete Mara und schnitt ein Gesicht. »Ich nehme an, sie will eine große, bombastische alderaanische Feier.«

Luke grinste. »Wollen, vielleicht. Erwarten, nein.«

»Gut«, sagte Mara. »Ich hätte lieber etwas Ruhiges, Privates und Würdiges. Vor allem würdig«, ergänzte sie. »Mit Würdenträgern der Neuen Republik auf der einen und Karrdes Schmugglern auf der anderen Seite müssten wir wahrscheinlich am Eingang Waffenkontrollen durchführen.«

Luke kicherte. »Wir werden uns etwas einfallen lassen.«

Sie betrachtete ihn über den Rand ihres Bechers hinweg. »Da wir gerade von Einfällen reden … Hast du entschieden, wie du mit der Akademie verfahren willst?«

Er wandte das Gesicht ab und blickte aus der Aussichtsluke. »Ich kann meine Schüler dort nicht einfach im Stich lassen«, sagte er. »So viel weiß ich sicher. Ich dachte mir, ich könnte die Akademie nach und nach in eine … sagen wir Jedi-Vorbereitungsschule verwandeln. Einen Ort, an dem Neulinge das Basiswissen erwerben, vielleicht von älteren Schülern, und untereinander ein wenig üben können. Und sobald sie dieses Stadium hinter sich haben, können du und ich sowie andere Lehrer ihre Ausbildung vervollkommnen. Vielleicht in einem persönlicheren Einzelunterricht, so wie Ben und Master Yoda mich unterwiesen haben.«

Er drehte sich wieder zu ihr um. »Vorausgesetzt, du willst überhaupt in die Lehrtätigkeit mit einbezogen werden.«

Sie zuckte die Achseln. »So ganz wohl fühle ich mich bei dieser Vorstellung nicht«, gab sie zu. »Aber ich bin jetzt eine Jedi – zumindest nehme ich das an –, und bis wir die Reihen der Ausbilder auffüllen können, wird die Lehre vermutlich ein Teil meines Lebens sein.« Sie überlegte. »Aber erst, wenn ich selbst ein wenig mehr Unterricht auf dem Buckel habe.«

»Privatunterricht natürlich?«

»Das will ich hoffen«, entgegnete sie. »Aber bis *dahin* brauche ich Zeit, mich in aller Form von Karrdes Organisation zu verabschieden. Ich habe Verpflichtungen, die ich auf andere Leute übertragen muss; ich kann diese Leute nicht einfach so ins kalte Wasser stoßen.« Sie lächelte. »Pflicht und Schuldigkeit, du weißt schon.«

In seinem Innern rührte sich etwas. »Ja«, sagte er leise.

»Aber selbst wenn ich bereit bin, mit dem Unterricht zu beginnen, werde ich deshalb nicht auf Yavin bleiben wollen«, fuhr sie fort und fasste ihn aufmerksam ins Auge. »Vielleicht können wir beide gemeinsam mit den fortgeschrittenen Schülern in der Neuen Republik herumreisen und sie unterwegs unterweisen. Auf diese Weise wären wir jederzeit in der Lage, im Notfall Konflikte zu schlichten und all die anderen Dinge zu tun, die Jedi-Ritter tun müssen. Und gleichzeitig geben wir den Schülern einen Vorgeschmack auf das richtige Leben.«

»Das wäre allerdings sehr nützlich«, meinte Luke. »Ich bin sicher, davon hätte ich selbst einiges gebrauchen können.«

»Gut.« Sie betrachtete ihn nachdenklich. »Und jetzt sage mir, was dir Kopfzerbrechen bereitet?«

»Was meinst du damit?«, fragte er wachsam, als seine geheimen Gedanken wie ein Kartenhaus zusammenstürzten.

»Oh, komm schon, Luke«, sagte sie sanft. »Ich war in deinem Kopf und in deinem Herzen. Du kannst mir nichts mehr verheimlichen. Irgendetwas hat dich getroffen, als ich vor einer Minuten die Begriffe Pflicht und Schuldigkeit erwähnte. Was war es?«

Er seufzte, und sie konnte fühlen, dass er aufgab. »Ich schätze, ich weiß immer noch nicht so genau, weshalb du mich heiraten willst«, antwortete er zögernd. »Ich meine, ich weiß, aus welchem Grund ich *dich* liebe und heiraten will. Es ist nur so, dass ich nicht den Eindruck habe, als würdest du dabei ebenso viel gewinnen wie ich.«

Mara starrte in die dunkle Flüssigkeit in ihrem Becher. »Ich könnte jetzt darauf hinweisen, dass eine Heirat keine Sache von Gewinn und Verlust ist«, sagte sie dann. »Aber ich denke, damit würde ich der Frage bloß ausweichen.«

Sie holte tief Luft. »Tatsache ist, Luke, dass ich bis zu jener mentalen und emotionalen Verschmelzung, die wir während des Kampfes in Thrawns Kloning-Kammer erlebten, selbst nicht genau wusste, was ich eigentlich wollte. Sicher, ich hatte Freunde und Partner, aber ich hatte mich so vollständig von jeder echten gefühlsmäßigen Bindung abgeschnitten, dass mir nicht einmal mehr bewusst war, wie sehr mir dies abging.«

Sie schüttelte den Kopf. »Schau, ich habe geweint, als die *Jades Feuer* abstürzte. Um ein Schiff … ein *Ding*, und doch habe ich darum geweint. Was sagt das wohl über meine Prioritäten?«

»Es ging nicht bloß um ein Ding«, flüsterte Luke. »Es ging um deine Freiheit.«

»Sicher«, nickte Mara. »Das meine ich ja. Das Schiff verkörperte Freiheit, allerdings die Freiheit, vor anderen davonzulaufen, wann immer mir danach war.«

Sie sah zu den Sternen hinaus. »In vielerlei Hinsicht bin ich emotional noch immer völlig verschlossen. Und du verfügst im Unterschied zu mir über eine so große gefühlsmäßige Offenheit, dass ich manchmal daran verzweifle. Das ist es, was ich lernen muss; und du bist derjenige, von dem ich es lernen möchte.«

Sie rückte näher an ihn heran und nahm seine Hand. »Aber das ist schon wieder das alte Spiel um Gewinn und Verlust. Die schlichte, grundsätzliche Feststellung lautet, dass dies der richtige Weg für uns beide ist. So wie in dem Qom-Jha-Sprichwort, das Baut mit Ranken in den Höhlen zitiert hat … das über die vielen Ranken, die zusammengebunden stärker sind als dieselbe Anzahl für sich genommen. Wir ergänzen einander perfekt, Luke, in jeder Hinsicht. In mancher Hinsicht sind wir sogar zwei Hälften desselben Wesens.«

»Ich weiß«, sagte er. »Ich denke, ich war mir bloß nicht sicher, ob du es auch weißt.«

»Ich weiß jetzt alles, was du weißt«, erinnerte Mara ihn. »Faughn hatte Recht: Wir sind *wirklich* ein gutes Team. Und wir können nur noch besser werden. Gib uns ein paar Jahre, und die Feinde der Neuen Republik werden sich schreiend vor uns in Sicherheit bringen.«

»Und diese Feinde wird es ganz bestimmt geben«, bemerkte Luke, besann sich und wandte sich ab, um erneut die fernen Sterne zu betrachten. »Da liegt unsere Zukunft, Mara – da draußen in den Unbekannten Regionen. Unsere Hoffnungen und Träume, die Versprechen und Möglichkeiten, Gefahren und Feinde. Und im Augenblick sind nur wir beide es, die den Schlüssel in der Hand halten.«

Mara nickte, trat dicht an ihn heran und legte den Arm um ihn. »Wir müssen uns entscheiden, was wir mit dieser Übersicht beginnen, die R2 heruntergeladen hat. Vielleicht sollten wir Erkundungsschiffe aussenden, um ein paar von den Welten, die Thrawn aufgelistet hat, in Augenschein zu nehmen, bloß um nachzusehen, was es dort gibt.«

»Klingt vernünftig«, entgegnete Luke. »Entweder unter unserer oder der Schirmherrschaft der Neuen Republik. Außerdem müssen wir uns entscheiden, was wir mit der Hand von Thrawn machen.«

»Ich stimme dafür, dass wir die Chiss da herauslassen«, erwiderte Mara. »Wenn sie kein Interesse haben, mit uns zu reden, sollten wir sie auf keinen Fall dazu zwingen.«

»Und was, wenn Parck sich stattdessen dazu entschließt, mit Bastion zu sprechen?«, wollte Luke wissen.

Mara schüttelte den Kopf. »Ich glaube nicht, dass er das tun wird. Wenn er bis jetzt noch keine Verbindung mit Bastion aufgenommen hat, kann das nur bedeuten, er hat erfahren, dass die Auferstehung Thrawns eine Ente war, und beschlossen, sich weiter ruhig zu verhalten.«

»Er könnte aber auch auf Pläne sinnen, wie er dich für das, was du mit seinem Hangar und den Raumschiffen darin, angestellt hast, drankriegen kann«, warnte Luke sie.

»Darüber zerbreche ich mir nicht den Kopf«, gab Mara zurück. »Die Schiffe kann er ohne Zweifel ersetzen, und er sollte mir dafür dankbar sein, dass ich ihn davon abgehalten habe, die Hand von Thrawn Disra und Flim zu überlassen.«

Sie hob die Schultern. »Außerdem hat Fel mir *gesagt*, ich solle mein Bestes geben.«

Luke lächelte. »Ich bezweifle, dass es *das* war, woran er dabei dachte.«

»Ich bin nicht verantwortlich für die Gedanken von Baron Fel«, rief Mara ihm ins Gedächtnis. »Im Ernst, ich glaube, wenn sie überhaupt noch etwas unternehmen, werden sie höchstens noch einmal versuchen, mich anzuwerben.«

»Und sie werden natürlich weiter auf Thrawns Wiederkunft warten.«

Mara dachte an den toten Klon, der in der überfluteten Kammer trieb. »Das könnte aber eine Weile dauern.«

»Stimmt«, entgegnete Luke. »Selbst wenn sie müde werden, noch länger zu warten, und Bastion kontaktieren, haben wir jetzt ein Abkommen mit dem Imperium. Vielleicht brechen wir am Ende gemeinsam auf, um diese Regionen zu erschließen.«

Mara nickte. »Und uns allem zu stellen, was dort draußen ist. Das könnte interessant werden.«

Luke gab das Nicken zurück, und einige Minuten standen sie Arm in Arm und betrachteten die Sterne. Plötzlich entstand so etwas wie eine Vision vor Maras innerem Auge, eine Vision der Zukunft – ihrer Zukunft – und ein Bild dessen, dem sie sich würden stellen müssen: Herausforderungen,

Kinder, Freunde, Feinde, Verbündete, Gefahren, Freuden, Trauer – alles wirbelte umeinander und formte sich zu einer Art lebendigem Mosaik, das schließlich in der Ferne verging. Eine Vision, wie sie noch nie eine erlebt hatte.

Doch sie war auch noch nie eine Jedi gewesen. Ganz sicher erwarteten sie auf ihrem Weg interessante Herausforderungen,

»Aber das ist die Zukunft«, sagte Luke leise. Sein Atem strich warm über eine Seite ihres Gesichts. »Wir leben jedoch in der Gegenwart.«

Mara löste sich ein kleines Stück von ihm. »Und als Kopf der Jedi-Akademie sowie als Bruder der Hohen Rätin Organa Solo solltest du dich wenigstens mal bei der Zeremonie blicken lassen.«

Er schenkte ihr einen ironischen Blick. »Ja, genau das wollte ich gerade sagen«, bestätigte er. »Ich sehe, dass ich mich daran erst einmal werde gewöhnen müssen.«

»Es ist immer noch Zeit, es zu lassen«, stellte sie fest.

Er küsste sie zärtlich. »Keine Chance«, erwiderte er. »Wir sehen uns später.«

Er setzte seinen Becher ab und ging zur Tür. »Warte mal einen Augenblick«, rief Mara und entfernte sich von der Aussichtsluke und damit von der verlockenden Vision. Wie Luke soeben gesagt hatte, lebten sie in der Gegenwart. Die Zukunft würde auch ohne sie kommen. »Ich begleite dich.«

Arthur C. Clarke

Der Erfolgsautor von
2001 – Odyssee im Weltraum.

»Clarke ist immer noch
einsame Spitze.«
The Detroit News

01/13257

Odyssee 2010
01/6680

Arthur C. Clarke
Gentry Lee
Nodus
01/9724

3001 – Die letzte Odyssee
01/10603

2001 – Odyssee im Weltraum
06/8201

Der Hammer Gottes
01/13044

Waffenruhe
01/13131

Arthur C. Clarke
Stephen Baxter
Das Licht ferner Tage
01/13257

HEYNE-TASCHENBÜCHER